민족문학연구소 총서 1

영구혁명의 문학'들'

— 1960년대 문학을 다시 생각하다

민족문학연구소 저

국학자료원

다시, 문학은 영구혁명이다!

문학은 '영구혁명'의 문화적 형식이다. 1960년 4·19혁명은 시민들이 스스로 자치와 자율적 삶의 방식을 추구함으로써 기쁨의 정치학과 기쁨의 공동체를 구현하고자 했던 시민혁명이었다. 그러나 4월혁명이 구현하고자 한 기쁨의 공동체는 물론 민주주의의 도래는 아직도ㅡ여전히 오지 않았다.

그러나, 그럼에도 불구하고, 문학은 항상 패배와 좌절 그리고 슬픔과 상처를 딛고 언제든 도달할 수 있고 언제든 실현할 수 있는 삶의 방식을 다시 시작하는 유구한 영구혁명의 문화 형식이다. 그래서 4월혁명 이후 1960~1970년대 한국의 역사적 상황은 유례없이 가혹했으나, 문학은 언제나 글쓰기의 최저낙원을 지향하면서 점진주의의 방식이 아니라 불가능한 것을 사유하고 상상하려는 작품의 실천과 저항 행위를 멈추지 않았다. 1960년대 4월혁명 이후에 등장한 문학 동인지 『한양』, 『비평작업』, 『청맥』, 『산문시대』 등의 사례는 그 좋은 예가 될 것이다. 그리고 무엇보다 1970년대 소설은 '산문의 시대'라고 명명할 수 있을 만큼 유례없는 한국문학의 진경시대를 연출하지 않았던가.

이 연구비평서 『영구혁명의 문학들』은 지난 2006년부터 2008년까지 한국작가회의(이사장 이시영) 산하 민족문학연구소 연구원들이 『창작과비평』과 『문학과지성』으로 표상(representation)되는 1960~1970년대 문학장(場)의 질서에서 소외되고 배제되어온 1960~1970년대 주요 '소규모 동인지(同人誌) 연구 프로젝트'를 수행하는 과정에서 '문학사 재조명'이라는 문제의식을 공유하게 되면서 책 출간이 이루어질 수 있었다. 여기에 1960~1970년대 주요 작가 및 비평가뿐만 아니라 우리 문학사에서 재조명되어야 할 작가들에 대한 '작가 발굴 연구'가 필요하다는 점을 공감하여 개별 작가연구 논문을 추가하였다. 1부 총론에 실린 하상일, 오창은의 글은 4·19혁명 이후 문학지형의 변화를 '매체'의 비평과 '거리의 모더니티'라는 관점에서 개괄하고 있는 글이다. 2부에서는 매체론 및 메타비평에 해당하는 연구논문이 실렸다. 고명철·이명원·하상일·홍기돈·서영인·박수연의 글은 1960년대 주요 소규모 동인지(同人誌)를 분석하고 종합하면서 1960년대 문학의 이면(裏面)과 함께 후속 1970년대 문학과의 내적 관련성을 짚고 있는 연구논문들이다. 이 분야에 대한 기존 연구가 몇몇 당사자들의 회고담 차원에 머물러 있는 일천한 상황을 고려할 때, 향후 1960년대 매체 비평 연구에 있어서 새로운 시각과 쟁점을 제공하였다고 말할 수 있다. 3부에서는 김재용·노지영·장성규·고인환·오창은·정은경·이경재의 논문이 실렸다. 김수영·박연희·이문구·박태순·김승옥·이제하에 대한 작가론 및 작품론이 실린 3부의 연구논문 또한 관련 분야 연구자들의 새로운 관심과 주목을 요하는 텍스트라고 해도 좋을 것이다.

이 책은 무엇보다 '우정(友情)의 연대정신'의 산물이다. 1960년대 소규모 매체 연구 프로젝트를 수행하는 과정에서 우리 연구원들은 격주에 한 번씩 서울 마포의 연구소에서 우정의 향연을 펼쳤다. 때로는 격렬했고, 때로는 뜨거웠으나, 항상—언제나 웃음꽃이 넘쳤으며, 우정의 술잔 또한 부족하지 않았다. 우리 민족문학연구소는 언제나-항상 이 우정의 힘이야말로 이 험한 세상의 힘에 맞서는 힘이라는 연대와 집단지성의 정신을 놓지 않으면서 연구 작업 외에도 우리 시대의 문학 현실과도 접속하고 소통하는 지적 작업들을 수행하고자 한다.

끝으로 연구비평서 출간을 흔쾌히 맡아주신 국학자료원의 정구형 대표의 후의에도 감사드린다. 우리는 그 마음 또한 우정의 마음이라고 생각한다. 독자 여러분의 관심과 질정을 바란다.

다시, 문학은 영구혁명이다!

2012년 4월, 다시, 4 · 19를 맞으며
저자 일동을 대신하여
민족문학연구소 소장 고영직 삼가 쓰다

■목_차

1부

총론 : 영구혁명의 문학조감도

1960년대 문학지형의 변화와
매체의 비평 전략

하상일

I. 4월 혁명과 문학지형의 변화

해방 이후 우리의 역사적 방향은 일본 제국주의에 의해 철저하게 왜곡된 식민지적 근대성을 넘어서 진정한 의미의 주체적 근대성을 실현하는 데 주력해 왔다. 하지만 이러한 근대적 기획들은 한국전쟁으로 인해 연속성을 이루지 못하고 송두리째 파산되어 버림으로써 역사적 단절을 심화시키고 말았다. 이러한 상황 속에서 1950년대의 문학, 특히 비평문학은 파산된 근대성의 복원에 주력하여 전후의 폐허와 무질서를 주체적으로 초극하려는 적극적인 의지를 보이기 시작했다. 전통에 대한 새로운 인식과 전후의 허무주의를 극복하기 위한 실존의식, 그리고 파편화된 시간관을 넘어서는 새로운 질서의식 등은 주체적 근대성을 지향하는 뚜렷한 지표라고 할 수 있다.

그런데 지금까지 우리의 비평사 연구는 4월 혁명 이후 비평활동을 시작한, 소위 4·19세대 비평가들에 의해서 본격적으로 비평의 독립성이 부각되었다고 평가하는 것이 일반적이었다. 근대적 개인의 발견, 비합리적 이데올로기에 대한 비판적·전복적 관점, 삶의 주체성에 대한 열망, 그리고 문학적으로는 자율성의 원리 등 4·19세대 비평가들이 표방한 비평정신은, "이들의 비평에 이르러 한국현대비평사에서 '문학비평'이 하나의 독자적인 문학 장르로 본격적으로 진입하게 되었다"[1]는 평가를 충분히 가능하게 했던 것이다.

그런데 이러한 비평사적 평가에는 1950년대와 1960년대의 단절의식이 깊숙이 내재되어 있음을 간과해서는 안 된다. 1960년대 비평가들은 전후비평을 타자화함으로써 4·19세대 비평의 문학사적 의의를 특별히 강조하려는 세대론적 전략을 지니고 있었기 때문이다. 이런 맥락에서 김현은 4·19세대 비평가를 가리켜 "이 세대는 우리가 아는 한 역사상 가장 진보적인 세대"[2]라고 말했고, 김주연 역시 1950년대 문학에 대해 "허위의 타파를 외치다가 자기에 대한 정당한 인식을 못하고 허세에 빠져버린"[3] 문학이라고 비판했다. 따라서 그들은 같은 4·19세대인 김승옥·박태순·서정인·이청준 등의 문학을 상대적으로 높이 평가하였다.

1960년대 문학지형은 '1965년'이라는 특정한 연대를 중심으로 양분되어 있는 것으로 논의되어 왔다. 1965년을 경계로 그 전반부는 1950년대의 문학적 특질을 계승한 측면이 강하고, 후반부는 4·19세대를 중심으로 전후세대 문학과의 차별화가 시도됨으로써 1970년대 문학을 형성

1) 권성우, 「4·19세대 비평이 마주한 어떤 풍경」, 『비평의 희망』, 문학동네, 2001, 117쪽.
2) 김현, 「한국비평의 가능성」, 『68문학』, 한명문화사, 1969.1, 152쪽.
3) 김주연, 「60년대 소설가 별견」, 『현대 한국문학의 이론』, 민음사, 1982, 271쪽.

하는 중요한 기틀을 마련하였다는 것이다. 이러한 관점은 1960년대를 대표하는 상징적 작가인 김승옥이 1965년 동인문학상을 수상한 것을 비롯하여, 홍성원·박태순·이문구·이청준·정현종·조태일 등의 신진작가군이 뚜렷이 형성되는 당시 문단지형의 변화를 염두에 둔다면 어느 정도 타당성을 지니는 것이 사실이다. 뿐만 아니라 조동일·백낙청·염무웅·구중서·김현·김병익·김치수·김주연 등 소위 '65년대 비평가'들이 전후세대의 문학비평을 전면적으로 비판하면서 새로운 문학적 헤게모니를 장악해 나갔다는 점에서 상당한 설득력을 확보하고 있기도 하다.

하지만 이러한 시각은 1950~1965년까지를 '1950년대 비평' 혹은 '전후비평'으로, 1965~1970년대까지를 '1970년대 비평'으로 재단해 버림으로써 자칫 1960년대 비평의 고유한 특질을 배제하거나 소외시키는 비평사의 결락을 초래할 수도 있다. 즉 1960년대 중반 이전은 1950년대의 연장으로 편입되고 1960년대 중반 이후는 1970년대로 귀속되면서, 정작 1960년대 비평은 우리 비평사에서 실종되어 버리고 마는 것이다.

이러한 세대론적 인정투쟁[4]의 과정은 대체로 새로운 매체의 창간과 아주 밀접하게 결부되어 있었다. 1960년대 문학비평은 『한양』, 『산문시대』, 『비평작업』, 『청맥』, 『사계』, 『창작과비평』(이하 『창비』), 『상황』, 『68문학』 등 4월 혁명 이후 새롭게 창간된 매체를 중심으로 활발하게 전개되는 양상을 보였던 것이다. 특히 1966년 백낙청에 의해 창간된 『창비』와 1970년 김현·김치수·김병익 등이 『68문학』을 계승하여 창간한 『문학과지성』(이하 『문지』)은, 전후비평가들과의 세대론적 인정투쟁을 통해 1970년대 이후 한국문단을 양분하는 대표적인 문학에콜로서의 위상을 획득하였다. 따라서 이 두 에콜의 동인으로 참여한 1960년

---

4) 권성우, 「60년대 비평문학의 세대론적 전략과 새로운 목소리」, 문학과비평연구회 편, 『1960년대 문학연구』, 예하, 1993, 11~30쪽 참조.

대 비평가들은 자의든 타의든 한국문학의 중심에 있었고, 이로 인해 1950년대 후반에서 1960년대 후반에 이르는 소수의 문학담론들은 대부분 이 두 에콜의 문학담론 속으로 편입되어 버리거나 이들의 전횡에 의해 아예 배제되어 버림으로써 비평사의 단절을 초래하고 말았다.

이러한 비평사의 단절과 획일화에 대한 반성을 토대로, 앞으로 전개될 우리의 비평사 연구의 방향은 무엇보다도 1950년대—1960년대—1970년대로 이어지는 한국문학사의 연속성을 주목할 필요가 있다.5) 다시 말해 1950년대 후반에서 1960년대 중반에 이르는 다양한 문학적 담론 경향과 1960년대 후반과 1970년대 초반의 문학적 담론의 동질성을 결코 간과해서는 안 되는 것이다. 특히 1966년 『창비』의 창간으로부터 문학과 현실에 대한 논의가 본격적으로 전개되었다고 주장함으로써, 이를 기점으로 현실주의6) 문학비평의 계보를 세우려 했던 그 동안의

---

5) 본 논문의 경우도 마찬가지지만, 문학사 기술방법에서 '1960년대'라는 10년 단위의 특정 기간을 구획한 비평사가 과연 가능한가에 대한 문제제기는 충분히 가능하다. 이는 특정 시기 전후의 문학사적 맥락을 고려한 통시적인 측면을 결여하고 있다는 점과, 정치·역사적 단위의 사회변동이 과연 문학사를 규정하는 데 바람직한 변이소가 될 수 있는가 하는 문제와도 직결된다. 그런데 우리 현대사의 경우, 주요 역사적 사건 대부분이 10년 단위의 구분과 거의 일치하기 때문에 문학사 이해의 관습적 방법으로 통용되어 왔다는 사실을 전혀 무시할 수 없다. 따라서 본 논문에서는 '1960년대'라는 관습적 시대구분을 따르면서도 이를 1950년대와 1970년대를 아우르는 연속성 속에서 살펴보고자 한다.

6) 1960년대는 민족이 정치적·경제적으로 혁신과 변화·발전을 지속하는 사회구성체로서 내용을 강화해가면서 '현실'이란 단어가 새롭고 강한 의미를 띠게 되었다. 그것은 1950년대의 관념적 경향을 극복하고 직접 사물의 세계로 다가가는 삶의 방식이었다. 다시 말해 자기자신이 속해 있고 자기자신에게 사회적 결정력을 행사하는 이곳의 역사적 상황과 사회의 모습이 바로 '현실'이었다. 그것은 가난, 분단의 문제였고, 정치사회의 비민주성이었고, 지식인의 관념성이었다. 따라서 1960년대는 그 어느 때보다도 '현실'이 중심적 화두가 될 수밖에 없는 시대적 특징을 지니고 있었다. 한국문학연구에서 '현실주의'는 '리얼리즘', '사실주의' 등의 개념과 혼재되어 쓰여지고 있다. 필자 역시 '현실주의'라는 용어를 문예사조나 창작방법과 전혀 무관하게 사용하지는 않았지만, 본 논문에서 '현실주의'는 문학과 현실이 서로 분리되었다는, 그래서 그 자체로 자율성을 지녔다는 자유주의 문학관에 맞서는 상대적 개념으로 사용했음을 미리 밝혀둔다. 문학이 현실과 아주 밀접한 관련성을 지녔다고 봄으로써 문학의 현실참여적 성격과 기능론적 관점을 특별히 중시하고자 하는 것이다. 특히 본 논문에서 '현실주의'

비평사 연구의 관행7)도 반드시 재고되어야 한다. 왜냐하면 『창비』 창간 이전부터 4월 혁명의 정신을 계승한 현실주의 문학비평이 아주 활발하게 전개되었고, 그 실적물들이 『한양』(62년)과 『청맥』(64년) 등의 진보적이고 비판적인 지식인잡지8)를 통해 지속적으로 발표되었기 때문이다. 또한 『창비』 이후에도 『상황』(69년) 등의 매체를 통해 문학과 현실의 관계가 가장 중요한 쟁점으로 부각되었다는 점에서, 1960년대 현실주의 문학비평을 『창비』 중심의 비평담론으로만 보려는 시각은 편협한 관점이 아닐 수 없다. 이런 점에서 4월 혁명 이후 창간된 새로운 매체에 대한 실증적 검토와 이를 통해 발표된 문학비평, 그리고 매체를 주도했던 비평가들의 활동을 구체적으로 살펴보지 않고서는 1960년대 현실주의 문학비평의 전모를 제대로 파악할 수 없다.9)

　는 단순히 '리얼리즘'의 역어로 한정짓기 힘들다. 왜냐하면 '참여문학', '민족문학', '리얼리즘', '주체적 전통론' 등 문학과 현실의 제관계에 대한 이론적 총화를 '현실주의'라는 범박한 개념으로 규정하고자 하므로, '현실주의 = 리얼리즘'이 아니라 '현실주의 > 리얼리즘'의 관점에 있기 때문이다.

7) 이러한 경향은 『창비』의 민족문학론에 대해서 비판적 거리를 유지하고 있는 논자들마저 민족문학론의 계보로 카프(1920~30년대)—문학건설본부(40년대)—『창비』(60년대 이후)로 설정하는 데서 충분히 확인할 수 있다. 민족문학론의 중심에 『창비』를 위치시키는 '주류론적 접근'이 이미 우리 비평계의 상식으로 통용되고 있는 것이다. 고봉준, 「민족문학론 속에 투영된 지식인의 욕망과 배제의 메커니즘」, 문학과비평연구회 편, 『한국문학권력의 계보』, 한국출판마케팅연구소, 2004, 272~273쪽.

8) 지식인을 주요 독자로 설정하며 잡지이념을 지식인을 통해 실현하고자 하는 잡지를 '지식인잡지'라고 부를 수 있다면, 지식인잡지는 비판적인 사회의식을 확산시킬 수 있어서 정치·경제권력의 감시대상이 된다. 여기서 지식인잡지는 정치·사회적인 발행목표의 실현에 주력하는 이념잡지라 할 수 있다. 이념잡지는 여론잡지나 논평잡지라고 불리기도 하며, 이는 고급잡지의 하나로 여론을 형성하는 데 주요한 역할을 한다고 볼 수 있다. 또한 비판적 지식인잡지는 보수질서나 기존 체제에 대한 부정, 각 쟁점에 대한 주류의 관점이나 전통적인 방식에 대한 부정을 의미하는 대항잡지라고 부를 수 있다. 이용성, 「1960년대 비판적 지식인잡지 연구—『사상계』의 위기와 『창작과비평』의 등장을 중심으로」, 『한국학논집』 제37집, 한양대 한국학연구소, 2003.10, 194쪽.

9) 권성우는 우리 근대 비평사 연구에 있어서 실증주의적 연구와 사적 체계화 단계의 연구가 지속적으로 전개되어 보강되어야 한다는 사실을 강조하면서, 중요 비평가들에 대한 개별 비평가론이 더욱 충실하게 작성되어야 한다고 하였다. 이는 1960년대 문학비평 연구에 있어서도

따라서 1960년대 문학비평 연구는 무엇보다도 당시 평단에서 활발하게 활동했던 비평가들에 대한 개별 비평가론과, 1960년대 지식인담론의 확산과 더불어 무수히 창간된 비판적 지식인잡지와 동인지 등을 대상으로 한 매체연구가 병행되어야 할 것이다. 특히 1960년대 이후 더욱 노골화되었던 분단이데올로기의 희생물이 되어 한국문학사에서 거의 잊혀져 버린 진보적 매체를 새롭게 발굴하고 조명할 필요가 있다. 이는 우리 비평사의 빈틈을 메움으로써 문학사의 연속성에 대한 시각을 정립하는 것으로, 앞으로 1960년대 문학비평을 연구하는 데 있어서 가장 핵심적인 과제가 되어야 할 것이다.

　매체연구는 비평담론의 개별적 특수성보다는 집단적 보편성을 강조함으로써 매체의 성격과 당대 비평의 성격을 지나치게 동일시하는 도식적 위험성을 지니고 있는 것이 사실이다. 하지만 1960년대의 경우, 4월 혁명과 5·16이라는 역사적 격변을 거치면서 당대의 사회와 역사에 적극적으로 대응하기 위해 동인활동이나 매체의 창간이 아주 활발하게 전개되었다는 점을 간과해서는 안 된다. 다시 말해 1960년대는 한국비평사에서 그 어느 때보다도 집단의 성격이 강조됨으로써 문학의 에콜화가 더욱 두드러지게 가시화된 시대였던 것이다. 따라서 1960년대 문학비평의 성격은 이들 매체에 수록된 비평과 각 매체를 주관한 비평가들의 문학적 이념을 함께 살펴봄으로써 종합적인 이해에 도달할 수 있을 것이다.

　이와 같은 비평사의 관행에 대한 비판적 성찰과 비평사의 단절에 대한 문제의식을 바탕으로『한양』,『청맥』,『상황』을『창비』의 비평담론과 함께 살펴봄으로써, 4월 혁명 이후 전개된 1960년대 현실주의 문학비평의 성격과 문학사적 위상을 총체적으로 이해하고자 하는 것이 이

　반드시 새겨둘 만한 우리 비평사 연구의 중요한 과제라고 할 수 있다. 권성우,『모더니티와 타자의 현상학』, 솔, 1999, 24쪽 참조.

글의 목적이다. 특히 1960년대 비판적 지식인잡지였던 『한양』, 『청맥』
과 동인지 『상황』의 경우, 통일혁명당 사건,10) 문인간첩단 사건11) 등
1960~1970년대 우리 사회의 어두운 역사적 사건에 직간접적으로 연
루됨으로써 강제폐간되거나 국내로의 유입이 사실상 금지되어 버렸
다.12) 이러한 정치·사회적 제약으로 인해 그 동안 이들 매체에 대한 독

---

10) 박정희 정권은 1968년 8월 24일 이른바 '통일혁명당 사건'을 발표했다. 김형욱 중앙정보부
장이 발표한 이 지하당 사건으로 158명이 검거되고 50명의 구속자를 냈다. 사건 가담자는
김종태를 필두로 김질락(청맥사 주간), 이문규(학사주점 대표) 등 서울대 문리대를 비롯 각
대학 출신의 혁신적 엘리트로 구성되어 사회에 더욱 큰 충격을 주었다. 중앙정보부는 이
사건이 "지식인·학생·청년층을 포섭하여 학술연구를 가장한 9개 위장단체를 조직하고
이것을 자연발생적인 것처럼 조작하여 용공적인 조직형태로 발전시켜 북괴의 적화통일
노선에 규합시킴으로써 무장봉기에 이용하려는 것"이라고 분석했다. 그리고 통혁당이 민
족해방전선과 조국해방전선을 구성하고, 이를 근간으로 활동해온 학사주점, 새문화연구
회, 청년문학가협회 등의 서클을 갖고 있었다고 발표했다. 이 사건으로 김종태, 김질락, 이
문규 등이 사형되고, 많은 사람들이 중형을 선고받았다. 김삼웅, 「『청맥』에 참여한 60년대
지식인들의 민족의식」, 『말』, 1996.6, 165쪽.
11) 1974년 2월 5일자 『동아일보』는 이 사건을 '문인·지식인 간첩단 적발'이라는 제목으로 대
서특필했다. "서울지검 공안부 정명래 부장 검사는 5일 서울을 거점으로 한 '문인 및 지식
인 간첩단'을 지난 1월 26일 적발, 이호철(43·소설가) 임헌영(34·문학평론가·중앙대 강
사) 김우종(45·문학평론가·경희대 교수) 정을병(40·소설가·한국 가족 계획협회 지도
부장) 장병희(41·문학평론가·국민대 강사·필명 백일) 등 5명의 문인을 반공법 및 간첩
혐의로 구속하고 언론인 천관우 씨 등에 대해 조사 중이라고 밝혔다. 구속된 5명의 문인은
북한 노동당 대남 사업 담당 비서 직계에 있는 재일 공작 지도원 김기심에 포섭되어 문단,
언론계, 학원 등의 동태를 보고하는 한편 반정부 투쟁을 선동하는 작품 활동과 북한 지령
사항을 실천하기 위해 문인 개헌 성명에 가담한 혐의를 받고 있다. 이들 문인들에게 지령
을 내린 재일 공작 지도원 金은 49년 북한에서 일본으로 위장 입적, 그해 2월 '한양사'를 창
설하여 도일하는 문인, 교수, 학자 등을 포섭, 활동을 해 왔다는 것이다."
12) 필자가 참고한 국립중앙도서관 소재 마이크로필름본 『청맥』을 보면, 1968년 통일혁명당
사건으로 인해 각 표지마다 '불온'이라는 도장이 선명하게 찍혀 있었다. 그리고 『상황』의
경우 1974년 문인간첩단 사건으로 임헌영이 구속된 후 바로 문공부로부터 발간취소 통보
를 받았고, 『한양』 역시 이 사건으로 더 이상 국내와의 교류를 유지하지 못한 채 사실상 금
서가 되고 말았다. 이는 분단이데올로기의 경직성으로 인해 우리 문학사의 불구성이 더욱
두드러졌던 지난 역사의 폐해를 분명하게 보여준다. 따라서 앞으로 우리 문학사 연구의 방
향은 특정 이데올로기나 이해관계에 의해 배제되거나 소외되어 버린 문학에 대한 지속적
인 관심과 객관적인 조명이 더욱 시급히 요청된다고 하겠다.

립적인 연구는 거의 찾아볼 수 없었고, 매체에 수록된 한두 편의 평문을 인용하면서 1960년대 참여문학론의 전체적 지형을 논의하는 차원에 머물러 있을 따름이었다. 그런데 최근 모든 장르에 걸쳐 1960년대 문학연구가 활발하게 이루어짐에 따라 이들 매체에 발표된 문학비평도 본격적인 연구의 대상이 되고 있음을 주목할 필요가 있다.[13]

이러한 점을 고려하여 본 논문은 『한양』, 『청맥』, 『창비』, 『상황』 등을 당대의 사회·역사적 상황과의 관련 속에서 논의하고자 한다. 특히 지금까지 전개된 1960년대 비평사 연구와는 달리 매체 중심의 담론 연구를 시도함으로써, 당대의 비평적 쟁점과 비평가의 이데올로기가 유기적으로 결합되는 외적 조건으로서의 매체의 성격에 주목할 것이다.[14] 이러한 관점은 1960년대 문학비평을 이데올로기적 측면, 세대론적 측면, 문학사적 측면, 그리고 문단사적 측면으로 사실상 구분하여 논의해 온 그 동안의 연구방법론에 대한 반성에서 비롯된 것이다. 즉 다양하고 세분화된 관점이 공유하고 있는 1960년대 문학비평의 공통분모를 도출함으로써 새로운 연구방향을 모색한 것이다. 따라서 본 논문은 1960년대 문학비평을 4월 혁명 이후 문학지형의 변화와 지식인담론의 확산에 따른 사회문화적 현상으로 이해하고, 당대의 비평담론에 나타

---

13) 허윤회, 「1960년대 참여문학론의 도정」, 상허학회 편, 『희귀 잡지로 본 문학사』, 깊은샘, 2002; 박수연, 「1960년대의 시적 리얼리티 논의—장일우의 『한양』지 시평과 한국문단의 반응」, 『한국언어문학』 제50집, 한국언어문학회, 2003; 전용호, 「1960년대 참여문학론과 『청맥』」, 제47회 전국 국어국문학 학술대회 자료집, 국어국문학회, 2004년 6월.

14) 문학연구의 대상이 단순히 작가와 작품만으로 한정될 수는 없다. 문학이 상부구조의 한 형태라 했을 때, 문학의 연구란 토대로부터 상부구조에 이르는 제과정, 다시 말해 경제적 생산양식과 인간의식과의 상관성에 대한 과학적 인식을 의미하는 것일 뿐만 아니라, 무엇보다도 상부구조에서의 여러 구성요소들, 예컨대, 국가, 정치, 이데올로기 및 각종의 사회적 제도들과 문학예술과의 상호관계를 밝히는 것을 의미한다. 따라서 문학의 '독자성'과 '특수성'은 이러한 상호관계, 즉 그들 사이의 상호 규정력과 영향력을 확인하는 데서 입증되는 것이므로, 문학을 그것들로부터 분리·독립시켜서는 안 된다. 김철, 「한국 보수우익 문예조직의 형성과 전개(Ⅰ)」, 『구체성의 시학』, 실천문학사, 1993, 26쪽.

난 현실주의적 성격을 각 매체의 특성과 관련지어 총체적으로 이해하는 것을 목표로 한다.

II. 전후비평의 타자화와 새로운 매체의 창간

1960년대는 1920년대와 같은 '동인지 문단시대'가 다시 도래했다고 할 수 있을 만큼 대략 50여 종류의 동인지들이 우후죽순 창간된 시기이다.[15] 대체로 이들 동인지의 구성원들은 당시 20~30대의 소장 문인들로서 <한국문학가협회>, <한국자유문학자협회> 등을 비롯한 기존의 모든 문학단체의 통합으로 결성된 <한국문인협회>[16]의 현실적 한계와 보수성을 뛰어 넘으려는 혁신적이고 진보적인 성향을 지니고 있었다. 즉 기성세대의 보수적 문학관과 문단의 헤게모니에 종속된 문학적 경향을 과감하게 탈피하기 위해 새로운 문예지를 창간[17]함으로써

---

15) 1960년대는 질과 양의 측면에서 전대와 구분되는 뚜렷한 매체의 확대 현상을 보였는데, 4월 혁명 이후 무려 1,400여 종의 잡지가 발행되었다고 한다. 그런데 5·16이후 그 수가 229종으로 격감하게 되었다는 점을 주목할 때, 당시 지식인의 현실참여와 4월 혁명 이후 매체의 증가현상이 아주 밀접한 상관성을 지니고 있다는 사실을 알 수 있다. 이용성, 「한국 지식인잡지의 이념에 대한 연구」, 한양대 박사논문, 1996; 전영표, 『출판문화와 잡지 저널리즘』, 대광문화사, 1997 참조.

16) 5·16쿠데타로 정권을 잡은 군사정부는 1961년 6월 17일 포고령 제6호를 공포하여 기존의 모든 정치, 경제, 사회, 문화, 예술 단체들을 해산시켰다. 그리고 나서 12월 5일 공보부와 문교부 초청으로 해체 이전의 각 단체 대표 30여 명을 불러모아 문화예술단체의 단일화를 강력하게 촉구한다. 이러한 과정을 거쳐 12월 30일 수도여자사범대학(오늘의 세종호텔 자리) 강당에서 <한국문인협회>의 결성대회를 개최하게 되었다. 이처럼 당시 <한국문인협회>는 혁명정부가 내건 통합의 취지에 이끌려서 기계적으로 결합한 문인단체였다. 홍기돈, 「김동리와 문학권력」, 문학과비평연구회 편, 『한국문학권력의 계보』, 한국출판마케팅연구소, 2004, 147~148쪽.

17) 1960년대에 출간된 대표적인 문예지와 동인지, 그리고 문학 관련 교양종합지를 대략적으로 살펴보면 다음과 같다. 우선 50년대부터 이어온 잡지로는, 『시와시론』(52년), 『사상계』(53년), 『문학예술』, 『새벽』, 『현대문학』(54년), 『자유문학』, 『시와비평』(56년), 『현대시』(57년), 『한국평론』(58년), 『문학평론』(59년) 등이 있었다. 그리고 60년대에 새롭게 창간된

자신들의 문학적 다양성과 새로움을 최대한 실현하려 했던 것이다. 해방 이후부터 1960년대에 이르는 남한문학의 흐름이 보수우익 문예조직의 형성과 그 전개과정을 두드러지게 드러냈다는 점을 주목할 때,[18] 이와 같은 4·19세대[19]의 새로운 문학적 모색은 한국문학 지형의 급격한 변화를 이끌어 내는 '자기성찰'의 의미를 지니고 있었다. 4월 혁명 이후 급격하게 고조된 현실인식을 바탕으로 당대의 보수적 문단기류를 혁신함으로써 기성문단에 종속되어 버린 전대의 문학적 경향을 환골탈태하

잡지로는, 『국어국문학』(60년), 『60년대사화집』(61년), 『한양』, 『산문시대』(62년), 『세대』, 『신춘시』, 『비평작업』(63년), 『청맥』, 『문학춘추』, 『신동아』(복간)(64년), 『정경연구』(65년), 『창작과비평』, 『사계』, 『한국문학』, 『현대시학』, 『문학』(66년), 『월간문학』, 『월간중앙』(68년), 『68문학』, 『상황』(69년), 『문학과지성』, 『다리』, 『현대시조』(70년) 등이 있었다.

18) 김철은 1945년 이후 한국 지배집단의 이해 관계에 긴밀히 결탁·조응하면서 그것을 통하여 현실적 영향력을 행사해온 일군의 집단, 즉 그 자체 내에 뚜렷한 이념적 방향성을 지니고 있다기보다는 오히려 본능적 생존 논리의 수준에서 이합집산을 하는 집단을 '보수우익'이라고 규정한다. 그런데 한국 현대사의 파행적 전개는 이러한 집단의 무수한 족출을 가능하게 했고, 현실의 각종 제도 속에서 그들의 막대한 영향력을 보장해 주었다. 한국문단 역시 이와 같은 정치사회적 이유로 보수우익 문예조직 중심의 전개양상을 드러낼 수밖에 없었다. 이러한 관점에서 그는 보수우익 문예조직의 형성과 그 배경, 활동양상을 다섯 단계로 나누어 살펴보고 있다. ① 형성기(1945~1948): 「중앙문화협회」, 「전조선문필가협회」, 「조선청년문학가협회」, 「전국문화단체총연합회」 ② 정착 및 내부적 갈등기(1949~1954): 「한국문학가협회」, 「문총구국대」, 「종군작가단」 ③ 분화기(1955~1960): 「한국자유문학자협회」, 「한국시인협회」, 「국제 펜클럽 한국본부」 ④ 통합 및 종속기(1961~1970): 「한국문인협회」 ⑤ 현재(1971~): 보수우익 문예조직의 명목상 유지기. 김철, 「한국 보수우익 문예조직의 형성과 전개(Ⅰ)」, 『구체성의 시학』, 실천문학사, 1993, 26~59쪽 참조.

19) 4·19세대의 특징은 혁명 체험을 자기인식의 근거로 삼고 있다는 데 있다. 즉 이들은 20대 초반의 나이에 '혁명'이라는 역사적 대격변을 직접 몸으로 체험하고 이로부터 '자유'와 '평등'의 정신을 내면화한 세대이다. 4·19세대 고유의 자기 의식에 대한 해명은 그들 세대를 에워싸고 있던 문화적 배경에 대한 이해를 요구하는데, 이 점과 관련하여 김병익의 증언을 참고할 만하다. "최인훈, 김승옥, 서정인, 유현종, 이청준, 박태순, 홍성원 등의 작가들, 고은, 황동규, 이성부, 박이도, 정현종, 오규원 등의 시인들, 김윤식, 김현, 조동일, 염무웅, 김치수, 김주연 등 평론가들―이른바 4·19세대가 성장할 수 있었던 것은 『동아일보』를 비롯한 일간지의 비판정신, 잡지 『사상계』와 『陽文』, 『新楊』, 『乙酉』 등의 문고본이 제공하는 인문학, 『현대문학』지와 민중서관의 『한국문학전집』 및 정음사, 을유문화사의 『세계문학전집』의 문학, 교육 등 비옥한 토양 덕분이었다. 여기서 한국문단은 새로운 오늘날의 '열린 문학'으로 심화 발전된 것이다. 김병익, 『한국문단사』, 문학과지성사, 2001, 284~285쪽.

는 획기적인 변화를 이루어 내고자 했던 것이다.

하지만 4월 혁명의 실패와 군사독재정권의 수립이라는 역사적 파행을 겪으면서 1960년대의 제도권 문단은 문학적 이념이 같은 에콜을 중심으로 한 자연스러운 통합을 이루어내지 못하고 오히려 문단권력의 헤게모니에 의해 좌지우지되는 기형적인 모습을 드러내고 말았다. 다시 말해 문단의 통합이 문인들의 자발적인 의지에 의해 이루어진 것이 아니라 정권 차원의 종용에 의해 이루어졌다는 점에서 특정 정치집단의 정략적 입장과 철저하게 결부되어 있었던 것이다. 따라서 예술활동의 본질인 자율성과 다양성은 상당히 침해당할 수밖에 없었는데, 이런 상황에서 새로운 동인지와 잡지를 창간하려는 소장비평가들의 움직임은 제도권 문단에 대한 종속으로부터 벗어나 보다 자유롭게 비평활동을 할 수 있는 '문학의 장'20)을 확보하려는 의지를 드러낸 것으로 볼 수 있다.21)

---

20) 예술가들과 작가들의 수많은 실천들과 이미지들은 권력의 장에 의거해야만 설명될 수 있다. 문학의 장은 권력의 장 안에서 피지배적인 위치를 차지한다. 권력의 장은 (경제적이거나 또는 특히 문화적인) 여러 다양한 장들 속에서 지배적인 위치들을 점유하기 위해 필요한 자산을 소유하려고 하는 행위자들이나 집단들 사이의 힘의 관계의 공간이다. 이것은 다양한 권력들(또는 다양한 종류의 자산들)을 소지한 자들 사이의 투쟁의 장소이다. 이 투쟁들은 19세기의 예술가들과 '부르주아들' 사이의 상징적인 투쟁들처럼, 다양한 종류의 자산들의 상대적인 가치를 변화하거나 유지하는 것을 내기물로 걸고 있다. 또 이 다양한 자산들의 가치는 매순간 투쟁들 속에 참여할 수 있는 힘들을 결정한다. (중략) 여러 다른 다양한 종류의 자산들 사이에, 그리고 그 자산들을 소지한 자들 사이의 관계들 속에 설정된 위계로부터 문화적 생산의 장들은 일시적으로 권력의 장 속에서 피지배의 위치를 차지한다. 이 장들이 아무리 외적인 제약들이나 요구들로부터 해방되었다고 하나, 그것들은 그들을 둘러싸고 있는 장들의 필요, 즉 경제적이거나 정치적인 이익의 필요에 의해 관통된다. 그 때문에 이 장들은 매순간이 위계적인 두 원칙들 사이의 투쟁의 장소가 된다. 피에르 부르디외 (하태환 옮김), 『예술의 규칙─문학 장의 기원과 구조』, 동문선, 1999, 285~287쪽.

21) 이와 관련해 당시 매체의 중요성을 언급한 염무웅의 회고를 들어보면 다음과 같다. "60년대에 있어서 문예조직보다 훨씬 더 중요한 것은 발표매체일 것이다. 특히 군사정부에 대해 비판적 입장을 분명히 한 『사상계』는 문학에 점점 더 많은 지면을 할애하였고, 64년 9월 복간된 『신동아』 역시 중요한 구실을 하였다. 『자유문학』이 63년 8월 경영난으로 문을 닫자

이처럼 1960년대는 언론의 활성화와 함께 매체의 확대현상이 아주 두드러진 시기였다. 매체의 확대는 신진문학가들이 자신의 문학적 신념을 독자들에게 제대로 알릴 수 있는 발표공간의 확대를 의미했다. 그럼에도 불구하고 당시 그들의 문학적 신념을 어떠한 제약조건도 없이 자유롭게 발표할 만한 매체는 극히 제한적이었다. 따라서 그들은 무엇보다도 자신들의 비평의식을 확장할 수 있는 공공영역[22]의 확보에 매달리지 않을 수 없었다. 4 · 19세대 비평가들이 주축이 된 새로운 매체의 창간은 이와 같은 공공역역을 확보함으로써 또 다른 제도권의 창출을 모색하는 세대론적 인정투쟁의 전략을 내재하고 있었음에 틀림없다.

이듬해 창간된 『문학춘추』가 3년쯤 지속되었으나(1964.4~1966.2), 『현대문학』의 영향력에는 미치지 못했다. 66년 5월 창간되어 1년 남짓 발간된 『문학』은 김정한의 「모래톱 이야기」를 포함한 중요한 작품들의 발표무대가 되었다. 특이한 것은 『한양』과 『청맥』으로서, 전자는 일본에서 재일동포를 상대로 간행되었으나 국내필자들의 활동무대로도 많이 이용되었고, 후자는 64년 8월 창간되어 상당한 주목을 받다가 통혁당 사건으로 폐간되었다. 둘다 선명한 진보적 색채를 띠었다는 점에 특색이 있다. 66년 백낙청에 의해 창간된 계간 『창작과비평』은 우리나라 잡지문화의 역사에 있어서 또 민족문학 운동의 역사에 있어서 하나의 전환점으로 기록될 수 있을 것이다. 염무웅, 「5 · 60년대 남한문학의 민족문학적 위치」, 『혼돈의 시대에 구상하는 문학의 논리』, 창작과비평사, 1995, 360~361쪽.

22) 하버마스는 '공공영역'을 여론과 같은 것이 형성되는 사회적 삶의 영역으로 규정한다. 그는 부르주아적 공공영역의 발아 형태를 중세 신분제의 토대 위에서 성립되어 인격적 특징을 갖는 '대의적 공론'에서 찾는다. 대의적 공론 기능을 하는 교회, 영주, 귀족 등의 봉건적 권력은 오랜 양극화의 과정을 거쳐 18세기 말에는 사적 요소와 공적 요소로 나뉘어진다. 이러한 과정을 거치면서 형성된 부르주아 공공영역이란 시민들이 일반적인 관심을 가지는 문제 및 정치적 문제를 집회와 결사의 자유 및 표현과 출판의 자유를 통해 자유롭고 개방적으로 논의할 수 있는 영역이다. 이 영역에서는 공적 문제에 대한 결정이 전통적 도그마와 권위에 의해 이루어지는 것이 아니라 비판적 이성의 기준에 접근하는 합리적 토론에 의해 이루어진다. 이러한 공공영역은 자본주의의 발전과 더불어 분리되기 시작한 국가와 시민 사이에 긴장 관계에 있는 하나의 사회영역 내에서 살롱과 클럽을 중심으로 신문 및 소설 등의 인쇄물의 보급을 통해 '문예적 공공영역'이 형성되며, 이 영역에서의 토론은 점차 확장되어 '정치적 공공영역'으로 발전하게 된다. 김재현, 「하버마스에서 공론영역의 양면성」, 계명대학교 철학연구소 · 이진우 편, 『하버마스의 비판적 사회이론』, 문예출판사, 1996, 120~123쪽 참조.

태초와 같은 어둠 속에 우리는 서 있다. 그 숱한 言語의 亂舞속에서 우리의 全身은 여기 이렇게 초라한 모습으로 서 있다.

이 천년을 갈 것 같은 어두움 그 속에서 우리는 神이 느낀 권태를 반추하며 여기 이렇게 서 있다. 참으로 오랜 歲月을 끈덕진 인내로 이 어두움을 감내하며 우리는 여기 서 있다.

그러나 이제 우리는 안다. 이 어두움이 神의 人間創造와 同時에 除去된 것처럼 우리들 주변에서도 새로운 言語의 創造로 除去되어야 함을 이제 우리는 안다. 유리아의 얼굴을 발견한 싼타 마리아의 일군이 우리는 기꺼이 된다. 얼어붙은 權威와 구역질나는 모든 話法을 우리는 저주한다. 뼈를 가는 어두움이 없었던 모든 자들의 안이함에서 우리는 기꺼이 脫出한다. 썩은 유리아의 얼굴만을 애완물처럼 매만지고 있는, 이카루스의 어쩌면 절망적인 脫出이 없는 모든 자의 言語와 우리는 결별한다. 새로운 유리아의 얼굴을 발견함이 없는 모든者와 우리는 결별한다. 內部에서 터져나오는 慾望을 처리하기 위해 집을 나가는 탕자를 우리는 배운다. 모든 어두움 속에 파묻힌 죽어버린 言語를 박차는 탕자의 의지를 우리는 배운다.

이제 우리는 청소부이다. 유리아의 얼굴을 닦아내는 싼타 마리아의 人夫들이다. 우리는 이 투박한 大地에 새로운 거름을 주는 농부이며 탕자이다. 비록 이 투박한 大地를 가는 일이 우리를 完全히 죽이는 절망적인 作業이라 할지라도 우리는 우리 손에 든 횃불을 던져버릴 수 없음을 안다. 우리 앞에 끝없이 펼쳐진 길을 우리는 이제 아무런 장비도 없이 出發한다. 우리는 그 길 위에서 죽음의 팻말을 새기며 쉬임없이 떠난다. 그 팻말 위에 우리는 이렇게 다만 한마디를 기록할 것이다. <앞으로!>라고.[23]

1962년 김현·김승옥·최하림이 창간한 『산문시대』[24]는 당대를

23) 「선언」, 『산문시대·1』, 3쪽.
24) 1962년 6월 15일 전주의 가림출판사에서 200부 한정판으로 출간되었다. 종래의 동인지들이 대개 시동인지들이었고 당시 『60년대사화집』이라는 기성 시인들의 시동인지가 착실하고 충실하게 나오고 있음을 의식하여, 시를 제외한 소설, 희곡, 평론 등의 산문으로만 동인지를 발간하였다. 하지만 최하림이나 김현은 이 동인지를 통하여 '시정신에 의한 산문'

"어두움"의 시대로 규정하면서 "얼어붙은 권위와 구역질나는 모든 화법"을 지닌 기성문단을 제거하는 "새로운 언어의 창조"를 명백히 선언하였다. 이는 "아무도 없는 깜깜한 곳"의 "고양이의 눈"25)과 같은 것으로, 어둠 속에서 유일하게 빛나는 고양이의 파란 눈빛을 통해 자기의 존재를 확인하려는 상징성을 지니고 있었다. 즉 존재가 바로 사물로서의 언어임을 확신함으로써 역사나 사회가 아닌 '언어' 그 자체에 매달리게 되는데,26) 이와 같은 '존재와 언어'에 대한 탐구는 전후세대 비평을 초극하는 미적 자율성론으로 구체화됨으로써 『문지』 에콜의 비평적 근거가 되기도 했다.27)

을 써보려고 노력했다. 처음에 동인지명은 『질주(疾走)』라고 하자는 의견이 있었으나 그건 너무 문학소년 냄새가 난다고 하여 김승옥의 제안으로 『산문시대』로 결정했다고 한다. 당시로서는 상당히 드물었던 활자판 인쇄 동인지였는데, 첫 페이지에 "슬프게 살다간 李箱에게 이 책을 드림"이라는 헌사가 적혀 있고, PAUL KLEE의 「聖묘山」을 표지화로 할 정도로 제법 고급스러운 동인지의 모습을 갖추고 있었다. 제1집에서 김현, 김승옥, 최하림이 참여한 것을 시작으로, 제2집(62년)부터는 강호무, 김산초, 김치수가, 제3집(63년)에서는 김성일이 새로 참여했고, 제4집(63년)부터는 염무웅, 서정인이, 그리고 제5집(64년)에서는 곽광수가 새롭게 참여하였다. 이후 이들 동인은 『사계』(66년)-『68문학』(69년)으로 이어지면서 『문학과지성』(70년)을 창간하게 된다. 김승옥, 「≪산문시대≫이야기」, 『내가 만난 하나님』, 작가, 2004, 177~229쪽 참조.

25) 김현, 「잃어버린 처용의 노래」, 『산문시대 · 1』, 20쪽.
26) 하이데거에 의하면 언어는 존재 이해의 방법론적 통로이다. 즉 문학은 존재의 드러냄이고, 이 존재는 존재자와 대립되면서 매우 신비스러운 양상을 띠고 있기 때문에 그의 미학은 존재론 또는 형이상학에 근거를 둔 '형이상학적' 미학이다. 이런 철학적 바탕에서 하이데거는 세 가지 명제를 제시하는데, '언어가 말한다', '언어가 존재를 말한다', '언어는 세계와 사물로서의 존재를 말한다'가 바로 그것이다. 이 가운데 세 번째 명제는 언어는 존재를 지시함으로써 논리적으로 언급하는 것이 아니라 상징적 암시를 통한 환기로써 언급하는 것을 말한다. 즉 존재는 사물들의 보이지 않은 근거이므로 구체적 사물의 이미지를 통해서 계시되는 것이다. R.R. 마그리올라(최상규 역), 『현상학과 문학』, 대방출판사, 1987, 102~120쪽 참조.
27) 『문지』의 문학론은 존재, 언어, 상상력, 지성과 같은 기본적인 범주에 대한 인식에 근거하고 있다. 이러한 범주들은 문학체계의 근원적인 구조화 원리이면서 동시에 정치적 상황과 맞설 수 있는 가치이다. 『문지』의 문학관이 지니고 있는 기본적인 틀은 '문학의 자율성 옹호'와 '현실에 대한 분석적 인식'으로 정리될 수 있다. 즉 '문학의 자유스러움'을 억압하는 것을 모두 부정함으로써 문학의 자율성을 통해 현실 사회의 모순을 구조적 차원에서 인식

4월 혁명 이후 간행된 동인지나 잡지의 두드러진 특징은 시나 소설 위주의 문학작품 중심 편집체제에서 벗어나 동인들을 중심으로 한 비평적 목소리를 더욱 전면화했다는 데 있다. 1960년대의 문학적 특징은 비평 분야를 부차적으로 인식하던 기존의 관행에서 벗어나 비평의 영역을 중점적으로 인식하였던 것이다.[28] 이러한 특성은 역사의식과 사회의식의 확고한 정립을 토대로 비평활동을 전개한 참여문학 진영에서 더욱 구체적으로 실천되었다.

문학비평동인지『비평작업』[29]은 비록 창간호가 종간호가 되었고 당

하겠다는 의지를 내포한 것이다. 김동식,「4·19세대 비평의 유형학」,『문학과사회』, 2000년 여름, 455쪽.

28) 이는 루카치의 비평의식을 적극적으로 수용한 당대 현실주의 문학비평의 성격과도 관련이 있다. 루카치는 비평 혹은 에세이를 예술작품 혹은 예술장르로 볼 수 있을지에 대한 문제제기를 통해 비평을 하나의 독자적인 장르로 인식하였다. 루카치에 의하면, 비평과 에세이는 다른 어떤 문학형식에 의해서도 표현할 수 없는 특정한 삶의 근원적이고도 직접적인 문제에 대한 물음이고, 인간 영혼의 가장 은밀한 곳에 자리잡고 있는 마음상태와 동경을 표현하려는 욕구이다. 따라서 그는 비평을 보다 구체적인 삶의 표현인 다른 문학형식을 계기로 삼아 삶의 궁극적인 문제를 배열하고 정리해서 하나의 질서를 만들어내는 문학형식이라고 보았다. 게오르그 루카치(반성완·심희섭 역),「에세이의 본질과 형식」,『영혼과 형식』, 심설당, 1988, 5~34쪽 참조.

29) '정오평단(正午評團)'의 문학평론 동인지로, 이광훈, 임중빈, 조동일, 주섭일, 최홍규 등이 동인으로 참가하고 있다. 1963년 1월 10일 시사영어사에서 제1권이 발행되었는데, 이후 계속적으로 출간하지 못하고 창간호가 종간호가 되고 말았다.『비평작업』은 4·19와 5·16을 거치는 과정에서 학생비평가들(당시 임중빈은 성균관대, 조동일은 서울대 재학생)의 첫 번째 동인지라는 점과, 당시로서는 특이하게도 '비평전문지'를 표방했다는 점에서 1960년대 우리 비평사의 중요한 위치를 차지한다고 평가할 수 있다. 제1호의 목차를 살펴보면, <권두선언>「새 시대의 가치창조를 위하여」, 동인들의 공동평론의 형식으로 발표된 <평단소송> 제1호「위장된 전통론─백철론」, 제2호「어떤 쁘띠·인테리의 비극─이어령론」, 제3호「인생과 무대는 어디로─조연현론」, 임중빈,「몰락해 가는 한국적 주제」, 주섭일,「작가의 현실참여와 휴머니즘」, 이광훈,「이상 시어연구론 시고」, J.P. 싸르트르(주섭일 옮김),「실존주의와 맑스주의」, 조동일의 시「춤추는 의식」, P. 엘류아르의 시「평화의 얼굴」(조동일 옮김), <창작>으로 민병규의「파갱(破坑)」과 일리아 에렌부르크의「메리 파오로」(김송현 옮김)를 싣고,『60년대사화집』, 이어령의『고독한 군중』, 송욱의『시학평전』, 유종호의『비순수의 선언』등을 대상으로 한 4편의 짧은 <서평>, <문단직언>으로「한국문단은 무엇을 하는가」를 게재하고 있다.

시 대학생들로 구성된 학생동인지였지만, 1960년대 문학비평이 지향하는 현실인식의 방향을 명확하게 보여주었다는 점에서 그 비평사적 의미를 간과하기 어렵다.

　　感情과 觀念에 汲汲한 나머지 空虛하기 짝이없는 遊戲의 半世紀, 人間없는 地帶의 主題없는 住宅에서 우리는 이때것 言語없는 市民이었다. 이 온갖 文學에 對한 責任을 그동안의 批評이 專擔해야 할줄 안다. 있으나마나한 그러한 批評, 아니면 있어서 害毒만 기치는 다위의 批評을 우리는 斷乎 拒否한다. 여기 시나브로 '批評의 再發見'은 고개들고 있다. 眞正한 批評活動은 언제나 社會發展의 엔진이며 批評家는 精神의 鑛脈을 發掘해가는 鑛夫와 같다. 어려운 때일수록 批評의 길은 가시밭길이다.

　　時代는 批評을 낳아 기르고 批評 또한 時代를 지켜야 한다. 대 늦으나마 우리에게 '批評共和國'의 胎動을 봄은 이 때문이다.

　　歷史와 싸워야 할 必然性 앞에서 우리는 旣成의 秩序와 觀念에 對한 一大 手術을 試行한다. '새로운 무엇'이 그립고 아쉽다면 그것은 人間自體에 對한 問題의 提起와 創造를 다짐하는 血戰이라 믿고 있다. 破壞가 우리의 萬能이 아님은 勿論, 그것은 主體形成過程에 있어서 어쩌면 몸 전체로 치러야하는 紅疫이기만 하다.

　　오늘 여기에서 우리는 焦土作戰 끝에 葬送曲을 목놓아 合唱한다. 그것은 찾는 것이 있기 때문에, 믿는 것이 있기 때문에, 앞을 내다보는 젊은 人生이 있기 때문이다. 우리에겐 不斷한 批評과 獻身的 作業속에 自我發見의 길이 있을 뿐이다. 따라서 우리는 狂亂以前의 峻嚴한 '이반'인 동시에, 僧服을 걸치지 않은 '도니쌍神父'의 肖像임을 宣言한다.

　　'새로운 價値創造'가 우리의 地上課業이다. 이 값진 文化建設은 새 人間의 탄생에서라고 信仰하면서 우리는 그 産婆의 職責에 있음을 밝힌다. 아울러 우리는 그 어떠한 偶像도 斷乎 이를 糾彈함과 동시에 스스로 偶像의 再現을 容納하지 않는다. '테르미돌'의 純粹라는 城廓의 벽돌장을 움켜잡고 발버둥치는 그들만의 神話는 이제 一朝

에 消滅될 運命임을 銘心하라.

　. 文學의 創造와 批評을 위하여, 오늘 批評共和國을 死守하는 把守
꾼으로 새로운 現實을 構築하기 위하여 우리는 이렇게 兄弟로서 함
께 손잡고 있다.30)

『비평작업』은 "역사와 싸워야 할 필연성 앞에서 우리는 기성의 질서
와 관념에 대한 일대 수술을 시행"한다는 뚜렷한 목적의식으로 창간되
었다. 따라서 "인간자체에 대한 문제의 제기와 창조를 다짐하는 혈전"
을 치를 것을 선언하고, "파괴"가 "만능"은 아니지만 "주체형성과정"을
위해서는 어쩔 수 없이 감수해야만 하는 "홍역"이라고 보았다. 또한 그
들은 "부단한 비평과 헌신적 작업"을 통해 "새로운 가치창조"를 지향했
는데, 이를 실현하기 위해서는 무엇보다도 "어떠한 우상"도 "규탄"할
수 있어야 하고 "우상의 재현"도 용납하지 않는 새로운 비평지형을 형
성해야만 했다. 따라서 『비평작업』은 '평단소송'이라는 기획을 통해 당
시 한국문학비평의 우상으로 군림했던 백철, 이어령, 조연현을 신랄하
게 비판하였다.

　'평단소송'은 제1호 「위장된 전통론―백철론」, 제2호 「어떤 쁘띠 ·
인테리의 비극―이어령론」, 제3호 「인생과 무대는 어디로―조연현론」
의 세 편으로 구성되었다. 이제 막 비평활동을 시작한 대학생 비평가들
에게 백철, 이어령, 조연현은 "새로운 가치창조"을 위해서 반드시 넘어
야만 하는 "우상"이었음에 틀림없다. 따라서 그들은 백철의 전통론, 이
어령의 순수지향적 특성, 조연현을 중심으로 한 기성문단의 권력구조
에 대한 신랄한 비판을 서슴지 않는데, 심지어 "이젠 펜을 꺾으시오",
"그럴 자신쯤 없대서야 일찌거니 자진폐간을 서두르는 게 현명책일지

---

30) 「새 시대의 가치창조를 위하여」(권두선언), 『비평작업』 창간호, 시사영어사, 1963년 1월,
　　3~4쪽.

모른다"와 같은 감정적이고 직접적인 비판을 거침없이 쏟아내기도 했다. 이러한 태도는 기성문단에 얽매이지 않는 젊은 비평가들의 패기를 충분히 느낄 수 있다는 점에서 충분히 의미 있는 문제제기였지만, 한편으로는 전후비평과의 차별의식을 지나치게 강조한 나머지 이성적이고 논리적인 태도가 아닌 감정적인 태도로 일관함으로써 인상비평의 수준을 넘어서지 못하는 결정적 한계를 드러내고 말았다.

4월 혁명 이후 진보적 지식인들이 자신들의 목소리를 가감없이 드러낼 수 있었던 매체로 1964년『청맥』이 창간되었다. 이를 통해 조동일, 백낙청 등이 사실상 비평가로서 첫출발을 알리는 비평을 발표하기도 했다. 또한 일본에서 발간된『한양』에는 장일우·김순남 등 재일교포 비평가와 장백일·홍사중·임중빈·김우종·구중서·김병걸·신동한 등의 비평이 발표되었는데, 이들 비평가들은 모두 문학과 현실의 관계를 중심에 놓고 사유하고 실천함으로써 1960년대 참여문학론의 형성과 전개에 상당한 기여를 하였다. 이러한 현실참여의 비평정신은 1966년 백낙청이 중심이 되어 창간된『창비』의 시대정신으로 계승되고, 1969년에는 구중서·임헌영·백승철 등이 중심이 된『상황』의 창간으로 이어짐으로써, 문학의 사회적 기능을 중심에 둔 현실주의 문학론의 이론적 체계와 구체적 실천을 더욱 공고히 할 수 있었다.

이상에서처럼 4월 혁명 이후 전개된 문학비평은 전후비평을 초극하려는 4·19세대 비평가들과 기성문단에 대한 종속성을 탈피하기 위해 새롭게 창간된 비판적 지식인잡지와 동인지가 적절하게 만남으로써, 당시 문인협회 중심의 문단권력이 누리고 있었던 주류의식과 태도를 전복시키는 새로운 제도권의 창출로 이어졌다. 이런 점에서 전후비평의 타자화를 통해 4·19세대 비평의 의미를 특별히 강조하려 했던 이들의 세대론적 전략은 아주 유효했다. 또한 4·19세대 비평가들이 그들의 문학적 입장과 세대론적 정체성을 더욱 공고히 다지기 위해 문학동인을 결성하고 새로운 매체를 창간한 것은, 1970년대 이후 우리 문학비평의 지형이 특정 비평가들로 구성된 에콜[31] 중심으로 재편된다는 점에서 전사前史로서의 의미를 지니고 있다고 할 수 있다.

III. 4 · 19세대 비평의 제도화와 비평사의 단절

4 · 19세대 비평은 1960년대 후반에 이르러 '자유와 평등의 정신', '사회의식과 역사의식'을 통해 문학의 현실참여를 강조한 『창비』계열과, '감수성의 혁명', '리버럴리즘과 상상력'을 내세우며 미학적 탐구에 주력한 『68문학』(이후 『문지』) 계열로 뚜렷하게 양분되는 양상을 보인다. 이들은 '문학의 기능성/문학의 존재성', '실천적 이론/이론적 실천', '민중적 전망/시민적 전망', '현실에의 몸담음/현실에의 반성적 질문' 등 이원대립적 성격을 분명히 드러냄으로써, 1970년대 이후 우리 비평의 구도를 『창비』/『문지』의 대립이라는 도그마 속에 가두어 버렸다.[32]

물론 이 두 에콜의 비평의식은 4월 혁명의 역사적 성과에 뿌리를 두고 있으며 유신체제에 대응하는 지성적 산물이라는 점에서 공동의 전선을 지니는 측면도 있었다. 하지만 당대의 현실적 모순에 대한 문학적 응전의 태도에서는 전혀 다른 양상을 드러냄으로써 그 차별성을 더욱 심화시켜 왔다고 보는 편이 오히려 타당하다. 따라서 1970년대 이후 우

---

31) 비평의 에콜화는 집단 성원의 동질적인 이념의 자기확인과 구성원들 사이의 상호보완이라는 점에서는 긍정적인 측면을 보여준다. 하지만 에콜화는 정실비평으로 흐를 위험성 또한 내재하고 있다는 점에서 부정적인 측면을 배제해서도 안 된다. 홍정선, 「70년대 비평의 정신과 80년대 비평의 전개 양상」, 『역사적 삶과 비평』, 문학과지성사, 1986, 17쪽.
32) 이러한 비평적 대립은 '차이 속에서, 그리고 차이를 통해서 존재의 의미를 찾으려는 상징권력의 속성'에서 비롯된 결과라고 할 수 있다. 피에르 부르디외(최종철 옮김), 『구별짓기: 문화와 취향의 사회학(상)』, 새물결, 1995, 364~365쪽.

리의 문학비평은 사실상 이 두 에콜에 의해 주도되었다고 볼 수 있으며, 이들의 문학적 대립은 '리얼리즘/모더니즘'의 대립으로 첨예화되기도 했다.

1966년 창간된 『창비』는 우리 문학사에 최초의 본격적인 계간지 시대를 열었다는 상징적 의미를 지니고 있다. 이는 1960년대 초반 『한양』, 『비평작업』, 『청맥』 등의 지면을 통해 모색되었던 현실참여의 정신과 민족문학의 방향을 당대의 순수문학에 대한 비판으로 구체화함으로써 문학을 통한 실천과 변혁의 가능성을 새롭게 여는 중요한 역할을 담당하였다. 앞서 창간된 『한양』과 『청맥』의 현실주의 비평정신이 정치·사회적 이유로 인해 제도권 밖으로 밀려남으로써 『창비』는 이들 매체의 문학적 이념을 제도권 안으로 수렴하는 과정에서 창간되었다고 볼 수 있는 것이다.

이처럼 1960~1970년대 참여문학론, 민족문학론, 리얼리즘론 등의 현실주의 비평담론은 『창비』의 전유물이 아니라 1950년대 최일수, 정태용의 비평담론과 1960년대 『한양』, 『청맥』, 『상황』 등의 비평적 쟁점을 계승함으로써 성취될 수 있었다. 그럼에도 불구하고 지금까지 우리의 현실주의 비평사는 『창비』 창간 이전에 대해서는 침묵하거나 배제해 버림으로써 『창비』 중심의 비평담론에만 치중해 왔다. 물론 『창비』는 4월 혁명 이후 우리의 비평적 성과들을 종합하고 체계화함으로써 1960년대 이후 우리 비평사의 중심에 있었던 것은 틀림없는 사실이다. 하지만 이러한 『창비』의 비평사적 위상은 1960년대 초반부터 지속적으로 제기되었던 『한양』, 『청맥』의 현실주의 비평담론들을 철저하게 소외시킴으로써 민족문학론을 『창비』의 전유물로 만들었기 때문에 가능했다. 따라서 1960년대 이후 현실주의 문학비평 연구는 『창비』에콜 이외의 일군의 비평가들이 철저하게 배제되거나 소외되는 비평사의

단절을 초래하고 말았다.[33]

　『문지』는 문학의 사회적 기능과 실천을 강조한『창비』에콜에 대한 대타의식으로 1970년에 창간되었다. 이는『창비』의 현실주의에 맞서 자유주의를 표방한,『산문시대』―『사계』[34]―『68문학』[35]으로 이어진 『문지』에콜의 문학정신을 더욱 구체적으로 실천하기 위한 제도적 장치를 마련한 것으로 볼 수 있다. 그런데『68문학』의 창간사에 이미 잘 나타나 있듯이,『문지』에콜 역시 "우리 시대의 위기를 샤머니즘적인 것과 관념적인 유희와 비슷한 것이 되는 대로 결합하여 빚어내는 정신의 혼란 상태"에서 비롯되었다고 규정하고, 이러한 "시대의 병폐와 한계를 뛰어넘"는 새로운 비평정신을 확립하고자 했다. 다시 말해 이들은 4월 혁명의 정신을 이어받아 전후비평의 보수적 문학관을 혁신하는 진보적 문학관을 지향했던 것이다.

---

33) 이런 점에서 임헌영은『창비』가 1950~1960년대 민족문학론이나 참여문학론을 무시함으로써 마치 민족문학론이『창비』에서부터 새롭게 나온 것처럼 전통이 단절되고 과거가 사장되는 문제점이 발생했다고 지적한다. 그리고 당시 전후문학세대였던 이호철, 김우종, 홍사중 등, 말하자면『창비』가 자리잡기 이전의 소박한 참여문학론의 역량을 총화시켜 합쳐졌다면 한국문단은 훨씬 더 근본적인 개혁, 근본적인 민족문학이 원천적으로 뿌리내리는 결과가 되지 않았을까 하는 아쉬움을 토로하기도 한다. 임헌영·김성수(대담), 「경계에 선 전방위적 지식인 임헌영」,『문학과경계』, 2004년 가을, 43쪽.

34) 1966년 가람출판사에서 간행된 것으로, 1집에는 황동규, 박이도, 정현종, 김화영 등의 시와 김주연의 평론, 김현의 산문이 실려 있다. 그리고 2집(1967)과 3집(1968)에는 앞의 시인들의 신작시와 김주연, 김현의 평론이 실려 있다. 특히 김주연, 김현의 평론은 '시론'인데, 김주연은 「시와 진실」(1집), 「시와 인식」(2집), 「시에 '참여'의 문제」(3집)를, 김현은 「상상력의 두 경향」(2집), 「'고은'의 상상적 세계」(3집)를 발표하였다. 이처럼『사계』동인은 소설 전문 동인인『산문시대』와 달리 시전문 동인으로서의 성격을 분명하게 드러냈다.

35) 1969년 1월 한명문화사에서 간행된 것으로, 김승옥, 김주연, 김치수, 김현, 박태순, 염무웅, 이청준 등이 편집동인으로 참여하고 있다. 창간호가 종간호가 된 1집에는, 박상륭, 박태순, 이청준, 홍성원 등의 소설과 김화영, 박이도, 이성부, 이승훈, 정현종, 최하림, 황동규 등의 시, 그리고 김병익, 김주연, 김치수, 김현, 염무웅 등의 평론이 실려 있다. 특히 평론가 중에서 염무웅을 제외한 네 사람은『문학과지성』의 창간 멤버인 소위 4K라는 점에서,『68문학』은 사실상『문지』의 전단계적 성격을 지닌 동인지였다고 할 수 있다.

이런 점으로 미루어『창비』의 창간 무렵인 1960년대 중반까지는
『창비』와『문지』두 에콜의 비평적 쟁점이 크게 차별성을 드러내지 않
았던 것이 사실이다. 하지만 1970년『문지』창간에 즈음하여『산문시
대』와『68문학』의 동인으로 참여했던 염무웅이『문지』를 떠나『창비』
에 합류했는데, 이 때부터 두 에콜의 문학적 이념과 방법적 실천은 상당
한 차이를 드러내면서 대립적 성격을 뚜렷이 부각시켰다. 이는 역사적
이고 사회적인 맥락에서 문학의 본질을 인식해야 한다고 생각한 염무
웅의 현실주의 문학관과 정신의 리버럴리즘을 강조한『문지』에콜의
자유주의 문학관이 상호 모순을 지니고 있었기 때문이다.36)

이러한 정황은『문지』에콜이 태생단계에서부터 철저하게 자기만의
정체성을 유지하려는 폐쇄적 태도를 지님으로써, 그들의 생각에 반하
는 문학적 입장을 암묵적으로 배제하고 있었음을 말해준다. 다시 말해
동인들 간의 의식적인 제휴를 통해 이미 평단에서 상당한 기득권을 지
니고 있었던『창비』의 현실주의 문학관에 정면으로 도전하려는 인정
투쟁의 비평전략을 지니고 있었던 것이다. 따라서『문지』는 "문학을 질
식시키는 도그마적인 발언에 대한 분노와 새것 콤플렉스로 명명되는
사대주의적 발상에 대한 혐오"를 통해,『창비』진영의 문학론에 대해
참여문학론의 억압적 태도와 주체성을 상실한 외래주의의 허무주의적
태도를 동시에 지니고 있다고 비판했다.37) 이러한 태도는 백낙청, 염무

---

36) 4월 혁명을 똑같이 경험한 그들은 혁명 직후에 벌어진 불행한 쿠데타, 경제개발과정을 거
치면서 서서히 문학에 대한 시각의 차이를 드러낸다. 전세대 비평가들과 차별성을 가지면
서 처음에는 문학적 동류의식으로 뭉쳐 강한 결속력으로 세대적 연대감을 다졌던 그들이
왜 각기 다른 길로 갈 수밖에 없었는가는 해방 이후에 전개된 한국의 문학적 지형도에서
흥미로운 사건이 아닐 수 없다. 그것은 혁명에 대한 관점의 차이가 야기한 시대적 현실에
대한 반응이라고 할 수 있는데, 5 · 16쿠데타의 좌절을 겪은 내면화의 과정과 더불어 동시
에 고려해야 하는 한국 지성사의 한 문제이기도 하다. 전상기, 「1960 · 70년대 한국문학비
평 연구」, 성균관대 박사논문, 2002, 1쪽.
37) 하지만 1970년 이후『문지』의 정신적 편력이 실존적 정신분석, 구조주의, 기호학, 문학사

웅, 구중서 등 참여문학론을 주장하는 평론가들의 현실주의 문학론에 맞서는 것으로, '구호적 문학' 대신 '문학의 자율성'을 강조하는 자유주의 문학론을 표방한 것에 다름 아니다. 결국『문지』의 비평의식은 4월 혁명 이후 견고하게 형성되었던 문학과 현실의 직접적 관계를 상상력과 언어의 그물 속에 가두어 버림으로써, 한국문학의 이원화, 즉 '현실주의 · 민중주의/자유주의 · 지성주의'라는 극단적 대립을 고착화시키고 말았다.

4 · 19세대 비평은 전후비평을 타자화하는 세대론적 전략을 통해 새로운 제도권의 창출로 나아갔다. 특히『창비』와『문지』를 중심으로 한 문학의 제도화를 모색함으로써, 정치적 이유로 사장된 문학담론이나 소수의 문학담론들을 철저하게 배제하거나 소외시키는 비평사의 단절을 심화시켰다. 이 때문에『한양』,『청맥』,『상황』등의 현실주의 비평담론은『창비』,『문지』의 비평전략에 의해 또다시 타자화되어 버림으로써 지금까지도 1960년대 문학비평 연구의 중심으로 부각되지 못하고 있는 실정이다.

IV. 1960년대 문학비평의 실천적 방향과 의의

1960년대 현실주의 문학비평은 4월 혁명의 정신으로 전후세대의 보수적 문학론을 혁신하였을 뿐만 아니라, 1950년대 정태용 · 최일수 등에 의해 제기되었던 민족문학론의 전통을 계승하는 비평사의 연속성을

회학 등을 주목한 사실을 통해 볼 때, 정작 그들 스스로가 김현이 그렇게 비판했던 '새것 콤플렉스'로부터 얼마나 자유로울 수 있는지 되묻지 않을 수 없다. 결국『문지』의『창비』 비판은 자기모순의 함정을 벗어나기 힘든 것이 사실인데, 이러한 한계는 서구 문학비평의 다양한 방법론을 폭넓게 수용하면서도 정작 한국문학 속에서는 확실하게 자신들의 방법론을 정립하지 못한 데서 비롯된 결과라고 할 수 있다.

견지하였다. 또한 문학과 현실의 관계를 주목하여 한국사회의 구조적 모순을 신랄하게 비판함으로써 문학비평의 현실참여적 성격을 강조하였다. 그런데 이러한 담론적 실천은 사실상 전후세대의 영향권 아래 있었던 『현대문학』, 『자유문학』, 『문학예술』 등의 기성 매체로는 감당하기 힘든 과제였다. 따라서 새로운 세대의 비평적 실천은 어떠한 문학권력으로부터도 자유로운 독립적 매체의 창간을 필수적으로 요구했는데, 『한양』, 『청맥』, 『창비』, 『상황』 등은 바로 이러한 역할을 담당하기 위해 새롭게 창간된 비판적 지식인잡지와 문학동인지였다.

　주지하다시피 1960년대 한국의 보수적 문단은 5 · 16 군사정권의 등장으로 기존의 모든 사회단체들이 강제적으로 통합되면서 문예조직도 <한국문인협회>로 단일화되었다. 이때부터 보수적 문단은 당대의 정치권력에 더욱 유착 · 종속되는 정치적인 문학집단으로 전락하였다. 따라서 당대의 보수적 문학론은 겉으로는 정치배제의 논리를 내세움으로써 문학의 자율성을 강조했지만, 실질적으로는 당대 정치권력에 추종하는 자기모순의 어법을 구사했다. 그들이 '순수'라는 명칭을 본격적으로 사용한 맥락 역시 진보적 담론에 대한 대응논리였지 말 그대로 순수한 의미의 순수문학론은 아니었던 것이다. 결국 순수문학론은 진보적 민족문학론에 대한 대타의식에 의해 형성된 정치적인 성격을 은폐한 보수적 문학론이었다고 평가할 수 있다.

　4 · 19세대 중심의 1960년대 문학비평은 바로 이러한 보수적 문학론의 허위성을 냉철하게 비판하고, 정치논리에 휘둘리는 문인협회 중심의 구세대의 문학관을 근본적으로 혁신하고자 했다. 하지만 기성정치권의 제도적 폭력성과 사회의 구조적 모순에 대한 지식인의 비판적 현실참여는 박정희 군사정권의 탄압에 의해 역사적 굴곡을 겪어야만 했다. 결국 이러한 외압으로 인해 4 · 19세대 비평가들은 같은 출발점에

있었으면서도 문학적 이념과 방법적 실천에 있어서는 현격한 차이를 드러내는 내부분화를 초래할 수밖에 없었다.

　지금까지 현실주의 문학비평의 주요 쟁점은 대부분 『창비』만의 전유물인 것처럼 논의되어 왔다. 그렇다면 1966년 『창비』 창간 이전, 즉 1960~1965년에 이르는 기간 동안 한국의 현실주의 문학비평은 공백 상태에 있었다고 보아야 하는가? 이러한 단절적 시각은 『창비』 창간 이전의 전사前史를 배제하거나 『창비』가 동시대의 다른 매체와의 대립과 경쟁, 그리고 연대의식을 통해 성장했다는 사실을 간과한 데서 비롯된 관점이다. 다시 말해 『창비』에 의해 주도되었다고 평가되어 온 현실주의 문학비평은 그보다 앞서 창간된 『한양』, 『청맥』 등에서 이미 제기된 비평적 쟁점을 계승한 것에 지나지 않았던 것이다. 그런데 이들 매체가 문인간첩단 사건, 통일혁명당 사건 등 반공이데올로기에 의해 제도권 밖으로 밀려나고 소수 담론들은 정치적 이유로 배제되면서 자연스럽게 제도권의 중심으로 부상한 것이 바로 『창비』였다고 할 수 있다.

　1960년대 현실주의 문학비평은 일제하 카프와 광복직후 좌파의 민족문학론을 계승한 비평사의 연속성을 지니고 있었다. 이는 전후의 모더니즘론과 순수주의 문학론의 확대로 인해 겨우 명맥을 이어오던 한국문학의 현실주의적 성격을 담론의 중심으로 다시 부각시키는 중요한 역할을 담당했다. 소위 모더니즘에서 리얼리즘으로의 담론적 변화는 4월 혁명의 시대정신과 지식인의 현실참여가 한국문학에 절대적인 영향을 미친 결과였다. 『한양』, 『청맥』, 『창비』, 『상황』은 이러한 1960년대 문학담론의 변화를 선도하는 비평적 토대였고 정신사적 배경이었다.

　『한양』의 경우 재일교포잡지로서 '한국적' 혹은 '민족적' 정신의 주체적 확립을 통해 재일한인으로서의 정체성과 한국문학의 시대정신에 깊숙이 개입하는 문학적 실천을 모색했다는 점에서 커다란 의미가 있다.

또한 5 · 16 이후 반공이데올로기의 강화와 기성 제도권 문학의 정치적 종속성을 과감히 탈피함으로써 문학인의 진정한 자율성과 비판적 현실 인식의 공론장을 제공해 주었다. 비록『한양』이 일본에서 재일교포 문학인들을 중심으로 창간되었다는 지역적 한계를 지니고 있었지만, 오히려 그것은 한국 내의 정치적 간섭을 받지 않아도 된다는 장점이 있었고, 그 내용의 중심에는 1960년대 한국의 현실과 한국문학에 대한 비판적 성찰을 담을 수 있었다는 점에서 한국비평사의 연속성 위에 있었다고 보아야 하는 것이다. 따라서『한양』은 1960년대 현실주의 문학비평 담론의 출발점에서 한국의 억압적인 정치 · 사회적 현실이 감당할 수 없었던 당대의 주요 쟁점들을 가감없이 드러내는 비판적 지식인잡지였다고 평가할 수 있다.

『청맥』은 계몽적 이상의 차원에서 구체적 현실인식의 차원으로 넘어가는 1960년대 지식인담론의 변화를 명확하게 보여주었다. 당대의 관념적 지식인과 기성세대에 대한 비판을 통한 새로운 인텔리상의 모색, 그리고 정치 · 사회적 현실의 구조적 모순에 대한 성찰과 대안을 제시하는 4 · 19세대 중심의 세대론적 문제의식을 지니고 있었다. 당시 『청맥』은 이러한 시대적 명제에 대한 가장 구체적인 문제제기를 함으로써 이를 문학적으로 실천한 매체라는 점에서 의미가 있다. 특히 문학비평의 경우 조동일, 백낙청, 구중서 등 민족문학 진영의 대표적 비평가들이 비평적 출발을 한 매체였다는 상징성뿐만 아니라, 참여문학론, 민족문학론, 리얼리즘문학론으로 심화 · 발전되는 1960년대 이후 우리 현실주의 비평사의 쟁점들을 총체적으로 구현했다는 점에서 그 비평사적 의의는 아주 크다.

『창비』는 4 · 19세대에 의한 문단의 재편과 교체라는 1960년대 문학 지형의 변화를 선두에서 이끌어내고,『현대문학』중심의 보수적 문단의 권력화를 견제하는 1960년대의 가장 대표적인 비판적 지식인잡지였다. 특히 1960년대 현실참여문학의 논리가 지나치게 당위성만을 앞세운 나머지 방법론적 성찰을 결여하고 있었다는 문제의식으로, 서구의 지성사를 중심으로 현실참여의 이론적 체계화를 모색했다는 점은 주목할 만하다. 하지만 이러한 『창비』의 태도가 서구적 근대를 완성형으로 설정하고 한국적 현실을 후진성으로 파악함으로써 지나치게 서구추수적이고 반주체적인 한계로 지녔다고 평가할 수 있다. 이러한 한계에도 불구하고 『창비』는 반공이데올로기에 의한 정치적 왜곡으로 평단의 중심에 부각되지도 못하고 점점 제도권 밖으로 배제되어 버렸던 『한양』과 『청맥』의 비평정신을 제도권 안으로 수렴하는 역할을 담당했고, 이를 통해 우리의 현실주의 비평담론을 1960년대 이후 비평사의 중심에 위치시켰다는 점에서 그 비평사적 의의를 간과해서는 안 된다.

　　『상황』은 1960년대 현실주의 문학비평의 관념성과 역사의식의 한계에 대한 비판적 성찰을 바탕으로 민족의 역사적 성격과 구체적인 현실인식에 근거를 둔 주체적 비평담론을 제기하였다. 따라서 『상황』은 『창비』와 같은 지향성을 지녔으면서도 『창비』의 실천방법에 대해서는 상당히 비판적인 태도를 드러냈다. 무엇보다도 『상황』은 당시 한국의 특수한 역사적 현실과 주체적인 민중의식에 대한 자각을 통해 분단현실의 극복과 통일을 향한 민족문학의 정립을 궁극적 목표로 삼았던 것이다. 비록 통권 5호에 불과하고 재수록 형식의 한계를 지님으로써 매체의 독립적 성격을 뚜렷이 부각시키지는 못했지만, 『상황』 동인들이 보여준 비평의 방향은 당시로서는 가장 주체적이고 실천적인 성격을 드러냈다고 평가할 수 있다. 또한 『상황』은 창간호를 제외하고 1970년대 초반에 간행되었다는 점에서 1960년대 문학비평과 1970년대 문학비평을 연속성의 관점에서 이해하는 데 있어서 중요한 비평사적 위치를 차지한다고 할 수 있다.

　이상에서 살펴봤듯이, 『한양』, 『청맥』, 『창비』, 『상황』은 1960년대 우리 사회를 바라보는 공통된 의식과 지향성만큼은 어떤 에콜보다도 일관되고 통일된 모습을 보여주었다고 평가할 수 있다. 특히 참여문학－민족문학－리얼리즘을 바라보는 문제의식에 있어서는 가장 강력한 연대의식을 형성했던 것이 사실이다. 이는 1960년대의 사회 · 역사적 성격에서 비롯된 것으로, 4월 혁명의 시대정신에서 출발한 이들 매체의 비평담론을 '현실주의'라는 공통된 지향성으로 통합시키는 이정표가 되어 주었던 것이다.

　이처럼 1960년대 현실주의 문학비평은 『한양』에서 『상황』으로 이어지는 비평사의 연속성을 지니고 있었다. 하지만 지금까지 우리의 비평사 기술은 그 앞과 뒤를 모두 잘라버린 채 『창비』 중심의 논의만을 답습하는 모순과 단절을 심화시켰다. 분단과 반공이데올로기에 희생되어 '불온서적'으로 낙인찍힌 채 서고에 갇혀 있는 『한양』, 『청맥』과 『창비』에 가려져 제대로 평가조차 되지 못한 『상황』은 이제 1960년대 현실주의 비평사의 중심으로 복원되어야만 한다. 그리고 이들 매체의 문학비평이 1950년대와 1970년대를 어떻게 계승하고 이월하였는지에 대해서도 더욱 실증적인 논의가 필요하다.

　이 글은 이러한 1960년대 비평사의 단절과 모순에 대한 반성을 통해 비평사의 결락 부분을 채우고 50년대－60년대－70년대로 이어지는 비평사의 연속성을 강조하였다. 특히 1960년대 문학비평의 역사적 전개과정을 총체적으로 살펴봄으로써 현실주의 문학비평의 계보를 새롭게 정립하고자 했다. 따라서 1960년대 현실주의 문학비평의 중요한 위치에 있었음에도 불구하고 통일혁명당 사건, 문인간첩단 사건 등 우리의 어두운 정치적 사건에 의해 철저하게 배제되어 버린 『한양』, 『청맥』,

『상황』의 문학비평을 『창비』와 함께 살펴봄으로써 이들 세 매체를 1960년대 현실주의 비평사의 전면에 부각시켰다.

1960년대 『한양』, 『청맥』, 『창비』, 『상황』의 문학비평은, 보수적 성격의 문인협회 중심으로 이어오던 한국문학의 지형을 근본적으로 혁신하는 진보적 문학정신을 지향했다. 따라서 4월 혁명의 정신을 바탕으로 문학과 현실의 관계를 강조하는 현실주의 문학비평의 계보는 이들 매체를 중심으로 새롭게 정립될 필요가 있다. 즉 1960년대 현실주의 문학비평은 『한양』으로부터 『청맥』—『창비』—『상황』으로 이어지는 통시적 전개과정을 보였다는 점을 주목해야 하는 것이다. 이런 점에서 지금까지 『창비』만의 역할을 지나치게 강조한 나머지 배제되었던 『한양』, 『청맥』, 『상황』을 1960년대 현실주의 비평사 속에 제대로 자리매김시켜야만 한다. 이러한 비평사에 대한 문제의식으로 앞으로 비평사 연구는 1950년대와의 비평사적 단절을 극복하고 나아가 1970년대 현실주의 문학비평에의 연속성도 확보하는 현실주의 비평사의 새로운 방향을 모색해 나가야 할 것이다.

4 · 19 공간 경험과
거리의 모더니티

───

오창은

I. 대도시의 거리와 혁명

1960년 4월 19일(화), 『동아일보』 조간 1면 상단에 큼직한 사진이 게재되었다. 이 사진은 등을 보인 채 뒷짐을 지고 서 있는 사복경찰들 너머로 수천 명의 학생들이 쇄도해 오는 모습을 포착한 것이다. 사진의 근경近景은 움직임 없이 수세적 태도로 고정된 채 서 있는 경찰들로 채워져 있지만, 원경遠景은 불균형적인 듯하면서도 역동적 움직임으로 압박해 오는 학생들의 모습이 빼곡히 들어 차 있다. 사진 옆에는 "종로3가 단성사 옆길을 통과하려는 데모대를 사복 경찰관 60여 명이 오중五重으로 '인의 바리케이트'를 구축하여 저지하였으나 학생들은 스크람을 짜고 구보로 돌파하였다"[1]는 설명이 달려있다.

『동아일보』의 사진 속 풍경은 4월 18일에 발생했던 고려대생들의 시위 모습을 담은 것이었다. 18일 오후 1시경, 고려대생 3천여 명은 안암동 교정을 뛰쳐나와 동대문 · 종로 · 광화문을 거쳐 국회의사당(현 서울시의회)까지 5킬로미터를 행진했다. 4월 18일에야 서울에서는 대학생들이 시내를 질주하는 시위가 본격적으로 시작된 것이다.

　4월 18일 이전까지는 중고교생이 중심이 된 10대 청소년들이 대구 · 부산 · 마산 · 인천 등 지방에서 학원자유와 부정선거를 규탄하는 시위를 벌여왔다. 경찰의 총격에 의해 희생도 속출했고, 시위 또한 폭력적인 양상을 띠고 있었다. 하지만, 서울의 대학생들은 무심하다할 정도로 긴 침묵을 지켰었다. 그 침묵을 깬 사건이 4월 18일 고려대학생들의 국회의사당 행진이었고, 이를 이미지화한 것이 『동아일보』의 조간 1면의 사진이었다.

　혁명은 그렇게 시작되었다. 18일의 고려대 학생 시위에 이어 19일에는 서울 시내 주요 대학들이 국회의사당 · 중앙청 · 경무대로 쇄도해 들어왔다. 대학생들은 "기성층은 각성하라" "데모가 이적이냐 폭정이 이적이다" "3 · 15선거를 다시하라"[2] 등의 구호를 외치며 서울 시내를 인의 장막으로 메워버렸다. 공포는 군중을 잠재우지만, 공포를 이겨낸 군중은 스스로 공포스러운 존재가 된다. 권력은 폭력을 통해서만 공포스러운 존재가 된 군중을 통제할 수 있다. 하지만, 그 폭력은 군중의 복수를 감내할 정도로 무자비한 것이어야 한다. 바로 이 때문에 성공한 혁명이든, 실패한 혁명이든 비극일 수밖에 없다. 4 · 19혁명은 바로 이 비극의 서사를 그대로 보여준다.

　경찰이 오후 1시 40분경 경무대 정문 앞에서 시위학생들에게 발포했다. 경찰의 사격은 공포탄이 아닌, 정확히 사람을 겨냥한 실탄 살상행위

1)『동아일보』1960년 4월 19일자(조간), 1면.
2) 현역일선기자동인 편, 『四月革命─학도의 피와 승리의 기록』, 창원사, 1960, 83쪽.

였다. 이미, 이때 자유당 정치권력은 공포에 사로잡혀 있었다. 그들은 권력의 공포를 군중들의 공포로 전가시킴으로써 위기를 극복하려 했다. 이 발포로 경무대 앞에서만 노희두(동국대생)와 김치호(서울대 문리대생) 등 21명이 사망했고, 172명이 부상을 당했다. 이 실탄사격을 시작으로 중앙청 앞에서, 을지로 입구 내무부 앞에서, 성북경찰서 앞에서 학살이 자행되었다. 4월 19일에만 서울에서 104명, 부산에서 13명, 광주에서 6명이 희생되었다.[3] 잘 알려지지 않은 사실이지만 일부 분노한 시위대는 파출소를 습격하여 카빈 소총 등으로 무장 한 채 경찰과 총격전을 벌였다.

죽음의 공포를 이겨낸 시위대는 죽음의 화신으로 변해 공포를 생산해낸다. 그 순간, 권력이 생산하는 공포는 무력화되고 만다. 그래서 역사는 이 날을 '피의 화요일'로 일컫는다. 다급해진 이승만 자유당 정권은 오후 3경에 서울 일원에 계엄령을 선포함으로써 군대를 동원해 시위대를 진압하려 했다. 계엄군이 시내를 장악하자 19일의 시위는 일시적 소강상태에 접어들었다. 정치권력이 믿었던 군대는 중립적 태도를 보였고, 일시적 소강상태에도 불구하고 '거리의 정치'는 지속되었다. 부정선거로 그 정당성이 훼손된 대의정치에 대응해 시민들이 '거리에서 정치적 요구'를 직접적으로 발화하기 시작한 것이다. 이는 역사적 전변의 측면에서 '해방기 거리의 정치'에 견줄 수 있는 격변이었다.[4] 이승만 대통령은 자유당 총재직 사퇴를, 이기붕은 모든 공직 사퇴를 발표했지만, 성난 민심은 좀처럼 진정되지 않았다. 그러다, 4월 25일 교수단의 데모가 사건의 추이를 급격히 변화시켰다. 이 시위는 지성의 분노를 표현한

---

3) 민주화운동기념사업회 연구소 엮음, 『한국민주화운동사 1』, 돌베개, 2008, 129 · 134쪽.
4) 천정환은 해방기 거리의 정치의 특징으로 1) 일제가 만들어 놓은 정치제도와 공권력의 작용이 정지되고 진공상태에 빠졌다는 점, 2) 일제의 패퇴는 마치 혁명과 같은 '새로운 시작'을 가능하게 했다는 점, 3) 대의제 '국가가 건설되기까지 이뤄진 '동원의 정치'였다는 점을 특징으로 꼽았다(천정환, 「해방기 거리의 정치와 표상의 생산」, 『상허학보』 26, 2009, 50~60쪽).

것이고, 시위대의 정당성을 교수들이 나서서 적극적으로 옹호한 것이기도 했다.

시민의 직접행동은 모든 정치적 행위 보다 우위에 서는 경우가 많다. 정치적 타협을 거부한 4·19 거리의 정치는 마침내 한국사에서 새로운 전통을 형성하기에 이르렀다. 4월 26일, 이승만 대통령이 하야성명을 발표한 것이다. 마침 이 날도 화요일이어서 '피의 화요일'에 대비되는 '승리의 화요일'이 되었다. 혁명의 승리는 피로써 과거를 씻는 것을 의미한다. 마치 모더니즘이 전통을 파괴함으로써 자신을 발견하려한 것처럼, 혁명도 이제까지는 존재하지 않았던 새로운 영역 속에 자신을 내던짐으로써 가능했다.

필자가 관심을 갖는 것은 '혁명의 경험은 감성의 영역에서 어떤 흔적을 남기는가'이다. 이를 살피기 위해 4·19혁명이 발생하기 이전에 발표된 소설작품들과 4·19혁명이 이후에 발표된 소설 작품을 대비하고자 한다. 이러한 작업은 사회적 모더니티가 문학적 모더니즘에 투영되는 방식, 혹은 사건에 대응하여 감성이 펼쳐지는 방식을 살펴보기 위한 것이다. 발터 벤야민은 한 글에서 "역사 속으로 들어갈 때마다 우리는 흔적을 남긴다"[5]고 했다. 벤야민의 이야기는 이중적 의미로 해석할 수 있을 듯하다. 그 하나는 현재의 인간이 역사 속에 들어감으로써 그 해석에 개입한다는 의미일 수 있다. 현재라는 동시성 속에서 삶을 영위하는 주체는 역사적 사건 자체에 어떤 변형을 가할 수는 없다. 다만, 사건이 발생한 이후에 다양한 해석적 개입은 가능하다. 그 해석을 흔적이라고 표현할 수 있는 것이다. 다른 하나는 역사를 사유하는 주체가 역사적 사건과 대면하면서 스스로 감당해야 하는 흔적이다. 역사 속에 들어간다는 것은 주체의 삶을 변화시키는 모험일 수 있다. 인간은 역사와 대면하

---

5) 발터 벤야민, 조형준 옮김, 『아케이드 프로젝트 2』, 새물결, 2005, 1163쪽.

면서 동시대성에 갇히지 않고, 스스로를 역사적 존재로 인식하게 된다. 그 대면의 순간에 주체는 자신의 몸에 역사적 흔적을 기입한다. 그것은 감성의 변화를 경험하는 것이고, 세계관의 변화를 감내하는 것이기도 하다.

4·19혁명을 매개로 '공간 경험'과 '거리의 모더니티'를 사유하는 것도 '역사에 남기는 흔적'이나 '역사화한 주체의 상처'를 감내하는 작업일 것이다. 필자는 1950년대의 거리풍경을 통해 시대적 상황을 살피고, 이와 대비해 1960년대 벽두에 우연처럼 발생한 '4·19라는 사건'을 문학 작품을 통해 다시 사유하려 한다. 한국 현대 도시의 풍경을 혁명적 사건과 더불어 성찰함으로써 1960년대의 감수성을 1950년대의 감수성과 대비해 살펴볼 것이다. 이를 통해 혁명적 경험이 주체에게 기입한 흔적을 재구성하고, 혁명의 효과를 현재라는 시간 속에서 성찰하려 한다.

II. 1950년대와 '피해대중'

1950년대는 '피해대중의 시대'이다. 피해 대중은 한국전쟁 이후 정치적·경제적으로 억압 상황에 처해 있는 민중을 가리킨다. 이 용어는 이승만 자유당 정권에 의해 정치적으로 살해당한 조봉암이 처음 사용했다. 조봉암은 1956년 11월 10일 진보당 발당식에서 행한 개회사에서 '피해를 받고 있는 대중'을 '피해대중'이라 지칭하면서, 진보당은 "필연적으로 광범한 근로대중을 사회적 기반으로 하는 피해대중의 당"이라고 선언했다.6) 조봉암의 '피해대중'은 좁은 의미와 넓은 의미로 나눠 살펴볼 수 있다.

좁은 의미에서 피해대중은 '국가보안법 피의자'로 감옥에 갇혀 있는

---

6) 서중석, 『조봉암과 1950년대(하)―피해대중과 학살의 정치학』, 역사비평사, 2000, 533쪽.

죄수들이었고, 보도연맹 관계자들이었으며, 집단학살의 희생자이자 그 유족들이었다. 한국전쟁 기간에 수많은 집단 학살이 자행되었지만, 그 유족들은 대부분 반공체제 속에서 숨죽이며 지내야 했다. 4 · 19혁명 이후인 1960년 5월에 구성된 국회 '양민학살사건 특별조사위원회'는 피해 대중의 상황을 적절히 보여준다. 이 위원회의 조사에 따르면, 경상남북도, 전라남북도, 제주도 지역에서 총 8,715명의 민간인 인명피해와 1만 41호의 가옥 피해가 있었다.[7] 하지만, 피해자의 유족들은 4 · 19혁명 이전까지는 '반공이데올로기'의 폭력 속에서 '민간인 학살 문제'를 공식적으로 제기할 수 없었다.

넓은 의미에서 피해대중은 1950년대 '피억압자들'을 포함하는 개념이다. 미국의 원조에 의존했던 이승만 자유당 정권은 1957년을 고비로 경제성장이 급격히 둔화되는 양상을 보였다. 경제성장률 변동 추이를 살펴보면, 1957년 8.7%였던 것이, 1958년에는 7.8%로 하락했고, 1959년에는 5.2%를 기록한데 이어 1960년에는 2.1%로 크게 하락했다.[8] 경제가 위기에 처하자 이승만 자유당 정권은 농민들을 포함한 민중들에게 조세부담을 대폭 늘려 부족한 재정을 채우려 했다. 당시 정부는 재정 위기를 넘기기 위해 세율을 인상하고, 새로운 세목을 확대하는 등의 방법으로 조세수입을 대폭 늘려나갔다. 정부 재정에서 조세가 차지하는 비중을 살펴보면 1957년에 27.6%였던 것이, 1959년에는 43.4%로 증가했고, 1960년에는 51.5%까지 늘어났다.[9] 조세 부담은 광범위한 영역에서 민중의 생활상을 피폐하게 하는 요인으로 작용했다. 특히 농민층은 정부의 조세수탈과 저곡가 정책, 미국잉여농산물의 도입 등으로 생활

7) 민주화운동기념사업회 연구소 엮음, 앞의 책, 271쪽.
8) 전철환, 「4 · 19혁명의 사회 경제적 배경 — 파행적 경제구조에 신음하던 민중적 요구대변」, 『4 · 19혁명론 I』, 일월서각, 1983, 92쪽.
9) 공제욱 · 노중기, 「농지개혁과 원조경제 — 1950년대 사회경제구조」, 『한국사회변혁운동과 4월 혁명』, 한길사, 1990, 44쪽.

상이 피폐해져 도시로 유입되었다. 전반적인 경기하락과 인플레이션의 증가, 그리고 도시 실업률 증가로 인한 궁핍한 삶이 1950년대의 일반적 상황이었다. 그런 의미에서 1950년대 억압받은 민중을 '피해대중'이라고 포괄적으로 이야기할 수 있다. 조봉암은 '피해대중'이 "특권층 때문에 국민대중이 사실상으로 대중적인 수탈을 당하는 엄연한 현실에 입각해서 그 대중적인 수탈을 당하는 국민대중을 가리켜 이르는 말"이라고 했다.[10] 한국전쟁 이후 1950년대 한국사회에서 일반대중의 존재방식을 '피해대중'이라고 상징화해 표현한 것이다.

피해의식은 굴종적 태도를 내면화하게 된다. 부당한 폭력이나 억압에도 저항하지 못하고 심지어는 자신보다 약자인 사람들에게는 오히려 폭력적인 태도를 보이기도 한다. 이러한 왜곡 상황을 극복하기 위해서는 회피하고 침묵하기 보다는 직시하고 표현할 수 있어야 한다. 이 '직시와 표현'의 가능성은 4·19혁명을 통해 가능해졌다.

그렇다면, 1950년대 피해대중의 상황은 어떤 문학적 감성으로 표현되었을까? 이에 대한 구체적 논의를 위해 이범선의 「오발탄」(『현대문학』 1959년 10월호)을 살펴볼 필요가 있다. 이 소설은 서울이라는 도시공간을 배경으로 1950년대 거리 풍경을 소설 속 주인공의 내면세계와 연결해 그리고 있다.

한때, 공간은 텅 빈 곳으로 이해되었다. 그 안에 무언가가 존재해야만 의미가 있는 것이지, 그 자체로는 무력하다는 견해가 일반적이었다. 하지만, 공간은 능동적 성격을 지닌다. 공간은 구성적인 성격을 지니고 있어서, 사회구조와 닮아간다.[11] 즉, 공간이 어떻게 사용되고, 그 공간 속에서 주체는 어떻게 생활하는가에 주목할 필요가 있다. 사회적 차원에

---

10) 조봉암, 「평화통일에의 길」, 조대복 편, 『진보당』, 지양사, 1985, 82쪽; 서중석, 앞의 책, 재인용, 534쪽.
11) 스티븐 컨, 박성관 옮김, 『시간과 공간의 문화사 1880~1918』, 휴머니스트, 2004, 381~382쪽.

서 볼 때, 공간은 주체의 정체성을 구성하기 때문이다.

1950년대 문학 속에 나타나는 공간 경험도 마찬가지이다. 작품 속에 배경으로 등장한 공간에는 사회적 상징이 기입되어 있다. 1959년작인 이범선의 「오발탄」은 한국전쟁 이후의 피폐한 서울의 실상이 소설 서사의 배면에 자리하고 있다.

이 작품은 '영혼이 비어버린 한 가장'에 관한 이야기이다. 가족과 함께 월남한 송철호는 계리사 사무실 서기로 일하고 있다. 그 직업은 "남의 살림살이나 계산해"주는 것인데, 월급은 "전차 값도 없어서" 종로에서 해방촌까지 근 십리를 걸어다녀야 할 정도로 적다.12) 경제적 상황이 이렇다보니 늘상 점심도 못 먹고 허기진 채로 일을 한다. 그의 가족이 처해 있는 상태는 더 비참하다. 철호 일가족은 북한에서 "꽤 큰 지주로서 한 마을의 주인 격으로 제법 풍족"13)하게 살아왔기에 현실이 더욱 고통스러울 수밖에 없다. 어머니는 한국전쟁 중 용산이 폭격당할 때 정신을 놓아버려 피골이 상접한 채 연신 "가자!"만을 외친다. 어머니의 "가자!"라는 외침은 이 소설의 분위기를 조성하는 단발마적 절규이다. '가자!'는 가고자 하는 욕망은 있으나, 갈 수 없는 상황을 딜레마적으로 보여준다. 이 딜레마적 상황은 대부분의 소설 속 인물들을 감싸고 있다.

「오발탄」에 등장하는 대부분의 인물들은 극심한 빈곤으로 고통받는 '피해대중'의 형상을 하고 있다. E여자대학 졸업 음악회에서 청중을 매혹시켰던 아내는 만삭인 상태로 몸을 가누지 못하고 있다. 아내는 "이제 아무런 희망도 가져 보려고 하지 않"은 채 자신을 방기한다. 을지로 입구 십자거리에서 우연히 보게 된 여동생 명숙의 상태도 철호의 마음을 아프게 한다. 명숙은 "핸들을 쥔 미군 바로 옆자리에 색안경을 쓴"14)

---

12) 이범선, 「오발탄」, 『현대문학』 1959년 10월호, 148쪽.
13) 위의 책, 144쪽.
14) 위의 책, 154쪽.

채 앉아 있었고, 그 날 이후 철호와 명숙은 한 마디의 대화도 하지 않게 된다. 가장 큰 문제는 동생 영호다. 그는 고학으로 대학 삼학년까지 악착같이 다니다 군에 입대했다. 제대 후, 이년이 넘도록 직업 구하지 못하게 되자 영호는 자포자기 상태에서 매일 술에 취한 상태로 귀가한다. 그가 세상을 향해 퍼붓는 분노는 철호의 순응적 태도와 대비된다. 영호는 철호가 '양심이 강해서 약한 자'라고 질타한다. 영호는 "사람이 약하면 약한 만치, 그만치 반대로 양심이란 가시는 여물고 굳어지는 것인지도 모르죠"15)라고 내뱉는다.

「오발탄」은 철호 가족이 생활하는 '해방촌'이 도심과 대비되는 공간으로 제시되어 있다. 이곳은 "산비탈을 도려내고 무질서하게 주워 붙인 판자집들"이 늘어선 곳이고, "레숑 갑을 뜯어 덮어 처마가 어깨를 스칠 만큼 비좁은 골목"으로 이뤄져 있다.16) '해방촌'은 해방 직후 남산 기슭과 용산로2가에 조성된 마을로, 해외규환 동포를 수용했던 곳이었다. 이것이 전쟁으로 인해 월남민들의 정착촌이 되면서 서울의 대표적인 빈민지역으로 자리잡았다. 해방촌은 1950년대를 대표하는 상징공간이다. 강신재는 「해방촌 가는 길」(『문학예술』 1957년 8월호)에서 초라한 판자집으로 이뤄진 이곳을 "닭장이나 헛간과 다를배 없"는 곳이라고 했다.17) 그곳은 미군 '죠오'에게 버림받은 주인공 '기애'가 자신을 치유하기 위해 귀환하는 곳이고, 한국전쟁에서 부상을 입고 중위로 전역한 근수가 마지막 희망을 불태우는 곳이기도 하다. 대도시 서울의 빈곤을 상징하는 이곳은 '자살'과 '자기 방기적 타락'이 도사리고 있는 희망없는 공간으로 그려진다. 강신재의 「해방촌 가는 길」에서 '해방'은 희망적 의미보다는 빈곤의 굴레라는 절망의 의미가 더 강하게 기입되어 있다. 그런

---

15) 위의 책, 149~150쪽.
16) 위의 책, 140쪽.
17) 강신재, 「解放村 가는 길」, 『문학예술』 1957년 8월호, 43쪽.

의미에서 「오발탄」도 「해방촌 가는 길」의 연장선에 있다고 볼 수 있다.

철호는 이 비참한 생활 공간에서 서울의 거리를 바라본다. 그곳은 "술 광고 네온사인이 핑그르르 돌고 깜박 꺼졌다가 또 번뜩 켜지고, 핑그르르 돌곤 깜박 꺼지고"[18]하는 상태를 반복한다. 도심은 화려한 소비 도시의 이미지로 충만한 데, 철호가 딛고 선 현실은 이와 괴리되어 있다. 이 공간적 괴리가 철호의 비극적 인식, 혹은 무력감을 배가시킨다. 도시공간이 근대성에 기반해 인간의 의지대로 형성된 곳임에도 불구하고, 정작 그곳에서 생활해야 하는 약소자(minority)나 피해대중은 '자연의 법칙'에 지배를 받는다.[19] 철호가 소설의 도입부에서 스스로를 까마득한 원시인으로 인식하는 것도 이와 연관이 있다. 그는 스스로를 "동굴 속에 남겨 두고 나온 식구들을 위하여 온종 숲 속을 맨발로 헤매고 다니던 사나이"[20]라고 자조한다. 이 장면은 1950년대 서울의 도시공간이 사회적 지배를 대체하는 자연의 지배로 충만했음을 보여준다. 약육강식의 관계 속에 내몰린 이들에게 도시공간은 '야만의 상태'일 뿐이다. 그래서 희망을 포기했기에 미래에 대한 기대를 버리고 만 아내는 출산 중에 사망하고, 동생 영호는 한탕주의에 스스로를 내맡겨 '권총강도'가 되고 말았다. 영호는 체포된 이후에 "법률선까지는 무난히 뛰어넘었는데", "인정선人情線에서 걸렸"다며 얼굴을 떨군다.[21] 영호는 야만화된 도시에, 문명인도 야만인도 되지 못하고 말았다.

이 비극적 상황이 철호를 가야할 목적지를 정하지 못하고 서울을 배

---

18) 이범선, 앞의 책, 142쪽.
19) 강내희는 다음과 같은 언급을 한 바 있다. "도시공간, 그것도 지금의 서울처럼 고도기술을 동원할 수 있는 곳에서는 자연법칙과는 다른 삶의 법칙을 수용할 수 있음에도 불구하고, 비자연적인 사회적 관계들을 자연관계로 환원시켜 사회적 지배를 자연의 그것으로 만들어버린 결과다."(강내희, 「서울의 도시공간과 시간의 켜」, 『문화과학』 2004년 가을호, 119쪽).
20) 이범선, 앞의 책, 139쪽.
21) 위의 책, 160쪽.

회하게 한다. 그 처절한 방황은 어머니가 무의식중에 반복적으로 외치는 "가자! 가자!"와 겹쳐진다. 여기서 철호가 '충치'의 고통을 극심하게 느끼는 것은 징후적이다. 그것은 자아가 극한 상태에 내몰리자 자신의 고통을 자각하는 것이면서, 동시에 충치의 고통을 통해 상황에 억압되어 있던 스스로를 발견하는 것이기도 하다. 문제는 그러한 자각이나 자기발견에도 불구하고 출구가 없다는 사실이다. 따라서 택시 운전기사가 "오발탄 같은 손님", "자기 갈 곳도 모르"는 사람이라고 지칭한 것은 오로지 철호에게 국한된 이야기가 아니다.[22] 그것은 1950년대 도시공간이 약소자, 피해대중을 도시라는 밀림 속의 미아로 만든 것에 대한 상징적 언술로 읽을 수 있다.

III. 혁명이라는 낯선 경험의 내면화

이범선이 평안도 출신의 월남민이라면, 이호철은 강원도 원산 출신의 단신 월남민이다. 이범선이 「오발탄」에서 근대적 세계 인식 속에서 야만화 되어가는 1950년대 도시 공간을 버거워했다면, 이호철은 「중간동물」(『사상계』 1959년 12월호)에서 야초野草 같은 인간이 대면하는 도시공간을 그려냈다. 「중간동물」은 사회의 밑바닥에서 일상의 피로를 악착같이 견뎌내는 인간 군상들의 이야기이며, 도시 속에서 일상을 놓쳐버린 남녀의 이야기이기도 하다. 흥미로운 것은 이호철이 4·19혁명 직후에 「용암류」(『사상계』 1960년 11월호)를 발표했다는 사실이다. 「용암류」는 4·19혁명을 다룬 작품으로, 혁명의 주변에서 혁명의 중심에 도달하는 과정을 서사화하고 있다. 1년여의 시간적 간격을 갖고 있는 「중간동물」과 「용암류」는 혁명 전과 혁명 후의 역사적 전변을 공간 감각이라

---

22) 위의 책, 166쪽.

는 측면에서 살필 수 있는 기회를 제공한다.

「중간동물」에 그려진 1959년의 동대문 버스정류장은 그야말로 난장판이다. 을지로와 종로에서 밀려온 버스들이 이곳을 거쳐 중량교, 홍릉, 답신리, 정릉, 고려대 앞으로 내달린다. 이곳은 사람과 버스가 얽히는 곳이고, "피로한 낯짝들로 풀이 죽어 있"[23]는 인간 군상들이 큰 흐름을 형성하는 곳이기도 하다. 이곳에서 사람들 사이를 동분서주하는 버스 차장 광석과 순발이는 "신설동 정능 가요오"를 외치며 손님들을 모으다가, 문득 버스가 그들을 놓아두고 떠나버린 것을 알게 된다. 이런 돌발적 상황으로 인해 광석과 순발은 갑자기 도시 속에 내동댕이쳐진다.

버스 속에 있을 때 앞차장인 순발이와 뒷차장인 광석이는 "무작정 활발하고 덮어놓고 안심스럽고 분에 겨운 장난쯤까지도 예사로"이 하는 사이였다. 하지만 버스를 잃어버리고 분주한 일상 속에서 이탈하는 순간 둘 사이는 어색해진다. 이 둘은 도시적 체계 밖으로 나오게 됨으로써 도시를 낯설게 보게 된다. 이 부자연스러운 일상탈출을 즐기기 위해 중국집 춘아원에 스며든 이들은 서로의 감정을 탐색하기 시작한다. 밀폐된 방은 인간의 내면을 내밀함으로 채워 넣는다. 동대문 버스 정류장 혹은 버스 내부에서만 공적으로 교감하던 광석과 순발은 춘아원의 밀폐된 방에서 스스로의 내부를 향하게 된다. 그래서, 광석은 그간 숨겨 놓았던 순발에 대한 감정을 토로하고, 순발은 그 어색함을 견디지 못해 하면서도 광석의 진심을 저울질한다. 광석이 순발을 향해 "난 노골적 말이지, 네 생각 좀 헌다. 새벽 눈이 뜨일 때라든가 잘 때…… 그런데 고건 고 때 뿐이구 다아 잊어버리구 만다"[24]라고 장난스레 고백을 하게 된 것은 '감추었던 속내'를 표출한 것으로 볼 수 있다. 광석은 순발이가 그 고백을 진지하게 받아들이든, 아니든 상관이 없다. 그는 느낌을 즐기고

23) 이호철, 「중간동물」, 『사상계』 1959년 12월호, 312쪽.
24) 이호철, 앞의 책, 315쪽.

있는 것이고, 다른 의미에서 갑작스런 자유를 버거워하고 있는 것이기도 하다. 광석은 이러한 감성을 다음과 같이 표현한다.

> 참 바깥은 복잡하다. 무엇인가 철문 같은 것이 흐르듯이 흐르고 있다. 육중하게 뒤틀며 더덕더덕한 것이 서서히 흐르고 있다. 그리고 둘은 어처구니 없게 잠시 떨어져 나왔다. 어딘가 엉뚱한 이역(異域)같은 곳에 떨어져 나왔다. 그리고 참 기분이 좋다. 호젓하고 가볍고 쓸쓸하고 적당히 구슬프면서도 좋다.[25]

도시에서 자유로워진다는 것은 '특권의 향유' 같은 것이다. 그 자유는 도시민으로서 여유를 가진 이들에게 부여된 것이거나, 도시민의 일원이 아닌 여행자들이 만끽할 수 있는 것이다. 한국 전쟁 이후, 급격한 도시 팽창이 실업과 도시빈민의 확대로 이어지고 있는 와중에서 '한가함' 혹은 '내밀함'은 쉽사리 향유할 수 있는 여유가 아니었다. 광석이와 순발이 같은 이들이 1950년대 후반의 서울에서 만끽할 수 있는 '도시의 자유'는 극히 제한되어 있었다. 도시의 자유는 바우만의 표현에 의하면 "인간을 자연의 법에서 분리"[26]하는 것이기도 하다. 도시는 일상을 조직함으로써 인공주의적 성격을 강화했고, 인간의 자연에 대한 지배를 도시공간에서 상징화했다. 도시 공간은 인간이 관리하는 자연이며, 그 속에서 인간은 이성의 지배, 반근대적인 것에 대한 통제를 감행한다. 그런데, 도시의 질서로부터 갑작스럽게 이탈하게 되는 순간 '도시가 낯설'어진다. 이 낯선 경험으로 인해 광석은 순발에게 '내밀한 감정'을 표현할 수 있는 여유를 갖게 된다.

광석은 그 '이역의 느낌'을 만끽하며 과거의 편린에 자신을 내맡기면

---

25) 위의 책, 317쪽.
26) 지그문트 바우만, 문성원 옮김, 『자유』, 이후, 2002, 69쪽.

서 급격한 분열증적 양상을 보인다. 그가 맞닥뜨리는 과거는 근거리의 역사인 '한국전쟁의 기억'이다. 그는 "바로 앞에 나타난 큼직한 얼굴을 향해 두 눈을 부릅뜨고 쏘아 젖힌 경기관총, 그 때 그 부서져 날아가던 얼굴, 통채로 으스러져 날아가던 얼굴, 어처구니없게 묘한 어린애 울음소리 같은 것, 순간 순간의 고요"와 같은 몽타주적 이미지들에 몸서리친다. 이러한 전쟁에 대한 분열적 이미지의 연상은 바로 좀 전까지의 상황인 "손님들 소리, 뒤에 탄 손님들 소리, 좀 구성지게 들리는 것도 같고 안 들리는 것도 같은 차장의 목소리, 순발이 우는 목소리, 울부짖는 목소리, 파출소 앞, 신설동, 안암동, 성동역 앞, 청량리"등과 겹쳐진다.27) 즉, 대도시의 소란함은 전쟁 상태와 같은 긴장을 끊임없이 환기시킨다. 버스 운전수는 귀밑에 "한 치 가량 퀭하게 패인 구멍"을 솜으로 막아 "교묘하게 살갗 빛과 똑같게 염색"했지만, 그 상처가 전쟁으로 인한 것이리라는 사실은 쉽게 유추할 수 있다.28) 광석이 반복해서 맥락없이 '개선가'를 부르자고 하거나, 죽음의 이미지로 충만해 "이미 죽은 혼들과 죽다가 남은 혼들을 위하여 개선가를 부르자"고 하는 것도 자신의 상처를 스스로 위무하기 위한 상념일 것이다.29)

전쟁의 상처가 일상의 여유로움을 침범하는 순간 광석과 순발이의 관계는 휘발성을 띠며 우스운 해프닝이 되고 만다. 한 시간 남짓 서로 공유했던 호젓함은 어느 순간 공포로 변한다. 그것은 외따로 떨어졌다는 인식 때문일 수 있고, 전쟁에서 희생된 사람들처럼 도시로부터 버림받을 수도 있다는 두려움 때문일 수도 있다. 이 강렬한 자각 때문에 이들은 "문뜩 돌아간다는 생각"이 또렷해진다. 그 귀환은 버스가 있는 곳, 즉 홍능 종점이나 동대문 버스정류장이다. 궁극적으로는 별안간 놓쳐

---

27) 이호철, 앞의 책, 318쪽.
28) 위의 책, 314~315쪽.
29) 위의 책, 315쪽 · 318쪽.

버린 일상이기도 하다. 복잡한 도시의 일상 속에서 내밀한 교감을 원했지만, 그 욕망은 일상의 압박을 견뎌내지 못하고 말았다. 그 압박에는 한국전쟁의 기억과 생존을 위한 일상의 전쟁이 교차함으로써 발생하는 것이다. 혁명을 불가능하게 하는 것이 일상이고, 혁명의 도래를 독촉하는 것도 일상이다. 간절히 열망했던 일상적 욕망이 억압받았을 때 혁명은 분출한다. 그런 의미에서 「중간동물」이 보여주고 있는 세계는 '인간적 내밀성'을 포기함으로써 '불완전한 일상'만을 영위할 수 있는 1950년대의 '동물화한 인간상'일 수 있다. 그 동물화한 도시공간이 강력한 힘으로 귀환을 독촉한 것이다. 이렇듯, 1950년대 일상은 내밀함을 억압함으로써 오히려 내면적 갈등을 부추겨 도시민들의 피로감을 가중시키고 있었던 것이다.

혁명과 내밀한 생활을 향한 욕망이 만났을 때, 이호철의 소설 「용암류」가 탄생했다. 「용암류」는 혁명의 거리를 질주하지 않는다. 대신, 고뇌한다. 이 소설은 '선택의 기로에 선 한 인간의 갈등하는 내면'을 집요하게 파고든다.

「용암류」는 기묘한 전조가 소설의 전체적 분위기를 지배한다. 소설 속 인물들은 "세상이 왜 이렇게 뒤숭숭해"라는 언어를 습관적으로 내뱉으며 "막연한 압착감" 같은 것을 감지한다.[30] '대기상태'로 표현되는 긴장된 상황은 피로한 표정, 거기에다 지독한 무위와 권태가 겹쳐져 있다. 소설은 무언가 곧 터질 것 같지만, 그것이 계속 유보되고 있음을 보여줌으로써 4·19혁명 전야의 풍경을 그려낸다. 소설에 언급된 대화들로 유추해 볼 때, 이 소설의 시간적 배경은 4월 11일 마산 신포동 중앙부두 앞에서 김주열군의 시신이 떠오른 이후 발생한 '제2차 마산 시위' 직후이다. 작품 내에서는 간헐적으로 '마산데모, 대구데모'가 이야기되고,

---

30) 이호철, 「용암류」, 『사상계』 1960년 11월호, 373쪽.

담배가게에서는 사람들이 "이번에 터진 마산데모는 당국에서도 좀 곤란하겠어"[31]라고 중얼거리는 장면도 그려진다. 3·15부정 선거를 규탄하다, 유혈사태까지 빚어진 제1차 마산시위에 이은 두 번째 시위는 전국을 뒤흔들 폭풍의 핵이 되었다. 하지만, 서울은 '대기상태'에 있고 사람들은 불안한 일상을 영위한다. 1960년 한국에서 가장 모던한 대도시 서울은 여전히 '혁명 전야' 상태였다. 그 혁명 전야의 대기상태는 가장 불안정한 상황이므로 아이러니하게도 현대적이다. 찰나를 기다리는 불안정 상태야말로 모더니티의 유일한 안정성일 수 있다. 그런 의미에서 혁명 전야는 현대적인 경험이 갈무리된 사건의 전조이다.

이 불안정한 대기 상태 속에서 주인공 동훈은 어떤 선택을 할 것인가를 고민한다. 동훈은 어제 저녁 애인 수경이 아이를 임신했다는 이야기를 듣고 당혹스러워 했다. 수경은 애써 태연해 하며 "무슨 큰 일이나 난 것처럼 온 신경을 소모하구 그러구 싶진 않아"[32]라고 말한다. 임신이라는 돌발적인 사건으로 인해 연애의 위험스런 기로에 선 두 사람은 긴장된 서울의 일상으로부터 빠져나가 인천에서 기분 전환을 하기 했다. 그것이 오늘 저녁 일곱시 약속이었다. 동훈과 수경의 관계는 「중간동물」에 나오는 광석과 순달의 관계와 대비된다. 광석과 순달이 도시적 일상 속에서 내밀한 관계를 회피했다면, 동훈과 수경의 관계는 내밀한 관계를 지속적으로 유지할 것인가, 아니면 혁명의 격랑 속에 자신을 내맡길 것인가라는 기로에 서 있다.

석주는 혁명적 변화가 임박했다는 소식을 동훈에게 전한다. 친구 석주는 수경과의 일곱시 약속에 균열을 내는 아홉시 약속을 제기한다. 석주는 아홉시에 자기 하숙집에서 모여서 청년들의 사회적 사명이랄지, 세상에 대한 책무에 대해 이야기를 나눠보자고 제안한 것이다.

---

31) 위의 책, 385쪽.
32) 위의 책, 373쪽.

소설 속에 나타나는 태규와 석주, 그리고 동훈은 혁명 전야에 나타날 법한 상이한 태도들을 상징한다. 태규가 기성의 부패와 타락에 깊이 연루되어 있는 과거라면, 석주는 타성을 벗어던지고 결연한 선택을 하려는 미래이다. 동훈은 그 사이에서 자기의 합리성을 믿는 현실주의자다. 과거와 미래 사이에서 동훈은 때로는 태규의 입장에서 석주에게 적의를 느끼기도 하고, 때로는 태규의 철면피 같은 뻔뻔함에 놀라워하기도 한다. 그래서 양비론적이고, 누구와도 쉽게 동화하지 못한다. 흥미로운 것은 동훈이 석주에게 느끼는 감정이다. 이 감정은 '예비된 혁명'에 대한 예찬이나 매혹을 무조건적으로 발산하지 않기에 문제적이다. 그것은 혁명에 대한 주저함이고, 의심이며, 적의이다. 동훈의 내면에는 "세상이 썩었다는 것은 이미 거의 상투화 해버린 개념"[33]이라는 생각이 자리하고 있다. 세상은 이미 관료주의적 합리성에 갇혀 있다. 그것은 정치적 혁명으로는 결코 변화시킬 수 없는 것이며, 그 정치적 혁명 또한 대중의 복수에 노출될 수 있다. 동훈은 '12월 당원'(러시아 데카브리스트)을 언급하며 혁명 이후의 배신을 기정사실화한다.

그럼에도 동훈은 여전히 석주의 아홉시와 수경의 일곱시 사이에서 고민한다. 석주의 하숙집에 모여 '젊은이의 사회적 사명'에 관해 토의할 것인가, 아니면 수경과의 '내밀한 관계'를 위해 인천으로 여행을 떠날 것인가? 이것은 다른 식으로 표현하면, 연애의 낭만성과 혁명의 낭만성 사이에서 갈등하는 것과 같다. 다른 측면에서 동훈에게 이 둘은 같은 종류의 매혹을 불러일으키는 다른 존재일 수 있다. 동훈이 혁명의 리얼리티보다는 자신의 주관적 영역 속에서 '젊음의 열정'을 중시했다는 사실이 이를 반증한다. 연애와 혁명은 모두 열정을 동반한다. 연애가 내밀한 감정에 기반한 상호관계에 비중을 둔다면, 혁명은 공적 영역에서 이뤄

---

33) 위의 책, 381쪽.

지는 윤리성에 바탕을 둔 사회적 관계를 중시한다. 동훈의 상태는 1950년대에서 1960년대로 나아가는 길에 놓인 갈림길을 징후적으로 보여준다. 그것은 사적 개인으로서 자신을 함몰시키는 소시민의 길인가, 아니면 공적 자아로서 자신의 책임을 새롭게 인식하는 길인가일 것이다. 이 둘 사이에서 동훈의 갈등은 팽팽하게 긴장한다.

「용암류」는 동훈이 석주의 압도적 존재감을 수락하는 것으로 나아간다. 그렇다고, 수경을 온전히 포기하는 것도 아니다. 그 감회는 다음과 같이 표현되어 있다.

> 석주야 도대체 생소하다. 조금 전에 헤어진 네가 이토록 신비스러워진 것은 이렇게 비가 쏟아지기 때문은 아닐 것이다. 대관절 지금의 내 앞에 마주 서는 네 위엄은 어떤 종류의 것인지 모르겠다. 모든 것을 탈락(脫落)시켜 버리고 냉엄하게 남는 태세란 바로 너 같은 태세일 것이다. 가진 사변(思辨)과 추상화된 자기 균형의 유지 여부라는 것은 군더더기 같은 것이고 변덕스러운 것이다. 군더더기 같은 섣부른 상상력을 버려야 할 것이다. 상식에서 출발하여 상식으로 돌아오자, 우리의 창의력이라는 것, 용기라는 것은 그것을 밑받치고 있어야 할 것이다. 비맞는 거리를 내다보라, 너는 나처럼은 내다 보지 않을 것이다. 오물, 거적데기, 완숙, 권태, 피로, 무위 이렇듯 복잡한 어휘들이 끼어들 틈이 너에게는 없을 것이다. 그리하여 너는 늘 명석하고 분명할 수 있을 것이다. 비린 내음새라는 것도 애초부터 너에게는 없을 것이다. 바로 그러한 너는 지금 내 앞에 위엄으로써 마주 와 서고 있다.[34]

'비린 내음새'가 없는 석주는 감당해야 할 현실적 부채가 없다. 하지만, 동훈은 임신한 수경이 있고, 태규와의 우정이 있으며, 쉽게 부정할 수 없는 과거가 있다. 현실 논리의 집요함을 이미 알아버린 동훈이 쉽게

---

34) 위의 책, 385쪽.

석주를 수락할 수 없었다. 그렇다고 수경과의 여행을 선택하기에는 시대적 상황의 변화에 대한 호기심도 강하다. 이 사이에서 동훈은 끊임없이 서울을 지배하는 생활의 '비린 내음새'를 감각한다. 이 소설은 '혁명의 전조'와 '비린 내음새'를 대비시킨다. '비린 내음새'가 일상의 행복을 추구하려는 욕망이라면, '혁명의 전조'는 "건강한 교류, 체포, 투옥, 유형"과 연결된 자기 결단이다. '비린 내음새'를 수락하라고 동훈을 독촉하는 이들이 수경과 태규라면, 혁명에의 자기 결단을 촉구하는 이는 석주이다. 이 갈등 속에서 동훈은 석주를 선택하지만, 결코 석주와 동일화되지는 않는다. 그는 석주 바깥에서 석주를 수락하며, 자신이 '혁명적이라는 것에 매혹' 되었음을 확인한다. 동훈은 악을 쓰듯 수경을 향해 "진정코 너를 사랑한다"고 외치며, 큰 물결 만이 수경을 납득시킬 수 있으리라고 되새긴다. 그리고는 수경에게 "애기를 낳아라"라고 울부짖듯이 말한 후, 석주의 하숙집으로 향한다.

「용암류」는 혁명을 경험한 이후에 혁명 전야를 다시 재구성한 '사후적 소설'이다. 이미 발생한 4·19혁명을 괄호 속에 묶어 두고, 서사적 대결을 펼쳐 나간 이호철의 의도는 과연 무엇일까? 쉽사리, 명료하게 선택하지도 않고 끊임없이 의문부호를 던지고 있다는 것, 그 '판단 유보'의 상태가 이 소설을 지루하게 하면서도 의미 있게 만든다. 거대한 변화의 흐름 앞에 선 인간은 그 변화를 자기화해야 한다. 변혁의 자기화 과정은 쉽지 않다. 자신의 어제를 포함한 과거를 송두리째 재구성해야 하기 때문이다. 그래서 마샬 버만은 '모더니티의 경험'을 "공간과 시간의 경험, 자아와 타자의 경험, 삶의 가능성과 모험의 경험"이라고 했다. 더 나아가 "현대화 된다는 것은 우리에게 모험, 권력, 쾌락, 발전, 우리 자신의 변화 및 세계의 변화를 보장해주는 동시에 우리가 가지고 있는 모든 것, 우리가 알고 있는 모든 것, 지금 우리의 모든 모습을 파괴하도록 위협하는 환경 속에 자리 잡고 있는 우리 자신을 발견하는 것"이라고도 했다.[35] 이 자기 파괴와 부정의 과정을 회의하면서도, 모더니티의 매혹을 포기하지 못하는 한 인간의 목소리가 이 소설에는 절실하게 담겨 있다.

이호철의 이러한 태도는 4·19혁명 이후 기성세대의 정서적 감각이 어떠했는가를 유추할 수 있게 한다. 스스로 충분히 이성적이고 합리적이라고 믿는 이들은 '혁명적 낭만주의'에 쉽게 자신을 내던지지 않는다. 이미 세상은 '타락'했고, 그 "타락"을 일시적으로 정화시킬 수는 있을망정 근본적으로 멸절시킬 수는 없다는 태도가 '모더니티의 경험'을 수락할 수 없도록 했던 것은 아닐까? 이러한 회의적 합리주의가 반혁명으로써의 '5·16 군사 쿠데타'에 대한 지지와 기대를 낳았던 것은 아닐까? 그렇다고 했을 때, 수경과 수경이 앞으로 낳을 아이를 끌어안고 혁명을 대면해야 했던 동훈의 공포는 이해될 수 있을 듯하다. 그것은 모더니티의 중요한 한 측면인 '찰나적이고, 일시적이며, 우연적인 상황'에만 자신을 내맡길 수 없는 일상인의 모습일 것이다. 그리고 4·19혁명을 통해서 비로소 모더니티의 실체를 처음 경험한 지식인 작가의 '두려워하는 표정'일 수도 있다.

IV. 혁명, 그리고 공포에 들린 대중들

1960년 2월 28일 대구 고교생의 시위로부터 시작해 1960년 4월 26일 이승만 대통령의 하야 성명 발표까지가 4·19혁명의 현장일 것이다. 그런 측면에서 볼 때, 4월 19일은 혁명의 기간 중 가장 많은 희생자를 낸 '피의 화요일'이었을 뿐이지, 혁명의 최정점인 산마루였다고 할 수는 없

---

35) 마샬 버만, 윤호병·이만식 옮김, 『현대성의 경험』, 현대미학사, 1998, 12쪽.

다. 그렇다면, 혁명의 가쁜 고비는 과연 어느 시기 즈음일까? 아마도 그 시기는 극적 반전이 이뤄진 4월 25일 교수단의 시위부터 26일 아침까지일 것이다. 바로 이 시기를 서사화한 소설이 박태순의 「무너진 극장」(『월간중앙』 1968년 8월호)이다. 「무너진 극장」은 4 · 19혁명을 객관화할 수 있을 만큼의 시간이 지난 후에 발표되었다. 이 소설은 그 당시의 열정적 현장을 차분한 어조로 되돌아보고 있는 작가의 목소리가 돋보인다. 무엇보다, 이 소설은 혁명의 현장에 있었던 작가가 성찰적 태도로 서사를 이끌고 있어 인상적이다.

　이호철의 「용암류」는 20대 후반의 기성작가의 입장에서 4 · 19혁명에 밀착해 들어가려는 작가적 의도가 개입된 소설이다. 이 시기 이미 이호철은 문단 질서 속에 포함된 작가의 일원이었기에, 일종의 세대적 감각의 차이가 나타난다. 게다가 그는 4 · 19혁명의 현장에서 함께 호흡한 '혁명의 주체'였다고 할 수는 없다. 그는 혁명으로부터 영향을 받은 관찰자에 가까웠다. 그렇다 보니, '혁명의 현장'을 그리지 못하고, 혁명 전야를 그림으로써 스스로에게 진실하고자 했다. 혁명을 사후적으로 자기화하는 것과 혁명의 현장을 자기화하는 것은 차이가 있다. 박태순은 서울대 문리대 영문과에 입학하자마자 4 · 19혁명에 참가했다. 그는 한 회고문에서 친구인 서울대 법대 1학년생 박동훈군과 함께 경무대까지 행진했다고 밝혔다. 박태순에게 4 · 19혁명은 지울 수 없는 상처로 남아 있다. 그와 함께 행진했던 친구 박동훈 군이 경찰이 쏜 총탄에 맞아 사망했기 때문이다.[36] 살아남은 자의 슬픔은 질기도록 오래 지속된다. 그 상처와의 해후이면서, 치유인 작품이 「무너진 극장」이다. 그러므로, 혁명의 현장을 자기화한 목소리는 혁명이 8년여 지난 이후에 박태순에 이르러서야 가능해졌다고 할 수 있다.[37]

---

36) 박태순, 「4 · 19의 민중과 문학」, 『4월 혁명론』, 한길사, 1985, 266~267쪽.
37) 조현일은 박태순의 1960년대 소설의 특징을 '서울의 거리 체험이 투영된 대도시의 글쓰기'

4 · 19혁명을 바라보는 태도에서도 이호철과는 확연히 다른 입장을 취한다. 박태순은 "모든 기성의 질서들이 무시되는 혼란의 시기"[38]로 그 때를 규정한다. 4월 19일 이후의 상황도 비교적 소상히 전한다. 경찰은 시내 전역에서 여관과 가택을 수색하는 등 무자비한 보복에 나섰다. 심지어는, 상황의 악화를 우려한 송요찬 계엄 사령관이 '시위 학생이나 시민을 수사할 때 감정을 갖고 하지 말'라는 지시를 전달할 정도였다.[39] 이러한 진술은 시민들의 경찰에 대한 적대와 군대에 대한 우호감정을 적절히 보여준다.

4월 19일의 데모에서 친구 평길을 잃은 '나'는 광득이와 융만이와 함께 망우리 공동묘지를 찾아 참배했다. 그리고는 다시 서울로 돌아와 서울 의대 부속병원에 입원해 있던 혼수를 위문했다. 바로 그곳에서 '대학교수단'의 데모를 목격했고, 그때서야 비로소 "대학이라는 곳이 진리의 보금자리라는 말"[40]을 실감하게 된다.

소설 속 사건은 26일 밤의 상황을 보고문처럼 기록하면서 전개된다. 셋이서 싸구려 막걸리 집에서 "민주주의와 자유와 행복과 후진국과 부정선거와 부패와 타락과 슬픔과 아픔에 관"해 이야기 하고 있을 때, 시내에서는 다시 시위가 불붙기 시작한 것이다. 그 긴박한 분위기는 짧은 단문으로 속도감 있게 그려진다.

갑자기 사람들이 나타나기 시작했다. 산적처럼 사람들은 어둠 속으로부터 뛰쳐나왔다. 큰 거리는 이내 인파로 가득히 메워져 있

로 규정한 바 있다. 그는 「무너진 극장」에 대해서도 대도시 군중이 '폭력적인 면모'를 지니면서도, 그것이 '혁명의 추동력'이 된다는 이중성을 포착했다는데 의미를 부여했다(조현일, 「대도시와 군중―박태순의 60년대 소설을 중심으로」, 『한국현대문학연구』 제22집, 2007, 374~376쪽).

38) 박태순, 「무너진 극장」, 『월간중앙』 1968년 8월호, 409쪽.
39) 안동일 · 홍기범, 『기적과 환상』, 서울영신문화사, 1960, 269쪽.
40) 박태순, 「무너진 극장」, 앞의 책, 411쪽.

었다. 주위가 온통 시끄러워져 있었다. 우리는 어느덧 술이 깨버렸
으나, 우리의 피부에 부딪쳐지는 거대한 힘의 무게에 압도되어 다
시 몽롱해져왔다. 수분기처럼 적셔지는 분노, 부정 부패와 학정에
대한 씻을 수 없는 혐오가 한 덩어리로 뒤엉켜, 어느덧 우리는 사람
들의 성난 대열에 가입돼 버리는 것을 느끼고 있었다. 3·15 선거
는 불법이다, 부정이다, 하고 사람들은 외치고 있었다. 임 화수의
집이 결딴났다, 하고 어떤 녀석이 고래고래 고함을 지르고 있었다.
사람들은 임 화수의 집이 결딴났다는 것이 마치 부정 선거에 대한
규탄 구호인 것처럼 복창하는 것이었다. 이 정재의 집도 결딴 났다
하고 어떤 녀석이 고함을 질렀다. 평화 극장을 부숴라, 사람들은 절
규하고 있었다. 임 화수의 평화 극장을 때려부숴라. 사람들은 평화
극장을 향하여 맹렬한 속도로 달려가고 있었다. 사람들은 뛰었다.
사슬에서부터 풀려나온 짐승처럼 으르릉거리며 아무런 제지도 받
지 않고 달려가는 것이었다. 평화 극장이 어둠 속에 나타났다. 사람
들은 주변을 감쌌다. 구호를 복창하고, 알아먹을 수 없는 비명을 지
르고, 어이쌰 어이쌰 소리를 뱉아냈다.[41]

　「무너진 극장」은 '나'를 화자로 하는 일인칭 소설임에도 불구하고 차
가울 정도로 냉정한 태도를 유지한다. 그 객관적 거리두기를 통해 군중
의 행동 패턴을 묘사하고 있는 것이 위의 인용문이다. '우리' 뿐만 아니
라, 시위에 참여한 모든 인파가 마치 '몽롱'한 상태에 있는 것처럼 한덩
이가 되어 움직인다. 누군가가 돌발적으로 외치는 구호를, 그 의미의 타
당성을 따져보지 않고 복창한다. 심지어는 '평화극장을 때려부숴라'라
는 선동에 모두들 "사슬에서부터 풀려나온 짐승처럼" 한꺼번에 뛰어가
기까지 한다. 이들은 한 덩이가 되어 임화수의 집(낙원동)과 이정재의 집
(연지동)을 파괴했고, 그 후 평화극장(종로5가)까지 쇄도했다. 이 날의 데
모는 '대학교수단'의 시위에 자극을 받은 것이었다. 학생들이 중심이 된

---

41) 위의 책, 412쪽.

3천여 명의 시위대는 밤 11시경까지 이정재와 임화수의 집, 그리고 평화극장 등을 습격하며 시내를 활보했다.[42] 이미 수많은 죽음을 경험한 시위대는 한 덩어리가 됨으로써 공포를 이겨내고 있었다. 평화극장 앞에서 경찰의 발포가 있었음에도 불구하고, 죽음의 공포를 집어삼키고 군중들은 평화극장으로 와르르 쏟아져 들어갔다.

혁명은 참혹하고 파괴적인 축제다. 그 축제는 술에 취한 듯한 몽롱한 상태에서 개인을 집단화하고, 집단적 행위의 책임을 방기한다. 모더니티의 경험은 개인성을 전제로 하고 있음에도 불구하고, 때로는 무질서와 무정부, 파괴적 속성을 지닌다. 그 폭력적 분출은 개인의 의지를 억압하는 권력의 의지에 대한 파괴적 반발이기도 하다. 근대적 기획 아래 구축된 대도시의 도로를 시위군중이 질주하는 것도 마찬가지로 이해할 수 있다. 그것은 공간의 용도를 바꿔냄으로써 권위주의적 질서를 무력화시키는 것이다. 권력은 공간을 기능에 따라 배치함으로써, 인간의 생활을 통제하고 관리한다. 르페브르는 권력의 의지가 공간을 통제하고, 시각화의 논리를 동원해 공간을 이데올로기화하며, 생산관계까지 공간에 기입한다고 보았다. 따라서, 이데올로기는 공간을 생산하는 것이 아니라 이미 공간속에 존재해 있다. 즉, 공간이 이데올로기적인 것이다.[43] 그런데, 혁명적 무질서의 순간에 구현되는 모더니티의 경험은 그러한 공간의 이데올로기를 파괴적으로 교란한다. 구획화된 공간을 넘나들며 질서를 무질서로 변환시키고, 인간과 인간 사이의 관계를 무매개적으로 통합시킴으로써 '군중적 일체감'을 형성한다. 그 일체감은 공포스럽게 비춰질 수도 있다. 바로 그 공포스러운 파괴 속에 내재해 있는 창조적 열망이 바로 모더니티의 한 특징이기도 하다.

---

42) 현역일선기자동인 편, 앞의 책, 118~119쪽.
43) 노대명, 「앙리 르페브르의 '공간생산이론'에 대한 고찰」, 『공간과 사회』 14집, 2000, 51· 57쪽.

1950년대에 사람들은 전쟁이라는 것을 통하여 잔학한 무질서를 익혔었다. 그리고 1960년대로 넘어가는 이 해에는 한국에 있어서 또 하나의 크나큰 변혁이 오고 있었다. 이 변혁을 정치적인 의미로만 해석해 버리기 이전에, 사람들은 그들이 어째서 질서를 파괴하고 있는가를 깨닫게 될 것인가? 화석(化石)과도 같은 질서…… 마치 죽어가는 나비를 대(臺) 위에 고정시켜 놓은 나비 채집가의 핀과도 같은 질서를 파괴하였을 때, 사람들은 이를 능히 감당해낼 수 있을 것인가! 나는 볼기를 맞고 있는 그러한 사람의 자세로서 객석 위의 넓은 공간을 응시하고 있었다. 기다란 어둠의 장막이 거기에 깔려 있었다. 어둠에서는 아무런 냄새도 나지 않았고, 아무 소리도 들리지 않았고, 아무 형태도 포착할 수 없었다. 어둠은 마치 안개인 양 몽롱하기만 했다. 그 몽롱한 어둠 속에 미래가 서려 있을 것만 같았다. 나는 어둠 속에서 거울을 들여다보는 사람처럼 그 희부연 속을 들여다 보고 있었다.[44]

박태순은 1950년대가 전쟁의 잔학한 무질서에 붙들려 있었다면, 1960년대는 4·19혁명이라는 '파괴하는 무질서'를 새롭게 경험했다고 보았다. 그것은 권력에 대한 저항이며, 화석과도 같은 질서를 진정으로 화석화시키는 것이기도 하다. 혁명의 무질서가 공포스러운 것은 1950년대적 무질서나 화석화된 질서뿐만 아니라, 역사의 연속성을 깨뜨리기 때문이다.[45] 과거를 전혀 존중하지 않고 송두리째 부정하려는 이러한 태도는 단절을 내면화하는 것이다. 이 공포 때문에 혁명은 매혹적이다.

그래서 소설의 말미에서 박태순은 평화극장에서 목격한 무질서를 "고귀한 무질서" "무질서의 위대한 형식"이라고 지칭하며 긍정적 가치를 부여했다. "무질서의 위대한 형식"을 통과한 이후에야 "고귀한 자유" "고귀한 행복" "고귀한 가치로 축조 건설"이 있을 수 있다.[46] 파괴

---

44) 박태순, 「무너진 극장」, 앞의 책, 418쪽.
45) 데이비드 하비, 구동회·박영민 옮김, 『포스트 모더니티의 조건』, 한울, 2003, 29쪽.

는 공포스러운 것일지라도, 부정될 수는 없다. '생산과 파괴'는 삶의 한 형식이며, '질서와 무질서' 또한 권력의 해체와 재조직화 과정이기 때문이다.

4 · 19혁명의 역사적 의미는 "대한민국은 민주공화국이다"[47)]라는 사실을 주권자의 힘으로 증명했다는데 있으며, 거리의 모더니티를 구현해 냄으로써 유럽과는 다른 비서구적 근대체험의 형식을 만들어냈다는데 있다. 1950년대를 지배했던 '한국 전쟁이라는 공포'의 기억은 '4 · 19의 거리 경험'을 통해 비로소 객관화할 수 있게 되었고, '혁명 속에 내재되어 있는 공포와 자유'를 경험함으로써 시민 민주주의의 구현 가능성을 현실로 경험하게 되었다.

「무너진 극장」에는 4 · 19혁명의 경험을 통해 작가가 도달한 '성찰적 깊이'가 적절히 표현되어 있다. 박태순은 이 소설에서 혁명의 명明과 암暗을 동시에 인식하는 태도를 보여준다. 그는 "새로운 시대를 알리는 그 타종打鐘의 울림을 새로운 세대였던 우리가 거느리고 나타날 수 있었음은 그 얼마나 행복하며 영광되며 축복스러웠던 것"인지에 관해 소설의 말미에서 언급했다. 이러한 자부심은 '새로운 세대'로서 자신을 인식하며, 세계에 대한 책임있는 태도를 가지려는 긍정성을 지닌다. 자기세대에 대한 특별한 인식이 이른바 '4 · 19세대'라는 담론을 가능하게 했다. 이는 스스로를 4 · 19세대로 인식하는 이들의 공통감각일 것이다. 하지만, 박태순은 여기서 멈추지 않고 더 나아가 세대인식에 대한 비판적이면서 성찰적인 언급을 지속한다. 그는 "우리가 힘들여 끌어올렸던 그 무질서의 위대한 형식이 역사성 속의 미아처럼 다만 한 순간의 고립에

---

46) 박태순, 「무너진 극장」, 앞의 책, 419쪽.
47) 4 · 19혁명 당시, 대동상업고등학교 학생 3백여명은 책가방을 옆구리에 낀 채 "대한민국은 민주공화국이다"라는 헌법 제일조의 법조문을 연필로 쓴 유인물을 뿌리며 시위를 하다 경찰과 충돌하기도 했다(안동일 · 홍기범, 앞의 책, 92쪽).

불과하고 말았음을 깨달았을 때에는 어느덧 저 기성의 제복을 걸쳐 입고 있음을 보았다"며 세대론에 갇히는 것에 대해서도 경계했다.[48] 박태순은 혁명의 현재성 속에서 '진실'을 발견할 수 있다는 태도를 견지하고 있다. 그런 의미에서 「무너진 극장」은 혁명을 온전히 미화하고 있는 소설은 아니다. 이 소설은 공포스러운 존재가 되어버린 군중에 스스로 참여하면서도, 군중을 대상화해 냉정하게 응시하고 있는 문제작이다. 이 소설은 혁명이 낭만성으로만 귀착되지 않는 공포의 경험을 동반하고 있어 4·19혁명을 포착한 대표작이라고 평가할 수 있다.

V. 권력의 의지와 공간의 기억

1961년 2월 28일자 『민족일보』 1면에 '4·19 부상학생 나영주군' 인터뷰가 실렸다.[49] 그는 황해남도 황주에서 출생해 1·4후퇴 때 남으로 내려온 월남민이었고, 4·19혁명 당시에는 24세로 홍익대 미술학부 4학년에 재학 중이었다. 나영주군은 "고대학생 데모를 보고 그 이튿날 경무대"로 나갔다가 두 발의 총알이 가슴을 관통하는 부상을 당했다. 1960년 4월 19일에 세브란스병원 입원실 102호에 입원해 삼일 동안 혼수상태에 있다가 깨어났으며, 인터뷰가 이뤄지는 날에도 병상에서 지

---

48) 박태순, 「무너진 극장」, 앞의 책, 419쪽.

49) 나영주군의 인터뷰가 실린 『민족일보』는 4·19혁명이 있었기에 창간이 가능했던 신문이었다. 이 신문은 7·29총선에서 진보세력이 참패를 당하고, 장면 정권이 반(反)4·19적인 행태로 보수화되자 창간 움직임이 본격화되었다. 이 신문은 1961년 2월 13일에 창간호를 낸 후, 100호를 넘기지 못하고 92호로 강제적으로 종간당했다. 5·16쿠데타 세력이 강제로 신문을 폐간시키고, 이른바 『민족일보』 사건을 일으켜 신문관계자 13인에게 실형을 선고했다. 그 중 발행인 조용수는 형장의 이슬로 사라져, 한국언론사에서 가장 비극적인 사건 중 하나로 기록되었다. 『민족일보』 강제 폐간은 5·16쿠데타 3일 만에 이뤄진 것이어서, 4·19 정신이 말살된 상징적 사건으로 기록된다.

내고 있었다. 1년 동안 병상에만 누워 있었음에도 나영주군의 현실 인식은 냉철했다. 그는 "장내각張內閣은 이정권李政權 때에 내적으로 통하는 알쏭달쏭한 분자들이 섞여 있는 것 같아요"라면서 "아주 혁신정권이 나서"지 못한 것에 대해 아쉬움을 토로했다. 또한 "4·19혁명단체들의 간부나리들 가운데는 정치 '브로커'가 끼어서 애국자연한다니" 꼴불견이라고 비판했다. 그는 그 당시로서는 위험할 수도 있는 발언도 과감하게 했다. 예를 들면, 실업문제와 관련해 "현재 이곳 실업자들 가운데 북에서 받아들이겠다면 아마도 지원한 자가 더러 나올 거예요"라면서 그 심각성에 경종을 울렸다. 이 젊은이는 "금방은 어렵겠지만 만약 퇴원이 가능하다면 대학을 마치고 미술을 전공하는 한편 항상 정치일선에 나서지 않더라도 야당의 입장에서 정부의 하는 일을 비판·감시하겠어요"라는 소망을 피력했다.50) 나영주군의 인터뷰는 4·19혁명에서 부상당해 가까스로 살아남은 한 학생이 정치권력에 비판적인 지식인으로서 미래의 삶을 소박하게 피력하는 모습을 상상하게 한다. 그러나, 애석하게도 나영주군은 병을 떨치지 못하고 박정희 정권 시절인 1963년 11월 27일에 세상을 뜨고 말았다. 4·19혁명으로 인해 발생한 유일한 홍익대생 희생자가 나영주군이었다. 나영주군의 비판적 세계인식은 '거리의 모더니티'가 한국사회에 가져온 효과로 볼 수 있다. 혁명 이전과 혁명 이후에 정신적 감각의 차이가 확연하다고 했을 때, 그 차이의 실상은 소설 속에 표상된 '공간의 경험'을 통해 도출해 낼 수 있다.

본 논문은 이범선의 「오발탄」, 이호철의 「중간동물」과 「용암류」, 그리고 박태순의 「무너진 극장」을 통해 '혁명의 경험'을 공간감각적 차원에서 재구성해 보았다. '해방촌'이라는 1950년대적 공간을 포착한 이범선의 소설은 한국전쟁 이후의 피폐한 서울의 실상을 피해대중의 입장

---

50) 「광야의 소리(15)—4·19부상학생 나영주군」, 『민족일보』 1961년 2월 28일자, 1면.

에서 묘파했다. 이 작품에서 주체는 서울이라는 도시 공간을 밀림으로 인식함으로써, 스스로 도시 속 미아가 되어버리는 상황에 처한다. 혁명 이전인 1950년대의 시대적 상황은 '목적 없는 배회'로 특징지을 수 있는 것이다. 역시, 1950년대 소설인 이호철의 「중간동물」도 비슷한 양상을 보여준다. 눈길을 끄는 것은 이호철의 「용암류」이다. 이 작품은 '혁명의 경험'을 자기화하려는 작가의 고심이 투영되어 있다. 작가는 '자기 파괴와 부정의 속성'을 지닌 모더니티를 회의하면서도, 급격한 사회변화라는 모더니티에 매혹되는 이중적인 양상을 보였다. 바로 이러한 이중성이 4·19혁명에 이어 발생한 5·16군사 쿠데타를 이해할 수 있는 단초를 마련해 준다. 이 시기 지식인과 대중은 '혁명을 향유하면서도 혁명의 공포스러움'에 몸서리를 쳤다. 혁명에 내재되어 있는 '찰나적이고, 일시적이며, 우연적인 상황'에 점차 공포를 느끼며, 대중들은 새로운 질서에 대한 열망 속에서 '5·16군사 쿠데타'를 용인하게 된 것이다.

주목할 만한 작품은 박태순의 「무너진 극장」이다. 박태순은 거리에서 이뤄지는 혁명의 질주에 대해 '무질서의 위대한 형식'이라고 했다. 그는 이 소설에서 혁명 당시의 열정적 현장을 차분한 어조로 성찰했다. 박태순이 보기에 1950년대가 전쟁의 잔학한 무질서에 붙들려 있었다면, 1960년대는 4·19혁명이라는 '파괴적 무질서'를 새롭게 경험했다. 이러한 태도로 인해 「무너진 극장」에서 모더니티의 경험을 내면화해 문학적 모더니즘을 구현해낼 수 있었던 것이다.

역사적 사건은 우연처럼 반복되는 것이어서 광화문 앞의 거리는 간헐적으로 '혁명의 모더니티'가 넘실대는 공간으로 화하곤 한다. 내용은 바뀌더라도 '무질서의 형식'은 주기적이어서 질서를 관장하는 권력자들을 위협에 빠뜨린다. 1980년 '서울의 봄'에서부터, 1987년 '6월 항쟁', '91년 5월 투쟁', '2002년 월드컵 거리 응원', '2008년 촛불집회' 등의 기억이 그곳에 새겨져 있다. 기록되지는 않았을망정 수 많은 주체들의 기억이 그 공간에 기입되어 있다.

앙리 르페브르는 인간과 공간의 관계를 조개 속 생명체와 조개껍질의 관계에 비유한 적이 있다. 그는 "조개껍질은 껍질 속 생명체가 오랜 시간 동안 분비를 통해 만들어낸 것"인데, 그 껍질이 제거되는 순간 조개 속 생명체도 존재근거를 잃어버리고 만다고 했다. 문제는 오랜 시간의 기억을 간직하고 있는 조개껍질이 하찮은 장식물 따위가 아니라는 사실이다. 르페브르는 "자신의 필요에 따라 자신의 껍데기를 끊임없이 만들고, 변형시키고, 또 다시 만들어내는" 수천 년 동안의 과정을 통해 하나의 공동체가 그 나름의 독특한 색채를 지니게 된다고 했다.51)

그렇기에 공간은 껍질 안쪽에 있는 것이 아니라 껍질에 새겨져 있는 무수한 상처까지 포함하는 것이다. 혁명을 기억하는 문학도 마찬가지일 것이다. 이범석이 방황의 모티프를 통해 포착한 1950년대 거리 풍경, 이호철이 혁명의 바깥에서 혁명의 의미를 자기화하려 했던 고된 작업, 그리고 현장의 언어를 '무질서의 위대한 형식'으로 포착해낸 박태순에 이르기까지, 그것들은 모두 '조개껍질이면서 조개 속 생명체'이다. 이들은 두려움 속에서 '무정부, 무질서, 파괴' 등과 같은 공포의 경험을 자기화하려 했다. 공간의 감각을 언어화함으로써 시대의 감각을 표현하려 한 이들 작가들은 조개껍질을 변형시켜 온 공간의 생산자들이다. 이들이 조개껍질에 기입해 놓은 상처의 결을 더 섬세하게 더듬음으로써, 역사와 문학은 파괴되면서 새롭게 창조될 수 있으리라.

---

51) 앤디 메리필드, 남청수 · 김성희 · 최남도 옮김, 『매혹의 도시, 맑스주의를 만나다』, 서울, 2005, 186쪽.

2부

매체론 및 메타비평 : 4 · 19혁명의 비평적 실천

민족의 주체적 근대화를 향한
『한양』의 진보적 비평정신

—1960년대의 비평 담론을 중심으로

고명철

I. 문제인식: 1960년대의 한국 지성사에서 복원되어야 할 『한양』

한국의 현대 지성사에서 잡지 『한양』의 존재는 주목할 만하다. 『한양』은 월간 종합 교양지의 성격으로써 1962년 3월 1일 일본의 동경에서 창간호가 발행되어 1969년 8·9월호부터 격월간 체제로 전환되고, 1984년 3·4월호(통권 177호)로 종간되기까지 일본어가 아닌 한국어로 발행되었다. 비록 『한양』이 일본에서 발행되어 재일동포를 우선적인 독자 대상으로 삼은 잡지이나, 『한양』의 창간 이념과 방향성에 토대를 둔 내용물들은 딱히 재일동포만을 대상으로 삼은 게 아니라 한국어로 의사소통이 가능한 독자를 모두 포괄하고 있음을 고려해볼 때 『한양』

이 한국 지성사에서 갖는 위상을 쉽게 간과할 수 없다. 여기에는 무엇보다『한양』이 한국의 진보적 지성사에서 수행한 역할을 결코 과소평가할 수 없기 때문이다. 특히 1960년대의 진보적 지성사에서『한양』의 이념과 방향성은 4 · 19와 5 · 16으로 점철된 1960년대의 구체적 현실과 밀접한 관계를 맺고, 진보적 지성의 실천을 지속적으로 궁리하고 있다는 점에서 그 존재 가치를 소홀히 할 수 없다. 말하자면『한양』은 한국의 진보적 지성사, 특히 1960년대의 진보적 지성의 흐름을 재정립시키는 데 매우 중요한 지점을 확보하고 있다.

그런데 지금까지 1960년대의 진보적 지성의 흐름에 대한 논의의 주류 구도 속에서『한양』은 암묵적으로 배제되어온 게 사실이다. 우선, 사회적 실천의 진보의 전통 속에서 '『사상계』→『창작과비평』'으로 진보 매체의 맥락의 가치를 자연스레 이월시킨다.[1] 뿐만 아니라 진보적 문학의 주요 담론인 민족문학(론)의 계보를, '카프(식민지 시대) → 문학건설본부(해방공간) →『창작과비평』'으로 파악한다.[2] 그리하여 한결같이 1960년대 진보적 지성과 실천의 큰 수확이자 1960년대 이후 펼쳐질 진보적 지식사회의 문화적 진지로서『창작과비평』의 존재를 자리매김하려고 한다. 덧붙여『창작과비평』이 1960년대의 시대정신을 새로운 매체의 형식과 진보적 언어로써 가장 잘 드러내고 있다는 4 · 19세대의 역

---

1) "『사상계』는 계속되는 국가권력의 탄압으로, 편집위원 등 지식인 집단이 해체되고 발행인 장준하가 정치인으로 변신하자 커다란 위기를 맞게 되었다. 이어서 새로운 대항잡지(비판적 지식인 잡지)로『창작과비평』이 등장하게 된다."(이용성,「1960년대 비판적 지식인 잡지 연구」,『한국학논집』37집, 한양대 한국학연구소, 2003, 194쪽). 위 진술에서도 단적으로 알 수 있듯이, 진보적 전통을 계승하고 있는 1960년대의 비판적 지식인 잡지로서『창작과비평』을 아무런 의심 없이 자연스레 호명하고 있다.
2) 이와 같은 맥락 구도는 민족문학(론)의 갱신을 논의하는 역사적 성찰의 과정 속에서 대동소이하게 파악되는 부분이다. 이러한 구도를 피력하고 있는 것은 임규찬,「20세기 한국과 리얼리즘론의 공과」,『작품과 시간』, 소명, 2001, 343~344쪽 및 신승엽,「세기 전환기, 민족문학론에 대한 단상」,『민족문학을 넘어서』, 소명, 2000, 53쪽 참조.

사적 사후 평가로 인해 『창작과비평』은 진보적 매체의 상징권력을 더욱 안정적으로 소유한다.[3]

　물론, 『창작과비평』에 대한 이러한 연구와 평가 자체를 전적으로 무시할 수는 없다. 1960년대 이후 숱한 진보적 잡지들이 부침을 겪으면서 명멸해간 반면,[4] 『창작과비평』은 숱한 정치사회적 난관을 견디면서 한국의 진보적 토양을 객토해나갔다. 『창작과비평』이 거둔 이 값진 성과에 이견을 갖는 자는 없을 터이다. 그러나 『창작과비평』이 진보적 잡지로서의 역할을 수행하는 것과 그에 따른 역사적 평가의 가치를 독점하는 것은 엄연히 다른 차원의 문제다. 앞서 살펴보았듯이, 『창작과비평』이 1960년대를 거치면서 진보적 매체의 귀결처로 파악되고 있다는 것은 큰 문제다. 바로 여기서 『한양』의 존재를 강조하지 않을 수 없다.[5]

---

3) 4·19혁명 41주년을 기념하여 계간『창작과비평』은 이른바 4·19세대의 주요 문인들과 좌담회를 가졌는데, 그 좌담회에서 김병익은『창작과비평』이야말로 4·19의 의식을 가장 잘 표현해낸 매체로 평가한다. "4·19적인 분위기를 가장 잘 표현해낸 것이 바로 창비거든요. 창비는 처음으로 가로 조판을 했고, 그리고 되도록이면 한자를 줄여서 썼고, 그리고 편집위원 체제로 운영함으로써 자기 세대의 지적인 표현기관으로, 시대적인 지적 표현기관으로 생각했거든요. 그러니까『사상계』나『신동아』가 종합지였던데 비해서 창비의 경우에는 자기 시대의 표현기관으로 생각했던 것이고, 자기 세대의 4·19의식의 표현으로 해석되지 않을까 싶은 거죠."『4월 혁명과 한국문학』, 최원식·임규찬 편, 창작과비평사, 2002, 55쪽.

4) 한국전쟁 이후 진보적 매체의 대표인『사상계』는 1950년대와 1960년대의 지식사회에서 진보의 물꼬를 터준 종합교양지였다. 1970년 5월호에 김지하의「오적」이 발표되고, 이른바 '오적 필화사건'에 휘말리게 되어『사상계』는 잡지등록이 말소된다. 그런가 하면 1960년대의 진보적 매체 중 하나인『청맥』은 통일혁명당을 창당하는 과정에서 만들어진 잡지로, 북한의 자금으로 친북 인사들에 의해 발행된 잡지이다. 이 잡지의 내용은 친북 성향과 무관한 교양지였으나, 잡지 발행과 관련한 인물이 간첩이라는 사실이 밝혀지자 1967년 6월호까지 통권 27권을 내고 역사의 뒤안길로 사라졌다.

5) 하상일은「1960년대 현실주의 문학비평 연구」(부산대 박사학위 논문, 2005)에서『한양』을 주목하고 있다. 그에 따르면『한양』을 비롯하여『청맥』,『상황』 등의 진보적 잡지가 1960년대 현실주의 시각을 지속적으로 견지해왔으며, 계간지『창작과비평』은 1960년대에 발행된『한양』,『청맥』,『상황』 등의 문제의식을 계승하였음에도 불구하고 이러한 기존의 잡지들이 지닌 "현실주의 비평담론들을 철저하게 소외시킴으로써 민족문학론을『창비』의 배타적 전유물로 만들었"(하상일, 위의 논문, 23쪽)다는 데 대해 강도 높은 비판을 가한다. 그리하여『창작

『창작과비평』(1966년 발행)보다 먼저 발행된『한양』은 창간호부터 1960년대 내내 진보적 문제의식을 첨예히 드러낸바, 잡지의 선명한 이념과 방향성에 토대를 둔 실천적 담론을 지속적으로 제출해왔다. 정치경제 분야를 비롯한 문학 분야에서 구사되고 있는 담론의 수준도 높고, 잡지의 편집 체계를 비롯하여 독자의 반응 또한『창작과비평』과는 비교가 되지 못할 압도적 우위를 점유하고 있다. 특히 일본뿐만 아니라 한국 내에서 활동하는 진보적 지성들이『한양』을 통해 제기한 각종 문제의식은 1960년대의 진보적 지성사에서 결코 가볍게 넘길 수 없는 주요한 매체적 지위를 확보한다. 1960년대의 시대정신을 응축시킨 4·19혁명의 정신에 대한 역사적 성찰과 그 실천적 구체성을 담론화하는 과정에서 민족의 주체적 역량을 발견하고, 서구식 근대화를 추수하는 게 아니라 그것을 부정하며, 법고창신法故創新의 정신에 기반한 전통의 창조적 갱신과 결합된 근대적 계몽 의지로써 주체적 근대화를 추구하고 있다는 점은『한양』을 주목해야 할 이유다. 따라서 그동안 한국의 지성사 혹은 한국의 진보적 지성사에서 그 가치를 소홀히 간주해온『한양』을 새롭게 인식함으로써 한국의 진보적 매체의 역사를 재평가하고, 진보적 매체의 맥락을 재정립함으로써 그동안 특정 매체가 배타적으로 점유해온 진보적 전통의 상징권력을 발전적으로 해체시켜 그 역사적 위상을 온전히 세워야 할 것이다. 이것은『한양』을 연구하는 현재적 의의이기도 하다. 그러면서 진보적 지성사를 풍요롭게 이해해야 할 것이다. 담론에 대한 정교한 해석학적 접근은 물론, 잡지의 편집 체계를 고려한 제도적 조건까지 포괄한 연구가 다층적으로 실행될 때 한국의 진보적 지성사는 그 역사적 실체가 튼실히 보증될 수 있다.

사실,『한양』에 대한 기존의 논자들 대부분이 지적하고 있듯이,『한

_____

과비평』보다 먼저 발행된 진보적 잡지의 존재와 그 가치에 대한 정당한 역사적 평가가 이루어져야 한다는 것을 강조한다.

양』이 일본에서 발행되었으며, 이른바 '문인간첩단 사건'에 휘말려들어
그 후 국내에서는『한양』을 공식적으로 접할 수 없어6) 연구의 1차 자료
를 확보하는 데 어려움이 있었고,『한양』에서 정력적으로 활동하는, 재
일동포로 추정된 주요 필자들의 행적을 잘 파악할 수 없다는 것은『한
양』을 연구하는 데 큰 장애물이었다.7) 하지만 이러한 연구의 큰 제약에
도 불구하고『한양』에 대한 연구는 최근 몇 년 사이에 주목할 만한 성
과를 축적시키고 있다.8) 한국 현대사에서 잊혀지길 강요당해온『한양』
의 진보적 위상을 새롭게 정립하려는 노력의 일환이라는 점에서 필자

---

6) 박정희의 엄혹한 유신체제를 더욱 강화하기 위해 조작된 '문인간첩단 사건'은 1974년 1월 17
일 이호철, 정을병, 김우종, 임헌영, 장백일 등 5인을 국가보안법과 반공법상의 회합, 통신, 찬
양, 고무죄로 검찰에 기소한 사건이다. 이들 5인은 일본에서 발행되는『한양』을 통해 한국사
회를 비방하는 글을 썼는가 하면,『한양』의 간부들이 북한의 지도원인데,『한양』으로부터 금
품과 향응을 받았다는 게 바로 국가보안법과 반공법에 위배된다는 어처구니없는 날조된 혐
의를 받고 고초를 겪었다. 이 사건 이후 국내에서는『한양』을 공식적으로 접할 수 없게 된다.
이 사건의 전말에 대해서는 장백일,「세청 문인간첩단 사건」,『문단유사』, 한국문인협회 편,
월간문학출판부, 2002; 한승헌,「『한양』지 사건의 수난」,『장백일교수 고희기념문집』, 대한,
2001; 임헌영,「74년 문인간첩단 사건의 실상」,『역사비평』, 1990년 겨울호 참조.
7)『한양』의 주요 필자들에 대한 정보는 아직까지 알려진 바가 없다.『한양』의 발행인이자 편집
인인 김인재가 현재 일본의 동경에서 살고 있어, 주요 필자들에 대한 정보를 알고 있다. 하지
만 김인재를 직접 인터뷰한 하상일에 따르면, "『한양』의 실체를 더욱 정확하게 확인하고 싶
었으나, 모든 상황을 알고 있는 김인재 선생이 당시 상황과 필자들의 면면에 대해 끝끝내 침
묵함으로써 여전히『한양』은 미궁 속에 있는 상태다. 다만 김인재 선생의 말을 통해 조심스럽
게 추정해보면, 당시 시, 소설, 비평 등을 썼던 상당수의 고정 필자들은 필명으로 활동한 국내
문인일 가능성이 많은 것으로 생각된다."고 언급할 따름이다. 하상일,「재일 한인 잡지 소재
시문학과 비평문학의 현황과 의미」,『한국문학논총』42집, 한국문학회, 2006, 397쪽.
8)『한양』과 직간접 관련된 연구 목록을 제시하면 다음과 같다. 하상일,「재일 한인 잡지 소재 시
문학과 비평문학의 현황과 의미」,『한국문학논총』42집, 한국문학회, 2006; 이현홍,「『한양』
소재 재일 한인문학의 연구 방향과 과제」,『한국민족문화』25집, 부산대 한국민족문화연구
소, 2005; 김유중,「장일우 문학비평 연구」,『한국현대문학연구』17집, 한국현대문학회, 2005;
하상일,「1960년대 현실주의 문학비평 연구」, 부산대 박사학위 논문, 2005; 하상일,「1960년
대 문학비평과『한양』」,『어문논집』50호, 민족어문학회, 2004; 박수연,「1960년대의 시적 리
얼리티 논의-장일우의『한양』지 시평과 한국 문단의 반응」,『한국언어문학』50집, 한국언
어문학회, 2003; 허윤회,「1960년대 참여문학론의 도정-『비평작업』,『청맥』,『한양』을 중심
으로」,『희귀잡지로 본 문학사』, 상허문학회편, 깊은샘, 2002.

의 이번 연구는 기존 연구의 성과로부터 큰 빚을 지고 있다. 다만, 필자가 기존 연구를 좀더 새롭게 보완하는 차원에서 주목하는 것은『한양』에 수록된 비평담론(특히 문학비평 담론)에 대한 해석학적 접근만이 아니라『한양』의 편집 체계를 함께 고려할 때『한양』의 비평담론들이 갖는 문제의식은『한양』의 전체적 맥락 속에서 해석의 힘을 온전히 발휘할 수 있다는 점이다. 그렇지 않을 때 자칫 개별 비평담론에 대한 해석학적 접근은『한양』의 구체성을 탈각시킨, 여느 진보적 매체와 이렇다할 구별이 되지 않는 개별 비평담론의 지위로 전락할 뿐이다. 따라서 필자는 이 글에서 앞서 문제를 제기한바,『한양』에 대한 전반적 검토를 통해 1960년대 한국의 진보적 지성사에서 그 역사적 위상을 성찰하고,『한양』이 갖는 진보적 매체로서의 특질을 살펴보기로 한다.

II. 민족의 주체적 근대화와 진보성

『한양』이 "선명한 진보적 색채를 띠었다는 점에 특색이 있다"[9]고, 4 · 19세대의 한 비평가가 언급하듯,『한양』은 1960년대의 진보적 성향을 다룬 다른 잡지들에 비해 손색이 없을 정도의 진보적 가치를 실현시키는 데 역점을 두었다.『한양』의 이념과 방향성을 비롯하여 어떠한 내용물로 채워질지에 대한 대체적 윤곽은 창간호의 창간사와 편집후기를 통해 알 수 있다.

> 우리의 과거를 알고 우리의 오늘을 알고 우리의 내일을 알아야
> 한다. 그것은 나 자신을 알기 위해서이다. 조국을 보아 그것으로 앞

---

9) 염무웅,「5, 60년대 남한문학의 민족문학적 위치」,『혼돈의 시대에 구상하는 문학의 논리』, 창작과비평사, 1995, 361쪽.

길을 밝히는 등대로 삼을 것이며, 조국의 강산을 돌아보아 우리의
생활을 설계할 것이며, 조국의 현실을 살펴 국가 백년대계를 이룰
힘찬 재건에 이바지 할 것이다.

　(중략)

　미 군정과 이승만 정권, 장면 정권, 그리고 오늘의 혁명정부―이
렇게 한국은 아우성치며 달려가고 있다. 그 많은 역사의 장마다 갈
피갈피 숨은 이야기는 끝이 없고 그 많은 이야기 속에 조국은 고동
치고 있다.

　잡지『한양』은 이에 무심할 수 없는 우리 겨레의 양식이 될 것이
며, 고동치는 조국의 넋을 담은 국민들의 公器로 될 것이다. 우리는
고담준론을 즐겨하지 않으며 허장성세에 끌리지 않고 조국의 번영
에 이바지하는 하나의 괴임돌로 자기의 사명을 다할 것이다. 우리
는 한국의 정원에 한 그루 과실나무를 심는 말없는 원예사를 본받
을 것이다. 한국사람의 고유한 문화, 한국사람의 고유한 기질, 한국
사람의 고유한 윤리, 여기에 마르지 않는 샘물이 있고 깨끗한 심령
의 세계가 있다. 이것을 다듬고 가꾸어 나가는 원예사의 심경을 우
리는 지닐 것이다.10)

　이것이 과연 다행한 일인지 불행한 일인지 헤아릴 수 없으나 아
무튼 대학을 졸업하고 대학원을 나와 상금도 각종 연구에 종사하
고 있는 선비들이 실로 부지기수이며 이밖에 숨은 식자 문화인들
이 적지 않은바 "한양"은 이 분들에게 모름지기 연구의 발표와 논
단의 터전을 제공함과 아울러 교포사회 및 조국과의 문화적인 유
대를 더욱 공고화하는 데 기여하고자 하는 것이다.11)

　창간사에서 확연히 읽을 수 있는바,『한양』은 일본에서 발행되는 잡

---

10)「창간사」,『한양』, 1962.3. 이후 본문에서『한양』에 실린 글을 인용할 때는 각주에서 게재
　　지를 밝히지 않고, 필자,「글제목」, 발간년, 발간월, 면수만을 밝히기로 한다. 또한 인용글
　　은 본문의 내용을 손상시키지 않는 조건 아래 최대한 한글로 표기하며, 현행 맞춤법 표기
　　규정을 따르기로 한다.
11)「편집후기」, 1962.3, 156쪽.

지이지만, 한국의 과거와 현재, 그리고 내일을 방관자의 입장에서 인식하는 게 아니라 주체자의 입장에서 한국의 현실에 적극적인 관심사를 보인다. 한국전쟁 이후 미국의 경제원조에 의지하면서 민족의 자립경제 구축을 이루어내지 못한 채 온갖 반민주적 파행으로 치달은 이승만 독재정권을 축출하고, 4·19의 민족적·민주적 역량을 결집해내지 못한 장면 정권의 무능력으로 인해 5·16이 일어나면서 새롭게 부각된 한국의 제반 문제점들을 해결하기 위한 지혜와 실천을 적극적으로 강구해낸다. 이 과정에서 『한양』은 한국과 일본에서 대학 이상의 교육을 받은 비판적 지식인들에게 실천적 담론의 장을 제공해줌으로써 재일동포 사회와 한국의 문화적 유대를 공고히 해내는 역할을 맡는다.

여기서 『한양』의 진보성은 한국의 현실과 비판적 거리를 확보하고 있는 일본에서 그 진가를 발휘한다. 『한양』이 일본에서 발행되고 있다는 점은, 단순히 한국과 지리상의 물리적 거리를 두고 있는 것 이상의 의미를 갖는다. 우선, 한국의 크고 작은 정치적 여파로부터 직접적 관련을 맺지 않기에 『한양』은 창간호부터 잡지의 이념을 훼손하지 않은 채 『한양』만의 독자적 가치를 발현시킬 수 있었다. 그리하여 『한양』의 시각으로 1960년대 한국의 근대화에 대한 구체적 논의를 펼쳤다. 4·19의 시대정신을 실천하는 문제와 함께 5·16으로 인해 추구되는 한국 근대화의 제반 문제점들에 대한 비판적 성찰을 과감히 수행하고, 한국 근대화의 방향에 대한 담론들을 제출한 것이다. 게다가 1960년대 한국의 근대화를 향한 담론이 대부분 서구식 근대화 담론을 추수하는 데 급급했다면, 『한양』은 서구식 근대화 담론에 대한 맹목화를 경계하고, 한국의 주체적 근대화를 이루어내기 위한 다방면의 노력을 지속적으로 보인다.[12] 물론 여기에는 『한양』이 재일동포를 주된 독자 대상으로 삼은

---

[12] 1960년대 한국의 지식인 사회는 1950년대 미국 경제원조를 받아 미국 유학파 학생들의 숫자가 대폭 증가되었으며, 이들 미국 유학파의 대부분은 1960년대 국가의 주요한 관공서에

종합 교양 잡지이기에, 조국을 향한 재일동포의 민족주의적 색채 그 자체를 전면 부정할 수 없다. 다양한 개별적 이유들 때문에 조국을 떠날 수밖에 없던 재일동포들에게 조국을 향한 민족주의적 이데올로기는 일본 사회에서 재일동포들이 생존할 수 있는 이념적 토대를 이루고 있기 때문이다. 그리하여 『한양』의 창간호부터 매호 지속적으로 소개하고 있는 '한국의 명승고적', '한국의 인물 열전', '한국의 명산名産', '한국의 자연 부원富源' 등을 비롯하여 한국의 고전, 민속, 구비문학(민요, 전설, 설화, 속담) 등은 재일동포의 민족애를 반영하기 위한 것임과 동시에 『한양』이 추구하는 근대화가 한국의 고유한 문화전통을 몰각한 게 아니라 '법고창신'의 정신에 기반한 주체적 근대화를 추구하고 있다는 점을 드러내고 있다.

그렇다고 『한양』이 재일동포들의 한국문화에 대한 낭만주의적 감상이 지배적인 것으로 보아서는 곤란하다. 『한양』이 이렇게 한국적인 것에 대한 적극적 관심을 쏟는 데에는, 식민지 질서를 강제해온 일본에서 반식민주의를 좌표삼아 식민지 근대를 극복하고 훼손된 민족적 자긍심을 복원시킴으로써 주체적 근대화를 추구하고자 하는 열정으로 파악하는 게 온당하다.

그렇다면 『한양』이 추구했던 주체적 근대화는 어떠한 것일까? 이것을 이해하기 위해서는 5·16에 대한 『한양』의 비평적 태도를 눈여겨보아야 한다. 5·16이 일어나고 1963년 대선을 통해 군정軍政에서 민정民政으로 이양되는 과정 속에서도 한국의 대부분의 여론과 지식사회의 동향은 군사정부에 대한 지지와 참여를 보인다.[13] 그만큼 한국의 지식사

___
진출하면서 서구식 근대화에 매진하는 인적 인프라를 구축한다. 이에 대해서는 정용욱, 「5·16쿠데타 이후 지식인 분화와 재편」, 『1960년대 한국의 근대화와 지식인』, 선인, 2004, 159~166쪽 참조. 이에 반해 『한양』은 그 주요 필자들의 구체적인 이력을 알 수는 없으나, 『한양』의 창간호 편집후기에서 밝히고 있듯이, 주체적인 시각을 견지한 지식인들이 필자가 되어 주체적 근대화의 방향과 실천의 비평담론을 발표하는 데 역점을 두고 있다.

회는 이승만 독재정권, 즉 구체제에 대한 혐오와 반감이 극도로 팽배해 있었다. 장면 정권의 무능력으로 인해 4·19의 민족적·민주적 기대와 열망이 충족되지 않은 것도 5·16군사쿠데타를 지지하는 한 요인이었다.

한국의 지식사회가 5·16에 대한 이러한 반응을 보이고 있던 터에, 『한양』은 4·19 이후 5·16의 격동기를 거치는 한국의 정치사회적 변화를 예의주시하고 있었다. 『한양』의 시론時論의 주요 필자인 김인재는 한국의 상당수의 지식인들이 5·16에 대한 지지와 참여를 보이고 있을 때, 그 입장들과 비판적 거리를 두면서 민주주의의 합법칙적 절차에 의해 군정에서 민정으로 속히 정권이 평화적으로 이양되어야 한다는 점을 거듭 강조한다. 물론, 김인재 역시 동시대 한국의 지식인들처럼 5·16이 이승만의 구체제를 부정하고, 장면 정권의 정치사회적 혼란을 수습하기 위해 일어난 것을 인정한다.[14] 하지만 김인재를 비롯한 『한양』의 비평담론들이 정작 중요하게 인식하는 것은 군정을 민주주의적 절차에 의해 종식시키고, '미완의 혁명'으로 스러진 4·19의 민족적·민주주의적 근대화를 실현하는 데 박차를 가하는 일이다. 『한양』의 이러한 대표적 비평의 입장을 예시해보면 다음과 같다.

---

13) 5·16군사쿠데타가 일어났을 무렵 한국사회의 대다수 지식인들과 대학생들은 쿠데타 세력에 적극적 지지를 표했다고 한다. 진보적 매체의 대표격인 『사상계』만 하더라도 1961년 6월호 권두언에 "누란의 위기에서 민족적 활로를 타개하기 위하여 최후 수단으로 일어난 것이 다름 아닌 5·16군사혁명이다."(34쪽)라고 하는가 하면, 1960년대의 혁신계였던 민통련 대의원인 조동일의 사회 아래 대학생들이 좌담회를 가졌는데, 그 좌담회에서도 군사정권에 대한 기대를 노골적으로 드러내고 있다. 조동일 외 7명, 「좌담: 4·19 그 날의 함성을 회고한다」, 『신사조』 1962년 4월호. 5·16군사쿠데타 지지에 대한 지식사회의 동향에 대해서는 임대식, 「1960년대 초반 지식인들의 현실인식」, 『역사비평』 2003년 겨울호, 314~323쪽 참조.

14) "8·15의 감격이 있은 이후 미군정을 거쳐 한국정부가 수립되었다. 그러나 민주주의와 대의정치를 표방한 한국정부는 이박사의 12년에 걸친 장기독재의 제물로 되고 말았고 李王朝도 무색할 만큼 당쟁과 부패의 극치를 출연하였다. 드디어 4·19의 의거를 겪고 장면정권의 혼란기를 거쳐 5·16군사혁명을 자초하기에 이르렀다."(「권두언: 춘몽」, 1962.4).

군사통치로 민주주의 길을 개척한다는 것은 정상적인 코-스가
아니라는 것은 말할 것도 없다.[15]

우리들은 앞으로 실현될 민정이양이 명실공히 국민의 총의를
반영한 민주주의적 절차와 방법에 의하여 참신하고 양심적인 민간
정부에 순조롭게 정권이양이 이루어지도록 바라는 마음 또한 각별
하다고 하겠읍니다.[16]

한국은 우선 민주주의를 재건하고 빈곤에서 탈피해야 할 긴급
한 요청을 받고 있다.[17]

그런데 민정은 군정이 아니라는 점을 지적할 필요가 있다. 당연
한 소리같으나 우리가 이에 대하여 말하게 되는 것은 군정담당자
들이 그대로 민정을 담당하게 되리라는 이유 때문이다.
민주주의는 소생되어야 하며 인권은 존중되어야 할 것이다. 민
정에 대한 국민의 기대, 그보다도 반드시 실현되어야 할 施政에 대
한 갈망, 참으로 명실상부한 복지사회에 대한 국민의 소원이 언제
까지나 忍苦에 머무르고 있으리라고 생각할 수는 없다.[18]

지난 2년간, 혁명정부의 여러 시책이 실패하고 민주주의의 재건
이 하나의 표방으로만 되고만 사실은 매우 교훈적이라 할 것이
다.[19]

要는 그 어떤 이즘적인 의무감에서 탈피하고 겨레에게 가장 적
합하고 훌륭한 사상과 정치체제를 우리 민족자신의 역사와 전통에
서 뽑아내며 민족총역량을 경주하여 자립적이고 자유로운 민족의
새 역사를 창조할 수 있는 그런 자세를 확립하는 것이다.[20]

15) 김인재, 「민정복귀와 그 기틀」, 1962.7, 4쪽.
16) 「편집후기」, 1962.7, 188쪽.
17) 「권두언: 자주에의 모색」, 1962.8, 5쪽.
18) 「권두언: 조국에 드리는 말—신년호를 내면서」, 1963.1, 16쪽.
19) 김인재, 「시련을 겪는 한국 민주주의」, 1963.6, 38쪽.

이렇게 『한양』은 민주주의 재건을 위해 군정이 지속되어서는 안 되며 민주주의적 절차에 의해 민정이 들어서야 하며, 민족의 역량을 극대화하는 과정 속에서 주체적 근대화를 추구해야 한다는 것을 힘주어 강조한다. 그리하여 『한양』이 역점을 두고 있는 근대의 기획 중 두드러진 것 하나는 중농주의重農主義다. 제3공화국의 박정권은 5·16 이후 지식사회에 팽배해진, 미국의 제3세계 근대화론을 주도했던 '로스토우 Rostow의 근대화론'[21]과 이 근대화론을 비판하며 제기된 '내포적 공업화론'[22]에 의해 한국의 근대화를 추구한다. 박정권의 이들 근대화론은 '관 주도의 민족주의'와 결합하면서 근대화는 곧 산업화(혹은 공업화)이며 도시화라는 근대화의 이데올로기를 생산해낸다. 그러면서 1960년대의 농촌은 박정권의 이와 같은 근대의 기획으로부터 소외를 당한다. 근대의 기획은 도시화에 집중되었고, 그에 따라 지식사회에서는 이른바 중산층 논쟁이 『정경연구』와 『청맥』을 중심으로 활발히 펼쳐지기도 하였다.[23]

---

20) 김인재, 「전야의 기원—제3공화국 탄생을 앞두고」, 1963.10, 24쪽.

20) 김인재, 「전야의 기원—제3공화국 탄생을 앞두고」, 1963.10, 24쪽.
21) 미국 케네디 대통령의 국가안보 고문으로 지명된 로스토우는 '비공산당 선언'이란 부제가 붙은 『경제성장의 단계들』(1960)이란 저서를 발표한바, 그의 근대화론은 제3세계 경제개발론의 성격을 띤 것으로, 『사상계』에서는 1961년 1월호부터 3월호에 거쳐 번역을 하였으며, 1965년 5월 2일에는 서울대에서 그의 강연이 개최되기도 하는 등 로스토우의 근대화론은 박정권의 근대화론에서 주요한 역할을 맡았다. 김정현, 「1960년대 근대화노선의 도입과 확산」, 『한국현대사 3』, 한국역사연구회 현대사연구반 편, 풀빛, 1991.
22) '내포적 공업화론'은 외국자본을 이용하여 국제분업을 수용하고 기간산업을 일으켜 경제의 기초토대를 구축하여 경제개발을 하되, 대외 경제에 종속되는 게 아니라 자립경제의 틀을 추구한다는 점에서 박정권의 관주도의 민족주의에 의한 근대화론의 역할을 수행한다. 홍석률, 「1960년대 지성계의 동향」, 『1960년대 사회변화 연구: 1963~1970』, 한국정신문화연구원 편, 백산서당, 1999, 216~226쪽 참조.
23) 1960년대 전반기에 있었던 주요 중산층 논쟁을 제시해보면 다음과 같다. 「좌담: 왜 이렇게 되었나?—경제위기하의 국민생활진단」, 『사상계』, 1963.7; 신상초, 「최고회의 통치시대—군정 2년 반이 국민에게 무엇을 주었나」, 『사상계』, 1964.5; 「좌담: 한국정치의 오늘과 내일」, 『사상계』, 1965.4; 차기벽, 「오용된 민족주의—민족주의는 결코 선거구호에 그칠 수 없다」, 『사상계』, 1965.5.

『한양』은 한국에서의 이러한 근대적 기획의 사각 지대에 놓여 있는 농촌에 집중적인 관심을 가진다. 창간호부터 거의 매호마다 1960년대 농촌이 겪는 제반 문제점들(낙후된 영농 방법, 농업기술의 후진성, 농지개혁의 문제, 농업의 빈곤상태, 농촌 경제의 파산, 농업정책의 비과학성 등)을 정확히 인식하고 있을 뿐만 아니라 그 해결 방안을 모색하고 있다.[24] 『한양』이 지속적이고 집중적으로 농업의 근대화, 즉 '중농주의'에 역점을 두고 있는 것은 박정권 일변도의 근대화론에 일방적인 지지와 참여가 아니라 견제와 비판의 시각을 확보하면서 서구식 근대화론에 대한 일방적 치우침으로부터 벗어나 민족 생존권의 근간인 농업의 근대화를 통해 주체적 근대화의 기획을 달성하고자 하는 『한양』의 독특한 근대적 시각이 뒷받침되고 있는 것으로 해석된다. 말하자면 『한양』의 '중농주의'에 초점을 둔 근대화는, 한국을 근대적 영농국가로 만들어야 한다는 데 있다기보다 군정을 완전히 종식시키지 못한 채 형식적 민주주의 절차에 의해 민정으로 이양한, 박정권 일변도의 관주도 민족주의의 근대화론(로스토우 근대화론 및 내포적 공업화론)을 견제하고자 한 『한양』의 비판적 성찰에 초점이 맞추어져 있다고 볼 수 있다. 이것은 제3공화국이 출범하기 전까지 『한양』의 시론時論이 주로 4·19와 5·16과 관련된 당위적 명제를 중심으로 한 비평정신을 보였다면, 1963년 12월 17일 제3공화국이 출범한 이후 『한양』은 박정권의 근대화론에서 사각지대에 놓여 있는 농업의 근대화론에 상대적으로 많은 비중을 두면서 박정권의 근대화론을 정치적 관점에서 비판적으로 성찰한 시각을 견지하는 데서

---

24) '중농주의'에 대한 『한양』의 편집을, 한 독자는 "독자로서 편집실에 한가지 청을 드리면 농업개발, 경제부문 등의 논문들은 많은 회수를 거듭한데 반하여 공업부문에서는 손꼽힐 정도의 것인 관계로 우리 공학도들의 참고자료에 많은 애로를 느끼고 있으며 공업적 개발요소들의 세부적인 이론과 실제를 선생님들께서 소개하여 주시면 조국근대화에 도움이 될까 해서 청을 드립니다."(「편집자에의 편지」, 1965.5, 253쪽)고 하는 데서 단적으로 알 수 있듯, 『한양』은 공업화에 기반한 근대적 기획에 별다른 관심을 보이지 않았다.

알 수 있다.[25]

이처럼 『한양』은 일본에서 발행되는 종합 교양지로서 재일동포들은
물론, 『한양』을 주로 접하는 한국의 지식인들에게 4·19와 5·16의 역
사적 격동기를 겪는 과정에서 민족의 주체적 역량을 어떻게 극대화할
것인지, 그리고 민주주의의 소중한 가치를 결코 훼손할 수 없다는 점을,
비판적 성찰의 시각에서 잡지의 이념과 방향성으로 내면화한다. 특히
박정권이 일방적으로 주도해나간 관주도 민족주의에 기반한 근대화론
을 견제하고, 서구식 근대화론이 아니라 주체적 근대화론을 추구하는
담론적 실천에 매진한다.

III. 한국문학을 향한 성역 없는 비판적 성찰

『한양』의 이러한 잡지 이념과 편집의 거시적 방향성은 시론時論에만
해당되지 않고 1960년대의 한국문학 전반에 대한 문제의식으로 확장된
다. 흔히들 1960년대의 한국문학은 "60년대 중반부터 등단하는 '신세
대'—특히 '산문시대'와 '창비' 그룹—에 초점을 맞춰 60년대 문학을 설
명"[26]함으로써 "60년대 중반 이전은 50년대의 연장으로 편입되고 60년
대 후반은 70년대로 귀속되면서 정작 60년대의 문학은 실종"[27]된 것으

---

25) 박형태, 「농업생산과 토지이용문제」, 1964.12; 주경균, 「한국농업정책의 회고」, 1965.5; 박
영철, 「식량증산 7개년 계획」, 1965.5; 박형태, 「농업증산과 관개사업」, 1965.5; 박영철, 「외
곡도입과 한국농업」, 1965.7; 정현종, 「한국의 자립 안정농가 조성문제」, 1965.8; 박영철,
「한국농민들의 소득과 생활」, 1967.10; 임경암, 「한국의 도시와 농촌」, 1967.10; 박영철,
「미국원조와 한국농업」, 1967.11; 김경진, 「한국경제와 농업생산」, 1968.6; 박영철, 「농가
소득과 농가부담」, 1968.6; 임경암, 「한국의 천수답 문제」, 1968.9.
26) 하정일, 「주체성의 복원과 성찰」, 『1960년대 문학연구』, 민족문학사연구소 현대문학분과
편, 깊은샘, 1998, 14~15쪽.
27) 하정일, 위의 글, 15쪽.

로 인식할 수 있다. 하지만 『한양』의 존재가 웅변해주듯, 1960년대의 한국문학은 특정한 세대의 세대론적 인정투쟁으로 인해 문학사적 실재를 일방적으로 파악해서는 곤란하다. 그동안 한국문학사에서 변방으로 취급되던 시각에서 탈피하여 『한양』에 대한 온전한 문학사의 복원 작업이 이루어질 때 1960년대의 문학사는 1950년대의 문학과 1970년대의 문학으로 흡수되지 않는 독자적인 생명체로서 그 가치를 더욱 존중받을 수 있을 터이다.28)

이제 『한양』이 1960년대의 한국문학사에서 특별한 위치를 점유하고 있다면, 단연코 그것은 한국문학을 향한 성역 없는 비판적 성찰의 비평 정신을 지속적으로 실천하고 있다는 사실이다. 이 점은 『한양』의 비평적 태도이면서 『한양』이 지닌 비평적 가치다. 말하자면 『한양』은 1960년대의 한국문학을 향한 '비판의 뇌관'이었던 셈이다. 동시대의 문학을 향해 거침없이 뱉어내는 『한양』의 비판 담론은 문단의 온갖 역학관계로 맺어져 있던 한국문인들 사이에 쉽게 제기되기 어려운 문학적 쟁점을 통해 1960년대의 한국이 직면한 객관현실에 대한 문학적 대응의 일환이라는 점에서 결코 과소평가할 수 없는 중요한 역할을 맡았다.29) 그

28) 사실, 1960년대 한국문학사의 온전한 복원을 위한 노력이 없던 것은 아니다. 특히 비평사에서 '산문시대' 동인과 '창비' 그룹에만 초점이 맞추어진 기존 연구의 관행에서 벗어나 1960년대 비평의 특질을 규명하기 위한 주요한 성과가 제출되고 있다. 앞으로 좀더 1960년대 한국문학사의 실체를 밝히기 위해서는 『한양』을 비롯한 다른 군소 진보적 매체들에 대한 실증적 해석학적 접근이 병행될 때 이 시기의 한국문학사는 1950년대와 1970년대의 자장으로 흡수되지 않고, 나름대로의 역사적 실재로서의 가치를 지닐 수 있을 터이다. 따라서 『한양』은 이러한 연구를 위한 하나의 학문적 실천인 셈이다.

29) 『한양』의 문학비평에 대한 애정은 『한양』의 한 독자가 서울에서 '편집자에의 편지'란에 투고한 다음과 같은 짧은 전언에 집약돼 있다고 볼 수 있다. "貴誌에서 가장 저의 관심과 동감을 느끼게 한 것은 본국문학에 대한 건전한 비평문들이었읍니다. 사실 현재 국민을 고무하고 용기를 줄 문학은 국내에서는 위축되어 있고 반면에 세기말적인 혼돈과 독선독존의 문학이 활개를 치는 형편입니다. 부디 건투를 빕니다."(1962년 11월호, 87쪽) 여기서도 알 수 있듯이 한국문단의 비평계는 한국문학의 위축에 대한 이렇다할 논쟁적인 쟁점을 제출하고 있지 않다는 문제점이 노정되고 있는 것이다.

리하여 『한양』은 장일우와 김순남과 같은 비판적 논객을 발견하였을 뿐만 아니라 한국에서 활동하는 비평가들 중 비판의 정신이 투철한 젊은 논객들에게 한국문학의 갱신을 위한 비평의 장을 아낌없이 제공하였다. 즉 1960년대의 한국문학은 『한양』을 통해 비판의 가치에 대해 숙고하게 되었다 해도 과언이 아니다. 게다가 『한양』의 저 숱한 비판의 비평 담론을 통해 1960년대의 한국문학은 1950년대 전후문학의 문제점을 극복하고, 4·19의 시대정신을 왜곡시키지 않으면서, 문학적 방식으로 1960년대의 현실을 관통하기에 이른다.

먼저, 『한양』의 대표적 논객이라 할 수 있는 장일우와 김순남의 비평의 골격을 살펴보자. 장일우와 김순남에게서 공통적으로 발견할 수 있는 비평의 태도와 방법은 민족의 현실을 직시하고 민족이 당면한 문제점을 극복하여 미래를 힘차게 모색하는 문학이다. 그들은 민족이 당면한 현실을 외면하고 회피하는 일체의 문학에 대해 가차 없는 비판을 던진다. 제 아무리 어떤 문학이 미적 완성도를 추구한다고 하지만, 그 미적 완성도가 역사와 사회에 대한 명민한 인식 없이 미적 자족성에 안주해 있다면, 그러한 문학은 곧 언급할 가치가 없는 대상으로 치부해버린다. 가령, 장일우와 김순남 모두 최인훈의 「광장」을 혹독히 비판하는데, 4·19의 문학적 발현이라고 높이 평가되는 이 작품에 대해 그들은 "민족적 이단자의 부질없는 '오뇌'일지는 몰라도 한국의 세대적 임무를 다하려는 민족혼을 지닌 참사랑의 '오뇌'는 아니라고"[30]하는가 하면, "남북분열의 한국적 현실이 하나의 역사적 운명처럼 판을 박고 있을 뿐 이러한 '오늘'의 운명과 대결하여 격투하고 있는 인간의 진실이 보이지 않는다."[31]고 혹평한다. 최인훈의 「광장」에 대한 그들의 비판에서 단적으로 파악할 수 있듯이, 그들은 민족의 현실에 치열히 부딪치지 않는 문

30) 김순남, 「문학의 주체적 반성」, 1962.4, 140쪽.
31) 장일우, 「현실과 작가」, 1962.6, 133쪽.

학에 대해 조금도 주저하지 않고 문학의 사회적 역할을 강조하면서 비판한다. 가령, 장일우의 경우 소설보다 시를 중심으로 한 비평에 매진한 바, 1960년대 초반 한국문단에 팽배한 시의 난해성에 대한 예각적 비판은 한국문단 내에서 부재한 비판의 비평정신을 올곧게 실현하고 있다는 점에서 각별한 주목을 요한다.

> 비평이란 무엇인가. 비평이란 작품의 내용과 형식을 분석하고 그 작품이 당해 사회에서 독자에게 주는 도덕적 사회적 가치를 평가해야 하는 것이다. (중략)
> 비평은 작가를 위해서도 독자를 위해서도 항상 지도적 입장에 서서 그들의 문학적 소양을 높여주어야 한다. 그러나 오늘 한국의 詩評들은 작가에게 있어서나 독자에게 있어서나 오히려 현대시에 대한 이해를 더욱 더 험악하게 만들고 있다. 여기에는 한국의 현대시의 독자들이 그렇게 아프게 생각하는 문제도 취급되지 않고 있으며 한국의 현대시의 重患도 고려되지 않고 있다. 시인의 시정신과 관계없이 현대시의 운과 비유와 기타의 언어적 조건들만 취급한다는 것은 우리 현대시의 난해성이나 난잡성, 모호성과 같은 중요한 사태들을 그냥 묵과하고 현대시를 더욱 더 위험한 포말리즘의 함정으로 몰아넣는 것밖에 안 된다.[32]

장일우는 비평이 무엇을 어떻게 해야 하는지를 명확히 인식하고 있다. 비평은 작품을 분석하는 차원에 머무르는 게 아니라 독자와의 소통의 맥락을 구축해야 하는데, 그 맥락은 바로 작가와 작품이 지닌 도덕적 사회적 가치에 대한 평가를 염두에 두어야 한다. 따라서 장일우에게 혹평의 대상이 되는 작품이란 도덕적 사회적 가치를 배제한 채 언어의 미적 취향에 매몰되어 형식주의 미에 젖어든 난해성을 마치 현대적인 것인 양 착각하는 작품들이다. 그리하여 장일우가 견지하는 비평의 정신과

---

32) 장일우, 「시의 가치」, 1962.8, 128쪽.

태도는 김소월의 시를 높이 평가하는 「소월의 시와 자주정신」(1962.11)에서 집약되어 있다. 장일우는 이 글에서 소월의 시에 대한 비평을 통해 민요의 형식을 창조적으로 혁신한 소월이야말로 "항상 시대와 민족 그리고 민중의 감정을 자기의 것으로 삼고 있"[33)는 '민족시인'이며, 소월의 시로부터 '예술의 시대정신'을 발견하는 비평의 정신을 가다듬는다.

장일우의 이러한 민족적 주체에 기반한 비평의 정신은 『한양』에 실린 그의 대부분의 비평 담론과 김순남의 비평 담론에서도 쉽게 확인할 수 있다. 그런데 장일우와 김순남의 이러한 비평 정신에서 중요한 것은 그들의 비평적 실천이 『한양』이 추구하는 근대화, 즉 서구식 근대화를 부정하고 민족의 주체적 근대화를 추구하는 것과 밀접한 맥락을 이루고 있다는 점이다. 말하자면 그들의 비평은 문학 작품을 대상으로 하고 있되, 그들의 비평이 비판적 성찰의 형식을 통해 추구하고 있는 것은 『한양』이 견지하는 민족의 주체적 근대화라 해도 과언이 아니다.

> 우리 문학 앞에 부닥친 아포리아는 어쨌든 활로를 찾고야 말 것이다. 그 활로는 남에게서 얻어들은 지식을 弄하는 현학자들의 지혜나 국적불명의 문학작품들에 의해서가 아니라 진실로 인간을 사랑하며 민족의 운명을 자기손으로 해결하려는 정신의 진실한 작가들에 의하여 열릴 것이다.
>
> 우리 문학의 주인공들은 프랑스형도 미국형도 아닌 바로 한국사람인 것이다.
>
> 그는 한국민족과 함께 있으며 한국식으로 생활하며 생각한다. 그는 무엇보다도 인간을 사랑하며 민족의 운명 앞에서 의롭고 슬기로우며 우리의 전진과 발전을 저해하는 온갖 부정의에 대하여 끝까지 저항하며 비록 죽음에 직면해서도 태연할 수 있는 그러한 자세―바로 그러한 인간상을 창조할 창작의 기점을 튼튼히 마련해야 할 것이다.[34)

---

33) 장일우, 「소월의 시와 자주정신」, 1962.11, 144쪽.

전후의 현대문학은 서구문화와 방탕한 시민적 자유에 침식된 도시인들의 고뇌와 범죄, 불안과 절망, 사기와 향락의 진창 속에 발을 뽑지 못하고 이제 바로 자기상실의 미궁속으로 더욱 깊숙하게 들어가고 있지 않는가. (중략) 이 나라의 에피고넨들은 그 추종의 대가로 주체상실이라는 고가의 선물을 지불하지 않을 수 없었다. 왜냐하면 전후에 등장한 현대작가들의 대부분이 자기비하 · 자기상실의 식민지적 지성에 습성화 되었고 그들의 꿈은 서구도시문화에 있었고 따라서 좁은 도시의 울속에 자기를 얽어매어 두기를 열망하였기 때문이었다. 이리하여 전후 한국작가들의 대부분의 추상미학 즉 현실추방과 구체적 인간상의 추방 속에는 이 나라 인구의 팔할을 차지하고 있는 농민상과 농촌현실이 포기되었다. 다시 말하면 그들은 서구의 '현대'를 빌려오고 그 대신 자기 발 앞에 어차피 부딪치는 '땅'의 윤리를 버렸다.[35]

『한양』의 주요 비평가인 장일우와 김순남의 비평 담론에서 뚜렷이 목도할 수 있는 것은 서구의 문화를 추종하는 한국문학에 대한 매서운 비판이다. 그들은 1950년대의 전후문학에서 흔히 발견되는 서구의 실존주의적 미적 취향을 용납하지 않는다. 이것은 서구의 미학 자체를 극단적으로 부정하려는 것과 무관하다. 그보다는 서구의 근대화를 조급히 따라잡아야 한다는 강박증으로 인해 우리의 문화적 가치를 서구의 그것보다 열등한 것으로 쉽게 재단내리는 서구 일변도의 미적 태도를, 그들의 비평이 비판하는 데 초점이 맞추어져 있다고 보는 게 적합한 판단일 것이다.[36] 이것은 장일우의 농촌문학에 대한 각별한 애정에서도

---

34) 김순남, 「창작의 기점」, 1963.10, 216쪽.
35) 장일우, 「농촌과 문학」, 1963.12, 146~147쪽.
36) 『한양』은 서구의 근대화에 맹목적 태도를 지닌 데 대해 신랄한 비판을 던진다. 그 대표적 비판의 대상은 이어령이다. 김순남의 경우 그의 「지성의 착란」(1964년 10월호)에서 이어령의 에세이 「흙 속에 저 바람 속에」를 매우 강도 높게 비판한다. "무서운 자기비하와 崇外意識을 줄기차게 추구"(159쪽)하는 자로서, "자학증 환자"(171쪽)라고 비난에 가까운 비판을 하는가 하면, 장일우는 그의 「무지의 모험─이어령의 비평안」(1964년 1월호)에서 이어

2부 매체론 및 메타비평 : 4 · 19혁명의 비평적 실천   91

알 수 있다. 우리는 이 글의 3장에서 『한양』의 근대화 기획 중 역점을 두고 있는 게 바로 '중농주의'였음을 살펴본 적이 있는데, 이러한 '중농주의'에 기반한 『한양』의 주체적 근대화는 농촌문학에 대한 장일우의 비평에서도 보증되고 있는 것이다.

정리하면, 『한양』은 기존의 한국문학 지형에 비판적 성찰의 형식을 통해 『한양』이 추구하는 민족의 주체적 근대화를 비평담론으로 실천하였다. 1950년대 전후문학이 서구의 근대화에 매몰되어 몰주체적 태도를 지닌 데 대한 강한 문제제기를 통해 1960년대 한국문학의 새로운 지평을 진취적으로 모색한 것이다. 특히 작품에 대한 비평이 작품의 미적 취향을 분석하는 데 자족하지 않고, 작품의 도덕적 사회적 가치를 평가하는 데 있다는 것을 강조함으로써 비평의 사회적 실천의 구체성을 보여주었다. 그리하여 한국문단을 향한 지속적인 관심 속에서 『한양』의 비판적 성찰은 전후문학의 문제점을 극복하고, 1960년대 문학의 주체성을 확립한다는 점에서도 그 역할의 중요성을 쉽게 간과해서 안 된다.

IV. 4 · 19의 시대정신과 '문학의 현대성'

1960년대 문학의 주체성을 확립하기 위해 『한양』이 적극적으로 담

령의 비평은 "서구비평의 글자풀이"(164쪽)에 불과하고, "서구문학의 아류에서 넋을 잃은 정신적 기형아"(163쪽)로서 "한국의 신판 사대주의자의 전형"(165쪽)이라며, 아주 혹독히 비판한다. 물론, 이어령에 대한 비판은 이들 외에도 구중서의 「작가와 역사의식」(1966년 7월호)에서 "한마디로 이어령의 논리에는 일관된 주관도 절조도 없다."(김인재 편, 『시대정신과 한국문학』, 한양사, 1972, 426쪽)고 하여, 국적불명의 이어령의 비평을 비판한다. 사실, 기왕 말이 나왔으니 덧보태면, 이어령에 대한 비판에서 기억해두어야 할 담론은 창간호가 곧 종간호가 된 정오평단의 비평동인지 『비평작업』(시사영어사, 1963.1.10)에 실린 「어떤 쁘띠 · 인테리의 비극―이어령씨에게 부친다」이다. 그만큼 1960년대의 진보적 비평의 공동체에서는 이어령의 비평이 한국의 현실을 몰각한 서구의 근대화에 경도된 비평으로 해석하고 있다 해도 과언이 아니다.

론화한 것은 4·19의 시대정신이다. 『한양』은 역사의 현실을 정면으로 응시하고, 민족의 주체적 역량을 발견함으로써 서구식 근대화를 추수하는 게 아니라 주체적 근대화의 길을 지속적으로 모색한다. 그래서 『한양』은 주체적 근대화의 장애물이 되는 대상을 향한 비판의 과정에 적극적으로 개입해 들어간다. 그 구체적 실천은 참여문학의 비평적 입장으로 드러난다. "1960년대의 맘모스 문학논쟁은 아무래도 참여논쟁"37)이라고 했듯이, 『한양』도 이 논쟁38)에 주요한 쟁점을 제기하며 참여문학의 문제의식을 예각화한다. 『한양』의 주요 논객인 장일우와 김순남은 물론, 한국문단에서 활동하는 장백일·홍사중·임중빈·김우종·신동한·구중서 등 1960년대의 진보적 성향을 띤 비평가들이 『한양』을 통해 참여문학과 관련된 비평을 발표하며, 1960년대의 한국문학사에서 참여문학의 존재와 그 가치에 천착한다.39) 이들 참여문학의 개별 비평담론이 공통분모를 취하고 있는 것은 4·19와 5·16의 역사적 격동기를 거치는 가운데 노정된 한국의 문제적 현실에 대한 구체적 응시와 치열한 문학적 대응이다. 여기에는 한국전쟁 이후 세계 냉전체제의 분비물인 분단체제에 따른 민족사의 모순과 근대성의 파행으로 치달은 1950년대의 전후의식을 극복하고 민족사의 변혁과 진보에 대한

---

37) 임중빈, 「한국문학과 논쟁」, 『세대』, 1968.6, 310쪽.
38) 1960년대의 순수·참여논쟁에 대한 전반적 진행 상황과 그 주요 논쟁에 참여한 개별 비평 담론에 대한 해석학적 접근은 고명철의 『논쟁, 비평의 응전』(보고사, 2006), 임영봉, 『한국현대문학 비평사론』(역락, 2000), 김영민, 『한국현대문학비평사』(소명, 2000), 김용락, 『민족문학 논쟁사 연구』(실천문학사, 1997) 등을 참조.
39) 참여문학을 주창하고 있는 이들 비평가들이 『한양』에 발표한 글의 주요 목록을 제시하면 다음과 같다. 장일우, 「시의 가치」(1962.8), 「소월의 시와 자주정신」(1962.11), 「한국현대시의 반성」(1963.9), 「순수의 종언」(1964.5), 「참여문학의 특성」(1964.6); 김순남, 「작가의 윤리」(1963.7), 「사실과 리얼리티」(1963.9), 「창작자의 기점」(1963.10); 장백일, 「문학혁신」(1964.4); 홍사중, 「작가와 현실」(1964.4), 「한국문학의 새로운 전망」(1965.2); 신동한, 「내용과 형식에 관한 각서」(1964.10), 「작품과 생활」(1964.12); 김우종, 「작가와 현실」(1964.9), 「'순수'의 자기기만」(1965.7); 임중빈, 「문학과 인간의 모랄」(1965.4) 등.

문학적 대응을 위한 문학전망을 모색하는바, 이제 더 이상 문학은 김동리와 서정주로 표상되는 순수문학의 탈정치 혹은 탈역사를 주창함으로써 역사의 객관현실을 외면할 게 아니라 민족사의 부조리와 모순을 부정하려는 적극적 참여의식으로서 새로운 문학지평을 개척해야 한다는 4·19의 시대정신이 삼투되어 있다.

여기서 장일우의 비평에 눈여겨보아야 할 게 있다.

> 현대성이란 무엇인가. 문학의 현대성 말이다. 그것은 한마디로 말해서 현대가 제기하는 역사적 과제를 해결하는 문학적 문제성이다. 지금 한국적 현대가 제기하는 역사적 과제, 예술적 해결을 기다리는 문제성이 얼마나 많은가. 그것은 무엇보다 먼저 저 아우성치는 동시대인들의 가슴에, 산 사람들의 심장에 귀를 갖다 대는 일이다.[40]

> 우리가 순수문학을 가리켜 현실에 참여하지 않고 현실외면이며 현실도피라고 말한 것은, 그들이 어떤 형식으로나 정치에 혹은 '정치주의'에 참여하지 않았다는 것을 의미하지 않습니다. 문제는 그들이 시인의 사명을 저버리고 오늘의 시대적 과업에서 물러나서 이웃사람이 굶어서 죽거나 말거나, 나라가 망하거나 말거나, 세상만사가 吾不關焉이라는 그 孤高와 방관과 도피를 향락하는 데 있읍니다. 말하자면 현대성에서 인연을 끊고 또 주체적 입장에서 물러서고 있다는 것을 의미합니다. 말로는 '인간성 옹호'요, '예술의 영원성'이요 하면서 주어진 상황과 역사의 창조에서 물러난 空談과 虛白의 문학이 되지 말자는 그것입니다.[41]

장일우는 '문학의 현대성'을 주목한다. 한국문단에서 참여문학이 순수문학과 대척점을 이루며 문학의 현실과 맺는 당위성을 중심으로 비

---

40) 장일우, 「순수의 종언」, 1964.5, 170쪽.
41) 장일우, 「참여문학의 특성」, 1964.6, 159쪽.

평적 입장이 제기되었다면, 장일우는 『한양』을 통해 참여문학의 당위성을 '문학의 현대성'이란 차원에서 참여문학의 또다른 문제를 제기하고 있는 것이다. 사실, 참여문학은 "피압박민의 애환과 반항이 아닌 것은 모조리 순수로 몰리며, 현실도피자로 규정된다."[42]라는 비판에 직면하듯, 참여문학을 뒷받침하는 좀더 정치한 논증이 필요했다. 장일우의 위 논의에 주목해야 한다는 것은 바로 이러한 이유 때문이다. "현대가 제기하는 역사적 과제를 해결하는 문학적 문제성"이야말로 '문학의 현대성'이라는 장일우의 간명한 시각은, 1960년대의 한국문학이 동시대로부터 제기되는 현실의 온갖 문제들에 첨예히 문학적으로 대응해야 하며, 그 대응이 역사를 진전시키는 데 위배되어서 안 된다는 비평적 실천의 문제의식이 내재되어 있다. 따라서 장일우에게 참여문학은 참여문학을 조급히 그리고 거칠게 비판하는 논자들과 달리 "자기시대를 충실히 사는 작가만이, 자기시대에 정직하고 양심적인 작품만이 자기시대를 뛰어넘어 인류와 영원에 접할 수 있"[43]는 '문학의 현대성'을 획득할 수 있는 것이다.

장일우의 이러한 참여문학에 대한 비평적 시각은 장일우만의 입장이기보다 『한양』이 기획하고 있는 동시대의 다른 문제들과 밀접한 맥락을 이루고 있다. 그것은 민족의 주체적 근대화를 이루기 위한 과정으로서의 '문학의 현대성'임을 간과할 수 없다. 말하자면 장일우로 표상되는 『한양』의 '문학의 현대성'은 1960년대의 현실과 무관한 미적 자율성을 추구하는 차원의 현대성이 아니라, 4·19의 시대정신을 육화하여 한국적 현실에 제기되는 역사적 과제들을 주체적으로 해결하는 길에 동참하는 현대성을 뜻한다.

따라서 『한양』이 한국문학에 대해 크게 관심을 두고 있는 것 중 하나

---

42) 김현, 「한국비평의 가능성」, 『68문학』, 한명문화사, 1969, 156쪽.
43) 장일우, 「순수의 종언」, 166쪽.

는 이러한 '문학의 현대성'을 실천할 새로운 문학의 출현을 기대하고, 그러한 문학을 발견하기 위한 적극적 노력을 기울이는 일이다. 그 일환으로 『한양』은 한국문단에서 발표되고 있는 작품들을 지속적으로 검토하는데, 그 중 가장 주목을 하고 있는 작가가 남정현이다.[44] 여기서 『한양』의 이념과 방향성을 이해하고 있을 때 남정현이 『한양』에서 주목받는 이유를 짐작할 수 있다. 남정현의 문제작 단편 「분지」(『현대문학』 1965년 3월호) 이전에 발표된 단편 「부주전상서」(『사상계』 1964년 6월호)에서 '문학의 현대성'이 포착되고 있기 때문이다. 여기에는 편지체의 형식과 풍자적 기법을 동원하여 1960년대가 직면한 암담한 역사적 현실을 응시하고 이 현실을 극복하고자 하는 작가의 산문정신의 치열성을 간과할 수 없다. 남정현의 이 산문정신은 「분지」에서 표출되는데, 『한양』이 시론時論을 통해 경계하고 부정하고 있는, 외세에 종속되는 한국의 현실을 거침없이 풍자하고, 특히 박정권의 근대화를 향한 개발독재의 폐단을 날카롭게 인식하고[45] 있는 것은 『한양』의 문제의식과 밀접한 연관을 맺는다고 볼 수 있다.

그런데 『한양』에서 적극적 관심을 갖고 있는 '문학의 현대성'은 한국문단에서 활동하는 기성의 작가들을 새롭게 발견하는 차원에 국한되지 않고, 『한양』의 이념과 방향성에 부합되는 문학의 지평을 일궈나갈 신인을 발굴하려는 노력에서도 확연히 알 수 있다. 1964년 10월호에 '제1회 신인문예작품모집' 광고를 내어, 『한양』의 문제의식을 뚜렷이 갖고

---

44) 김순남, 「현실묘사와 작가정신」(1964.12), 홍사중, 「젊은작가와 정치감각」(1964.7), 장일우, 「문학의 허상과 진실」(1965.2) 등에서 남정현의 단편 「부주전상서」에 대해 높이 평가하고 있다.

45) "요컨대 남정현의 <분지>는 미국에 대한 자주적 역사인식을 작가 특유의 풍자에 의해 서사화하고 있되, 정작 작가가 겨냥하고 있는 것은, 박정희 개발독재에 대한 몰가치적 태도를 취하고 있는 위정자와 그로 인해 불거지고 있는 근대화의 맹점들에 대한 냉철한 비판에 초점이 맞추어져 있다고 볼 수 있습니다."(고명철, 「박정희시대의 아킬레스건을 겨냥한 필화작품」, 『칼날 위에 서다』, 실천문학사, 2005, 292쪽).

있는 신인을 배출하고자 한 게 그 실질적 노력이다. 하지만 『한양』은 1965년 2월호에 당선자를 내지 못한다는 심사 결과를 발표한다. 물론, 임중빈(비평), 조정래(소설)가 최종 논의되지만, 이미 문단에 나온 기성 문인이기에 『한양』의 1회 신인문예작품모집 당선자로서는 부적합하다고 편집후기에 심사 결과를 공개한다. 이후 『한양』은 1960년대의 문학공간에서 신인을 배출하지는 못한 채 기존의 방식대로 한국문단과 긴밀한 관계를 맺으면서, 『한양』의 문제의식과 소통하는 작가를 적극 발견하는 데 힘을 쏟는다.[46]

여기서 쉽게 간과해서 안 될 사안이 있다. 『한양』이 견지하는 '문학의 현대성'은 동시대의 문학에만 해당되는 게 아니라 한국의 고전문학의 영역을 포괄하고 있다는 점이다. 고전소설, 고전시가, 가면극, 민속, 민요, 전설, 민담, 설화, 속담 등 『한양』이 다루는 문학적 범위는 명실공히 한국문학 전 영역에 걸쳐 있다. 물론 『한양』이 재일동포를 주된 독자층으로 삼고 있어, 한국의 고전문학에 대한 소개가 재일동포에게 민족적 자긍심을 심어준다는 일종의 민족주의의 계몽적 요소를 편집의 의도로 기획할 수 있다. 하지만 정작 중요한 것은 『한양』이 고전문학 자체를 포괄적으로 다루고 있다는 것 자체가 아니라 고전문학에 깃들어 있는 민족문학의 자양분을 섭취하여 '법고창신'의 태도로 주체적 근대화를 달성하는 인문적 토대를 튼실히 다지고 있다는 점이다. 말하자면 『한양』의 이러한 지속적 노력은 전근대前近代로 회귀하거나 반근대

46) 그런데 『한양』의 이러한 노력에서 눈여겨보아야 할 것은 1963년 12월호 '편집후기'에서 1964년 신년호부터 '독자문예란'을 설치하여 독자와 교섭을 활발히 하겠다고 언급한 대목이다. 신인문예모집공고를 내기 전에 이미 '독자문예란'을 설치하여 기성 문인들의 작품이 아닌 일반인의 작품을 소개해오면서, 『한양』은 『한양』의 이념과 방향성에 걸맞는 신인을 배출하고 싶은 욕망을 지녔던 것으로 보인다. 이후 『한양』의 이러한 노력은 1회 신인문예모집공고에서 당선자를 내지 못했음에도 불구하고 독자들의 왕성한 투고와 좋은 작품을 선별하여 게재하는 것을 통해 전문 문인을 배출하지 않았을 뿐이지, 『한양』에 걸맞는 새로운 작품을 지속적으로 선보였다.

反近代를 추구하는 복고적 태도와 거리가 멀다. 그보다는 1960년대의 현실 속에서 팽배해진 전통단절론과 서구추수주의가 지닌 맹점을 극복하면서 한국적 현실에 기반한 근대화를 추구하려는 인문정신의 산물로 보아야 한다. 가령, 구중서의 경우 1964년 9월호에 '고전감상'이란 꼭지에서 「허생전」을 시작으로 「춘향전」, 「심청전」, 「금오신화」, 「홍길동전」, 이인직의 「귀의성」, 이해조의 「자유종」 등 7회에 걸쳐 연재물을 싣는데,[47] 반드시 각 고전이 지닌 현재의 문학사적 위치를 언급함으로써 고전을 단순히 이해하는 차원에서 자족하는 게 아니라 1960년대의 동시대의 현실의 맥락 속에서 각 고전이 갖는 위상에 주목하고 있다. 말하자면, 『한양』은 구중서의 비평 작업을 통해 고전이 새롭게 발견되며, 이것은 『한양』이 기획·실천하고 있는 주체적 근대화를 이루기 위한 '문학의 현대성'의 또다른 비평 작업과 다를 바 없는 소중한 성과다.

V. 남는 과제: 1960년대 한국문학사의 온전한 자리매김을 위해

『한양』에 대한 학계의 연구는 어떻게 보면, 이제 막 걸음마를 시작하게 된 단계라 해도 과언이 아니다. 필자가 이 글에서 관심을 기울인 것

---

47) 구중서는 어느 문학 대담에서 1960년대의 문단을 반추하며 『한양』과 맺은 인연을 술회하는데, 『한양』처럼 선망해온 진보적 매체로부터 원고 청탁이 들어온 데 대한 기쁨과 좋은 원고를 써야겠다는 다짐을 행간에서 읽을 수 있다. "『한양』지는 (중략) 굉장히 민족적이고 민주적인 정신을 가지고 내는 잡지였어요. 활자나 표지는 무슨 신소설책과 비슷한 인상을 주었지만 내용은 참 가슴 떨리게 하는, 바른 이야기들이었지요. 그때 국내선 그런 잡지가 드물었거든요. 『사상계』 외에는 그런 게 없었는데, 『사상계』도 자꾸 어려워 가는 때였지요. (중략) 그 『한양』지에서 과단성 있는 결정을 내려서 '한국 고전 소설들에 대한 감상', 말하자면 해설같은 것인데 '고전감상'이라는 제목으로 연재를 해 달라고 청탁이 왔지요. (중략) 그때 20대 후반의 나이였으니까 사흘밤을 내리 세워도 졸리지가 않았어요. (중략) 그만큼 그 잡지를 내가 좋아했던 거지요."(구중서·강진호, 「대담: 1960, 70년대와 민족문학」, 『증언으로서의 문학사』, 강진호 외 편, 깊은샘, 2003, 361~362쪽)

은『한양』의 이념과 방향성이며, 어떠한 기획 아래 잡지의 내용물이 구축되고 있는가 하는 문제다. 그러다보니『한양』의 시론時論이 갖는 성격에 주목하게 된 것은 물론, 문학비평의 관점에도 주목하였다. 시론時論이나 문학비평이나 모두 동시대의 현실과 긴밀한 관계 아래 비판정신을 논리적 언어로 표현해내고 있기에, 필자는 모두 비평 행위로 파악하여 1960년대의 역사적 격동기를 관통하는『한양』의 실체와 그 가치를 드러내고자 하였다.

필자는 이러한 연구를 진행하면서『한양』이 그동안 한국문학사에서 변방으로 밀려나 있는 데 대한 문제제기를 통해 이제 1960년대의 한국문학사에서 온전히 자리매김되어야 한다고 생각한다. 무엇보다 한국문단에서 지속적으로 제기되고 있는 4·19와 5·16으로 표상되는 근대적 기획에 대한『한양』나름대로의 모색은 종래 1960년대의 한국문학을 상징권력으로 전유한 4·19세대의 인정투쟁을 내파內破하여 1960년대의 한국문학사에 대한 온당한 이해를 하는 데 가늠자로 작용할 것이다. 특히 기존의 진보적 매체로 범주화된 틀을 벗어나 진보적 매체의 또 다른 진보성을 새롭게 인식함으로써 진보적 지성사의 지평을 심화·확장시킬 수 있는 계기가 될 수 있을 것이다. 달리 말해『한양』은 1960년대의 한국문학을 포함한 진보적 매체 혹은 진보적 지성의 전통을 추인하는 게 아니라『한양』의 새로운 문제의식과 근대적 기획을 통해 1960년대를 새롭게 읽어야 할 과제를 우리들에게 제시해준다.

필자는 이번 연구의 계기를 통해『한양』의 후속 연구를 기약하며, 몇 가지 과제를 남겨둔다. 우선,『한양』은 종합 교양지로서 많은 문학 작품들이 수록되어 있다. 문학사에서『한양』의 위상을 본격적으로 연구하기 위해서는『한양』에 수록되어 있는 작품들에 대한 면밀한 검토가 필요하다.『한양』에 수록된 작품들의 성향을 치밀히 분석함으로써 재일동포 문학에 대한 연구를 통해 그동안 한국문학의 영토 주변으로 소외된 재외동포의 문학의 실체와 가치를 심도 있게 규명할 수 있을 것이다. 아울러『한양』을 포함한 1960년대의 한국문학사를 풍요롭게 이해할 수 있을 터이다. 다음으로『한양』의 주요 논객인 장일우와 김순남 두 비평가에 대한 인물 연구가 절실히 요구된다. 이들의 이력을 포함하여, 개별 비평담론에 대한 해석학적 접근이 이루어질 때『한양』의 비평 정신은 좀더 뚜렷이 규명될 수 있다. 그리고『한양』이 동시대의 다른 진보적 매체와 어떤 상관성을 갖고 있는지에 대한 연구 또한 긴요하다. 진보적 매체들 사이에 구분되는 근대적 기획의 차이들과 그러한 차이들이 1960년대의 한국 지성사에서 차지하는 역사적 위상에 대한 연구가 병행되어야 할 것이다.

문학사는 늘 새롭게 씌어질 운명을 안고 있다.『한양』의 존재야말로 1960년대의 한국문학사에 관한 낯익은 고정된 시각에 균열을 내어 잊혀지거나 소외된 1960년대 한국문학의 온당한 가치를 재정립시켜줄 수 있을 것이다.

1960년대『청맥』의
이데올로기와 문학담론

하상일

I. 1960년대 한국사회와『청맥』

분단과 전쟁 그리고 반공이데올로기로 얼룩진 1950년대와는 달리 1960년대는 4월 혁명을 기점으로 자주, 민주, 통일의 시대를 새롭게 여는 중요한 역사적 의미를 지닌다. 비록 4월 혁명은 미완의 혁명으로 그치고 말았지만, 1950년대 한국사회의 폐쇄성과 반민중적이고 반민주적인 정치구조를 변화시키는 전기를 마련했다는 점에서 그 의의를 높이 평가하지 않을 수 없다. 특히 4월 혁명 이후 지식인들의 현실에 대한 참여의식이 고조됨에 따라 1950년대부터 지식인담론을 선도해온『사상계』뿐만 아니라『한양』(1962),『세대』(1963),『청맥』,『신동아』(1964),『정경연구』(1965),『창작과비평』(1966) 등이 새롭게 창간되어 지식인들

의 미디어 실천이 더욱 확산되었다는 사실을 주목할 필요가 있다.[1]

1960년대 지식인사회의 변화와 실천에는 5·16 이후 집권한 박정희 정권의 군사독재로 인해 4월 혁명의 정신이 무참히 짓밟힌 데 대한 비판적 담론의 성격이 분명하게 내재되어 있었다. 따라서 그들은 경제개발, 산업화 등에 초점을 둔 관주도 민족주의와 차관도입을 통한 경제개발을 추진함으로써 정치경제의 종속성을 심화시킨 군사정권의 실정失政을 강도 높게 비판했다. 즉 박정희 정권은 민족주의를 강조하면서도 대미외교에 있어서 저자세로 일관하여 미국의 세계전략의 일환인 지역통합전략에 부합하는 한일협정을 굴욕적으로 맺어 미국뿐만 아니라 일본에 대해서도 예속성을 심화시켰던 것이다.[2]

이러한 1960년대 한국사회의 대내외적 모순에 저항하여 지식인의 담론적 실천을 전개하고자 창간된 잡지가 바로 『청맥』이다. 『청맥』은 발행인 겸 편집인 김진환과 주간 김질락, 편집장 이문규에 의해 1964년 8월 창간된 사상 교양 종합지로, 실상은 재정을 담당했던 김종태(김질락의 삼촌)가 통일혁명당의 창당을 준비하는 과정에서 남한의 지식인들을 규합하고 민중들의 의식을 변화시키려는 정치적 의도에서 만든

---

1) 1960년대는 질과 양의 측면에서 전대와 구분되는 뚜렷한 매체의 확대 현상을 보였는데, 4월 혁명 이후 무려 1,400여 종의 잡지가 발행되었다고 한다. 그런데 5·16 이후 그 수가 229종으로 격감하게 되었다는 점을 주목할 때, 당시 지식인의 현실참여와 4월 혁명 이후 매체의 증가 현상이 아주 밀접한 상관성을 지니고 있다는 사실을 알 수 있다. 이용성, 「한국 지식인잡지의 이념에 대한 연구」, 한양대 박사논문, 1996 참조.
2) 1960년대 박정희 정권의 민족주의는 그 초점을 산업화, 경제개발에 두고 있었다. 후발 산업화 국가의 경우 선진 산업화 국가를 추격하기 위해 빠른 경제개발을 추진하면서 강력한 민족주의가 동원되는 것은 보편적인 현상이었다. 박정희 정권의 '민족적 민주주의'는 한국적 특수성을 강조함으로써 민주주의의 보편적인 기준을 충족시켜주지 못하는 군사독재 정권의 억압성을 합리화시켜주는 정치적 수단으로 사용되었다. 결국 경제개발을 위해 민족주체의식, 자립의식 등 정서적이고 정신적인 차원을 강조하지만, 한국과 같은 식민지를 경험했던 제3세계 민족주의가 보편적으로 갖고 있었던 외세의 침략 또는 예속의 강요 등을 경계하거나 저항하는 논리에 대해서는 무관심했다고 할 수 있다. 홍석률, 「1960년대 한국 민족주의의 분화」, 정용욱 외, 『1960년대 한국의 근대화와 지식인』, 선인, 2004, 192~193쪽.

잡지였다.3) 하지만 대부분의 필진들은 『청맥』의 이러한 조직적 성격에 대해서는 전혀 무지했었고, 내부구성원 전체가 통일혁명당의 구성원도 아니었다. 그럼에도 불구하고 통일혁명당 사건 이후 『청맥』에 글을 싣거나 참여했다는 이유만으로 심한 고통을 겪을 수밖에 없었던 현실은 당시 한국사회의 어두운 단면을 여실히 보여주는 사례가 아닐 수 없다.

『청맥』이 북한의 자금으로 친북 인사들에 의해 발행된 잡지라고는 하지만, 정작 그 내용에 있어서는 전혀 친북적인 성향을 띠지 않는 합법적인 교양지였다. 실제로 『청맥』은 합법적인 매체에 비합법적인 조직이 직접적으로 결합하는 방식으로 조직의 노출 위험을 최소화하는 내부전략을 지니고 있었기 때문에, 남한체제를 부정하거나 북한을 옹호하는 식의 극단적인 친북노선을 드러내지는 않았다. 즉 당시 『청맥』은 통일혁명당과 전혀 관련이 없는 한국사회의 진보적 지식인들의 글을 상당수 발표하였고, 한국 사회와 문화 전반에 새로운 문제의식을 제기하는 참신한 잡지로서 분명하게 자리매김하고 있었다.4) 따라서 앞으로

---

3) 김종태는 해방 이후 좌익운동의 경력자였으며, 1958년 선거법 위반으로 구속되었다가 1960년 출소하여 경북 노동연합회 지도고문으로 추대되었으며 『한국노동신문』의 발간에도 관여하게 된다. 그는 통일혁명당 서울시 창당 준비활동을 계속해 오던 중 『청맥』을 발간하고 학생운동 출신들을 상당수 끌어들인다. 그는 표면적으로는 『청맥』의 전면에 나서지 않았지만, 실제적으로는 『청맥』의 논조에 가장 큰 영향력을 행사했던 핵심적인 인물이다. 즉 『청맥』은 김종태를 중심으로 한 통일혁명당의 매체로서, 김질락을 통해서 언론계와 학계의 인사들을 포섭하고, 이문규를 통해서는 청년학생과 지식인들의 조직에 중점을 두었으며, 자신은 노동자와 농민 등 기층 대중의 조직에 주력함으로써 서울 중심의 통일혁명당 기간조직을 형성하려는 일환이었다고 할 수 있다.

4) 『청맥』은 발간되자마자 대학생과 지식인들 사이에서 대단한 인기를 끌었다. 그것은 이 종합잡지가 그 이름처럼 싱싱한 주장을 내세웠기 때문이다. 거기에는 민족이 걸어가야 할 길과 국가가 취해야 할 자세에 관한 정론(正論)이 실려 있었다. 그것은 사람들이 어물어물 넘겨서는 안 된다고 생각하는 문제에 정면으로 파고드는 형태, 나아가서 그런 문제의식을 심화시키는 형태를 취하고 있었다. 그 때문에 반체제적인 젊은 세대의 지지를 받았고, 지식인층에도 상당히 침투함으로써 당시 『세대』, 『사상계』와 더불어 비판적 종합잡지로서의 성가를 날렸다. 나라사랑 편집부 엮음, 『통일혁명당』, 나라사랑, 1988, 93쪽.

『청맥』에 대한 연구는 분단체제가 낳은 역사적 편견과 왜곡을 걷어내고 더욱 객관적이고 실증적인 차원에서 논의될 필요성이 있다.[5]

> 青脈은 이러한 뜻의 '歷史의 內容'을 充實化하고 現實的 諸 課題를 파헤쳐 民族史的 要請에 순응하는 한편 發展과 轉換의 求心的 大役을 다 해보려고 오랜 陣痛期를 거쳐 이제 겨우 呱呱之聲을 울린다.
>
> 바꿔 말하면 이 땅의 痼疾인 貧困과 後進性을 逐出하는 核心的 要諦를 摸索하고 舊來의 因襲에 얽매인 낡은 歷史의 尖端에서 새로운 歷史創造의 前衛의 旗幟를 꽂는 交叉的 使命을 담당해 보겠다는 雄志를 품고 果敢히 黎明의 打鐘棒을 잡았다.
>
> 더우기 昏迷와 錯綜을 極한 國內外政情은 平和나 安定을 口頭禪처럼 외치면서도 의붓 子息처럼 賤待賤視하였고 爲政者들이 恒用 뇌이기를 즐기는 民利福祉나 發展이란 語彙는 이젠 한갓 辭典의 地面을 메꾸는 裝飾的 낱말로 그 價値基準이 轉落되고 말았다. (중략)
>
> 青脈은 이러한 民族史的 諸 課題解決에 緊喫한 因素며 過程일 수밖에 없는 創造, 鬪爭, 發展을 絶叫하며 蹂躪된 社會正義를 바로 잡고 民族의 올바른 進路를 提高하며 不敗의 正義便에 서서 民族大義를 高唱하고 主權國民의 矜持를 維持하며 大衆과 더불어 呼吸할 수 있는 生命力을 平易하게 다루어 겨레의 慾求를 發表하고 指標를 提示하는 重任을 맡아보려 한다.[6]

---

5) 이러한 관점에서 그 동안 『청맥』을 논의한 연구성과는 다음과 같다. 조희연, 「1960년대 조직사건에 대한 역사사회학적 연구―'통혁당'을 중심으로」, 『경제와 사회』 제6권, 한국산업사회학회, 1990년 7월; 강연, 『『청맥』의 민족현실 인식 연구』, 『사회와 사상』 1990년 8월; 박태순·김동춘, 「통혁당 사건과 『청맥』」, 『1960년대의 사회운동』, 까치, 1991; 김삼웅, 「『청맥』에 참여한 60년대 지식인들의 민족의식」, 『말』 1996년 6월; 허윤회, 「1960년대 참여문학론의 도정―『비평작업』, 『청맥』, 『한양』을 중심으로」, 상허학회 편, 『회귀잡지로 본 문학사』, 깊은샘, 2002; 하상일, 「1960년대 문학비평과 『청맥』」, 『국제어문』 제31집, 국제어문학회, 2004년 8월; 하상일, 「1960년대 현실주의 문학비평 연구―『한양』, 『청맥』, 『창작과비평』, 『상황』을 중심으로」, 부산대 박사논문, 2005년 2월; 전용호, 「1960년대 참여문학론과 『청맥』」, 『국어국문학』 제141권, 국어국문학회, 2005년 12월.

6) 김진환, 「창간사」, 『청맥』 1964년 8월호, 8~9쪽. 이하 『청맥』에서 인용한 경우에는 발표연월과 페이지만 밝힐 것임.

창간사에서 알 수 있듯이, 『청맥』은 계몽적 이상의 차원에서 구체적
현실인식의 차원으로 옮겨가는 1960년대 지식인 담론[7]의 추이를 명확
하게 보여주었는데, 이를 통해 개진된 진보적인 이념과 논리는 당대 사
회와 문화 전반에 상당한 영향을 끼쳤다. 김종태가 써서 김진환의 이름
으로 발표된 창간사에서, 김종태는 『청맥』의 위상과 역할에 대해 유린
된 사회정의를 바로잡고 민족의 올바른 진로를 제고하는 데 궁극적인
목표가 있음을 밝혔다. 또한 민족적 지성의 순화와 자립의식의 앙양을
잡지의 창간 모토로 내세웠다. 본고는 이와 같은 『청맥』의 이데올로기
에 대한 분석을 바탕으로, 이러한 시대정신이 문학담론의 형성과 실천
에 어떠한 영향을 미쳤는가를 살펴보는 데 초점을 두고자 한다.

II. 반외세 민족주의와 제3세계적 주체성의 확립

『청맥』의 역할은 크게 네 가지 방향에서 구체화되었는데, 첫째, 민족
주체의식과 반미 사상의 선전·선동의 무기의 역할, 둘째, 양심적이고
애국적인 청년, 지식인, 학생의 결집의 구심력, 셋째, 당 내의 지도적 핵

---

7) 60년대 지식인담론의 가장 뚜렷한 특징은 현실에 대한 주체적 참여와 대중에 대한 관심의 증
대에 있었다고 볼 수 있다. 이는 저널리즘과 아카데미즘의 두 가지 방향성으로 구체화되었는
데, 전자는 대중성을 추구하는 나머지 피상적이며 단편적인 참여가 되기 쉬운 반면, 후자는
대중에 초연함으로써 지적 귀족주의의 자세를 보이지만 능동적이며 본질적인 참여가 될 수
있다는 점에서 양자를 아우르는 종합적 태도의 필요성이 제기되었다. 즉 비판적 지식인론은
민주주의와 민족주체성의 확립을 강조하면서 대중(민중)과 민족 양자에 깊이 연관되는 방향
성을 강조하고자 했던 것이다. 이런 점에서 당시 비판적 지식인잡지의 확대와 이를 통한 지식
인담론의 확산은 60년대를 올바로 견인하는 가장 중요한 지향성이었음에 틀림없다. 송건호,
「한국 지식인론」, 『정경연구』1967년 9월호, 35~36쪽 참조. 『청맥』역시 1966년 3월 「한국의
지식인」을 특집으로 기획하여, <논문>으로 이진영, 「지식인과 역사의식」, 황성모, 「지식인
의 한국적 과제」, 김철순, 「소외된 지식인과 대중」, 이정식, 「사회변화와 지식인」, Y.츄.왕,
「변혁기의 중국지식인」, <지식인의 변>으로 이기영, 김광섭, 김수영, 강위석, 윤항렬, 이동
희, 강창웅 등의 글을 싣고 있다.

심의 발굴 및 당의 전위적 인자의 포섭, 넷째, 민심의 방향에 대한 신속한 파악과 여론조작에의 능동적 참여가 그것이다.8)『청맥』은 당시 다른 잡지에 비해 비교적 아카데믹한 분위기와 매우 비판적인 논조를 동시에 지니고 있어서 젊은 지식인들의 상당한 관심과 지지를 받았다. 즉 민족이 걸어가야 할 길과 국가가 취해야 할 자세에 관한 정론正論이 실려 있어서 반체제적인 젊은 세대들에게 상당히 폭넓은 공감대를 확산시켜 나갔던 것이다.9) 따라서 『청맥』을 통해 글을 발표했거나 발표하기를 원하는 청년지식인들이 서로 의기투합하여 학술단체를 조직하기도 했는데, 이것이 바로 <새문화연구회>10)이다.

이처럼 『청맥』은 4월 혁명 이후 민족의 역사와 현실에 대한 주체적

---

8) 김질락, 『어느 지식인의 죽음(원제: 주암산)』, 행림출판, 1991 참조.

9) 당시 통혁당 핵심인사인 이진영이 김질락에게 한 말을 옮기면 다음과 같다. "『신동아』는 흥미 본위이고 신문쟁이 냄새가 나는 반면 깊이가 없는 것 같고, 『사상계』는 밤낮 그게 그거로 필자가 한정되어 뭐 새로운 것이라고는 하나도 없잖아요? 5·16직후는 제법 잘 싸웠다고 하지만 요즈음은 덮어놓고 정부 공격만 한다고 누가 책 사봅니까? 『세대』야 뭐 말할 것 있습니까? 좋으나 버리는 거지. 『청맥』은 그래도 싱싱한 맛이 있습니다. 첫째 필자들이 모두 참신한 사람들이고 때묻은 사람들이 적지 않아요? 내용만 하더라도 어딘지 모르게 문제의식을 제기하고 있고! 한미관계라든가, 민족의식 같은 것." 김질락, 앞의 책, 86쪽.

10) 새문화연구회는 서울대 문리대 출신 이진영의 주도로 청맥에 자주 드나들던 당시 대학의 전임강사나 시간강사들을 주축으로 하여 구성되었는데, 산하에 역사, 정치, 사회, 경제, 문화, 법률 등 6개의 분과위원회를 두었다. 김질락은 이들을 『청맥』의 고정필자로 확보할 목적이 있었기 때문에 이 조직에 상당한 관심을 기울였다. 이진영을 중심으로, 신영복, 임중빈, 김희순, 권오창 등이 중심 역할을 했는데, 특히 임중빈은 새문화연구회 산하에 있었던 '청년문학가협회'를 담당함으로써 『청맥』과 1960년대 문학의 가교 역할을 했던 것으로 보인다. 조동일, 백낙청, 구중서 등 당시 대학가의 젊은 문인들이 『청맥』의 주요 집필자가 된 이유도 바로 여기에 있었다. 당시 청년문학가협회에 참여했던 이근배의 증언에 의하면, 1967년 봄 숨막히는 기성문단의 껍질을 깨고 4·19세대가 시대정신을 바로 세워보겠다고 하나 둘 뜻을 모아서, 시 분야에 이탄, 김광협, 소설 분야에 김승옥, 유현종, 평론 분야에 염무웅, 조동일, 김현, 임중빈 등이 참여했다고 한다. 그런데 그들은 남정현의 소설 『분지』 재판부에 항의성명을 내기도 하고, 6·8선거가 부정선거라고 성명을 내기도 하면서 당대 현실에 직접적으로 맞섰다. 이 때문에 당시 『청맥』에 글을 발표했던 김광협, 조동일, 임중빈 등은 중앙정보부에 끌려가 곤경을 치렀고, 임중빈은 끝내 수의를 입는 고초를 겪기도 했다. 이근배, 「문학동네에 살고 지고(44)」, 『중앙일보』 2003년 3월 17일 참조.

인식을 바탕으로 진보적 지식인들이 자신들의 논리를 비교적 자유롭게 개진할 수 있는 상당히 중요한 언로言路로서의 역할을 수행했다고 할 수 있다. 『청맥』의 필진들 대부분은 1950~1960년대에 대학을 다니면서 후진 한국의 경제건설과 사회개혁을 위해서 무엇을 할 것인가를 깊이 성찰했던 신세대 지식인들이었다. 따라서 그들은 기성 권력이나 자본에 종속되어 있었던 구세대 지식인들의 행태를 신랄하게 비판함으로써 진정한 민족의 주체요 민중의 길잡이가 될 것을 지향했다. 특히 주체성의 문제는 대외적인 문제이며 우리의 독립과 자립성을 주장하는 행위임을 강조함으로써, 무엇보다도 '반외세 민족주의'의 정신을 가장 중요한 이념적 정체성으로 확립하고자 했다.11)

1960년대 대부분의 지식인들은 한국 민족주의의 과제를 산업화, 경제개발로 설정하여 원조경제에 대한 비판과 통일운동과 결부된 경제성장에 상당한 관심을 표명했다. 하지만 5·16 이후 군사정권은 민주사회주의적 경제개발론과 반제·반봉건·반매판을 주장했던 민족혁명론에 입각한 경제개발론 등을 체제 밖으로 퇴출시켜 버렸다. 이러한 상황 속에서도 민족경제의 자기완결성을 강조하는 차원의 민족주의적 경제개발에 대한 담론이 활발하게 논의되었는데, 가장 대표적인 것이 '내포적 공업화론'이다. 내포적 공업화론은 외자도입을 통한 경제개발, 계획성을 도입하지만 기본적으로 시장 질서를 유지하고 중요 산업의 국유화 등 생산의 공유화를 추진하지는 않았다는 점에서 박정희 정권의 근대화론과 미국의 제3세계개발론과 커다란 차이를 보이지는 않았다. 그러나 민족경제의 자기완결성을 강조하는 민족주의와 결부되어 외국자

11) 이러한 『청맥』의 이념과 지향성은 창간호의 차례를 대략적으로 살펴보면 알 수 있다. <특집> 아아 이 민족이 수난: 「임진왜란과 한국민족의 수난」(이현종), 「병자호란과 우리의 수난」(심우준), 「열강경쟁하의 구한말」(이종린), 「일제의 경제침탈」(김책), 「일제무단통치의 본질」(김대상), <논문> 「미국원조와 한국경제」(김성두), 「미국과 불란서의 외교정책」(서동구), 「일본의 대중공정책」(우종완 역), 「한일회담의 기본적 문제점」(하진오).

본의 도입에 따른 경제개발이 가져올 경제 예속의 문제를 분명하게 제기했다는 점에서 관주도 경제개발론과는 일정한 거리를 두고 있었음을 간과해서는 안 된다. 즉 당시 미국의 제3세계 근대화 정책을 대변한 로스토우의 '식민지 근대화론'―식민지는 제국주의 지배로 말미암아 근대화의 길에 접어들었다는 식의 논리를 정면으로 비판하였다는 점에서 상당히 중요한 의미를 지닌다고 할 수 있다.[12]

이처럼 내포적 공업화론은 종속성과 매판성의 극복이라는 제3세계의 반제국주의적 시각을 강조하는 민족주의적 요소가 있었다. 하지만 큰 틀에서 보면 당시 경제구조의 모순에 대한 전면적인 비판이라기보다는 외국자본을 소비산업보다는 기간산업에 더 투자해야 한다는 점을 강조함으로써, 국가정책상의 선택에 대한 비판에 머무르는 근본적 한계를 지니고 있었다.[13] 이러한 한계를 넘어서려는 논의로, 1965년 한일회담 전후로 뚜렷하게 제기된 '매판ㆍ민족자본 논쟁'이 있다. 이는 외자도입에 따른 경제개발이 가져올 수 있는 예속성의 문제를 가장 직접적으로 비판했다는 점에서 주목된다.

> 植民地化니 또는 買辦이란 것이 따로 있는 것이 아니다. 우리 국내의 시장이 또는 우리 국내의 기업들이 외국 상품의 판매시장 또는 그 대리화되는 경우 이것이 곧 植民地化요 買辦資本인 것이다. 외국의 자본과 기술과 原材料를 도입하되 어떻게 하면 식민지화를 막아내고 買辦으로 떨어지지 않도록 할 것인가가 중요한 문제이다. 우리는 단순히 그와 같은 추상적인 형용사보다도 실질적으로 形而下學的으로 우리들의 경제적 실리가 植民地化 또는 買辦 밑에도 극도로 손실될 것을 두려워하기 때문에 이것을 방어하자고 강조함에

---

12) 이와 같은 관점의 대표적인 논의로는, 박희범, 「로스토우 사관의 비판적 고찰」(『정경연구』 1966년 3월)이 있다.
13) 홍석률, 앞의 글, 201~206쪽 참조.

지나지 않는다. (중략)

　　외국자본의 도입이 우리나라의 對外依存性을 격화시키고, 求乞
行脚의 만성화를 베푼다고 할 때 비록 20세기 후반에는 식민지주의
는 없다는 주장이 있다고 할지라도 우리는 결코 안이하게 외국자
본 도입에 열중할 수는 없음을 느끼는 것이다. 특히 이제부터 바야
흐로 流入될 것이 예상되는 일본자본에 당면해서 우리는 일본자본
에 대한 우리들의 기본자세를 고쳐 세울 것을 강조하지 않을 수 없
는 것이다.[14]

　1960년대의 정치적 현실은 매판자본과 민족자본에 대한 논의를 자
유롭게 전개할 수 있는 상황이 아니었다. 그럼에도 불구하고『청맥』은
다른 매체보다도 이 문제에 깊숙이 천착함으로써 반외세 민족주의의
노선을 일관되게 실천해 나갔다. 물론 이러한 지식인들의 실천이 통일
혁명당의 정치적 전략과 직접적인 연관 관계를 갖고 있는 것은 아니었
다. 하지만 통일혁명당 사건 이후 민족자본의 중요성을 강조했던 많은
지식인들은 심한 고초를 겪지 않을 수 없었고, 자연스럽게 박정희 정권
의 경제 정책을 따르는 주장 이외에는 어떠한 논리도 개진할 수 없는 고
립의 상황에 빠지고 말았다. 이처럼 당시『청맥』은 1960년대의 경제상
황이 어떠한 역사성에 근거하고 있는가에 대한 철저한 분석을 바탕으
로 자립적인 민족경제의 건설에 앞장서는 가장 진보적인 매체로서의
역할을 했다고 할 수 있다.

　이러한 자립경제의 논리는 민족 주체성의 확립과 밀접한 연관성을
지니고 있었는데,『청맥』은 당시 아시아, 아프리카, 라틴아메리카 등의
제3세계 국가들이 제국주의에 대항하여 민족해방운동을 전개한 세계
사의 흐름에 부응하는 일련의 글들을 게재하였음을 주목할 필요가 있
다. 여정동의「아시아는 변형하고 있다」(1965년 6월호), 임방현의「도전

14) 이창렬,「민족자본과 매판자본」1965년 6월호, 82~83쪽.

받는 한국의 좌표」(1965년 3월호), 이진영의 「일본의 군대─일본 자위대의 성격과 목표」(1965년 7월호), 남재희의 「파병의 저변」(1965년 3월호), 문창주의 「미국의 극동정책과 한국」(1965년 12월호) 등이 바로 이러한 성격을 구체화한 글들이다. 특히 『청맥』은 「현대우방론」(1965년 12월호)이라는 특집을 마련하여 한미관계와 한일관계가 지식인과 대중에게 어떠한 영향력을 미치고 있는가를 깊이 있게 논의하였다. 우선, 김홍철은 한일수교 이후 "일본경제권에 편입된 한국은 경제협력이라는 구실 뒤에" "국제자본의 침식터로 존재하게 될 우려가 없지 않"고, 이러한 종속성은 결국 일본에 대한 "군사적 주종관계"로 이어질 가능성이 있음을 비판적으로 논의했다.[15] 이와 같은 연장선상에서 권오기는 "일본의 전통적인 아시아관은 본래 중국이 좌표축이 되어 있었"으므로, "한일국교라는 것만 해도, 일본 쪽에서 볼 때에는 대중공외교의 발판으로서의 의의가 오히려 강조되고 있다"고 보았다. 따라서 "한일국교는 그 자체가 커다란 목적일 수는 없고 대중공관계 태세를 위한 수단"에 불과한 것으로 평가하였다.[16]

한미관계에 있어서도 미국이 취하는 외교정책의 기본원칙은 공산주의의 침투를 막기 위한 전략의 결과라고 보았다. 즉 "여하간 외국에 대한 미국의 원조는 그것이 위신원조이든 또는 순수한 경제적 군사적 원조이든 간에 반反공산주의진영의 강화를 위해서 제공되고 있는 것"[17]이었기 때문이다.

> "일본天皇의 명령에 의하고 또 그를 대표하여 일본帝國정부의
> 일본大本營이 조인한 항복문서의 조항에 의하여 나의 指揮下에 있

---

15) 김홍철, 「우방개념의 현대적 의미」 1965년 12월호, 61쪽.
16) 남재희, 「일본은 우방인가」 1965년 12월호, 82쪽.
17) 이필용, 「강약국의 우방정책 비교분석」 1965년 12월호, 68쪽.

는 승리에 빛나는 군대는 오늘 북위 三十八도 이남의 朝鮮땅을 점령한다. 朝鮮人民의 오랫동안의 노예상태와 적당한 기회에 朝鮮을 해방 독립시키리라는 연합국의 결심을 명심하고 朝鮮人民은 점령의 목적이 降伏文書를 이행하고 그 인간적 권리를 보호함에 있다는 것을 새로이 확신하여야 한다"는 '맥아더'의 布告와 함께 미국이 한국 땅에 발을 들여 놓은지도 二十년 —. 그러나 '맥아더'의 布告文은 아직도 韓美관계를 표현하는 '제1원리'가 되고 있다.

그동안 '중립주의는 非道德的이다'는 '덜레스'流의 '터치'가 바로 이 '友邦으로서의 미국'과 한국의 관계를 생각하는 데에서도 기본적인 '터치'가 되어왔다. '友邦으로서의 미국'을 반성하는 것은 자칫하다간 '反美'가 되고, '反美'는 바로 容共이나 親共으로 통하고, 그래서 '非道德的'이 된다는 감각의 樣式이 이러한 '터치'의 바탕인 것이다. (중략)

그것은 또한 한국에서 차지하고 있는 이 거대한 友邦의 막중한 위치를 말하는 것이기도 하다.[18]

우방으로서의 미국은 한국을 대아시아 반공정책의 전초기지로 삼고자 하는 전략을 은폐하고 있었다. 반미=용공=친공의 극단적인 논리를 앞세워 한국 지식인들의 비판의식을 실종시킴으로써 냉전체제의 영구화를 실현하는 전략적 요충지의 역할을 다하도록 했던 것이다. 결국 한미관계는 "인간적 권리를 보호"한다는 명목상의 의의와는 너무도 다르게 모든 관계에 있어서 '불평등'한 종속적 관계로 심화되었던 것이 사실이다. 이런 점에서 『청맥』에 글을 발표한 대부분의 필자들은, 미국과 일본에 의한 제국주의적 실리 외교의 허와 실을 냉정하게 비판함으로써, 주체성의 확립을 위해 투쟁하고 있는 제3세계의 노력에 발맞춰 나가는 '민족주체성'의 회복을 무엇보다도 강조하였다. 서양의 민족주의와는 달리 해방과 독립을 그 본질로 하는 제3세계 민족주의의 성격을

---

18) 정경희, 「우방으로서의 미국」 1965년 12월호, 71~72쪽.

강조하는 관점19)이나, 2차세계대전 이후 변화된 제국주의의 논리를 '신식민주의'의 관점에서 논리화한 것20) 등은 이러한 입장을 명확하게 표명한 것으로 이해할 수 있다.

이상에서 알 수 있듯이, 『청맥』은 반외세 민족주의의 입장에서 우리 민족의 주체성을 올바르게 정립하고, 제3세계의 민족주의 노선에 부응하는 해방과 독립의 정신과 실천을 올곧게 견지하고자 했다. 이러한 이데올로기의 정립과 실천의 방향은 정치, 경제, 사회, 문화 등 모든 분야에 걸쳐 확산되었는데, 이를 통한 지식인들의 담론은 1960년대 한국사회의 주요한 쟁점을 생산해냈고, 아주 특별한 문제제기로 수많은 독자들의 지지를 이끌어냈다. "創刊辭가 廢刊辭를 대신할지도 모른다는 갖가지 難에 부딪치면서도 오로지 民族的 良心과 歷史的 使命感에 힘입어 熱火같은 意慾으로 진실을 절규하며 맨주먹으로 현실에 도전하여 窒息의 危機에서 허덕이는 民族的 良心을 일깨우고 목로집 주렴처럼 하늘거리는 우리의 主體意識을 고취하며 백성들의 民族的 自覺의 促求와 知性人의 良識, 愛國의 참 姿勢를 喝破하여 우리의 고질인 빈곤의 遠近因을 과감히 파헤치면서 瀕死의 역경에서 발버둥치는 병든 조국을 부둥켜안고 몸부림치며 통곡하기를 그 몇 번이었던가?"라고 밝힌 『청맥』 창간 1주년 기념호의 권두언 「역사적 전진을 위하여」(1965년 8월호, 11쪽)는 이러한 『청맥』의 이데올로기를 온전히 대변하는 것이라고 할 수 있다. 이는 4월 혁명의 시대정신에 바탕을 둔 것으로, 한국 사회의 구조적 모순을 혁신하고 민중들이 주체가 되어 새로운 역사창조에 적극적으로 참여하기를 요구하는 1960년대 지식인담론의 지향점을 선언적으로 드러낸 것임에 틀림없다.

---

19) 권윤혁, 「민족 지도이념의 모색」 1965년 5월호.
20) 이기원, 「신식민주의와 민족주의의 갈등」 1965년 3월호.

Ⅲ. 비판적 전통계승론과 참여문학론의 정립

『청맥』은 1964년 8월 창간되어 1967년 6월까지 총 27권이 발행되었다. 이 가운데 국어국문학 관련 자료만 정리해보면, 소설 37편, 시 33편, 희곡 2편 등의 문학작품이 발표되었고, 문학비평 20편, 고전문학 및 국어학자의 논문과 문학비평 성격의 에세이가 29편, 편집부의 문학기사 및 번역평론이 8편 수록되어 있다.21) 『청맥』에 작품을 발표한 소설가는 모두 29명인데, 이호철 · 김승옥 · 송상옥 · 오유권 · 백인빈 · 박경수 · 김용운 · 오영석 등이 2편씩, 이범선 · 남정현 · 강용준 · 하근찬 · 이청준 등 21명이 1편씩 작품을 발표했다. 이들이 발표한 작품경향은 특정 이데올로기에 한정되지는 않았지만, 당시의 시대적 상황을 미루어 볼 때 자유당과 군사정권을 소재로 한 정치풍자 혹은 세태풍자 경향의 작품들이 있었다는 점이 특기할 만하다. 시 분야의 경우에는 총 24명의 시인이 작품을 발표했는데, 김소영 · 오경남 · 주성윤이 3편씩, 황명걸 · 조유경이 2편씩, 권일송 · 박봉우 · 유경환 · 김재원 · 성찬경 등 19명이 1편씩 발표했다. 그 중에서 서사시 형식으로 2~3회씩 연재되거나 장시 형식으로 발표된 작품이 모두 9편이다. 소설에서의 풍자와 마찬가지로 시에서의 장시라는 형식은, 『청맥』에 작품을 발표한 시인들이 무엇보다도 현실을 어떻게 반영할 것인가라는 리얼리즘의 문제에 주된

---

21) 이제까지 연구자들은 『청맥』 발행기간과 통권수에 대해 언급을 하지 않거나 1967년 7월호까지 총 28호가 발행된 것으로 추정해 왔다(조희연, 앞의 논문, 116쪽). 67년 7월 폐간이라는 언급은 6월호를 낸 이후 7월호 준비과정에서 당국에 의해 정간(혹은 편집진의 자진폐간)된 것을 잘못 이해한 것으로 보인다. 통권 28호라고 해온 것은 『청맥』 마지막호인 67년 6월호에 통권 28호라고 표기되어 있기 때문인데, 이것은 67년 4월호가 통권 25호임에도 편집진의 실수로 26호로 잘못 계산되었고, 5월호와 6월호에서도 잘못된 통권표기가 고쳐지지 않아 실제 발행 통권수보다 한 권 더 발행된 것으로 기록되었기 때문이다. 이런 오류는 잦은 결호에 따른 혼선과 이 무렵 잡지 발행에 집중할 수 없을 만큼 편집진 내부(혹은 통혁당 지도부)가 어려운 상황에 놓여 있었다는 것을 짐작하게 한다. 전용호, 앞의 논문, 263쪽.

관심을 두고 있었음을 보여주는 것이라고 할 수 있다. 문학비평 분야에는 조동일·구중서·임중빈·백승철 등이 2편 이상씩 발표했고, 김우창·백낙청·서기원·주섭일·김경민·김우종·신동한·염무웅 등이 1편씩 발표했다. 특히 조동일은 1965년 1월부터 1966년 3월까지 총 11회에 걸쳐 「시인의식론」을 연재했는데, 이는 『청맥』의 문학비평 가운데 가장 많은 분량을 차지할 뿐만 아니라 전통의 주체적 인식과 한국적 리얼리즘의 형성과정 등을 문학사적으로 살펴보았다는 점에서 1960년대 문학비평에서 상당히 중요한 위치를 차지한다고 평가할 수 있다.

『청맥』은 1964년 11월 「남이 사는 내 나라」라는 제목의 특집을 기획하여 한국문화 전반에 걸쳐 팽배해 있는 주체성 결여의 문제에 대해 집중적으로 진단했다. 이 특집은 "주체성의 상실이 곧 자기파멸을 의미하는 것이라면 오늘 이 땅을 살아가는 것은 나인가 남인가"라는 문제의식으로, 문학, 음악, 언어, 종교, 언론, 오락, 윤리, 유행 등 주체성을 잃어버린 우리의 사회문화적 현실 전반을 비판적으로 성찰한 것이다.[22] 특히 문학 분야의 집필을 맡은 김열규는 우리의 근대시인들이 본질적으로 자기의 눈을 가지지 못한 채 "의안義眼"으로 한국의 현실을 바라보는 결정적 한계를 지녔다고 보았다. 김억·주요한·남궁벽·황석우 등의 경우, 일본문학을 주류로 하여 리듬과 형식의 모방에 치중했으며, 박용철의 경우는 해외문학파에 속해 있으면서 서구시인들의 시를 번역하는 가운데 자기의식을 온전히 잃어버리고 말았다는 것이다. 따라서 그는 우리의 근대시가 일본과 서구의 외형을 맹목적으로 추종함으로써 식민지적이고 기형적인 성격을 드러냈으며, 이로 인해 한국문학은 주체적

---

22) 김열규, 「의안문학의 비극」(문학), 성경린, 「버리고 가시는 님 국악」(음악), 강신항, 「대화 속의 '노랑머리'」(언어), 장병길, 「'신'없는 종교시장」(종교), 김준길, 「'프레스·코로니'의 현실」(언론), 이영희, 「'생각하는 모방'의 권장」(오락), 박정자, 「西勢에 물리는 윤리」(윤리), 김현옥, 「내 나라를 '유행'하는 남의 것」(유행).

전통을 잃어버린 식민지적 근대성의 양상을 초래했다고 비판했다. 다시 말해 우리 근대문학의 모습은 '근대화=서구화'23)라는 잘못된 인식으로 "국적불명의 기형아"를 탄생시키고 말았다는 것이다.

이런 점에서 김열규는 김억과 김기림의 시세계를 상당히 부정적으로 평가했다. 김억의 정형의 시학은 일본투의 여러 자수율을 원용함으로써 마침내 저쪽도 이쪽도 아닌 결과를 초래했고, 김기림의 '모더니티' 속에는 한국이 없고 현실이 없다고 보았던 것이다. 따라서 그들의 문학은 "외국관광여행자의 눈에 비친 그것일 뿐"이므로, "한국의 근대문학은 언제나 일방적으로 수입하고 빚지고 하는 무역만을 일삼아 왔다. 국제수지는 언제나 적자고 언제나 빚이었다"24)는 비판으로부터 결코 자유로울 수 없었던 것이다. 결국 이러한 주체성의 결여는 식민지 현실에서 일본유학을 한 세대가 겪어야만 했던 콤플렉스에서 비롯된 결과라고 할 수 있다. 일본과 서구에 대한 뿌리 깊은 열등의식, 대안 없는 허무의식, 그리고 자학적 도피취미에 빠져 있었던 당시 시인들에게서 한국문학의 주체성을 찾는다는 것은 사실상 불가능하였기 때문이다. 따라서 『청맥』은 당대의 역사적 현실을 적극적으로 개조하고 변화시키는 대결의식과 민족문화의 특수성에 바탕을 둔 비판적 전통계승론을 1960년대 현실주의 문학비평의 방향으로 설정하고자 했다.

조동일은 민족의 주체성을 확립하는 것이야말로 한국문학이 나아가

---

23) 이러한 관점은 1960년대 우리 역사학계의 연구태도에서 비롯되었다. 당시 역사학계는 식민사관의 극복을 위해 민족의 주체적·내재적 발전과정을 합법칙적으로 파악하려는 노력을 경주했다. 그런데 당시 식민사관 극복론은 제국주의 잔재의 청산이라는 의미도 있었지만, 또한 이 무렵 대두하는 근대화론과 밀접한 관련이 있었다. 실제로 1960년대 한국사 연구에는 근대화론의 연장선 속에서 근대지상주의, 근대미화론으로 가는 연구경향이 존재했다. 일부 논자들(고병익, 김재진)은 근대화=서구화라는 관점에서 개항과 식민지화를 근대적·서구적 요소의 도입이라는 차원에서 미화하기도 했던 것이다. 홍석률, 앞의 글, 216쪽.

24) 김열규, 앞의 글, 40쪽.

야 할 올바른 방향이라고 보고, 『청맥』을 통해 우리 문학의 통시적 전개과정을 살펴보았다. 그는 무엇보다도 1960년대 한국문학의 현실이 덜 소화된 서구적 지식만 장황하게 늘어놓을 뿐 우리문학의 전통적 가치에 대해서는 오히려 무지를 자랑삼는 주체성의 결여를 드러내고 있다고 진단했다. 특히 한국문학의 근대적 토대가 되는 서민의식의 성장과 산문정신의 확산을 이루었던 이조후기문학에 대한 내용적 고찰은 거의 공백상태였다는 점에서, 당대의 문학적 현실이 얼마나 주체성을 상실하고 있는가를 직접적으로 문제삼았다. 따라서 이조후기문학은 왜 리얼리즘으로 나타났으며 어떤 발전과정을 거쳤으며, 왜 근대문학으로 계승 · 발전되지 못했는가 하는 문제에 대해서 성과 있는 논쟁이 일어나야 한다고 보았다. 그는 고전문학과 전혀 관계없이 한국의 현대문학이 존재할 수는 없으며, 현대문학의 어떠한 문제 또는 발전방향에 관한 어떠한 모색도 고전문학에 대한 끊임없는 재검토에서 새롭게 출발해야 된다는 점에서, 고전문학의 존재가치마저 부인하려는 일부 비평가들의 태도는 마땅히 시정되어야 한다고 주장했다.[25] 이는 우리문학의 전통적 가치를 강조함으로써 주체성 있는 문학을 견지하려는 일관된 비평정신의 결과라고 할 수 있다. 특히 이조후기문학을 리얼리즘적 관점에서 파악함으로써 탈춤, 판소리사설, 민요, 박지원의 소설 등을 통해 서민문학의 형성과정을 일목요연하게 정리했는데, 이러한 고전문학적 전통에 담겨 있는 주체적 태도와 비판의식이야말로 우리가 계승해야 할 민족문학적 전통이라고 인식했던 것이다.[26]

---

25) 이동극(조동일의 필명), 「한국적 리얼리즘의 형성과정」, 1964년 11월호, 160쪽.
26) 이러한 관점은 「전통의 퇴화와 계승의 방향」(『창작과비평』 1966년 여름)에서 더욱 구체적으로 드러난다. 이 논문에서 그는 한국의 전통론을 총체적으로 종합 · 분석 · 비판하고 있는데, 전통의 개념, 한국문학에서 수용해야 할 부분과 부정되어야 할 전통의 분류, 현대문학과의 연관성 등을 구체적으로 제시하고 있다. 조동일은 국부적인 전통 인식을 틀을 깨고 전체적인 측면에서 조망할 것을 요구하고 있다. 그리고 전체적인 면의 중심축을 변화하

이러한 비판적 전통계승론의 입장에서 조동일은, 1965년 1월부터 1966년 3월까지 총 11회에 걸쳐 「시인의식론」을 연재했다. '시인의 사회적 위치에 관한 역사적 고찰'이란 부제에서 충분히 짐작할 수 있듯이, 이 평문은 고대가요에서부터 근대시에 이르는 우리 시문학의 흐름을 통시적으로 살펴보는, 당시로서는 상당히 문제적인 기획평론이었다. 우선 이 논문은 시인이라는 문학담당자에 주목하여 우리 문학사의 전개과정을 살펴봄으로써 시인의 사회적 역할과 위상의 변화를 시대구분의 단위로 설정하였다. 또한 문학사의 내재적 연속성에 근거를 둠으로써 근대문학을 서구문학의 이식이라고 보는 관점에서 벗어나고자 했다.

> 시인의식은 영원불변한 무엇이 아니고 다른 모든 것과 함께 역사적으로 형성 · 변화 · 발전되었으며 그렇게 되기까지에는 일정한 원인이 되었다. 주체성과 창조력이 상실된 시기에 詩人만 이와 관련이 없이 절대적인 美的 價値의 꽃을 피울 수 있다는 식의 견해는 반성해야 할 것으로 본다. 詩의 문제, 시인의 문제도 그 구체적인 바탕에서부터 다져나갈 필요가 있다. (중략)
> 문학사도 문학비평도 다 자기의 임무를 수행하지 못해 이른바 고전문학사와 현대문학사를 분리해 놓고 사실의 기술과 가치평가를 분리해 놓는 등 무엇이든 산산이 흩어서 그 사이에서 장님처럼 헤매고 있다. 이런 결함이 시정되지 않는 한 우리 문학에 관한 어떤 근본적인 문제도 구체적으로 제기될 수 없고 아까운 노력이 다 허사가 되고 말 것이다. 아주 상식적인 이야기지만 현재는 과거의 연

는 사회, 역사와 주체 혹은 문학의 관계로 파악하였다. 또한 민족적 전통의 출발로서 설정한 평민문학은 종래 관념적이고 상층문학 중심의 전통 파악에 민중적 시각을 부여한 것이라 볼 수 있다. 농민문학은 중세를 거쳐 근대에 이르러 식민의 상황과 한국전쟁 등으로 퇴화가 촉진되었지만, 4월 혁명을 계기로 커다란 인식적 변모를 가져왔다는 것이다. 결국 전통의 문제는 근본적으로 역사를 어떻게 창조해 나갈 것인가의 문제와 직결되며 사회 참여의 문제와 일치한다는 것이다. 그의 전통에 관한 인식은 이렇듯 사회와 역사의 문면에서 실증적으로 접근해 독특한 성과를 이루어냈다고 평가된다. 홍성식, 『한국 문학논쟁의 쟁점과 인식』, 월인, 2003, 111~112쪽.

속인 역사적 현재이고 그렇기 때문에 미래에 관련된다. 현단계의 시인의식은 중세 혹은 고대 시인의 의식을 밝히지 않고서는 충분히 이해될 수 없다. 근대시 혹은 현대시라는 것은 하늘에서 떨어진 것도 아니고 전적으로 일본을 통해 서구의 것이 들이닥친 결과만도 아니다. 그 사이에 어떤 변화와 단절이 있었다 해도 변화와 단절 역시 역사적인 해명을 통해서 밝혀질 뿐이지 중세시인의 망각이 근대시인 연구에 아무런 도움도 되지 않는다. 따라서 비평가에게 일차적으로 요청되는 것은 자기나라 문학사에 대한 투철한 이해이다.[27]

이처럼 조동일은 지배/피지배의 이원화된 구도로 우리시의 흐름을 파악하고, 피지배층의 정서와 사상을 반영하는 리얼리즘의 문학적 가치를 높이 평가했다. 그는 지배층에 봉사하는 시인인 고대의 제관시인과 중세의 귀족시인을 비판하면서 이와 대립적인 위치에 놓인 무당시인과 광대시인의 시사적 위상을 높이 평가하였다. 고대의 제관시인과 무당시인은 모두 종교적인 필요성에서 시를 형성시켰는데, 제관시인의 경우는 귀족적인 연대감을 표현해야만 했고, 무당시인은 평민 내지 천민의 생활을 반영해야만 했다. 그리고 중세의 광대시인은 주로 먹고 살기 위해 시인이어야만 했는데 반해, 귀족시인은 노동과정의 율동화도 먹고 살아야 한다는 필요성도 없고 종교적인 요청도 매우 희박하여 노동을 하지 않았다. 뿐만 아니라 일체의 생산적 활동에서 해방된 것을 최대의 명예로 생각했기 때문에 농사짓는 일을 시로 읊을 수는 있어도 노동의 율동화와는 아주 거리가 멀었다. 따라서 그는 당대 민중들의 생활의식에 바탕을 두고 뚜렷한 현실의식을 지니고 있었던 무당시인과 광대시인의 위상을 높이 평가하였다.[28]

---

27) 조동일, 「시인의식론 11: 시인의 자리는 어디냐?」 1966년 3월호, 146~147쪽.
28) 조동일, 「시인의식론 4─시인의 사회적 위치에 관한 역사적 고찰」 1965년 5월호, 217쪽.

근대시인의 경우는 계몽시인, 비판시인, 자연시인, 파멸시인으로 구분했는데, 이광수·최남선의 시, 1920년대 퇴폐적 낭만주의시, 청록파와 서정주의 시, 그리고 모더니즘 시인을 각각 대응시키고 있다. 이 가운데 그는 "시를 현실적 대상(역사의 사건)을 가진 무성茂盛한 의미의 세계로부터 극단적으로 분리시키려는" 파멸시인의 태도를 가장 신랄하게 비판했다. 파멸시인의 등장은 현대사회의 성격과 밀접한 관계가 있다. 자본주의의 발전을 이룬 근대사회는 시인을 대량으로 생산했지만, 시인으로 하여금 설자리를 잃게 함으로써 결국엔 시인의 사회적 소외를 초래하고 말았기 때문이다. 이처럼 시인이 일방적으로 주장하는 순수 내지 시적인 자유와 시인의 사회적 소외라는 객관적인 형편 사이의 모순이 깊어지면서, 시와 독자의 관계는 심각하게 단절되고 일차적 전달로서의 소통구조마저 봉쇄되어 버렸다. 따라서 시는 독자에게 전달될 수 있는 가능성을 포기하고 일상어와 되도록 다른 신비적 시어의 장난에 몰두하게 된 것이다. 그 결과 현대시의 양상은 당대의 역사와 현실과는 무관한 언어와 기법의 문제에 탐닉함으로써 모더니즘의 세계로 침잠해 들어갔는데, 이것이 결국 "파멸"의 극단적 양상으로 나타났다는 것이다.

　파멸시인은 시를 의미의 세계로부터 극단적으로 분리하거나 포기하는 언어의식을 지향했다. 언어로부터 현실적 의미를 제거함으로써 현실을 벗어난 언어에 도달하고자 했던 것이다. 하지만 언어로부터 논리적인 의미를 제거하면 소위 '초현실'의 세계가 드러난다는 이들의 생각은, 현실의 우위에 초현실의 세계가 있다는 수직적 위계의식을 전제하고 있었다. 다시 말해 언어의 파괴를 통해 '초현실'에 도달하려는 파멸시인의 시는 현실에 대한 어떠한 발언보다도 가치가 있다고 보았던 것이다. 뿐만 아니라 파멸시인은 그들의 시가 문명의 위기에 대응하는 비판정신을 내재하고 있다는 자부심을 드러냈다. 그들은 현대를 '불안'의 시대로 규정하고, 이러한 위기를 극복하는 문명비판의 태도를 선구적으로 형상화했던 것이다. 그러나 그들이 말하는 '현대적 불안'이란 말 그대로 '파멸'의 의식에 다름 아니었다. 따라서 그들의 의식은 문명의 위기를 탈출하기 위한 새로운 지향성을 드러냈다기보다는 역사적 허무주의에서 비롯된 자포자기의 심정을 형상화함으로써 주체적 의식을 형성하지는 못했다. 이런 점에서 조동일은, "파멸이냐 극복이냐"의 갈림길에서 현실 속에서 자기를 발견하지 않는 시인의 싸움은 대중과의 연대가 성립되지 않는다는 점을 분명히 자각한 김수영의 경우처럼, 무엇보다도 문학과 현실의 관계를 중시하는 리얼리즘의 정신과 참여문학론을 실천적으로 모색해야 한다고 주장했다. 다시 말해 시인으로서의 사회적 위치를 올바르게 인식하고, 이를 바탕으로 시인이 당대의 사회적 현실에 어떻게 대응할 것인가를 결정하는 뚜렷한 실천의지를 지녀야 한다는 것이다.

4월 혁명의 시대정신은 1960년대의 시인들에게 역사의식과 현실의식을 확고하게 정립할 것을 요구하였다. 이러한 시대적 요구에 부응하여 박두진은 전통적 자연시의 현실도피적 경향을 역사적 현실인식으로 전환함으로써 현실주의적 시세계를 새롭게 정립하기도 했다. 그런데 박목월과 서정주의 경우는 이러한 현실참여의 시대정신을 외면하거나 거부한 채 여전히 현실도피적 세계에 침잠해 있었다. 특히 서정주는 오히려 '靈通主義'라는 주술적 세계를 옹호하는 신비주의적 세계인식의 극단으로 치달았다.[29] 그가 지향한 신라정신을 통한 민족적 정서에 대한 재발견은 현실초월의 절대주의를 합리화하고 시의 독자성과 절대성을 강조하는 기만적 수사학에 불과했다. 다시 말해 시적인 발언은 현실

---

29) 조동일, 「시인의식론 8─자연시인의 복고적 애조」 1965년 10월호, 113쪽.

에 대한 책임으로부터 면제되고 어떤 절대적 미에 접근하는 과정이기 때문에 언어의 사용 방법 이외에는 아무런 가치를 둘 수 없다는 순수문학론에 내재된 현실도피의 세계관을 여실히 보여주었던 것이다.

주섭일은 작가와 현실의 관계에 주목함으로써 현실참여의 문학이 지닌 의미와 구체적 방법론에 대해 상술하였다. 그에 의하면 상상은 의식의 토대 위에서 가능한 것이고 의식은 상황 속에 이미 구속(참여)되어 있으므로 현실을 떠난 가공의 상상이란 있을 수 없다. 문학예술의 내용은 바로 인간이며, 인간의 생활이 공상이나 상상 속에 추상적으로 존재하는 것이 아니라 현실에 구체적으로 존재해야 한다는 점에서, 문학은 바로 이러한 현실의 탐구이며 반영이며 재현이 되어야 한다는 것이다. 따라서 현실참여의 전위에 서 있는 소설이 진정한 작품이 되기 위해서는 그 속에 가능한 한 현실이 재현되는 대상의 본질을 내포해야 한다고 보았다.30) 이러한 참여문학의 진정성에 대한 강조는 당시 평단에 만연되어 있었던 사이비 참여문학론의 모순과 한계를 극복함으로써 진정한 의미의 참여문학론을 지향하려는 비평정신의 결과라고 할 수 있다.

백낙청과 김우창 역시 참여문학론에 입각한 비평정신을 강조했다.31) 백낙청은 시인에서 비평가로 전환한 매슈 아놀드의 삶을 통해 문학과 사회에 관한 적극적인 통찰을 읽어내고, 문학은 작가 개인뿐만 아니라 그 사회의 산물이므로 문학의 문제를 그 사회의 상황과 떼어서 이해하고 해결할 수는 없다고 하였다.32) 그리고 김우창은 T. S. 엘리어트의 예

---

30) 주섭일, 「작가의 현실참여─참여의 의미와 방법에 관한 시론」 1965년 6월, 156~157쪽.
31) 백낙청, 「궁핍한 시대와 문학정신」 1965년 6월호; 김우창, 「T. S. 엘리어트의 예」 1965년 3월호.
32) 아놀드는 문학활동 초기부터 문학이 삶에 힘을 주어야 한다는 견해를 자주 피력하였으며, 본격적인 비평작업에 접어든 후에는 문학을 개인적·사회적 삶의 인간화라는 궁극적인 전망을 실현하는 교양의 활동에서 중요한 자리에 놓는다. 문학이 관계하는 삶이란 따라서 개별적 인간이 영위하는 구체적인 삶이자 사회전체의 '살아있는' 건강성과도 따로 떨어질 수 없다. 자연히 아놀드의 문학논의와 작품평가는 이처럼 문학을 삶과의 관련에서 이해하

를 통해 시의 토착적 언어가 현대적 경험을 시 속에 구현하기 위해서는 시어의 보편화를 위한 지적 노력과 비평적 훈련이 요구된다고 하였다.33) 이는 참여문학론이 역사적 맥락과 보편적 공감을 얻기 위해서는 그만큼 비평정신 혹은 비평적 훈련의 과정이 필요하다는 점을 강조하는 것이다. 다시 말해 이들이 말하는 비평정신이란 1960년대 중반 참여문학론이 역사의식 없는 공허한 구호에 그치거나 관념적 인식의 한계를 지니고 있다는 성찰로부터 더욱 투철한 현실인식과 비평적 노력을 요구하는 것으로 이해할 수 있다.

『청맥』에 발표된 1960년대 참여문학론의 성격은 민족문학론의 심화와 확대를 지향하는 전사前史로서의 의미를 지니고 있었다. 문학에서 현실을 탈각시킴으로써 보수적 세계관에 바탕을 둔 문학론을 전개한 전후비평에 대한 전면적인 부정과 극복을 위해 제기된 것이 바로 1960년대 참여문학론인 것이다. 그리고 이러한 참여문학론의 성격은 1960년대 후반으로 접어들면서 민족분단의 구체적 상황과 민족의 현실에 기초한 역사적 성격을 더욱 구체화했다는 점에서, 이로부터 1970년대 민족문학론으로 나아가는 중요한 단초를 발견할 수 있다.

김우종은 당시에 발표된 소설작품을 중심으로 한국문학의 민족문학

는 기본인식에 바탕을 두게 된다. 아놀드는 바로 이러한 기본인식을 '삶의 비평'이라는 말로 정식화하였다. 윤지관, 『근대사회의 교양과 비평』, 창작과비평사, 1995, 219~220쪽.

33) 엘리엇은 전통의 문제를 다루면서 항상 자신의 주관적 판단과 일정하게 거리를 두면서 전통의 '객관성'을 확보하고자 노력했다. 특히 그는 객관적 질서를 유지하는데 개인적 주관의 역할을 화학의 촉매작용에 비유하고 그런 질서의 탄력적인 유지를 강조했다. 이론이 이론가 자신의 가치판단으로부터 자유롭지 않기 때문에 엘리엇의 개인적 세계관이 그런 객관성의 확보 작업 속에서 활발하게 작용하고 있음은 부정할 수 없다. 그러나 그는 자신의 개인적 판단을 극소화시킴으로써, 즉 작가가 자신의 주관성을 철저한 역사의식을 통하여 비우고 객관적 질서 속으로 용해시킴으로써, 그리고 주관적 가치판단을 중지하고 객관성 자체를 주체의 활동으로부터 외재화시키고 진리화시킴으로써 객관주의로 나아가는 경향을 띤다. 김용규, 「엘리엇과 리비스─매슈 아놀드와의 영향관계를 중심으로」, 『인문논총』 제50집, 부산대학교 인문대학, 1997, 215쪽.

지향성에 대해서 구체적으로 논의하였다. 그는 "한 민족과 다른, 고유한 언어, 고유한 문학, 고유한 영토, 고유한 역사, 거기서 느끼는 공동운명체적인 집단의식"을 "민족의식"으로 규정하고, 이를 바탕으로 민족문학의 성격을 규명하고자 했다. 또한 "역사의식은 종적으로 본 우리의 현실에 대한 작가의 의식이라고 한다면, 사회의식이란 횡적인 현실에 대한 그것을 의미한다"고 하면서, "오늘 이 시간 이 횡적인 민족의 공간 속에서 일어나는 정치적 · 경제적 · 문화적 온갖 현실에 대한 작가의 반응"을 주목하였다. 이는 결국 문학과 현실의 관계를 우리 민족의 구체적 현실상황 속에서 살펴보려는 것으로, 민족문학의 확립이라는 비평사적 과제를 뚜렷이 제시한 것에 다름 아니다. 따라서 그는 민족문학은 결코 민족주의 운동의 방편으로 그쳐서는 안 되고, 오직 우리의 민족적인 주체성을 자각하면서 우리 민족의 현실을 냉정히 비판하고 내일에의 비전을 제시해 나가는 문학, 그런 의미에서 좀더 지성적인 리얼리즘의 문학, 그것만이 우리의 참된 민족문학의 길이라고 보았다.[34]

김우종의 비평은 「파산의 순수문학—새로운 문학을 위한 문단에 보내는 각서」[35]에서 이미 "한국문학의 전신", 즉 순수에의 결별과 참여로의 방향전환을 강력히 촉구한 바 있다. 이 평문에서 그는 1960년대 참여문학론이 "어떠한 논리적 사유"도 없이 단순히 현실을 제시하는 데 그치는 "문제제시의 문학"에 그쳐서는 안 되고, "해결제시의 문학"으로 심화되어야 한다고 강조했다. 따라서 그는 부조리와 모순으로 점철된 현실에 대한 비판적 문제의식을 토대로 참여문학론이 분단체제의 지배이데올로기인 반공이데올로기에 저항하는 레지땅스의 태도를 가져야 한다고 보았다. 참여문학론이 문학의 현실참여를 맹목적으로 주장하는 데 그쳐서는 안 되고, 이를 분단체제의 민족현실에 초점을 맞춤으로써

34) 김우종, 「이 해의 作壇總評—민족문학 확립의 길을 모색하여」 1965년 12월호, 220쪽.
35) 『동아일보』 1963년 8월 7일.

당대의 역사적 현실과 밀접한 관련 속에서 구체적으로 논의해야 한다는 것이다.36) 이러한 태도는 민족문학론의 지향점이 소재주의에 머무르는 소박한 참여론의 수준을 넘어서 모순된 현실의 변화와 개조로까지 나아가야 한다는 것으로, 일상적 현실에 대한 관찰과 보고를 뛰어 넘는 문학적 세계관으로서의 리얼리즘을 지향하고 있다. 이는 리얼리즘이 단순한 모사론의 수준에 그치는 것이 아니라 당대의 역사적 현실에 길항하는 역동성을 지닌 존재론적 성격을 지녀야 한다는 것이다. 우리 사회의 구조적 모순의 본질을 파악하고 이를 변화·개조시키는 세계관과 기법의 총합이 바로 리얼리즘의 정신이기 때문이다.

이런 점에서 1960년대 참여문학론과 민족문학론은 리얼리즘론과의 밀접한 관련 속에서 심화되었고, 리얼리즘은 당대 현실을 보다 예각화함으로써 적극적인 변화를 모색하는 능동적 실천의 정신과 방법으로서의 의미를 지니고 있었다. 사실寫實은 사실事實의 모사에서 구현되는 것이 아니라, 현상에 내재되어 있는 존재의 질서를 인식한 작가가 언어로서 그 질서를 드러내기 위해 현상을 다시 편성할 때 나타나는 어떤 것이다. 다만 그것은 작가의 직접체험이나 사회현상과 아주 가깝게 형상화됨으로써 비교적 모사적인 특성이 두드러질 뿐이다. 인간의 주체적 본질에 대한 참된 인식을 바탕으로 생활의 진실에 복귀하는 보편타당성의 추구가 리얼리즘을 통해 현실화되는 것이다. 이러한 리얼리즘에 대한 인식은 참여문학론에 대한 객관적 성찰을 통해 진정한 의미에서의 민족문학론을 모색하려는 반성적 인식의 결과라고 할 수 있다.37)

---

36) 김우종, 「새 세대·새 문학」, 『자유문학』 1961년 1월호, 69쪽.
37) 이런 점에서 조동일은 자연주의적 성향의 확대로 인해 종말을 맞은 19세기 리얼리즘을 거론하면서, "자연주의는 기법상의 문제에 국한된 반면, 리얼리즘은 그런 요소를 계속 지니면서도 작품의 소재와 그 소재를 대하는 태도를 설명하는 데 쓰이게 되었다"는 레이몬드 윌리엄스의 말을 인용하고 있다. 이는 지나치게 충실한 묘사에 기울어진 자연주의에 대한 비판과 자연주의와 리얼리즘을 결부시키려는 시각에 대한 비판을 통해 당대 리얼리즘의

Ⅳ. 한국현대문학비평사에서 『청맥』의 위상

1960년대 문학비평은 4월 혁명의 정신으로 전후세대의 보수적 문학론을 혁신하였을 뿐만 아니라, 1950년대 정태용·최일수 등에 의해 제기되었던 민족문학론의 전통을 계승하는 비평사의 연속성을 견지하였다. 또한 문학과 현실의 관계를 주목하여 한국사회의 구조적 모순을 신랄하게 비판함으로써 문학비평의 현실참여적 성격을 강조하였다. 그런데 이러한 담론적 실천은 사실상 전후세대의 영향권 아래 있었던 『현대문학』, 『자유문학』, 『문학예술』 등의 기성 매체로는 감당하기 힘든 과제였다. 따라서 새로운 세대의 비평적 실천은 어떠한 문학권력으로부터도 자유로운 독립적 매체의 창간을 필수적으로 요구했는데, 『청맥』은 바로 이러한 역할을 담당하기 위해 새롭게 창간된 비판적 지식인잡지였다.

주지하다시피 1960년대 한국의 보수적 문단은 5·16 군사정권의 등장으로 기존의 모든 사회단체들이 강제적으로 통합되면서 문예조직도 <한국문인협회>로 단일화되었다. 이때부터 보수적 문단은 당대의 정치권력에 더욱 유착·종속되는 정치적인 문학집단으로 전락하였다. 따라서 당대의 보수적 문학론은 겉으로는 정치배제의 논리를 내세움으로써 문학의 자율성을 강조했지만, 실질적으로는 당대 정치권력에 추종하는 자기모순의 어법을 구사했다. 그들이 '순수'라는 명칭을 본격적으로 사용한 맥락 역시 진보적 담론에 대한 대응논리였지 말 그대로 순수한 의미의 순수문학론은 아니었던 것이다. 결국 순수문학론은 진보적 민족문학론에 대한 대타의식에 의해 형성된, 가장 정치적인 성격을 은폐한 보수적 문학론이었다고 평가할 수 있다. 4·19세대 중심의 1960년대 문학비평은 바로 이러한 보수적 문학론의 허위성을 냉철하게 비

뚜렷한 방향성을 제시한 것으로 볼 수 있다. 「리얼리즘' 재고」, 『현대문학』 1967년 10월 참조.

판하고, 정치논리에 휘둘리는 <문협> 중심의 구세대 문학관을 근본적으로 혁신하고자 했다. 하지만 기성정치권의 제도적 폭력성과 사회의 구조적 모순에 대한 지식인의 비판적 현실참여는 박정희 군사정권의 탄압에 의해 역사적 굴곡을 겪어야만 했다. 결국 이러한 외압으로 인해 4 · 19세대 비평가들은 같은 출발점에 있었으면서도 문학적 이념과 방법적 실천에 있어서는 현격한 차이를 드러내는 내부분화를 초래할 수밖에 없었다.

지금까지 1960년대 문학비평의 주요 쟁점은 대부분 『창비』만의 전유물인 것처럼 논의되어 왔다. 그렇다면 1966년 『창비』 창간 이전, 즉 1960~1965년에 이르는 기간 동안 한국의 현실주의 문학비평은 공백 상태에 있었다고 보아야 하는가? 이러한 단절적 시각은 『창비』 창간 이전의 전사前史를 배제하거나 『창비』가 동시대의 다른 매체와의 대립과 경쟁, 그리고 연대의식을 통해 성장했다는 사실을 간과한 데서 비롯된 관점이다. 다시 말해 『창비』에 의해 주도되었다고 평가되어 온 현실주의 문학비평은 그보다 앞서 창간된 『한양』, 『청맥』 등에서 이미 제기된 비평적 쟁점을 계승한 것에 지나지 않았다. 그런데 이들 매체가 문인간 첩단 사건, 통일혁명당 사건 등 반공이데올로기에 의해 제도권 밖으로 밀려나고 소수 담론들은 정치적 이유로 배제되면서 자연스럽게 제도권의 중심으로 부상한 것이 바로 『창비』였다고 할 수 있다.

『청맥』은 1960년대 문학담론의 변화를 선도하는 비평적 토대였고 정신사적 배경이었다. 당대의 관념적 지식인과 기성세대에 대한 비판을 통한 새로운 인텔리상의 모색, 그리고 정치 · 사회적 현실의 구조적 모순에 대한 성찰과 대안을 제시하는 4 · 19세대 중심의 세대론적 문제의식을 지니고 있었던 것이다. 당시 『청맥』은 이러한 시대적 명제에 대한 가장 구체적인 문제제기를 함으로써 이를 문학적으로 실천한 매체라는 점에서 중요한 문학사적 의미를 지닌다. 특히 문학비평의 경우 조동일, 백낙청, 구중서 등 민족문학 진영의 대표적 비평가들이 비평적 출발을 한 매체였다는 상징성뿐만 아니라, 참여문학론, 민족문학론, 리얼리즘문학론으로 심화·발전되는 1960년대 이후 우리 현실주의 비평사의 쟁점들을 총체적으로 구현했다는 점에서도 그 비평사적 의의는 아주 크다.

『청맥』은 무엇보다도 우리 민족의 통일과 민족의 주체성을 확립하는 것을 최우선의 목표로 삼았다. 특히 주체성의 문제는 대외적인 문제이며 우리의 독립성과 자립성을 주장하는 행위라는 반외세 민족주의를 일관되게 견지하였다. 따라서 『청맥』은 민족의 주체성을 확립하는 것이야말로 한국문학이 나아가야 할 올바른 방향이라고 보고, 고전문학에서 현대문학에 이르는 한국문학의 통시적 전개과정을 비판적 전통계승의 관점에서 구체적으로 논의하였다. 이러한 태도는 1960년대 비평문학이 참여문학론으로 나아가는 데 있어서 가장 중요한 정신사적 토대가 되었다. 이는 우리 문학이 민족문학론과 리얼리즘문학론으로 심화되는 과도기적 역할을 담당했는데, 그 결과 1960년대 문학비평은 현실주의적 성격을 더욱 공고히 할 수 있었다.

1960년대 신세대 비평가의
등장과 참여문학론

―『비평작업』의 비평사적 의의

이명원

Ⅰ. 담론분석과 욕망

한국 현대비평사의 궤적을 뒤돌아볼 때, 1960년대는 획시기적인 성격을 띠고 있다. 이 시기에 시작된 문학매체의 경합과 문단의 재편과정은 얼마간의 견해차가 있을 수는 있겠지만, 적어도 오늘의 문학장文學場의 기원을 이루고 있다. 통념적으로 말한다면, 이 시기는 김동리, 서정주, 조연현 등의 일제말기 신세대들이 주축이 되고, 거기에 한국전쟁 이후에 집단적으로 출현한 이른바 전후세대 문인들이 매체『현대문학』을 중심으로 결집했던 이른바 '순수문학'의 절대성이 균열되는 시점이면서, 1960년의 4·19혁명을 통해 실현된 민주주의의 가능성과 민족의식의 심화를 일시적으로나마 경험했던 신세대들이 바야흐로 새로운 비평적 지향을 자각하고 실천하기 시작했던 시점이기도 했다. 그것의 자연스런 결과로 문학장 역시 일종의 구조변동이라 해도 좋을 세대론적인 변화와 문학매체의 이합집산이 대단히 활발하게 벌어졌던 것인데, 특히 4·19혁명을 전후하여 대학에서 문학수업을 받고 있었던 1960년대 신세대의 활약이 뚜렷하게 나타나는 시점이기도 했다.

문학사의 통념으로 볼 때, 이 시기는 흔히 『창작과비평』(1966)을 중심으로 한 진보적 문학세대와 이후에 창간된 『문학과지성』(1970)을 중심으로 결집한 자유주의 문학의 대립구도로 설명되어 왔다. 그러나 이러한 평가는 오늘의 문단상황을 토대로 과거의 문학사에 대한 섬세한 접근 없이 구획한 논리로, 비유컨대 만들어진 전통(invention of tradition)에 해당하는 시각도 있음이 사실이다. 요컨대 오늘의 문학장의 역학관계를 그대로 과거에 소급하여 문단적 질서를 상상적으로 재구축하려는 비평적 기획이라는 비판이 1990년대를 기점으로 해서 강력하게 제기되어 왔다.1) 특히 이러한 비평사적 검토의 시선변동은 종래의 비평사를 바라보는 시각에 '문학권력', '상징투쟁', '계보학적 시각' 등을 키워드로 한 방법론을 활성화시키는 계기를 마련하기도 했다.2) 종래의 연구경향에 대한 이러한 비판적 연구를 통해서, 젊은 연구자들은 1960년대 비평사의 성립과정에 내포되어 있는 정전(canon) 구축과정과 해석공동체

---

1) 가령 권성우, 「1960년대 비평의 세대론적 전략과 새로운 목소리」, 『1960년대 문학연구』, 예문, 1993; 이명원, 『타는혀』, 새움, 2000에서의 1960년대 신세대 비평가의 '새대론적 인정투쟁'을 둘러싼 분석이 이에 해당한다. 이러한 논의와 함께 임영봉, 『한국현대문학비평사론』, 역락, 2000과 하상일, 「1960년대 현실주의 문학연구」, 부산대 박사논문, 2005에서는 『한양』, 『상황』, 『창작과비평』, 『청맥』 등의 매체에 대한 분석을 통해, 1960년대 비평계의 성립과정을 다채로운 문학이념 및 에꼴의 경합과정으로 설명하려는 시각을 마련했다.

2) 강준만·권성우, 『문학권력』, 개마고원, 2001; 이명원, 『파문』, 새움, 2003; 문학과비평연구회, 『한국문학권력의 계보』, 한국출판마케팅연구소, 2004; 임영봉, 『상징투쟁으로서의 한국현대문학비평사』, 역락, 2005 등의 저작이 이러한 경우에 해당한다.

(interpretive community)의 담론운영 및 해석전략의 메커니즘을 상대화하는 시각을 통해, 비평사의 창의적 재구성에 대한 욕망을 강렬하게 환기시켰다.

문학사 연구를 포함하여, 모든 형태의 담론은 표면적으로는 가치중립성(value-freedom)을 견지하는 것처럼 보이지만, 우리가 실제의 문학적 현장에서 경험하는 부정할 수 없는 진실은 그러한 담론조차도 실제에 있어서는 글쓰기의 참 동력으로서의 욕망을 은폐함으로써 가능해진다는 것이다. 욕망의 문학사도 가능할 것인데, 특히 비평의 영역에서는 글쓰기에 임하는 비평가 또는 해석공동체가 동시대의 문학현장에서 심각하게 느꼈던 결핍과 그것을 지양하고자 하는 강렬한 욕망의 근거가 무엇이었는지를 파악하는 것이, 여과된 형태로 추출되는 문학적 이념의 기본형을 밝히는 데 소중한 기여를 하게 되는 경우를 자주 발견하게 된다.

모든 세대에게 그러한 것이지만, 특히 1960년대에 등장한 신세대 비평가들은 그런 강렬한 욕망의 소유자였고, 어느 세대보다도 그들 세대 자신이 심각한 문학적 결핍 속에 빠져 있음을 자각하고 있었다. 특히 본고에서 언급하고자 하는 『비평작업』(1963)의 동인들에서 볼 수 있는 것처럼, 당대의 신진비평가 또는 예비비평가들의 결핍과 이로 인한 욕망은 지극한 것이어서, 그것이 이후의 문학적 질서를 재편하기 위한 집단적 동력으로 전화되는 풍경도 자주 발견된다. 그러나 그 발견은 그들의 결핍과 욕망에 적극적으로 공명하고자 하는 연구자의 또 다른 욕망을 요구한다는 점에서, 일차적으로는 공명共鳴의 시선을 요구한다.

이 글은 창간호가 종간호가 되어야 했던 한 동인지의 필자들이 견지했던 당대 문단에 대한 신진비평가들의 결핍과 갈증, 그 욕망에 적극적으로 공명하고자 하는 의도에서 쓰여진다. 『비평작업』에 대해서는 대중들은 물론이고 연구자들조차 이들의 작업에 대해 적극적인 공명을 시도한 바 없으며, 단편적인 언급이 존재한 것은 사실이지만 이조차도 스케치에 머문 것이어서 비평사적 의미부여가 이뤄진 것은 아니었다.[3] 필자는 이러한 공명을 통해서, 『비평작업』의 동인들은 물론 이른바 1960년대 신세대 비평가들이 공히 견지했던 당대의 현실적 · 문학적 상황에 대한 문제의식의 일반성을 추출함으로써, 1960년대 신세대 비평의 형성근거를 묻고자 하는 부가적인 목적도 있음을 미리 밝히고자 한다.

II. 비평의 재출발─사회발전의 엔진, 정신의 광맥 탐사

『비평작업』은 정오평단正午評團의 동인지로 발간일은 1963년 1월 10일로 되어 있고 시사영어사에서 발행되었다. 정오평단의 구성원은 모두 5명이었는데, 이들은 당시 각 대학에서 문학을 전공했던 대학생이거나 갓 졸업한 처지에 있는 문학청년들이었다. 이광훈(고려대 국문과), 임중빈(성균관대 국문과), 조동일(서울대 불문과), 주섭일(서울대 불문과), 최홍규(중앙대 영문과) 등이 정오평단의 회원이었다. 간략한 소개에서 알 수 있듯이, 이들은 몇 가지 점에서 공동의 관심을 공유하고 있었던 것으로 판단된다.

일단 이들이 대학에서 체계적인 문학교육을 받은 문학전공자라는 점은, 구세대 비평의 이론적 피상성을 적극적으로 공박할 수 있는 근거가 되었다고 볼 수 있다. 이른바 전문가 의식에서 나온 자부심이라 할 터인데, 특히 한국문학과 외국문학에 대한 체계적인 학습, 번역이 아닌 원전자료 해독능력의 보유는 이들이 『현대문학』을 중심으로 결집된 이른바 문협정통파나 백철과 같은 구세대 문인들이 보여주었던 실존주의나

---

3) 허윤회, 「1960년대 참여문학론의 도정」, 상허학회 편, 『희귀잡지로 본 문학사』, 깊은샘, 2002에서 간략하게 『비평작업』의 존재가 언급된 바 있다.

전통에 대한 논리적 허약성을 과감하게 비판할 수 있는 근거가 되었다고 볼 수 있다.

실제로 이들 신세대 예비문인들은 『비평작업』을 통해서 구세대 문인들의 순수문학 논리와 실존주의 이해, 그리고 허약한 휴머니즘을 종횡으로 비판하는 태도를 선보이고 있다. 그 비판의 핵심을 무리하게 요약하면 결국 이들 구세대의 비평이나 문학론이 개념에 대한 초보적 이해도 없는 상황에서의 인상주의 담론이나 표어화된 수사修辭로 시종했다는 것이다. 이러한 비판을 던지는 한편, 그들은 『비평작업』의 지면에 실존주의에 대한 루카치의 논리를 반박하고 있는 싸르트르의 「실존주의와 맑스주의」(주섭일 역)를 번역해서 소개하는가 하면, 폴 엘뤼아르의 「평화의 얼굴」(조동일 역)이라는 번역시를 게재하고 있기도 한 것이다. 이러한 번역행위를 통해서 그들은 간접적으로 현대 서구문학이론에 대한 자신들의 학습역량과 문학에 대한 확대된 시야를 과시 또는 환기하면서, 김동리와 조연현, 그리고 백철 등의 구세대는 물론 그들의 앞선 세대로 비평적 영감을 부여했던 이어령 등의 비평을 강력하게 부정할 수 있는 근거를 마련했다.

이러한 초보적인 사실과 함께 역시 주목되는 것은 이들이 공히 4·19혁명의 역사적 기억을 가장 젊은 감각으로 공유하고 있다는 사실이다. 이들은 대학초년 시절에 4·19혁명을 체험했으며, 연이어 벌어진 5·16쿠데타를 경험했다. 이들이 『비평작업』을 세상에 제출한 것은 1963년 1월인데 이 시기에 이르면 우리가 이른바 4·19세대의식이라고 명명할 수 있을 법한 감각이 비로소 확립되는 시점으로 볼 수 있는 여지가 여기에 있다. 이들은 「권두선언」에서 기성의 문화상황을 "언어 없는 시민"에 비유한 후 "기성의 질서와 일대 수술을 시행한다"는 신세대 특유의 과감한 자기선언을 다음과 같이 개진하고 있다. 조금 분량이 길지만 이들의 창간선언을 인용해 보기로 하자.

세계가 날로 새로워지고 있는 이때를 우리는 무엇 때문에 이처럼 낡아가야 한단 말인가. 한국의 현대는 봄을 맞이하자마자 어느새 단풍을 날리고 있다. 나 어린 세계의 고아면서 노구를 이끌고 황혼을 재촉하는 현문단에는 정녕 <위대한 여름>이 와야만 한다.

더욱이 현대가 비평의 시대라 하지만 우리는 비평의 툰드라 지대에서 원시적인 생활과 문학을 반추하고 있을 뿐이다.

과거가 역사의 편이라면 현실은 우리 스스로의 것이며 오늘 우리의 모험은 미래적이 되지 않으면 안된다. <비평의 참가> 없이 정신의 대하와 사상의 준령을 갈망할 수 없기에 먼저 우리는 <여름날의 원정>임을 선언한다.

감정과 관념에 급급한 나머지 공허하기 짝이 없는 반세기, 인간없는 지대의 주제 없는 주택에서 우리는 이때껏 언어없는 시민이었다. 이 온갖 문학에 대한 책임을 그동안의 비평이 전담해야 할줄 안다. 있으나 마나한 그러한 비평, 아니면 있어서 해독만 끼치는 따위의 비평을 우리는 단호 거부한다. 여기 시나브로 <비평의 재출발>은 고개를 들고 있다. 진정한 비평활동은 언제나 사회발전의 엔진이며 비평가는 정신의 광맥을 발굴해가는 광부와 같다. 어려운 때일수록 비평의 길은 가시밭길이다.

시대는 비평을 낳아 기르고 비평 또한 시대를 지켜야 한다. 때늦으나마 우리에게 <비평공화국>의 태동을 봄은 이 때문이다.

역사와 싸워야 할 필연성 앞에서 우리는 기성의 질서와 관련에 대한 일대 수술을 시행한다. <새로운 무엇>이 그립고 아쉽다면 그것은 인간자체에 대한 문제의 제기와 창조를 다짐하는 형전이라 믿고있다. 파괴가 우리의 만능이 아님은 물론, 그것은 주체형성과정에 있어서 어쩌면 몸 전체로 치러야 하는 홍역이기만하다.

오늘 여기에서 우리는 초토 작전 끝에 장송곡을 목 놓아 합창한다. 그것은 찾는 것이 있기 때문에, 믿는 것이 있기 때문에, 앞을 내다보는 젊은 인생이 있기 때문이다. 우리에겐 부단한 비평과 헌신적 작업 속에 자아발견의 길이 있을 뿐이다. 따라서 우리는 광란 이전의 준엄한 <이반>인 동시에, 승복을 걸치지 않은 <도니쌍 신부>의 초상임을 선언한다.

    <새로운 가치창조>가 우리의 지상과제이다. 이 값진 문화건설은 새 인간의 탄생에서라고 신앙하면서 우리는 그 산파의 직분에 있음을 밝힌다. 아울러 우리는 그 어떠한 우상도 단호 이를 규탄함과 동시에 스스로 우상의 재현을 용납하지 않는다. <테르미돌>의 순수라는 성곽의 벽돌장을 움켜잡고 발버둥치는 그들만의 신화는 이제 일조에 파멸될 운명임을 명심하라.

    문학의 창조와 비평을 위하여, 오늘 비평공화국을 사수하는 파수꾼으로 새로운 현실을 구축하기 위하여 우리는 이렇게 형제로서 함께 손잡고 있다.[4]

위의 창간선언에는 문학적 신인이 흔히 그렇듯, 기성세대와 현실에 대한 과감한 부정정신과 새로운 현실의 구축을 촉구하는 건설에의 의욕이 강렬하게 나타나고 있다. 가령 "현대는 봄을 맞이하자마자 어느새 단풍을 날리고 있다"라는 은유적 표현의 경우, 이들 동인들이 바라보는 현실인식의 일단을 잘 보여준다. 또한 순수문학을 "테르미돌", 즉 역사적 반동(thermidor)으로 규정하면서, 기성의 문단적 질서의 붕괴와 파멸을 선언하는 것이 그렇다. "역사와 싸워야 할 필연성 앞에서 우리는 기성의 질서와 관련에 대한 일대 수술"을 하겠다는 이들의 선언은, 일단 그 선언의 과격성만을 고려하자면 그들이 비평을 통해서 현실에 대한 급진적 개입을 하고자 했다는 것을 우리에게 환기시킨다. 이들이 창간선언에서 밝히고 있는 문제의식의 요체는 기성의 문학 질서와 구세대의 권위에 대한 '해체'에 있는 것으로 보인다.[5] 이것은 신세대 문인들이 항용 구세대를 비판하면서, 자기 세대 출현의 필연성을 강조하는 일반

---

4) 「권두발언: 새 시대의 가치창조를 위하여」, 『비평작업』, 시사영어사, 1963, 2~3쪽.
5) 임영봉, 「4·19세대 비평담론의 형성과정」, 『상징투쟁으로서의 한국 현대문학비평사』, 보고사, 2005, 137쪽.

문법을 따르고 있는 것처럼 보이지만, 이들이 거기에서 멈추는 것은 아니다.

우리는 이 부분에서 이들 세대들이 공히 견지했을 법한 세대의식을 추출해 볼 필요가 있다. 그럴 경우, 우리는 산문적 진술로 뽑어져 나온 명시적 발언을 거론하는 것도 유의미한 일이겠지만, 당시에 이들이 견지하고 있었을 내면풍경의 일단을 『비평작업』에 수록된 조동일의 장시 「춤추는 의식」을 통해서도 확인할 수 있다. 이후에 문학평론가로 또 탁월한 문학사가로 활동하게 될 조동일이 한 편의 시를 발표하고 있다는 것이 흥미롭다. 모든 좋은 시가 그렇듯, 그것을 산문적 진술로 요약하는 것은 어렵다. 조동일의 「춤추는 의식」역시 마찬가지인데, 다만 이 유장한 어조의 장시를 거듭 읽어나가면서 우리는 적어도 조동일 자신, 범위를 넓히자면 이들 『비평작업』 동인들이 견지하고 있었던 현실에 대한 심각한 문제의식의 일단을 의식적 · 무의식적 층위에서 발견할 수 있을 듯하다.

「춤추는 의식」은 20대의 청춘이 항용 표출할 법한 질풍노도의 감성과 비록 명료한 언어의 형식을 갖추고 있지는 않지만, 출렁거리는 이미지를 통해 범람하는 현실에 대한 고뇌가 잘 드러나 있다. 이 시를 읽어나가면서 느끼게 되는 최초의 감각은 그 청년의 고뇌라고 하는 것이 표면적으로는 '실존감각'으로 명명하는 것이 적당할 법한 깊은 절망감이라는 것이다.

> 벗어날 길 막혀/ 숨 태우는 막바지마다/ 상륙해 내려오는 산 그림자,/ 어이 할거나 우리 모두 날개쭉지라고는 없어/ 어두운 뒤쪽으로 질려 꺼지다가/ 방 안에서 이불 속에서/ 한 뭉치 戰慄로나 말라붙어가고, 나문지 달인지/ 남을 모든 것 웃고 있으니// 더 파고들 구석도 없는 너와 나 눈먼 살덩이,/ 애써 간직해 온 생명을 流産으로

다 쏟아내고/ 등골 마디마디 삐걱거리며 떠나가야만 하나,/ 시궁창
으로나 휘감겨 내려/ 헤어나올 수 없다는 곳,/ 어디? 아무것도 대답
하지 못하는 흙벽의 메아리.// 마침내 표류되는 건/ 저편의 어느 기
슭,/ 밤찌꺼지 떠내려갈 허구 많은 날/ 이름도 의미도 없는 햇살을
쪼이며,/ 허공에서 삭고 있을 古鐵 부스러기.6)

　「춤추는 의식」의 도입부다. "우리 모두 날개쭉지라고는 없어"라는
표현이야말로 이 시의 지배적인 정조를 형성한다. 요컨대 비상하려는
의지를 거세당했다는 것이고, 시적 화자의 일상이란 "시궁창"과도 같은
현실 속에서의 삭고 있는 "古鐵 부스러기"에 불과하다는 자학에 가까운
정서가 노출되고 있는 것이다. 실제로 「춤추는 의식」을 지배하는 지배
적인 정서는 자학이며, 이 시를 충만하게 뒤덮고 있는 것은 죽음의 이미
지다. 이 시의 도처에는 죽음과 비명, 출구를 찾을 수 없는 절망이 가득
차 있다.
　그런데 이 자학과 죽음의 이미지가 다만 청년기의 자의식으로 멈추
지 않고, 역사적 감각을 내포하고 있다는 사실을 확인하는 것은 중요하
다. 이러한 해석이 가능한 것은 이 시의 끝부분에 조동일이 다음과 같은
발언을 명기하고 있기 때문이다. "이 작품은 지금으로부터 3년 전에 쓴
것임을 밝혀 둔다."7)『비평작업』이 1963년 1월에 출간되었으므로, 이
로부터 3년 전이라면 1960년이 된다. 조동일이 시의 끝에 굳이 「춤추는
의 식」의 창작시점을 명기하고 있는 것은 우회적으로 이 시가 1960년
의 4·19혁명의 실패와 모종의 관련을 맺고 있다는 점을 환기시키고자
하는 의도에서 비롯된 것으로 보인다. 이러한 가정을 수용할 경우 이 시
의 수용맥락은 그것이 단순히 청년기의 내면적 방황이 초래할 법한 유

6) 조동일, 「춤추는 의식」, 『비평작업』, 시사영어사, 1963, 106쪽.
7) 위의 책, 111쪽.

폐의식과 이로 인한 절망과 자학의 개인적 표백으로 그치지 않고 역사적 절망으로 확대되는데, 이 시의 종결부는 그것의 초인적 극복을 촉구하는 것으로 끝나고 있다.

　　모가지를 구부려/ 허파로 날뛰면/ 조여드는 산천을 녹여버리고 말거라고, 지글거리는 언덕바지마다/ 가슴팍 뒤틀려/ 온종일 헤메는가,/ 담벼락 허우적거리며/ 울분터지는 턱주가리마다/ 굿거리나 하는가,/(……)빙글빙글 맴돌아라/ 복구멍에다 황칠하고 벌겋게 맴돌아라,/ 살덩이마다 불타오르고 있는/ 죽음은 화톳불,/ 생피마시던 祖上들이 그 언저리서 춤추듯이/ 우리네 地球가 太陽 둘레를 돌듯이,/ 마구 휩쓸려 돌며, 몸서리치고 튀겨나가며,/ 두 힘에 찢겨서 한순간도 멈추지 못하고/ 어지러히 숨 막혀/ 무덤 주위를 돌며, 그 밑층을 폭발시켜라,/ 돌맹이마다 하늘을 터트려/ 고조 할애비의 넓적다리까지도/ 산천을 뒤덮으며,/ 장구를 두들겨/ 소용돌이쳐 오르는/ 온 누리의 잔치,/ 태초의 기쁨을 물거품으로 품으며/ 身相 없는 바다여, 法相 없는 바다여, 화려하게 들끓어 올라라, 멍든 몸둥이 속에,/ 地獄 밑바닥까지라고 휩쓸어나가다,/ 쓰레기로 버려져도/ 담벼락을 박차고,/ 죽음을 處刑하련다/ 만세 만만세!

지속적으로 절망과 자학의 정서를 노출하던 시적 화자는 종결부에서 "화려하게 들끓어 올라라"고 외치는 데서 멈추지 않고, "그 밑층을 폭발시켜라/ 돌맹이마다 하늘을 터트려" 또는 "죽음을 處刑하련다/ 만세 만만세!"라는 결의와 극적 전환을 촉구하고 있다. 비장미마저 느껴지는 종언이라 할 수 있는데, 절망의 내용이 그러하듯 시적 선언과 극복의 내용물 또한 명료하게 요약되지는 않는다.

하지만 분명한 것은 이 시가 『비평작업』이 추구했던 문학사적 건설에의 의욕과 밀접한 관련 속에서 수록된 것이라는 점이다. 다시 이들의 창간선언으로 돌아가 보면, 우리는 특히 이들의 비평에 대한 자의식이 당대의 현실 및 사회에 대한 개입의 필연성과 관련되어 있음을 확인할 수 있다. 이들은 자신들의 동인행위가 '비평의 재출발'에 있음을 선언하면서, 그 내용으로 "진정한 비평활동은 언제나 사회발전의 엔진이며 비평가는 정신의 광맥을 발굴해가는 광부와 같다"고 선언한다. 그러한 선언의 뒤에서 "시대는 비평을 낳아 기르고 비평 또한 시대를 지켜야 한다"는 문학과 현실의 유기적 관련성에 대한 지향을 재차 천명하고 있는데, 이것은 이들이 비평을 단순하게 문학적 구세대를 향한 문단지형의 변모로 한정시키지 않고, 더 넓은 범주에서의 '시대정신' 찾기의 일환으로 사고하고 있었음을 간접적으로 환기시킨다.

이 부분에서 한 가지 흥미롭게 검토할 수 있는 사항은 이러한 비평의식이 동세대라고 할 수 있을 이른바 『산문시대』 동인과도 유다른 의식의 지향을 보여주고 있다는 점이다. 『산문시대』는 1962년 6월에 1호가 발간되어 1964년 9월 5호까지 발간된 동인지다. 이 동인지에는 『비평작업』의 동인들과 동세대인 김현, 김승옥, 최하림, 김치수, 염무웅 등 서울대 문리대의 학생문인들이 참여했다. 이들은 오늘의 시점에서는 모두 4 · 19세대로 거론되고 있지만, 『비평작업』이 '사회발전의 엔진'으로서의 문학에 대한 관점을 견지하고 있었던 것에 비하자면, 『산문시대』는 다분히 문학주의적인 지향을 보여주고 있다.

한 연구자가 적절히 밝힌 것처럼 『산문시대』에는 4 · 19의 역사적 체험은 추상적이거나 단편적인 언급으로도 드러나지 않고 있으며, 이들의 작품 역시 개인적 내면과 의식의 흐름을 주조로 삼고 있다.[8] 실제로 『산문시대』의 창간선언의 도입부는 그것을 잘 보여준다. "태초와 같은 어둠 속에 우리는 서 있다. 그 숱한 언어의 혼란 속에서 우리의 정신은 여기 이렇게 초라한 모습으로 서 있다."[9] 그렇게 본다면 비평을 '사회발

---

[8] 『산문시대』에 대한 이러한 견해는 이 책에 실린, 서영인, 「『산문시대』와 새로운 문학장의 맹아」에서 개진된 것이다.

전의 엔진'으로 간주하는『비평작업』동인들과 현실을 '언어의 혼란'으로 파악하는『산문시대』동인들의 태도는, 그들이 현실을 환멸과 절망의 구조로 파악하는 것에서는 일치하면서도, 이에 대한 문학적 대응은 사뭇 차별적인 것이 아닐 수 없다.

요컨대『비평작업』동인들은 환멸로 파악된 현실에 대한 역사적이고 현실적인 실천의 한 방식이 새로운 비평의 전망이라고 본 것인데 반해,『산문시대』동인들은 언어와 내면에 집중한 셈이 된다. 이러한 의식상의 섬세한 차이, 이른바 4·19세대의 의식분화가 자못 명료한 방식으로 노출되는 것은 1970년대에 이르러서 일 텐데, 그런 점에서 보면『산문시대』에 대비되는『비평작업』의 의식의 차별성은 역사적 주체로서의 4·19세대의 문학사적 의무를 자각하면서 당대의 문학사에 개입하고자 한 의식의 각성에서 찾을 수 있을 듯하다.

Ⅲ. '평단소송'을 통한 기성문단 비판의 논리

『비평작업』의 권두언을 읽은 후에 페이지를 넘기면, 다소 기이한 제목의 소송기록이 등장한다. 비평이 판관의 기능을 해야 된다는 은유는 지금도 흔한 표현인데, 실제로『비평작업』의 동인들은 판관이자 검찰의 소임을 자임하면서, 당대의 기성비평가를 판단의 법정에 세우고 있다. 피고 격으로는 세 명의 비평가들이 호출되었는데, 백철과 조연현의 경우는 그들이 타기해마지 않았던 구세대 비평가라는 점에서 납득할 만하지만, 그들 자신에게조차 강렬한 영향력을 끼친 이어령이 등장하고 있는 것은 다소 의외라고 할 수 있다. 그러나 이들의 평문을 읽어보면, 거기에는 그럴 만한 사정이 있었던 것으로 판단된다.

---

9) 「선언」,『산문시대』제1호.

'평단소송'은 '정오평단正午評團' 명의로 제출되어 있다. 말하자면 한 개인의 견해가 아니라, 이들 동인들이 공통적으로 견지하고 있는 당대 평단에 대한 생각들을 집단적으로 표명하고 있는 셈이다. 이들의 비판을 뒤집어 보면 자기 세대 비평의 지향성이 드러난다는 것을 우리는 손쉽게 유추할 수 있다. 그렇다고는 하지만, 동인집단의 이름으로 비평이 발표됨으로써, 비평적 논점을 둘러싼 책임소재가 애매해진다는 점도 일단 지적될 필요가 있다. 실제로 '평단소송'에서 전개된 이들의 비판적 견해가 이후의 연구자들에게 '인상비평'으로 치부된 데에는 이런 집필 형식 역시 한 원인이 되었던 듯싶다.10)

'평단소송'이라는 제목으로 발표된 평문은 모두 세 편이다. ① 「위장된 전통론(백철)」, ② 「어떤 쁘띠·인테리의 비극(이어령)」, ③ 「인생과 무대는 어디로(조연현)」이 그것이다. 이 평문들을 꼼꼼하게 읽어보면, 『비평작업』에 수록되어 있는 임중빈의 「침몰해가는 한국적 주제」와 주섭일의 「작가의 현실참여와 휴머니즘」에서 펼쳐지는 논리와 상호작용하면서, 이들의 문제의식이 명료하게 발성하고 있음이 발견된다. 그렇다면 그것은 어떤 문제의식인가.

---

10) "『비평작업』에서 눈길을 끄는 것은 '평단소송'이란 난이다. 백철의 전통론, 이어령의 순수 지향적 특성, 조연현을 중심으로 한 기성 문단에 대한 맹비판이 이루어진다. 이 세편의 글은 익명으로 이루어졌는데 이 때문에 "이젠 펜을 꺾으시오" "그럴 자신쯤 없대서야 일찌거니 자진폐간을 서두르는 게 현명책일지 모른다" 등의 감정적인 필치가 가능했던 것으로 보인다. 혈기왕성한 학생비평가들의 첫출발은 이렇듯 거칠었다. 어떤 의미에서는 자신감과 함께 자신을 세우지 않으면 사라질 운명에 처할 수도 있다는 절박함이 이러한 인상비평을 낳았는지도 모를 일이다." 허윤회, 「1960년대 참여문학론의 도정」, 상허학회 편, 『회귀 잡지로 본 문학사』, 깊은샘, 2002, 103쪽.

1. 「위장된 전통론」의 경우 ― 문인들의 체제협력 비판

이 글은 백철이 중앙대 논문집에 발표한 「전통논을 위한 서설」(1961.12)을 논의의 중심으로 하면서, 전통에 대한 백철의 인식박약을 공박한 후 그의 비평을 "사대주의적 모방품이자 구호물자식 전통론"으로 규정하면서 그 비평의 딜레탕트적 속성을 비판하고 있다.

백철의 이 글은 시기적으로는 5 · 16쿠데타 직후에 쓰여진 것인데, 이것이 '정오평단'에 의해 집중적인 비판의 표적이 된 데에는 발 빠르게 시국에 대처하는 백철의 처신이 이들 젊은 세대를 자극한 것도 빌미가 되었던 것으로 볼 수 있다. 사실 전통에 대한 백철의 논의 자체는 느슨하게 규정하자면, 전통의 현대적 계승이 필요한데, 이를 위해서는 문화유산 전체에 대한 포괄적인 검토가 어려우니, 전통으로 규정할 수 있을 최소한의 범주와 작품을 섬세하게 검토하고, 이를 통해 전통의 내용을 가능한 대로 규정하자는 다분히 온건한 주장이었다.

이 정도의 온건한 주장 자체가 젊은 세대에게 격렬한 비판의 대상이 된다는 것은 사실 납득하기 힘든 부분이 있다. 물론 백철이 전통론을 전개하면서 두루 인용하고 있는 T. S 엘리어트 이후의 전통에 대한 이론들이 서구의 전통론을 박물학적으로 수집한 것에 불과한 지적 식민주의의 한 발현양상이라는 이들의 비판은 타당한 것이다. 그러나 바로 그러한 사실 때문에 "펜을 꺾으시오"라는 근본적인 부정으로 나아간 것은 아니다.

문제의 핵심은 다른 곳에 있었는데, 요컨대 백철의 전통론이 결국은 5 · 16 이후의 시국에 문화적으로 협력할 것을 공공연히 표명한 다음과 같은 발언들에 있었다.

가)

이제 우리 앞에 놓여진 시대적 현실에 눈을 돌릴 때에 신정부 이후 그 과감한 정책과 실천에 대하여 그 현실이 급격한 변성을 보이고 있는 사실에 대하여 우리 문학분야에서도 실은 큰 관심을 가지고 그 방면으로 접근해 가고 있는 것이 사실이다. 다만 뜻하는 것처럼 그 성과가 곧 눈 앞에 나타나지 못하고 있는 것은 내가 다른 데서도 언급한 바 있는 것과 같이 실제의 현실과 문학의 현실은 그것이 곧 바뀔 수 없는 질적인 상이한 거리가 중간에 가로놓여 있기 때문이다. 위정하는 편에서 보면 그 점이 불만일 수도 있어서 현실적인 디테일을 그대로 옮겨 직역하면 문학이 되지 않느냐는 성급한 질문을 하기도 하고 또 거기에 일리도 인정하여 우선 매스컴의 문학분야에선 일차 계몽성을 주조로 하여 전환을 하는 것도 필요하다고 말한 일이 있다. 하지만 본격적인 문학에서는 너무 안이한 직역적인 타협을 거부하고 더 유기적인 의미의 반영이 되도록 그 디테일에 대한 선택과 음미에서 깊이 현실을 이해하고 더 본질적으로 그것을 높이 비약시키는 시간과 노력이 필요해지는 것이다. 우선 커다란 방법론 같은 것이 제안되면 하는데, 그 방향으로 높이 모색의 날개를 펴야 할 것인가. 마침 일전에 어떤 주간지에서 르네쌍쓰에 대한 해설적인 기사를 청탁해 왔을 때에 나는 하나의 이미지를 얻었다. 오늘 현실과 우리 문학과제 그것과 연결되는 어떤 과거의 패턴이 이때 분명한 암시가 아니지만, 마들렌느 차 맛과 같이 은근하게 하나의 이미지를 이끌고 르네쌍스 시대로 돌아가게 한 것이다.[11]

나)

그러나 1945년의 민족해방의 새벽은 확실히 르네쌍스적인 운동을 우리에게 제시해 온 커다란 역사적 기회였다. 또 그 때 민족문화·민족문학을 메인 타이틀로 한 것을 볼 때에 당시의 문화 예술의 운동방향이 그쪽으로 의식되어 있는 것을 알 수 있다. 그러나 어찌해서 그러한 커다란 역사적 기회와 모처럼의 문화운동의 의식이 실

---

11) 백철, 「전통론을 위한 서설」, 『중앙대 논문집』 제6집, 1961, 1~2쪽.

지의 르네쌍스적인 기운을 이루지 못하고 좌절되어 버렸는가 하는 반문인데 거기에는 해방 뒤의 정치혼란의 현실이 그 일을 어렵게 만든 이유도 크지만 동시에 이 때만해도 역시 우리 문화운동을 위한 주체의식이 약했다는 것을 반증한다. 가깝게는 4·19의 사건이 일어난 뒤에 그 사건의 주체적인 의미가 강조된 것도 있어서 다시 하나의 르네쌍스적인 기운을 발휘할만한 기회였으나 역시 뒤이어 온 정치적인 타락과 혼란에 의하여 문학예술의 사람들에게 그 의욕을 북돋우게 하지 못한채 지나 오다가 다시 이번 5·16의 정변과 더불어 이제 우리 문학은 일전한 신정세 속에서 문화예술운동의 과제와 직면하게 된 것이다.

　처음에 직언한 바와 같이 오늘의 문화예술을 하는데 있어서 직접 그 정치현실과의 반영을 목표하는 대신에 그 현실방면의 주체성의 의미와 그 정신을 문화운동의 뜻을 개역하여 우리 고전과 전통에 대한 부활·계승·발전의 방향을 취해 보는 것이다. 그것을 가령 르네쌍스운동 운운의 언사로 과장하지 않더라도 하여튼 이 기회에 한번 우리 과거 문학운동사의 과정들을 일차 총비판하면서 이번 기회야말로 우리가 자기의 주체성을 찾아서 새출발을 하기 위한 확실한 자세를 찾아 앉아야 한다고 생각한다.[12]

　백철의 「전통론을 위한 서설」에서의 주장을 요약하면 다음과 같다. 서구에서는 르네쌍스를 거치면서 고전론이 부흥하였고, 그것이 전통론으로 이어지면서 문화의 발전이 있었다. 그런데 한국의 상황은 어떠한가. 고전에 대한 관심박약은 물론이고 전통에 대한 관심조차도 취약한 상황에 있다. 그런데 5·16쿠데타 이후 신정부가 수립되었다. 위의 인용문에서도 노골적으로 드러나듯이, 백철은 5·16쿠데타를 한국적 르네쌍스의 출발점이라고 인식하는 시각을 보여주었을 분만 아니라, 이 사태가 한국의 고전을 재발견하면서, 전통에 대한 체계적인 인식을 심

---

12) 백철, 위의 글, 43쪽.

화시켜 민족문화의 주체성을 추구할 수 있는 계기가 될 것이라는 견해를 노출했다. 백철의 이러한 주장은 그가 이 논문에서 제출하고 있는 다채로운 이론적 주장에도 불구하고 심각한 문제점을 안고 있었다. 그것은 문학이 현실정치의 격변을 추수하고 그러한 정세에 타협하는 것과 민족적 고전을 발굴하고 전통을 창안하는 일을 기계적으로 연결시키고 있기 때문이다. 이와 함께, 군사정변을 재빨리 합리화하는 논설을 기민하게 학계에 제출함으로써 오늘의 시점에서 보자면 어용지식인의 추한 면모를 뚜렷하게 보여준 셈이 된 것이다.

그런데 사실상 이러한 체제협력에의 자세를 보여준 것은 백철만이 아니었고,13) 실제로는 구세대 문인집단 대부분이 보여주었던 태도였다. 그런데 5 · 16 직후의 문단상황이 어떠했는가 하면, 실제로는 쿠데타세력의 주도 하에 문화의 자율적 질서가 파괴되고 정치논리에 의해 문단이 재편되는 상황에 이르게 되었다. 이른바 문협정통파를 중심으로 한 한국문학가 협회와 백철과 모윤숙, 김광섭 등의 구세대 문인들이 집결했던 자유문학가협회가 단일조직인 한국문인협회로 통합된 것이 1961년 12월 30일이다. 그런데 이러한 문단조직의 재편은 구데타로 정권을 잡은 군사정부가 1961년 6월 17일에 공표했던 포고령 제6호에 기

---

13) 가령 조연현의 다음과 같은 5 · 16에 대한 평가를 살펴보면, 이른바 구세대 문인들의 체제협력이 일반화의 궤도를 밟고 있었다는 사실을 보여준다.
   "5월 16일 새벽, 박정희 장군의 지도로 한강을 넘어온 일군의 군대는 무능과 혼란 속에서 어디로 가고 잇는지도 알 수 없는 위험한 우리의 조국과 현실 앞에 하나의 질서와 방향을 던져 주는 신호가 되었다. 혁명의 성공으로 조국의 새로운 건설은 촉진하게 되었고, 혼란은 질서를, 분열은 통일을 가져왔다. 이것이 비록 군에 의한 타율적 요소가 더 많이 개입된 결과라 할지라도 그렇게 될 수밖에는 다른 도리가 없을 정도로 4 · 19 이후 과정민주당집권 등을 겪는 동안의 이 나라의 모든 형편은 모든 분야가 위험한 혼란 속에 있었던 것이다. 혁명의 공과에 의한 이러한 새로운 현실적 조건은 다른 모든 분야에 있어서도 그러했던 것처럼 문단에도 새로운 질서를 가져오게 했다. 그 새로운 질서란 문화계의 모든 파벌과 영웅주의를 해소시키는 각 분야별 단일단체의 구성이었다." 조연현, 「내가 살아온 한국문단」, 『조연현문학전집』 제1권, 342~343쪽.

반하고 있었다.14) 이에 근거하여 종래의 사회, 문화, 예술 단체는 해산되고 국가 주도의 단일조직으로 인위적인 재편의 시기를 맞게 되는데, 바로 이 시기에 백철은 군사정부의 문화시책에 적극적으로 동조하는 데서 그치지 않고, 오히려 그것을 한국의 르네쌍스의 시발점으로까지 확대해석하면서 체제협력을 노골화했던 것이다.

이러한 백철의 비평적 자세가 4·19혁명의 역사적 기억을 잊을 수 없는 이들 신세대 비평가들에게 강력한 반발을 초래했음은 그런 점에서 자연스러운 일이었다. 게다가 이들 '정오평단' 동인들은 앞에서 밝힌 것처럼 동세대의 다른 문인들보다도 비평의 사회성에 대한 자각이 높은 수준에 있는 집단이었기 때문에, 이에 대한 비판의 강도 또한 강력할 수밖에 없었다.

> "그 현실이 급격한 변성을 보이고 있는 사실에 대하여 우리 문학 분야에서도 실은 큰 관심을 자지고 그 방면으로 접근해가고 있는 것"의 사실여부에 대한 문제를 검코해 볼 때 비평가의 안가(安價)한 현실 옹호 태도를 슬퍼하지 않을 수 없으며 5·16 이후 어디까지나 그러한 사실은 아니라는 역현상을 들고 그 오단을 지적해 두며 굳이 이러한 이유를 언급할 필요성조차 느끼지 않는다. 누구나 시대적 현실이 있다. 작가와 시대적 책임 같은 문제에 대해서 백철비평도 어느 누구 못지 않게 앵무새 역할을 해왔다는 사실에 우리는 경의를 표한다.
> (……)이상은 5·16 군사혁명이라는 급전된 현실에 비추어 르네상스적인 문화예술운동을 발벗고 나서야 한다는 그의 이론 그대로를 옮겨 놓은데 불과하다. 요컨대 "우리 문학예술의 사람들"은 "고전문학전통의 합리적인 계승의 일"을 못했으며 고의적으로 "전통계승의 크고 작은 기회를 사보타쥐"해온 책임을 깨닫고 이제는 혁

---

14) 홍기돈, 「김동리와 문학권력」, 문학과비평연구회, 『한국문학권력의 계보』, 한국출판마케팅연구소, 2004, 147쪽.

명대열에 참가하여 문화예술운동을 전개해야 한다는 것이다.

(……) 이러한 문학인의 현실파악은 무엇을 뜻하는가? 이 보다는 작가가 현실에 대하여 부단한 집념으로써 대결하여 그의 문제해결의 길을 찾는 것이 적어도 문학예술인의 올바른 창조가 아닐까. "문학예술에 있어서도 실은 큰 관심을 가지고 그 방면으로 접근"해야 한다면, 이는 백철식 고전발굴의 한 착상이겠지만 한편 이러한 수단만으로는 한국문학의 종말론적 결론이 될 위험성을 내포한다.15)

위의 인용문에서 알 수 있듯, '정오평단'은 쿠데타 세력에 문화적으로 협력하는 구세대 문인들에 대한 비판을 백철의 체제협력을 표방한 평문을 통해, 우회적으로 비판하고 있는 셈이다. 우회적 비판이라고 했지만 기실 그것은 당대의 문인사회 전체의 이완된 작가의식에 대한 통렬한 비판의식을 담고 있다. "혁명대열에 참가하여 문화예술운동을 전개해야 한다"는 백철 류의 주장은 결국 "한국문학의 종말론적 상황"을 야기할 뿐이라는 것이 이들의 냉혹한 진단이다. 이러한 진단과 함께, 이들 『비평작업』 동인들은 문학과 현실의 정치적으로 올바른 관계에 대한 자신들의 시각도 밝히고 있다. 즉 문학인의 올바른 현실파악이란 "작가가 현실에 대하여 부단한 집념으로써 대결하여 그의 문제해결의 길을 찾는 것"에 있다는 것이다. 이 현실 대결적 또는 비판적 문학의식이야말로 이들이 『비평작업』에서 강력한 발성음으로 제기한 참여문학론의 핵심이었다. 그럴 때 이들의 문학적 참여는 5·16쿠데타라는 정치적 반동, 그 반동을 뇌동적으로 추수하는 기성문단의 체제 협력적 태도 모두를 문제삼는 비판적 인식의 소산이라는 점에서, 이른바 4·19세대의 현실참여적 문학태도의 원형을 이루는 것으로 판단된다.

---

15) 「위장된 전통론」, 『비평작업』, 8~9쪽.

2. 「어떤 쁘띠 인테리의 비극」의 경우 — 순수문학이라는 테르미도르

1960년대 신세대 비평가들에게 최초의 비평적 매혹을 선사한 것은 이어령이었다. 그들은 이어령의 비평을 통해 저항문학 또는 문학의 현실참여에 대한 강렬한 상상력을 충전할 수 있었지만, 기묘하게도 이어령 그 자신이 참여문학을 부정하게 되면서 이어령은 강력한 부정의 대상이 된다.[16] 이 평문의 도입부에서 '정오평단'은 이어령에게 "지금 당신은 손에 잡히지 않는 허공을 부여안고 공허하게 외치고 있습니다. 테르미돌(반동—인용자)의 충실한 파수병이 되어 당신은 관중 없는 무대에서 인형처럼 코미디를 외치고 있"[17]다며 일침을 가한다.

'저항의 기수'였던 이어령이 '테르미돌의 충실한 파수병'으로 전락한 까닭은 무엇일까. 거기에는 이어령의 비평적 입장의 선회라는 문제가 놓여 있다. 이어령은 최근에 출간된 자신의 문학전집의 서문에서 "나는 문학의 주류가 되기를 거부하고 늘 우상의 파괴를 지향해 온 문학 편에 서고자 했다"고 말한다.[18] 문제는 이 비주류 정신의 성격일 것인데, 이어령은 이를 주조이념의 편향에 대한 반동의 성격으로 이해하고 있는 것처럼 느껴진다. 이어지는 문장에서 그가 "순수문학이 문단을 지배할 때 나는 반순수문학 이른바 참여문학을 주창했고, 거꾸로 민중이나 참

---

16) 염무웅의 다음과 같은 진술을 참고해 보는 것도 좋을 것이다: "선대 비평가 중에서 제일 영향을 받았달까 매력을 느낀 사람은 역시 이어령 씨죠. 그건 부인할 수 없습니다. 그런데 1950년대 말경의 이어령 씨는 저항문학의 기수였어요. 「왜 저항하는가」, 「작가의 책임」 등 싸르트르의 앙가주망 이론에 근거해서 작가의 사회적 책임을 강조하고 저항적인 뉘앙스를 풍기는 글을 썼었죠. 이어령 씨의 첫 평론집 제목이 『저항의 문학』 아니어요? 거기에 매력을 느꼈고요. 하지만 지금 볼 때에는 역겨워요. 왜래어와 외국어도 너무 많고, 또 이어령 세대만 해도 일본어의 영향을 많이 받았기 때문에 일본 문체 냄새가 많이 나지요. 그러나 당시 읽을 때는 아주 매력적인 문장이었죠." 김윤태 · 염무웅 대담, 「1960년대와 한국문학」, 『증언으로서의 문학사』, 깊은샘, 2003, 407쪽.
17) 「어떤 쁘띠 인테리의 비극」, 『비평작업』, 14쪽.
18) 이어령, 「외로움 속에 계속되는 문학적 저항」, 『저항의 문학』, 문학사상사, 2003, 5쪽.

여가 대세를 이룰 때 나는 그와 정반대되는 문학의 순수성을 위한 이론을 폈다."[19]는 주장에서 이를 알 수 있다. 이러한 이어령의 주장에서 우리가 알 수 있는 것은 그의 입장선회가 자신의 비평을 전개해가는 과정 속에서 제기되는 변화의 내적 필연성에 의거한 것이 아니고, 실제로는 상황적 변화에 대한 반동의 형식으로 제기되는 것처럼 느껴진다는 것이다. 이것은 비평적 입장의 변모로 보기는 힘들고, 엄밀하게 말하자면 문단적 상황의 변화에 대한 반동형성으로 규정할 수 있는 태도이다.

그런데 이러한 문단적 상황 변화에 따른 반동이라는 것에도 문제는 있었다. 우선적으로 이어령이 파악하고 있는 당대의 문단의 변화라는 것이 그의 생각만큼 보편적인 동의를 얻을 수 있는 주류적 경향성을 확고히 보여주고 있었는지 의문이다. 물론 그가 순수문학에 항의하면서 참여문학론을 강렬하게 제창했던 1950년대의 문단은 이어령의 비평적 입장에 동의하게 만든다. 문제는 그의 두 번째 선언, 요컨대 참여문학론으로부터 급격하게 순수문학론으로 이행하게 되는 시기의 문단상황이 그의 주장처럼 참여문학 일색이었는가 하는 점이다. 사정은 이와 정반대의 상황이었다고 볼 수 있다. 물론 4·19혁명 직후 일시적으로 문학적 참여에 대한 관심이 고양된 것은 사실이고, 또 일군의 보수적인 문단 조직 가령 '자유문협'이 해체되는 식의 외양적 변화가 있었던 것은 사실이지만, 『현대문학』 중심의 한국 보수주의 문학은 건재했던 것이다.

그런데 이 부분에서 흥미로운 것은 4·19 직후의 이어령의 태도변화이다. 그는 혁명 이후의 한국사회에서 오히려 민중들의 정치적 개입, 문인사회의 정치적 변화에 우려를 표명하는 글을 한 신문지상에 발표하면서, 저항문학의 종언을 강력하게 암시한다.

---

19) 이어령, 위의 글, 같은 쪽.

슬픈 카스토르여ーー그대는 또한 정치적인 혁명을 믿어서는 안
된다. 그것은 마치 빙산을 향해 터지는 '다이너마이트'에 지나지 않
기 때문이다. 카스토르여ーー그대는 4월의 보도, 그 봄의 보도 위
에서 총성과 연막탄 속에서 죽어간 젊은 영혼을 생각하고 울 것이
다. 그러나 슬픈 카스토르여, 그들의 죽음은 또 다른 손에 의해 매
장되고 헐리고 이용되고 하는 그 운명을 울어야 한다. 빙산은 다이
너마이트에 의해 빼개졌지만 다시 그 모진 한파는, 또 다른 그리고
보다 견고한 빙산을 만든다는 것을 잊어서는 안 된다. 카스토르여
ーー가난한 나라의 카스토르여ーー그 일시적인 파괴적인 비약(?)
을 믿어서는 안 된다. 빙산을 녹이기 위해서는 전체적인, 그리고 눈
에 띄지 않는 훈기의 바람을 불어야 한다.
　　카스토르여ーー이 계절의 이행이 그 해빙기가 결코 정치나 직접
적인 파괴로 이루어지지 않는다는 것을 믿어야 한다.
　　그것이 지루하고 아무리 더딘 것이라 할지라도 계절의 변화를
기다릴 수밖에 없다. 그리고 그 계절의 변화는 행복한 카스토르여,
그대의 호흡, 그대의 상흔, 말하자면 그대의 금(金)의 언어에 의해
서 서서히 형성되고 있다.[20]

　　이 글에서 이어령은 동시대 문인들을 카스토르로 호명하면서, 정치
적 비약을 믿지 말고 언어의 탐구에 집중하라는 선언을 하고 있다. 일반
론의 차원에서 받아들일 경우, 정치질서와 상대적으로 거리를 유지한
채 전개되는 문학의 자율성에 대한 옹호는 그런 대로 이해할 만하다. 그
러나 당대 문단의 상황 속에서 이어령의 선언이 『비평작업』 동인과 같
은 후배세대들에게는 참여문학론을 포기하라는 선언처럼 들렸다. 실제
로 이어령은 이 선언을 끝으로 참여문학론으로부터 급속히 이탈해 나
갔다. 이런 이어령의 비평적 입장선회를 신세대들은 이해하기 힘들었
다. 그들은 4·19혁명을 겪으면서 한국사회의 근본적인 모순을 발견해

20) 이어령, 「현실과 문학인의 위치ー오늘의 작가에게 말한다」, 『동아일보』 1961.2.14; 「저항
　　문학의 종언ー4·19 이후 문인들에게 주는 글」, 『저항의 문학』, 문학사상사, 2003, 441쪽.

냈고, 한국문단의 체제영합적 보수성을 확인했다. 이승만 정권에 아부했던 지식인과 문인들의 기회주의적 정치욕을 규탄할 근거를 찾았고, 그것은 한국문학은 물론 현실에 대한 전향적 인식을 이들에게 심어주었다.

> L형, 나라가 독립되었지만 우리의 현실은 어떠합니까? 역시 우리의 지배자는 이조시대의 양반계급이며 왜정시대의 팔자 늘어진 후손들, 그들이 갖고 있는 것은 봉건의식 뿐이며 외세에 맹종하고 아부하는 습성뿐인 것입니다. 그들은 거의가 민의원이네 장관이네 하며 완전한 새로운 계급을 형성하여 위장된 민주주의, 위장된 자유주의를 표방하고 대중을 착취하고 있었던 것입니다. 그러나 이미 표면적으로 외세에 완전히 의탁할 수 없었던 그들 이름 없는 양반계급들은 이승만이란 새로운 우상을 떠받들어 지배욕을 만끽하였으며 모든 것은 실천성 없는 반공(反共)이란 구실하에 무시당하고 또 이용되어버렸던 것입니다. 이런 상태하에서 민족의 신화가 어떻게 창조될 수 있겠습니까?[21]

위의 간략한 인용문에서도 이들의 문제의식은 잘 드러난다. 식민주의 세력과 결탁한 지배계급에 대한 비판과 아울러, 지식인들의 이승만 정권에의 야합을 강력하게 규탄하고 있다. 또한 외세의존 세력에 대한 비판은 그것의 극복이념으로서의 저항적 민족주의를 활성화시킬 것이다. 동시에 이들의 비판은 양반 계급 또는 유한 호족 중심의 현실질서를 비판하면서 평민 중심의 관점을 견지하고 있음을 우리에게 보여주는데, 이것은 4·19혁명을 이들이 일종의 민주주의의 계급적 주체로서의 평민계급의 성숙 또는 근대적 시민계급의 형성과 관련하여 사유하고 있었음을 환기시킨다.[22] 이러한 사실과 함께 흥미로운 것은 그들이 당

---

21) 「어떤 쁘띠 인테리의 비극」, 『비평작업』, 17쪽.
22) 실제로 이들은 근대적 시민혁명의 결핍을 한국적 근대성의 한계로 파악하고 있었다: "일

시로서는 비판 자체가 봉쇄되어 있었다고 해도 과언이 아닐 반공이데 올로기를 상대화하면서, 우회적으로 이를 비판하고 있다는 점이다.

이런 측면에서 보자면, 이들이 제기하고 있는 참여문학론은 이후에 미학적으로는 리얼리즘론, 주조이념의 측면에서는 저항적 민족문학론으로 전개되는 일단의 관점을 맹아적 형태로나마 견지하고 있었다는 것을 알 수 있다. 물론 이들『비평작업』동인들이 이러한 시각을 체계적으로 개진한 것은 아니었고, 이조차도 싸르트르의 참여문학론을 전유하는 방식을 통해 제출한 것이 사실이지만, 문학의 현실참여의 근거를 한국사의 연속성 속에서 파악하는 동시에 문학의 정치적 성격을 적극적으로 개진했다는 점은 높이 평가할 만한 부분이다. 이런 관점에 서 있었던『비평작업』이었기에, 4·19혁명 이후에 이어령의 순수문학으로의 돌연한 비평적 입장선회가 테르미돌, 즉 문학적 반동으로 보였던 것이다.

3. 「인생과 무대는 어디로」의 경우 — 상황 없는『현대문학』비판

이 평문에서 비평작업이 문제 삼고 있는 것은 조연현과 그가 주간으로 재직하고 있던『현대문학』의 상황 없는 순수문학의 허구성이다. 주지하듯 현대문학은 1955년 창간 이후 당시의 문단에서 가장 강력한 영향력을 갖고 있는 매체였으며, 특히 이 잡지의 주간인 조연현은 김동리와 함께 순수문학을 기조로 한 문단의 좌장 격에 속한 인물이었다.

『현대문학』은 창간 당시부터 '순수문학'의 표어를 노골적으로 강조

찌기 서구처럼 우리는 쌍 귀로뜨(San-culotte) 하나 못 가져 시민계급을 형성할 수 없었던 것이며 따라서 시민혁명이란 존재할 수도 없었던 가운데 민족의지에 의함이 아니라 외국산 해방을 맞았고 처음으로 민주주의란 외국산양복으로 이 나라를 단정하게 되었던 것입니다." 위의 글, 같은 쪽.

하면서, 문단의 보수화된 위계질서를 제도적으로 구조화하는 역할을 했다. 물론『현대문학』이 창간되고 발행되던 이 시기에도『문학예술』이나『자유문학』등의 순문예지가 없었던 것은 아니고, 종합지이긴 하지만『사상계』가 강력한 영향력을 발휘한 것은 사실이나, 당대문단의 위계적 질서의 꼭지점에 조연현과『현대문학』이 있었음은 부정할 수 없는 사실이다.

『현대문학』이 당대문단에서 끼칠 수 있었던 영향력의 근거는 우선적으로 발표지면의 문제와 함께 추천제를 통한 신인 등단제도, 그리고 '현대문학 신인상'으로 상징되는 문학적 권위를 보증할 수 있는 시스템을 유기적으로 작동시키는 것과 함께, 5·16쿠데타 이후 일원화된 문인조직인 한국문인협회의 준 기관지적 성격을 띠었다는 점에서 왔다. 요컨대 문학매체와 문인조직의 유기적인 결합과 그것의 위계적 구조화가『현대문학』을 통해 작동했다는 것이 중요한데, 그런 점에서『현대문학』의 주간인 조연현의 비평은 당대 문단의 주류적 이념을 상징하는 것으로『비평작업』동인에게는 간주되었다.

그러나 과연 조연현의 비평의 본질이 무엇인가 하고 묻는다면, 그 대답은 다소 막연함을 면치 못하는 것이 사실이다. 그것이 제 아무리 화려한 수사적 표현과 양적 방대함을 통해 표출되었다고 할지라도, 그 본질적인 요소를 추출하면 결국 인상주의의 또 다른 표현인 생리주의로 귀결되거니와,23)『비평작업』동인은 이를 '인생과 비평' '위장된 예술주

---

23) 김명인은 조연현의 생리주의 비평을 '비합리주의적 세계관'으로 규정한다: "우리 비평사에서 조연현의 비평의식과 여타 비평의식을 변별하는 가장 명확한 대립항은 합리주의 대 비합리주의이다. 조연현만큼 정열적으로 합리주의적 세계관을 비판·공격하고 비합리주의적 세계관을 옹호한 비평가는 없었다고 보아야 한다. 심지어는 그와 오래도록 동지적 관계에 있었던 김동리조차도 자신의 입장을 휴머니즘·민족주의 등 근대 합리주의적 개념틀 속에서 해명하고자 노력했다는 점에서 그의 일관된 비합리주의는 이례적인 것이다." 김명인,『조연현, 비극적 세계관과 파시즘 사이』, 소명출판, 2004, 13쪽.

의' 등의 표현을 통해 거세게 공박하고 있다. "밖의 상황 또는 내가 발딛고 있는 상황을 깨끗이 망각하거나 체념해도 그만이며 내심의 인생과 태도만 견지하면 그만인"[24] 조연현 비평과 그가 주간으로 재직하고 있는 『현대문학』의 폐해가 극심하다는 것이 이들의 진단이다. 특히 이들은 『현대문학』을 통해 확대 재생산되는 문학적 보수주의에 심각한 회의의 시선을 던지고 있다.

> 얼마쯤의 반공과 민족주의와 인간옹호를 취지로 내세우는 이상의 역할을 못하는 불행을 국내 신문·잡지계는 겪어야 한다는 것을 우리는 잘 알고 있다. 사상의 구체적 노선을 가지지 못하는 실정에서 더군다나 문예지의 경우, 올바른 비평활동의 부진 탓도 있지만 문학적인 뚜렷한 선언이나 이념에 입각하는 일 없이 출발하기 때문에 그 무이론과 무사상적 관점이 빚는 과오는 가관이다. 이러한 책임을 유독 조연현씨의 문예지에만 추궁할 일이 아닌줄 알지만, 문제는 무지와 몰각 속에서 의젓한 권위가 되어질 때 분기하는 목불인견의 현상인 것이다. 일체의 문제의식을 망각하고 있는 『현대문학』지의 편집태도만 하여도 주견과 편견의 극치인 느낌이 없지 않다. 우리는 새삼스레 문학지의 사명을 강조하려 않는다. 요는 인생파적 상아탑적인 범주에서 파벌의식과 세대의식 같은 것을 일소하고 좀더 초월적인 입장에 설 수 있겠느냐? 묻고 싶다.[25]

위의 인용문 가운데 "얼마쯤의 반공과 민족주의와 인간옹호"라는 표현이 인상적이다. 이들 『비평작업』 동인들은 이러한 사항을 강조하는 당대의 문화사적 검열체제를 의식하고 있었다고 봄이 옳다. 그러나 이들에게 그것이 정당한 문예지의 이념으로 보이지는 않았다. 조연현과 『현대문학』을 비판하면서, 이들이 지속적으로 현실상황에 대한 무감

---

24) 「인생파 무대는 어디로」, 『비평작업』, 24쪽.
25) 위의 글, 24~25쪽.

각을 강조하고 있는 것에서 이를 확인할 수 있다. 특히 당대로서는 열린 논의가 불가능했을 반공의 문제를 이들은 꾸준히 환기시키면서, 다른 이념과 현실에 대한 분석적 시선의 가능성을 지속적으로 환기하고 있음은 예사롭지 않게 느껴지는 부분이다.

가령 『비평작업』의 「편집후기」 직전에 있는 「문단직언」이라는 난에서 이들은 당시에 일본에서 발간되어 화제를 모았던 마즈모토 세이쬬(松本淸張)의 『북의 시인』[26]을 거론하고 있는데, 그 논조가 심상치 않다. 요컨대 "우리는 『북의 시인』이란 소설에 나오는 임화란 사람은 퍽 낯선 이방인처럼 느껴"지는데, 그것은 "우리 세대가 받아온 교육의 덕분"이라고 이들이 주장하고 있는 것이다.[27] 반공교육에 따른 문학사의 단절을 노골적으로 비판하고 있는 형국이다.

이러한 사실과 함께 『비평작업』 동인들은 『현대문학』의 문단사적 권위에도 이의를 제기하고 있다. 이 시점에 이르면 사실상 한국의 문단은 『현대문학』 중심의 권위가 의심의 여지 없이 확고한 것이 된다. 그것이 가능했던 것은 당대 문단의 열악한 매체환경에 기인한 바 크지만, 이와는 별도로 『현대문학』이 창간시점부터 추진했던 '신인추천제'가 신진문인들의 문학적 감수성과 이념을 통어하는 지배적인 제도관리 시스템으로 확고히 자리잡고 있었다는 점도 고려되어야 한다. 『현대문학』은 창간시점부터 시에 서정주 · 박두진 · 유치환, 소설에 박종화 · 염상섭 · 계용묵 · 황순원 · 김동리, 평론에 백철 · 곽종원 · 조연현, 희곡에

---

26) 일본의 추리작가인 마쯔모토 세이쬬에 의해 쓰여진 임화를 모델로 한 소설이다. 소설은 해방직후인 1945년 10월의 시점에 시작되어 1953년 북에서 사형선고를 받게 되는 시점까지의 임화의 사상활동과 상황의 변화에 따른 내면풍경을 그리고 있다. 장르 자체가 소설인 만큼 임화의 행적을 둘러싼 논란의 진위여부를 파악하는 것은 어렵겠으나, 당시의 한국문단에도 이 저작은 상당히 문제적으로 읽혔던 것 같다. 이 책은 1987년 6월 항쟁 직후에 김병걸이 번역하여 『북의 시인 임화』, 미래사, 1987로 한국에서 출간된 바 있다.
27) 「한국문학은 무엇을 하고 있는가」, 『비평작업』, 134쪽.

유치진 · 오영진 등의 중견문인들을 고정 추천위원으로 배치하고, 신진 문인의 등단심사를 제도화했다.

『비평작업』동인들에게는 이처럼 문단에서 확고하게 지위를 점하고 있는 기성에 의한 신인선발 제도가 궁극적으로는『현대문학』이 지향하고 있는 문화적 보수주의를 재생산하는 기제일 뿐만 아니라, 문단의 파벌의식을 영구화하는 일종의 문학권력이라는 비판의식을 견지하고 있었다. 이들을 포함하여 이른바 1960년대 신세대 문인들이 이전 세대의 문인들처럼, 문예지를 통해 등단하는 방법을 긍정하지 않고, 동인지 활동이나 신춘문예라는 제도를 통해 등단하는 것을 선호했던 것은 이러한 세대의식과 파벌의식으로부터 독립적인 비평의 태도를 견지하고자 했기 때문이다.

게다가 4 · 19혁명을 체험한 이들 세대에게 문단의 구세대들이 보여준 기성정치에의 야합적 태도는 너무나 선명한 것이었고, 때문에 결코 긍정할 수 있는 것은 아니었다. 기성의 문학장과 그 메커니즘이 혁신과 변화의 가능성이 전혀 보이지 않는 구체제로 느껴졌을 때, 이들은『비평작 업』과 같은 동인지를 통한 새로운 문학적 실천의 출구를 기획하는 것이 자신들의 문학적 신념을 상처 받지 않고 견지할 수 있는 유일한 가능성으로 느꼈던 것 같다. 물론 이후의 문학사는 이들의 기획이 옳았음을 증명해준다.

IV. 몰주체적 순수문학 비판 및 참여문학론의 제창

『비평작업』동인이 파악한 당대 문단은 주체성 없는 순수문학의 영토였다. 당대문학의 몰주체성이야말로 이들이 타기하고자 했던 우상의 언어였고, 그들은 자신의 비평을 가능한 한 현실의 중심에 육박하는 것을 통하여, 주체적 언어를 열어갈 수 있다고 생각했다. 그 주체적 언어의 한 가능성을 보여주는 것으로 이들이 파악한 것은 전후 프랑스 문단에서 융성했던 실존주의와 휴머니즘이었다. 그것을 이들은 '참가문학', 오늘의 용어로는 '참여문학'으로 명명했다. 이들은 작가의 현실참여야말로 1960년대의 한국문학의 새로운 문학적 이념형이어야 한다고 생각했다.

요컨대 현실태(real type)인 순수문학을 혹독하게 비판하고 지양함으로써, 이들은 이상태로(ideal type)서의 참여문학에 다가갈 수 있다고 믿었다. 따라서 이들이 『비평작업』을 통해서 현실태로서의 순수문학의 몰주체성을 공박하는 작업을 벌이는 한편, 그들이 이상태로 여기는 참여문학론의 이론적 근거를 찾고자 했다. 그것이 전후 싸르트르의 문학적 실천이었다는 점은 특기할 만하다.

순수문학을 타자화함으로써, 이를 통해 참여문학론의 주체성을 촉구하는 이들 젊은 비평가들의 담론제기 방식은 타자와의 경계구획을 통한 비평의 주체형성 기제를 잘 보여준다. 임중빈의 「침몰해 가는 문학적 주체」가 순수문학의 타자화에 그 시선이 닿아 있다면, 주섭일의 「작가의 현실참여와 휴머니즘」은 프랑스 실존주의의 이론적 참조를 통한 주체화의 기제를 잘 보여주는 평문이며, 『비평작업』의 핵심적인 문제의식이 내포된 작업이라는 점에서 주의 깊은 검토가 필요하다.

먼저 임중빈의 논의로 우리의 시선을 드리워 보자. 앞에서 살펴보았듯 '평단소송'을 통해서 『비평작업』 동인들은 동시대의 비평적 우상이라 할 수 있을 백철, 이어령, 조연현 등이 보여주고 있는 비평적 논리의 허약성과 반동적인 순수문학으로의 퇴행, 또 체제협력적인 문인들의 기회주의적 생존방식을 비판했다. 그러나 이들의 비판이 거기에서 한정된 것은 아니었고, 이제는 전후작가 전반에 대한 비판으로 나아간다.

이 평문에서 임중빈이 비판의 대상으로 설정한 작가는 김동리·황순원·선우휘·장용학 등으로, 앞의 두 사람은 순수문학의 전설시대를 살고 있고(순수파), 뒤의 두 작가는 전설 이후의 전후문학의 우상으로 굴림하고 있는데(전후파), 이들은 공히 주체성이 결여된 문단의 권위 안에 안주하고 있다는 것으로 귀결되고 있다. 이들에 대한 임중빈의 비판 가운데 핵심적인 부분만을 언급하면 다음과 같다.

1)
김동리: "동리의 순수문학은 현실무화의 고차원적 결정체 곧 인간을 운명이나 신(자연)에 귀착시키는 의식적인 노력의 소산이며 그런만치 비현실·비인간의 영토로 남는다."[28]

2)
황순원: "소설을 빌린 리리시즘의 테마, 산문정신이 결여된 휴식의 지평선 그리고 아르카디아적인 맹목상태의 긍정적 세계관. 미래도 인간확신도 말해 주지 않는 순수의 테마. 이것들은 탈피되어야 할 순원의 순수성이 아니고 무엇일까."[29]

3)
선우휘: "그러나 그가 그려준 세계는 행동의 허세에 불과하다. 행동이 있는 게 아니라, 고작 무풍지대를 벗어나려는 안간힘이 충만될 뿐이다. 주인공의 북도(北道)적 기질이 곧 행동철학일 수는 없다."[30]

4)
장용학: "용학이 그토록 작품 속에서 인간학 강사 노릇을 착실히 하고 있음에도 불구하고 그의 작품세계엔 정작 인간이 없다는 이

28) 임중빈, 「침몰해가는 한국적 주제」, 『비평작업』, 34쪽.
29) 임중빈, 위의 글, 38쪽.
30) 위의 글, 42쪽.

비극——이것이 실로 긴요한 문제란 말이다. 작품은 언제나 사상
의 정서화 없이는 '사상의 리얼'이 불가능하며 어떤 주어진 상황 속
에서의 집요한 인간발견 없이는 이미 그 자격을 상실하고 만다."[31]

1)과 2)의 비판은 순수문학을 개관하는 임중빈의 비평적 의식을 잘
보여준다. 임중빈의 관점에서 볼 때, 김동리와 황순원으로 상징되는 순
수파들은 당면한 현실적 문제를 회피하고 신화의 세계로 퇴각하거나
산문정신이 결핍된 우수의 리리시즘을 보여줄 뿐이다. 그렇다고 해서
3)과 4)의 전후파 작가들이 이들의 한계를 극복한 것은 아니다. 물론 선
우휘의 소설에는 어떤 행동주의적 요소가 있는 것이 사실이다. 그러나
그 행동을 뒷받침할 사상이 결핍되어 있다는 것이 임중빈의 비판이다.
행동은 있으되 그 행동을 뒷받침할 정치적 이념이나 이데올로기가 결
핍되어 있다는 것이다. 장용학이라고 해서 비판에서 예외가 될 수 없다.
장용학의 소설은 흔히 관념소설로 평가된다. 그런데 임중빈의 관점에
서는 그것이 관념과 행동의 왜곡된 분열에서 나타나는 졸렬함에 불과
하다는 것이다. 그 졸렬함을 위장하고 있는 것이 소설적 기교라는 것이
다. 그런데 이것은 장용학 개인의 한계라기보다는 전후문학 일반이 갖
고 있는 보편적 문제점이라고 임중빈은 주장한다.
    요컨대 임중빈은 순수파는 물론이고 전후파를 포함한 당대의 문학
전체가 현실과의 긴장관계를 형성하지 못할 뿐만 아니라, 일탈해 있다
는 점에서 몰주체적 상황이라는 비판을 던지고 있는 것이다.

그렇거늘 작가는 현실에서 줄곧 외출중이거나 사회에 대하여
공포의 시녀 신세이거나 아니면 어떤 문제점을 추구하기 전에 벌
써 미화하려만 든다. 해서 한국작가야말로 거의 모두 팔자 좋은 예

---

31) 위의 글, 44쪽.

술광이라는 영예를 누릴 만하다. 그들에게는 정작 생활현실에 밀착된 작품세계 또는 다 같이 괴로워할 문제의식 대신에 서푼짜리 각본이 산적되어 있는 실태다. 그들에게는 도시 문제가 없다.

'전설의 시대'가 끝나기 앞서 새로운 '우상의 시대'가 전개되고 있을 뿐이다. 그런데 스스로의 현실 앞에 나서서 정면대결하기를 체념의 미로 캄프라쥐하던 군상들, 그리고 이제껏 제대로 문제에 뛰어들지 못한채 큰소리만 치다가 그럭저럭 맥빠져가고 있는 다른 군상들이 아직까지 우리 문학을 좌우하고 있는 현황은 무엇을 말해주는가.[32]

그러나 "생활현실과 밀착된 작품세계"의 구체적인 작동방식을 임중빈은 제기하지 못하고 있다. 그 대신에 그는 순수파의 문학에서 빈번하게 나타나는 운명론과 전후파의 문학에서 나타나는 이념 없는 행동주의와 관념적 폐쇄상황을 비판하고 있는 것이다. 임중빈은 한국문학이 한국적 주제를 갖지 못하고 있는 이 상황을 '정신의 빈민촌' '사상의 판자집'이라는 자학적인 은유를 통하여 통렬하게 비판하고 있다.[33] 이것은 임중빈 뿐만 아니고 『비평작업』동인들 모두가 거의 생리적으로 동의하고 있는 시각인데, 우리가 앞에서 살펴본 대로 조동일이 "우리 모두 날개쭉지라고는 없어"라고 시적으로 탄식하거나, 주섭일이 그들의 시대를 '문명의 등화관제 구역'[34]으로 표현하는 것 역시 같은 맥락에 서 있다.

이 한국적 현실과 문학에 절망한 1960년대 신세대들에게 하나의 빛으로 다가온 것이 전후 프랑스에서 전개된 실존주의 문학론이었고, 특히 그 가운데서도 이들은 싸르트르의 참가(여)문학론을 새로운 문학적 실천의 준거로 삼았다. 『비평작업』에 게재된 주섭일의 「작가의 현실참

---

32) 위의 글, 27쪽.
33) 위의 글, 52쪽.
34) 주섭일, 「작가의 현실참여와 휴머니즘」, 『비평작업』, 60쪽.

여와 휴머니즘」이 그것을 단적으로 보여주거니와, 이 평문의 도입부에서 주섭일은 이러한 자기세대의 입장을 다음과 같이 뚜렷이 밝히고 있다. 참여문학론이야말로 새로운 문학의 이정표라는 진술이 그것이다.

> 이제 우리에게 이정표가 있어야 한다. 황무지에 씨를 뿌려야 한다. 그리고 황무지에 비료를 주어 싹을 트게 해야 한다. 이것이 적어도 오늘날 문학인의 가장 중대한 문제이며 또 동시에 의무이기도 한 것이다.
> 이러한 의미에서 우리는 최초에 의도한 바의 논제와 다른 것을 택할 수밖에 없었다. 참가문학을 철저히 캐어 보고 파헤쳐 규명하고 싶었다.[35]

현실을 '황무지'로 인식하고 있는 것도 흥미롭지만, 그들이 싸르트르식의 실존주의를 수용하고 있음도 주목할 만하다. 두루 알려져 있다시피, 실존주의는 한국의 전후문학의 전개라는 측면에서 볼 때, 강력한 파토스적 영향을 끼쳤다고 볼 수 있다. 특히 이차대전의 가공할 인간현실을 목도한 유럽의 지식인들, 그 가운데서도 5년여에 이르는 독일점령기를 거쳐야 했던 프랑스의 지식인들은 실존주의와 휴머니즘, 행동주의와 같은 문학적 프로그램을 전후에 강력하게 작동시켰던 것이다.

그러나 이들 1960년대 신세대 비평가들에게 수용된 실존주의는 전후세대의 이른바 정신사적 실존주의와는 그 성격을 달리 하는 것이었다. 전후세대들에게 실존주의는 하나의 이념형이라기보다는 막연한 감각의 수준에서 수용되었고,[36] 니힐리즘과 결합하여 시대적 아우라를 형성했기 때문이다. 그런 점에서 막스주의적 실존주의자인 싸르트르의 문학적 영향력보다는 까뮈 류의 비극적 세계관으로의 침잠을 포함한

---

35) 주섭일, 위의 글, 61쪽.
36) 김윤식, 「싸르트르의 무덤을 찾아서」, 『김윤식선집』 제6권, 솔, 1996, 297쪽.

내면편향으로 실존주의가 인식되는 문학적 경향성을 보여준 것이다.

이에 반해, 『비평작업』이 주목한 것은 싸르트르의 실존주의였는데,[37] 이들이 싸르트르에게서 주목한 것은 '정치악'과 '사회악'에 대결적 자세를 보인 실천적 휴머니즘이었다. 그들은 동시대의 프랑스 문학이 개인적 휴머니즘과 관조적 휴머니즘에서 사회적 휴머니즘으로 이행하고 있음을 싸르트르에게서 읽어냈다. 그러한 비평적 독법이 진행되면서 그들의 눈에 선명하게 보인 것은 한국사회와 문단의 모순이었다.

> 그럼에도 불구하고 우리의 문학은 아직도 잠꼬대처럼 실험실 속에서 인간 아닌 유령을 만들고 있을 뿐이다. 도대체 우리 문학은 왜 이래야 하는가? 다시 한번 반성해 보라. 이승만시절에 동면했던 개구리족들이 우리의 힘으로 독재의 아성이 무너지고 난 다음에야 뻔뻔스럽게도 소위 '저항문학회'인가 뭔가 하는 것을 만들어 저항과 반항이 마치 그들 만의 실천특허인 양 꽹과리를 두들기던 그 철면피, 과연 그들은 무엇에 대한 저항이었던가?[38]

비평가 백철에 대한 비판에서도 체제협력의 문제성을 강렬히 비판한 바 있는 이들이, 다시금 4·19혁명 이후의 문단의 기회주의적 행태를 비판하고 있는 것이 인상적이다. 이것과 함께 독재의 아성을 무너뜨린 4·19혁명 세대로서의 자의식이 위의 글에서 뚜렷하게 환기되고 있음도 주목할 만하다. 이런 관심은 자연스럽게 프랑스의 문학과 현실에 대한 이들의 기대를 낳았는데, 요약하면 프랑스의의 실존주의, 더 정확하게는 사회적 휴머니즘으로 이행된 문학적 실천이야말로 동시대의 한국

---

37) 이들의 싸르트르에 대한 관심은 매우 깊은 것이어서 루카치와의 논쟁을 담고 있는 싸르트르의 「실존주의와 막스주의」(주섭일 역)를 게재하고 있을 정도이다. 싸르트르는 물론 루카치 역시 막시스트란 점에서, 반공을 국시로 하는 당대의 정치적 상황 속에서 이 평문을 번역했다는 사실만으로도 이들의 높은 정치적 관심을 짐작케 한다.

38) 주섭일, 앞의 글, 64쪽.

문단의 왜곡된 정황을 타개할 수 있는 유력한 이론적 거울이었다. 그 거울에서 이들 젊은 비평가들은 단지 문학만을 발견한 것은 아니다. 그들은 프랑스의 문학으로부터 "프랑스의 근대화방식", 즉 "반봉건적 인간을 주체로 하는 진정한 휴머니즘"을 발견하고자 했다.[39)

『비평작업』 동인들은 문학을 통한 작가의 현실참여는 시대적 당위라고 주장했다. 여기서 우리가 진지하게 물어야 할 것은 그러한 참여를 통해서 그들이 쟁취하고자 했던 이상은 어디에 있었는가 하는 문제이다. 이 부분에서 그들은 다시 프랑스를 참조한다.

> 허지만 오늘의 프랑스의 작가들은 이미 문학이 순수니 예술지상이니 하는 폐곽(廢廓)의 세계에서 뛰쳐나와 현실 속으로 뛰어들어가는 것은 한 개의 상식이 되고 있는 것이다. 그들 프랑스의 작가들은 자기들이 발을 딛고 생활해 나가는 현실, 즉 사회 및 정치적 현실에 시선을 돌려 자기와 밀접한 관계가 있다는 것을 인식하고 현실의 악과 부정을 규탄하여 청산하고 저 노력하고 사회정의와 진정한 민주주의를 건설하기 위하여 일반민중과 함께 투쟁하고 있다.[40)

문학과 사회 · 정치적 현실의 공진화를 요구하고 있다는 점에서, 이것은 이후 한국문학사에서 전개되는 리얼리즘론의 문제의식을 선취하고 있다고 볼 수 있다. 동시에 1960년대 중반을 전후한 시점에, 한국의 평단에서 심각하게 전개된 문학의 순수 · 참여 논쟁을 예감케하는 진술로도 판단된다.

그런데 여기서 이들 『비평작업』 동인의 문학적 문제의식에 높은 평가를 할 수밖에 없는 것은 이들이 앞에서 언급한 것처럼 '근대화'에 대한 인식을 뚜렷이 하고 있는 한편, 그것의 문학적 대응으로서의 현실참

---

39) 위의 글, 64쪽.
40) 위의 글, 67쪽.

여가 다만 문학 내적인 문제에 한정되는 것이 아니고, "사회정의와 진정한 민주주의를 건설"한다는 보다 넓은 범위의 문제의식으로 확산되고 있다는 점에 있다. 특히 그것이 지식인 중심의 관념주의가 아니라, 현실의 "일반민중"과의 연합적 투쟁을 통해 가능해질 것이라는 변혁에 대한 관심을 내포하고 있다는 점은 더욱 주목할 만하다.

그런 점에서 이들이 카뮈의 내면편향의 실존주의를 비판 극복하고, 대신에 싸르트르의 사회적 참여문제를 적극적으로 긍정한 것은 자연스러운 일이었다. 이들이 "우리가 배워야 할 것은 싸르트르의 현실참가가 얼마나 현실을 변혁하는 데 있어 중요한가 하는 문제이다"고 말하는 것은 『비평작업』의 참여문학론의 지향점이 어디인가를 명료하게 보여준다.

요컨대 『비평작업』 동인들의 문제의식은 그것이 다만 '순수문학'이나 '전후문학'으로 규정되는 문학적 경향성에 대한 이의제기에서 머무는 것이 아니라, 문학장을 뛰어넘어 현실의 사회·정치적 변혁의 동력으로 문학과 비평이 작동할 것을 요구했다는 점에서, 4·19혁명을 직접 체험한 세대에 의해 제창된 비평의 정치성 또는 정치적 비평의 가능성과 출구를 모색했다는 점에 그 의미를 찾을 수 있는 것이다. 그것이 이들이 진정으로 당대의 문단에 요망했던 참여문학론의 정체였고, 작가의 현실참여를 통해 획득하고자 했던 한국문학의 주체성이었다.

V. 『비평작업』의 비평사적 의의

『비평작업』은 창간호를 끝으로 더 이상의 비평적 작업이 이어지지 않았다. 「편집후기」에서 이들은 "다음의 『비평작업』은 본격적인 심포지엄을 들고 나올 계획"[41]이라고 밝힌 바 있지만, 이 약속은 지켜지지

---

41) 「편집후기」, 『비평작업』, 135쪽.

않았다. 창간호를 내는 데까지는 뜨거운 열정이 개입했을 것이지만, 이미 졸업반에 이른 이들에게는 앞으로의 진로 역시 중요한 문제였을 것이고, 실제로 이들은 뒤에 신춘문예를 통해 문단에 등단했거나, 다른 지면을 통해 자신들의 문학적 입장을 개진해 나갔던 것이 사실이다.

비록 창간호에 머문 것이지만 『비평작업』이 한국문학 비평사에서 갖고 있는 의미는 적지 않다.

첫째, 『비평작업』은 해방 이후 최초의 비평전문 동인지라는 점에서 주목할 만하다. 비평전문 동인지가 출현했다는 것은 비평의 정론성의 강화와 함께, 문학비평의 장르적 자의식이 근본적으로 점검되었음을 뜻한다. 문학사적으로 보면 『비평작업』(1963) 이후 『『문학과지성』 비판』(1987)을 통해 메타비평을 시도한 황국명 · 민병욱 · 백하현 등의 동인 그룹이 있었다. 1990년대에 이르면 『비평의시대』(1991)에 이어 『비평과전망』(1999) 그룹이 등장하게 되는데, 이들 비평 그룹들은 공히 동시대의 문학상황을 비판하면서, 자기 세대 비평의 정체성을 찾고자 했다.

둘째, 『비평작업』이 이른바 1960년대 신세대 비평가들의 현실인식 및 문학의 현실참여론의 핵심적인 논리를 제공해주고 있다는 점에서 주목할 만하다. 종래의 한국문학 연구에서 『비평작업』의 존재는 거의 인식되지 않았다. 동시에 문학의 현실참여 문제의 경우도 『창작과비평』 그룹의 출현과 연동하여 평가한 것이 일반적이었다. 그러나 앞에서 검토한 것처럼 『비평작업』은 일찍이 이에 대한 첨예한 문제의식을 통해서 1960년대 문단 상황을 재구성하고자 했던 점은 적극적으로 인식되어야 한다.

셋째, 『비평작업』을 통해서 이른바 사회적 근대화 논리가 본격적으로 언급되었다는 점도 주목할 만하다. 물론 이 역시 프랑스의 실존주의를 경로로 한 것이라는 점에서 한계가 있는 것도 사실이다. 그러나 사회 ·

정치적 현실과 문학이 맺고 있는 유기적 관련성과 민족적 주체성과 민주주의에 대한 이들의 관심은 '해방의 근대성'이라고 명명할 법한 인식론적 근대화 논리를 자각하게 했다는 점에서 역시 주목될 필요가 있다고 생각된다.

넷째, 『비평작업』을 통해서 당대의 주류문학적 경향과 문학권력의 문제가 비판적으로 검토되는 한 계기를 이루었다는 점도 주목될 만하다. 순수파와 전후파로 이분되어 전개되었던 문단적 상황의 지적 허약성을 공박하는 동시에, 이들은 조연현과 『현대문학』으로 상징되는 주류 문학적 질서와 문학권력의 폐쇄성이 새로운 문학적 경향의 출현과 혁신을 가로막는 구조적 한계로 작동하고 있음을 날카롭게 밝혔다.

다섯째, 이른바 1960년대 신세대의 현실인식과 역사인식, 문학적 고뇌를 가감없이 집단화하여 드러냈다는 점도 주목되어야 한다. 이들은 특히 전후세대와 다른 동세대로서의 자의식에 민감하게 반응했다. 그것을 가능케 한 것은 4·19혁명일 터인데, 이러한 역사적 사건을 직접 경험한 세대의 구세대 인식 및 현실에 대한 변혁적 사고의 흔적들이 『비평작업』에는 잘 드러나 있다.

위에서 언급한 이러한 다섯 가지 사항에 대한 논의는 지금까지 한국문학비평사에서 체계적이고 정밀하게 논의되지 않았다. 그것은 이 논문의 서두에서 밝힌 것처럼, 오늘의 한국문학 연구가 사실에 대한 정밀한 복원에서 출발하지 않고, 현재의 문단상황을 근거로 과거의 문학사를 역이해하는 전통의 발명 경향에서 자유롭지 않았기 때문이다. 문단사적 실감과 풍문의 해석학, 현재의 위계화된 문단질서가 이러한 연구자의 초보적인 성실성조차 생략하게 만들었던 사정도 『비평작업』을 잊혀진 잡지로 남겨두었던 중요한 요인이었던 것을 생각하면, 근대문학 연구자로서의 회한도 없지 않다.

『68문학』연구

―

홍기돈

Ⅰ. 서울대학교와 『68문학』

『68문학』은 1969년 1월 13일 한명문화사에서 발행되었다. 이 잡지가 『散文時代』(1962)의 흐름을 잇는다는 사실은 의심할 여지가 없다. 『散文時代』의 「선언」이 "太初와 같은 어둠 속에 우리는 서 있다."[1]라는 문장으로 시작되었던 바, 『68문학』은 「편집자의 말」에서 다음과 같이 표명함으로써 그 사실을 환기시키고 있기 때문이다. "'우리는 태초와 같은 어둠 속에 서 있다.' 젊음의 理想과 환희가 충만되어 있던 시절, 우리는 이렇게 적었다."[2] 뿐만 아니라 다음과 같은 문장은 '우리'라는 공동체 의식이 『散文時代』 이후 조금의 흐트러짐도 없이 그대로 이월되

---

1) 김현, 「선언」, 『散文時代 · 1』, 嘉林出版社, 1962, 3쪽.
2) 김현, 「편집자의 말」, 『68문학』, 한명문화사, 1969, 5쪽.

는 양상임을 보여준다. "'태초와도 같은 어둠'이 정당한 의식의 조작을 거친 후에 知的인 표현을 얻을 수 있을 것인가, 없을 것인가? 그것은 우리들이 글을 쓰기 시작하고 생각을 의무적으로 표현하기 시작한 때부터 항상 염두에 두어왔던 것이다."3)

그리고 『散文時代』와 『68문학』의 사이에는 1966년 발행된 『四季』가 징검다리처럼 놓여있다. 어째서 『四季』를 『散文時代』와 『68문학』 사이의 징검다리로 파악할 수 있는가. 이를 해명하기 위해서는 『散文時代』, 『四季』, 『68문학』의 편집동인들을 일별해 볼 필요가 있다. 그래야만 비로소 『68문학』을 중심으로 모여 있는 동인들의 특징을 확인할 수 있기 때문이다. 1962년 6월 15일 간행된 『散文時代』 창간호의 동인은 김현, 김승옥金承鈺, 최하림崔夏林으로 모두 세 사람에 불과하다.4) 그런데, 『散文時代』 제2호에서는 창간호의 '散文同人刊'이라는 표기가 '小說同人誌'라는 명칭으로 대체되면서 강호무姜好武ㆍ김산초金山椒ㆍ김치수金治洙까지 합류하였다.5) 이러한 식으로 동인의 숫자는 늘어나서 『散文時代』가 마지막으로 발간된 제5호에 이르러서는 동인이 모두 열 명에 달하고 있음을 확인할 수 있다. 곽광수郭光洙ㆍ김성일金成一ㆍ서정인徐廷仁ㆍ염무웅廉武雄까지 가담한 것이다.

『散文時代』의 특징은 한강희가 간략하게 지적해 놓았다. "『散文時代』는 동인지의 명칭에 걸맞게 시를 제외한 소설(김현ㆍ김승옥ㆍ서정인ㆍ최하림ㆍ강호무ㆍ김산초ㆍ김성일), 평론(김현ㆍ염무웅ㆍ김치수), 희곡(최하림), 번역 등을 대상으로 하고 있다."6) 반면, 『散文時代』의 뒤를 이은 『四季』는 시가 중심을 차지하는 형국이다. 그리고 여기에 실린 평론들은 모두 시

---

3) 같은 쪽.
4) 『散文時代ㆍ1』, 嘉林出版社, 1962, 3쪽.
5) 『散文時代ㆍ2』, 嘉林出版社, 1962, 117쪽.
6) 한강희, 「1960년대 문예조직 활동의 저류 및 분화과정」, 『우리 근ㆍ현대 문학의 맥락과 쟁점』, 태학사, 2001, 200쪽.

에 대한 내용으로만 채워져 있다. 창간호에 발표된 김주연金柱演의 「詩와 眞實」, 제2호에 게재된 김주연의 「詩와 認識」, 김현의 「想像力의 두 傾向」, 제3호에 실린 김주연의 「詩에서의 '參與'문제」, 김현의 「'高銀'의 想像的 世界」 등 한 치의 예외도 없다. 시의 영역과 직접 관계가 닿지 않는 글은 창간호에 실린 김현의 산문 「露宿」이 유일하다. 또한 『四季』의 동인 명단에 변동이 없었던 사실도 『散文時代』와의 차이점이라 할 수 있다. 『四季』의 동인들은 황동규黃東奎 · 박이도朴利道 · 정현종鄭玄宗 · 김화영金華榮 · 김주연 · 김현 등 모두 여섯 명이었다.

이로써 『散文時代』의 산문적인 특징과 『四季』의 시 중심성은 분명하게 드러난다. 공통분모가 있다면 두 개의 동인지에 모두 참여하고 있는 '김현'이라는 존재이다. 『68문학』은 『散文時代』의 산문성과 『四季』의 시적인 세계를 한 데 아우르는 성격을 지닌다. 두 잡지의 공통분모인 김현이 나서서 「편집자의 말」을 써 내려간 사실도 정황을 파악할 수 있는 단서이며, 편집인의 면면을 살펴보더라도 쉽게 간파할 수 있다. 『68문학』의 편집 동인은 김승옥, 김주연 · 김치수 · 김현 · 박태순 · 염무웅 · 이청준 등이다. 이 가운데 김승옥 · 김치수 · 염무웅은 『散文時代』의 동인 활동을 한 바 있으며, 김주연은 『四季』 동인이었다. 그런데, 『散文時代』에 비하여 『四季』 동인 출신의 참여가 저조한 까닭은 무엇일까.

시는 장르의 성격상 담론 생산에서 직접적인 영향력을 확보하기가 어렵다. 내용을 직접 발화하는 형식의 평론보다 간접적인 것은 물론, 인물의 형상화를 통해 하나의 세계를 '보여주는' 장르인 소설보다도 담론 생산의 효율성이 미치지 못한다. 따라서 이러한 시 장르의 성격으로 인하여 『四季』의 여러 동인들 가운데 오직 평론가였던 김주연만이 『68문학』에 합류하게 되었을 것이라 추론할 수 있다. 『散文時代』의 「선언」, 『68문학』의 「편집자의 말」과는 달리 『四季』 창간호의 「序文」이 온건할 수밖에 없었던 이유도 시의 그러한 성격에서 말미암은 바 있지 않을까.

창간호의「序文」내용은 다음과 같다. "좋은 땅을 마련하기 위해서는 썩는 일이 필요하다. 이 책에 실린 作品에게서 그 썩는 作業을 찾아볼 수 있기를 바랄 뿐이다."[7] 그리고 "한국의 現代詩는 그 기초를 확정할 만한 領土를 지끔쯤은('지금쯤은'의 오자-인용자) 갖추어야 되지 않을까 생각한다. 詩와 詩人을 동시에 읽을 수 있는 때가 오기를 기대한다."[8]라는 제2집의「序文」, "虛僞와 虛妄에서 벗어나서 正直할 때 事物은 그 아름다운 모습을 나타내리라. 열심히 믿으며, 열심히 생각하는 것은 미덕이다. 우리는 인생의 美德을 창조한다."[9]라는 제3집의「序文」도 온건하기는 마찬가지다. 따라서『散文時代』라든가『68문학』과 비교하여 확인되는『四季』의 온건성은 장르의 특성과 연관하여 새삼 주목을 요하는 부분이라고 말할 수 있다.

그렇다면『68문학』에 새롭게 합류한 박태순, 이청준은 어떻게 이해할 수 있을까. 그들은 시인이 아닌 소설가였으며, 서울대학교 출신이기도 했다.『散文時代』,『四季』,『68문학』그리고『文學과知性』을 이해하기 위해서는 '서울대학교'라는 학벌에 주목하여야 한다.『散文時代』에는 "서울대학생 중에서만 동인을 구한다는 원칙"[10]이 있었고,『散文

---

7) 김현,「序文」,『四季·1』, 嘉林出版社, 1966, 7쪽.

8)「序文」,『四季·2』, 嘉林出版社, 1967, 7쪽.

9)「序文」,『四季·3』, 嘉林出版社, 1968, 7쪽.

10) 김승옥,「산문시대 이야기」,『싫을 때는 싫다고 하라』, 자유문학사, 1986, 149쪽.
『散文時代』동인들 가운데 최하림과 강호무 두 사람은 서울대학교 출신이 아니다. 자신들이 내세웠던 원칙을 스스로 깨게 된 데에는 인간적인 친밀감이 작용했던 것으로 볼 수 있다.『散文時代』창간호를 만들 당시 김현은 김승옥에게 최하림을 소개했다. "김현이 방학 중에 고향인 목포에 갔다가 알게 된 친구인데 금년(1962년)『조선일보』신춘문예에 시가 당선되었고, 김현의 생각으로는 '최 하림이야말로 예술가'라는 것이었다."(같은 글, 140쪽) 강호무는 김승옥을 통해 가입하였다. "강 호무는 당시 서라벌예대 재학중이었기 때문에 서울대학생만으로 동인을 구성한다는 원칙에 어긋났으나 그는 나와 고등학교 동창으로 그의 재능을 잘 알고 있는 나로서는 꼭 동인으로 맞이하고 싶었던 것이다."(같은 글, 148쪽)

2부 매체론 및 메타비평 : 4·19혁명의 비평적 실천　169

時代』의 동인들은 이러한 원칙을 바탕으로 하여 나름의 꿈을 키워나가고 있었기 때문이다. "그 꿈이란 『산문시대』가 단순히 우리 몇 사람만의 발표욕을 만족시키기 위한 도구가 아니라 '대학생 문단大學生文壇'을 형성하는 핵核이 됐으면 하는 것이다. 우선 서울대학교 재학생 중심의 문학지文學誌일 것, 그리하여 '서울대생 문단'을 형성할 것, 나아가서 전국의 '대학생 문단'을 형성하게 되는 유도체誘導體가 될 것."11)

따라서 "太初와 같은 어둠 속에 우리는 서 있다."라고 단언했던 『散文時代』의 '우리'는 서울대학교를 중심으로 형성된 동아리 의식과 연관하여 이해할 수 있으며, 『68문학』은 그러한 '우리'의 정신을 고스란히 이어나가고 있는 까닭에 동일한 맥락에서 파악할 수 있게 된다. 실상 새롭게 가입한 박태순, 이청준 뿐만이 아니라 『68문학』의 편집 동인들은 모두가 서울대학교 출신이기도 하다. 또한, 『散文時代』가 발간 호수를 더해갈수록 동인을 늘려 나간 목적이 '서울대학생 문단'의 형성에 있었던 만큼, 『68문학』이 박태순 · 이청준을 영입해 나갔던 과정은 『散文時代』의 후속작업으로서 당연하게 이어지는 수순이기도 했던 셈이다. 비록 동인으로 참여하지는 않았지만, 김병익金炳翼이 『68문학』에 평론 「自由와 現實」을 발표하고 있다는 사실도 눈여겨 볼만하다. 이로써 "'문지 4K'가 평론에 모두 가담하는 등 에콜적 성격이 강화돼, 『문지』의 창간이 '임박'했음을 말해준다."12)라고 이해할 수도 있기 때문이다. 실제 1970년 가을 발행된 『文學과知性』의 「창간호를 내면서」의 끝자락을 보면 "金炳翼 · 金治洙 · 김현"이라는 이름이 표기되어 있어서 김병익의 합류를 명확하게 확인할 수도 있다.13)

이러한 내용을 바탕으로 『68문학』의 의미와 성격을 정리한다면, 우

---

11) 위의 글, 116쪽.
12) 한강희, 앞의 논문, 209쪽.
13) 金炳翼 · 金治洙 · 김현, 「창간호를 내면서」, 『文學과知性』 1970년 가을, 8쪽.

선『散文時代』와『四季』의 성과를 아우르며 종합하는 한편『文學과知性』태동의 밑그림을 드러내고 있다는 사실을 이야기할 수 있다. 그리고『散文時代』에서부터 유지되어오던 서울대학교를 중심으로 하는 인맥과 사고가 견고하게 작동하고 있다는 특징도 지적할 만한 사항이다. 『68문학』의 이러한 면모는 현재『문학과사회』에 이르러서도 어느 정도 남아있는 것으로 파악된다.14) 마지막으로 담론의 현장에 적극 개입할 수 있는 방향으로 동인을 구성하는 양상이 감지된다는 사실도 덧붙일 수 있다. 기실『散文時代』에서 시를 배제했던 데에는 수세적인 이유가 있었다.15) 그렇지만,『68문학』의 동인을 소설가와 비평가로만 구성했던 행위는 당시 펼쳐진 담론에 적극적으로 개입하기 위한 포석이었다는 점에서 공세적으로 이해하여야 한다.『68문학』에 실린 평론들의 내용을 분석해 나가는 과정에서 그 면모는 분명하게 드러난다. 이는 평론가로만 편집위원이 구성되는『文學과知性』과의 연관성을 염두에 두고 이해할 수도 있다. 현장 담론에 적극적으로 개입하는 데 용이한 장르로 점차 무게중심을 옮기는 과정에 놓인『68문학』의 성격이 보다 분명해지기 때문이다.

그런데,『68문학』을 본격적으로 분석하기 전에 먼저 다음과 같은 물음이 필요할 듯하다. 과연 어떤 이유로 하여 문단 내 기반이 전무했던

---

14) "최근에 문사는 문지 3세대로의 세대 교체를 앞두고 있습니다. 그런데 문사 창간 멤버 중에서 유독 정과리 씨가 개편된 새로운 편집진에도 포함된 것이 궁금해서, 한 문사 동인에게 물어보니, 그의 말이 뜻밖이었습니다. 불문과(정확하게 '서울대학교 불문과'—인용자) 출신이 아무도 없어서 정과리 씨가 남게 되었다는 것입니다. 도대체 새로 개편되는 문사의 편집진에 왜 불문과 출신이 반드시 있어야 되는지 도무지 이해할 수 없더군요."(권성우, 「비판, 추억, 그리고 김현」,『문예중앙』2000년 가을, 226쪽)

15) 김승옥은『散文時代』에서 시를 제외하고 산문으로만 구성하였던 이유를 다음과 같이 밝히고 있다. "종래의 동인지들이 대개 시동인지들이었고 당시『60년대의 사화집(詞華集)』이라는 기성시인들에 의한 시동인지가 착실하고 충실하게 나오고 있음을 상당히 의식한 결정이었다."(김승옥, 앞의 글, 140쪽)

『散文時代』의 '우리'는 60년대 내내 하나의 문학적 집단으로 모여 있을
수 있었는가. 그리고 이러한 문학적 집단이 어떻게 고스란히 한국 문단
의 유력한 세력으로 구축될 수 있었는가. 『68문학』을 위시한 『散文時
代』, 『四季』의 성격은 이런 물음 위에서 보다 분명하게 드러날 것이다.
그리고 그들 정신세계의 일단을 살펴보는 계기가 될 수도 있다.

II. 4 · 19세대의 새로운 문단 만들기

4 · 19세대로서 김현이 가졌던 자부심은 상당하였다. 그가 1988년
『분석과 해석』을 펴내며 「책머리에」서 진술한 다음의 문장은 그런 사
실을 언급할 때 자주 인용된다. "내 육체적 나이는 늙었지만, 내 정신의
나이는 언제나 1960년의 18세에 멈춰 있었다. 나는 거의 언제나 사일구
세대로서 사유하고 분석하고 해석한다. 내 나이는 1960년 이후 한 살도
더 먹지 않았다."[16] 그런데, "나는 거의 언제나 사일구세대로서 사유하
고 분석하고 해석한다."라는 그의 주장은 애매모호하게 다가온다. 4 ·
19혁명의 어떤 측면을 부여잡고 자신의 세계를 지탱하는가가 명확하게
드러나지 않기 때문이다. 가령 일반적으로 『文學과知性』과 비교 · 대조
되는 『創作과批評』 또한 4 · 19혁명의 영향이랄까 정신과 잇닿아있지
않은가. 따라서 『散文時代』, 『四季』, 『68문학』을 만들어 나갈 당시의
문단 분위기를 먼저 살펴볼 필요가 있다. 그래야 그러한 질서 속에서 획
득되는 『68문학』(『散文時代』, 『四季』, 『文學과知性』)의 새로움, 김현이 이야
기하는 '사일구세대로서의 사유'가 그 면모를 드러낼 수 있을 터이다.

1960년 『새벽』 12월호에 발표된 이철범의 「一九六〇年의 文壇報告」

---

16) 김현, 「책머리에」, 『김현문학전집 ⑦: 분석과 해석/보이는 심연과 안 보이는 역사 전망』,
   문학과지성사, 1992, 13쪽.

는 4·19혁명이 문단에 몰고 온 변화의 분위기를 이렇게 전해주고 있다.

　　一九六〇年 韓國엔 조그만 기적이 일어났다. 四月 革命이 바로 그
것이다.
　　그 革命은 舊制度에 대한 개혁은 아니었으나 온갖 분야에 부작용
을 조래했다('초래했다'의 오자－인용자). 六〇年 文壇은 거의 그 활
동 속에서 뒤흔들렸다. 이제 御用文人들이 규탄을 받기 시작했고
흡사 해방 직후 親日文人들의 경우를 방불했다. 新聞文化面을 거의
달포를 두고 御用文人, 團體에 대한 비난을 퍼부었고 그로하여 文壇
은 문학보다는 그 文化系의 현상때문에 뒤숭숭했다. 그런 의미에서
본다면 六〇年의 문단은 그 어느때 보다도 文學 그 自體보다는 文學
人의 앙가쥬망, 그 定義정당성이 더 논의된 해라고 하겠다. 왜냐하
면 六〇年처럼 앙가쥬망의 문제가 관념 밖에서 실제로 논의된 때는
없었다.[17]

　그렇지만, 1960년 12월 현재 문단의 낡은 제도는 요지부동인 채로 유
지되고 있었다. 변화가 있었다면 겨우 '자유문학자협회(자유문협)'의 자
진 해체를 꼽을 수 있을 정도이다. "그러나 革命 완수라는 스로건은 口
號 뿐이며 舊制度는 그냥 남아있다. 文化保護法은 御用人의 소굴인 藝
術院은 기타 … 하물며 御用文藝人들은 뻐젓이 大學에서 講義를 하고
있다. 특별한 處罰法律이 없는 限 이미 그들에겐 양심의 문제란 잊어버
린지 오래다."[18] 그리고 1961년 진행된 5·16군사쿠데타는 4·19혁명
이 불러온 변화의 가능성을 잠재우는 역할을 수행하였다. 4·19혁명으
로 인해 궁지에 몰렸던 만송족晩松族 조연현趙演鉉의 기록은 그러한 정
황을 적절하게 드러낸다. 5·16군사쿠데타 이후 1961년 12월 30일 결
성된 한국문인협회는 그에게 숨통을 열어주었을 뿐만 아니라, 다시 문

---

17) 李哲範, 「一九六〇年의 文壇報告－어내크로니즘의 美學」, 『새벽』, 1960.12, 210~211쪽.
18) 위의 글, 211쪽.

학제도의 중심부에 자리를 마련할 수 있는 계기로 작용했던 것이다.

> 5월 16일 새벽, 朴正熙 將軍의 指揮로 한강을 넘어온 一群의 軍隊
> 는 무능과 혼란 속에서 어디로 가고 있는지도 알 수 없는 위험한 우
> 리의 祖國과 現實 앞에 하나의 秩序와 方向을 던져 주는 신호가 되
> 었다. 革命의 성공으로 祖國의 새로운 建設은 촉진하게 되었고, 混亂
> 은 秩序를, 分裂은 統一을 가져왔다. 이것이 비록 軍에 의한 他律的
> 要素가 더 많이 개입된 결과라 할지라도 그렇게 될수밖에는 다른
> 도리가 없을 정도로 4 · 19 이후 過政民主黨執權 등을 겪는 동안의
> 이 나라의 모든 형편은 모든 分野가 위험한 混亂 속에 있었던 것이
> 다. 革命의 成功에 의한 이러한 새로운 現實的 條件은 다른 모든 분
> 야에 있어서도 그러했던 것처럼 文壇에도 새로운 秩序를 가져오게
> 했다. 그 새로운 秩序란 文化界의 모든 派閥과 英雄主義를 해소시키
> 는 各分野別 單一團體의 구성이었다."[19]

따라서 4 · 19혁명의 세례를 받았던 젊은 세대들로서는 한국문인협
회를 정점으로 하는 기성세대의 문단 질서에 순응, 편입하는 데 거부감
이 들 수밖에 없었다. 뿐만 아니라 타락한 문단의 질서에 동참하고 있던
시인, 작가, 평론가들 또한 그들에게 비판의 대상으로 떠올랐던 것은 당
연한 현상이었다. 『散文時代』와 『68문학』에서 반복되는 "太初와 같은
어둠 속에 우리는 서 있다."라는 인식은 이러한 상황을 전제하고 파악
하여야 한다. 물론 1950년대에 등장한 문인들 중에서도 4 · 19혁명의
정신에 동의하고 나선 이들은 적지 않았다. 그렇지만, 그들은 『現代文
學』을 중심으로 영향력을 행사해 온 세력―김동리金東里, 조연현, 서정
주徐廷柱 등―과 이미 어느 정도의 관계를 맺고 있었고, 그로 인하여 기
성의 문단 질서로부터 완전히 자유로워지기가 어려웠다. 그런 맥락에

---

19) 조연현, 「내가 살아온 韓國文壇」, 『趙演鉉文學全集 · 1』, 語文閣, 1977, 342~343쪽.

서 4·19세대에게는 1950년대의 시인, 작가, 평론가들 역시 거부의 대상일 수밖에 없게 된다. 4·19의 세대 논리는 바로 이 지점에서부터 작동하기 시작한다.

그렇다면, 1950년대 등장하였던 문인들의 실상은 어떠하였던가. 남한의 문단은 1949년 한국문학가협회가 출범하면서 형성되어 "조연현趙演鉉, 김동리金東里 일변도로 내려왔"으며, "사실 전후 문협(한국문학가협회-인용자)이라는 것이 실체는 없고 영향력이 있는" 상태였다.[20] "그런데 사실 그때 전후파 문인들이 불행했던 것은 자기가 아무리 잘 써도 결국은 매체에서 선배에게 묻혀야만 하는 거예요. 아무리 싫어도 문협에 나가야 하고, 아무리 싫어도 선배나 스승으로 모셔야 하는 그런 세대였거든요."[21] 그러니 1950년대 등장한 문인들이 문단에서 나름의 위치를 마련하는 데 실패할 수밖에 없었던 것은 당연한 결과였다. 한국문학가협회를 주도했던 선배들과 이들을 거부하는 4·19세대 사이에서 숨이 막힐 정도로 끼어버린 상황에 처했던 것이다. "4·19세대들이 나와서 오히려 문단을 형성하고 '창비'와 '문지'가 되었는데, 그러니까 전후 문협세대들은 어떻게 보면 후배들에게 얹히게 된 거죠."[22]라는 평가가 가능해지는 것은 바로 그 때문이다.

반면, 4·19세대는 전후세대들과 전혀 달랐다. 단적으로 "얼어 붙은 權威와 구역질나는 모든 話法을 우리는 거부한다. 뼈를 가는 어두움이 없었던 모든 자들의 안이함에서 우리는 기꺼이 脫出한다."[23]라는 『散文時代』의 「선언」이 이를 보여준다. 그리고 『68문학』에서는 김동리의 「무녀도」로 대표되는 한국문학가협회(한국문인협회)의 세계를 '샤마

20) 임헌영, 「좌담: 4월 혁명과 60년대를 다시 생각한다」, 『4월 혁명과 한국문학』, 창작과비평사, 2002, 40쪽.
21) 임헌영, 위의 글, 56쪽.
22) 임헌영, 위의 글, 41쪽.
23) 김현, 「선언」, 앞의 책, 3쪽.

니즘의 迷路'로 규정하여 배격하는 데까지 이르렀다. 덧붙이자면, 『68 문학』에서 배격하는 또 다른 한 축 '관념적 유희'는 1960년대 유행하였던 난해시의 경향을 지칭하는 것이다. "土俗的이며 非合理的인 세계에 흡수되어 샤마니즘의 迷路를 만들어도 안되었고, 관념적 유희를 즐기게 되어 現實 밖에 우리와는 상관없이 존재하는 어떤 가상의 帝國을 만들어 내어도 안되었다. 우리는 우리 시대의 위기를 샤마니즘적인 것과 관념적인 유희와 비슷한 것이 되는대로 결합하여 빚어내는 정신의 혼란 상태라고 생각한다."[24] 바로 이것이 그들이 파악했던 "太初와 같은 어둠"의 실체며, 그들은 이와 맞서 나아갔다.

김승옥, 염무웅 등은 아직까지 단 한 번도 『현대문학』에 원고를 게재한 바가 없다고 한다.[25] 자신들의 선언을 실천으로 이끌기 위하여 그들은 철저하게 "太初와 같은 어둠"의 바깥에 자신들의 자리를 마련해야 했던 것이다. 다시 말해서 새로운 세대임을 자처했던 순간 그들은 기존 문단 질서와 단절을 감행하는 한편, 스스로 문단의 새로운 질서를 창출해 내어야만 하는 사명을 끌어안게 되었던 셈이다. 그러니까 김승옥과 염무웅이 『현대문학』에 단 한 번도 글을 쓴 적이 없다는 사실은, 『현대문학』의 바깥에서 문학세계를 구축해 나아갔던 4·19세대의 궤적을 상징하는 것이 된다. 그러니 이 과정을 지켜보았던 『현대문학』 출신 임헌영任軒永으로서는 엄청난 충격을 받기에 충분하였다.

> 저는 『현대문학』, 정통 문협 출신으로 거기에 반역을 하면서도 여전히 양쪽 관계를 가지고 있었는데…… 창비 창간이 주는 위력이라고 할까요? 그건 우리 세대에게는 엄청난 충격입니다. 그래서 창비 초창기에는 신구문화사 시절 신동문 선생이 계실 때 저도 자

---

24) 김현, 「편집자의 말」, 앞의 책, 5쪽.
25) 김승옥·염무웅, 「좌담: 4월 혁명과 60년대를 다시 생각한다」, 앞의 책, 56쪽.

주 갔었습니다. 염(염무웅―인용자)선생이나 이미 이 세대들은 기반을 가지고 있었는데, 그 동네에서는 『현대문학』 출신이라면 일단 한 단계 낮은 걸로 보는 거예요. 신동문 선생은 전부 서울대 출신 후배들을 데리고 있었는데, 저도 수송동 시절에는 자주 드나들었거든요. 그러면 김현을 중심으로 여럿이 앉아 있어요. 거기서 문단이 김동리, 황순원부터 막 뒤집어지는 거예요. 김현 선생의 한마디가 그냥 최종판결이 되는 거죠. 그때 얘기한 것이 뭔가로 나오겠구나 하는 것을 느낄 정도로…… 바로 문지파의 잉태기였죠. 그런데 창비가 나옴으로써 매체에 변혁이 일어나고 신문기사에도 변혁이 일어났어요. 4·19세대라는 각광이 폭발적으로 상승하여 독자들을 사로잡아나가는 거죠.26)

지금껏 살펴본 『散文時代』, 『四季』, 『68문학』을 관통하는 4·19세대의 의식 지반을 한마디로 정리하자면, "太初와 같은 어둠"에 대한 적극적인 부정이라고 할 수 있다. 그런데, 부정은 대상을 파괴·해체하는 데 기능할 수는 있지만, 새로운 질서를 생성·구축하는 원동력이 되기에는 미흡하다. 따라서 "太初와 같은 어둠"의 근원지인 『현대문학』의 문학세계를 뛰어넘어 새로운 문단 질서를 창출하기 위해서는, 거기에 들어맞는 문학의 기준이랄까 문학관이 필요할 수밖에 없다. 바로 이러한 질서 구축의 순간에 처하여 나름의 기준을 분명하게 내세우게 되었을 때, 『68문학』은 『文學과知性』으로 변모하면서 『創作과批評』과의 변별성을 강조하게 되었다. 이에 따라 『68문학』의 편집 동인 염무웅은 『創作과批評』으로 건너가게 되었다. 이렇게 『文學과知性』과 『創作과批評』은 4·19정신을 각각 다른 방식으로 전유해 나갔던 것이다. 함께 『68문학』의 편집 동인으로 참여하였으나, 각각 『創作과批評』, 『文學과知性』으로 갈라진 염무웅과 김현의 4·19혁명을 둘러싼 인식의 차이는

---

26) 임헌영, 「좌담: 4월 혁명과 60년대를 다시 생각한다」, 위의 책, 56~57쪽.

이를 통해 이해할 수 있다.

> 김현이 쓴 글을 보니까 4·19에 대한 일종의 신앙고백을 하고 있어요. 그것을 후배 평론가들이 자주 인용합니다. '내 글은 4·19에 뿌리가 있고, 거기에서 한걸음도 나아간 바가 없다.' 이런 요지인데, 처음에 김현 글을 읽었을 때는 나는 약간 의아스러웠어요. 김현이 평론가로서는 뛰어나지만 4·19를 자기.사유의 뿌리라고 주장하는 데에는 동감하기 어려웠거든요. 왜냐하면 아무래도 김현의 일종의 예술주의와 4·19의 비판정신은 상반된 것이라고 느꼈거든요. 그러다가 한참 지나고 나서 생각하니까, 사실은 4·19에는 4·19를 정신의 고향으로 생각하는 여러 종류가 있을 수 있겠구나 하는 생각이 듭디다.[27]

그런데, 『文學과知性』이 창간되기 이전, 그러니까 『68문학』에서는 과연 『創作과批評』과 변별되는 나름의 의식이 존재하지는 않았을까. 임헌영은 "창비와 문지가 이렇게 갈라지기 전에는 창비가 처음에 생겼을 때는 필진들에서 아무런 차이가 없었습니다. 소설에서는 김승옥, 이청준李淸俊, 박태순, 평론에서는 염(염무웅－인용자)선생하고 김현, 김주연金柱演, 조동일趙東－도 가끔 썼고⋯⋯"[28]라고 회고한다. 그렇지만, 이는 『創作과批評』의 지면을 통해 파악하는 견해일 따름이다. 그리고 훗날 『創作과批評』에서 자신의 세계를 펼쳐나갔던 염무웅은 『68문학』에 「執着과 變貌－金東里文學의 現實感覺」을 발표하였다. "太初와 같은 어둠"에 맞서고는 있지만, 새로운 문단 질서 만들기를 위해 나름의 기준을 모색하고 있지는 않고 있다는 것이다. 그렇다면, 『68문학』에 게재된 다른 평론들―「自由와 現實－崔仁勳씨의 경우」(金炳翼), 「깨어진 거

---

27) 염무웅, 「좌담: 4월 혁명과 60년대를 다시 생각한다」, 위의 책, 59~60쪽.
28) 임헌영, 「좌담: 4월 혁명과 60년대를 다시 생각한다」, 위의 책, 57쪽.

울의 混亂」(金柱演), 「韓國小說의 課題」(金治洙), 「韓國批評의 可能性」(김현)은 어떠한가.

1970년 4월 『思想界』에서 마련했던 「座談: 4·19와 韓國文學」을 이해하기 위해서는, 『文學과知性』 창간호에 발표된 김현의 「韓國小說의 可能性−리얼리즘論 別見」을 파악하기 위해서는 바로 그러한 지점을 살펴보아야만 한다. 이는 『創作과批評』과 『文學과知性』의 분기점을 살펴보는 작업일 뿐만 아니라, 『文學과知性』의 밑그림으로 놓인 『68문학』의 의미를 해명하는 중요한 단서이기 때문이다. 기실 앞에서 언급하였던 "현장 담론에 적극적으로 개입하는 데 용이한 장르로 점차 무게중심을 옮기는 과정에 놓인 『68문학』"이란 이와 맞닿아 있는 문제이기도 하다.

Ⅲ. 최인훈, 『68문학』 좌표축의 원점

『68문학』을 창간할 당시에는 장기적인 발간을 염두에 두고 있었던 듯하다. 「現代詩人 研究 ①: 깨어진 거울의 混亂−李箱論」이라는 김주연의 평론 제목이 이를 확인시켜 준다. 그렇지만, 『68문학』은 창간호가 곧 종간호가 되어버린 까닭에 ① 뒤에 ②, ③……이 이어지지 못했다. 그런데, 현대시인 연구에서 김주연은 왜 하필 이상을 가장 먼저 다루었는가는 생각해 볼만한 문제이다. "슬프게 살다간 李箱에게 이 책을 드림"29)이라고 하여 『68문학』의 전신인 『散文時代』 창간호가 이상에게 헌정된 바 있기 때문이다. 김승옥은 헌정 이유를 "언어실험실로서의 『산문시대』 창간호는 한국어를 보석처럼 갈아낸 이상에게 마땅히 바쳐야 했다."30)라고 밝힌 바 있다. 그러니까 김주연의 '이상론'은, 개인적

---

29) 『散文時代 · 1』, 4쪽.

인 관심에서 빚어진 우연의 산물이 아니라,『散文時代』에서 시작하여 『68문학』에까지 이르는 동인들의 문학적인 지향과 관련이 있다고 추정하게 되는 것이다.

「깨어진 거울의 混亂」의 마지막 문장에서 드러나듯이, 김주연은 이상을 한국문학의 전범으로 내세우지 않고 있다. "요컨대 거울과 꿈을 가질 수 있었던 것은 李箱의 행복이지만 거울을 깨뜨려야 했던 것은 그의 혼란이며 현대시인으로서의 자기한계를 드러낸 것이다."31)『68문학』과 『散文時代』의 문학적 지향의 차이는 여기서부터 추적이 가능해진다.『68문학』에 이르러 이상의 문학적인 존재 의미에 대한 평가가 인색해지는 반면, 이를 대신하여 적극적으로 부각되는 작가가 최인훈崔仁勳이라는 사실이 선명하게 떠오르기 때문이다. 예컨대 「韓國小說의 課題」에서 김치수는 이상과 최인훈을 직접 비교하고 있다. "崔仁勳의 관심은 (중략) 현실에 대한 주인공의 끊임없는 대결을 통해서 존재의 확인을 하려는 데 있다. 그것은 지금까지 李箱이나 孫昌涉이 갖지 못했던 논리를 崔仁勳은 갖고 있다는 말로 바꾸어 말할 수 있다."32)

기실 김치수가 파악하는 「韓國小說의 課題」는 최인훈 문학의 성취를 어떻게 계승할 것인가 하는 데 초점이 모이고 있다. 먼저 "그(최인훈―인용자)의 본질적 관심이 개인의 인식에 있다는 것을 주목하지 않으면 안된다. 여기에 바로 崔仁勳문학의 비밀과, 한국 소설의 발전적 요소가 內在하고 있다."33)라는 전제가 이를 뒷받침한다. 그리고 그가 의미를

---

30) 김승옥, 「산문시대 이야기」, 앞의 책, 144쪽.
31) 金柱演, 「韓國詩人 硏究 ①: 깨어진 거울의 混亂―李箱論」, 『68문학』, 133쪽.
32) 金治洙, 「韓國小說의 課題」, 위의 책, 138쪽.
   김치수가 이상에게 부여하는 의미는 한국소설사에서 자기인식을 보여준 최초의 작가라는 정도이다. 이는 사실에 들어맞지 않을 뿐만 아니라, 이상의 세계를 너무 쉽게 정리해 버렸다는 혐의로부터 벗어나기가 어렵다. "한국 소설사 가운데 李箱으로부터 출발한 自己認識의 노력이 孫昌涉·崔仁勳을 거쳐 60년대의 작가에게 이어지고 있다는 사실은 중요한 의미를 띠고 있다."(같은 글, 136쪽)

부여하는 1960년대 작가들—김승옥 · 서정인 · 박태순 · 이청준 · 박상
륭 등은 모두 최인훈이 확보한 '개인의 인식' 위에서 스스로의 세계를
축조한다는 평가가 내려지고 있으며, 그들의 소설 주인공들은 최인훈
소설의 특징으로 꼽히는 '知的인 감수성'으로 무장하고 있다는 분석도
진행되고 있다. 그러니까 김치수에 따르면 최인훈은 1960년대 등장한
작가들의 원천으로 자리하는 셈이다.

> 그들(김승옥, 서정인, 박태순, 이청준, 박상륭의 소설 주인공들—
> 인용자)은 흔히 볼 수 있는 인물들도서('인물들로서'의 오자—인용
> 자) 自我를 돌아볼 줄 알고 역사나 현실 앞에서 自我의 무기력함을
> 인식하고 있는 괴로운 自己省察의 인물들이다. 그들이 이루고 있는
> 세계는 知的인 감수성으로 파악된 오늘의 風俗圖를 표상하고 있다.
> 이들 작가들은 한결같이 패배한 개인을 그리고 있다. 그것은 바로
> 개인이란 역사라든가 현실이라든가 하는 거대한 힘에 의해 패배당
> 할 수밖에 없다는 현대의 풍속인 것이다. 그것은 거대한 힘 앞에서
> 矮小한 個人을 인식하지 않고서는 불가능하다. 사실상 문학이란 옛
> 날부터 인간의 비극을 주제로 해 왔다. 패배한 개인이란 이런 文學
> 의 悲劇性에 근거를 두고 있는 것이지만, 우리 문학에서 이처럼 한
> 시대에 많은 작가들의 관심이 방법을 달리 하면서 개인으로 돌아
> 온 예는 없다. 이것은 60년대 문학의 특성이며 50년대 이전의 문학
> 과의 차이점이다. 春園 이후의 현실에 대한 전체적 조응이 60년대
> 에 와서 단편적 省察(개인과 관계된)로 넘어온다는 사실은 가장 주
> 목해야 할 것이다.[34]

김병익의 「自由와 現實—崔仁勳씨의 경우」는 그 자체가 이미 '최인
훈론'이다. 이 평론은 최인훈을 파악하는 시선이 분열적이라는 점에서

---

33) 위의 글, 139쪽.
34) 위의 글, 143쪽.

주목을 요한다. 즉 최인훈을 적극적으로 감싸 안을 때는 긍정적으로 평가받았던 사실이, 평론가의 자의식에 근거하여 작가와의 대결로 이어질 때는 부정적인 지점으로 비판받는 양상이 전개된다는 것이다. 이는 『68문학』의 집단적 지향과 김병익 개인의 문학적 자의식이 괴리되는 순간 발생한 것으로 파악할 수 있다. 따라서 이를 둘러싼 내용을 살펴보는 일은 흥미로울 수밖에 없다. 이는 이후 『文學과知性』의 문학관으로 이어지는 측면이 크므로 꼼꼼하게 다룰 필요가 있을 것이다.

① 타락한 현실에 물들지 않는 현실 바깥의 관념적인 존재를 전제한다. 최인훈 소설에서는 주인공의 현실적인 신원이 거의 드러나지 않는다. 김병익이 최인훈 소설에서 우선 주목하는 것은 이러한 사실이다. "그 주인공들은 무엇을 먹고 사는가, 가족은 어떤가란 현실적인 문제들은 거의 샅샅이 제거되고 있다. 좀 더 구체적으로 말해서 이들은 모두 먹을 것, 입을 것, 또는 가족과의 유대감에대한 아무런 부담도 지지않고 있다. 속인이 의례 갖기 마련인 돈에 대한 욕심이나 명예 또는 사회진출에의 꿈이 거세되고 있다."[35] 주인공이 현실에 제대로 착지하지 못했다는 사실은 리얼리즘의 견지로 파악하였을 경우 명백한 한계임에 틀림이 없다. 물적인 토대로부터 유리된 존재는 마치 유령과도 같은 허약한 관념론자에 불과하기 때문이다.

그런데, 김병익은 이러한 존재를 '순수의 자유인'이라는 명칭으로 포용하고 나섰다. "동물적인 본능이나 인간적인 욕망 또는 가족과의 연대란 의무감은 우리의 순수한 의식을 교란시키는 요소임은 가장 평범한 진실이다. 그러기에 사색의 정진이나 의식의 순화를 위해서는 현세의 속사를 떠나는 것이 가장 현명한 방법이다. 그럼으로써 완전한 사고의 자유, 공명한 판정의 능력을 갖일('가질'의 오자—인용자) 수 있다. 崔仁

---

35) 金炳翼, 「自由와 現實—崔仁勳씨의 경우」, 위의 책, 116쪽.

勳씨의 의도한 바는 바로 이러한 순수의 자유인인 것 같다."[36] 4 · 19혁명을 통하여 『68문학』(『文學과知性』)이 발견하였던 정신은 이러한 '순수의 자유인'으로 자리를 잡게 된다. 이때 '순수의 자유인'이란 관념은 현실과 맞닥뜨리는 순간 공허해질 수 있다는 사실은 염두에 둘 필요가 있다.

② **관념적인 존재는 풍부한 지식을 바탕으로 현실을 명징하게 관찰할 수 있는 의식의 개별자(개인)로 존재한다.** '순수의 자유인'이라고 해서 관념의 세계만을 마냥 부유하는 것만은 아니다. 오히려 현실의 이해관계로부터 벗어난 까닭에 현실 상황을 보다 냉정하게 파악하게 되는 측면도 있다. 김병익이 최인훈 소설의 주인공들을 통해 추출하는 미덕은 바로 이러한 면모이다. '순수의 자유인'은 고통스럽게, 그러나 철저하게 자신을 둘러싼 현실을 응시한다. 그러한 응시를 따라 관념적인 개별자는 "우리 역사와 우리 민족 전체"로까지 존재 확장을 이룰 수 있다. 최인훈 소설의 이러한 과정에 대하여 김병익은 『68문학』의 입장을 다음과 같이 정리하였다: "우리는 기초적으로 이 모든 것을 긍정한다."

> 작가 자신이 지적이기 때문에 주인공이 지성인으로 나타날 수 있겠지만 지성인을 작품에 등장시키는 고의적인 의도가 그렇다고 무시될 수는 없다. 그는 한국의 젊은 지성인을 통해 우리의 역사와 문화유산을 재평가하고 우리의 의식구조를 분할하며 그것이 어떤 현실 속에 어떻게 작용할 수 있는가를 탐구하고 있는 것이다. 그는 전통적인 소설양식으로 반공포로가 된 '이명준'이 제3국을 선택하고 그러나 그 선택마저 스스로 포기하며 자살하는, 좌절할 수 밖에 없는 '價値喪失의 廣場'을 이미 진단한 바 있거니와 마치 '행위는 없고 사고만 남은' 듯한 『灰色人』과 『西遊記』는 정치적 상황으로부터 국민적 인간상에 이르기까지 현실과 현실속의 인간을 날카로운 평론가의 엣세이처럼 신랄하게 까뒤집고 있다. 그의 개인적인 사회

---

36) 위의 글, 116쪽.

관은 점차 확대해서 우리 역사와 우리 민족 전체로 번져가면서 비
판만은 더욱 가혹하고 첨예해졌다. 그에 따른 작품기법의 변화도
점점 대담해졌다. 우리는 기초적으로 이 모든 것을 긍정한다.[37]

③ 비극적인 세계관 최인훈의 「GREY 구락부 전말기」에는 하나의
인간형이 제시되어 있다. "움직임의 손발을 갖지 못하고, 내다보는 창
문만을 가진 인간형이 있다. 손 하나 발 하나 까딱하긴 싫고, 다만 눈에
보이는 온갖 빛깔, 형태를 굶주린 듯 지켜봄으로써 보람을 느끼는 사람,
이런 사람은 '창' 타입의 사람이다."[38] 기실 '창' 타입의 사람이란 ①과
②의 면모를 두드러지게 드러내는 인간에게 그대로 맞춤한다. 현실의
바깥에 관념적으로 존재하면서, 동시에 혼란스러운 현실을 냉정하게
응시하는 지식인의 태도는 창밖의 풍경을 차분하게 내다보는 행위와
유사하기 때문이다. 그런데, 창 타입의 인물인 경우 불완전한 현실에 대
한 인식이 깊어지면 깊어질수록 무력감은 증가할 수밖에 없다. 아무리
인식이 깊어졌다고 한들 벽처럼 가로막은 창을 뛰어넘어 현실에 개입
할 수는 없으며, 그렇다고 창 옆이 아닌 다른 곳으로 자리를 옮겨 현실
에 대한 응시를 포기하지도 못하는 까닭이다.

비극적인 세계관은 그래서 싹튼다. 앞에서 살펴보았던 바, 김치수는
60년대의 작가들이 "自我를 돌아볼 줄 알고 역사나 현실 앞에서 自我의
무기력함을 인식하고 있는 괴로운 自己省察의 인물들"을 형상화한다고
분석하고 있다. 이는 최인훈의 세계에도 그대로 적용된다. 그렇다면 김
병익은 이러한 비극적 세계관을 어떻게 극복하고 있는가. 이러한 물음
에 봉착했을 때 그의 시선은 분열된다. 최인훈 소설의 한계를 지적하면
서 ①과 ②의 내용을 자신이 나서서 뒤흔들어 버리기 때문이다. "근본

37) 金炳翼, 「自由와 現實─崔仁勳씨의 경우」, 위의 책, 119~120쪽.
38) 崔仁勳, 「GREY 구락부 전말기」, 『崔仁勳全集 8: 우상의 집』, 文學과知性社, 1993, 23쪽.

적인 한계감을 주는 것은 그의 냉철한 현실파악과 끊임없는 사실에의 관심에도 불구하고 그것은 실세계와 상당한 거리를 유지하고 있다는 점이다. 이 말은 그의 이해와 판단이 어둡다는 것이 아니라 지나치게 명증하기 때문에 체온을 갖인('가진'의 오자—인용자) 인간을 느끼기보다 투명한 어름('얼음'의 오자—인용자)을 통해 응시하고 있다는 기분이다."39) 이는 결국 ①과 ②의 논리와 모순되는 것 아닌가.『68문학』의 지향과 김병익 자신의 문학적 자의식이 괴리되는 징후란 바로 이를 가리킨다.

『68문학』은 문학적 좌표축의 원점으로 최인훈의 문학세계를 설정하였다. 여기서『광장』의 성취에 힘입은 최인훈이 4·19혁명의 문학적 상징성을 선취하는 바 있었다는 사실을 염두에 둘 필요가 있다. 그런 까닭에『68문학』이 최인훈의 세계를 좌표축의 중심으로 삼는 장면은 퍽 의미심장할 수밖에 없다. 자신들 나름대로 4·19 의식을 끌어안는 방식이 드러나기 때문이다. 그렇지만, 이 순간 최인훈에게 요구했던 "우리가 그의 문학에서 얻고 싶은 것은 自由人의 사고라기보다는 自由人이 되기위해 각고하는 非自由人의 수련인 것이다."40)라는 사항은 그들에게도 또한 동일하게 적용되는 상황에 처한다. 바로 그 자리가 그들의 출발점이기 때문이다. 그들은 과연 최인훈의 한계를 뛰어넘을 수 있었는가. 이는『68문학』의 뒤를 이어 발간된『文學과知性』이 답해야 할 몫이다.『文學과知性』은 과연 '自由人의 사고'를 보여주었던가, 아니면 '自由人이 되기 위해 각고하는 非自由人의 수련' 과정을 보여 주었던가.

---

39) 金炳翼, 앞의 글, 120쪽.
40) 위의 글, 121쪽.

IV. 한국비평의 과제와 식민주의

　김현이 『68문학』에 발표한 비평은 「韓國批評의 可能性」이다. 「韓國批評의 可能性」 또한 비극적인 세계관에 근거하고 있다. 그런 점에서 이 비평은 김치수의 「韓國小說의 課題」, 김병익의 「自由와 現實」과 공유하는 바가 큰 셈이다. 김현은 4·19세대가 끌어안고 있는 비극적인 세계관의 형성 과정을 다음과 같이 설명하고 있다. 그리고 4·19세대 (65年代) 비평가들의 과제를 이 지점에서부터 설정해 나간다.

　　이 세대는 우리가 아는 한 역사상 가장 진보적인 세대이다. 적어도 5·16이 일어나기 전까지는 거의 완전한 리베랄리즘이 팽대해 있었고, 무엇이든지 하면 된다는 식의 이상주의적인 시대였기 때문이다. 55年代에 이어 무더기로 등장한 65年代의 作家·評論家들을 지배한 것은 이러한 리베랄리즘이다. 이 리베랄리즘은 점차 현실에 의해 수정받기 시작하지만, 65年代 작가들의 밑거름을 이룬다. 65年代 作家들을 지배하고 있다고 알려져온 허무감은 이런 리베랄리즘과 이상주의의 패배에서 기인한 것이다. 그러나 이와 동시대에 태어난 批評家들에게 주어진 과제는 이런 배반의 과정을 파헤치는 것이었고, 사실상 몇몇의 비평가들은 55年代의 비평가들의 글을 이해하고 휴수하는 과정에서 그러한 태도를 휴수할 수 있는 바탕을 발견한다.[41]

　리버럴리즘과 이상주의의 패배로 이어진 '배반의 과정을 파헤치는 것'이 4·19세대 비평가들에게 주어진 과제라면, 이러한 과제를 수행하기 위해서는 과연 무엇이 필요할까. 김현은 두 가지 종류의 비평에서 가능성을 모색하고 있다. 먼저 ① 문학사회학의 방법론. 그는 문학사회학을 여섯 갈래로 나누어 접근하였는데, 이 때 준거로 삼은 것은 『타임즈』

---

41) 김현, 「韓國批評의 可能性」, 위의 책, 152쪽.

'文藝부록'에 실린 움베르토 에코의 「사회학과 소설」이다. 움베르토 에코가 제시하는 여섯 갈래란 다음과 같다. (1)『문학사회학』의 저자 로베르 에스까르삐의 방법론 (2) 텐느의 방법론 (3)『예술과 문학의 사회사』를 쓴 아놀드 하우저의 방법론 (4) 로젠버그의 대중소설 내용 분석 방법 (5) 롤랑 바르트의 방법론 (6)『소설의 사회학』의 저자 뤼씨엥 골드만의 방법론. 여기서 시선을 잡아끄는 대목은 평가의 절대적인 기준이 처음부터 끝까지 『타임즈』 '文藝부록'에 실린 움베르토 에코의 「사회학과 소설」에서 빚어진다는 사실이다.

가령 김현은 여섯 가지 분류에 속하지 않기 때문에 "李御寧 류의 참여가 사회학적인 것은 아니라는 것이 분명하다."[42]라고 판단한다. 한국이 처한 구체적인 현실의 토대는 고려하지 않으면서 골드만의 관점에 미달한다는 근거로 이철범을 폄하하기도 한다. "李哲範씨의 경우는 골드만의 경우와 비교될 수 있을지 모르지만, 그는 너무 당위에 집착해 있고, 作品 · 作家에 대해 신경을 덜쓰고 있다."[43] 그리고 "우리나라에서 시도된 것이라고는 最近 趙演鉉씨가 보여준 로베르 · 에스까르삐의 경우를 따르는 것과 柳宗鎬 · 廉武雄 씨의 하우저류의 비평 밖에는 없기 때문"에 "지나치게 협소하고 근시안적이다."[44] 그러므로 결론은 쉽게 산출된다. 에코의 범주만 따라가면 해답을 마련할 수 있기 때문이다. "오늘날 우리에게 필요한 사회학적 비평이란 에코의 분류에 의한 딴 방면으로의 대담한 확산이다. 롤랑 · 바르트나 골드만, 텐느의 方法論에 대한 대폭적인 도전이 필요로 된다."[45]

(1)과 (3)은 이미 한국문학에서 유통되는 까닭에 의미가 폄하되며, (4)

---

42) 위의 글, 154쪽.
43) 위의 글, 같은 쪽.
44) 위의 글, 같은 쪽.
45) 위의 글, 같은 쪽.

는 대중성에 닿아있기 때문에 고려의 대상에서 제외된다. 이에 따라 김현은 남은 (2) · (5) · (6)을 적극적으로 도입하는 데서 '韓國批評의 可能性'을 모색하고 있다. 기실 김현은 1973년 김윤식과 함께 『한국문학사』(민음사)를 펴내었는데, 이때 골드만의 방법론을 한국문학사에 적용하는 사례를 보여주기도 하였다. 그런데, 보편(서구)이란 거울에 비춰 한국의 상황(특수성)을 재구성하는 방식에는 식민주의의 시선이 개입하게 마련이다. 언제나 서구의 논리에 입각하여 기준이 설정되기 때문이다. 임화의 '이식문학론'을 넘어서겠다는 의욕에도 불구하고 『한국문학사』가 유럽 중심주의(식민주의)의 회로에 갇히게 되었던 까닭도 이로써 설명할 수 있다. 이러한 방식의 민족주의란 한국의 역사가 서양의 기준에 미달하지 않는다는 증거를 찾아내는 방향으로 기울게 되어있고, 이는 결국 서양으로부터 인정받으려는 주변부 민족주의의 조급성 발로에 머무르고 마는 것이다. 그러므로 『한국문학사』에 전면적으로 드러나는 식민주의의 한계는 「韓國批評의 可能性」에서부터 이미 내장되어 있었다고 볼 수 있다.

4 · 19세대 비평가에게 주어진 과제를 수행하기 위해 김현이 주목했던 두 번째 사항은 ② 미학적 비평의 측면이다. 여기서 가장 중요한 과제는 (1) 상상력에 관한 문제이며, 그 다음은 (2) 언어학적 분석이다. ① 문학사회학의 방법론과 ② 미학적 비평의 결합을 통해 그는 마르크스주의와 난해한 모더니즘의 두 극을 넘어서고자 하였다. "사회학적 방향의 극으로 움직이면 그곳에서 우리는 맑스主義로 무장된 프로레타리아 봉기 고취의 문학비평과 부딪치며 미학적 방향의 극으로 움직이면 이해할 수 없을 만큼 난해한 모더니즘의 와중에 빠져버린다. 한편에서는 도식적인 殺人 · 放火가 고취되고 한편에서는 작위적인 기괴함, 무기력한 단어 나열이 신성시된다."46) 갑작스럽게 마르크스주의와 난해한 모

더니즘을 끌어들여 4·19세대 비평가들의 반대편에 배치한 까닭은 당대 치열하게 전개되었던 '순수―참여 논쟁'을 염두에 두었기 때문으로 파악된다. 참여의 극단에 마르크스주의를 설정하는 한편, 순수의 극단에 난해한 모더니즘을 전제함으로써 '순수―참여 논쟁'을 "'내용이냐 형식이냐', '참여냐 순수냐' 하는 헛된 二元論의 논쟁"47)으로 폄하하고, 이를 통해 자신들의 새로움을 강조하려는 전략의 소산이라는 것이다.

　김현의 이러한 전략은 적중하여 4·19세대 비평가의 입지는 1970년대가 지나면서 넓게 굳어져갔으며, 상대적으로 전후세대 비평가들은 인정 투쟁에서 밀려나는 양상이 전개되었다. 물론 여기에는 새로운 문단을 만들어내는 과정이 함께 하고 있다. 여기에 대한 내용은 『文學과 知性』을 분석하는 데에서 다시 시작되어야 할 것이다. 「座談: 4·19와 韓國文學」(『思想界』 1970년 4월)에서 4·19세대 비평가들의 의식 분화는 두드러지게 드러났으며, 이는 『文學과 知性』 창간호의 「韓國小說의 可能性―리얼리즘論 別見」(김현)으로 이어지면서 문학―제도의 구축으로 전개되었기 때문이다.

---

46) 위의 글, 155쪽.
47) 위의 글, 같은 쪽.

『산문시대』와 새로운 문학장(場)의 맹아

서영인

Ⅰ. 머리말―『산문시대』연구의 초점

1962년 6월 1호를 시작으로 1964년 9월 5호까지 발간된 동인지『산문시대』가 문학사에서 자주 회자되는 이유는 무엇보다도 그 화려한 동인들의 면면 때문이다. 김현, 김승옥을 비롯하여 최하림, 김치수, 서정인, 염무웅, 곽광수 등,『산문시대』에 참여했던 동인들은 이후 우리 문학사에서 주도적인 역할을 하면서 한국문단을 이끌어 왔다. 특히『산문시대』를 이후의『사계』(66~68년)―『68문학』(69년)―『문학과 지성』으로 이어지는 계보 속에 놓는다면,[1]『산문시대』는 불과 3년여 기간 동안의 대학 재학생들의 습작기 활동공간이긴 했지만 한국문단에서 중요한 비

---

1) 한강희,「1960년대 문예조직 활동의 저류 및 분화과정」,『우리 근·현대 문학의 맥락과 쟁점』, 태학사, 2001 참조.

중을 차지할 수밖에 없다. 그 의미란 단지 이후 한국문단에서『창작과
비평』과 함께 양대 산맥을 이루었던『문학과 지성』의 주요 멤버들이
『산문시대』에서부터 그들의 문학적 교류를 다져 왔다는 점에만 국한
되지 않는다. 오히려 더 중요한 부분은『산문시대』의 동인들이, 이후의
문학적 활동을 통하여 대체로 한국문단에서 최초로 세대의식을 지닌
일군의 작가들로 평가받았다는 데 있다. 이른바 4·19세대라는 명명이
여기에서 비롯된다. 어떤 시대이든 자신들의 시대를 특별한 것으로 생
각하고 그러므로 전세대와의 차별성을 통해 자기 시대의 정체성을 확
인하고자 한다는 점에서 세대의식이 이들만의 것이었다고 말하기는 힘
들다. 그러나 4·19라는 한국현대사의 중요한 사건을 분기점으로 하여
그들이 세대의식을 적극적으로 표방하였다는 점에서 이른바 4·19세
대들의 자의식은 평범한 의미의 세대의식을 뛰어넘는 의미를 지니게
된다. 예컨대 김현과 김승옥의 다음과 같은 발언은 그들이 얼마나 4·
19에 대한 자의식을 스스로 분명히 가지고 있는지를 짐작케 한다.

> 내 육체적 나이는 늙었지만, 내 정신의 나이는 언제나 1960년의
> 18세에 멈춰 있었다. 나는 거의 언제나 4·19세대로서 사유하고 분
> 석하고 해석한다. 내 나이는 1960년 이후 한 살도 더 먹지 않았다.
> 그것은 쓸쓸한 인식이지만 즐거운 인식이기도 하다.[2]

> '4·19'에 의하여 즉 동질의 의식意識에 의하여 동년배 사이의
> 감각의 차이를 무시할 수 있게 되었고 나아가서는 의식意識에 의하
> 여 '지방출신'의 감각도 어떤 자리를 차지할 수 있게 되었다는 것을
> 말하고 싶기 때문이다. '4·19'가 없었더라면 난민難民 감각에 의하
> 여 지방출신의 의식은 앉을 자리를 못 찾았을 것이다.[3]

2) 김현, 「책머리에」,『분석과 해석』, 문학과 지성사, 1988.
3) 김승옥, 「산문시대 이야기」,『싫을 때는 싫다고 하라』, 자유문학사, 1986, 124쪽.

앞의 김현의 발언이 자신의 정체성이 4·19의 압도적 영향 하에 있다는 점을 강조하고 있는 것이라면 뒤의 김승옥의 발언은 그 세대의식이 단지 한 개인의 것이 아니라 동세대적 동질성과 연대의식으로 이어져 있음을 드러내고 있는 것이다. 『산문시대』가 4·19세대들의 문학활동의 시발점으로서의 의미를 지닌다면, 그리고 그 세대 스스로가 한국문학사에서 유래가 드물 정도로 뚜렷한 동질감과 정체성을 표방한 바 있다면, 우리는 『산문시대』가 그 세대의식의 원형을 어떤 식으로든 함유하고 있다고 가정해 볼 수 있을 것이다. 그런데 1960년대 문학을 다룬 많은 연구가 『산문시대』를 세대의식의 출발점으로 거론하고 있기는 하지만 『산문시대』 자체를 텍스트로 삼아 연구를 진행시킨 경우는 드물다. 김윤식의 「60년대 문학의 특질」,[4] 그리고 김현론이라 할 수 있는 「어떤 4·19세대의 내면풍경」[5]에서 비교적 자세히 『산문시대』와 4·19세대들의 의식세계가 가지는 연관성이 다루어진 바 있다. 차미령의 「≪산문시대≫ 연구」[6]는 『산문시대』에 실린 소설작품을 전반적으로 모두 다룬 연구인데 이들 동인들의 공통적 의식세계를 '실재의 발견'이라는 측면에서 검토하고 있다. 전자의 경우 주로 김승옥과 김현을 중심으로 한 연구이고, 후자의 경우는 소설만을 다룬 것이라 그 범위에 한계가 있다. 또한 김윤식의 연구는 체험한 자만이 가질 수 있는 예리한 시선이 빛나기는 하지만 『산문시대』 전반을 근거로 삼고 있다고 보기는 힘들고, 차미령의 연구는 '실재의 세계'라는 것이 문학사적 맥락에서 어떤 의미를 지니는지가 불분명하다.

　　『산문시대』에서 동인들이 공유한 세대의식이라 할 만한 것을 발견할 수 있는가. 있다면 그것은 어떻게 정의될 수 있는가. 그리고 그것은

4) 김윤식, 「60년대 문학의 특질」, 『운명과 형식』, 솔, 1998.
5) 김윤식, 「어떤 4·19세대의 내면풍경」, 『운명과 형식』, 솔, 1998.
6) 차미령, 「≪산문시대≫연구」, 『한국문학과 풍속 2』(한국현대문학회 편), 국학자료원, 2003.

그들이 자신의 세대를 4·19세대라 부른 만큼 4·19라는 역사적 사건과 어떻게 이어져 있는가 하는 것은 『산문시대』를 본격적인 연구의 텍스트로 삼기 위해서 반드시 거쳐야 할 질문이다. 우선 창간사와 동인들의 작품, 그리고 회고를 통해 『산문시대』 동인의 결성과 진행과정을 재구해 보고, 그 동인지의 성격을 대략적으로 짐작해 보는 것이 필요하다.

II. 『산문시대』의 성격과 지향점

『산문시대』는 1962년 6월 김현·최하림·김승옥을 동인으로 하여 창간호를 발간했다. 김승옥의 회고[7])에 의하면 김승옥은 1962년 한국일보 신춘문예에 「생명연습」이 당선된 이후 김현과 김치수에게서 문학동인지를 함께 하자는 제의를 받았다. 김치수와 김현에 의해 문학동인지 창간이 준비되고 있었고 마침 그 때 신춘문예 당선으로 등단한 김승옥이 동인으로 참가하면서 『산문시대』 동인이 결성된 것이라 할 수 있다. 이후 김승옥은 동인 선정에서 여러 이견이 있었다고 밝히고 있는데, 김승옥이 이전에 문학적 교유가 있었던 김광규·박태순·이청준·염무웅·김화영·조동일·주섭일 등을 추천했으나 김현과 김치수가 반대했다는 것이다. 동인지의 성격을 설정하는 문제나, 동인을 모으는 일에서 김현과 김치수의 의견이 상당히 결정적으로 작용했으며 두 사람은 동인지의 활동방향에 대해 상당히 치밀한 준비를 해 왔음을 짐작할 수 있다.

이후 강호무·김성일·염무웅·서정인·김산숙·곽광수 등이 참여하였는데 서라벌 예대에 재학 중이던 강호무를 제외하고는 모두 서울

---

7) 이후 『산문시대』의 결성과정과 방향성에 대한 부분은 김승옥의 회고(위의 글)를 재구성한 것이다. 따로 출처는 밝히지 않는다.

대학생들이었다. 『현대문학』에 추천을 받은 김성일과 『사상계』로 등단한 서정인을 수소문하여 동인으로 참가시킨 것을 봐서도 알 수 있듯이 『산문시대』는 단지 대학생 중심의 아마추어 문학동호회에 머무르고자 한 집단이 아니었다. 특이하게도 시를 제외한 산문만을 수록하기로 했고 이름을 '산문시대'라고 지은 것 또한 당대 문단속에서 차별성을 확보하기 위한 전략이었다고 할 수 있다. 이는 말하자면 당대 문단의 구도를 주시하면서 그 속에서 문학적 활동의 방향성을 정하고자 하는 감각의 산물이었던 것이다. 당대의 문학동인지가 대부분 시 중심이었던 것을 의식하면서 새로 창간된 동인지에 특색을 주기 위해서 시를 제외한 산문만을 실은 동인지를 구상했던 것이다. 실제로 최하림과 강호무가 이후 시작활동을 주로 하였고 『산문시대』에 실린 작품들도 산문이라기보다는 시적 성격을 강하게 지니고 있었던 것을 생각하면 『산문시대』의 산문중심의 동인지성격구상은 철저히 당대 문단에서의 위치를 의식한 결정이었다고 볼 수 있다. 이후 4·19세대의 비평활동이 전 세대를 향한 비판과 동세대 작가들에 대한 적극적 옹호를 통한 인정투쟁의 성격을 띤다는 평가[8])에 동의한다면 이는 이미 당대문단을 의식하면서 효과적인 개입전략을 초보적인 수준에서나마 구상했던 『산문시대』에서부터 준비되었던 것이라고 볼 수도 있다.

　이는 『산문시대』 5호에 실린 김치수의 글 「작가와 문학적 변모」에서도 확인할 수 있다. 이 글은 장용학에 관한 작가론이다. 김치수는 장용학이 19세기적 탈을 벗은 현대적 작가이며 현대인의 고뇌를 그려내고 있는 작가라는 점에서 그 작품활동의 의의를 평가한다. 그러나 장용학이 작가 개인의 관념을 너무 과도하게 전달한 나머지 독자를 설득하는 데는 실패하고 말았으며 작가의 관념을 객관적 형식으로, 언어적 구성

---

8) 권성우, 「60년대 비평문학의 세대론적 전략과 새로운 목소리」, 『1960년대 문학연구』, 예하, 1993.

물로 구축하는데 실패했다고 비판한다. 사실 김치수가 장용학의 소설에서 작가 관념의 과도한 표백을 지적하면서 독자가 스스로 이해하고 파악할 수 있는 문학적 매개와 형식이 미비하다고 비판하고 있는 것은 평범한 해석에 속한다. 김치수가 이오네스코의 「대머리 여가수」를 『산문시대』 4호에 번역해 실은 예가 있다는 점을 상기한다면 장용학에 관한 실제비평에서 적용되는 기준은 다소 보수적이라고 할 수 있을 정도이다. 여기에서 두드러지는 점은 김치수가 50년대의 대표적인 작가인 장용학을 비판함으로써 한국문학에의 개입을 시작하고 있다는 점이다. 김치수의 글이 『산문시대』를 통틀어 유일한 실재비평이고 보면 전대의 문학을 비판하면서 새로운 세대의 새로운 문학을 표방하는 『산문시대』의 방향성을 가장 구체적이면서도 직접적인 실천형태로 보여주고 있는 글이 바로 김치수의 글이라고 할 것이다.

이처럼 『산문시대』는 "대학생 아마츄어 집단이라기보다는 문학 장場에 속한 하나의 문학집단으로서 스스로를 자리매김하고 있었다.9)" 동인구성을 서울대생으로 한정10)함으로써 서울대라는 상징자본을 활용하고 산문중심으로 동인지의 성격을 제한함으로써 당대 문단에서의 차별성을 확보하고자 한 점, 등단문인 중심으로 동인지를 꾸려 나가고자 한 점 등이 이를 증명한다.

> <산문시대>가 단순히 우리 몇 사람의 발표욕을 만족시키기 위한 도구가 아니라 '대학생 문단(大學生 文壇)'을 형성하는 핵(核)이 됐으면 하는 것이다. 우선 서울대학교 재학생 중심의 문학지(文學

---

9) 차미령, 앞의 글, 435쪽.
10) 김승옥의 회고에서 다른 대학에서 동인을 구하려 하였으나 여의치 않아서 서울대생으로 한정하기로 한 과정이 밝혀져 있다. 그러나 이들의 동인구성이 등단문인 중심, 혹은 개인적 교유를 통해 검증된 자들 중심으로 상당히 폐쇄적으로 진행되었고 이 과정에서 서울대생이라는 한정이 자연스럽게 작용했으리라는 점을 짐작할 수 있다.

誌)일 것, 그리하여 '서울대생 문단'을 형성할 것, 나아가서 전국의
'대학생 문단'을 형성하게 되는 유도체(誘導體)가 될 것[11]

　　김승옥의 발언에서 알 수 있는 바와 같이『산문시대』는 동인지의 목
표와 방향성을 상당히 정밀하게 설정하고 있었다. 대학생이라는 신분
의 특수성이 기성문단과의 차별성을 통해 그들의 참신성과 패기를 더
욱 강조할 수 있었을 것이다. 그러나 대학생이라는 신분은 본격적으로
제도화되지 않았다는 점에서 참신성을 부각시킬 수는 있으나 또한 미
숙한 습작과정이라는 인상을 줄 수도 있다. 이미 등단한 세사람을 중심
으로 동인지를 출발시킴으로써『산문시대』는 이러한 선입견으로부터
도 어느 정도 거리를 둘 수 있었다. 이들이 기성의 문단에 대한 차별성
을 통해 문학의 출발을 알렸다는 점은 그들의 문학이 기성문학과는 전
혀 새로운 지점에 서 있음을, 혹은 있어야 함을 의식하고 있다는 것을
의미한다. 그렇다면 그들의 문학은 무엇이 새로우며 무엇을 구심점으
로 결속되어 있는가. 이제 그것에 관해 질문할 차례이다.

III. '새로운 문학'의 표방과 실질적 내용의 모호성

　　기성문단과의 차별성을 적극적으로 부각시키면서『산문시대』의 방
향을 설정했던 동인들이 수록작품이나 내용에 있어서도 기성문단과의
차별화를 시도했으리라는 것은 익히 짐작할 수 있는 일이다. 자주 인용
되곤 하는『산문시대』의 창간사는 이러한 기성문단에의 도전의식과
차별화에 대한 동인들의 의욕이 선명하게 나타나 있다.

---

11) 김승옥, 앞의 글, 116쪽.

태초와 같은 어둠 속에 우리는 서 있다. 그 숱한 언어의 혼란 속에서 우리의 전신은 여기 이렇게 초라한 모습으로 서 있다.

이 천년을 갈 것 같은 어둠 그 속에서 우리는 신이 느낀 권태를 반주하며 여기 이렇게 서 있다. 참 오랜 세월을 끈덕진 인내로 이 어두움을 감내하여 우리 여기 서 있다.

그러나 이제 우리는 안다. 이 어두움이 신의 인간창조와 동시에 제거된 것처럼 우리들 주변에서도 새로운 언어의 창조로 제거되어야 함을 이제 우리는 안다.(중략)

우리 앞에 끝없이 펼쳐진 길을 우리는 이제 아무런 장비도 없이 출발한다. 우리는 그 길 위에서 죽음의 패말을 세기며 쉬임없이 떠난다. 그 패말 위에 우리는 이렇게 다만 한마디를 기록할 것이다. <앞으로!>라고.12)

'선언'이라는 이름으로『산문시대』첫 호의 맨 첫장에 새겨진 이 창간사는 기존의 것에 대한 부정으로 가득차 있지만 또한 그것은 비유적 언어로 대치된 것이다. 이 창간사를 통해 동인들은 기존의 세계를 '어둠'으로 인식하면서 '새로운 언어'를 창조함으로써 이 어두움을 제거하겠다는 의욕을 표방하고 있다. 그러나 물론 여기에서 어둠이 의미하는 바가 무엇인지는 분명하지 않다. 새로운 문학을 하겠다는 의지만이 선명하게 도드라질 뿐이다. 그리고 그 새로운 문학을 '새로운 언어의 창조'라는 말로 표현하고 있다는 사실에도 주목해야 할 것 같다. 새로운 문학은 새로운 언어의 창조로 가능하다는 의식을 비유적인 방식을 통해서이기는 하지만 엿볼 수 있기 때문이다.

문제는 이 '새로운 문학'의 정체가 무엇인가 하는 점에 있다. 실상 『산문시대』의 창간사는 50년대 문학을 향해 이어령이 패기넘치게 외친 '화전민 의식'과 크게 다르지 않다.13) 기성의 것을 불태우고 거기에

---

12)『산문시대』1호,「선언」.
13) 이에 대해서는 홍기돈도 천상병의 비평을 논하는 과정에서 언급한 바 있다. 홍기돈,「날개

서 새로운 경작을 시작하겠다는 기존 문학에 대한 강렬한 부정의식이 그렇거니와 화려한 비유의 수사로 그 선언이 채워져 있다는 점에서도 그러하다. 사실 60년대 문인들이 이전의 문학, 50년대 문학을 부정하면서 등장했지만 실상은 이어령의 영향에서 그리 자유롭지 못했다는 염무웅의 회고[14]에서도 알 수 있듯이 『산문시대』의 선언은 그 내용과 형식 모두에서 이어령의 선언을 모방한 것이라고 해도 과언이 아니다. 차이가 있다면 그것은 그들이 "떼로 등장했다"[15]는 점이다. 개인적 문제의식이나 발언이 아니라 동류적 의식을 근거로 집단을 이루어 기성의 문학에 도전하고자 했다는 점, 그것이 『산문시대』의 선언이 지니는 폭발력이자 영향력이라고 할 수 있으며 이는 이후 『산문시대』를 비롯한 동세대 비평가들이 한국문학의 새로운 성원이 되는 과정을 통해 충분히 입증된 바 있다. 집단으로 등장한 이들이 공유하고 있던 세대감각이 중요시될 수 밖에 없는 이유가 여기에 있다.

『산문시대』 창간호가 나온 것은 1962년이고 이는 4·19와 5·16이 연달아 일어난 직후이다. 이후 김현이나 김승옥 등이 스스로 4·19의 압도적 영향력 하에 있음을 여러 차례 드러내었다는 사실은 앞에서 이미 언급한 바 있거니와 4·19세대라는 말이 문단에서 어느 정도 공신력을 얻고 있다는 점까지 미루어 본다면 이 세대의식에 4·19가 어떤 영향을 끼쳤으리라는 가정을 해 볼 수 있다. 사실 『산문시대』가 여러 자료에서 자주 언급된 바 있었지만 본격적으로 그 면면이 연구된 예는 드문데, 이처럼 내용이 정밀하게 검토되지 않은 상태에서 『산문시대』는 4·19의 결과물이며 4·19세대의 내면을 드러내는 원초적 풍경을 지

꺾인 세대의식과 배반당한 혁명」, 제3회 천상병 예술제 기념 심포지엄 발제 원고, 2006.4.28 참조.
14) 서영인 정리, 「혼돈의 시대에도 문학은 지속된다」(염무웅 교수와의 대담), 대산문화, 2006 년 여름.
15) 김윤식, 「60년대 문학의 특질」, 『운명과 형식』, 솔, 1998, 162쪽.

니고 있다고 추정된 경우도 없지 않았다. 『산문시대』의 문학적 키워드가 '환멸'이며 이 환멸은 4·19의 자유가 5·16에 의해 곧바로 좌절된 경험에서 비롯된 것이라는 해석16)이 그 대표적 예가 될 것이다. 물론 『산문시대』에 나타나는 문학적 주조가 환멸이고 그것을 4·19나 5·16에서 비롯된 것이라고 유추해서 해석하는 것이 불가능한 것은 아니지만 '환멸'이라는 정서와 4·19라는 역사적 사건을 곧바로 연결시키는 것은 무리가 있다. 무엇보다 『산문시대』에서 4·19에 대한 언급이 거의 등장한 바가 없으며 정황상 4·19의 영향력이라 짐작될 수 있는 바가 드러나는 예도 극히 드물다는 사실이 지적되어야 할 것이다. 이들의 문학에 나타난 환멸의식의 근원이 어디에 있는가를 유추하는 해석은 좀더 정밀하게 전개되어야 하지만 이 자리에서 일단 확인할 것은 그 근원에 4·19가 있다는 해석은 지나친 확대해석일 수 있다는 점이다. 4·19세대의 세대의식이란 실상은 당사자들의 입에서 발화되어 그 의미가 거듭 강조됨으로써 이후에는 자명한 사실로 굳어진 것일 수도 있다. 김현과 김승옥이 앞에서 언급한 바와 같이 4·19와 자기 세대간의 친연성을 강조하였지만 그것은 어디까지나 사후의 회고에 의해, 당사자들의 자기규정으로 등장했다는 사실이 간과되어서는 안될 것이다.

이 글에서 확인하고자 하는 바는 일단 이들의 세대의식이 과연 4·19세대라는 규정이 가능할 만큼 『산문시대』에 선명히 드러나 있는가 하는 점이다. 그리고 결론부터 말하자면 이들의 문학에서 4·19의 역사적 체험은 추상적이거나 단편적인 언급으로도 드러나지 않는다. 그들은 기존의 세계에 대해 절망하고 권태로워 하고 있으며 그 속에서 무력

---

16) 김윤식, 「어떤 4·19세대의 내면풍경」, 『운명과 형식』, 솔, 1998. 참조. 물론 김윤식의 해석을 이와 같이 간단히 도식화하기는 곤란한 점이 있다. 김윤식은 서구의 것이었던 자유를 4·19를 통해 경험했으나 그 실체를 알 수 없었기에 김현은 언어라는 감옥을 택했다고 해석하고 있다.

한 개인의 일상적 고통을 말하고 있을 뿐이다. 그것이 기존의 세계에 대한 막연한 불만과 불안이라고 해석할 수 있을지는 몰라도 그것을 4·19라는 역동적 역사의 체험과 관련되어 있다거나 5·16을 통한 급격한 좌절의 결과물이라고 볼 수 있는 증거는 불충분하다.[17] 예컨대 창간호에 실린 김현의 「잃어버린 처용의 노래」 같은 작품에서 개인의 내면과 의식을 넘나들면서 일상을 어둠과 권태로 인식하는 방식이라든가 결혼으로 대표되는 제도를 받아들이기를 두려워하는 최하림의 「여름시집」 같은 작품에서 알 수 있듯이 이들은 현실을 부정하는 태도로 일관하고 있기는 하지만 실상 그 현실을 부정할 수밖에 없는 이유 같은 것은 모호하거나 상식적인 수준에 속한다.

  개인을 무의미한 현실 속에 버려진 존재로 생각하거나 일상을 몹시 권태롭고도 견디기 힘든 것으로 인식하는 태도, 개인의 내폐적인 의식 세계를 과도하게 소설 속에 표백하는 방식 등은 오히려 이들의 세계가 50년대식 실존주의와 친연성을 갖고 있는 것이 아닌가 하는 생각마저 들게 한다. 요약해서 말하자면 『산문시대』 동인들의 작품은 개인적 내면과 의식의 흐름을 주조로 삼고 있다. 그리고 그 개인적 내면은 하나같이 절망과 권태와 무의미로 점철되어 있다. 중요한 사실은 이들이 이 절망과 권태와 무의미의 원인을 모른다는 사실이다. 기존의 세계에 대한 부정의 의지는 분명하되 그것을 부정할 수밖에 없는 원인이 어디에 있는지 알 수 없으며 새로운 출발을 다짐하고 있으되 그것의 방향을 알지 못한다는 것, 이것이 『산문시대』의 소설 작품들에서 주로 드러나는 특색이다. 그러므로 이들은 그저 '앞으로!'라고 외칠 수밖에 없었던 것인

---

17) 5·16을 혁명과 그 좌절이라는 의미에서 환멸의 원인으로 보는 시각도 현재의 시점에서 유추된 것일 뿐, 당시의 실상과는 거리가 있다. 당시 지식인들이 5·16에 대해서 의외로 긍정적인 반응을 보였다는 연구가 이를 뒷받침한다. 정용욱, 「5·16쿠데타 이후 지식인의 분화와 재편」, 노영기 외, 『1960년대 한국의 근대화와 지식인』, 선인, 2004 참조.

지도 모른다.

『산문시대』 5호에 실린 김성일의 「세벌의 상복」은 『산문시대』의 이러한 경향을 매우 선명하게 보여주고 있다. 일종의 추리극처럼 구성된 소설에서 한 집안의 장남은 할아버지와 아버지와 삼촌을 모두 살해한다. 할아버지는 자수성가한 대지주이며 아버지는 아편중독자이고 삼촌은 남파된 간첩이다. 그들을 모두 살해하고 자수하면서 장남이 남긴 말이 인상적이다.

> 시역(弑逆)의 밤은 끝났다. …… 우리의 조상은 역사도 아니고 맑스도 아니었다. 에덴의 흙덩이도 아니었고 아편중독자도 아니었다. 우리의 조상은 우리들이다.
> 보라. 이 땅에도 봄이 온 것이다. 이 깨끗한 폐허 위에 너희는 밝고 아름다운 새 집을 지어라. 그건 너희들의 집이다.[18]

의미는 선명하다. 부와 권력을 상징하는 할아버지, 무기력한 중독의 삶을 상징하는 아버지, 그리고 이념을 상징하는 삼촌의 이 기성세대를 모두 죽이고서 새로운 세대들이 새로운 세계를 건설해야 한다는 것이다. 김윤식이 표현한 바 '아비 잃은 자들의 스스로 아비되기'라는 말에 상응되는 새로운 세대의 과거부정과 미래개척의 선언이라 볼 수 있으며 이는 『산문시대』의 창간사를 소설로 옮겨 놓은 것처럼 느껴진다. 이 새로운 세대들의 세대의식은 과거를 부정하고 새로운 세대에 의해 새로운 시대를 개척하는 것이라 할 만한데, 중요한 것은 이들이 열어가고자 하는 새로운 시대의 의미가 모호하다는 점이다. 과거는 지나칠 만큼 도식화되어 있고 미래는 의지만이 명백할 뿐 구체적 방향이 없다. 두드러지는 것은 살인이라는 극단적 장치가 보여주는 바와 같이 의지의 단

---

18) 김성일, 「세 벌의 상복」, 『산문시대』 5호, 464쪽.

호함이고 자신감에 찬 당위이다.

그리고 이러한 무의미 속에 던져진 무력한 개체라는 인식, 기존의 것들을 모두 무의미하고 권태로우며 부조리한 것으로 인식하는 태도는 흔히 짐작되는 바와 같이 4·19와 직접적 연관이 없다. 오히려 50년대식 실존주의에 더 가깝게 닿아 있다. 『산문시대』의 창간사가 이어령의 '화전민 선언'과 별반 다르지 않다는 사실, 그들의 문학이 50년대적 실존주의 의식에서 그리 멀리 나아가지 못했다는 사실에서도 알 수 있듯이 50년대 문학과 뚜렷이 분별되는 『산문시대』의 시대감각은 그다지 분명해 보이지 않는다. 1960년대 문학을 일컬어 '개인의식의 발견'이라는 의미를 부여하기는 하지만 그것이 정작 전대의 것과 그렇게 확연한 차이를 지니는가. 가령 50년대에 손창섭이 보여주었던 개인의식만을 떠올려 보더라도 이들이 보여준 서구적 의미의 개인의식이라는 것이 그처럼 획기적으로 새롭거나 전무한 것은 아니었다는 지적19)을 참고할 만하다.

이들의 문학에서 새로움을 찾을 수 있다면 오히려 그것은 외국문학의 압도적 영향이나 언어적 실험을 통해서일 것이다. 확실히 『산문시대』에 실린 소설은 김승옥의 소설과 그밖의 몇 편을 제외하고는 그 내용을 재구성하기가 쉽지 않을 만큼 난해하다. 개인의 의식과 내면이 어떤 논리적 인과를 따지지 힘들 만큼 자유롭고도 무정형적으로 제시되고 있으며 사건 역시 전통적인 구성방법을 택하지 않고 있다. 의식의 흐름에 과도하게 의존하고 있다고 할 정도인데 이는 서구의 반소설의 영향력을 짐작할 수 있게 한다. 이오네스코의 「대머리 여가수」가 번역되어 실리기도 하고 그 밖의 많은 번역물이 실린 것을 통해서도 이들의 문학이 외국문학의 압도적인 영향 하에 있다는 것을 알 수 있다. 물론 그 실험

---

19) 권성우, 앞의 글, 444쪽.

은 미정형의 것이었고 뚜렷한 성과를 평가하기는 어렵지만 어쨌든 기존의 문단에 대한 반감이나 도전의식은 이처럼 외국문학을 통해 학습한 문학개념을 수용하고 실습하는 방식으로 표현되었다는 점만은 분명하다.

그러므로『산문시대』에서 4·19세대의 세대의식의 원형을 찾는 일은 적어도 실증적 증거 차원에서는 그리 수월하지 않다. 이들의 문학사적 의미, 혹은 기존의 것과 다른 새로움이란 문단사적 의미에서, 집단적 동류의식을 지닌 문학자들이 스스로의 활동을 보증하고 평가하면서 세대교체를 이루어가는 새로운 문학장의 형성이라는 측면에서 찾아야 할 것 같다. 기존의 문학에 대한 도전의식은 과거를 부정하고 새로운 세대의 문학을 긍정하면서 집단의 차원에서 그들의 문학적 주장을 구축하고자 하는 문단활동의 새로운 방식으로 드러났다. 개인적인 차원에서의 문학활동, 혹은 연고주의나 사제관계에 의한 문학활동이 아니라 문학이념과 성향의 공통성을 통해 문학담론을 형성해 가는 새로운 움직임의 한 맹아가『산문시대』에는 싹트고 있었던 것이다. 그러나 그것의 내용은 적어도『산문시대』에서는 분명히 드러나지 않으며 당연히 전대와의 차별성도 불분명하다. 물론 1960년대 문학, 혹은 4·19세대의 문학의 특성과 혁신의 측면이 분명히 존재하겠지만 그것을『산문시대』를 통해 찾는 것은 분명히 과장된 것이다. 특히나 4·19와 5·16이라는 역사적 배경 속에서 그것을 찾으려 한다면 더욱 그렇다.

IV. 공통적 세대감각의 구체적 실상

그렇다면『산문시대』에는 동인들을 비롯하여 그 당시에 문학적 출발점에 서 있었던 청년들이 지녔던 공통적 시대감각이라 할 만한 것이 전혀 없는가. 이렇게 질문을 바꾸어 볼 수 있다. 물론 그것은 아니다. 외국문학과 언어실험에의 경사 역시도 하나의 세대감각이라고 볼 수 있을 것인데 말하자면 그것은 서구의 문화와 문학개념을 그대로 자기의 것으로 동일시하는 의식이라고 해석할 수 있다. 이는 이들이 전쟁 이후 본격적으로 교육을 받기 시작한 세대이며 그러므로 적어도 형식적으로는 자유민주주의와 개인주의의 서구식 교육을 받은 최초의 세대라는 데 기인한다. 2호부터 분재된 김현의 「비평고批評考」 4호와 5호에 분재된 염무웅의 「현대성 논고」를 통해서도 이러한 성격을 알 수 있다. 김현의 비평이 비평의 성격과 방법론을 기존의 이론들을 동원하여 정리하고 있는 것이라면 염무웅의 글은 문학의 현대성을 탐구하는 글인데 논의의 많은 부분을 한스 새들마이어의 『현대예술의 혁명』에 기대고 있다. 두 사람의 글은 외국문학 이론을 통해서 비평의 본질과 현대성이라는 상당히 이론적인 주제를 다루고 있다. 두 비평가가 비평활동의 출발을 외국이론의 정리를 통해 시작하고 있다는 점은 상당히 시사적이다. 『산문시대』의 비평의식의 출발점이 당대 문학의 구체적 성과라기보다는 외국이론의 직접적 이해를 통한 '현대성', 혹은 '현대예술'의 이해라는 점을 드러내는 것이기 때문이다. 바꾸어 말하자면 이들의 관심사는 당대의 구체적 현실이라기보다는 서구 이론 자체였으며 서구 이론이 관심사로 삼고 있는 현대예술의 특징이라는 이론적 주제였던 것이다. 이는 『산문시대』에 수록된 소설들이 취하고 있는 문학적 태도, 의식의 분열이나 부조리한 인간조건 등에 관심을 보이는 것과 맥이 통한다.[20]

20) 이 자리에서 자세히 논할 수는 없지만 김현과 염무웅의 비평을 통해 <산문시대> 동인들의 공통적 세대감각과 그 내부에서의 차이를 확인할 수도 있다. 두 사람 공히 외국문학의 영향력에서 벗어나지 못했고 문학적 특수성, 언어적 특수성에 관심을 기울이고 있다는 점은 이들의 공통점이다. 그러나 이러한 공통점은 내부에서 분화의 징후를 보이는데, 김현이 언어의 특수성을 더욱 밀고 나간다면 염무웅은 순수한 언어 형식의 추구가 현대예술의 경

그리고 이러한 서구식 교육을 통해 서구와의 거리를 그다지 의식하지 않는, 서구와의 심정적 동일시가 가능했던 데에는 4 · 19의 경험이 어느 정도 영향을 끼쳤을 것이라는 점을 추정해 볼 수 있다. 민주주의를 자신의 몸으로 경험했다는 자부심이 서구문학과의 거리감을 그다지 절실하게 느끼지 않게 했던 한 원인을 제공하기도 했을 것이다. 그러나 상식적으로 진단되는 바와 같이 4 · 19는 5 · 16에 의해 좌절된다. 또한 이들의 심정적 동일시는 당시 현실과는 상당히 거리가 있는 감각이었다. 굳이 5 · 16을 거론하지 않더라도 당시는 여전히 전후의 물질적 가난이 전 사회를 지배하고 있었던 시점이기 때문이다.

　그러므로 이들의 서구문학, 혹은 서구적 현실과의 심정적 동일시는 엄밀히 말해서 이와 같은 심정적 동일시와 실제와의 괴리, 그 속에서의 자기존재찾기의 고통이라고 표현해야 할 것이다. 그리고 이 서구적 이상, 혹은 동일시의 감각과 현실과의 괴리를 4 · 19의 경험에서 찾는 세간의 해석은 충분히 유추가능하기는 하지만 그렇다고 해서 곧바로 연결시킬 수 있을 정도로 직접적이지는 않다. 무엇보다『산문시대』의 문학 속에서 4 · 19의 경험이 투사된 예를 찾아보기 힘들 뿐 아니라 상식적으로 말해 이상과 그 좌절이라는 것이 자유—억압의 관계로 파악되어야 하는 것이 당연한데도 이들의 문학에서 좌절과 권태는 찾을 수 있을지언정 권력에 대한 의식은 전혀 드러나지 않기 때문이다.

　오히려 이들의 문학에서 그나마 암시적이거나 추상적인 형태로 '전쟁의 경험'이 간혹 드러난다는 점에 관심을 기울여 보아야 할 것 같다. 개인의 일상과 내면의 의식이 상당히 분열적으로 드러나는 것이『산문시대』에 실린 소설의 주조라고 할 때 그 속에서 역사나 현실에 대한 의식을 구체적으로 추적할 수 있는 상황들이 드러나는 경우는 극히 드물

<hr />

향이라는 점을 인정하면서도 그 순수한 형식에의 경사가 지니는 한계를 동시에 경계한다. 이는 이후 <문학과 지성>과 <창작과 비평>의 분화를 암시하고 있는 대목이기도 하다.

다. 그나마 그것이 역사적인 배경의 형태로 드러나는 것이 전쟁이라는 사실은 이들이 흔히 짐작되어 온 바와는 달리 4 · 19라는 역사적 경험을 통해 이전세대와 획기적으로 구분되는 의식세계를 확보하지는 않았다는 것을 의미한다. 이들의 문학세계가 50년대식 실존주의에서부터 그리 멀리 벗어나지 못했다는 점은 앞에서도 지적했는데, 마찬가지로 이들의 현실인식 역시 전쟁의 경험이라는 자장 안에 있다. 전쟁의 경험이 무의미 속에 던져진 개인들의 실존의식을 낳게 했다는 점은 50년대 문학에 관한 연구들에서 자주 도출되는 결론이기도 하다. 그러므로『산문시대』는 아주 간헐적으로, 그것도 암시적으로 추상화되어 나타나기는 하지만 역시 전쟁의 영향이라는 50년대적 현실인식의 연장선상 속에 있다고 볼 수 있다. 이 전쟁의 영향을 어떤 식으로 해석하고 파악했는가를 통해 이들이 1950년대와는 다른 1960년대의 문학인으로 자리매김되는 과정을 추적해 보는 것이 4 · 19의 경험을 끌어오는 것보다는 훨씬 구체적인 검토가 될 듯하다. 다행스럽게도 김산숙의「잃어버린 海市」(산문시대 2호)와 김승옥의「건」(산문시대 1호)가 희미하나마 그 근거를 제공한다.

김산숙의「잃어버린 해시」역시 다른 작품에서 그러한 것처럼 인물의 분열된 의식세계를 세밀하게 서술하고 있다. 다소 무질서한 것처럼 보이지만 이는 의식의 흐름 기법을 사용한 소설들에서 흔히 발견되는 방식이다. 작중 인물의 의식세계를 따라가면서 알 수 있는 것은 작중인물이 직장생활과 애정생활 어디에서도 분명한 삶의 방향을 찾지 못한 채 방황하고 있다는 것이고 일상의 세계를 무의미와 부조리로 인식하고 있다는 사실이다. 그리고 소설 속에서 주인공의 의식은 현재의 일상성, 즉 직장생활과 애정생활을 중심으로 한 부분과 과거에 대한 회상을 중심으로 한 부분이 교차되면서 서술된다. 과거란 바로 자신의 할아버지에 대한 기억이며 그 할아버지는 전쟁 때문에 죽었다. 현재의 삶을 무의미한 것, 기계적인 것, 속물적인 것으로 인식하는 원인이 전쟁에 있다는 것을 짐작할 수 있게 하는 구성이다. 그렇다고 해서 이 소설이 전쟁 당시의 상황을 구체적으로 현실인식의 원인으로 대입하고 있는 것은 아니다. 장손이며 독자였던 자신의 위치는 할아버지의 죽음과 집안의 몰락으로 하루아침에 사라져 버렸고 그의 일상은 장악할 수 없는 애인과 경멸할 수밖에 없는 직장동료들 사이에서 유지되고 있다. "도시가 이처럼 침몰해 가는데 사람들은 태연하다"라는 구절은 이 소설의 주제를 암시한다. '전쟁으로 모든 것을 잃었고 전쟁의 참혹을 경험했는데도 일상은 여전히 유지되며 그곳에서 우리는 살아야 한다.'라는 사실이 이 소설이 말하고자 한 바라고 할 수 있다.

김승옥의 「건」은 이러한 인식을 더욱 구체적으로 진행시키고 있다. 빨치산의 습격과 방위대와의 전투가 있은 후 빨치산의 시체가 현장에 방치되어 있다는 소문은 주인공 소년을 알 수 없는 불안에 휩싸이게 한다. 전쟁은 이를 테면 유년기의 동심과 아름다운 환상 같은 것을 여지없이 파괴해 버렸다. 막연히 좋아했던 소녀의 집을 빈집의 폐허로 만든 것이 바로 전쟁이었고 그러므로 전쟁은 유년기의 마음을 황폐하고 고통스러운 것으로 얼룩지게 했다. 그러나 더욱 충격적인 것은 이 빨치산의 시체를 염하고 묻는 일을 아버지가 맡았다는 데에 있다. 얼마의 사례를 받고 아버지는 이 빨치산의 시체를 치우러 가는 것이다. 아버지가 돈을 벌기 위해 빨치산의 시체를 치우는 과정에 동참하고 난 후 소년 주인공은 불타버린 방위대를 비로소 쳐다볼 수 있게 된다. 굉장한 부호가 살던 집으로 울창한 나무가 있어서 아이들의 놀이터가 되어 주었던 그 저택에 방위대가 들어서고 나서 그 저택은 아이들에게는 접근 불가능한 곳, 그리운 유년의 고향이 되어 버렸다. 전쟁으로 인해 생긴 시체를 돈벌이라는 이름으로 무감각하게 치우고 나서야 주인공 소년 '나'는 차마 가보지 못했던 방위대의 불타버린 모습을 바로 볼 수 있게 되는 것이다. 그것은 유년기의 순수한 동심이나 낭만적 세계인식을 지워버린다는 것을 의미하며 더 이상 그에게 돌아갈 유년의 고향이나 순수한 이상향은 없다는 것을 의미한다. 전쟁을 겪고 모든 것은 파괴되고 인간에 대한 절망과 좌절이 깊은 상처를 남겼지만 그럼에도 불구하고 생활은 계속된다는 것, 그것도 아주 속물적이고 기계적으로 지속된다는 것이 이 소설의 핵심이라 할 만하고 이는 김산숙의 소설이 드러내는 바와 상당히 유사하다.

요약해 말하자면 전쟁 때문에 빚어진 일상의 파괴와 낭만적 이상향의 상실은 『산문시대』가 50년대 문학에 맥이 닿아 있다는 점을 시사한다. 그들은 4·19의 경험보다는 전쟁의 영향력을 더욱 직접적으로 의식하고 있었다고 볼 수 있다. 전쟁의 충격이 세계를 부조리한 실존의식의 공간이 되게 했다는 점은 이들의 문학이 1950년대 문학의 기본적인 성격과 크게 다르지 않다는 것을 의미한다면, 그럼에도 불구하고 지속되는 일상의 비정함을 인식했다는 것이 이들의 문학이 50년대 문학과 구별되는 지점이다. 속물적 현실에 환멸을 느끼지만 그렇다고 해서 돌아갈 고향이 있는 것도 아니라는 의식은 이후 김승옥의 문학에서 반복적으로 드러나는 주제의식이다. 김승옥의 소설에서 환멸이 중요하다면 그것은 환상이 멸했다는 점 자체에 있는 것이 아니라 그렇다면 이후의 삶은 어떻게 지속될 것인가를 작가가 고민했다는 점에 있다. 세계는 환멸적인 것이지만 그 환멸은 그것을 지각하는 개인과 떨어진 곳에 있지 않았다. 개인들 역시 그 환멸을 구성하는 인자라는 생각, 살아가기 위해서는 그 환멸에 몸을 섞을 수밖에 없다는 참담한 인식이 김승옥 문학의 성숙함을 증명하는 요체라 할 것이다. 전쟁을 통해 세계의 부조리를 인식하고 그 속에서 세계를 통째로 부정하는 대신 그럼에도 불구하고 지속되는 현실의 삶과 일상을 향해 시선을 돌리는 것. 그것이 김승옥 문학이 보여주는 전 세대와의 차별성이다. 『산문시대』에 실린 김승옥의 단편들은 그러한 김승옥 문학의 초기형태를 보여준다. 「환상수첩」이나 「누이를 이해하기 위하여」에서 드러난 바와 같이 그것은 그 환멸의 대상, 허위와 속물성으로 가득찬 도시의 일상을 포착하는 것으로 이어진다. 이후 「서울, 1964년 겨울」에서 드러난 현대인의 무감각과 고독과 고립을 예리하게 포착하는 감수성을 예비하고 있는 세계라 할 만하다. 또한 「무진기행」에 드러난 것과 같은, 돌아갈 고향이란 없는 자들의 생존법에 대한 쓸쓸한 자각 역시 이미 준비되어 있었던 것이다.

Ⅴ. 마무리 ― 『산문시대』의 문학사적 의의

이 글은 『산문시대』에 수록된 작품들을 구체적으로 분석함으로써 『산문시대』가 한국 문학에서 차지하는 위치를 엄밀히 검토하고자 했다. 이는 『산문시대』가 4·19세대의 문학적 세대의식의 원형이며 시발점이라는 기존의 평가를 비판적으로 의식한 것이기도 하다. 또한 『산문시대』가 창간선언에서 표방한 바, 전대의 문학에 대한 단절의지가 지나치게 강조된 나머지, 『산문시대』를 50년대의 문학의 종언과 새로운 문학의 출발로 의미화하는 것에 대한 구체적인 확인이 필요하다는 문제의식도 가지고 있었다.

물론 『산문시대』가 집단적 동류의식을 지닌 문학자들이 스스로의 활동을 보증하고 평가하면서 세대교체를 이루어가는 새로운 문학장을 형성하는 과정을 보여 주었음은 부인할 수 없고 이는 『산문시대』의 문학적 새로움을 증명하는 가장 중요한 항목이기도 하다. 기존의 문학에 대한 도전의식은 과거를 부정하고 새로운 세대의 문학을 긍정하면서 그것을 집단의 차원에서 의미화하는 문단활동의 새로운 방식으로 드러났다. 개인적인 차원에서의 문학활동, 혹은 연고주의나 사제관계에 의한 문학활동이 아니라 문학이념과 성향의 공통성을 통해 문학담론을 형성해 가는 새로운 움직임의 한 맹아가『산문시대』에는 싹트고 있었던 것이다.

　그러나 이 문단사적 의미의 새로움이『산문시대』의 구체적 내용을 통해서도 확인할 수 있는가에 대해서는 의문이다. 본고에서 살펴본 바에 의하면『산문시대』는 동인들이 전대의 문학과의 단절을 단호히 표방했지만 실질적인 내용에서는 50년대 문학과의 단절의 측면보다는 연속성의 측면이 더 강했다. 무엇보다도 그들의 창간선언이 50년대 이어령이 표방했던 '화전민 의식'과 그리 다르지 않다는 점에서 이를 확인할 수 있으며 이는 권태와 절망과 무의미에 고통 받는 개인의 실존의식이라든가, 언어적 실험에 대한 경사 등의 특징을 통해서도 알 수 있다.

　특히『산문시대』에서 4·19세대의 세대의식을 추적하려는 시도는 과잉해석이 될 우려가 많다.『산문시대』수록 작품에서 4·19라는 역사적 경험의 흔적을 발견하기는 힘들며 존재의 불안과 세계에 대한 환멸이라는 의식은 굳이 4·19라는 역사적 시기를 설정하지 않더라도 문학사에서 반복되어 나타나는 현상이기도 하다. 좀더 구체적으로 이들의 문학 속에는 4·19나 당대의 현실보다는 오히려 전쟁의 체험이 주는 영향이 더 압도적이다. 전쟁체험을 기반으로 한 50년대식 실존의식이 이들의 문학에도 여전히 나타나고 있는 것이다.

　그러므로『산문시대』가 지니는 문학사적 의미는 문단사적 의미에 제한될 필요가 있다. 즉 전시대를 부정하는 새로운 세대의 도전의식이 집단적인 형태로, 기존의 문단질서를 세밀하게 의식하면서 드러났고 그것이 실질적으로 발화되기 시작했다는 점이야말로 『산문시대』가 주장할 수 있는 가장 구체적인 문학사적 의의라 할 만하다. 수록작품들을 통해 이들 문학의 새로움을 찾아야 한다면 그것은 50년대와의 단절보다는 연속성 속에 있을 것이다. 이들이 여전히 전쟁의 압도적 영향 하에 있었지만, 전쟁 자체보다는 전쟁 이후에도 여전히 지속되는 일상, 그것도 지극히 기계적이고 속물적인 일상을 어떻게 살아야 할 것인가에 대한 고민을 시작했다는 점, 이것이 『산문시대』가 지니는 실질적인 새로움이다.

그러므로 『산문시대』를 1950년대와 1960년대의 문학을 가르는 분기점으로 자리매김하는 기존의 평가는 재고될 필요가 있다. 아울러 이러한 관점은 1960년대 후반에 본격적으로 등장한 4·19세대의 문학을 훨씬 더 이전으로 소급함으로써 오히려 1960년대 전반의 문학사를 공백으로 만드는 효과를 낳기도 한다. 이를 더 세밀히 증명하기 위해서는 『산문시대』 전후의 다른 문학작품, 다른 문인들의 문단활동과의 상호 비교가 있어야 할 것인데 이를 위해서는 별도의 검토가 필요할 것이므로 다음 작업의 과제로 남겨둔다.

김현의 유년시절과 기독교 사상

− 김현 비평의 원체험적 장소

이명원

I. 사상의 원체험 문제

문학평론가 김현(1942~1990)을 머릿속에 떠올릴 때 거의 대부분은 문인들은 그가 죽음에 이르기까지 견지했다고 반복적으로 갈파된 바 있는 이른바 '4·19세대로서의 자기의식'의 중요성을 명확하게 인식하고 있다. 김현 역시 평생에 걸쳐 4·19세대로서의 자부심을 표현하는 것에 인색하지 않았다.[1] 그런 까닭인지 몰라도, 김현의 문학비평을 분석하

---

1) 생전의 마지막 평론집인 『분석과 해석』에서의 다음 진술은 4·19세대로서의 자기의식이 지속적으로 작동되었다는 사실을 잘 보여준다; "이 책의 교정을 보면서 나는 두 가지의 기이한 체험을 하였다. 내 육체적 나이는 늙었지만, 내 정신의 나이는 언제나 1960년의 18세에 멈춰져 있었다. 나는 거의 언제나 4·19세대로서 사유하고 분석하고 해석한다." 『김현문학전집』 제7권, 13쪽.

는 거의 모든 연구자들은 4·19혁명의 중요성을 김현비평의 자유주의적 성격과 관련하여 논의하는 것이 일반화되어 있다.

그러나 김현에게 4·19혁명이 매우 강력한 영향을 끼친 것이 사실이고, 그것이 그 특유의 자유주의적 문학관을 형성시킨 것이 분명하다고 할지라도, 과연 이 혁명의 체험이 그의 세계관 형성에 있어 유력한 원체험의 절대적인 근거가 될 수 있다고 할 수 있을까. 김현 자신이 4·19혁명을 일종의 부르주아 민주주의 혁명으로 간주했고, 특히 그것의 정신사적 의미로서의 '자유'를 강조한 것이 사실이며, 한국사의 역사적 변혁기에 김현이 보여준 문학주의자로서의 면모가 참여문학과 민족문학에 대한 일관된 보수적 태도였다는 점을 상기해 보면, 그에게 4·19혁명이란 프랑스혁명과 같은 민중봉기로서보다는 정신사적 경건주의(pietism)와 같은 내향적 성향체계로 침전된 것은 아니었을까.

이른바 4·19세대 의식과 관련하여 김현을 향해 던져진 질문과 분석은 많으나, 우리는 김현에게 다음과 같은 두 가지 핵심적인 질문은 던져본 적이 없다고 생각한다.

첫째, 그토록 4·19혁명을 강조했던 비평가 김현이 어찌하여 참여문학과 민족문학을 포함한 문학의 현실개입에 대해 알레르기 반응을 보였는가 하는 의문. 둘째, 이 질문과 직접적인 연관성을 찾는 것은 어렵겠으나 그 자신이 호남출신(전라남도 진도)으로 박정희 독재와 광주민중항쟁을 목도했으면서도, 타계할 때까지 이에 대한 명료한 비평적 입장 표명이나 텍스트 분석을 가하지 않았는가 하는 점이 그것이다.

이 두 가지 의문은 김현의 문학비평을 오랫동안 읽어 온 필자가 지속적으로 품어왔던 개인적 의혹이기도 하지만, 그것이 단지 개인적 호기심에 멈추는 것이라고는 할 수는 없다. 필자가 이 논문에서 던지고자 하는 질문의 요체는 이런 두 가지 의문에 대한 해답이 어쩌면 김현 그 자신이 죽음에 이르기까지 물음과 믿음 사이에서 고투를 벌였던 기독교 사상의 문제와 매우 밀접하게 관련을 맺고 있었을 가능성에 대한 분석이 필요하다는 점이다.

결론을 미리 말하자면, 문학평론가 김현에게 진정한 사상형성의 원체험이 되었던 것은 기독교이며, 이 기독교 사상의 내면화와 이로부터의 분리에 대한 욕망이 그로 하여금 사상으로서의 4 · 19혁명을 수용하게 만들고 서유럽의 부르주아 민주주의의 지적 토대가 되었던 계몽주의의 수용으로 이어졌으나, 이조차도 정신사적 경건주의에 용해됨으로써 김현 특유의 문학주의가 형성되었다는 가설이다.

이 논문에서는 이러한 주장을 개진하기 위해 분석의 시선을 그의 유년기로 이끌고 갈 생각이다. 그러나 이것이 단순히 김현에 대한 정신분석적 탐구를 하겠다는 것을 의미하는 것은 아니다. 중요한 것은 사상적 원체험으로서의 기독교가 김현의 비평이 변주 · 전개되어 가는 과정에서 끈질기게 지속되는 영향력과 그 파장일 것이고, 그것이 그의 문학론의 핵심적인 의문을 규명하는 데 있어 얼마나 효과적인 분석의 준거가 될 수 있는가에 대한 증명인 것이다.

II. 김현의 유년시절과 기독교

김현의 문학비평을 검토하면서 반복적으로 발견하게 되는 것은 그의 세계관이 "세상은 고통스러운 곳이다"로 요약될 수 있는 '비극적 세계관'의 자장 아래 있다는 것이다. 그런 세상에서 김현은 문학에 대한 일관된 심념과 열정으로 비평적 작업을 지속해나갔다. 비유적으로 말하자면, 김현에게 문학이란 비극적 세계 안에서 결코 구원의 가능성을 확신하지는 못했지만, 바로 그런 고통스런 사실 때문에 더욱 절실해지는 기도와 같은 것이었다. 구원의 불확실성이 명백해지면 질수록, 어두운 방 안에서의 기도의 열정은 더욱 높아진다. 김현에게 문학은 그런 것이었다. 문학을 통한 현실개조나 유토피아의 건설이 거의 도로에 가까운 희망일지라도, 바로 그런 사실 때문에 역설적이게도 문학의 반성적 성찰능력은 더욱 강화되어야 한다고 주장했던 사람이 김현이었다.

그런데 이러한 문학에 대한 김현의 태도는 기독교 사상에서 우리가 확인할 수 있는 '비극적 세계관' 일반과 매우 닮아 있다. 김현 자신도 그의 이론적 작업에 강렬한 영향을 받았지만, 사실 이런 기독교 사상의 비극적 세계관의 구조를 자못 투명하게 밝히고자 했던 것은 프랑스의 비평가 뤼시앙 골드만(L. Goldmann)이었다.

골드만의 저작 가운데 비극적 세계관의 구조를 명백하게 밝히고자 했던 『숨은 신』에서 집중적으로 분석되는 것은 『팡세』의 저자 파스칼의 비극적 세계관의 기저에 얀센주의(jansenism)의 사상적 흐름이 개입되어 있다는 것이었다. 얀센주의는 네덜란드 사람 코르넬리우스 얀센(Cornellius Jansen)에 의해 파급된 것으로 17세기 프랑스 사회에서 활발하게 일어났던 신학운동을 일컫는다. 얀센주의는 인간의 '자유의지'를 부인하고 은총의 예정불가론을 주장했다. 얀센주의에 따르면, 인간은 낮은 존재이고 전적으로 창조주에게 종속되어 있다. 따라서 신에 의해 인간이 은총을 받을 수 있는가의 여부는 전적으로 신에 속한 것이니, 지상의 인간이 종교적 구원을 확신하는 것은 어려운 일이다.[2]

이런 신학관을 견지했기에 얀센주의자에게 가장 중심적인 문제가 되는 것은 구원의 문제였다. 문제는 구원의 가능성을 전혀 알 수 없다는 사실, 그럼에도 불구하고 세속도시의 흑암을 지속해야 한다는 아이러니다. 얀세니스트에게 세속은 한편에서는 비대한 교회권력에 장악되어

---

2) 신미경, 『프랑스 문학사회학』, 동문선, 2003, 16쪽.

있고, 다른 한편에는 왕정으로 상징되는 절대권력에 종속되어 있다. 그런데 얀세니스트는 현실의 교회권력에도, 그렇다고 세속의 절대권력에도 동의할 수 없었다. 그들에게 절대적인 것은 역시 하느님 나라일 것이나, 신이 숨어버린 세속생활이란 영혼과 육체가 따로 놀듯 자의식의 분열은 피할 길이 없었다.

이런 분열은 얀센주의자에게 두 가지 유력한 삶의 태도를 일반화했다. 첫째, 교회 및 세상과의 일체의 타협 및 참여를 거부하는 종교적 은둔이 그것이다. 둘째, 신조차도 상대화하면서 세상 속에서 바로 그 세상을 거부하는 비극적 삶을 지속하는 형태가 그것이다. 물론 이런 태도의 전형을 체화한 인물은 『팡세』의 저자였다는 것이 골드만의 주장이다. 그에게 신이란 숨어있음이 본질이라고 생각했다. 그러니 차안에서 신을 만날 수 있는 가능성은 거의 제로에 가깝다. 그러면서도 우리 나약한 인간이 이 세속도시에서 신의 절대성과 순수성을 확인하고자 한다면, 이는 부패한 세상을 정면으로 바라봄으로써 가능하다는 주장을 펼친다.

김현에게 문학이 갖고 있는 의미는 비유적으로 이야기하자면, 파스칼에게 있어서의 얀센주의와 유사한 성격을 띤 것이었다. 파스칼이 신의 절대성과 순수성을 절대적으로 신뢰하면서 세속도시에서의 지속적인 종교적 명상에 직면하는 것과 비슷하게, 김현은 문학의 절대성과 순수성을 신뢰하면서, 현실에 대한 반성적 성찰의 중요성을 죽음에 이르기까지 강조하였다. 그러면서도 문학을 통한 유토피아의 즉각적인 실현에 대해서는 엄격하게 경계하였고, 세속적 권력에 대해서는 동의하지 않은 채, 그렇다고 당대의 진보적 문학인들이 보여주는 것처럼 현실참여에 나서지는 않은 채, 그는 자못 끈질기게 문학의 존재론을 음미하고 성찰하는 것의 중요성을 반복적으로 환기했던 것이다. 김현에게 문학은 종교적인 구원과 유사할 정도로 절대적인 가치의 자리였지만, 문학의 참다운 가치와 의미를 간명하게 규정하는 일에 대해서는 끝없이 경계했다.

물론 한국의 김현은 프랑스의 파스칼이 아니다. 당대의 한국사회 역시 프랑스와 동일한 상황이었던 것도 아니다. 어디까지나 김현은 한국의 지식인이었고, 김현에게 가장 중요한 문제는 문학을 통한 현실에 대한 반성적 성찰이었다. 그렇다면 정작 김현에게 기독교는 어떻게 인식되었는가 하는 점을 우리는 검토할 필요가 있다.

홍정선의 연보3)와 김현의 사후 출간된 『행복한 책읽기』(1992)에서의 고백을 토대로 김현에게 기독교가 어떤 의미를 갖고 있었는가를 살펴보고자 하는 것은 이런 까닭이다.

김현의 유년기의 사상 형성에서 명백한 중요성을 갖는 것은 기독교(개신교)다. 먼저 김현의 가계가 독실한 기독교 가문이었다는 점을 거론할 필요가 있다. 그의 부모 역시 독실한 기독교 신자였지만, 더욱 중요한 것은 김현에게 외삼촌이 되는 정경옥이 한국 개신교계의 대표적인 신학자라는 사실이다. 김현의 문학비평을 논의하면서 외삼촌인 신학자 정경옥과의 관련성을 검토한 연구자는 없었다. 그러나 김현 비평의 형성과정을 이해하기 위해서는 이 작업을 우회해서는 안된다.

그렇다면 신학자 정경옥(鄭景玉, 1903~1945)은 누구인가. 1930년대 한국신학을 검토한 유동식의 『한국신학의 광맥』을 보면, 개신교 목사인 박형룡, 김재준, 정경옥이 각각 근본주의, 진보주의, 자유주의를 대표하는 한국신학의 3대초석으로 평가되고 있을 정도로, 김현의 외삼촌 정경옥은 한국 감리교의 초석을 세운 신학자였다.4)

정경옥은 1903년 전라남도 진도의 부잣집 큰 아들로 태어났다. 진도에서 소학교를 졸업한 후 서울 경성고등보통학교에 진학했으나, 1919

3) 홍정선, 「연보: ‘뜨거운 상징’의 생애」, 『김현문학전집』 제16권, 문학과지성사, 1993.
4) 유동식, 『한국신학의 광맥』, 다산글방, 2003, 140~143쪽 참조.

년 3·1운동 학생시위에 참가했다가 제적당한다. 제적 직후 고향으로 내려와 한학을 공부하다가 이후 일본에 유학, 도쿄의 아오야마학원(靑山學院) 대학에서 신학을 공부하다가, 1924년에는 감리교신학교 영문과에 입학하여 1928년에 졸업했다. 졸업 직후에는 미국에 유학하여 개렛신학교를 1930년에 졸업하고 1931년 9월 노스웨스턴 대학에서 조직신학 석사학위를 받고 귀국했다. 1931년부터는 감리교신학대학의 교수로 재직하게 되지만, 1937년에 이르러 돌연 교수직을 사직하고 고향인 진도로 낙향했다. 이후 예수의 생애를 그린『그는 이렇게 살았다』와『기독교신학개론』(1939)을 집필했으며, 고향인 진도와 광주에서 목회활동을 하다 1944년 맹장염으로 사망했다.

정경옥의 신학적 세계관은 '자유주의'로 분류되지만, 그의 신학관의 형성에는 존 웨슬리로부터 칼 바르트에 이르는 다양한 서구신학이 용해되어 있었다. 그럼에도 불구하고 연구자들이 정경옥의 신학사상에서 특징적으로 간주하는 것은 '구원중심적 영성'이다. 이것은 예수의 사상과 인격, 구속의 은총을 자신의 삶 속에서 철저히 실천하고자 하는 태도를 일컫는다. 그 태도의 특징을 요약하면 다음과 같다.

첫째, 정경옥은 구속이 없는 기독교는 참된 의미의 기독교가 아니라고 생각했다. 그래서 그는 예수의 삶 속에서 자기까지도 포기해야 한다고 생각했다. 둘째, 정경옥은 신이 자연의 가치 안에 내재한다고 생각했다. 이것은 신의 거룩한 뜻에 의해 자연이 창조되었기에, 자연은 속된 곳이 아닌 성소이며 자연에 대한 과학적 탐구는 적극 인정되어야 한다는 시각으로 연결된다. 셋째, 이런 특징이 그의 신학에 이성주의적 관점이 도입된 계기가 되었다. 넷째, 정경옥은 평범한 일상에서 하느님을 발견하는 생활의 영성을 강조했다. 즉 생활의 현장에서 기독교인들이 거룩해져야 하며, 일상생활과 교회생활이란 분리될 수 없다는 것이 그의

생각이다.[5]

특히 필자는 성경연구에 있어 '역사비평학'을 수용하는 그의 시각이
매우 인상적이라는 점을 지적하고자 한다.

> 현대의 성서에 대한 태도는 먼저 성서의 내용을 아무 가리움이
> 없이 그대로 비판하고 연구하고 음미하고 생명으로 삼자는 데 있
> 다. 선입견을 가지고 신학적 의장을 씌워서 해석하려는 것은 결국
> 은 성서를 성서로 보려고 하지 않고 자기의 의견이나 교리를 증명
> 하는 도구로 사용하려는 태도밖에 더 다를 것이 없다. 그러므로 현
> 대적 해석에 의하면 성서는 성서 그대로 가장 자연스럽게 그리고
> 자유롭게 비판하여야 한다는 것이다.[6]

이러한 성서해석학의 시각은 "신학은 종교적 진리를 체계적으로 이
해하려는 학문이다"라는 정경옥 신학의 핵심을 형성한다. 이러한 정경
옥의 성서해석학은 문학비평의 영역에서 김현이 보여준 비평가로서의
태도와 상통하는 부분이 있다. 즉 김현은 정경옥이 성격을 "자기의 의
견이나 교리를 증명하는 도구로 사용"하지 말 것을 요구하는 태도와 유
사하게, 문학작품을 현실의 개조나 변혁을 위한 효용론적 목적이나 수
단으로 활용하는 일은 '문학의 자율성'을 침해하는 것이라는 식의 비판
적 태도를 견지했던 것이다.

물론 김현 자신이 정경옥의 신학을 기계적으로 받아들였다고 단정하
기는 어렵다. 실제로 김현이 해방직전에 사망한 외삼촌과의 직접적인
대면접촉이나 지적교류를 펼쳤다고는 볼 수 없다. 그럼에도 불구하고
김현의 사상형성의 여명기에 신학자인 외삼촌 정경옥의 존재는 매우

---

5) 이상의 분석은 김영명, 「정경옥 신학 다시 읽기」, 한국기독교역사문화연구소 월례발표회,
2007.9를 참조할 것.
6) 정경옥, 『기독교신학개론』, 감리교신학대학출판부, 396쪽. 김영명, 위의 글에서 재인용.

강력한 사상의 기저를 형성하게 하는 근거로 작동했다고 우리는 유추할 수 있다. 그것은 외삼촌 정경옥 뿐만 아니라, 김현의 가계 전체가 매우 독실한 기독교 신앙을 견지하고 있었기 때문일 것이다.

앞에서 언급한 것처럼 김현의 부모 역시 독실한 기독교 신자였다. 김현은 1948년 목포로 이주하는 부모를 따라 1948년 7월 목포 북교국민학교로 전학한다. 부친은 북교동 127번지 공설시장 앞에서 구세약국救世藥局을 열어 양약 도매업에 종사하는 한편, 목포 중앙교회의 재정장으로 봉직하게 된다. 김현 역시 부모와 함께 신앙생활을 매우 열심히 지속한다. 홍정선에 따르면, 김현의 기독교에 대한 믿음이 흔들리기 시작한 것은 경복고 3학년 때인 17세 때부터였다고 한다. 보들레르, 지드, 카뮈 등의 불문학 작품을 읽고 난 직후였다는 것이다. 그러나 김현의 기독교 신자로서의 생활은 대학시절에도 계속된 것으로 보인다. 연보에 따르면 대학입학 후에도 김현은 종로 3가에 있는 초동교회에 다녔던 것으로 되어 있다.

이러한 전기적 자료에서 알 수 있는 것은 김현이 문학과의 만남을 통해, 또 4·19라는 역사적 체험과의 만남을 통해 그의 의식을 형성하기 전까지는, 기독교 사상이야말로 그에게 가장 압도적인 영향력을 행사하고 있었다는 점이다. 김현에게 기독교가 끼친 영향력이 어느 정도였느냐 하면, 대학 졸업 후 신학대학에 진학할 결심을 할 정도로 끈질긴 것이었다.

이 부분에서 필자는 김현의 기독교 사상 형성에 있어 강력한 영향력을 끼친 존재로 외삼촌 정경옥 말고 또 한 명의 인물을 소개하고자 한다. 그 사람은 김현이 유고일기인 『행복한 책읽기』에서 "또 하나의 아버지의 죽음"으로 명명하고 있는 신학자 이국선 목사다.

이국선 목사의 죽음은 또 하나의 아버지의 죽음이다. 그 아버지는 청교도적 기독교라는 이름을 갖고 있다. 그는 52년 1월부터 63년 6월까지 11년 5개월을 목포 중앙교회에서 사목했다. 나는 어머님의 심부름으로 떡과 김치를 목사관에 가져가던 날 처음으로 그와 그의 식구들을 봤다. (……) 그 뒤로 나는 목사관을 제 집 드나들듯 들락거렸다. 집에서 가까웠으며, 고전스러운 돌집이 마음에 들었기 때문이었다. 목사관의 이방인적인 청결함이 마음에 들었기 때문이었다. 목사관의 문은 언제나 열려있었고, 거기에는 또한 나보다 어린 계집아이들도 있었다. 초등학교 5, 6학년생이었던 나는 아마도 성을 알기 시작하였던 모양이고 그래서 이방인들에게 흥미를 느꼈던 모양이었다. 그 성은 신성성이란 다른 이름을 갖고 나타났던 것이다. 나는 그의 설교를 매주 공들여 노트하였으며, 그것은 상당한 분량에 이르렀다. 나는 지금도 그때 내가 쓰던 손바닥만한 노트를 기억하고 있다. 그의 전언의 상당수를 나는 이제 기억할 수 없지만, 타블라 라사를 설명하던 그의 목소리를 아직까지 간직하고 있다. 나라와 그 의를 먼저 구하라는 외침보다도, 나에게는 그 타블라 라사가 훨씬 더 무서웠다. 나는 틈만 나면 내 손과 얼굴을 씻었으며, 그것은 거의 병적으로 되어갔다. 성은 그렇게 자신의 모습을 바꿔 나에게 나타났다. 야뇨증이 시작된 것도 그때쯤이었다. 그리고 57년에 나는 서울로 올라왔으며, 그가 목포중앙교회를 떠난 뒤에도 인천으로 그를 찾아가 뵙곤 하였다. 인천에서 뵌 그는 도시산업선교를 하고 있었다. 나는 그때에야 그의 엄격성, 깨끗함이 청빈함, 정직함, 진지함의 다른 말이었다는 것을 깨달았고, 그의 가난의 엄청난 도덕적 무게에 짓눌리곤 하였다. 나도 그와 같이 되리라. 그러나 그는 내가 대학을 마친 뒤 신학대학에 가보겠다는 내 생각을 내 보였을 때, 그것을 극력 말렸다. 너 같이 편하게 자란 아이는 목사가 될 수 없다는 것이었다. 그는 계속해서 나에게 닿을 수 없는 곳에 있는 아버지이며 스승이었다. 그 스승의 뒤를 이을 사람은 내가 아니라 바로 고재식이다. 묘소에서 그는 거의 실신할 듯 하였다. 아버지와 스승을 잃은 슬픔 때문이었을 것이다. 나는 그 슬픔을 이해할 수 있었다. 그는 좋은 제자를 두었다.[7]

김현 자신이 "닿을 수 없는 곳에 있는 아버지이며 스승"이라고 추모하고 있는 이국선李國善목사는 누구인가.

이국선 목사에 대한 공식적인 기록은 김현이 언급하고 있는 신학자 고재식高在植의 <이국선 목사님의 생애와 사상>[8]이라는 기록이 유일하다. 고재식은 1939년 전남 신안에서 출생했으며 김현이 경복고로 진학하기 전 잠시 수학했던 목포 문태고를 졸업한 실천신학자다. 생전의 그는 『사회문제와 기독교 윤리』(1984), 『해방신학의 이해』(1986) 등의 진보적 신학연구서를 출간하는 한편, 한신대학 교수와 총장을 역임했으나 2007년 불의의 교통사고로 사망했다. 고재식은 유년시절 김현과 함께 목포중앙교회에 출석한 것으로 회고하고 있는데, 그가 불의의 교통사고로 사망하기 바로 전 해에 쓴 글이 위에서 언급한 <이국선 목사님의 생애와 사상>이다.

고재식의 기록을 토대로 이국선 목사의 생애와 사상을 정리하면 다음과 같다. 이국선 목사는 독실한 기독교 가정에서 태어났다. 부친은 교회의 장로였고 20대까지는 만주에서 살았던 것으로 회고되고 있다. 일본의 동지사同志社 대학에서 신학을 전공했는데, 당시 동지사 대학의 학풍은 매우 진보적이었던 것으로 평가된다. 해방 이후 완도 및 제주도 등지에서 목회를 하다가, 목포중앙교회에서 1952년에서 1963년까지 교육목사로 봉직한 것으로 보인다. 그러나 목포중앙교회의 연혁에 그 이름이 보이지 않는 것으로 보아, 청년부와 대학부의 교육목사로 시무했던 것으로 보인다.

이국선 목사가 인천의 도시산업선교로 관심을 돌린 것은 1960년 4·19혁명이 결정적인 영향을 끼친 것으로 유추되고 있다. 고재식의 기록

---

7) 『김현문학전집』 제15권, 46~47쪽.
8) 고재식, 「이국선 목사님의 생애와 사상」, 수유한신교회 자료실
   (http://suyou.org/jboard/?p=detail&code=Hw_board_14&id=3&page=2).

에 따르면, 이국선 목사는 목포중앙교회에의 설교당시에 다음과 같은 토인비의 명언을 즐겨 인용했다고 한다. "기독교 신앙을 갖는다는 것은 역사의 방관자가 아니라 역사의 동참자가 되는 것이다." 이목사는 특히 4·19혁명이 일어났을 당시 목회자로서 크나큰 충격을 느꼈던 것 같다. 그는 "자유당 15년 동안에 독재정권 밑에서 부정과 부패가 자행될 때 우리 교회는 이것을 아파하는 마음이 없었고 오히려 추파를 던졌던 것"이라고 직정적으로 당시의 기독교계를 비판했다.[9]

　고재식은 이국선 목사에게 4·19란 "사상전환의 기폭제"로 작용했다고 평가한다. 실제로 1963년이 되면 이국선 목사는 목포를 떠나 인천으로 향하게 되며, 그곳에서 도시산업선교활동과 민주화 운동에 투신하게 된다. 이것을 고재식은 이집트에서 모세가 이스라엘 민족을 출애굽으로 인도했던 사건과 연관해 설명하고 있는데, 이것이 이후 이국선 목사 특유의 기독교 현실주의로 이어졌다는 것이다. 이국선 목사의 기독교 현실주의는 '감사와 노동'이 산업선교의 방향이자 이념이라는 것으로 귀결된다. 즉 "산업선교는 산업사회 조직 속에 있는 모순과 사회악에 대결하여 예언자적 사명을 봉사자의 입장에서 강조한"다는 것이다. 실제로 이국선 목사는 산업선교 현장에서 '동일방직사건' 등을 포함한 시국사건에 적극적으로 참여했던 민주화인사였다.

　이국선 목사는 한국교회의 전통적 구원관에 반대했다. 그는 인간 편에서 구원받을 조건을 갖추어야 한다고 주장했다. 이는 참다운 기독교 신앙은 교리나 신조를 승인하는 것으로 끝나는 것이 아니라, 예수 그리스도와 함께 세상의 고통에 공명하고 행동할 때 가능해진다는 '참여주의'적 시각으로 발전한다. 이를 위해서 선행되어야 하는 것은 구원 받기 위한 중생의 체험과 구조악에 항거하여 사회정의를 수립하는 것이다.

---

9) 고재식, 위의 글.

이러한 이국선 목사의 기독교 사상은 이후에 제자인 고재식에 의해 민중신학 또는 해방신학의 이념으로 이어지게 된다.

이국선 목사는 "하나님의 사랑은 가진 자, 권력 있는 자, 지식 있는 자를 위한 하나님의 아들 예수 그리스도의 죽음이 아니고 저 보잘 것 없는 사람들을 자기 몸과 같이 사랑하셔서 그들을 위해 십자가에 죽으셨던 그런 사랑"이라고 강조했다. 그런 점에서 이국선 목사가 이해한 기독교 사상은 "분노의 사랑"에 가까운 것이었다.

이런 이국선 목사의 기독교 사상을 염두에 두고, 김현의 회고를 다시 읽어보면, 일정한 사상적 편차가 존재한다는 것을 알 수 있다. 이국선 목사의 기독교 사상이 민중신학 또는 해방신학의 자장 속에서 현실변혁적인 면모가 강조되고 있다면, 김현은 그의 기독교 사상을 '퓨리탄주의'로 명명할 수 있는 청교도적 금욕사상으로 회고하고 있는 것이다. 이렇게 이해된 기독교 사상은 막스 베버가 『프로테스탄티즘의 윤리와 자본주의의 정신』에서 거론하고 있는 '금욕적 합리주의'에 가깝다. 요컨대 김현의 기독교 사상은 기독교 현실주의의 동적動的 성격이 현저히 약화되어 있는 대신, 그것의 자기성찰적 윤리성과 금욕주의가 강조되고 있는 것이다.

그런데, 이러한 김현의 기독교 사상에 대한 기본인식은 그의 부친에게서 온 것으로 판단된다. 비유적으로 말하면, 김현은 그의 부친과 또하나의 아버지인 이국선 목사를 두 개의 타원의 중심 삼아 왕복하기는 하였으되, 결과적으로는 부친의 금욕적 기독교 사상에 더 밀도 높게 융합되어 갔던 것이다. 「아버지의 죽음에 대하여」(1979)라는 짧은 글을 통해 우리는 그것을 유추할 수 있다.

　　내가 아버지 곁에서 생활한 것은 십오륙 년밖에 되지 않는다. 고
　등학교 때부터 나는 줄곧 아버님 곁에서 떠나 있었다. 나의 기억에

가장 깊숙이 박혀 있는 아버님은 두 개의 얼굴을 하고 있다. 하나는 잠들 무렵에 아담과 이브, 카인과 아벨, 에서와 야곱 등의 낯선 이름을 가진 사람들의 삶을 이야기하시고, 나를 공중으로 띄워주시고는 서울 보이니? 하고 물어보시던 아버님이고, 또 하나는 축구공을 사달라고 조르다가 안 되어서 어머니 지갑에서 몰래 돈을 꺼내 가지고 나가 그것을 산 뒤에 결국 들켜서 지독하게 매를 얻어맞은 나의 뇌리에 박한 무서운 아버님이다. 아버님은 쾌활함, 자상함과 엄격함, 진지함을 같이 갖추신 분이었다. 아저님의 쾌활함은 본래의 낙천적인 성격에서 나오는 것이었고, 엄격함은 기독교에서 나온 것이었으리라. 말하기를 즐기시고 남과 어울려 즐겨 노시는 것을 좋아한 것은 이 세상의 삶은 그것 자체로 즐겁고 행복해야 한다는 그분의 낙천주의 때문이었으나, 그분은 그 즐거움의 한계를 철저히 지켰다. 아마도 오랜 기독교 생활에서 우러나왔을 그 절제가 나 같이 자신을 잘 억제하지 못하고 자신의 감정에 자주 휩쓸리는 자에게는 실행하기 어려운, 그러나 존경할 수밖에 없는 미덕으로 보인다.

아버님의 기독교는 광신자의 기독교가 아니었다. 아버님이 과연 천당이 있다고 믿고 돌아가셨는지 어쩐지 나는 확신할 수 없다. 아버님의 기독교는 아마도 그분의 처남인 정경옥 씨의 영향이겠지만, 이 땅에 천국을 세워야 한다는 그런 기독교가 아니었나 한다. 가난한 농사꾼의 아들로 태어나, 공부를 하기 위해 일본으로 건너갔으나 결국 공부를 하지 못하고 장사를 하지 않을 수 없었던 그분에게, 이 삶 밖에 있는 천당이라는 것이 과연 그렇게 큰 의미를 띨 수 있었을까? 그분은 고통스러운 이 땅이 바로 천국이라고 생각하신 분이라고 나는 지금도 믿고 있다.[10]

김현의 가족은 1948년 진도에서 목포로 이주한다. 그의 부친 김요환金繞煥은 북교동 127번지 공설시장 앞에서 구세약방救世藥房[11]을 열어

---

10) 『김현문학전집』 제14권, 368~369쪽.
11) '구세약방'은 '백제약방'과 함께 목포지역의 양대 양약도매상이었다. 목포의 양약도매상

양약 도매업에 종사했다. 당시 충청도 이남의 양약 공급을 장악할 만큼 부친의 사업에 크게 성공했다. 이때 김현의 부친은 동시에 김현이 출석하던 목포중앙교회의 재정 담당 장로로 봉직하기도 하였다.

위에서의 부친에 대한 김현의 서술에서 우리가 연상하게 되는 기독교의 면모는 막스 베버가 『프로테스탄티즘의 윤리와 자본주의 정신』에서 거론한 바 있는 금욕적 합리주의에 가깝다. 김현의 부친이 구세약방의 운영을 통해 막대한 부를 축적했지만, 교회의 재정장로로 재직하면서 엄격하고 감정을 절제했던 것을 염두에 두고, 다음의 지문을 읽어보면 그 성격의 유사성을 분명하게 발견하게 된다.

> 성도들의 목적은 구원이라는 초월적 목표를 지향하고 있었지만, 그들은 바로 그 때문에 현세의 생활이 지상에서 신의 영광을 증대시킨다는 관점에 지배되고 철저히 합리화되었다. '모든 것을 신의 영광을 증대시키기 위하여'라는 입장을 그들만큼 심각히 생각한 사람들은 없었다.[12]

들은 충청도 이남뿐만 아니라 제주도까지 양약을 독점 공급해 막대한 부를 축적했다. 당시의 구세약방에 대한 자세한 기록은 남아있지 않지만, 구세약방에 앞선 1946년에 약방도매업을 시작한 백제약방에 대한 다음과 같은 기록을 통해 구세약방의 사정도 유추해 볼 수 있겠다.
"김기운은 많은 사람을 구제한다는 의미로 백제 약방이라는 상호를 내걸었다. 해방 이듬해인 1946년이었다. 행인의 출입이 빈번한 목포 남교동 사거리에 문을 열자 사람들이 몰려들었다. 다른 약방에 비해 약품을 골고루 갖춘 것도 한몫했다.
당시 약은 수요에 비해 공급이 달렸기 때문에 누구 얼마나 신속하게 많이 구비하느냐에 따라 성패가 갈렸다. 그는 외국에서 귀환하는 동포들로부터 약을 사들였다. 목포는 호남지역의 관문일 뿐 아니라 남해안 도서지방을 연결해 주는 항구였고 부산이나 제주도처럼 많은 귀환동포들이 몰려들었다. 그는 귀환동포의 약을 사는 것에서 그치지 않고 영암 강진 장흥 해남 완도까지 찾아 다니면서 약을 사들였다. 당시는 '오일페니실린'과 설파제 '다이아진'이 만병통치약으로 과대평가되면서 인기가 높았다." 이병구, 「백제약방과 약유통 반세기」, 『보건신문』 2002.4.16.
12) 막스 베버, 『프로테스탄니즘의 윤리와 자본주의 정신』, 박종선 역, 두리, 1987, 125쪽.

김현은 이국선 목사에 대한 회고 일기에서 프로테스탄트의 금욕과 청결함을 연상하고 있지만, 사실 이러한 평가에 걸 맞는 인물은 그의 부친도 마찬가지다. 현세의 삶이 신의 영광을 위해 존재한다는 사고는 직업소명설이라는 독특한 퓨리탄적 실천원리를 부여한다. 이에 따르면, 세속적 생활에서의 부의 추구는 도덕적으로 허용될 뿐만 아니라, 실제로 명령되기도 하는 바였다.13)

김현의 부친에게서 나타난 삶의 방식 역시 이러한 퓨리타니즘의 연장선상에서 이해할 수 있다. 구세약국을 운영하면서 착실하게 부를 축적하였지만, 결코 낭비나 유흥에 휩쓸리지 않았던 그의 풍모는 지상에서의 부의 축적은 신의 축복의 증표라는 퓨리탄적 신앙의 기초에서 나온 것이었다. 평소의 낙천적인 성격에도 불구하고 김현의 부친의 생활방식이 엄격하고 검소하였다는 것은 금욕적인 퓨리탄의 직업윤리에 비추어보자면 아주 자연스러운 것이었다. 왜냐하면 직업노동과 신앙으로부터 멀어지게 하는 생활의 충동적 향락은 합리적 금욕의 적이었기 때문이다.14)

부친의 기독교에서 김현은 다음과 같은 두 가지 정신적 유산을 상속받았을 것으로 생각된다. 먼저 비관적 개인주의(원죄의 숙명론)를 들 수 있다. 구원의 가능성은 오직 신만이 알고 있다는 예정설에 기반한 교리는 신자들 개인에게 비관적 개인주의를 심어주었을 것이다. 내세의 삶에 대한 가능성을 결코 예측해 볼 수 없다는 현실이 그것을 가능케 한 것이다. 이러한 비관적 개인주의를 강화시킨 데에는 김현이 유년시절 흥미롭게 때는 고통스럽게 내면화한 기독교가 신약新約의 예수의 생에서 나타나는 '사랑의 실천'이라는 쾌적한 낮의 명랑성과 결합하지 않고, 구약舊約의 율법적이고 징벌론적인 심판의 공포와 결합되어 있다는 점

---

13) 위의 책, 231쪽.
14) 위의 책, 235쪽.

은 주목할 필요가 있다. 그가 부친과의 관계를 회고하는 장면에서 거론하는 "아담과 이브, 카인과 아벨, 에서와 야곱" 등의 서사란 원죄의 발생(아담과 이브)과 최초의 살육(카인과 아벨), 그리고 구원의 불확정성과 이해불가능성(에서와 야곱)을 강력하게 상기시키는 창세신화의 내러티브이기 때문이다. 동시에 김현은 아버지의 독특한 퓨리탄적 태도, 즉 현세를 낭비하지 않고 신의 영광을 위해 살아야 한다는 교리에서 금욕적이며 합리적인 윤리의식을 내면화한 것으로 보인다.

그런데 생각해 보면 김현이 선택한 문학은 이러한 기독교적 사유를 정면에서 회의하고, 어떤 점에서는 그것이 금지하고 있는 쾌락과 원죄의 문제를 가장 밀도 높은 수준에서 사유하고 때로는 위반하는 정신의 모험이기에, 김현에게 기독교 사상은 믿음과 의혹의 지속적인 대결적 무의식이 상충하는 고통스러운 동시에 매혹적인 사상의 원천일 수밖에 없는 것이다. 그래서 일종의 '헤게모니적 타협'이라 부를 수 있는 기독교 사상에 대한 김현의 탐구가 지속되는 것인데, 그는 한편에서는 기독교의 원죄론을 포함한 묵시적 세계관을 내면 깊숙이 수용하는 한편, 그것을 이른바 비판적 합리주의에 의해 상대화시키고 완화시키는 가운데 문학의 창조적 가능성을 탐문하는 방향으로 그의 의식을 선회시킨 것이라 볼 수 있다. 물론 기독교 사상으로부터 문학으로의 전환이라는 이세계관 차원에서의 '분리'가 유연하게 달성된 것은 아니었다.

III. 기독교적 원죄의식과 문학

앞에서 우리는 유년기 김현의 기독교 사상과의 관련성을 간단히 논의했다. 외삼촌이었던 신학자 정경옥의 역사비평학, 그가 또 하나의 아버지로 거론하고 있는 이국선 목사의 현실주의적 해방신학, 그리고 그의 부친으로부터 상속받은 금욕적 합리주의는 문학에 입문하기 직전까지 김현의 내면적 사유를 촉진시킨 근거였을 것이다.

　그런데 이 부분에서 우리들이 제기해야 될 또 하나의 의문은 각기 차별적인 이러한 기독교 사상과의 접촉에서 김현이 보여주었던 언뜻 납득하기 어려운 공포와 이상징후들이다. 특히 이국선 목사에 대한 추억을 회고하는 장면에서 김현은 "나에게는 타블라 라사(tabula rasa)가 훨씬 무서웠다. 나는 틈만 나면 내 손과 얼굴을 씻었으며, 그것은 거의 병적으로 되어갔다"고 고백하고 있다. 일종의 세척강박증이 생겼다는 이야기고, 이와 함께 야뇨증도 생겼다는 것인데, 무엇이 김현으로 하여금 이런 공포를 갖게 한 것일까.

　그렇다면 대저 타블로 라사란 무엇인가. 그것은 인간이 '백지의 상태'에서 탄생한다는 것을 의미하고, 로크의 경험주의적 인식론 안에서는 경험과 시간의 축적 속에서 인간의 자기정체성이 형성된다는 것을 의미한다. 그러나 로크적인 주장이 개진되기 이전의 신학자들은 백지상태의 인간이란 존재하지 않는다는 주장을 펼쳤다. 사실 플라톤주의로부터 강조된 것은 현세의 삶이란 이데아의 불충분한 결여에 불과하다고 주장했고, 그것이 중세의 신학적 세계관 안에서는 '원죄를 짊어진 인간'이라는 인간의 불완전성에 대한 주장으로 이어졌다.

　오직 신의 섭리와 구원에 의해 이 '원죄'는 속죄될 수 있지만, 문제는 현세의 인간들은 끝없이 세속생활에서 임박해오는 죄의 유혹에 시험당할 수밖에 없다는 것이 '타블로 라사'라는 개념의 아이러니였다. 속죄와 구원, 금지와 위반의 악무한적인 일상의 신앙생활이야말로 기독교사상의 아이러니일 수밖에 없었는데, 김현은 이 순백한 인간 상태로 돌아갈 수 없다는 '죄'의 공포에 무시로 시달렸음을 지금 고백하고 있는 것이다.

　김현의 설명할 수 없는 유년기의 공포와 세척강박증과 야뇨증과 같은 이상징후는 '성性'에 대한 눈뜸의 과정이 또 다른 '성聖'에 의해 되비추어지고 금지됨으로써 더욱 강박적인 것으로 발전했다고 보는 것이 옳다. 김현의 유년시절 세계관의 원체험적 공간에서의 이러한 세계관의 혼돈상태는 문학에의 끌림을 느끼면서, 또 다른 금지의 장벽에 부딪치게 된다는 것은 『한국문학의 위상』에서의 다음과 같은 진술에서도 잘 발견된다.

> 겨울밤에 가슴에 베개를 괴고, 해남 물고구마를 늘어붙도록 쪄 가지고 먹어대며, 이형식에게서 오유경에게로, 그리고 오필리아에서 파우스트로 정신없이 뛰어다닌다. 그러다가 아버지나 어머니에게 들켜 호된 꾸지람을 듣는다. 그 아무 짝에도 쓸모없는 소설책을 읽어서는 무엇하려는 것이냐는 푸념이 어머니의 주된 공연 프로그램이었다. 판사나 검사가 되지 않고 문학 나부랭이를 했다고 어머니는 돌아가시기 직전가지 나를 꾸짖었다. 그 문학을 나는 아직까지도 버리지 못하고, 거기에 매달려 있다. 아무짝에도 써먹지 못하는 것을 무엇하려고 하느냐? 그 질문은 아직까지도 나를 떠나지 않고 나를 괴롭힌다. 아무 짝에도 써먹지 못한다![15]

김현에게 한편의 소설을 읽는 일은 호기심이기도 했겠지만, 그것은 또한 금지된 욕망과의 조우를 의미하는 것이기도 했다. 그것은 더 어린 시절 아버지가 들려주시던 아담과 이브, 카인과 아벨, 에서와 야곱과 같은 무서운 구약의 심판과는 다른 인간다운 쾌락에 눈뜨는 일이기도 하다. 그 쾌락은 기독교에 내재해 있는 원죄와 구원의 변증법과 무관하게 인간세상을 괴롭게 하는 사랑과 영혼, 타는 듯한 갈망과 속된 죄의 추구를 여과 없이 노출시키는 세속주의로 충만한 가치를 김현에게 보여준다.
문제는 김현의 모친이 김현에게 던진 다음과 같은 금지의 전언이다.

---

15) 『김현문학전집』 제1권, 39~40쪽.

"아무 짝에도 써먹지 못하는 것을 무엇하려고 하느냐?" 이러한 모친의 발언을 김현은 단순한 꾸짖음으로 수용하고 있는 것은 아니다. 그가 굳이 "어머니는 돌아가시기 직전까지 나를 꾸짖었다"고 말하고 있는 것으로 보아, 그것은 문학을 선택하는 행위에 대한 부모들의 격렬한 거부의 태도를 김현이 내면화하고 있었던 것으로 보아야 한다.

위에서 김현의 모친이 김현을 꾸짖고 있는 근거는 문학이 현실의 부와 권력 어디에도 유용하게 기여할 수 없는 것 아니냐는 세속주의적 태도다. 그러나 그것이 단순한 세속주의로 그치지는 않는다. 거기에는 인간화된 쾌락을 여과없이 수용하고 있는 김현의 세속적 욕망에 대한 금지의 뉘앙스가 훨씬 더 강력하게 드러나는 것으로 우리는 이해해야 한다. 요컨대 중요한 것은 '쾌락의 금지'인 것이다.

금욕적 합리주의를 견지하고 있는 김현의 부모에게 가장 중요한 것은 신의 왕국이었고, 그것은 앞에서 언급했듯 직업소명설을 내면화하여 재화의 보존과 축적에 따르는 노동의 엄격성을 견지하게 만들었다. 이런 금욕주의적 세계관 안에서, 문학으로 상징되는 향락과 지적 사치는 쓸모없는 것으로 간주되었을 뿐만 아니라, 당연히 금지되어야 마땅한 것이었다. 그러므로 김현의 부모가 "검사나 판사가 되지 않고"라고 말하는 것이 세속적 권력을 추구해야 한다는 것으로 이해되어서는 곤란하다. 사실 이러한 쾌락의 금지는 퓨리탄에게는 일반적인 생활원리였음은 막스 베버의 다음과 같은 지적을 통해서도 확인되는 바다.

　　극장은 퓨리탄에게 배척되어 있었다. 또한 성애적이고 외설적
　인 것에는 관용을 베풀지 않고 엄격히 배척하며, 문학이나 예술의
　급진적 견해는 존재할 수 없었다. 잡담, 사치, 허식의 관념은 예술
　적 소재로서의 사용이 완전히 배척되어 오직 온당한 유용성에 이
　바지하기 위해서만 준비되어 있었다.[16]

김현이 선택한 문학은 독실한 기독교 신자인 부모들의 입장에서는 "성애적이고 외설적인 것"에의 몰입으로 비췄을 것이다. 실제로 김현이 본격적으로 문학에 입문하게 만든 계기를 이루었던 보들레르를 포함한 프랑스의 시인들이나 희랍의 신화에서 빈번하게 제시되는 것은 금욕주의가 금지하고 있는 "성애"와 "외설"이었고, 그가 또 하나의 아버지로 숭배했던 이국선 목사의 삶은 보수적인 개신교 신자들이 금지하고 있는 "급진적 견해"로 충만한 것이었다.

따라서 김현이 이러한 부모들의 금지를 거슬러 문학에 대한 타는 듯한 갈망을 적극적으로 충족하고자 하고, 또 다른 한편에서는 유년기의 그저 스쳐가는 인연에 불과할 법한 민중신학자 이국선 목사와의 인연을 지속했던 것은 금욕적 합리주의로 상징되는 양친으로부터의 '분리'의 욕망이 문학을 통해 지양하고자 하는 의지의 소산이었을 것이다. 요컨대 그것은 부모의 세계관의 거처로부터 이탈하여 자립하고자 하는 개별화(individuation)의 근거가 문학이었음을 잘 보여준다.[17] 그러나 이러한 세계관적 '분리'와 금지의 '위반'에도 불구하고, 내면화된 '기독교적 원죄의식'은 김현을 자유롭게 만들지 못한다. 이에 대해서는 다음과 같은 주장을 참고하는 것도 좋을 것이다.

> 여러 글에서 느낄 수 있는 바지만, 기독교적 원죄는 김현 선생의 유년기에 형성된 심리적 틀의 원형이다. 만지지 말라, 만지고 싶다, 라는 금지와 그것을 범하려는 욕망 사이에 처한 인간의 행태는, 그래서 수평적으로는 개인적인 영역에서 초월적인 영역에 이르기까

---

16) 막스 베버, 앞의 책, 236쪽.
17) 김현에게 문학의 의미가 부모 세대의 퓨리탄적 세계인식으로부터 벗어나고자 하는 개별화의 의지라는 위의 주장은 특히 그의 몇 안 되는 습작소설에 잘 나타나 있다. 「잃어버린 처용의 노래」(1962), 「인간서설」(1962), 「노숙」(1967) 등의 소설이 공히 보여주고 있는 바는 욕망과 금지 사이에서 찢긴 자아의 깊은 죄의식이다.

지, 선생의 자기반성과 보편적 삶의 탐구를 위한 가장 중요한 주제 중의 하나가 된다. 선생에게 문학은 그 금지와 욕망의 문제를 동시에 밀고 나가는 방법적 기제였다. 선생의 그 관능적 글쓰기는 그 자체가 이미 금지를 범하는 욕망의 발현이었지만, 그것을 공동체의 문화적 행위로 만들려 하였다는 점에서 신성의 개념을 수용하되 그 금지 체계를 재편하려는 노력이기도 했던 것이다. 거기서 선생의 시야는 기독교라는 특정 종교를 넘어 범인류적 삶의 양태로 확대된다.[18]

실제로 만년晚年에 이르기까지 김현은 이러한 '금지'의 심리적 억압 속에서 자주 원인모를 죄의식에 빠져들곤 했다. 그가 사망하기 직전이었던 1989년 2월 16일의 일기에 적어놓은 다음과 같은 아버지에 대한 회고는 그것을 잘 보여준다.

> 시골에서 내가 만질 수 있었던 것은, 책보자기 정도였고, 라디오도, 아버지만 만질 수 있었지, 나는 만질 수가 없었다. 아버지의 책상 위에 놓여 있었던 제니스 라디오를 내 얼마나 곤혹스럽게, 그러나 호기심에 가득차 쳐다보았고, 가까이 가면 언제나 아버지가 엄격하게 말씀하셨다. 만지지 마라. 만지지 마라. 그 금지의 소리가 언제나 내 속에서 울려 내가 기계를 그렇게 무서워 한 것일까. 만지지 마라. 흰종이는 만질수록 까맣게 된다. 죄를 짓지 마라. 만지지 마라. 그래서인지 기계를 만진다는 것은 이중의 심리적 끌림을 의미한다. 혐오와 매혹을. 언젠가는 이 불필요한 기계들을 부숴버리겠다. 그러나 나는 내가 결코 기계들을 부숴버리지 못하리라는 것을 잘 알고 있다.[19]

이 일기에서 우리가 확인하는 것은 김현이 만년에 이르기까지 "만지

---

18) 이인성, 「죽음 앞에서 낙타 다리 쉽기」, 『문학과사회』 1990 겨울호, 1462쪽.
19) 김현, 『행복한 책읽기』, 216쪽.

지 마라"는 아버지의 금욕적 금지와 "흰종이는 만질수록 까맣게 된다"는 타블로 라사를 연상시키는 원죄의식으로부터 자유롭지 못했다는 무의식의 움직임의 생생한 귀환이다. 그렇게 김현에게 기독교 사상은 그의 정신의 아주 내밀한 심층까지 장악하고 있는 분명한 실체였고, 시간이 지나도 지워지지 않는 끈질긴 무의식적 잔존물(레이먼드 윌리엄스)에 해당하는 것이었다.[20] 그래서 김현의 비평에서 유독 강렬하게 드러나는 욕망의 미세한 작동방식으로부터 폭력의 거대한 구조적 메커니즘에 대한 문학적 관심은 기독교 사상을 배제하고서는 명료하게 이해할 수 없는 은폐된 심층구조인 것이다. 그런데 은폐되어 있는 것은 과연 그것뿐이었을까?

지식인 김현에게는 어쩌면 기독교적 원죄의식에 육박하는 또 하나의 죄의식의 흉터가 남아 끈질기면서도 은밀하게 그를 괴롭힌 것이 있지 않았을까? 나는 이런 질문을 던져보면서, 특히 호남인으로서의 그의 은폐된 죄의식에 대해 논하는 일이 필요하다고 생각했다.

제임스 쿤의 『억눌린 자의 하나님』을 구해 읽다. 나는 전라도 사람으로서의 나 자신에 대해 숙고했다. 때로는 혐오하면서, 때로는 연민을 갖고서. 그러나 대부분의 시간은 도피의 마음으로. 전라도 사람이라는 것 때문에 하숙을 거부당한 것. 사투리 때문에 놀림받은 것, 전라도 사람임에도 불구하고, 80년 이후에도 조용하다는 것 등의 것들이 뭉쳐져 내 가슴에 밀려 들어왔다. 쿤의 책은 내 경험세계의 신학적 의미를 되묻게 만든다. 나는 억눌린 자인가? 아니다. 억눌림에서 벗어나기 위해 완전히 지배 이데올로기에 종속되어 있

---

20) 김현에게는 한 잔의 술을 마시는 행위조차 기독교를 상대화할 수 있었던 청년기에나 가능했다: "나는 독실한 기독교 집안에서 태어났다. 그래서 술을 아주 늦게 배웠다. 대학 3학년 때 문우들에게 끌려서 막걸리를 마시게 된 것이 그 시초였는데, 늦게 배운 도적질에 날 새는 줄 모른다는 식으로, 이제는 제법 술꾼이라는 이름을 듣게 되었다." 김현, 「불꽃의 말」, 『김현문학전집』 제14권, 370쪽.

는가? 그것도 아니다.

쿤의 언명 중 나를 가장 감동시킨 것은 나의 신학적 한계와 내가
흑인들의 사회적 조건들과 밀착돼 있다는 사실이 나로 하여금 복
음의 진리를 제대로 볼 수 없게 만들 수도 있다는 것을 나는 인정한
다는 선언이다.

멜빈 톨슨의 노래

오 어찌 잊을손가
거부당한 우리의 인권을
오 어찌 잊을손가
죽임을 당한 우리의 인간성을
정의가 모독당하고
호소가 저주로 메아리쳐 올 때
자유의 문이 닫혔을 때
오 어찌 잊을 손가[21]

1986년 5월 27일의 일기에서 김현은 호남인으로서 자신이 끈질기게
감춰왔던 고통에 대해 고백한다. 김현이 이 일기를 쓰고 있던 시점은 전
두환 정권 말기 이른바 민주화 운동이 격화되고 있던 때였다. 아마도 그
는 '호헌철폐 독재타도'의 구호가 울려 퍼지고 있는 현실 속에서, 억눌
린 한국인들의 고통을 생각했을 것이다. 그러면서도 그 억눌림이란 기
독교적 구원의 전제조건이라는 사실을 『억눌린 자의 하나님』을 읽으
면서 깨닫게 되었던 것이고, 그것이 돌연 전라도 사람으로서의 자신의
정체성에 대한 탐문으로 이어졌을 것이다.

오늘도 그런 것이지만 1980년대라고 하는 시점에서의 전라도는 단
순히 특정 지역을 지시한다고 볼 수 없다. 그것은 광주항쟁을 거친 한국

---

21) 김현, 『행복한 책읽기』, 29쪽.

인들에게 명백한 고통의 상징이었고 수난의 낙인이었다. 노예적 상황 속에 처해 있는 흑인들에게 신의 왕국에 대한 호소는 뒤집어 보면, 뒤틀린 땅의 억압에 대한 분노의 초월적 성화聖化에 해당하는 것과 마찬가지로, 전라도는 김현에게 그런 의미를 갖고 있었다. 그는 톨슨의 노래를 인용하면서 "죽임을 당한 우리의 인간성"과 "호소가 저주로 메아리쳐 오는" 부조리에 대해 생각했을 것이고, "자유의 문이 닫"힌 현실에 대한 고통에 공명했을 것이다. 그러면서도 전라도 사람으로서 그가 감춰왔던 상처라든가 80년의 광주 이후에도 호남에 대해, 한국의 민주주의에 대해 조용히 침묵하고 있는 나는 누구인가라는 근본적인 회의에 직면했던 것으로 보인다.

그렇다면 김현의 침묵을 우리는 어떻게 이해할 수 있을까. 만년의 김현이 『장길산』에서 미륵사상을 읽어내고, 『르네 지라르 혹은 폭력의 구조』에서 '희생양' 이론을 자기화하고자 했던 것을 보면, 알레고리의 형태로나마 그는 전라도 사람으로서의 자기 정체성에 대해 심각하게 고민했음을 유추할 수 있다. 그러나 그것이 명시화될 수는 없었는데, 여기에는 이 땅위에서의 고난과 억압의 수난사를 구약舊約의 이스라엘 백성들이 견지했다고 판단되는 '속죄양'으로서의 고난과 등치시키는 데서 오는, 김현 특유의 기독교적 사유가 개입했던 탓이다.

이것을 간접적으로 확인할 수 있는 것은 그가 『한국문학사』의 한 부분에서 일본의 무교회주의자 우찌무라 간조의 영향을 받은 함석헌과 김교신을 포함한 이른바 『성서조선』 그룹이 보여주었던 민족의식을 '속죄양 의식'에서 찾고 있는 부분에서 그 흔적을 드러낸다.

> 그들이 무교회주의를 내세웠다는 것이나, 성서독회를 열고 「성
> 서조선」을 발간했다는 것은 그들이 우치무라의 연장선 위에서 활
> 동했음을 입증한다. 그러나 그들이 우치무라 사상의 탁월성에 감

염된 것은 사실이지만 보다 깊은 관점에서 관찰하자면, 그들의 무교회주의는 한국 지성의 정신주의와 복음사상의 결합을 뜻한다. 정신주의와 민족주의가 하나의 지적 형태를 필요로 했을 때 가장 바람직하게 선택된 것이 무교회인 것이다. 그 정신주의와 복음주의의 결합에서 생겨난 것이 속죄양으로서의 민족의식이다. 그 속죄양 의식은 피압박민족의 해방 투쟁사의 복음주의적 변형이다. 그것은 지식인을 예언자로 만들며, 역사를 종말론적으로 인식하게 만든다.[22]

위의 인용문에서 피력한 김현의 분석이 논리적인가 아닌가를 해명하고자 하는 것은 아니다. 중요한 것은 그가 함석헌과 김교신에서 "역사를 종말론적으로 인식"하는 편향을 읽어내고, 그것이 그들의 기독교사상의 영향 속에서 배태된다는 것을 지적하고 있는 김현의 태도다.

그런데 생각해 보면, 김현이야말로 역사와 인간에 대한 종말론적 편향에서 자유롭지 못했던 인물이었다. 물론 그는 4·19혁명에서 부르주아 민주주의의 가능성을 읽어냈고 그가 위기에 빠질 때마다, 그 자신의 세대의식을 반복적으로 강조했던 것은 사실이었다. 하지만 그는 유년기의 기독교사상으로부터 벗어나 유럽의 계몽주의적 사유를 체질화하고자 했지만, 죽음에 이르기까지 그가 끈질기게 문학비평의 방법론이자 사상으로 수용했던 것은 프로이트를 포함한 범 정신분석학이었다.

문제는 김현의 묵시록적 사고에 영향을 끼친 기독교나 프로이트주의나 묵시록적 사고라는 관점에서는 구조적으로 동일한 사고방식이었다는 점에 있다.[23] 만년의 김현의 일기를 읽어보면 이것은 분명해 보인다.

22) 김윤식·김현, 『한국문학사』, 민음사, 1973, 280~281쪽.
23) 프로이트의 다음과 같은 진술은 그것을 잘 보여준다: "우리가 알고 있듯이, 인생의 목적을 결정하는 것은 쾌락원칙의 프로그램이다. 이 원칙은 처음부터 인간의 정신작용을 지배한다. 이 원칙의 유효성은 의심할 여지가 없지만, 그 프로그램은 소우주뿐만이 아니라 대우주도 포함하는 전세계와의 적대관계에 있다. 이 프로그램이 완수될 가능성은 전혀 없다.

프로이트의 예술론 속에는 인간과 삶에 대한 깊이 있는, 그러나 때로는 너무 비극적으로 느껴지는 성찰이 담겨 있다. 프로이트를 되풀이해 읽으면, 인간은 불행하게 살아가게 운명지워진 존재라는 느낌을 강하게 받는다. 자신의 의지와 관계 없이 마치 자신의 운명을 자신이——여기가 역설이다——결정해버린 사람의 비극.24)

4·19세대로서의 김현의 자기의식은 청년기의 김현이 기독교의 끈질긴 영향과 하중으로부터 벗어나, 자기의 사상을 개별화하기 위해 받아들인 계몽사상의 한국적 대응물이었던 것이 분명하다. 그러나 그런 의식적인 사상전환의 노력에도 불구하고, 그 개별화의 욕망이 강렬해지면 질수록 오히려 더욱 강화되었던 것은 그가 부정하고자 했던 기독교적 사유로의 침잠과 복귀였다. 한 개인의 사상이라는 것 역시 떠남과 되돌아옴이라는 인간 여정의 궤적을 유사하게 반복한다는 것은 김현에게도 예외는 아니었다.

IV. 김현의 실제비평과 기독교 사상의 영향

지금까지 우리는 김현의 유년시절을 기독교와의 만남이라는 관점에서 조명해 보았다. 이를 통해서 김현 비평의 심층에 드리워져 있는 사유의 기본형을 유추해낼 수 있었다. 그러나 역시 중요한 것은 이러한 정신사의 영향과 이에 대한 저항을 통해서 생성된 김현의 문학비평이 어떻게 그의 기독교적 사유와 창조적으로 만났는가 하는 점에 대한 검토일 것이다.

우주의 모든 규칙이 그것과 반대로 움직이기 때문이다. 인간을 행복하게 하려는 의도는 천지창조의 계획에 포함되어 있지 않다고 말하고 싶을 정도이다." 지그문트 프로이트, 『문명 속의 불만』, 김석희역, 열린책들, 1997, 257쪽.
24) 김현, 『행복한 책읽기』, 88쪽.

김현의 비평적 여정 전체를 검토해 보면, 김현에게 기독교 사상은 매우 강력한 영향을 끼쳤다고 판단된다. 그의 등단작인 「나르시스 시론」에서 탐구하고자 했던 주제가 악悪의 문제였는데, 이는 기독교적 원죄의식에 대한 해명 없이는 심층적인 분석이 어려운 문제이다.『한국문학사』를 기술하면서도 안창호의 준비론 사상과 함석헌·김교신의 무교회주의를 정밀하게 분석하고, 더 멀리는 조선후기의 북학파의 사상을 서학(기독교)의 도입과 관련해 설명하고 있는 것은 기독교 사상이 김현에게 매우 본질적인 물음의 근거였음을 보여준다.

김현이 평생에 걸쳐 탐구한 욕망과 죄, 그리고 구원의 문제는 그 자체가 기독교적 사유의 원질이라 할 수 있다. 김현이 사유한 세계의 혼란은 폭력을 포함하여 욕망이 여과 없이 표출될 때 나타나며, 그것을 억압할 때 또 다른 혼란이 나타난다는 시각을 보여준다. 세속주의의 견지에서 김현은 욕망에 대한 끈질긴 유혹을 긍정하지만, 그것을 승화의 형태로 약화시키고 증류시키는 '과잉의 제거'가 현실적인 대안이라 보았고, 문학은 그 욕망의 노골적인 발현과 승화 사이의 긴장이 탄력적으로 제기될 때 성공적일 수 있다고 보았다.

김현이 현실보다는 그것을 중계하는 언어에 대한 민감한 자의식을 보여주었는데 이 역시 기독교 사상과 관련하여 논의할 수 있는 여지가 많다. 그가 보들레르, 발레리, 말라르메로 상징되는 상징주의와 초현실주의에 경도되어 한국의 시단을 분석하고 종합하는 면모의 핵심에는 한편에서는 기독교 사상과 대결하고, 다른 한편에서는 초월적 구원이라는 기독교 사상의 기본형식을 습합시킨 김현 특유의 문학의식이 드러나는 것이다. 김현이 정신분석학과 신화분석을 통한 문학적 분석의 유형화를 꾀한 것 역시 기독교 사상의 흔적을 찾을 수 있다. 가령『르네 지라르 혹은 폭력의 구조』라는 책이 여기에 해당한다. 지라르에 대한 김현의 분석은 뒤집어 보면, 지라르로 상징되는 기독교적 성화聖化와 희생양 이론에 대한 공명이라 할 수 있다.

　김현은 시종일관 현실을 비극적으로 조명하는 편향을 버릴 수 없었다. 김현은 등단 초기부터 비극적 세계관의 문제를 조명했으며, 초기 분석에서의 광인狂人에 대한 관심이나 후기 평론에서의 폭력에 대한 분석 모두가 실상은 이러한 비극적 세계관의 흔적이라 판단된다.

　김현비평은 한국문학의 사상사적 전개에서 세속주의와 경건주의의 습합을 가장 높은 수준에서 보여준 독특한 면모를 보여준다. 그러나 그의 기독교는 함석헌 식의 씨알론과 같은 고난의 시학으로 수렴되지도 않았고, 민중주의와 같은 집단적 구원 모색으로 이어지지 않았다. 그는 '구원의 개인주의'에 시종일관 몰입했고, 사건의 단독성에 중요성을 부여했다. 김현의 비평에 기독교 사상이 미친 영향은 프랑스의 얀센주의가 초래한 비극적 세계관과 현실개입의 태도와 매우 닮아 있다.

　이 논문에서는 김현의 유년시절과 기독교 사상의 만남이라는 문제에 주목했다. 이러한 논의를 기반으로 하여 필자는 김현의 실제비평과 기독교 사상의 영향문제를 분석적으로 검토한 또 한편의 논문이 필요하다고 생각한다. 그래야 김현의 문학비평에 끼친 기독교 사상의 영향관계가 투명하게 드러날 수 있다고 생각한다. 이 작업은 추후를 기약하기로 한다.

1960년대 참여문학 비평의 전위성: 저항과 부정의 글쓰기

─ 임중빈의 비평을 중심으로

고명철

I. 문제인식: 4·19세대 참여문학론자, 임중빈을 주목해야 하는 이유

한국문학사에서 1960년대 문학의 주요 면모를 살펴보기 위해서는 이른바 4·19세대를 주목하지 않을 수 없다. 4·19세대는 4·19혁명(1960)과 5·16군사쿠데타(1961)를 역사적 실재로 목도하면서 한국전쟁 이후 팽만해 있던 전후의 패배의식을 극복하고, 근대적 주체를 정립하면서 근대(화)를 추구하고자 온갖 노력을 다 기울인다. 1960년대 문학의 주요 담당층으로서 4·19세대의 출현에 따른 문학적 기대는 그 이전 세대의 주요 비평가의 다음과 같은 언급에서도 명확히 드러난다.

이런 歷史的인 視野 속에 등장한 젊은 世代의 문학은 같은 怒한 世代文學이지만 저쪽과 같이 「런든」工場村 어두운 구석방에서 화풀이를 하는 노여움이 아니라 넓은 뜰에서 不純한 장애물들을 除去하면서 進取하는 姿勢의 表現이 될 줄 안다. (중략) 이번에 오는 젊은 世代文學은 怒한 世代의 歷史的인 課業에 의하여 歷史觀과 人生觀이 一轉한 새 환경에서 그 新世代의 젊음과 패기가 비교할 수 없이 自由스럽게 大膽하게 나타나게 될 것, 여기에 今後에 오는 젊은 世代文學을 위한 커다란 전망이 서는 것이다.[1]

文學을 例로 들자면 日本式과 漢字式과 飜譯體의 文體로 뒤범벅이된 前世代人들의 文體에 비해 20代의 作家들이 使用하고 있는 그 文體는 그 「터치」가 전혀 다르다는 것을 알 수 있다. 한글맞춤법을 가장 제대로 쓸 줄 안다는 面에 있어서만 그들이 韓國的이라는 이야기는 아니다. 이들은 작든 크든 第2世代의 影響 밑에서 컸다. 戰爭의 傷痕 속에서 돋아난 「새살」인 것이다. 그러기 때문에 그들의 民族意識은 결코 第2世代에 의해 否定당한 前世代의 「쇼비니즘」이나 植民地 時期의 民族思想을 그대로 되풀이하지는 않고 있다.

다만 자기가 자리한 뿌리를 强烈하게 意識하고 있다는 點이며, 戰爭이 아니라 4·19의 體驗을 몸소 主人으로서 겪었던 主體性을 지닌 市民들이라는 點이다.

植民地 敎育을 받지 않았고, 戰爭 體驗을 몸소 겪지 않았고, 第1世代의 곰팡내에 직접 구역을 느끼지 않고 壯年期에 들어선 第3世代의 「턴」은 여러 가지 면에서 우리에게는 「새로운 次元」의 音樂을 들려줄 可能을 지니고 있는 것이다.[2]

백철과 이어령은 1960년대의 신세대, 즉 4·19세대에 대한 문학적 새로움을 높이 평가한다.[3] 식민지 시절부터 줄곧 한국비평사의 주요

---

1) 백철, 「한국 신세대의 怒한 작품세계」, 『현대문학』 1960.10, 271쪽.
2) 이어령, 「제3세대」, 『중앙일보』 1966.1.5.
3) 백철과 이어령은 자신들이 높이 평가한 4·19세대에 의해 강도 높은 비판을 받게 된다. 여기서 "백철의 신세대 긍정론과 관련하여 강조해둘 필요가 있는 사항은 그의 사고가 자신을 에

논쟁에서 비평적 쟁점을 형성했던 백철과, 이른바 '화전민火田民 의식'[4] 을 제창하며 전후세대의 신세대 비평가로서 급부상을 한 이어령의 4·19세대에 대한 이와 같은 언급은 1960년대의 문학을 검토하는 데 4·19세대의 문학에 대한 중요성을 아무리 강조해도 지나치지 않다는 방증이다.

여기서, 1965년을 전후하여 비평계에 대거 출현한 4·19세대 비평가들은 자기 세대의 문학에 대한 비평사적 인정투쟁의 맥락 속에서 4·19와 5·16의 역사적 과정을 비판적으로 성찰하면서 한국문학(및 한국문화)의 근대(성)에 대한 탐구를 치열히 궁리한다. 무엇보다 한국전쟁의 참상으로 널리 퍼진 비관주의적 세계인식을 극복하고, 4·19로 쟁취한 민족적 혹은 민주주의적 열망을 통해 지금까지 타율적으로 진행된 근대가 아닌, 역사의 주체적 인식이 뿌리 내리면서 비틀린 근대를 바로 잡는 근대의 여러 과제를 기획·실천하는 데 매진한다. 그리하여 4·19세대 비평의 밑자리에는 4·19에 대한 무한한 자기긍정, 부정과 부

워싼 당대의 내외적 조건을 염두에 둘 때 대단히 진보적이고 합리주의적인 지향을 유지하고 있다는 점이다."(임영봉, 『한국현대문학 비평사론』, 역락, 2000, 67쪽)

4) 이어령은 전후세대의 문학을 부정하는 다음과 같은 비평적 진술을 드러낸다. "그런데 여기서 우리는 지난 세대의 문학인들에게 물어야 할 말이 있다. 당신들은 우리의 고국과 고국의 언어가 빼앗기려고 할 때 무엇을 노래했느냐? 사창굴에서 흘러나오는 한가락의 비명, 전쟁의 초연, 그리고 빌딩과 鐵架의 그늘 그 속에서 배회하는 상인과 걸인의 집단, 그리하여 고향은 폐허가 되고 생명은 죽음 앞에 화석이 될 때 그러한 시대가 인간을 괴롭힐 때 당신들은 어떠한 시를 쓰고 어떠한 이야기를 창작했느냐? 한마디로 말해서 당신들은 당신들의 세대와 당신들의 생명에 대해서 성실했으며 또한 책임질 수 있다고 말할 수 있느냐? 그러나 대답은 이미 공허할 것이다. 그러기 때문에 **이 세대의 문학인은 모두 화전민의 운명 속에 있다. 그 작업은 불과 삽과 괭이를 필요로 한다. 이 반역이 반역으로 끝나지 않을 때, 우리 화전민의 작업으로 개척한 영토 위에 일찌기 가져보지 못한 신비의 꽃들이 피고 세대의 의미가 결실할 것이다.**"(이어령, 「화전민 지역」, 『저항의 문학』, 경지사, 1959, 11쪽; **밑줄 강조**-인용) 이렇듯이 이어령은 "당대인의 삶에 감성의 뿌리로 작용하였던 전후와 현대적 상황의 황폐함을 구세대 문학의 황폐함으로 전환하여 담론적으로 재구성하는 탁월한 능력을 발휘한다."(강경화, 『한국문학 비평의 인식과 담론의 실현화 연구』, 태학사, 1999, 115쪽)

패로 점철된 기성의 현실정치에 대한 변혁의지의 승리로 일궈낸 새로운 정치적 인식과 감각, 이러한 정치적 인식과 감각의 조율을 통해 형성되는 미적 윤리와 미의식, 즉 현실 참여문학을 향한 비평정신이 자리하게 된다.

김현(『자유문학』, 1962), 홍기삼(『현대문학』, 1962), 구중서(『신사조』, 1963), 염무웅(『경향신문』, 1964), 임중빈(『조선일보』, 1964; 『동아일보』, 1965), 조동일(『청맥』, 1965), 백낙청(『청맥』, 1965), 김주연(『문학』, 1966), 김치수(『중앙일보』, 1966), 임헌영(『현대문학』, 1966), 김병익(『사상계』, 1967) 등이 바로 4·19세대의 주요 비평가들이다. 물론, 이들 비평가들은 4·19와 5·16에 대한 나름대로의 인식과 그것의 비평적 이념의 분화 과정을 거치면서 1960년대 이후의 문학 지평을 다채롭게 보여준다.[5] 그런데, 이들 비평가들 중 임중빈(1939~2005)은 이렇다할 논구의 대상이 되고 있지 못하다. 두루 알듯이, 임중빈을 제외한 4·19세대의 주요 비평가들에 대해서는 1960년대 문학에 대한 직간접적 연구에서 비평과 학적 연구의 대상이 되고 있다. 하지만 임중빈에 대해서는 1960년대의 비평을 개괄할 때 그 존재를 언급하는 정도에 그치고 있을 뿐이다. 1960년대 내내 진행됐던 참여문학 논쟁에서 임중빈의 비평적 존재와 그 가치에 대해 주목하지 않을 수 없는데도 불구하고,[6] 1960년대 문학 연구에서는 간략

---

5) 4·19세대 비평가들은 자신들이 주로 활동하는 매체를 중심으로 분화한다. 백낙청과 염무웅은 『창작과 비평』(1966 창간)으로, 임헌영과 구중서는 『상황』(1969 창간)으로, 김현, 김주연, 김치수, 김병익은 『문학과 지성』(1970 창간)으로 분화의 과정을 밟는다.

6) 임중빈의 유일한 문학평론집 『부정의 문학』(한얼문고, 1972)의 발문에서 염무웅은 "한국비평이 무엇보다도 절실하게 요청하는 것은 통념하는 상투적 思考方式에 대한 강렬한 비판적 정신, 다시 말해서 否定의 정신이 아닐 수 없다. 任炯의 이번 評論集을 일관하는 정신은 책의 표제가 웅벼해 주듯이 그러한 차원 높은 否定과 批判의 정신이다. 현실의 부조리에 대하여 봉건적 遺産에 대하여 식민지적 민족배반의 行態에 대하여, 그리고 反文化的 몽매주의의 횡행에 대하여 任炯의 논문은 아낌없는 비판을 가하는 것이다. 그렇게 함으로써 그는 인간을 옹호하고 민족의 주체성을 되찾으려는 편에 확고히 자기 위치를 설정하며, 오늘 이 현실에서 마땅히 지녀야 할 문학의 참된 사명과 책임을 강조하는 것이다."(420~421쪽)고 주목한다.

히 다루어지고 있을 뿐이다.

여기에는 몇 가지 이유를 생각해볼 수 있다. 우선, 임중빈의 비평이 지니고 있는 비평적 급진성에 대한 학적 판단이 미뤄지고 있다. 임중빈은 1960년대 후반과 1970년대 초반 두 가지 정치적 사건에 휘말리게 되는바, 하나는 '통혁당 사건'과 관련한 '청맥靑脈'지 폐간이며,[7] 다른 하나는 월간 '다리'지 필화 사건[8]이 그것이다. 임중빈의 비평은 비평담론을

---

[7] 1968년 8월 24일 김형욱 중앙정보부 부장은 주동자 김종태를 필두로 한 김질락 등 서울대 문리대를 비롯 각 대학 출신의 혁신적 엘리트들로 구성된 통일혁명당이 베트콩식 연합전선조직인 민족해방통일전선을 목표로 조직되어 무장봉기, 주요 시설 파괴, 정부 요인 암상 등의 방법으로 대한민국정부 전복과 공산정권 수립을 꾀하였으며 북한으로부터 자금도 받았다는, 이른바 '통혁당 사건'을 발표하였다. 임중빈은 통혁당 아래의 9개의 지하써클 중 하나인 '새문화연구회'의 청년문학가협회에서 주도적 역할을 하면서 4·19세대의 문학비평가들을 『청맥』지에 발표할 수 있는 중간 역할을 맡는다. 문제는 북한에서 갖고 온 자금으로 『청맥』을 발간하게 된 것인데, 이로 인해 1964년 8월 1일에 발간된 『청맥』은 통권 27호로 1967년 6월호로 폐간된다. 그 당시 청년문학가협회에 참여한 시인 이근배에 따르면, 시 분야에 이탄, 김광협, 소설분야에 김승옥, 유현종, 평론분야에 염무웅, 조동일, 김현, 임중빈 등이 참여하면서 남정현의 「분지」 필화사건이 나자 재판부에 항의성명을 내기도 하였고, 6·8선거의 부정성에 대한 성명을 냈다고 한다. 그로 인해 김광협, 조동일, 임중빈 등은 중앙정보부에 끌려갔으며, 임중빈은 수의를 입는 고초를 겪기도 한다. 이근배, 「문학동네에 살고 지고(44)」, 『중앙일보』 2003.3.17.

[8] 월간 『다리』(1970년 11월호)에 발표한 임중빈의 「사회참여를 통한 학생운동」에 대해 구속영장에는 "임씨의 글은, 프랑스의 극좌파 학생운동(콩방디)과 미국의 극좌파인 뉴레프트 활동을 긍정적으로 언급한 뒤, 무엇보다도 능동적 참여를 통한 변혁이 필수의 것으로 요청된다고 논단하여, '은연중 우리 정부의 타도를 암시, 반국가 단체인 북괴를 이롭게 하는 내용'"이라는 반공법 위반 혐의로, 그를 1971년 2월 12일 전격 입건한다. 이 사건의 당시 변호인이였던 한승헌의 최근 진술에 따르면, "그런데, 이 사건에서 거론한 프랑스의 콩방디나 미국의 뉴레프트 등은 이미 우리나라에서 널리 소개된 바여서, '은연중 북괴를 이롭게' 할 여지가 조금도 없다는 것이 중론이었다. 일부 언론이나 식자들 사이에서는 이 사건에 정치적 계산이 숨어 있다고 의심하기 시작했다. 그런 조짐은 여러면에서 드러났다. 문제의 필자 임중빈씨는 야당 대통령 후보 김대중씨의 전기를 집필 중이었다. 『다리』를 발행하는 범우사에서는 김대중 후보인 선거용 간행물을 제작하고 있었는데, 그 대표자(사장)가 바로 윤형두씨였다. 또 『다리』 발행인 윤재식씨는 김대중 후보의 공보비서였다. 뿐만 아니라 그 잡지의 고문이자 자금 지원자이고 한 김상현 의원은 김대중 후보의 핵심 참모로 알려져 있었다. 거기에다 그 다음해에는 대통령 선거가 예정되어 있었다. 누가 봐도 대선 경쟁자 쪽에 대한 탄압이 분명했다."(한승헌, 「사법정의 일깨운 '다리' 필화사건」, 『한겨레』 2009.2.2)

넘어 현실정치와 길항 관계를 형성하면서 제반 현실의 부정에 대한 가차 없는 부정과 비판의 언어를 쏟아내었다. 이 두 가지 사건에서 단적으로 알 수 있듯, 임중빈의 비평은 동료 4·19세대의 비평가들보다 비평의 정치성을 급진적으로 실천한 비평가인 만큼 임중빈이 활동하던 시기의 문학장에서 정치적으로 소외되었다는 사실을 간과할 수 없다. 특히 현실 정치로부터 제도적 억압을 받아온 그로서는 그가 지닌 본래의 비평 정신을 비평담론을 통해서는 더 이상 활기차게 드러낼 수 없게 된 셈이다.9) 두 정치적 사건 이후 임중빈의 소극적 비평 활동은 동료 4·19세대 비평가들의 왕성한 비평 활동 속에서 자연스레 망각의 과정을 밟는다. 여기에는 4·19의 문학적 이념의 분화 속에서 『창작과 비평』(1966년 창간) 대 『문학과 지성』(1970년 창간)의 양대 계간지 시대를 맞이하는데, 임중빈과 같은 참여문학 계열의 비평이 『창작과 비평』의 비평적 에콜의 입장으로 수렴되는 것과 무관하지 않다.

이 글의 문제의식은 이와 같은 이유들과 밀접한 관련을 맺는다. 임중빈의 비평은 1960년대 현실 참여문학의 주요한 논쟁적 쟁점을 형성해냈음에도 불구하고 집중적 논의가 진행되지 못했다. 따라서 임중빈의 비평에 대한 집중적 논의를 통해 1960년대 현실 참여문학에 대한 풍요로운 이해를 도모할 수 있다. 그러면서 '청맥'지와 '다리'지 필화 사건으로부터 자유롭지 못한 임중빈의 비평을 에워싼 레드콤플렉스를 극복함으로써 임중빈 비평에 대한 연구자들의 학문적 판단의 자유로움을 확보할 수 있다. 이것은 1960년대 현실 참여문학의 각론에 대한 접근 중

---

9) 임중빈은 '다리'지 필화사건이 1974년 대법원에서 무죄 판결 이후 예전과 같은 예각적인 문학비평 활동을 하지 않는다. 그 대신 1974년부터 인물연구소 대표로 있으면서 근대인물 연구에 매진하게 된다. 이러한 임중빈의 활동은 문학비평가로서의 입지를 그 스스로 문학장에서 소외시킴으로써 이후 문학비평 활동의 소극성을 보이게 된다. 기회가 닿는 대로 이러한 임중빈의 면모에 대한 연구도 진행돼야 할 것이다. 이것은 국가의 제도적 권력이 한 비평가의 비평 정신을 어떻게 상처 입혔는지에 대한 문학제도적 연구로서 의의를 갖기 때문이다.

하나로 개별 비평가의 입장에 대한 해석학적 입장을 통해 침체된 메타비평에 대한 연구를 활성화하는 것이다. 뿐만 아니라 최근 소장파 연구자들에 의해 1960년대 현실 참여문학의 비평에 대한 다각적 연구 성과가 축적되고 있듯,[10]『창작과 비평』의 비평적 에콜이 전유해온 현실주의 문학을 창조적으로 해체·재구성함으로써 문학사의 오류를 수정하는 데 또 다른 역할을 수행하는 것이다.

II. '민중적 리얼리즘'에 이르는 참여문학론

1. 비평의 급진적 정치성 획득

임중빈은 문학평론가로서 문단에 공식적으로 출현하기 전부터 예각적인 비평을 선보였다. 1963년 1월 10일 문학을 전공하는 대학생들이 중심이 된 예비평론가들의 동인 '정오평단正午評壇'에 의한 문학평론동인지 『비평작업』이 발행되었는데,[11] 임중빈은 『비평작업』에서 이후

---

10) 하상일,『1960년대 현실주의 문학비평과 매체의 비평전략』, 소명출판, 2008; 이명원,「1960년대 신세대 비평가의 등장과 참여문학론―『비평작업』의 비평사적 의의」,『한국문학논총』48집, 2008; 허윤회,「1960년대 참여문학론의 도정」,『한국의 현대시와 시론』, 소명출판, 2007; 이명원,『종언이후―최일수와 전후비평』, 새움, 2006; 고명철,「민족의 주체적 근대화를 향한『한양』의 진보적 비평정신」,『한민족문화연구』19집, 2006; 고명철,『논쟁, 비평과 응전』, 보고사, 2006; 김유중,「장일우 문학비평 연구」,『한국현대문학연구』17집, 2005; 임영봉, 위의 책.

11) '정오평단'은 한국문학비평사에서 대학생이 중심이 된 예비평론가 동인이라는 점에서 주목을 요한다. 특히 문학평론동인지『비평작업』을 발행하여 기성세대 비평에 대한 준열한 문제제기를 통해 이후 4·19세대 비평의 본격적 출현의 징후를 보인다. 구성원은 모두 5명으로, 이광훈(고려대 국문과), 임중빈(성균관대 국문과), 조동일(서울대 불문과), 주섭일(서울대 불문과), 최홍규(중앙대 영문과) 등이다. '정오평단'의 도발적 문제의식은『비평작업』의 권두선언에 명확히 드러나 있다. 그 부분을 소개하면 다음과 같다. "感情과 觀念에 汲汲한 나머지 空虛하기 짝이 없는 遊戲의 반세기, 人間없는 地帶의 主題 없는 住宅에서 우리는 이때껏 言語없는 市民이었다. 있으나 마나한 그러한 批評, 아니면 있어서 害毒만 끼치는 따

자신의 비평 세계를 정초定礎할 주요한 문제의식을 매섭게 드러낸다. 그는『비평작업』에서의 비평을 통해 아직 육화되지 않은 4·19세대로서의 비평의 윤리와 비평의 정치성에 대한 전위적 인식을 유감없이 보여준다. 다음은 백철의 전통론에 대한 임중빈의 신랄한 문제제기와 비판의 핵심들이다.12)

> 그러나 正直하게 말해서 우리는 白鐵批評의 世界性을 띤 多才博識에 경탄하며 한편 白鐵文學의 輕薄하고 稚拙한, 다채로운 코메디에 또 한 번 경탄하여 마지 않는다. 아마 白鐵敎授는 文學에 지친 나머지 **軍事政府의 文化政策 責任樹立者라도 되고 싶은 충동과 욕망**에서 이 글을 썼는지도 모른다. 그것은 一言하여 다분히 政策上 時論으로서의 傳統論, 價値를 공공연히 날조하는 文學理論 다시 말하면 文學의 最後를 聲明하는 이외 다른 아무 意味도 內包하고 있지 않기에 말이다.13) (**밑줄 강조**-인용)

> 一見 그럴싸한 뉴 크리티시즘의 亞流밖에 못 된다는 산 證據다.
> (중략) 그렇다면 그의 傳統論은 어디로 증발해 사라져 버렸는지 안

_____

위의 批評을 우리는 斷乎 拒否한다. 여기 시나브로 <批評의 再出發>은 고개를 들고 있다. 眞正한 批評活動은 언제나 社會發展의 엔진이며 批評家는 精神의 鑛脈을 發掘해가는 鑛夫와 같다. 어려운 때일수록 批評의 길은 가시밭길이다.//時代는 批評을 낳아 기르고 批評 또한 時代를 지켜야 한다. 때 늦으나마 우리에게 <批評共和國>의 胎動을 봄은 이 때문이다.//歷史와 싸워야 할 必然性 앞에서 우리는 旣成의 秩序와 觀念에 대한 一大手術을 試行한다. <새로운 무엇>이 그립고 아쉽다면 그것은 人間 自體에 對한 問題의 提起와 創造를 다짐하는 血戰이라고 믿고 있다. 破壞가 우리의 萬能이 아님은 물론, 그것은 主體形成過程에 있어서 어쩌면 몸 전체로 치러야 하는 紅疫이기만 하다.”(「새 시대의 가치창조를 위하여」,『비평작업』, 시사영어사, 1963.1.10, 2~3쪽)
12)『비평작업』에는 ‘평단소송 제1호’,「위장된 전통론-백철비평과 소돔 최후의 날」이 ‘정오평단’의 이름으로 소개되고 있는데, 기실 이 글은 임중빈이 작성한 것으로, 그의 첫 평론집『부정의 문학』에는「전통론 전개의 허실-백철씨의 소론에 대한 ‘평단소송’」이란 제목으로 실려 있다.
13) 임중빈,「전통론 전개의 허실-백철씨의 소론에 대한 ‘평단소송’」,『부정의 문학』, 한얼문고, 1972, 80~81쪽.

타까이 묻고 싶을 뿐이다. 우리의 안타까움은 결코 여기에 그치지 않는다. 白鐵批評 자체야말로 遊興氣分이라는 觀念的 센티멘탈리즘에서 한갓 떠돌기를 거듭해 온 거나 아닐까. 韓國資本의 發見에 어느 누구보다도 最尖端의 등한을 自負하기 때문에 오늘날과 같이 **그의 批評은 소위 <事大主義의 모방품>인 구호물자식 傳統論이라는 헤어나지 못할 함정을 판 것이 아닐까.**14) (밑줄 강조 - 인용)

백철의 「전통론을 위한 서설」(중앙대 『논문집』 6집, 1961)과 「세계문학과 한국문학」(『사상계』, 1962 문예특별증간호)에 대해 임중빈은 "군사정부의 문화정책 책임수립자"와 "사대주의의 모방품"에 불과한 비평이라고 가차없이 비판한다. 백철의 전통론에 대한 임중빈의 비판적 문제제기는 "4·19혁명의 역사적 기억을 가장 젊은 감각으로 공유"15)하는 예비 평론가가 그 비평의 윤리와 비평의 정치적 감각을 직설적으로 발화하고 있는 것이다.16) 여기서 쉽게 간과할 수 없는 것은 5·16에 대한 임중빈의 비평적 인식이며, 4·19로 획득한 근대적 주체에 대한 비평적 자의식의 문제다.

백철에 대한 매서운 비판에서 알 수 있듯, 임중빈은 5·16에 대한 정치적 신뢰를 하고 있지 않다. 이것은 1960년대의 지식사회에서 매우 흥미로운 부분이 아닐 수 없다. 한국의 지식사회는 이승만 독재정권, 즉 구체제에 대한 혐오와 반감이 극도로 팽배해 있었던 만큼, 4·19로 구체제를 전복시키고 장면 정권이 들어섰음에도 불구하고 정치적 무능력으로 인해 4·19의 민족적·민주적 기대와 열망이 충족되지 않은 게 5·16군사쿠데타를 지지하는 요인으로 작용하였다. 그래서 5·16이 일어

---

14) 임중빈, 위의 글, 위의 책, 90쪽.
15) 이명원, 「1960년대 신세대 비평가의 등장과 참여문학론」, 위의 책, 407쪽.
16) 이러한 백철의 전통론에 대해 이주형은 민족현실에 대한 근원적 인식 부족, 서구문학이론의 무차별적 적용의 문제점을 검토하고 있다. 이주형, 「백철론-새로움을 향한 모색의 도정」, 『한국 현대비평가 연구』(김윤식 외), 강, 1996, 71~78쪽 참조.

나고 1963년 대선을 통해 군정軍政에서 민정民政으로 이양되는 과정 속에서도 한국의 대부부분의 여론과 지식사회의 동향은 군사정부에 대한 지지와 참여를 보인다. 바로 이러한 지식사회의 주류적 분위기를 고려해볼 때, 임중빈이 5·16에 대한 명확한 부정의 정치적 입장은 그의 참여문학론이 추구하는 비평의 정치적 성격의 투명성을 보증한다. 말하자면 그의 참여문학론은 문학이 현실과 관계를 맺을 수밖에 없다는 소박한 차원에서 되뇌이는 구두선口頭禪이 아니라, 병리적인 정치사회 현실을 부정하고 더 나아가 변혁시키는 비평의 실천적 성격에 초점을 맞춘다.17) 때문에 그의 참여문학론은 동시대의 참여문학론을 제기하는 4·19세대의 비평가들보다 급진성을 띨 수밖에 없다. 그에게 문학비평은 문학을 대상으로 하는 협소한 차원의 문예적 글쓰기로 자족한 게 아니라 문학을 매개로 문학을 넘어 역사와 대면하는, 그리하여 역사적 전망을 모색하는 비평의 정치성을 획득하는 글쓰기와 다를 바 없다.18) 이 과정에서 그는 4·19로 획득한 민족적·민주적 이념의 주체성을 기반으로 한 비평적 자의식을 갈고 다듬는다.

---

17) "그렇다면 오늘날 작가가 정치에 대하여 묵비권을 행사하는 것이 美德일 수는 없다. 관계의 거부로 자기의 城에 안주하는 일이 예술의 특권일 것인가. 아니다. 제반 상황과의 관계를 추구하여 무한 투쟁을 형상화해 나가야 한다. 작가는 한가로이 諦念에 젖어 自足해서도 안 되고 섣불리 흥분을 일삼는 것으로 自慰해서도 안 된다. 혈육화된 목소리로 모순된 정치·사회구조 앞에서 성실되이 긴장관계를 유지할 의무가 있다. 오늘 한국문학의 언어는 참여의 파장을 확대해야 하며 작가들의 언어와 문체는 날로 더욱 새로워져야 할 필요를 느낀다.// 또한 참여는 현실 변혁의 문제와 결코 무관하지 않는다. 象牙塔의 夢想이나 현실 도피의 합리화에 머물지 말고, 사회 연대성을 확인하여 공동운명을 타개하는 사랑의 실천으로써 또 행동대열의 知性으로써 올바른 참여문학을 창조해야 하지 않을까."(임중빈, 「참여문학의 인식」, 『부정의 문학』, 49쪽)

18) 이에 대해서는 각주 7)과 8)의 내용을 참조.

2. 선취(先取)된 '민중적 리얼리즘'

임중빈의 참여문학론에서 우선 주목해야 할 것은 "民衆의 품에서 나오는 天主의 로고스"[19]에서 알 수 있듯, 그는 근대적 주체로서 개별자, 즉 개인에 관심을 두기보다 근대적 주체로서 집단적 자아인 민중을 비평의 기반으로 삼는다. 그래서 그는 "집단사회와의 복잡 다기한 관련을 통하여 인간의 실체를 실증하는 도전 방법이 곧 참여문학의 문제 제기"[20]임을 인식하면서, "個體의 脫出口를 모색하는 데 그치는 抵抗이 아니라, 人間 連帶에 대한 굳은 信念으로써 歷史的 共同體의 活路를 마련하는 그러한 태도"[21]에 입각한 저항문학의 중요성을 강조한다.

> **무엇보다 생활집단 속에 파고 들어가 민중 내부의 문제를 심화하고 확대해야 한다.** 또 하부계층 사회에 눈을 돌려야 한다. 갖은 악조건 속에서도 생활을 통하여 극복해 가는 민중의 의지를 우리는 예찬하기 전에 불가분 찾아야 할 필연성을 느낀다.
>
> 근대 시민사회의 발전에 따라 문학은 시민의 것이다. 특권층의 완구가 아니며 특권사회의 반영이 아니므로, 민중이 요구하는 전진적인 자세의 확립에 몰두하고 있다. 수구적 퇴화일로의 회의주의나 공상적 허무주의 문학이 아닌 창조와 생산의 진실성을 세계 근대 이후의 문학은 시범해 주었다. 집단 현실을 응시하고 이를 분석하고 그 모순과 갈등을 극복하는 작업을 유능한 작가는 계속 추진해 왔으며, 그러한 전통 속에서 집단적 자아를 재발견하는 예술 창조의 산문정신이 형성된 것이다. 봉건사상의 상속, 식민지 작가의식의 편견 그리고 모더니즘의 창백한 허구성을 포함하여 이들은 낡은 문학의 유산으로 이제 전면적인 방향전환을 검토하게 되었다. **이 시대의 알찬 문학은 인간 집단의 자유와 평등의지, 전체**

19) 임중빈, 「미지의 독자 앞에」, 앞의 책, 5쪽.
20) 임중빈, 「참여문학의 인식」, 같은 책, 45쪽.
21) 임중빈, 「저항문학의 자세」, 같은 책, 30쪽.

狀況惡의 극복을 염두에 둔 미래가 있는 사상을 낳는 진통을 불가피하게도 서민생활의 세계에서 찾고 있는 중이다.[22] (밑줄 강조 – 인용)

創作한다 함은 安價한 美化作業이나 문제 회피가 아니라, 작가가 자기 문제에 집착하여 현실의 核心을 파악하고 그것과의 正面 충돌을 기도함이다. 있는 그대로의 문제란 이렇게 제기되는 것이며 그러자면 작가는 散文精神의 열렬한 闘士가 아니면 안 된다. 정확한 觀察, 냉철한 批判, 그리고 全面的인 人間眞實을 추구하는 一絲不亂한 태도가 곧 散文精神의 眞諦라 할 때 소설의 자기 실현이란 선택한 문제의 焦點을 올바르게 파악하여 **客觀的 眞實로써 어느 한계점까지 자아를 의식케 하는 이러한 過程** 속에서 비로서 가능할 터이다. 이것은 **진정 리얼리즘의 문제가 아닐까 한다.**[23] (밑줄 강조 – 인용)

임중빈의 비평은 근대 시민사회의 근대적 주체로서의 집단적 자아인 민중을 새롭게 발견하는 데 초점이 맞추어져 있다. 그에게 민중은 봉건적 유습과 식민지의 잔재를 극복할 수 있는 역사 변혁의 주체로서 인식된다. 따라서 그의 참여문학론은 민중을 억압하는 일체의 객관현실을 투명하게 응시하고 그것과의 문학적 쟁투를 회피하지 않는다. 민중의 현실에 대한 냉철한 인식을 기반으로 하여, 민중의 삶의 진실을 훼손하는 그 어떠한 구조악構造惡과 행태악行態惡에 대해 물러서지 않는다. 다시 말해 그의 비평은 문학비평이되, 문학비평이 취할 수 있는 비평의 급진적 정치성을 통해 리얼리즘 비평의 한 전형을 보여준다. 그것은 '민중적 리얼리즘'[24]으로 호명할 수 있다.

---

22) 임중빈, 「집단적 자아의 재발견」, 같은 책, 101쪽.
23) 임중빈, 「사회소설론 서설」, 같은 책, 67~68쪽.
24) 임중빈은 이호철의 장편소설 『소시민』을 높이 평가하면서, "현대 사회가 분화되는 과정을 그것도 온갖 서민들의 원형을 집약함으로써 <민중적 리얼리즘>의 고귀한 가능성을

이러한 임중빈의 비평은 1960년대 내내 전개됐던 순수/참여 문학 논쟁이, "문학의 현실에 대한 관심을 고조시킴과 동시에 이후 리얼리즘론으로의 발전을 가능하게 했다"[25]는 점을 고려해보면, 1970·80년대에 성숙해진 '민중적 리얼리즘'을 선취先取하고 있다는 점에서 결코 소홀히 할 수 없는 비평사적 의의다.

> 그런데 리얼리즘이라면 디테일의 완결로 달성되지 않는 문학정신의 근원적인 입장을 우리는 중요시한다. (중략) **集團的 自我를 아낌없이 표현함으로써 民衆的 휴머니즘에 도달할 때 참된 리얼리즘의 꽃은 핀다.** 무엇을 실감있게 묘사한다는 작가의 재능이 곧 리얼리즘 문학의 주요 지평이 될 수 없는 노릇이다. (중략) 事物의 객관적 총체성과 독창적인 美學의 言語性이 조화를 이룸으로써 創造의 統一的 效果는 가능해진다. 逆說적이지만 그동안 한국의 客觀狀況은 리얼리즘 문학의 발전을 촉진해준 매우 성스러운 분위기였다 하여 지나친 말이 아니다.[26] (**밑줄 강조** ― 인용)

이렇듯이 임중빈의 참여문학론은 '**민중적 휴머니즘 → 민중적 리얼리즘 → 참된 리얼리즘**'에 이르는 도정으로 정리할 수 있다. 그동안 임중빈의 참여문학론이 순수/참여 문학 논쟁의 구도 속에서만 파악되는 가운데 문학과 현실의 관계에 대한 소박한 차원에서의 이해로만 보였다면, 이제 임중빈의 참여문학론은 소박한 차원을 넘어 비평의 급진적 정치성을 획득하는 도정에서 1970년대 이후 리얼리즘의 비평을 정초定礎하는 중요한 역할을 맡고 있는 것으로 재평가되어야 한다.

모색한다. 그것은 철두철미 서민생활의 회화요 리듬인 까닭에서이다."(「역설적 전후작가론」, 같은 책, 237쪽)라고 한바, 임중빈의 참여문학론 과정에서 자연스레 도출되고 있는 것은 바로 '민중적 리얼리즘'이다.

25) 전승주, 「1690년대 순수·참여 논쟁의 전개과정과 그 문학사적 의미」, 『한국 현대비평가 연구』(김윤식 외), 279쪽.

26) 임중빈, 「리얼리즘 문학의 가능성」, 같은 책, 12쪽.

Ⅲ. 한국문학의 근대적 주체성을 회복하는 참여문학론

1. 한국문학에 깃든 식민지적 무의식에 대한 극복

임중빈의 비평에서 주목해야 할 또 다른 측면은 한국문학의 근대적 주체성을 회복하고자 하는 강렬한 문제의식이다. 앞서 그의 비평의 급진적 정치성의 면모를 살펴보았는데, 그것은 바꿔 말해 한국문학의 전근대적 면모를 혁신할 뿐만 아니라 식민지적 근대를 벗어나고자 하는 맥락과 상통한다. 특히 임중빈은 전후세대 문학은 물론 4·19세대의 문학에 이르기까지 팽배해진 식민지적 무의식과 서구의 미학을 추종하는 데 대한 한국문학의 몰주체성을 반성적으로 성찰한다.

> 여태껏 만연된 <純粹文學>은 의미를 말하지 못했다. 부질없는 혼돈만 조장시킨 西歐편중의 <模倣文學>은 상황 내의 문제를 절실하게 다루어 본 일조차 없다. 아무래도 오늘의 문학작품은 하나의 呼訴인데 그것도 생활의 진실에 입각한 전체 인간의 호소로 충만된다. 현실생활의 밑바닥에 웅크리고 있는 여러 가지의 갈등을 構造面으로 파악해 낸다거나 작품 속의 호소를 통하여 전체 독자의 가슴팍을 흔들어줄 때 역사로부터 문학의 소외는 해소된다. 오직 個我를 위한 예술이나 일부 특수층의 애환을 기록한 문학이란 미래의 것으로 인정될 자격이 없다. 확실히 어느 고비를 넘어 설 때 예술은 사치스런 유희다. 우리 문학이 그동안 인간의 가장 보편적인 본질을 전제로, 생활의 진실에 돌아가 상황내의 문제를 다루는 데 최선을 다해 왔던들 우리가 새삼스럽게 <모방문학>이나 <식민지 문학>이니 하는 불유쾌한 언설을 뇌까릴 필요가 어디 있겠는가 반문하고 싶다.[27]

27) 임중빈, 「모방문학의 한계와 창조」, 같은 책, 107쪽.

순수문학에 대한 임중빈의 비판의 핵심은 '순수문학=모방문학=식민지 문학'이기 때문이다. 식민지 시기의 타율적 근대로부터 자유롭지 못한 순수문학은 한국전쟁 이후 급속도로 파급된 외국문학의 이식이 중층적으로 포개지면서 한국문학의 근대적 주체성을 정상적으로 회복하지 못했음을 임중빈은 묘파하고 있다.[28] 비록 4·19를 통해 이승만 독재정권과 단절되는 정치혁명의 성과는 일궈냈으되, 한국문학의 식민지적 잔재가 여전히 남아 있다는 사실을 그는 적시하고 있는 것이다. 그리하여 임중빈은 예의 식민지적 무의식과 문학적 쟁투를 벌이는데, 우선 전후문학 세대에 깊숙이 스며든 봉건적 유습과 식민지적 잔재에 대한 비판을 수행한다.

> 50년대 전후문학이라는 것도 대체로 이 계열의 한 경향이다. 저항은 한낱 구호뿐이었다. 차라리 민족반역의 <절망의 선풍> 그것이 전후문학이다. 아직까지 文學街에 이런 낙후된 현상이 溫存하고 있음은 그 책임의 일단이 50년대 문학인에게 있다. (중략) 그때껏 賢君이나 聖雄을 찬미하는 낡은 歷史小說이 남아 있는가 하면, 신라의 하늘에서 영원을 노래하는 詩人도 있고, 자연주의풍의 小說家도 그대로 남아 있었다. 세계는 그렇게 비좁지 않다. 세계에의 窓은 활짝 열렸다. 구호물자의 선진국으로부터 전재민에게 쏟아져 들어오듯 <實存>이란 미명하에 그야말로 <매판문학>을 대량으로 수입한다. 고작 추상적이고 관념적인 參與와 抵抗이 50年代 문학풍토의 특색이 되었고, 그것은 보편적으로 <절망의 선풍>이었던 것이다.
> 허무 상태를 확인하자는 편안한 자세가 그들의 리얼리즘이었

<hr>

28) 1960년대 한국의 지식인 사회는 1950년대 미국 경제원조를 받아 미국 유학파 학생들의 숫자가 대폭 증가되었으며, 이들 미국 유학파의 대부분은 1960년대 국가의 주요한 관공서에 진출하면서 서구식 근대화에 매진하는 인적 인프라를 구축한다(정용욱, 「5·16쿠데타 이후 지식인 분화와 재편」, 『1960년대 한국의 근대화와 지식인』, 선인, 2004, 159~166쪽 참조). 이러한 한국의 지식사회 전반의 풍조는 문학에서도 예외가 아니다. 백철과 송욱에 의해 도입된 뉴크리티시즘은 전후문학 비평의 과학성을 보증하는 것인 양 풍미하였다.

다. 戰後文學은 洋風과 대화를 나눈 하나의 亡靈이 아니었는지 모른
다.[29]

전후문학으로 불리우는 문인들을 구체적으로 호명하고 있지는 않지
만, 그의 이 같은 문제의식을 보이는 「모방문학의 한계와 창조」(『청맥』
1966.6)의 경우 장용학·이어령·송욱·이병주 등의 문학이 서구문학
에 대한 열등의식과 전쟁의 폐허로 인한 허무의식, 그리고 식민지 근대
화에 침잠된 자학적 도취미를 보인다며, 임중빈은 전후문학 일반에 대
한 비판적 문제의식을 갖는다.[30] 특히 그는 전후문학을 옹호하는 비평
가 이어령을, "언어를 낭비하는 평론가"[31]임을 지적하면서 전후문학이
한국문학의 근대적 주체성을 몰각하고 설익은 서구문학에 나포되었다
는 점을 부각시킨다.

그런데, 임중빈의 이러한 근대적 주체성 회복을 향한 비평에서 쉽게
간과할 수 없는 게 있다. 그것은 전후문학에 깃든 식민지적 무의식을 극
복하는 것 못지않게 한국문학 전반에 스며들어 있는 식민지적 무의식
을 극복하는 일이다. 그래서 그는 국문학 연구자 조윤제가 한국문학의
특성이라고 주창한 '은근'과 '끈기'의 허구성을 논박한다. 임중빈의 조
윤제에 대한 비판의 핵심은 "動的인 美學은 마침내 改革의 精神的 母體
가 될 수 있다. 창조 없이 개혁 없다. 상황의 개혁은 창조 작업의 알파요
오메가다."[32]에 드러나는 바, 조윤제의 '은근'과 '끈기'는 정적靜的인 미

---

29) 임중빈, 「문학의 주체적 성실성」, 같은 책, 119쪽.
30) 여기서 손창섭은 임중빈의 비평에서 문제적으로 다루어지고 있다. 다른 전후문학과 비교
했을 때 손창섭의 경우 높이 평가하되, 아쉬움을 드러낸다. "손창섭은 전후 소설문학의 제
1인자며 동시에 희생자"(「역설적 전후작가론」, 같은 책, 208쪽)로, "손창섭의 절망의식은
그 세계적 현대성에도 불구하고 지나치게 왜곡된 자기 편견의 총체였으며 대안 없는 허무
의 탈춤이었다."(같은 글, 209쪽)
31) 임중빈, 「막연한 지식의 곡예」, 같은 책, 401쪽.
32) 임중빈, 「상황극복의 미학을」, 같은 책, 128쪽.

학이며 그것은 식민지적 상황과 전후의 상황, 더 나아가 4·19를 맞이한 상황을 창조적·능동적·주체적으로 극복할 수 있는, (임중빈 식) 리얼리즘의 미학이 될 수 없다는 문제의식을 나타낸다. 사실, 여기에는 임중빈과 같은 참여문학론을 제기하는 4·19세대 비평가들이 식민지적 무의식을 극복하려는, 달리 말해 식민사관에 깃든 전통적 미의식을 해체 및 재구성하고자 하는 비평적 열망이 놓여 있다. 그들에게는 조윤제에게서 발견되고 있는 '은근'과 '끈기'라는 미의식은 제국의 시선으로 식민지적 무의식에 포획된 미의식 그 이상도 이하도 아닌 것에 불과할 따름이다.[33] 때문에 임중빈은 4·19세대의 '민중적 리얼리즘'을 주창하는 참여문학론자로서 민중을 역사변혁의 주체로 발견하는 도정에서 한국문학 전반에 깃든 이러한 식민지적 미의식을 부정할 수밖에 없는 것이다.

2. 4·19의 창조적 갱신과 '청년문화론'

임중빈 비평의 미덕은 협소한 문예적 글쓰기 차원에서 자족하지 않

---

33) 4·19세대에게 주어진 여러 과제 중 식민지적 잔재를 극복하는 것은 매우 중대한 사안 중하나다. 때문에 4·19세대는 전후문학에 깃든 식민지적 요소와 문학적 쟁투를 벌였고, 4·19와 5·16을 거치는 동안 이른바 '민족적 민주주의'를 통해 서구의 근대화에 매몰되는 게 아닌 주체적 근대화를 달성하고자 한다. 이 과정에서 4·19세대는 한국 미의식에 뿌리 깊숙이 자리하고 있던 일본의 미학자 야나기 무네요시(柳宗悅)의 '조선의 미의식' 담론을 극복하려는 움직임을 가열차게 보인다. 조동일의 「전통의 퇴화와 계승」(『창작과 비평』, 1966년 여름호) 및 김지하의 「현실동인 제1선언」(『김지하 전집 3』, 실천문학사, 2002; 이 글은 1969년 10월 25일 판화가 오윤 등과 전람회를 하려다가 중앙정보부의 방해로 무산되었을 당시 발표한 글)과 「참된 아름다움은 대중적인 것이다」(『김지하 전집 3』, 실천문학사, 2002; 이 글은 1970년 3월, 미국에서 영화 공부를 하고 있던 하길종 감독에게 보낸 편지) 등은 그 대표적인 값진 성과들이다. 야나기 무네요시의 미의식을 극복하고자 하는 4·19세대의 노력들에 대해서는 김주현, 「1960년대 '한국적인 것'의 담론 지형과 신세대 의식」, 『상허학보』 16집, 2006, 382~390쪽 참조.

다는 것을 앞서 논의한 바 있는데, 그의 비평이 겨냥하고 있는 또 다른 측면은 바로 4·19세대의 자의식을 표방한 당대의 청년문화에 대한 준열한 각성이다. 때문에 임중빈은 문학비평 못지않게 사회를 대상으로 한 시평時評 작업도 병행을 하였다. 그에게 시평時評, 즉 사회적 논평은 문학비평과 유리된 것이 아니라 광범위한 차원에서의 비평적 글쓰기를 수행한다는 점에서 참여문학을 주창하는 비평가로서는 너무나 자연스러운 비평 행위인 셈이다. 다시 말하지만, 그에게 비평은 문학작품을 대상으로 국한된 문예적 글쓰기를 포괄한, 당대의 객관현실에 밀착한 인문적 지성의 언어로써 타락한 현실을 변혁하는 사회 실천적 글쓰기의 성격을 지닌다. 여기서 임중빈은 청년문화를 각별히 주목한다.

> **현 단계에서 우리에겐 文化를 통한 경건한 변혁이 필수의 것으로 요청되고 있는 성싶다. 歷史의 방향을 바로잡아 이를 선도하고 계발하는 진정한 文化의 형성이 이처럼 목마를 수 있을까. 그것은 靑年文化라야 한다.** 미래가 있는 거시적인 청년문화가 아니면 안 된다. 비트나 히피의 아류문화가 우리에게 무슨 도움이 되며, 새로운 아나키즘의 도입이 역사적 현실의 타개에 무슨 도움이 될 것인가. 4·19는 결코 좌절된 학생운동이 아니다. 장엄한 4·19 정신은 文化藝術을 통하여 재생되어야 하며, 그 교훈은 우리 전근대 사회와 문화에 비약적인 발전의 계기로 삼아야 한다. (중략)
> 오늘 우리의 大衆文化는 민중을 배반하고 있다. 창조 문화인 아닌 상업 문화인에 의존하는 변태적 문화로서 대량소비에 따른 아나키즘을 우상화하고 있지 않은가. 생산의 문화 아닌 소비의 문화, 오락산업으로 살쪄 가는 사이비 문화로서 창조에의 정열을 날로 퇴행시키고 있을 따름이다. **대중문화는 번창해도 창조적인 민중이 버림받고 있는 이 통렬한 모순의 文化不毛地를 개간하지 않는 한 우리에게 어떠한 기적도 있을 수 없다.** 이러한 시대적 도전에 직면한 文化鬪爭에 좌절은 없다. 왜냐하면 <우리에겐 절망적인 상태로 해서 항상 희망이 주어지는>(W. 베냐민) 까닭이다.[34] (**밑줄**

강조- 인용)

　　주체적인 참여는 개혁하는 참여다. 개혁하는 참여인 만큼 참여
의 길, 곧 형극의 길이 아닐 수 없다. 현실을 수용하여 현존체제를
지속하기가 결코 손쉬운 노릇이 아니라면, 현존체제의 모순현상을
분석하고 비판하여 이를 부분적으로라도 개혁해 나가는 데 앞장서
기란 더욱 어려운 작업인 까닭이다. **능동적으로 개혁하는 참여를
나는 <청년문화>라고 부른다.** 능동인에 의한 참여 없이 푸른 역
사의 전개는 기대할 수 없다. 어떤 경우 안일한 일신상의 참여가 사
회의 장래를 위하기는 고사하고 그 자신마저 파멸의 길로 안내하
기도 한다.

　　그러므로 무엇보다 우리는 전체상황의 변혁을 위하여 어렵게
참여해야 한다. 역사의 운명과 민중의 운명, 그리고 참여를 선택하
는 주체의 운명을 다른 차원으로 보아서는 안 되며, 궁극적으로 역
사와 인간, 그리고 우리의 마음 구석구석을 늘 푸르게 개혁해 나가
야 할 줄 믿는다.35) **(밑줄 강조**- 인용)

　「사회참여를 통한 학생운동」(『다리』 1970.11)은 '다리'지 필화사건에
직접 연루된 글인바, 4 · 19정신의 창조적 갱신을 통해 외래문화 일변도
의 상업주의적 대중문화를 혁파하여 역사와 인간이 주인이 되는 '청년
문화'가 뿌리내릴 것을 주장한다. 임중빈에게 '청년문화'로 호명되는 것
은 4 · 19정신의 창조적 갱신의 산물과 다를 바 없다. 4 · 19정신의 근저
에는 실학과 동학으로부터 배태된 민중적 · 민족적 근대의식이 광주학
생운동의 전통으로 계승되며, 이러한 학생운동의 저력은 4 · 19에 이르
러 외화되었다는 점을 성찰하고 있다. 그런데, 여기서 간과할 수 없는
것은 4 · 19에 대한 예의 비평적 해석이 일국적 시야에 갇혀 있지 않고,

---

34) 임중빈, 「사회참여를 통한 학생운동」, 같은 책, 366~367쪽.
35) 임중빈, 「청년문화 그 장래」, 같은 책, 390~391쪽.

세계적 시야로까지 확장되고 있다는 점이다. 임중빈은 프랑스의 68혁명과 미국의 뉴레프트운동의 동향을 간략히 검토하면서,[36] 이들 서구 진보적 성향의 사회운동과 4·19를 동일한 맥락 속에서 이해하고 있다. 말하자면 임중빈의 4·19에 대한 이해는 역사의식의 주체적 진전을 향한 내재적 검토와 아울러 지구적 시야 속에서 진보운동의 현황을 점검하는 가운데 4·19세대가 추구해야 할 사회문화운동의 방향을 거시적으로 전망해낸 성과다. 이것은 4·19에 대한 임중빈의 비평적 태도가 유럽중심주의와 비판적 거리를 두되, 민중적·민족적 관점에서 4·19를 주체적으로 전유하고 있음을 보여준다.[37] 이렇게 진전된 역사의식

36) 임중빈은 미국의 뉴레프트운동의 동향에 대해 별도의 글, 「'뉴레프트'란 무엇인가―신좌익의 정체에 대한 비판적 해명」(『북한』, 북한연구소 1호, 1972.1)을 발표하였다. 그런데 흥미로운 것은 그가 '다리'지 필화사건으로 1971년 2월 12일 반공법 위반 혐의로 입건된 와중에 그 글이 발표되었고, 그 글은 다름 아니라 북한연구소에서 공식적으로 간행되는 매체에 실려 있다는 사실이다. 사단법인으로 출발한 북한연구소는 1971년 11월 4일 창립된 이래 지금까지 존재하는 국가의 공신력을 지닌 대표적 북한학 전문 연구소로, 연구소의 기관지 창간호에 임중빈의 뉴레프트에 관한 글이 실렸다는 것은, 그의 글이 학적 연구에 따른 것이지, 국가체제 전복을 염두에 둔 반공법을 위반할 성격의 글이 아님을 반증해준다. 결국 임중빈은 이러한 제반적 정황으로 인해 1974년에 대법원에서 무죄 확정 판결을 받는다. 이로써 한국문학사에서 반공법 혹은 국가보안법이 전가의 보도처럼 정권안보의 차원에서 얼마나 무모하게 적용·집행되었는지를 여실히 알 수 있다. 한국문학사에서 반공법 또는 국가보안법의 피해 사례와 그에 대한 문학적 응전에 대해서는 고명철, 「분단체제 혹은 국가보안법을 넘는 한국문학」, 『뼈꽃이 피다』, 케포이북스, 2009 참조.

37) 4·19에 대한 임중빈의 역사적 주체로서의 문제의식은 김현과 비교해보면 좀더 명확히 드러난다. 김현이야말로 4·19세대의 어느 비평가들보다 '4·19세대'의 자의식을 강조해왔는데, "그는 4·19를 우리의 구체적 역사 현실의 맥락 속에서 파악하는 게 아니라 서구의 근대적 의미의 패러다임 속에서 파악하고 있다. 다시 말해 김현은 서구의 시민혁명과 4·19혁명을 동일한 심급에서 관념적으로 인식하는 가운데 그가 선망해마지 않던 1789년에 일어난 프랑스 대혁명의 성과에 토대를 둔 리얼리즘의 문제의식을 논의한다. 그리하여 그는 근대적 시민의 풍속을 담아내는 방법적 원리로서의 이상적인 리얼리즘의 형태를 염두에 두고 있는 것이다.(중략) 정작 '4·19세대'라는 징표를 통해 그 역사적 경험을 강조하면서 선배 비평가 세대의 비평담론과 인정투쟁을 벌이며, 자신의 비평의 역사성을 육화시키려 한 그 이면에는 서구의 근대적 의미를 선취(先取)하려는 비평의 욕망이 과도한 나머지 자신들 세대를 규정짓는 4·19에 대한 역사성에 천착하지 못한 문제점을 노정한다."(고명

을 보인 임중빈의 비평에 대해 국가권력은 반공법 위반 혐의를 덮씌운 채 4·19에 대한 진보적 비평의 입장을 취한 '청년문화론'을 봉쇄하려 했던 것이다.

요컨대 임중빈의 '청년문화론'은 4·19세대의 주체적 자의식을 창조적으로 갱신한 비평의 산물이다. 돌이켜보면, 그가 전후세대의 문학이 보여주는 식민성과 5·16군사쿠데타 이후 기획·실천된 '관주도 민족주의(official nationalism)', 즉 '민족적 민주주의'에 대한 부정과 비판의 언어를 한 순간도 포기한 적이 없는 것은, '민중적 리얼리즘'에 기반한 4·19세대의 주체적 자의식으로써 한국문학의 참다운 주체성을 회복하고자 하는 비평적 실천과 맞닿아 있기 때문이다. 따라서 그의 '청년문화론'을 곡해하거나 침묵하는 언론에 대해 그가 정론직필正論直筆할 것을 주문하는 것은 너무나 당연한 일이다.38)

IV. 맺음말: 임중빈 비평의 성과와 한계

전후문학의 한계를 극복하고 4·19세대의 역사의식에 기반한 임중빈은 참여문학론자로서 자신의 비평적 임무를 성실히 수행하였다. 지금까지 논의에서 알 수 있듯, 그는 1960년대의 순수/참여 문학 논쟁의 당사자로만 국한되는 게 아니라 비평의 급진적 정치성을 획득하는 과정에서 비평의 윤리와 비평의 정치적 감각을 선명히 보여준 4·19세대의 대표적 비평가 중 하나로 자리매김해도 손색이 없다. 임중빈에 의해 한국비평사는 '민중적 휴머니즘'에 기반한 '민중적 리얼리즘'을 선취先取할 수 있었으며, 1970년대의 본격적 리얼리즘론을 향한 이론적 교두

철, 『논쟁, 비평의 응전』, 보고사, 2006, 177~178쪽)
38) 임중빈, 「청년문화의 적신호」, 같은 책, 395~396쪽 참조.

보를 놓았다. 그러면서 그는 4·19세대의 자기 역사에 대한 면밀한 탐구는 물론, 지구적 시야 속에서 4·19가 갖는 진보적 운동의 맥락을 검토한다. 비록 그것에 대한 탐구가 문학을 매개로 하는 게 아닌, 학생운동을 매개로 한 아쉬움을 남기지만, 임중빈에게 문학비평은 협소한 문예적 글쓰기 차원에 머무는 게 아니라 문학 안팎을 넘나드는 인문적 지성의 저항과 부정의 글쓰기라는 차원을 고려해볼 때 문학비평의 영토를 확장시킨 것이라 해도 과언이 아니다. 이러한 그의 비평 행위야말로 4·19세대의 참여문학론자로서 그 특유의 '청년문화론'을 표방할 수 있었던 것이다.

그렇다고 임중빈의 비평에서 아쉬운 점이 없는 것은 아니다. 우선, 그는 '민중적 리얼리즘'에 강조점을 두는 가운데, 집단적 자아의 발견을 그의 비평에서 양보할 수 없는 요소로 파악한다. 그러다보니, 그의 비평 곳곳에서는 개인의 문제가 부차적인 것 심지어 문학의 독소로까지 치부되고 있는 실정이다. 그가 4·19를 민족적·민중적 차원에서 집중하다보니, 4·19가 성취한 또 다른 측면, 즉 근대적 주체로서 개별자의 가치를 소홀히 여긴 것은 문제가 아닐 수 없다. 그리하여 그는 모더니즘류의 문학(이상, 장용학, 김승옥)이 거둔 근대적 성과의 가치들을 외면하게 된 것이다. 가령, 식민지 자본주의로 배태된 식민지 근대를 내파內破하기 위한 분열증적 글쓰기의 미적 가치(이상의 문학), 근대적 문명이란 미명 아래 동족상쟁의 참담한 상처를 가한 문명의 폭력성에 대한 허무주의적 글쓰기의 응전(장용학의 문학), 4·19와 5·16을 거치면서 겪게 되는 역사의 환희와 환멸 사이에 스러져간 지식인의 자화상과 근대적 시민으로서의 개별자의 자기세계를 정립하고자 고투하는 글쓰기의 가치(김승옥의 문학)에 대해 임중빈은 천착하고 있지 못하다. 그만큼 임중빈에게 절실했던 것은 근대적 개별자의 미적 가치를 존중히 여기는 문학보다 역사의 변혁 주체로서 그 몫을 수행해 갈 근대의 집단적 자아인 민중을 적극적으로 발견하는 문학이었다.

이것은 '청년문화론'에도 해당된다. 임중빈이 겨냥하고 있는 부정의 대상은 명확하다. 문제는 대중문화의 양가성을 섬세히 고찰하고 있지 못하다는 점이다. 그가 그토록 타매하던 히피족, 비트족 들은 단순히 서구의 문화라는 차원에서 부정되어야 할 대상만은 결코 아니다. 비록 외양은 서구 문화이지만, 히피족과 비트족 들이 당대의 대중추수적 자본주의 문화에 대한 저항과 반기를 들었다는 것 자체를 과소평가해서는 곤란하다. 그들의 문화는 자본주의적 근대를 극복하고자 하는 대중문화의 정치적 전위성을 보증하고 있다. 그렇다면 임중빈의 '청년문화론'에서 정작 중요한 것은 이 같은 대중문화의 정치적 전위성을 창조적으로 섭취하는 것이지, 무작정 서구 문화의 외피를 입고 있다고 해서 부정·축출·배제해야 할 사회악으로 취급해서는 곤란하다. 임중빈의 '청년문화론'은 바로 이러한 점이 문화적으로 결여돼 있는 것이다.[39]

이제 임중빈의 비평에 대한 각론을 통해 4·19세대의 비평은 물론, 참여문학론자의 비평에 대한 또 다른 면모를 볼 수 있었다. 임중빈 뿐만 아니라 그동안 한국비평사의 사각지대에 놓여 있는 비평 주체의 정신에 대한 다각적 탐구는 지속되어야 할 것이다.

---

[39] 임중빈의 '청년문화론'이 결여하고 있는 대중문화의 정치적 전위성에 대해서는 이성욱, 『쇼쇼쇼 김추자, 선데이 서울 게다가 긴급조치』, 생각의 나무, 2004 참조.

1960년대의 시적 리얼리티 논의

―장일우의『한양』지 시평과 한국문단의 반응

박수연

Ⅰ.진영론을 넘어서

최원식의 글 「'리얼리즘'과 '모더니즘'의 회통」[1]이 부각시키는 것 중에 하나는 한국 근대문학의 형성 이후 오랜 기간을 양대 축으로 뿌리 내린 리얼리즘과 모더니즘의 편향적 전개 과정이다. 이것을 문제화하는 것은 이 양 진영이 상대 진영에 대한 자기 정립에서 작품의 실상보다는 이론적으로 구성된 진영적 주장을 앞세웠고 이로써 한국문학은 구체적 작품으로 가늠해야 할 문학의 미래를 그 편향의 한계에 가두어 놓았다는 생각과 관련될 것이다. 이것이 사실이라면 한국문학은 저간의 진영론이 결과시킨 질곡을 벗어나기 위한 전환의 계기를 찾아 나설 때가 되

---

1) 최원식,『문학의 귀환』, 창작과비평사, 2001.

었음이 분명하다. 최원식은 그 국면 전환의 방식을 양진영의 회통에서 구하고 그의 모범적 실례로 김수영을 들고 있다. 이것은 어느 정도나 타당한 주장일까. 90년대 중반 이후, 진영론적 편향의 한계에 처한 한국문학2)이라는 인식을 공유하면서 그에 대한 하나의 대안으로 김수영이 논의되어온 경향은 그 경향 자체로서 이미 최원식의 주장을 뒷받침하고 있는 셈인데, 이것은 김수영의 작품 해석의 차원에서 충분히 증명되어야 하는 일 외에도 그의 작품들에 대한 사후적 해설의 성격이 강한 그의 산문들을 살펴보는 일을 통해 더 치밀한 예증이 이루어져야 할 것이다. 이 글은 그를 위해 장일우와 김수영의 산문에서 시적 리얼리즘과 관련된 요목들을 살펴볼 것이다.

한국 근대문학의 전개 과정에서 김수영의 문학적 위치를 평가하는 일은 몇 가지의 중간 과정을 필요로 한다. 20년대와 해방 직후의 좌우 대립, 그리고 60년대의 순수 문학과 참여 문학의 쟁로爭路가 70년대 이후 리얼리즘과 모더니즘의 진영론적 양분으로 정착되는 과정에서 김수영은 두 진영 상호간의 마르지 않는 저수지 역할을 한 듯하다. 이는 김수영이 그의 문학적 수업으로 보나 시적 기술技術의 논거로 보나 주로 모더니즘의 세례를 받아왔다는 사실을 한편으로 하면서도 그의 시작의 정황적 내용을 그가 살아온 한국 현대사의 질곡에서 분리시키지 않고 그 질곡을 넘어서는 삶의 사회적 자유와 관련시켰다는 점에서 그렇다. 부연하면, 그는 일본 초현실주의의 내적 수용과정을 일본 유학시기에 가졌고3) 해방 직후의 모던 보이로서 에콜 활동을 했으며 A. 테이트 등의 문학 이론에서 시적 형식의 자기근거를 찾아내었고, 다른 한편으로

---

2) 이에 대한 논의는 진정석의 「민족문학과 모더니즘」, 『민족문학사연구』 1997년 11호로부터 최근 황종연의 「모더니즘에 대한 오해에 맞서서」, 『창작과비평』 2002 여름에 이르기까지 지속적으로 전개되어 왔다.
3) 최하림, 『김수영 평전』, 실천문학사, 2001, 52~63쪽 참조.

는 한국전쟁의 중심을 관통해 가면서 국가와 개인의 이율배반적 관계를 실감하고 그 경험을 통해 50년대에는 후진 사회의 근대적 과제를 실현하는 속도주의의 방략으로,[4] 그리고 60년대에는 그 과제를 사회적 소음의 미학[5]으로 추구했다.

그런데, 김수영의 이런 양면성을 진영적 양분으로 굳어지게 만든 것은 한국 문학의 정황적 조건을 결정했던 저간의 현실이다. 유독 한국에서의 모더니즘은 일제시대에 탈정치적·탈사회적 편향을 갖도록 강제된 바 있고 해방 이후에는 다시 이념 대립의 각축전 속에서 김기림이 이전에 우려했던 바의 반쪽뿐인 모더니즘을 노정한 바 있다. 김수영의 시대에 모더니즘은 W.H. 오든, S. 스펜더, C. 데이 루이스 등의 오든 그룹의 영향으로 사회 비판적 경향을 보였으나, 한국의 현실은 그 비판을 건전한 문학적 승화로 연결시키기에는 턱없이 경직되어 있었다. 모더니즘의 원래적 주장과는 별도로, 한국에서 김수영의 시를 진영론적 시각에서 양분해 가지게 된 데는 이런 사정이 개입되어 있다.

두루 알려져 있는 이런 사실이 그의 시로하여금 한국 문학의 양진영에 마르지 않는 수원을 제공토록 했다는 사실은 그러므로 그 자체로 자족적인 것이 아니다. 모더니즘의 자기 갱신으로서의 리얼리즘[6]이든 모더니즘의 사회적·역사적 활력 속으로의 리얼리즘의 자기 해체[7]이든, 혹은 언어에 대한 미적 자의식으로서의 모더니즘이든 우리가 주목해야 하는 것은 근대적 삶을 총체화하는 매질로 문학을 이해하는 태도이다.

---

4) 졸고, 「국가, 개인, 설움, 속도: 50년대 시를 중심으로」, 『살아있는 김수영』, 창작과비평사, 근간 참조.

5) 이에 대해서는 박지영, 「김수영 시에 나타난 '자연'과 '몸'에 관한 사유」, 『민족문학사연구』20호, 소명출판, 2002.6, 284~295쪽; 졸고, 「언어적 구심력과 사회적 원심력」, 『문학과사회』1999 겨울 참조.

6) F. Jameson, Conclusion, *Aesthetics and Politics*, Verso 1986, pp. 212~213.

7) M. 버만, 『현대성의 경험』, 윤호병·이만식 역, 현대미학사, 1995, 38~40쪽.

하나의 예로서, 자본주의의 활력에 유인된 보편적 내러티브에 대한 믿음이 전도된 오리엔탈리즘으로서의 친일문학으로 나타났으며[8] 이 경험이 해방 이후의 현실에서도 여전히 지속적 영향력을 행사하고 있다는 사실을 고려하고 보면[9] 중요해지는 것은 근대 문학의 양진영인 리얼리즘과 모더니즘의 충실한 실현이 아니라 그 근대적 경험으로부터 벗어나려는 지속적 실천이라 하겠다. 그런데 한국 모더니즘의 전개 과정에서, 김기림의 경우는 그의 모더니즘 시를 사회적 전체성이라는 차원으로 전환시키려고 했음에도 불구하고 식민지적 현실에 파묻힌 피로한 지식인의 위치[10]에 밀려 기법적 모더니즘의 영역에 머물고 말았으며, 이상은 사회성과 역사성의 결합이라는 방향으로 한국 모더니즘 문학의 발본적 전환을 실현시킬 수 있었다고 평가되었음에도 불구하고[11] 그의 작품의 근원에서부터 현실적 질곡을 넘어서려는 가능성을 찾아내는 일이 작품의 지나친 폐쇄성 때문에 마찬가지로 무망한 바 있다.

근대적 경험을 총체화하는 문학의 이런 한계를 넘어서는 데는 어떤 돌파구가 필요함이 분명하다. 이 작업이 진영론적 사유나 실천의 편향과는 무관한 것이어야 한다는 사실이 별도로 강조되어야 할 터이지만, 그렇다고 그것이 한국 근대 문학의 모더니즘적 특질을 부정하거나 리얼리즘적 특질을 새로 찾아내야 한다는 것을 의미하지는 않는다. 오히려 그것은 한국근대문학의 실천 과정에서 형성된 고유한 성격을 새로운 방식으로 드러냄으로써 저간의 한국문학의 양진영에 마르지 않는

---

8) 이에 대해서는 류보선, 「친일문학의 계몽적 담론구조」, 문학사와 비평연구회, 『한국문학과 계몽담론』, 새미, 1999, 86~88쪽 참조.
9) 김재용, 「전도된 오리엔탈리즘으로서의 친일문학」, 『실천문학』 2002 여름 ; 졸고, 「절대적 긍정과 절대적 부정」, 『포에지』 2000 겨울 참조.
10) 이와 관련하여 김기림의 시 「나비」를 분석하는 경우는 최원식, 「문학의 귀환」, 『문학의 귀환』, 창작과비평사, 2001 참조.
11) 김기림, 「우리 신문학과 근대의식」, 『김기림전집 2』, 심설당, 1988, 58쪽.

수원이 된 다른 원인을 찾아내야 한다는 것을 뜻한다. 그것은 모더니즘과 리얼리즘의 한 중간에 있는 문학의 위치를 찾아내는 일을 의미할 것이다. 장일우와 김수영을 대비시켜보는 이유는 이 둘의 시적 리얼리티 논의가 한국문학의 고유한 성격으로서의 현실성에 눈감지 않으면서 그에 대해 접근하는 경로의 차이 때문에 이 글이 논의 해보고자 하는 진영론적 편향의 극복을 위해 적잖은 시사를 준다는 사실에 기인한다. 그것은 무엇이었던가.

II. 시적 리얼리즘: 루카치와 브레히트에 유비하여

일본 동경에서 1962년 3월에 창간된 월간지 『한양漢陽』은 한국어로 된 종합지이다. 이 잡지는 재일평론가들의 문학평론을 수록하고 당시의 한국 문단에 대한 재일적 시각을 가감없이 드러내고 있어 주목된다. 당시 한국 내부의 문학적 논의나 그 논의를 위한 현실적 조건에 구애됨이 없이 자유로우면서도 좌파적인 담론을 구사하고 있는 그들의 논의는 한편으로는 1960년대 문학의 한국적 정황을 일찌감치 넘어서서 문제적 현실에 대한 루카치적 대응을 요구하고, 다른 한편으로는 그 전제에 입각한 실제비평을 폭넓게 진행시키면서 당시의 한국 문학 거의 전체를 대상화하고 있다. 대표적인 평론가는 장일우이다. 김수영이 1964년 10월 일종의 댓글을 작성하기에 이를 때까지 장일우가 발표한 시론격의 글은 「현대시의 음미─그 난해성에 대한 일고찰」(1962.4), 「소월의 시와 자주정신」(1962.11), 「한국문학의 새로운 전망」(1963.3), 「현대시와 시인」(1963.4), 「한국 현대시의 반성」(1963.9), 「시인 박두진을 논함」(1964.3), 「순수의 종언」(1964.5), 「참여문학의 특성」(1964.5) 등이다. 그의 한국문학에 대한 관심은 실로 각별한 바가 있는데, 김수영이 「생활현실과 시」(1964.10)[12])에서 장일우에게 일종의 답글을 달기까지만 해도 거의 매호 글을 발표하고 있는 것이다.

장일우의 이런 관심과 논평에 대해 한국의 작가와 평론가들은 묵묵 부답으로 일관한 듯하다. 김수영이 「생활현실과 시」에서 진술하는 바에 따르면, "그의 메시지의 쇼크가 너무 컸기 때문에 생기는 비겁한 묵살같은 것이 그간에 가로놓여 있"[13])는 상황인 것이다. "이것은 패배가 아니라 아주 죽어 있는 것인지도 모른다."(같은 곳)는 김수영의 고백은 그의 정직성을 그대로 보여주는 일이 되겠거니와 그는 그 패배를 넘어서는 작업으로 같은 글에서 재일 평론가 장일우張一字의 시 평론에 적극적인 논평을 가했다. 그런데 정실에 치우치지 않고 한국 문학의 한계를 가차없이 비판하는 "숨은 공적"을 인정하면서도 한국의 실제 현실에 그다지 어울리지 않는 요구라는 평가를 김수영이 내릴 때, 장일우의 주장은 미묘하게 이중적으로 해석되는 것이라고 할 수 있다. 한편으로는 장일우의 주장이 "숨은 공적"으로 될 만큼 한국문학의 약한 고리를 지적해 주었다는 해석이 있고 다른 한편으로는 그 주장이 실제 한국문학의 병폐를 치료하기에는 적절하지 않은 것이라는 해석이 있는 것이다. 이것이 '일본과의 문학적 교류'라는 사실에서 오는 애증적 감정때문이 아님은 분명하다. 곧이어서 시인의 양심을 주장하는 김수영이 자신의 정직성을 속이면서까지 수사적 담론으로 얼르고 뺨치는 행위를 할 리 만무하거니와 일상적 리얼리티의 시화를 강조하는 김수영의 시작 방법이 장일우의 주장 내용에서 그리 크게 벗어나는 것으로 여겨지지는 않기 때문이다. 그렇다면 김수영은 시적 직관으로서 장일우의 목표치에 도

---

12) 이 글은 『한양』지의 청탁으로 작성된 것이나 발표되지 않다가 『창작과비평』 1968년 가을 호에 처음 공개되었다.

13) 「생활현실과 시」, 『김수영전집 2-산문』, 민음사, 1995, 190쪽. 이하에서 『김수영전집 1-시』는 『전집 1』로 『김수영전집 2-산문』은 『전집 2』로 표기함.

달해 있으되 방법의 차원에서 달라지는 것일 수도 있을 것이다. 장일우가 말한 것은 무엇인가.

장일우가 한국 시단에 요구하는 것은 생활현실을 충실히 반영하는 시이다. 한국의 현실을 직시하는 시를 쓰라는 것이 장일우 주장의 요체인데, 이는 1960년대의 시단의 한 경향이었던 난해시를 비판하고 시적 리얼리즘이라고 지칭할 수 있는 방법론을 요구하는 일과 통한다. 「현대시의 음미」(1962.4)에서 그는 시의 '난해성'에 대해 "현대시가 봉착한 암초"라는 부정적 규정으로 논의를 시작한다. 난해성은 원래 예술로서의 시 자체가 가지고 있는 특성으로부터 나오는 것으로서 일종의 표현방식으로 인정되기는 해야 하지만 그것이 문제되는 것은 독자와의 소통과정에서 나타난다고 그는 말한다. 이를테면 소통 불가능의 시가 난해성의 시이며, 그것이 일정하게는 시적 언어의 특징에서 기인한다고 해도, 우리의 전통적인 시가가 독자와의 소통과정에서 무리가 없었음에 견주어 판단한다면 특히 현대에 와서 난해시가 문제되는 것은 의도적으로 언어를 어렵게 쓰는 시인의 작위적인 태도에서 기인한다는 것이다.

더구나 한국에서의 난해시에는 "한국의 사회적 혼돈과 갈등을 관조하는 리얼리티도 없으며 앞날을 전망하는 로맨티도 없다"(같은 글, 147쪽)는 그의 진단은 "시인들이 사회를 통찰하는 능력을 소유하여야 하겠다"(같은 글, 148쪽)는 진술로 이어지면서 그의 문학적 입지점이 어디에 있는가를 분명히 보여준다. 그가 주장하는 시적 기초는 현실의 리얼리티를 로맨티시즘의 역사적 상상력으로 형상화하는 것이 되겠는데, 한국의 시인들은 이런 현실성에 너무 둔감한 채 선진 외국의 시만을 모방한다는 것이다. 이 난국을 타개하기 위해 장일우가 제시하는 방법은 이렇다.

시에서는 응당 시 자체가 **현실을 형상적으로 반영하는 예술**의 한 종류이며 또 그런 종류 가운데도 인간의 정신세계를 주로 하는 고유한 특징으로 인하여 그의 표현이 생활 자체의 형식과 논리와 함께 시 속에 깊이 안겨온다는 것이 초보적 상식이며 이치다. …중략… 문제의 주안점은 시를 창조해내는 시인 자체의 '태도의 문제'이며 구체적으로는 **당대의 시대적 정신을 집약화해서 대변하는 시인의 시정신과 거기에 반영한 합법칙적 진리**와 나아가서는 그가 가지는 시 창조의 안목에 대한 문제인 것이다.

시인은 시대적 임무를 자각하고 고상한 사상 감정을 감성시킬 것을 지향하여 사회의 명암을 조명하며 독자를 선량한 감정으로 순화시킬 기수의 사명을 다해야 한다(같은 글, 147쪽; 강조는 인용자).

이를테면 시는 현실에 대한 형상적 반영이되 그 반영은 현실의 합법칙적 진리를 드러내는 것이 된다. 장일우가 말하는바 시가 반영해야 할 합법칙적 진리란 무엇일까. 장일우가 받았을 루카치의 영향을 생각하도록 하는 위 진술을 통해 우리는 그것이 탈자본주의 사회의 역사적 이념으로부터 도출되는 진리라고 추측할 수 있다. 루카치가 말하는 바의 "본질과 현상의 변증법"[14]을 표현하는 '합법칙적 진리의 반영'이라는 진술은 사멸해가는 자본주의와 도래할 미래의 사회주의적 성격을 지시하는 것임이 분명하다. 더구나 이 구절이 같은 글의 결론 부분에서 "선명성과 목적의식이 넘치"는 시를 창작해야 한다는 주장으로 이어지는 데서 장일우는 맑스주의 문학에서 강조되는 이데올로기의 선취적 기능을 반복하고 있는 것이다.[15]

---

14) G. 루카치, 「문제는 리얼리즘이다」, G. 루카치 외, 홍승용 역, 『문제는 리얼리즘이다』, 실천문학사, 1985, 85~86쪽 참조. 반영은 루카치에게는 "표면구조 밑에 감추어져 있어서 추후의 발전단계에 이르러서야 비로소 완전히 전개되고 모든 사람들이 지각할 수 있도록 나타나는 현실의 제반 경향에 대한 반영"(같은 책, 97쪽)이며 합법칙성은 "리얼리즘 속에서는 직접적으로 명백하지는 않지만 객관적으로는 그만큼 더 중요한 현실의 지속적 경향"을 일컫는다.

이와 함께 「소월의 시와 자주정신」(1962.11)에서 강조되는 김소월의 시세계를 주목할 필요가 있다. 장일우는 김소월의 시에 흐르는 비애감이 단순한 절망이 아니라 꿈과 동경을 억압당한 사람의 비애감이라고 설명한다. 실로, 꿈과 동경이 억압당할 때 그 꿈과 동경은 더욱 절실해지는 바가 있다. 이 절실성으로 더욱 깊어진 감정이 소월의 비애라는 것이다. 그런데 소월의 그 비애감은 왜 허무주의로 끝나지 않는 것일까. "소월은 절망의 한계를 넘어서 어떤 꿈의 세계를 희구하고 그것으로 인하여 그의 애수는 더욱 정신적으로 심화되고 있으며 동시에 그의 시 속에 명과 암, 비애와 낙천의 안타까운 감정이 숨쉬고 있"(같은 글, 141쪽)다고 장일우는 말한다. 한국인들이 소월의 시에서 심금의 울림을 전달받는 것은 그 꿈이 민족적 억압으로부터의 해방을 기원하는 것이었으며 따라서 민족 주체의 정신이 깊이 뿌리내린 것이기 때문이라는 장일우의 설명은 이어서 김소월 시의 전통적인 민요 형식을 지적하는 곳으로 나아가고, 바로 이런 요인이 "주체를 잃은 서구 문학에의 맹종, 실존주의 모단니즘의 탁류 속에서 소월의 시정신의 고결함"을 보증한다고 그는 설명한다. 요컨대 김소월을 민족시인이게 하는 것은 억압으로부터 벗어난 민족의 주체성을 희구하는 그의 꿈과 동경의 세계이며 전통적 삶을 담아내는 시형식이라는 것이다.

　이런 설명이 루카치의 리얼리즘론과 그리 멀지 않다는 사실을 주목할 필요가 있겠다. 루카치는 민중적 삶의 역사적 연속성을 리얼리즘의

---

15) 그러나 장일우가 투명한 역사적 종착지로서의 사회주의 체제를 주장하고 있는 것은 아니다. 덧붙여서 말한다면, 그가 시적 리얼리티를 위해 한국적 현실의 합법칙성을 반영해야 한다고 말하는 것이 당시 한국 문단을 둘러 싸고 있는 제반 정황을 고려한 전술적 진술인지 전략적 목표였는지도 뚜렷하지 않다. 다만 그는 다음과 같은 진술로써 시민사회의 건설에 직접적인 관심을 가지고 있음을 드러낸다. "오늘 세간의 목소리가 그렇고 잡지 편집자의 애소가 시인과 시는 자기의 '권위'를 버리고 시민으로 돌아가라는 그것이다. 이는 현대시의 구환을 염원하는 목소리이다."(같은 글, 148)

한 요인으로 들고 있다. 30년대에 『말』16)지를 중심으로 펼쳐졌던 표현
주의 논쟁의 와중에서 전개되는 논의이기 때문에 모든 전위주의적 · 모
더니즘적 문학을 부정하는 형식논리적 성격이 부각되기는 하지만, 루
카치가 당대의 좌파에서 전통 옹호론자였음에는 틀림없다. 모든 과거
를 부정하려고 하는 전위주의자들은 혁명에서 균열과 심연과 파국만을
볼뿐이지만 "역사는 연속성과 불연속성, 진화와 혁명의 살아 있는 변증
법적 통일체"17)라고 그는 주장한다. 러시아 형식주의와 사회주의 리얼
리즘이 문화부문에서의 전위와 보수의 정치적 대결 양상을 띠고 곧이
어서 사회주의 리얼리즘의 승리로 귀결되었음18)은 주지하는 바이다.

　장일우의 전통 긍정론이 루카치의 그것과 동일하다고 단정할 수는
없다. 그러나 그가 "스탕달, 발쟈크, 고골, 체홉에 이르기까지 리얼리즘
의 전통은 현대의 주류로 여전히 남아 있을 뿐만 아니라 앞으로도 남아
서 대하를 이룰 것이다"(「현실과 작가」, 1962.6)라고 말하는 부분에 이르러
서는 그 둘의 영향관계가 인정되지 않을 수 없겠다. 리얼리즘을 이렇게
이해하는 것은 시대를 넘나드는 방법으로서의 리얼리즘을 말하는 것과
같은데, 세계관/창작방법 논쟁에서 루카치가 후자의 입장에 있었음을
상기하도록 하자. 장일우 또한 리얼리즘은 "현실에 대한 정확한 인식과
함께 문학이 인간 성격을 창조한다는 인식에 도달하는 매개 나라의 역
사적 단계에 이르러 창작방법으로 등장하였다."(「한국문학의 새로운 전망」,
1963.3)라고 진술하고 있기 때문이다.

　이런 점에서 김수영이 장일우의 입론을 사회주의 리얼리즘에 대한
주장으로 이해하는 관점19)은 그리 크게 빗나간 것이 아니라고 할 수 있

---

16) 소련 모스크바에서 망명한 독일 작가들이 1936년 창간하여 1939년까지 발행한 잡지. 브레
　히트는 이 잡지의 편집을 맡았다.
17) G. 루카치, 앞의 글, 105쪽.
18) 이에 대해서는 보리스 그로이스, 최문규 역, 『아방가르드와 현대성—러시아의 분열된 문
　화』, 문예마당, 1995 중 특히 2장과 3장을 참조.

다. 김수영이 장일우에게 촉발 받아서 떠올리고 있는 사람은 브레히트이다.[20] 그러나 장일우의 글에 대해 브레히트의 시작품과 같은 것을 요구하는 것으로 읽는 관점에는 맥락을 잘못 짚은 감이 없지 않다. 장일우가 사회주의 리얼리즘의 한 차원을 요구하고 있는 것은 사실이지만, 브레히트가 루카치의 역사적 리얼리즘 모델론에 비판적이었던[21] 반면에 장일우가 한국시의 모델로 제시하고 있는 주요 시인은 김소월이기 때문이다. 한국 시의 자주성과 관련하여 그가 김소월을 강조하는 사정은 김소월이 식민지 민족의 정한과 애수를 풀어내고 있다는 사실과 관련되는데, 김수영은 그 점에 대해 그리 긍정적이지만은 않은 생각을 가지고 있었다. 이와 관련해서는 김수영이 진술하고 있는 한국적 애수의 세계에 대해 살펴볼 필요가 있겠다.

김수영도 애수의 감정을 한국인의 공통적인 정서로 파악하는 당대의 한 흐름을 익히 알고 있었다. 「한국인의 애수」(전집 2)는 그 애수론을 비판하면서 재래의 속요와 유행가에 실린 감정과 눈물의 과부하를 힘의 예술로 돌파해야 한다고 주장하는 글이다.[22] 그런데 이 글이 애수를 무조건 부정하는 것은 아니다. 그는 "애수에 그친 애수"와 "힘에까지 승화된 애수"를 구별하고 후자의 애수의 예를 박용철에게서 찾는다.

> 오— 그대시여 허리 가느란 계집애 앞에 무릎 꿇고
> 비는 사람을 버리옵고

---

19) 김수영은 「생활현실과 시」에서 이렇게 진술해 놓았다. "그가 제시하고 있는 올바른 시는 내가 생각하기에는 궁극적으로 볼 때 소시얼리스틱 리얼리즘의 시다—혹은 소시얼리스틱 리얼리즘의 시에 유사한 시라고 해도 좋다." 전집 2, 192쪽.
20) "독일의 브레히트의 비교적 얌전한 시(이를테면 「독일」 같은 작품)같은 것이 그가 제시하는 방향의 시가 되지 않나 하는 생각이 든다." 전집 2, 191쪽.
21) B. Brecht, "Against Georg Lukács", F. Jameson ed., *Aesthetics and Politics*, Verso, 1986, p.69.
22) "엄격한 의미에서 볼 것같으면 예술의 본질에는 애수가 있을 수 없다. 진정한 예술작품은 애수를 넘어선 힘의 세계다." 「한국인의 애수」, 전집 2, 268쪽.

몸에서 스사로 빛을 내는 사나이가 되옵소서

고개 빠뜨리고 마음 떨리는 사랑을 버리옵고
은비둘기같이 가슴 내밀고 날아가시어
다만 나의 흐린 눈으로 그대의 빛나는 자취를 따르게
하옵소서

　　　　　　　　　　　　　　　　　－박용철, 「빛나는 자취」 부분

　김소월의 애수는 "전형적인 한국의 애수"(전집 2, 271), 즉 눈물의 파노
라마이지만, 박용철에게 그것은 소월류의 진달래꽃마저 뒤에 버리고
돌아서는 행동의 애수이다. 이것을 "빛나는 자취"라고 쓴 것이 김수영
에게 "온 겨레의 설움을 등에 지고 허덕거리며 비탈을 기어올라가는 무
거운 신음소리"를 탈각한 정서의 세계로서 힘의 예술을 실현하는 예로
읽혀지고 있음은 그의 문학적 기원이 어디에 있는지를 알려주는 하나
의 증거이다. 이를테면 한국인의 애수는 눈물을 흘리는 차원에서 눈물
의 빛나는 삶을 노래하는 차원으로 나아가야 한다는 것이다. 이런 애수
는 김수영이 볼 때 김소월의 애수와 다른 것임이 분명했다.
　그런데 장일우가 김소월의 애수의 시에서 찾아내고 있는 '시적 주체
성'은 내용적인 차원에서는 한국인의 역사적 고통과 그 고통으로부터
해방될 시공간에 대한 그리움이며 형식적인 차원에서는 민요조 서정시
이다. 장일우에게 김소월의 애수의 세계가 긍정되는 것은, 소월의 시가
일제의 억압에 대한 민족적 정한을 해방의 꿈으로 승화시키고 있기
때문인데, 이는 시적 리얼리티가 현실에 뿌리를 둔 그것이어야 한다는
그의 주장을 뒷받침하는 셈이 된다. 이 점에서 그의 민족적 애수론은 한
국의 현실과는 거리가 먼 60년대 시의 난해성을 비판하는 일과 통한다.
그리고 그 난해성 비판은 당시의 모더니즘시에 대한 비판으로 연결되
는 것이었다. 그는 당시의 모더니즘 시와 소월의 시를 비교하면서 모더

니즘 시의 난해성은 민족적 정서보다는 민족허무적 감정에 지배된 결과라는 사실을 진술하고 이에 비해 소월의 시에는 민족의 생활공동체적 감정이 살아 있다고 쓴다(「소월의 시와 자주정신」, 143쪽).

여기에 와서 재일 한국인 평론가인 루카치주의자 장일우와 국내파 참여시인인 모더니스트 김수영의 차이가 뚜렷해지는 듯하다. 그 둘은 공히 현실에 근거한 시를 써야 한다는 말로써 외국의 난해한 모더니즘 시를 모방하고 있는 당시 한국시의 한 경향을 비판하고 있지만, 이 비판에 대한 대안의 차원에서는 크게 달라지고 있는 것인데, 장일우가 리얼리즘과 낭만주의를 결합한 예로서 김소월의 애수의 민요시를 들고 있다면 김수영은 그런 김소월의 애수를 현대화시킴으로써 질적으로 다른 세계로 나아가야 한다고 말하고 있는 것이다.[23] 그렇다면 장일우와 김수영은 한국적 현실에 근거한 시의 리얼리티라는 차원에서 공감하면서 그것을 드러내는 방식에서 달라지는 것이 되겠다. 그 둘에게 시의 기법은 무엇이었을까.

장일우는 그가 긍정적으로 평한 몇 안되는 한국 시인 중 박두진에 대한 글 「시인 박두진을 논함」(『한양』, 1964.3)에서 시의 기법에 대해 다음과 같이 썼다.

> 마지막으로 나는 시의 기법에 대하여, 당신이 이룩한 시의 테크닉에 대하여, 한마디 언급하겠습니다. 대상은 상(想)을 낳고 상은 기법을 낳고 다시 기법은 상을 낳고 상은 대상을 재생시킨다고 나는 생각합니다. 상이 기법을 흔들어 깨울 때 기법은 어찌 졸고만 있겠습니까? 또 기법이 절망할 때 상이 어찌 절망하지 않겠습니까. 그렇기 때문에 이 양 측면을 분리하는 것은 무의미한 형이상학입니다. (259쪽)

---

23) 김수영은 "오늘의 긴급한 문제는 애수의 양적 나열보다도 질적 규정에 있다고 생각되는 것이다."(전집 2, 275쪽)라고 말한다.

시의 창조 과정이 '대상 → 상 → 기법 → 상 → 대상'을 밟는다고 설명되는 것을 따른다면 장일우에게 우선적인 것으로 대두되는 것은 경험적 대상이다. 그가 누누히 강조해 온 것이 한국적 현실이고 보면, 이것은 당연한 말이지만 위의 진술에서는 꼭 그런 것만은 아니라는 사실을 알아야 한다. 시의 편에서 보면 좀더 복잡한 문제가 깔려있는 것인데, 시적 계발의 차원과 시적 표현의 차원이 위 진술에서 구분되어 있기 때문이다. 전자는 '대상 → 상 → 기법'의 과정을 밟고 후자는 '기법 → 상 → 대상'의 과정을 밟는다. 장일우는 대상에 대한 시적 언어화의 차원과 그 언어화를 통해 대상의 참된 모습이 지시되는 차원을 구분하고 있는 것이다. 당연히 전자의 '대상'과 후자의 '대상'은 다른데, 전자가 시적 사유와 그를 통한 기법의 계발을 가져오는 경험적 대상이라면 후자는 언어적 기법에 의해 탐색되는 대상의 리얼리티를 의미할 것이다. 이렇게 본다면 시인에게 보다 중요한 것은 '기법 → 상 → 대상(의 리얼리티)'으로 나아가는 창조의 과정일 터이다. 왜냐하면 시는 대상의 리얼리티를 창조하는 것이지 경험적 대상을 사진 찍듯이 모방하는 것이 아니기 때문이다. 그러나 장일우가 볼 때 한국 시인들에게 보다 중요한 것은 시적 창조의 과정에 대한 인식이라기보다는 그 창조를 가능케 하는 현실에 대한 분명한 인식이었다. 그가 이렇게 생각한 이유는 한국의 현실에서 무엇보다도 시급한 일이 정치적 질곡을 해결하는 것이라는 데 있었다. '시인들은 지금 정치적 풍토 그것으로 하여, 스스로 자기를 상실한 그것으로 하여 불행하여졌다'(같은 글, 248쪽)고 그는 말하고 있다. 그에게 시의 현대성이란 언어적 기법의 차원이 아니라 "현대가 제기하는 역사적 과제를 해결하는 문학적 문제"(「순수의 종언」, 『한양』, 1964.5, 170쪽)였던 것이다.

김수영이 보기에는 이것은 시적 창조와 관련해서는 아직 직접적 문턱을 넘지 않은 것과 같았다. 김수영이 장일우의 난해시 비판에 동의를 표하면서도 "가장 밑바닥에서 우러나오는 가장 절박한 시를 쓰려면 어떻게 하면 되는가"(「생활현실과 시」, 전집 2, 191쪽)라고 질문을 던지는 것은 그가 장일우의 그 문턱 이전과 이후를 분명히 알고 있었다는 사실을 뜻한다. 실제로 장일우는 그 문제에 대해 명확한 답변을 내놓지 않았다. 그는 다만 한국 시의 시급한 해결 과제를 역설적으로 제출해 놓은 데서 더 나아가지 않았던 것인데, 이렇게 된 데는 현실의 합법칙적 진리를 형상적으로 반영하는 예술로서의 시라는, 앞에서 살펴보았던, 루카치적 문학관에 지펴 있기 때문일 것이다. 그것은 문학의 목적의식성과 관련하여 '무엇을'의 문제는 해결해주었어도 '어떻게'의 문제는 해결해주지 않았다.

김수영은 이와 관련하여 '시적 무의미'라는 과제 제출을 통해 해결책을 도모했다. 이때 '무의미'란 경험적 대상과 무관한 것으로서의 무의미가 아니라 그 경험적 대상에 의해 촉발되는 '의미'를 시적 언어화의 경로에서 참된 리얼리티로 확장시키는 '무의미'를 뜻했다. 이를테면 경험적 대상은 시적 리얼리티로 새롭게 탄생한다는 점에서 무의미로 전화하는 것이었다. "<의미>를 껴안고 들어가서 그 <의미>를 구제함으로써 무의미에 도달하는 길"(「변한 것과 변하지 않은 것」, 전집 2, 245쪽)에 대한 그의 강조는 장일우가 진술했던 것 중 후자의 차원 즉, '기법 → 상 → 대상'의 경로와 상통하는 바가 있는데, 왜냐하면 김수영이 주목했던 것은 무의미를 형성하는 것으로서의 "시적 승화"(같은 글, 244쪽)이기 때문이다. 그가 한국의 정서적 전통으로서의 애수를 현대적으로 변용시켜야 한다고 말하는 것도 이와 관련될 것이다.

애수의 현대화는 김수영에게는 힘의 예술과 같은 것이었다. 이때 '힘'은 '<의미>를 이루려는 충동과 <의미>를 이루지 않으려는 충동의 충돌'(같은 글, 245쪽)에서 나온다고 김수영은 말한다. 이 힘의 소재를 파악하기 위해 다시 「생활현실과 시」로 돌아갈 필요가 있다. 이 글에서 김수영은 시적 힘의 발동으로부터 '시의 긴장'이 나타난다고 말한다. "시라는 것은 그것이 새로운 자유를 행사하는 진정한 시인 경우에는 어디엔가 힘이 맺혀 있는 것"이며 "이것이 시의 긴장을 조성하는 것"(전집 2, 197)이라는 진술이 그것이다. 그런데 이 말은 그의 시작 원리 하나를 밝혀준다. 그것은 다름이 아니라 시적 대상으로서의 사물들을 충돌시킴으로써 새로운 의미의 돌연한 출현을 시도하는 방법이다. 그가 같은 글에서 언급한 김광섭의 「심부름 가는……」은 관념의 서술 사이에서 불현듯 제시되는 "웬 엿장수냐 가위질 소리에 모인 아이들/서울이란 델언제 이렇게 나도 왔나부다"라는 표현으로서 예의 그 힘과 긴장을 획득한 시로 평가된다. 여기에도 시에서 제시되는 사건과 사물들의 충돌이 있다.[24] 김수영은 이것을 시의 기술적 측면(언어적 형식)에서 획득되는 성취라고 이해했다. 그런데 김수영이 장일우에게 '생활 현실을 반영하는 시는 어떻게 만들어지는 것인가'라고 역질문을 던진다는 사실을 고려할 경우, 그가 이 글에서 관심을 기울였던 것은 형식의 차원이라고 할 수 있다.[25] 시의 언어 사용 방식과 관련해서 김수영은 '언어의 서술'과 '언어의 작용'을 구분했다. 언어의 서술은 시의 내용적 차원을 언어의 작용은 그 내용을 시적으로 성립시키는 형식의 차원을 가리킬 것이다. 시적 긴장과 현대성은 바로 이 후자에서 만들어질 터인데, 장일우에게

24) 가령 앞의 박용철의 시도 '붙잡는 사람에 대한 연민과 사랑의 염 때문에 돌아서지 못하는 존재'라는 상식을 넘어서서 과감히 떠나는 존재를 "빛나는 자취"로 묘사하는 갑작스러운 시상의 충돌이 있는 것이다.
25) 물론 이 말이 김수영의 전체 작품에 대해서 절대적인 것으로 오해되어서는 안 된다. 김수영은 시적 언어의 구심력 못지않게 시의 사회적 구심력에 대해서도 강조한 시인이었다. 그는 1961년의 시작 노트에서 이미 이렇게 말하고 있다. "나는 시의 형식 문제에 대해서 지극히 등한하다. 나의 경험으로 비춰볼 때 형식은 <투신>만 하면 간단히 해결될 수 있는 것이기 때문이다." 전집 2, 286쪽.

는 이에 대한 설명이 부족하다고 김수영은 지적한다. 김소월의 애수도 김수영에게는 시적 승화의 방식으로 해체되어야 할 것이지 당대적 삶의 원형으로 되풀이될 것이 아니었다. 이를테면, 장일우가 이해하듯이 한국적 현실의 질곡이 여전히 압도적이었다고 해도 그 현실의 질곡과 그것의 시적 탐구는 전혀 다른 문제였는데, 시적 탐구는 경험적 현실의 의미내용을 넘어서 참된 리얼리티의 언어적 형성에 이르는 것이었기 때문이다.

이런 차이에도 불구하고 김수영이 장일우 입론의 긍정적 가능성을 고려하면서 브레히트의 작품으로 그를 실증하는 이유는 무엇일까? 여기에는 '사회주의 리얼리즘 시=브레히트'라고 이해하는 것과 같은 김수영의 단순한 실수 이외의 것이 있는 듯하다.

> 전자의 가치(언어의 서술: 인용자)의 치우친 두둔에서 실패한 프롤레타리아 시가 많이 나오고, 후자의 가치(언어의 작용)의 치우친 두둔에서 사이비 난해시가 많이 나오는 것을 볼 때, 비평가의 임무는 전자의 경향의 시인에게 후자의 경향을 강매하거나 후자의 경향의 시인에게 전자의 경향을 강매하는 일보다도 오히려, 제각기 가진 경향 속에서 그 시인의 양심이 살려져 있는지 아닌지를 식별하는 일에 있는 것이라고 믿어진다(「생활현실과 시」, 전집 2, 193쪽).

이때 양심은 "작품다운 작품"(같은 곳)을 쓰는 태도를 가리킨다. 중요한 것은 프롤레타리아 시든 난해시든 각각의 영역에서 하나하나의 시를 작품다운 작품으로 완성하겠다는 시적 양심이었던 것이다. 김수영은 브레히트에게서 그 예를 보았던 것일까? 루카치가 브레히트 등의 표현주의적 미학을 비판하는 대표자라는 점을 상기한다면, 장일우에게서 브레히트를 떠올리는 김수영은 아무리 양보한다고 해도 문제가 있어 보인다. 김수영이 장일우의 주장을 받아서 생활현실을 반영하는 시의 일례로 들고 있는 작품은 브레히트의 「독일」이다.[26] 독일 민중들에 대한 착취를 통해서 결국 독일 자신의 멸망까지도 불러오는 상황에 대한 진술을 보여주는 이 시로써 우리는 김수영이 당대의 현실을 이해하는 관점을 추측할 수 있다. 군사쿠데타가 일어난 직후의 시기에 김수영이 가졌을 현실 감각을 브레히트의 시는 압축적으로 보여준다. 그런데 여기에서 다시 김수영의 절망을 고려해야 한다. 김수영의 현실은 브레히트처럼 할 말을 자유롭게 할 수 있는 현실이 아니었기 때문이다. 1960년대의 현실을 살아가는 김수영에게서 "브레히트 같은 시가 나오려면 지금의 한국의 사회사정하고는 엄청나게 다른 자유로운 사회가 실현되어야 한다."(같은 글, 191쪽)는 절망을 추측하는 일은 그리 어렵지 않다.

그러나 여기에 하나의 역설적 진행이 있다는 사실을 주목하기로 하자. 시인은 어떤 한계를 허물어버리면서 끝내 자유를 실현하는 사람인데, 김수영에게 그것은 역설의 경험인 동시에 자유로의 투신을 밀어붙이도록 하는 경험이 된다.[27] 「생활현실과 시」에서 진술되듯이 부자유

---

26) 「독일」의 전문은 이렇다. "창백한 어머니! 오 독일이여/왜 당신은 오욕을 뒤집어쓰고/여러 민족들 사이에 앉아 있습니까/더러운 그들 중에서도/당신이 가장 눈에 띕니다//당신의 자식들 중 가장 가난한 자는/타살되어 누워 있습니다/그가 굶주려 허덕이고 있을 때/당신의 다른 자식들이/그를 때려 눕혔던 것입니다/그것은 널리 알려져 있습니다//그들은 그를 때려눕혔던/바로 그 손을/똑같이 치켜들고/얼토당토않게도 이번에는 당신에게 다가서고 있습니다/정면에서 당신을 비웃으면서/이것도 잘 알려져 있는 일입니다//당신의 집에서/큰 소리로 고함쳐대고 있는 것은 허위/그러나 진실은/소리가 되어 나오지 못합니다/그렇지 않습니까?//왜 억압자들은 너도나도 당신을 찬양하는데/억압당하고 있는 이들은 당신을 비난하는 것입니까/착취를 당하고 있는 사람들은/당신을 지탄하고 있습니다 그러나/착취하는 자들은 찬양합니다/당신의 집에서 안출된 체제를/하지만 당신이 당신의 치맛자락을/숨긴다고 해서 사람들의 눈에 띄지 않는 것은 아닙니다/그것은 피로 온통 젖어 있습니다 당신의/가장 뛰어난 자식들의 피로/당신의 집에서 울려 펴져 나오는 연설을 듣고 사람들은 웃습니다/그러나 당신과 눈이 마주치면/사람들은 나이프를 쥡니다/당신이 강도로 보이기 때문입니다//오 독일 창백한 어머니여!/당신은 자식들의 행위 때문에/당신은 여러 민족 사이에 앉아/조롱의 씨 공포의 씨가 되고 말았습니다." 김남주 편역, 『아침저녁으로 읽기 위하여: 하이네, 브레히트, 네루다』, 남풍, 1989, 140~141쪽.

27) 「조국에 돌아오신 상병포로 동지들에게」가 대표적인 시이다.

한 상황이 시의 형식에 대한 관심으로 나아가도록 함으로써 그 역설을 실현한다고 할 수 있다. 그는 말할 자유가 없는 상황에 처한 자신을 똑바로 보고 있는 경우였는데, 그 상황을 이겨내기 위해서는 어떻게 해야 했을까? 장일우가 한국의 현실을 직시하는 시를 쓰라고 요구할 때, 김수영에게는 루카치적 리얼리티의 언어적 표현이 시급한 과제로 다가왔다. 그런데 그는 전통을 전통 자체로 반복하는 보수주의자도 아니었고 현실을 현실 자체로 반영해야 한다고 말하는 기계적 유물론자도 아니었다. 그는 민족의 오랜 질곡의 삶으로부터 나온 애수마저도 현대적인 언어로 바꿔놓아야 한다고 생각한 시인이었다. 그리고 그는 브레히트의 시를 떠올리는 것이다. 이것은 어떤 연유인가.

브레히트의 시 「독일」은 『독일 풍자시』의 한 편이다. 그것은 전통적인 각운의 리듬을 제거한 무운시인데, 브레히트의 말을 따르면, "어떻게 그런 것을 시라고 내놓을 수 있느냐"[28]는 질문을 받을 정도로 무운시가 시로 여겨지지 않던 시대에 씌어진 작품이다. 우리는 그것을 시의 새로운 형식적 독특성을 추구한 결과라고 해석할 수 있을 것이다.[29] 위 번역에서는 잘 나타나지 않지만, 이 시는 각운을 제거함으로써 간결하고 급박한 호흡을 갖게 된 시이다. 이런 형식적 고려가 단지 형식 자체에 대한 관심 때문이 아니라는 사실 또한 지적되어야 한다. "형식 발전의 전제가 되는 것이 바로 사회적 내용의 지속적인 발전"[30]이라고 브레

---

28) B. 브레히트, 「불규칙한 리듬을 갖는 무운시(無韻詩)」, 이승진 편역, 『시의 꽃잎을 뜯어내다』, 한마당, 1997, 94쪽.

29) 브레히트의 말을 본다. "규칙적인 리듬은 내가 싫어하는 몽상적인 분위기를 만들어내는 데, 사변적인 것이 특이한 역할을 한다. 다시 말해 제대로 된 논리적 사고가 아닌 관념연상이 생겨난다. …중략… 이성적인 사고들은 오히려 불규칙 리듬에서 그에 합당한 나름의 감정적 형식을 얻게 된다. 나는 이러한 불규칙 리듬을 사용하는 시를 쓰면서도 내가 시적인 것으로부터 멀어졌다는 느낌을 받은 적이 없었다. …중략… 시가 갖는 몇몇 사회적 기능을 위해서는 시가 새로운 길을 걸을 수 있었기에 나는 그 길을 걸었을 뿐이다." B. 브레히트, 위의 책, 111~112쪽.

히트는 말하고 있다.

　이렇게 본다면, 김수영이 장일우의 루카치식 리얼리즘에 대한 주장을 받아서 브레히트의 리얼리즘 시[31]로 논점을 변화시키는 것은 일종의 오류를 감수한 의도일 수도 있게 된다. 그가 루카치와 브레히트의 차이를 알았겠느냐고 묻는 것은 여기에서는 쓸데없는 일이다. 중요한 것은 현실을 직시하라는 내용론 앞에서 절망하면서 형식에 대한 고려로써 그 절망을 변화시키는 현실 돌파 능력이기 때문이다. 이 능력이 장일우가 요구하는 바의 '현실 직시'로부터 나올 것임에는 틀림없다. 그런데 이 현실 직시는 곧 새로운 형식을 가져올 것이었다. 현실은 고정되어 있는 것이 아니기 때문이다. 김수영의 형식에 대한 관심은 이로써 내용과 형식의 상호적인 밀고 당기기[32]로 전환된다. 이것은 모더니즘과 리얼리즘의 회통이라는 문제설정 속에서 보면 루카치와 브레히트의 회통이라고 할 만한 일이 아닐 수 없다. 이 회통에 장일우는 하나의 계기를 주고 김수영은 이를 받아 현실 속에서 결론을 내놓은 셈이 되겠다.

III. 미완성의 리얼리티

　장일우는 한국 문단의 외부에서 한국 문단을 향하여 현실에 즉하는 작품을 생산하라고 요구했고 김수영은 한국 문단의 내부에서 그것을 받아 시인의 양심으로서의 작품다운 작품 생산을 위한 형식 차원으로 논점 전환을 시도했다. 이처럼, 위에서 살펴본 차이에도 불구하고 두 사람은 한국 시단과 관련하여 공통되는 생각을 갖고 있었는데, 역사적 ·

---

30) B. 브레히트, 위의 책, 109쪽.
31) 두루 알려진 사실이지만, 다시 정리하면, 브레히트에게는 흔히 모더니즘 기법으로 알려진 것들도 현실의 변화에 수반되는 리얼리즘의 한 방식이었다.
32) 이에 대해서는 「시여 침을 뱉어라」, 전집 2, 251쪽.

사회적 책임감을 가진 시를 요구하거나[33] 시인들에게 제정신을 가질 것을 주문할 때,[34] 이설주의 시에 대해 긍정적인 평가를 내릴 때[35] 등이 그렇다. 더구나 김수영이 "나는 우리의 현실이 시대에 뒤떨어진 것을 부끄럽고 안타깝게 생각하지만, 그보다도 더 안타깝고 부끄러운 것은, 이 뒤떨어진 현실을 직시하지 못하는 시인의 태도이다."(「모더니티의 문제」, 1964.4)라고 쓴 것을 장일우가 "서뿔리 영국시요 일본시요 불란서시요 하면서 그의 모방에 급급한 시인들은 우리 현대시의 난해성을 가중해놓은 형편"(「현대시의 음미」, 『한양』, 1962.4)이라고 지적한 것과 함께 읽을 때 이 둘의 주장은 정확하게 일치되는 바가 있다.

물론 장일우의 난해시 비판에 대한 김수영의 대응은 앞에서 말했듯이 이중적이다. 김수영이 당시의 난해시에 대해 고깝지 않은 시선을 보내고 있었음은 주지하는 바이다. 「생활현실과 시」나 「'난해'의 장막」(1964.12) 등의 글을 통해 표명된 김수영의 난해시 비판은 그 골자를 비주체적 시작 태도를 공격하는 데 두고 있었다. 이 골자가 장일우의 난해시 비판과 거의 같은 맥락에서 이루어지는 것이라는 사실은 장일우의 「한국 현대시의 반성」(『한양』, 1963.9)과 같은 글을 읽으면 곧바로 확인할 수 있다. 그러면서도 김수영은 장일우의 이러한 비판이 한국의 현실을 제대로 고려하지 않은 것이기 쉽다고 말한다. 한국 문단의 외부에 있는 비판자의 말을 현실정합성이 없다고 되돌려주는 식의 대응은 사실은 가장 손쉬운 방법에 속할 것이다. 김수영은 그 손쉬운 대응 방식이 단순한 비난으로 떨어지도록 놓아두지 않았다. 형식에 대한 그의 집요한 관심은 이전부터 있어 왔던 것이지만, 여기에 이르러 김수영은 시적

33) 장일우, 「현대시와 시인」, 『한양』, 1963.4; 김수영, 「시작노우트」(1957), 전집 2.
34) 장일우, 「참여문학의 특성」, 『한양』, 1964.6; 김수영, 「제정신을 갖고 사는 사람은 없는가」, 전집 2.
35) 장일우, 「참여문학의 특성」, 『한양』, 1964.6; 김수영, 「생활현실과 시」, 전집 2.

리얼리티를 추구하는 하나의 길을 그 형식에 대한 추구로써 분명히 보여주었다. 그는 현실을 직시하라는 장일우에게 현실을 직시하는 형식이라는 답변을 내준 셈이었다.

이 대응 과정과 결과를 장일우와 김수영의 충돌이 형성시킨 리얼리티 이해의 한 예라고 할 수 있을 듯하다. 김수영의 경우 리얼리티는 완전한 상태로 존재하는 것이 아니라 끝없이 유예되는 미완성의 리얼리티였다. 그의 무의미는 바로 이것을 가리키는 말이었는데, 그가 번역한 「자꼬메띠의 지혜」[36]는 대상의 리얼리티가 관찰자의 시선에 포착된 그대로 드러나는 것이 아니라 보여진 그것을 재현하는 과정에서 지속적으로 변모하는 것이라는 사실을 알려준다. 이와 관련해서 김수영이 스스로 리얼리스틱하다고 설명하고 있는 작품을 돌아볼 필요가 있겠다. 그 작품은 「눈」(1966)이다. 「시작노우트 6」에서 자코메티적 발견이라고 부르고 있는 이 시의 리얼리티는 다른 것이 아니라 지속적 변모를 통해 리얼리티 자체에서 해방되는 것으로서의 리얼리티이다. 요컨대 진정한 리얼리티는 삶의 과정에서 해방의 경험을 실현하는 리얼리티이다. 김수영에게 리얼리티는 그런 것이었다. 이것이 브레히트에게는 사회의 지속적 변모, 즉 하나의 상태에서 다른 상태로의 해방에 따른 형식의 변모와 통하고 그래서 예술을 언제나 미완성의 것으로 이해하도록 했다. 이것은 김수영에게도 마찬가지이다. 그는 "나의 시는 영원한 미완성"(「절망」, 1962)이라고 썼다. 미완성이기 때문에 언제나 새로움을 향해 열려 있는 리얼리티가 중요할 것이다. 그런데 이 새로움이 단순한 심미적 새로움과는 다른 것이라는 사실을 아는 것도 중요하다. 김수영이 장일우에게 브레히트의 「독일」과 같은 시는 "지금의 한국의 사회 사정하고는 엄청나게 다른 자유로운 사회가 실현되어야" 가능하다고 말할

---

36) 칼톤 레이크, 「자코메티의 지혜」, 『세대』, 1966.4.

때 그 사실이 나타난다. 김수영이 형식에 관심을 가진 것은 바로 현실 때문이었다. 그 닫힌 현실 속에서 한국 시단이 우선 해야 할 일은 각자의 유파 속에서 '작품다운 작품'을 만들어내는 일(→ 시인의 양심)이었다. 여기에서 우리는 사회적 양심의 문제가 시적 양심의 문제로 치환되는 방식을 볼 수 있다. 김수영이 시형식에 관심을 갖게 되는 하나의 기원이 밝혀지는 셈인데, 그는 이렇게 말했다. "믿을 수 있는 작품! 사상은 그 다음이다."(「생활현실과 시」, 195쪽) 이말이 형식에 대한 관심을 표현한다고 해도 김수영을 형식주의자라고 불러서는 안 될 것이다. 형식주의자는 고정된 형식을 추구하는 사람이지만 김수영은 현실의 움직임 속에서, 그 현실에의 투신을 통해서 형식문제를 해결한 사람이기 때문이다. 이것은 브레히트도 마찬가지였다. 김수영의 다음 말이 음미되어야 하는 이유이다. "언어를 통해서 자유를 읊고, 또 자유를 산다. 여기에 시의 새로움이 있고, 또 그 새로움이 문제되어야 한다. …… 새로움은 자유다. 자유는 새로움이다."(같은 글, 195쪽)

3부

작가론 및 작품론 : 시대정신의 에피고넨들

김수영 문학과
분단극복의 현재성

김재용

I.김수영 문학의 재평가

김수영 사후 시집과 산문집이 출판되는 것을 전후하여 우후죽숙처럼
쏟아져 나온 평가들은 평자의 문학관에 따라 심한 편차를 보여주고 있
다. 김수영을 높이 평가하면서 적극적으로 글을 발표하였던 쪽은 민족
문학권보다는 그 바깥권이었다. 그들은 김수영의 자유의 시정신을 정
치적 생활적 현실과는 무관한, 사물에 대한 관습적 인식에서 벗어나려
고 하는 태도로만 이해하려 하였다. 그렇기 때문에 김수영의 시정신이
갖는 혁명적 실천의 의미를 대단히 관념적으로 해석하여 김수영을 왜
소하게 만들고마는 결과를 야기했다. 이러한 입장의 논자들은 김수영
을 적극적으로 옹호하고 있음에도 불구하고 사실은 김수영의 시세계를

일면적으로 파악함으로써 오히려 그것을 좁히고 마는 소극적 결과를 낳았다. 김수영의 시와 산문을 훑어보면 김수영이 가장 경계했던 것은 시인이 몸담고 있는 억압적 현실―남북한의 분단으로 인해 받는 고통이라든가 세계적 규모에서 이루어지고 있는 근대성의 급진적 진전―에 대한 뚜렷한 인식없이 시를 쓰면서 심각함을 위장하는 것이었다. 그는 현재의 억압을 뚫고나가면서 '불가능'을 추구하는 것이 시라고 생각하였기 때문에 현재의 처지에 안주하고 억압적 환경을 묵인하는 것을 가장 위험한 비시적非詩的 태도라고 경계하였다.

그런 점에서 김수영 문학이 갖고 있는 자유와 사랑의 시정신을 당대 현실과 무관하게 해석하면서 새로움에 대한 추구를 단지 형식적 혹은 관념적 차원에서 이해하려 하는 것은 김수영 문학의 핵심을 비껴나는 것이라고 생각한다.

이와는 다른 평가가 1970년대 초반부터 이른바 '민족문학권'에서 나오기 시작했는데, 이는 앞서의 것과는 다른 차원에서 매우 복잡한 양상을 띠고 있어 훨씬 논쟁적이다. 김수영 문학이 억압하고 있는 세력에 대한 비판보다는 그런 세력 밑에서 고통받지만, 제대로 저항하지 못하고 있는 소시민들에 대한 비판과 풍자로 이어졌기 때문에 정곡을 벗어났다고 보는 평가를 비롯하여, 민족문제를 철저하게 인식하지 못했다거나 혹은 결국 모더니즘의 폐해에서 벗어나지 못하였다는 것 등이 이 시기에 민족문학권에서 그에 대해 내렸던 일반적 평가이다. 세부의 차이에도 불구하고 공통적인 것은 김수영이 민족현실과 민중생활에 대해서 대단히 안이하고 불철저한 이해와 인식을 가졌기 때문에 민족문학의 경지에 이르지 못하였다는 점이다.

그렇기 때문에 김수영을 일면적으로 해석함에도 불구하고 적극적으로 높이 평가하였던 입장과는 달리, '민족문학권'에서는 김수영을 총체적으로 검토하려 했음에도 불구하고 결국 소극적 평가에 그치고 말았다. 물론 이러한 평가는 고정적인 것이 아니기 때문에 평자에 따라 약간씩 바뀌기는 하였지만, 그 밑바닥에는 이러한 평가가 기조를 이룬다고 할 수 있을 것이다.

이 글은 1970년대 벽두부터 시작된 민족문학권의 이러한 평가가 과연 김수영의 시와 산문에 대한 정확한 이해 위에서 이루어졌는가 하는 의문점으로 시작된다. 결론부터 말한다면, 필자가 보기에 김수영의 문학은 이러한 기존의 평가와는 다르게 오히려 민족현실에 대한 끝없는 탐구와 동시대의 나라 바깥에서의 근대성의 진전을 통일적으로 조망하려 했던 점에서 민족문학의 길을 선취했다는 것이다. 이 점은 오늘날 국가사회주의권 붕괴 이후의 민족사와 세계사의 흐름에서 더욱 분명하게 드러나고 있다. 그런 점에서 김수영에 대한 재평가는 더욱 절실한 과제로 다가오는 것이다.

그러면 그동안 왜 김수영에 대한 적극적이나 편협한 해석과 포괄적이나 소극적 평가만 나올 수밖에 없었을까. 우선 들 수 있는 이유는 김수영의시와 산문에서 드러나고 있는 반어적 어법, 때로는 위악적 성격을 띠면서까지 꼬여 있는 그의 독특한 표현방법 때문에 그 진의를 제대로 파악하기 어려웠을 것이라는 점이다. 다음으로 이것은 더 중요한데, 해방 이후 분단현실에서 그가 걸어온 곡절 많은 삶의 도정과 그것과 떼어놓고 생각하기 어려운 문학적 지향의 변화에 대한 파악을 가능하게 해줄 만큼 김수영과 우리 현대사에 대한 연구가 충분하지 않다는 점이다. 그렇기 때문에 김수영 문학이 갖는 세부적 의미를 시인의 개인사와 우리 현대사의 맥락 속에서 제대로 이해하기 어려운 것이다.

이 글에서는 이런 점을 염두에 두면서, 이제 민족문학의 성취일 뿐만 아니라 오늘날에도 그 현재성을 잃지 않고 있는 김수영 문학의 전체적 파악을 위해 해방 이후 그의 행적과 문학에 새롭게 접근하고자 한다. 특히 그의 시세계의 커다란 두 축을 이루고 있다고 판단되는 남북분단과 근대성의 급진전 중에서 전자에 초점을 맞추고자 한다. 근대성의 급진적 진전에 따라 바뀌어가는 우리 삶의 의미에 대한 천착문제는 분단현실의 극복과 내적으로 통일되어 있는 만큼 그것을 해명하는 범위 내에서만 다루고자 한다.

II. 분단현실과 민족의식

8·15부터 4·19까지 1944년 만주로 소개했다가 해방이 되자마자 서울로 돌아와 시로 문단에 등장한 그가 당시의 복잡한 정세 속에서 어떤 지향을 갖고 활동했는가하는 점을 밝히기에는 아직 우리 연구가 너무 부족하다. 특히 당시 김수영을 비롯한 일련의 신진 시인들의 정신적 거점 역할을 하였던 말리서사(박인환이 경영하던 서점)가 당시의 문학계 전체에서 갖는 의미를 해명하기 위해서는 앞으로도 더 많은 시간이 필요할 것 같다. 게다가 38선으로 남북이 갈라져 있고 남쪽에서도 조선문학가동맹과 다른 단체 사이의 갈등이 심화되었던 시기, 일제하 모더니즘의 좌장역할을 하였던 김기림이 조선문학가동맹에서 일하면서 이들에게 어떤 영향을 주었고, 동시에 이 후배 시인들은 김기림과 어떤 차이를 갖고 잇는가 하는 점은 모더니즘 시문학사에서뿐만 아니라 한국근대문학사의 한 축을 해명하는 데 매우 중요한 일임에 틀림없다. 이것의 전체적 양상이 밟혀지면 이 시기 김수영의 문학적 지향과 행로에 대한 깊은 천착이 가능해질 것이다.

그러나 이러한 점이 아직 제대로 드러나 있지 않다고 해서 이 시기 김수영의 문학적 지향을 추적할 수 없는 것은 아니다. 그의 글과 주변인물과의 관계를 살펴보면 남한단독정부 수립 이후의 행적과 지향에 대해서 어느 정도 해명할 수 있다. 여기서 중요한 의미를 갖는 인물이 김병욱이다. 김병욱은 김수영의 마음속에서 매우 특이한 위치를 차지하고 있다. 김수영이 분단된 현실을 떠올릴 때마다 항상 김병욱이 따라 떠오를 정도로 김수영에게 김병욱이란 이름은 그의 시에서 뜬금없이 튀어나와 독자를 어리둥절하게 만들기도 하고(<거대한 뿌리>), 말리서사를 중심으로 한 해방 직후의 문단을 회고하는 자리에서도 항상 중심에 자리잡았고(<연극하다가 시로 전향―나의 처녀작>), 4·19 직후 북한에 보내는 편지의 수신인이 김병욱이 될 만큼(<시우 김병욱 형에게>) 항상 김수영 곁에 있었던 것이다. 옆에 있을 뿐만 아니라, 그를 '강자'라고 불렀을 정도로 김수영의 마음 한켠에서는 거부하기엔 큰 무게로 다가왔던 인물이다.

이처럼 그와의 관계를 파악하지 않고는 해방 이후 김수영의 문학과 활동이 제대로 해명되지 않을 정도로 중요성을 띠고 있는 김병욱은 어떤 인물인가? 김병욱은 대구 출신으로 일본에서 대학을 졸업하고 일본에서 문단활동을 하다 해방 후에 김수영과 가까운 시우가 되어 더불어 활동하였던 사람이다. 나중에 조선문학가동맹에 가담하였으며 이 일로 인하여 국민보도연맹에도 가입하였고, 전쟁 중에 월북하였다. 월북한 뒤에는 시작활동을 하지 않고 번역 일을 하였던 것으로 알려져 있다. 김병욱과의 관계가 본격적으로 전개된 것은 1948년 '신시론' 동인을 구성할 무렵이다. 김수영은 김병욱, 박인환과 더불어 '신시론'이란 동인집을 준비했는데, 여기에는 두 사람 이외에 임호권·김경린·양병식 등도 참가하였다. 그러다가 조선문학동맹 참여 여부를 비롯한 여러 가지 의견이 내부적으로 맞지 않아서 김병욱은 일찍이 이를 떠났다. 그리하여 1949년에 나온 이들의 시집인『새로운 도시와 시민들의 합창』에는 김병욱이 빠진 다섯 사람만 참가하였다. "인환의 모더니즘을 벌써부터 불신하고 있던 나는 병욱이까지 빠지게 되었다는 말을 듣고 나도 그만둘까 하다가 겨우 두 편을 내주었다"(「연극하다가 시로 전향」, 『김수영 전집』 2, 민음사, 1981, 228쪽)고 후에 적었던 것을 미루어볼 때, 이 무렵에 김수영은 박인환이 행하는 문학적 경향에 대해서는 비판적이면서 김병욱에 대해서는 강한 신뢰감을 갖고 있었던 것으로 보인다. 이는 1950년 전쟁 직전에 '후반기문학 동인'을 만들 때 김수영이 임호권과 더불어 이를 그만두고 박인환과는 내적으로 결별하는 것을 볼 때 훨씬 분명하게 드러난다. 이처럼 김수영은 당시 좌파 모더니즘 안에서도 포즈에 치우친 인물들에 대해서는 대단히 비판적이었던 반면, 억압적 삶의 현실에 대한 전복을 내면적으로 수행했던 시인에 대해서는 지대한 관심을 보였던 것으로 생각된다.

그런데 여기서 우리가 또 하나 주목해야 할 점은 김수영이 박인환과는 다른 거리를 김병욱에 대해서도 가지고 있었다는 점이다. 박인환에 대해서는 적극적으로 비판하면서 거리를 둔 것이라면, 김병욱에 대해서는 공감하면서도 전적으로 동의하지 못하는 상태였다. 이 점은 김병욱이 조선문학가동맹에 가입하였고, 이것으로 하여 1949년에 국민보도연맹에도 가입해야 했던 것과 달리, 김수영은 조선문학가동맹에 가입하지 않았으며 그로 인해 김병욱이 당해야 했던 류의 수난은 겪지 않아도 되었다는 점에서 알 수 있다. 그리고 이 무렵 김수영은 그러한 선택을 앞두고 대단히 큰 고민에 빠져 있었던 것으로 보인다. 지향으로 봐서는 김병욱과 같은 길을 걸어야 하는 것이지만 그들과 같은 확신을 가지지 못하였거나 주변환경 때문에 같은 길을 걷기 어려웠던 것이다. 4·19 직후의 한 글에서 "알맹이는 다 이북가고 여기 남은 것은 다 찌꺼기뿐이야 하는 말을 나는 과거에 수많이 들었고, 내 자신도 했고, 아직까지도 역시 도처에서 그런 인상을 받고 있다"(「시의 '뉴 프런티어'」, 전집 2, 175쪽)라는 말을 한 것을 생각할 때, 이 무렵 그가 얼마나 내면적으로 큰 갈등에 휩싸였는가 하는 것을 확실하게 알 수 있다.

이러한 양상은 전쟁을 겪으면서 조금씩 바뀌어나갔다. 비록 단편적이기는 하였지만 전쟁 와중에 북한을 일시적으로 경험하고 관찰하면서 이전과는 다른 견해를 가지기 시작하였다. 김수영이 전쟁 중에 의용군으로 소집되어 훈련을 받았고, 그곳을 빠져나오다 국방군 포로가 되어 포로수용소에서 감금되었던 것은 잘 알려져 있다. 그는 의용군시절 이북생활을 체험하면서 이전에 자신이 북한에 대해 가졌던 것과는 다른 인상을 갖게 되었다. 이러한 흔적을 우리는 산문과 시에서 부분적으로 읽을 수 있는데, 그가 쓰다가 만 것으로 되어 있는 「의요군」이란 소설은 다시 김수영의 내면을 엿보는 데 많은 도움을 준다. 다분히 자전적 성격을 띠고 있는 이 작품에서 우리는 김수영이 의용군을 나가면서 어떤 생각을 했으며, 당시 북한의 국가사회주의에 대해 어떤 판단을 하였는가를 엿볼 수 있다.

이 작품의 주인공 순오는 의용군에 지원하면서 당시 조선문학가동맹의 문학가들을 존경하고 자신도 그런 사람들처럼 되고 싶어하는 마음이 간절했다. 순오는 그 중에서도 임동은을 우상으로 생각하고 자신도 북으로 가서는 그 사람처럼 영웅이 될 거라고 생각하였다. 그렇기 때문에 당시 북한의 실상을 보고 싶어하고 그 속에서 과거와는 다른 새로운 선택을 하고 싶어 한다. 그런데 그가 이북으로 이동되는 과정에서 보고 겪은 북한은 마음속 한켠에 자리 잡고 있던 이상적인 사회와는 거리가 멀었다.

> 책에서 읽은 지식 이외의 이곳 설정에는 무슨 알지 못하는 신비
> 한 점이 가들차 있는 것같이 서먹서먹하고 보는 것 듣는 것마다 무

서운 감이 자꾸 든다. 이남에서 공산주의의 투사들을 생각할 때에는 어디인지 멋진 데가 있다고 동경하고 무한한 동정을 그들에게 보냈으며 순오가 알고 있는 배우들이나 연출가들이 이곳을 향하여 월북할 때에도 이제는 이남 연극계도 완전히 망했다고 생각하고 그 좋아하는 무대생활도 자기도 모르는 사이에 열이 식어서 아침부터 저녁까지 으슥한 술집을 찾아다니며 술만 마시고 해를 조냈던 것이다. 그것이 이북에 발을 실제 들여놓고 보니 모든 것이 틀리다. '여기에 너무나 질서가 잡혀있다!' 이런결론이 t순오의 머리에 대뜸 EJ오른다. '질서가 너무 잡혀 있어도 거북하지 않은가?' 이런 의문이 물방아처럼 그의 머릿속에서 들기 시작하는 것이다(「의용군」, 전집 2, 422~423쪽).

소설 속의 주인공의 생각을 적은 것이라 이를 작가 김수영의 것이라 이를 작가 김수영의 것으로 바로 연결시키는 곤란하지만 전체적 정황을 미루어볼 때 이러한 태도는 김수영 자신의 것이라 해도 무방할 것이다. 그가 그토록 공경해왔던 북한의 한 다면을 보는 순간 그 실상은 이전의 자신의 생각과는 차이가 있음을 알게 된 것이다. 김수영이 단편적으로 경험한 당시 북한의 모습은 국가의 지휘 아래 매우 획일적으로 움직이고 있어 개개인의 자율성이 제대로 보장되기 어려웠으며, 이를 그는 '너무나 질서가 잡혀 있다'는 말로 표현했을 것이다. 이시기에 이루어진 북한과에 대한 그의 인식은 이루에도 자주 나타난다. 가령 5·16 직후 공보부 주도하의 국민가요운동이 일어났을 때 김수영이 이에 대해 "국민가요가 추상적인 것이 되지 않으려면 그것은 국민의 밑바닥에서 우러나오는 노래가 되어야 하고, 한 사회에서 노래가 밑바닥에서 우러나오려면 우선 노래를 부를 수 있는 사회의 분위기가 조성되어 있어야 한다. 그런 의미에서는 이북의 노래도 식민지의 노래에 지나지 않으며 그것은 너무나 '씩씩하고 건전한' 식민자의 노래다"(「대중의 시와 국민가요」, 전집 2, 186쪽)라고 비판한 대목에서도 역력하게 드러난다. 북한을 두고 너무 질서가 잡혀있다고 한 것이라든가, 북한의 노래가 씩씩하고 건전하다고 말한 것 등은 밑으로부터의 자율성과 역동성보다는 위에서 명령하고 이를 수동적으로 따르는 북한사회의 일면을 정확히 지적하여 말한 것이다. 북한은 1946년 말 이후에 건국사상총동원운동과 같은 동원캠페인을 벌이면서 해방 직후 존재했던 아래로부터의 역동성이 차츰 사라져가고, 그 대신에 국가사회주의적 상명하복의 경직성이 서서히 자리잡아가기 시작하였다. 냉전이 격화되면서 이것은 한층 심각해져 민주주의가 억압되기 시작하였다. 이처럼 국가사회주의적 방식이 휩쓸기 시작하면서 북한사회가 밑으로 활력이 사라지고 위로부터의 일방적인 명령과 지시에 의해 움직이는 사회로 바뀌어 나가는 과정의 한 단면을 김수영은 전쟁의 동원기간 동안에 보았고, 그래서 당신의 북한은 결코 자신의 이상으로 생각하던 그런 곳이 될 수 없다는 것을 확인한 셈이다.

그렇다고 해서 김수영이 당시 이남의 현실에 대해 수긍한 것은 또한 아니다. 그가 전쟁 전부터 가졌던 이남의 억압적이고 부패한 현실에 대한 비판은 계속 유효했던 것이다.

그가 전쟁 전 이북을 동경했던 것은 현실에 대한 이남에 대한 강한 비판에서 자연스럽게 형성된 것이었고, 이는 그가 해방 후 이남의 현실을 직접 경험하면서 분명해졌기 때문에 이북에 대한 실망이 크다고 해서 당시 이남의 현실을 긍정한다든가 할 수 있는 것은 물론 아니다. 그는 어제 남북한 모두에 대해 거리를 가지게 되었으며 남북한 모두에 대해 저항할 수밖에 없었다. 이 점이 전쟁을 겪으면서 이전과는 바뀐 태도이며, 이는 이후 그가 남북한의 분단현실을 파악하고 그 속에 사는 인간들의 삶과 운명을 생각할 때 항상 견지하였던 자세가 아닌가 생각한다. 전쟁후 이전과는 다른 인식을 가지게 되었지만, 그가 할 수 있는 것은 소극적 저항에 불과하였다. 전후 냉전체제가 고착화 되면서 남한사회의 억압적 상황 또한 강화되어 시인에게 일체의 비판을 허락하지 않았기 때문에, 자기가 몸담고 있는 사회에 대해 자유롭게 비판할 수 없는 마당에 북한에 대해 비판한다는 것은 김수영 스스로 용납할 수 없었다. 그가 북한을 자유롭게 비판할 수 있게 되는 것은 남한사회에 대해서도 자유롭게 비판할 수 있을 때만이 가능했던 것이다. 그렇기 때문에 그가 이 시기에 할 수 있는 것은 그 두 체제 어느 곳에도 가담하지 않고 거리를 두는 소극적 저항이다. 이러한 점은 시 「어느날 고궁을 나오면서」에서 잘 드러난다.

> 옹졸한 나의 전통은 유구하고 이제 내 앞에 정서로
> 가로놓여 있다
> 이를테면 이런 일이 있었다
> 부산에 포로수용소의 제14야전병원에 있을 때
> 정보원이 너어스들과 스폰지를 만들고 거즈를
> 개키고 있는 나를 보고 포로경찰이 되지 않는다고
> 남자가 뭐 이런 일을 하고 있느냐고 놀린 일이 있었다
> 너어스들 옆에서
>
> 지금도 내가 반항하고 있는 것은 이 스폰지 만들기와
> 거즈접고 있는 일과 조금도 다름없다
> 개의 울음소리를 듣고 그 비명에 지고
> 머리에 피도 안마른 애놈의 투정에 진다
> 떨어지는 은행나무잎도 내가 밟고 가는 가시밭
>
> ─「어느날 고궁을 나오면서」 제3, 4연

이 시는 비록 4 · 19 이후에 쓰여진 것이기는 하지만, 전쟁 중 김수영의 태도, 즉 소극적 저항을 잘 보여주는 작품이다. 포로수용소에 갇혀 있을 때 그는 반공포로에 속해 있었고, 나중에 남쪽에 남게 되었다. 전쟁을 겪으면서 그가 북한에 대해 가졌던 판단을 고려한다면 이는 너무나 당연한 태도인 것이다. 그렇기 때문에 정보원들이 이를 이용하려 그를 포로경찰로 만들려고 애를 썼고, 심지어 여자들 앞에서 남자의 자존심을 건드려가면서까지 유혹했지만 그는 단호하게 거부하였다. 포로경찰이 되어 어느 한 편을 드는 것은 도저히 받아들일 수 없는 일이었다. 어차피 자유롭게 자기 사회를 비판할 수 있는 자유가 주어져 있지 않은 상황에서 다른 쪽을 비판한다는 것은 그 자체로 양심상 허락하지 않는 일인 것이다. 그렇기 때문에 그는 어느편에도 서지 않는 소극적 저항을 계속하면서 스폰지 만들기와 거즈 접고 있는 일에만 매달리는 것이다. "지금도 내가 반항하고 있는 것은 이 스폰지 만들기와 거즈 접고 있는 일과 조금도 다름없다."라고 한 것 역시 이런 맥락에서 나온 것이다.

이처럼 남북한, 특히 북한을 바라보는 눈은 전쟁 이전과는 달라졌지만, 그가 할 수 있는 저항은 마찬가지이다. 이런 자세를 김수영은 전쟁이 끝난 후에도 계속 견지하게 된다. 자유당하 남한현실의 억압속에서 어차피 마음대로 말할 수 없는 상황에서는 침묵하고 협조하지 않는 것이 낫다고 생각하였고, 그 이상은 하지 않았던 것이다. 전후 그의 시작품과 산문에서 이에 대한 뚜렷한 언급을 찾아보기 어려운 것은 바로 이러한 사정 때문이며, 따라서 이러한 남북한의 지배층을 뒤에서 후원하면서 자신의 이익을 관철시키고 있는 미국과 소련의 외세에 대한 뚜렷한 비판 역시 불가능한 것이다.

당시 김수영은 이러한 외세의 개입으로 인하여 남북한이 분단되었고, 남북한의 민중은 각각의 지배층이 강요하고 있는 현실의 권력 속에서 일방적으로 당하고만 있다고 보고 있었지만, 그것을 돌파할 수 있는 민중의 역량에 대해서는 아직까지는 그렇게 강한 기대를 가지지 못했던 것 같다. 비로소 4·19를 경험하면서 자신 속에 있던 말을 하기 시작하였고, 그 과정에서 현재 강대국 외세를 업고 있는 남북한의 지배체제를 혁파할 수 있는 민중에 큰 관심과 신뢰를 갖기 시작하였던 것으로 보인다. 그런 점에서 김수영의 문학에서 4·19는 분수령이다.

4·19 이후 4·19 이후부터 5·16이 일어나기까지의 시기에 김수영은 8·15직후의 1, 2년에 상응하는 지적 자유를 누릴 수 있었기에 그동안 통제와 억압으로 인해 마음 깊이 넣어두었던 것을 공개적으로 이야기 할 수 있었다. 1948년 남한단독정부가 들어서고 국가보안법이 제정된 이후 줄곧 그의 머리를 강하게 내려눌렀던 족쇄—민족적 자결성을 말하고 민중의 권리를 말하면 곧바로 '빨갱이'로 몰아가는 극도의 냉전적 반공주의—아래에서 그가 할 수 있는 것은, 앞서 보았듯이 어디에도 가담하지 않고 협조하지 않는 소극적 저항이었다. 그러나 말을 할 수 없었던 것이지 생각이 없었던 것은 아니었기에 4·19 이후의 자유로운 분위기 속에서 그 족쇄로부터 일시적이나마 벗어나 아주 적극적으로 자신의 말을 하기 시작한다. 특히 분단을 강요하였던 외세의 개입과 강압에 대해 강항 분노를 표현하였다.

> 이유는 없다—
> 가다오 너희들의 고장으로 소박하게 가다오
> 너희들 미국인과 소련인은 하루바삐 가다오
> 미국인과 소련인은 '나가다오'와 '가다오'의 차이가 있을 뿐
> 말갛게 개인 글 모르는 백성들의 마음에는
> '미국인'과 '소련인'도 똑같은 놈들
> 가다오 나가다오

'4월 혁명'이 끝나고 또 시작되고
끝나고 또 시작되고 끝나고 또 시작하는 것은
잿님이 할아버니다 상추씨, 아욱씨, 근대씨를 뿌린 다음에
호박씨, 배추씨, 무씨를 또 뿌리고
호박씨, 배추씨를 뿌린 다음에
시금치씨, 파씨를 또 뿌리는
석양에 비쳐 눈부신
일년 열두 달 쉬는 법이 없는
걸찍한 강변밭 같기도 할 것이니

—「가다오 나가다오」 제2연

위의 시연에서 분명하게 드러나고 있는 것처럼 미국과 소련은 정도
의 차이는 있지만 결국은 마찬가지라고 평가하면서 이들이 물러나 이
땅에 사는 사람들 스스로 자신의 운명을 결정할 수 있는 여건을 마련하
여야 한다는 것이다. 외세를 비판하는 데 남한에 들어와 직접 · 간접으
로 영향력을 행사하면서 민족적 자결성을 억압하는 미국만 비판한 것
이 아니라, 북한에 개입하여 영향력을 행사하면서 민족적 주체성을 훼
방하였던 소련에 대해서도 마찬가지로 비판한다.

남북한 모두에 대해 비판적이면서, 특히 남북한의 민중에 아랑곳없
이 외세를 업고 자신의 권력을 강화하는 지배세력을 아주 나쁘게 평사
하였던 한국전쟁 이후의 지속적인 김수영의 내면적 지향을 생각하면
4 · 19 이후의 자유로운 분위기 속에서 이러한 절규는 너무나 당연한 것
이다.

이 작품에서도 미국인과 소련인에게 "소리없이 가다오 나가다오"라
고 했지만, 그들이 그냥 순순히 물러가리라고 생각한 것은 아니다. 결국
은 그들이 물러가는 것은 이 땅의 각성한 민중의 그들을 물리쳐 내는 것

밖에 없음을 너무나 잘 알고 있는 것이다. 단지 이렇게 말한 것은 앞으로 민중이 이들을 내쫓는 것을 대비하는 의미에서 짐짓 말해본 것에 지나지 않는 것이다. 결국 중요한 것은 이땅에 들어와 자신들의 이익을 고수하기 위해 우리 민족의 분단을 초래하였던 외세의 억압을 바로보면서 이땅에 살고 있는 사람들의 해방을 위해서는 이들을 이 땅에서 쫓아내는 길 밖에 없음을 자각한 민중의 자각인 것이다. 그런 점에서 그는 민족문제의 해결책으로 남북한의 민중에 관심을 집중시켰다. 4·19 직후『민족일보』에서 기획한 '남북한의 지상 서신 교환' 시리즈에서 김수영이 김병욱에게 보낸 편지글의 한 대목은 그가 이러한 인식을 분명하게 하고 있었음을 잘 보여준다.

> 사실 4·19 때에 나는 하늘과 땅 사이에서 '통일'을 느꼈소. 이 '느꼈다'는 것은 정말 느껴본 일이 없는 사람이라면 그 위대성을 모를 것이요. 그때는 정말 '남'도 '북'도 없고 '미국'도 '소련'도 아무 두려울 것이 없습니다. 하늘과 땅 사이가 온통 '자주 독립' 그것뿐입니다. 헐벗고 굶주린 사람들이 그처럼 아름다워 보일 수가 있습디까! 나의 온 몸에는 티끌만한 허위도 없습디다.
> 그러니까 나의 몸은 전부가 바로 '주장'입니다. '자유'입니다. '4월'의 재산은 이러한 것이었소. 이남은 '4월'을 계기로 해서 다시 태어났고 그는 아직까지도 작열하고 있소. 이북은 이 '작열'을 느껴야 하오. '작열'의 사실만을 알아가지고는 부족하오. 반드시 이 '작열'을 느껴야하오. 그렇지 않고서는 통일은 안되오. 나는 이북의 정치에도 장점이 몇몇 없지 않다는 것을 인정하는 사람이지만 그것만 가지고 통일을 할 수는 없소. 비록 통일이 된다 할지라도 그후 여전히 불편한 점이 해소되지 않고 남아 있을 것이오(김수영, 「시우 김병욱형에게」, 『민족일보』 1961년 5월 9일자).

4·19 직후의 열광이 느껴지는 이 글에서 김수영은 남북한의 개혁을

강조하고 있다. 남한은 4·19를 겪으면서 나름대로 새로운 사회에 대한 전망을 가지게 된 반면, 북한은 아직 그렇지 못하기 때문에 북한 나름의 '4·19'를 겪어야만이 진정 남북한이 만날 수 있고, 그럴 때만이 진정 통일의 의미가 존재한다고 보는 것이다. 그런 점에서 김수영은 단순한 통일지상주의자는 아니고 어디까지나 이 땅에 살고 있는 민중의 실질적 해방을 동반한, 그리고 그것을 실현하는 과정으로서의 통일을 생각하였음을 알 수 있다. 북한의 장점을 인정하면서도 그것만으로는 부족하다고 보는 것은 그 자신이 의용군으로 전쟁을 겪으면서 체험했던 것을 기초로 한 것이다. 앞서 지적했던 것처럼 그 무렵부터 김수영은 남북한이 각각 다른 종류의 억압을 지니고 있다고 생각하였고, 그것의 극복 없이는 진정한 해방은 어렵다는 것을 알고 있었기 때문에 이런 인식을 자연스럽게 표출할 수 있었다.

여기서 하나 짚고 넘어가야 할 것은 4·19를 거치면서 김수영은 해방직후부터 가졌던 '월북 콤플렉스'로부터 벗어났다는 점이다. 사실 그는 오랫동안 이러한 감정에 시달려왔다. 자신과 비교적 같은 지향을 가졌다고 생각했던 김병욱이 월북하는 것을 보면서 그러하였지만, 그보다는 그가 따랐던 많은 문학가들이 월북하는 것을 보면서 그러하였지만, 그보다는 그가 따랐던 많은 문학가들이 월북하는 것을 보면서 월북하지 못하는 자신이 뭔가 심각하게 문제가 있는 것이라고 생각하였다. 이러한 생각은 6·25 당시 북한의 실상을 부분적으로 경험하면서 그것이 갖고 있는 문제점을 파악한 후에도 정도는 약해졌지만, 완전히 해소되지는 못했다. 그러던 것이 4·19를 겪으면서, 그 작열하던 순간을 경험하면서 그런 부담감으로부터 완전히 벗어나게 되었다. 그가 김병욱에게 편지하면서 이제 북한도 남한의 4·19란 것은 남북한이 갈라지기 시작하면서 형성된 정신적 부담으로부터 벗어나 남북한의 분단현실을 총체적으로 파악하고, 그 속에서 민족과 개인의 운명을 조망할 수 있는 계기를 마련해 준 셈이다. "나라와 역사를 움직여가는 힘이 전부에 있지 않고 민중에 있다"는 생각을 4·19를 통해 더욱 강하게 가지게 된 김수영은, 이후 민중의 실상에 대해 더욱 깊은 관심을 갖게 되며, 이 문제를 항상 남북한의 통일과 연관시켜 이해하려 하였다.

김수영은 4·19를 계기로 하여 자유롭게 창작활동을 할 수 있었지만, 이것도 5·16으로 인해 오래 가지 못하였다. "자유당 때의 무기력과 무능을 누구보다 저주한 사람 중의 한 사람이지만, 요즘 가만히 생각해 보면 그 당시에는 자유는 없었지만 '혼란'은 지금처럼 이렇게 철저하게 압제를 받지 않은 것이 신통한 것 같다"라고 하는 그의 발언을 보면, 5·16 이후의 사회적 분위기가 4·19 이전보다 어떤 면에서 더 못한 점도 있었던 것이다. 이전에는 숨 쉴 구멍을 터주었지만 이제 직접적으로 요구하고 가만히 내버려두지 않았던 까닭에 훨씬 답답하게 느꼈던 것이다. 4·19 직후의 짧은 순간이었지만 그 자유로운 기간 동안에 민족적 자결성과 관련하여 외세 문제를 말할 수 있었고, 외세에 의해 분단된 조국을 통일할 수 있는 원으로서 남북한 민중에게 희망을 거는 시를 쓸수 있었던 그는, 이제 상당한 제약을 감수해야만 했다. 바로 이 지점에서 그의 시가 갖고 있는 반어가 번뜩였다. 그리하여 다소 풍자적 색채를 띤 작품들이 나오기조차 하였다. 이때의 고통스러움은 그의 시 「전향기」에 아주 잘 드러난다.

> 일본의 '진보적' 지식인들은 쏘련한테는
> 욕을 하지 않는다고 한다 나도 얼마 전까지는
> 흰 원고지 뒤에 낙서를 하면서
> 그것이 그럴듯하게 생각돼서
> 쏘련을 내심으로도 입밖으로도 두둔했었다

－당연한 일이다
(중략)
나는 지금 일본 시인들의 작품을 읽으면서
내가 너무 자연스러운 전향을 한데 놀라면서
이 이유를 생각하여 하지만
그 이유는 시가 된다
－당연한 일이다

'히시야마 슈우조오'의 낙엽이 생활인 것처럼
5·16 이후의 나의 생활도 생활이다
복종의 미덕
사상까지도 복종하라
일본의 '진보적' 지식인들이 이 말을 들으면서 필시 웃을 것이다.
－당연한 일이다

지루한 전향의 고백
되도록 지루할수록 좋다
지금 나는 자고 깨고 하면서 더 지루한
중공의 욕을 쓰고 있는데
치질도 낫기 전에 또 술을 마셨다
－당연한 일이다

－「전향기」 1, 3, 4, 5연

　　한국전쟁 이후부터 4·19까지 그는 남북한이나 미국과 소련을 비판
하지 않았다. 어차피 자기가 몸담고 있는 사회에 대한 자유로운 비판과
저항이 허락되지 않은 상황에서 북한이나 소련을 비판한다는 것은 공
정하지 않고 본의와는 다르게 전달될 수 있기 때문에 삼갔던 것이다. 그
러나 4·19 직후에 자유로운 분위기 속에서 남한사회를 비판하고 남한
사회를 조종하였던 미국을 비판할 수 있게 되자 동시에 김수영은 이북

과 소련을 비판할 수 있었던 것이다.

그가 그동안 이북과 소련에 대한 비판을 자제했던 것은 바로 이남과 미국을 욕할 수 없는 상황에서 그것이 미칠 수 있는 불균형의 파장을 염려한 때문이다. 이제 그 부담으로부터 벗어나게 되면서 그는 남북한과 미국과 소련을 다 비판할 수 있었다. "그때는 정말 남도 북도 없고 미국도 소련도 아무 두려울 것이 없습디다"라는 그의 말처럼, 남북한과 미·소를 동시에 비판할 수 있었던 것이다. 그렇기 때문에 미국과 소련에 대해 '나가다오'와 '가다오'의 차이가 있을 분 모두 나가야 한다고 주장하였고, 남한의 4·19와 같은 것이 북한에도 일어나야 한다고 이야기 할 수 있었다.

그런데 5·16 이후에는 이런 모든 것이 다시 이전상태로 돌아갔다 돌아간 정도가 아니고 국가 권력의 통제하에서 이전보다 더욱 심하게 제약을 받았다. 그렇기 때문에 이제 자신의 생각은 다시 묻어두고 국가가 요구하는 대로 적응해야만이 살아갈 수 있는 상황이 된 것이다.

이것을 시인은 '전향'이라고 표현했다. 사상까지도 복종하기를 요구하는 시대에 4·19 이전에도 소련을 욕하지 않았던 태도를 바꾸어 중공을 욕하는 전향을 거침으로써 겨우 생활해 나갈 수 있게 된 것이다. 이를 시인은 이웃나라 일본에서는 당연하고 자연스러운 것이 용납되지 않는 사상적 편협함이 분단된 남한을 지배하게 된 것을 일본의 지식인들이 웃을 것이라고 빗대어 표현하면서 이런 철저한 통제 속에서 살아가는 당시 지식인들의 형태를 강하게 풍자했다. 그렇기 때문에 이 시를 읽으면서 김수영 자신이 그렇게 되었다고 바로 연결시키면 곤란하다. 물론 김수영 자신도 이와 비슷한 감정을 느꼈을 가능성은 있다. 하지만 김수영은 이런 억압적 상황과 이런 어처구니없는 일을 야기 시킨 권력을 비판하는 것이고, 더불어 세월이 바뀌면서 돌변하는 지식인들 일반을 풍자하는 것으로 보아야 옳을 것이다. 더 적극적이고 신랄한 방법을 강구하지 못한 점과 이런 풍자 형식을 취한 소심함은 비판할 수 있을지 몰라도, 그 자신의 소시민화되었다고 볼 수는 없을 것이다. 만약 소시민 화되었다면 이러한 풍자도 불가능해지기 때문이다. 이러한 점은 다른 시 「어느날 고궁을 나오면서」에서도 마찬가지이다.

5 · 16 이후의 변화된 상황 속에서 한편으로는 이전에 비해 이러한 풍자적 경향의 작품을 발표나기도 하지만, 다른 한편으로는 이전에 비해 훨씬 성숙한 우리 전통과 민중에 대한 자기긍정을 보여주는 작품을 발표했다. "나는 아직도 글을 쓸 때면 무슨 28선 같은 선이 눈앞을 알찐거린다. 이 선을 넘어서야만 순결을 이행할 것 같은 강박관념, 우리는 무슨 소리를 해도 반토막 소리밖에 못하고 있다는 강박관념. 4 · 19 후에 8개울 동안 잠깐 누그러졌다가 다시 굳어진 강박관념"이라고 하면서 자신을 억누르고 있는 중압감을 토로하기는 하지만, 다른 한편에서는 4 · 19의 위력으로 인해 이 세계에 대한 이해가 훨씬 달라졌고, 이를 기반으로 한 새로운 시들을 발표하였다.

> 그때 너는 한 살이었다
> 그때 너는 한 살이었다
> 그때도 너는 기적이었다
>
> 그때 너는 여섯 살이었다
> 그때 너는 여섯 살이었다
> 그때도 너는 기적이었다
>
> 그때 너는 열여섯 살 이었다
> 그때 너는 열여섯 살이었다
> 그때도 너는 기적이었다

너의 의자는 싹트기 시작했다
너의 의자는
학교 안에서 배운 모든 것이
학교 밖에서 본 모든 것이
반드시 정말이 아니라는 것을 알았고
너의 어린 의사를 발표할 줄 알았다
우리는 너를 보고 깜짝 놀랐다
(중략)
너는 이제 스무살이다
너는 이제 스무살이다
너는 여전히 기적일 것이다
너는 여전히 기적일 것이다
너의 사랑은 익어가기 시작한다
너의 사랑은
삼팔선 안에서 받은 모든 굴욕이
삼팔선 밖에서 받은 모든 굴욕이
전혀 정당한 것이 아니라는 것을 알았고
너는 너의 힘을 다해서 답째버릴 것이다
너의 가난을 눈에 보이는
눈에 보이지 않는 모든 가난을
이 엄청난 어려움을 고통을
이 몸을 짖는 부자유를 부자유를 나날을
너는 이제 우리의 고통보다도 더 커졌다
우리는 너를 보고 깜짝 놀란다
아니 네가 우리를 보고 깜짝 놀란다
네가 우리를 보고 깜짝 놀란다
65년의 새 얼굴을 보고
65년의 새해를 보고

—「65년의 새해」 1, 2, 3, 6, 7연

1965년 새해를 맞이하면서 쓴 이 연두시는 해방된 해를 한 살로 하고, 해방 20주년을 맞는 1965년을 맞는 1965년을 스무 살로 계산하여 이 20년간의 현대사를 독자적으로 평가한 위에 나온 것이다. 해방의 한 살과 한국전쟁의 여섯 살과 4·19의 열여섯 살과 5·16의 열일곱 살을 거쳐 올해로 스무 살을 맞는 당시의 남한 민중은 결코 5·16의 반동에 의해 좌절되지 않고, 그 이전의 역량 특히 4·19를 거치면서 얻은 내적 풍부함을 고스란히 간직하면서 지금 부과되고 있는 이 가난과 부자유를 충분히 극복할 수 있음을 강하게 비쳐주고 있다. 그런 점에서 우리는 이 시기 김수영 시의 다른 한 면을 발견할 수 있다. 앞서 「전향기」와 「어느날 고궁을 나오면서」와 같은 시에서 보여주었던 강한 풍자정신과 다른, 우리민족과 민중에 대한 강한 긍정을 읽을 수 있는 것이다. 이것이 한낱 희망어린 관념적 농사가 아니라 해방이후 걸어온 우리 현대사에 대한 김수영의 정확한 평가위에서 나온 것이기 때문에 그 역사의식과 더불어 한층 튼실한 것이다. 또한 독창적인 시상의 전개로 말미암아 의례적인 연두시에서 쉽게 발견되는 상투성을 벗어나고 한층 이채를 발한다.

이러한 경향은 유명한 시 「거대한 뿌리」에서도 아주 확연하게 떠오른다.

> 나는 아직도 앉는 법을 모른다
> 어쩌다 셋이서 술을 마신다 둘은 한 발을 무릎 위에 얹고
> 도사리지 않는다 나는 어느새 남쪽식으로
> 도사리고 앉았다 그럴 때는 이 둘은 반드시
> 이북친두들이기 때문에 나는 나의 앉음새를 고친다
> 8·15 후에 김병욱이란 시인은 두발을 뒤로 꼬고
> 언제나 일본여자처럼 앉아서 변론을 일삼았지만
> 그는 일본대학에 다니면서 4년 동안을 제철회사에서

노동을 한 강자다
나는 이사벨 버드 비숍 여사와 연애하고 있다 그녀는
1893년에 조선을 처음 방문한 영국왕립지리학협회 회원이다
그녀는 인경전의 종소리가 울리며 장안의
남자들이 모조리 사려지고 갑자기 부녀자의 세계로
화하는 극적인 서울을 보았다 이 아름다운 시간에는
남자로서 거리를 무단통행할 수 있는 것은 교군꾼,
내시, 외국인의 종놈, 관리들 뿐이었다 그리고
심야에는 여자는 사라지고 남자가 다시 오입을 하러
활보하고 나선다고 이런 기이한 관습을 가진 나라를
세계 다른 곳에서는 본 일이 없다고
천하를 호령한 민비는 한번도 장안 외출을 하지 못했다고……

전통은 아무리 더러운 전통이라도 좋다 나는 광화문
네거리에서 시구문의 진창을 연상하고 인환네
처갓집 옆의 지금은 매립한 개울에서 아낙네들이
양잿물 솥에 불을 지피며 빨래하던 시절을 생각하고
이 우울한 시대를 패러다이스처럼 생각한다
버드 비숍 여사를 안 뒤부터는 썩어빠진 대한민국이
괴롭지 않다 오히려 황송하다 역사는 아무리
더러운 역사라도 좋다
진창은 아무리 더러운 진창이라도 좋다
나에게 놋주발보다도 더 쨍쨍 울리는 추억이
있는 한 인간은 영원하고 사랑도 그렇다

비숍 여사와 연애를 하고 있는 동안에는 진보주의자와
사회주의자는 네에미 씹이다 통일도 중립도 개좆이다
은밀도 심오도 학구도 체면도 인습도 치안국
으로 가라 동양척식회, 일본영사관, 대한민국 관리,
아이스크림은 미국놈 좆대강이나 빨아라 그러나
요강, 망건, 장죽, 종묘상, 장전, 구리개 약방, 신전,

피혁점, 곰보, 애꾸, 애 못 낳는 여자, 무식쟁이,
이 모든 무수한 반동이 좋다
이 땅에 발을 붙이기 위해서는
제3인도교의 물 속에 박은 철근기둥도 내가 내 땅에
박는 거대한 뿌리에 비하면 좀벌레의 솜털
내가 내 땅에 박는 거대한 뿌리에 비하면……

괴기영화의 맘모스를 연상시키는
까치도 까마귀도 웅접을 못하는 시꺼먼 가지를 가진
나도 감히 상상을 못하는 거대한 거대한 뿌리에 비하면

　이사벨 버드 비숍 여사가 쓴 책『한국과 그 이웃나라들』을 읽으면서 정작 이 땅에 살고 있는 우리조차도 스스로 모르고 있었던 60여 년 전의 사실을 알게 되었을 때의 충격을 계기로 하여 쓰여진 것으로 짐작되는 이 시는, 뜬금없이 김병욱으로부터 시작된다. 대부분의 독자들이 이 시를 생각할 때 비숍은 쉽게 떠올리지만 이 시에 김병욱이란 이름이 나온다는 사실은 기억하기 어렵다. 김수영의 삶과 문학에서 김병욱이 점하고 있는 의미를 알지 못하기 때문에 이 시를 읽어 내려갈 때도 무심코 지나가기 일쑤다.
　남쪽과 북쪽 출신들이 한 자리에 모여 편안하게 앉을 때 과거의 습성대로 앉기 때문에 자세가 달라진다. 남쪽 출신인 자기는 도사리고 앉는데 반해 북쪽 출신(아마도 북쪽 출신으로 월남하여 그와 가까이 지냈던 김이석과 박연희를 말하는 것이 아닌가 생각된다)들은 다르게 앉는 것을 보면서 분단의 세월을 떠올리게 되자, 자연스럽게 현재 북한에 있는 김병욱이 또한 자연스럽게 떠오르는 것이다. 이렇게 전통을 새롭게 인식하는 자리에서도 가장 먼저 그에게 다가오는 것은 분단된 현실이고, 이로 인해 떠오르는 '반쪽'의 불구상이다. 일제하 일본을 통해 우리를 인식하기를 요구받았고, 해방 후 미국을 통해 우리를 알게 될 수밖에 없는 기막힌 지적 현실은 분단된 상황하에서 더욱 가속화되어간다. 그렇기에 우리 자신의 역사와 전통을 제대로 이해해볼 수 있는 반성의 시간이 없었다. 역설적이지만 그동안 모르고 있던 우리 자신의 모습을 외국의 한 학자의 글을 통해 알았을 때 한편으로는 부끄럽기도 하지만, 다른 한편으로는 그러한 기회를 통해서라도 알게 되어 다행인 것이다. 그동안 하찮게 여겼던 많은 것들이 새롭게 인식되기 시작하였다. 요강과 곰보와 무식쟁이가 이전과는 다르게, 사랑스럽고 정다워 보이고 그것을 더불어 살아가야 한다는 것의 의미를 알게 되는 것이다. 망각의 세월에서 벗어나 우리 것의 전통을 알게 되고 또한 그것을 지켜왔던 민중의 면면한 삶을 이해하게 되고 사랑하게 될 때, 그리고 그것이 국수주의나 투박한 민족주의가 아닐 때 참으로 빛나는 뿌리가 되는 것이다. 또한 이것은 4·19 이후에 시인이 더 한층 자각하게 된 민중의 성장과도 떼어놓고 생각할 수 없다. 이 무렵에 쓴 「풀」이야말로 이러한 민족적 자기확인과 더불어 얻은 민중의 역량에 대한 신뢰를 토대로 쓰여진 작품이다.

이 작품은 민중의 나약한 모습까지 포함한 민중의 전체적인 모습을 이야기한 것이기 때문에, 이전의 단순한 민중에 비해 한층 깊이를 더해간다. 논자에 따라서는 김수영이 허약함과 비겁함을 당시 민중의 내부에 자리잡고 있는 한 특질로 보는 것에 대해 비판하면서 「풀」에서 그런 인식을 드러낸 김수영에 대해 민중에 대한 신뢰를 잃어가는 것으로 보기도 한다. 그러나 민중을 이상화하지 않음으로써 오히려 민중 안에서 같이 갈 수 있는 태도야말로 더욱 건강한 것이 아닌가. 왜냐하면 민중을 이상화시켜 일면적으로만 파악하면서 그에 대한 관념적 환상을 갖는 사람일수록 오래가지 않아 환멸을 겪기 때문이다. 민중을 바라보기만 하기 때문이다.

4·19 이후 김수영의 문학은 5·16이란 예기치 않던 방해물에도 불구하고 기본적으로 외세와 그와 결탁하여 분단을 이용하는 남북의 지배층에 대한 비판에서 시작하여 민족적 자기인식으로서의 전통 재인식과, 이를 민주주의적으로 지켜나가는 민중에 대한 신중한 확신으로 확대되어가는 과정이라 할 수 있을 것이다.

Ⅲ. 근대성과 비동시성의 조망

미국과 소련이란 외세에 의해 우리나라가 분단되었고, 이로 인해 남북한이 대결함으로써 이 땅에 사는 사람들의 자유가 심각하게 훼손되었기에 하루바삐 남북한 민중이 이를 혁파하고 새로운 삶의 방식을 창출해야 한다는 김수영의 전망은 분단이 이루어지고 한국전쟁을 겪으면서 내면적으로 터득한 것이지만, 4·19를 겪으면서 한층 명료해졌다. 5·16에도 불구하고 이후 이러한 태도는 그의 시와 산문의 기조를 이루었다. 그런데 김수영이 당시 다른 문학가들은 물론, 오늘날의 작가들에 비해서도 탁월한 점은 이러한 분단현실을 이해하고 극복하려는 민족의식을 튼튼하게 가지면서도, 이것에 함몰되지 않고 동시대의 나라 안팎에서 진행되는 근대성의 진전을 통일적으로 조망하고 그 속에서 이 땅에 사는 사람들, 특히 민중의 운명을 보려고 했다는 점이다. 그런 점에서 그의 민족의식은 편협한 민족주의적 사고와는 아무런 관련이 없다. 김수영은 민족자결권을 지나치게 강조한다. 민족을 비역사적으로 접근하여 물신화시키는 태도를 대단히 강도 높게 질타하는 동시에, 나라 안팎에서 일어나는 온갖 변화와 무관하게 살아가는 태도에 대해서도 그 몰역사성을 비판하는 글을 여러번 썼다.

민족의식과 근대성의 문제를 통일적으로 보면서 본격적으로 고민하는 것 역시 4·19 이후부터이다. 그 이전에는 그 스스로 민족의 자결성 같은 것을 밖으로 내놓고 이야기할 수 없던 상황이었기 때문에 편협한 민주주의적 경향에 대한 비판 역시 하지 않았다. 하지만 4·19 이후에 는 적극적으로 이를 개진하기 시작하였는데, 이는 후배시인으로서 그 가 가장 높이 평가하였던 신동엽에 대한 일련의 평가에서 가장 예각화 하여 드러난다. 자신이 몸담고 있는 참여시 계열의 시인인 신동엽을 고 평하면서도 다음과 같이 비판하는 것을 잊지 않는다.

> '참여파'의 신전들의 과오는 무엇인가. 이들의 사회참여의식은 너무나 투박한 민족주의에 근거를 두고 있다. 미국의 세력에 대한 욕이라든가 권력자에 대한 욕이라든가, 일제시대에 꿈꾸던 것 같 은 단순한 민족적 자립의 비전만으로는 오늘의 복잡한 상황에 놓 여 있는 독자의 감성에 영향을 줄 수 없다. 단순한 외부의 정치세력 의 변경만으로 현대인의 영혼이 구제될 수 없다는 것은 세계의 상 식으로 되어 있다. 현대의 예술이나 현대시의 출발점은 여기에 있 다. 그런데 우리의 젊은 시가 상대로 하고 있는 민중−혹은 민중이 란 개념-은 위태롭기 짝이 없다. 이것은 세계의 일환으로서의 한국 인이 아니라 우물 속에 빠진 한국인 같다. 시대착오의 한국인, 혹은 시대착오의 렌즈로 들여다본 미생물적 한국인이다. 이것은 두말할 것도 없이 바라보는−즉 작가가 바라보는-군중이고, 작가의 안에 살고 있는 군중이 아니기 때문에 그렇게 되는 것이다. 이것은 작가 와 함께 앞을 향해 세차게 달리고 있는 군중이 아니라, 작가는 달리 지 않고 군중만 달리게 하는 유리에서 생기는 현상인 것이다. 오늘 의 민중을 대변하는 시는 민중을 바라보는 시가 아니다. 예를 들자 면 신동엽의 <발>과 같은 작품은 사회의식과 역사의식을 가진 시 로서 근래에 보기드문 성공을 거둔 작품인데, 이 작품조차도 엄밀 히 따지고 보면 그러한 유리감을 내포하고 있다(김수영, 「변한 것 과 변하지 않은 것」, 전집 2, 246~247쪽).

신동엽에 대한 비판적 조언을 담고 있는 몇몇 글 중의 하나인 이 부분에서 세계의 일환으로서의 한국인이 아닌 우물 속의 한국인이 되어서는 안되며, 민족의식을 가진 시인일수록 그러한 함정에 빠져서는 안된다고 강조하였다. 단순한 민족적 자립의 비전만으로 이 현실과 삶을 이해하려하는 시인을 비판하는 이러한 발언은 언뜻보아 분단현실을 민족문제와 관련하여 바라보았던 그의 태도에 배치되는 것처럼 보일 수도 있다. 특히 김수영의 불철저한 민족의식의 근거로 이야기되곤 하는 "우리의 시의 과거는 성서와 불경과 그 이전까지도 곧잘 소급되지만, 미래는 기껏 남북통일에서 그치고 있다. 그 후에 무엇이 올 것이냐를 모른다. 그러니까 편협한 민족주의의 둘레바퀴 속에서 벗어나지 못한다. 우리의 미래에도 과학을 놓아야 한다"(「반시론」, 전집 2, 264쪽)는 대목과 같이 놓고 보면 민족현실의 엄중함을 몰각하였거나 혹은 스스로 혼란 속에 놓여 있다고 말하기 쉽다.

그러나 이러한 인식은 그의 민족의식과 결코 배치된 것도 아니고, 민족현실에 대한 이해가 불철저한 것도 아니다. 그는 분단된 민족현실의 이해가 우리나라 바깥의 움직임과 연관될 때만이 제대로 설 수 있음을 강조하였던 것이고, 당시 우리 문단 일각에서 그동안 몰각하였던 것에 대한 반발로 민족이란 관념을 비역사적으로 절대시하는 경향에 대한 정당한 비판이라고 할 수 있을 것이다. 당신 남한의 일부도 그러하였지만 북한의 경우 주체사상으로 전화하면서 민족을 탈역사화하여 절대화함으로써 스스로 민족을 물신화시켜버려 원래의 민족의식마저도 무화시켰던 것을 염두에 둘 때, 김수영 자신이 이것을 의식하였는가 하지 않는가와 관계없이 남북한 전체에 대한 중요한 역사적 발언으로 볼 수 있다. 그렇기 때문에 '기껏 남북통일'이란 표현에 대해 그렇게까지 예민하게 반응할 필요가 없는 것이며, '우리의 미래에도 과학을 놓아야 한다.'라는 말도 이러한 문맥에서 이해해야 할 것이다. 이 점은 4 · 19 직후 김병욱에게 쓴 편지 중에 나오는 다음 대목에서 확연하게 알 수 있다.

> '통일'이 되어도 시 같은 것이 필요할까 하는 문제요, 거기에 대한 대답은 '더 필요하다'는 것이었고. 우리는 좀더 좋은 시를 쓰기 위해서도 통일이 되어야겠고. 정신상의 자주독립을 이룩한 후에 시가 어떤 시가 되는지 나는 확실히는 예측할 수 없소. 그러나 아마 그것은 세계적인 시가 될 것이고 세계 평화와 인류의 복지를 위해서 이바지하는 시가 될 것이오. 좀더 가라앉고 좀더 힘차고 좀더 신경질적이 아니고 좀더 인생의 중추에 가깝고 좀더 생의 희열에 가득 찬 시다운 시가 될 것이오. 그리고 시인 아닌 시인이 훨씬 줄어지고 시인다운 시인이 더 많이 나올 것이오. 그러나 아직까지도 통일 이후의 것을 예측하기보다는 통일까지의 일이 더 다급하오(김수영, 「시우 김병욱 형에게」, 『민족일보』 1961년 5월 9일자).

통일 이후를 생각하고 그것이 통일 이전과 어떻게 달라질 것인가를 고려하면서도 중요한 것은 통일 이후의 것을 생각하기보다는 통일까지의 것이 중요하다고 말하는 것은 보면, 그가 '미래는 기껏 남북통일에서 그치고 있다'고 한 것이라든가, 혹은 '미래에도 과학을 놓아야 한다'고 하는 발언의 진의를 충분히 이해할 수 있을 것이다. 편협한 민족주의나 투박한 민족주의의 협소함을 일깨우기 위해 이러한 표현이 나온 것이지 민족현실을 불철저하게 인식하고 있다거나 남북통일과 같은 중요한 민족문제를 하찮은 것으로 생각하는 것은 결코 아니다.

편협한 민족주의나 투박한 민족주의를 질타하는 김수영의 의도가 결코 민족의식을 흐리게 하거나, 혹은 우리 삶에서 분단현실이 끼치는 영향을 과소평가하는 것이 아니고, 우리의 민족문제 역시 우리 민족사 속에서만 볼 것이 아니라 세계사의 흐름과 연관시켜 이해해야만 더욱 구체적일 수 있고 올바른 문제해결에 이바지할 수 있다는 생각에서 나온 것임이 분명할 때, 우리는 이것이 갖는 의미를 한층 분명히 해둘 필요가 있다.

가장 먼저 떠올릴 수 있는 것은 근대성에 대한 주목이다. 근대세계가 진행되면서 그 속에 사는 사람들은 그것으로부터 강한 영향력을 받으면서 살 수밖에 없는데, 이 점은 다른 나라는 물론이고 분단된 현실에서 민족문제로 인해 고통받는 우리들의 경우에도 마찬가지이다. 그렇기 때문에 이것에 대한 이해는 우리 자신이 당면한 문제를 올바르게 해결하고, 이 땅에 사는 사람들의 진정한 자유를 위해서도 매우 소중한 것이어서 결코 외면해서는 안되고 더욱 적극적으로 천착해야 하는 부분이다. 김수영 당시의 세계현실이 자본주의와 국가사회주의로 현상적으로 나누어져 있지만 근대성의 측면에서 보게 되면 전혀 다르게 보일 수 있는 것이다. 자본주의든 국가사회주의든, 근대성의 큰 틀 속에서 진행되는 것이고, 이를 아직 벗어나지 못하고 있는 것이기 때문에 이를 전혀 다른 각도에서 새롭게 인식할 필요가 있다. 그런 점에서 "'지게꾼'도 낡은 말이다. 비참의 계수가 다른 데로 옮겨갔다 부르조아와 프롤레타리아의 대립은 선진국과 후진국의 대립으로, 남과 북의 대립으로, 인간과 기계의 대립으로, 미·소의 우주 로케트의 회전수의 대립으로 대치되었다."라고 지나가는 듯이 말하고 있는 대목은, 당시 김수영이 근대성에 대해서 주목하고 있었음을 잘 보여준다. 미국과 소련의 대립이 자본주의와 사회주의의 대립이나 부르주아와 프롤레타리아의 대립이 아닌, 강대국 사이의 대립임을 분명히 말해주고 있다. 더불어 이렇게 진행되는 세계의 흐름은 결국 강대국과 약소국 사이의 대립으로 되면서 남북문제가 되는 것이다. 또 근대세계의 산업화로 인하여 인간과 기계 사이의 대립이 시작되면서 전근대와는 다른 삶의 관계가 형성되면서 인간의 소회가 심화되었는데, 이 역시 미국과 소련을 막론하고 동일하게 드러나는 것이다. 이처럼 김수영은 냉전 당시의 지배적 틀이라고 할 수 있는 자본주의와 사회주의의 양분법 대신에 근대성의 차원에서 세계사를 조망하고 그 속에서 우리 자신을 관련시켜 이해하고 있다.

　　오늘날 국가사회주의의 붕괴 이후에서는 너무나 명료하게 되었지만 당시로서는 대단히 힘든 것이라 할 수 있는 이러한 인식을 가졌다는 것은 그의 근대성 이해가 상당히 근본적이었음을 보여준다. 이 점은 당시 남북한의 현실을 바라보는 김수영의 시각을 이해하는 데도 중요한 시사점을 던져주고 있다. 앞서 보았던 것처럼 김수영은 전쟁을 겪으면서 남북한의 대립 역시 단순히 자본주의와 사회주의의 대립이 아니라는 점을 이해하게 되었고, 남북한 민중이 이 분단구조를 혁파하여 자주독립을 이룩해야 한다고 생각했던 것이다. 그럴 수 있었던 것은 남과 북은 단순히 자본주의와 사회주의의 대립에 의해 이루어진 것이 아니고 강대국에 의해 지배받고 있고, 그 지배를 용인하는 남북한의 지배층이 이를 조장하고 현상을 유지하고 있다고 보았기 때문이다. 당시 냉전의 외피 속에서 진행되는 국제적 현실 역시 실제로는 강대국들이 약소국을 억압하는 체제라고 보았기 때문에 우리 민족현실에 대한 이런 역사적 인식이 가능할 수 있었던 것이다. 또한 산업화로 인하여 인간과 자연의 관계가 달라지기 시작하였고, 이로 인해 생산력의 발전에도 불구하고 예기치 않았던 새로운 인간의 소외와 환경문제를 야기시켰던 것이다. 바로 이러한 근대성의 징후들은 결코 남의 현실만이 아니고 우리 스스로도 풀어야 할 문제인 것이며, 분단의 혁파와 떨어질 수 없는 문제인 것이다. 오히려 이러한 근대성의 제반 문제를 고려하지 않고 그냥 분단된 현실의 특수성에만 매몰될 때 그것은 진정한 분단극복의 길이 아닐 것이다.

근대성에 대한 인식을 당시의 누구보다도 투철하게 했던 그였기에 한편으로는 심한 곤혹스러움을 느끼기도 했다. 근대성에 대한 인식을 강화하는 것과 외세하에서 분단되어 있는 우리 현실이 자연스럽게 연결되지 않고 불연속으로 만날 수밖에 없는 데서 비롯되는 것이다. 동시대의 세계적 현실과 이어지는 대목도 있지만 그렇지 않은 것도 많은 것이다. 동시대의 세계적 현실과 이어지는 대목도 있지만 그렇지 않은 것도 많은 것이다. 그러나 김수영에게는 이것들 어느 하나도 제대로 취하지 못했을 때는 제대로 현실을 보지 못하는 것이 되는 것이다. 동시대의 나라 바깥의 현실을 모를 때는 편협한 민족주의나 투박한 민족주의로 전락하기 쉽고 아직 자주 독립의 위상을 갖지 못하고 여전히 분단된 상태에 있는 현실을 망각하고 동시대의 인류적 현실을 이야기하면 이 역시 코스모폴리타니즘의 추상성을 면하기 어려운 것이다. 그렇기 때문에 그는 이 양자를 연결시켜 사고하고자 노력했다. 투박한 민족주의와 막연한 세계주의를 벗어나기 위해 노력했던 그였기에 '우리 사회에 좋은 국민가요가 아직도 나오지 못하고 있다는 것은 천재적인 작사자나 작곡가가 나오지 못하고 잇다는 말이 아니라, 남북통일과 현대 공업화의 비전이 아직 나오지 못하고 있다는 말이 된다'라고 할 수 있었다. 남북통일과 현대공업화라고 그가 말한 것은 바로 동시성의 비동시성을 가장 극명하게 말한 것이라 할 수 있다. 남북통일이란 바로 우리의 민족현실이 당면하고 있는 구체적 현실의 상징적 표현이며, 현대적 공업ㅎ화란 나라 안팎의 국가들이-자본주의이든 국가사회주의이든 모두 공업하를 취하고 있다는 점에서 동일하다-공통적으로 각축하면서 벌이고 있는 근대성의 가장 압축적 표현인 것이다. 그렇기 때문에 남북통일과 현대공업화란 결국 우리 민족의 분단현실과 근ㄴ대성을 통일시켜 이해하는 것이 얼마나 중요하며 그 역시 이 일에 대해 얼마나 매달리고 있었는가를 잘 보여주는 것이다 할 수 있었다. 이런 점에서 김수영의 근대성 인식은 선견이며 이 역시 남북한의 분단현실을 타파하고 민족적 자립을 이룩하는 것과 분리된 것이 아닌 것이다.

IV. 김수영 문학의 현재성

남북한 민중의 입장에서 분단과 외세를 파악하면서 민족문제의 해결을 꾀하려 했고, 또한 그 속에서 이 땅에 살고 있는 사람들의 운명을 탐구했던 김수영의 노력이 더욱 빛을 발하는 것은 그것을 나라 안만이 아니라 나라 바깥의 세계에서 일어나고 있는 동시대성 속에서 파악했다는 점에서이다. 그렇기 때문에 그는 반제국주의론이나 제3세계론과는 다를 차원에서 민족문제에 접근했고, 이의 해결을 추구했다. 이러한 그의 태도는 국가사회주의 붕괴 이후 오늘의 현실, 즉 자본주의의 지구화와 그 과정에서 비서구 주변부 민족의 운명을 생각할 때 매우 적절한 태도였다고 생각한다. 미 · 소의 대결마저도 현대적 공업화를 둘러싼 대결로 보았던 것은 냉전하 당시 현실에서는 갖기 매우 어려운 인식이었으며, 그 인식의 정당성은 오늘날 냉전이 깨진 이후에 한층 명료하게 드러나고 있는 것이다. 바로 이러한 점에서 김수영의 자유정신은 오늘날에도 시사하는 바가 많다.

1970년대 초 그를 비판했던 후배 시인이 민중을 강조했지만 그 민중을 이상화함으로써 오히려 그로부터 떠나 가버린 오늘의 현실에 비추어 보면 민중의 나약함마저도 눈감지 않고, 바라보는 민중이 아니라 함께 하는 민중을 강조하던 그의 노력이 한층 신뢰할 만한 것임을 알 수 있다. 민중의 바깥에서 민중을 이상화하면서 환상을 가졌던 이들이 민중에 대한 환멸을 느끼면서 돌변하는 것과 대조적으로, 민중의 안에서 민중의 역할과 약점을 동시에 보면 서 이들과 끝까지 같이 하려 했던 김수영의 태도야말로 우리 시대에 필요한 것이 아닌가 생각한다.

그러나 우리는 김수영의 한계에 대해서도 많이 이야기할 수 있다. 그가 파악한 남북한의 현실, 특히 북한사회와 그 속에서 살고 있는 민중의 실체에 대해 막연하게 알고 깊이 있게 탐구하지 않은 상태에서 분단현실과 남북한 민중을 이야기 하는 것이라든가, 전통을 말하면서도 우리 역사를 깊이있게 탐구하지 못한 것 등을 비롯하여 더 많은 것을 지적할 수 있다. 또 그의 시대에는 심각했지만 오늘날 우리에게는 더 이상 중요하지 않게 되었기 때문에 시효를 다한 느낌을 주는 것도 있다. 하지만 우리에게 중요한 것은 그러한 세세한 문제보다는 그가 자유의 이름으로 극복하고자 했던 현실에 대한 기본적 인식과 이를 위해 노력했던 그의 무한한 사랑의 태도가 갖는 의미일 것이다. 그런 점에서 김수영이 별도의 글을 마련하여 글을 쓸 정도로 높이 평가했던 외국 작가인 폴란드 작가 셴키에비치(1846~1916)가 러시아의 압제와 온갖 전근대적 억압 속에서도 굴하지 않고 조국 폴란드의 독립과 민주주의를 위해 싸우면서 창작했던 태도를 고평하면서 했던 다음의 말은 , 오늘날 우리가 김수영에 대해 가져야 하는 태도에도 되돌려 적용되는 것이 아니겠는가.

오늘날의 상황이 급속도로 복잡하고 미묘하고 보다 더 불행해진 것도 사실이며, 어찌보면 그의 역사적 방법이 낡은 감이 없지도 않지만 그의 정신은 아직까지도 유효한 것이며 조금도 낡지 않은 것이다(작품속에 담은 조국의 시련-[폴란들의 작가 셴키에비치], 전집 2, 235쪽).

김수영 시의 생태학적 상상력

-'온몸'의 카오스모스 시학을 중심으로

노지영

Ⅰ. 머리말

　김수영의 시는 그간 무수한 시 담론들의 한복판에서 온갖 찬사와 비판을 감당하며 논자들에게 재해석되어왔다. 그러나 논자들이 상반되는 담론적 평가 속에서도 대체적으로 합의한 부분이 있는데, 이는 김수영 시학의 정수를 「시여, 침을 뱉어라」라는 시론의 파격성에 힘입어 '온몸 시학'에 두는 것이다. 그러나 소위 '온몸의 시론', '온몸시학'이라 불리는 그의 시관을 생태적 사고로 해석하는 논의1)는 미진한 편이었는데, 이

---

1) 그간 김수영의 연구는 본격적으로 '생태적 접근'이라는 이름을 붙이기보다는 시인이 강조한 '몸'이라는 시어(용어)를 바탕으로 논의를 전개시킨 것이 많았다. 다음의 논의들을 통해 생태적 세계관과 연결되는 접점을 찾을 수도 있다. 김수영 시의 '몸' 문제에 주목한 논의로는 김유중, 「김수영 시의 모더니티 1」(『국어국문학』 119호, 1997), 노철, 「김수영 시에 나타난 정신과

는 김수영의 시를 모더니즘이나 리얼리즘의 계보학에 놓고 자리매김하는 비평적 전통 때문일 것이다. 라이히(Leitch)는 이러한 문학의 계보적 범주화를 사회에서 작동하는 "이성의 체제(regimes of reason)"[2]라는 큰 틀로 이야기한 바 있다. 인간의 이성적 계몽을 신뢰하면서 미완의 기획을 완수하려는 인간중심의 목적론적 세계관 속에서 그의 시를 바라보려는 오랜 관습은 김수영의 생활공간을 '도회'에 한정하게 하였고, 또한 김수영 시의 다양한 특성 중에 이성과 부성父性의 기능에 더욱 주목하게 하였다. 목적론적 세계관의 계보 속에서 자연과 환경, 몸과 생태의 문제를 논하는 것은 쉽지 않았기 때문이다. 이는 김수영의 작품 해석에 있어서도 인간의 시선, 권력, 역사, 정신사 등의 인식의 문제에 집중하게 하는 결과를 가져왔다.

그러나 운동성과 생명성을 강조한 김수영의 '온몸'이라는 용어를 단지 비유적 매개로만 해석하는 관점은 재고되어야 한다. 김수영이 시론에서 사용한 '온몸', '몸'이라는 용어는 생명과 몸의 문제를 전경화한 시 텍스트와 철저하게 연결되어 있으며, 다양한 미학적 실천을 통해 시인이 속한 공동체의 사회적 몸체와도 유기적으로 연결되고 있다. 시와 비평이 세계와 유기적인 관계망으로 확장되고 있음을 보여주는 매우 핵심적인 용어인 것이다.

그리하여 이 글에서는 '몸'와 '자연'의 문제를 통해 시에 접근하고 있는 김수영의 생태학적 세계관에 주목하고자 한다. 김수영의 시에 빈번

육체의 갈등 양상 연구」(『어문논집』 36집, 1997), 전상기, 「김수영의 육체성과 현대성」, (조건상 편, 『한국국어문학연구』, 국학자료원, 2001), 박지영, 『김수영 시에 나타난 '자연'과 '몸'에 대한 사유」(『민족문학사연구』 20호, 2002), 남기택, 「김수영 시의 '몸'에 관한 연구」(『한국언어문학』 49집, 2002), 이재복, 「몸담론 연구사 고찰」(『국제어문』 30집, 2004), 여태천, 「김수영 시의 '몸'과 그 의미」(『상허학회』 14집, 2005), 황현산, 「시의 몫, 몸의 몫」(『살아있는 김수영』, 창비, 2005) 등이 있다.

2) Vincent B. Leitch, *Cultural criticism, literary theory, post-structuralism.* New York: Columbia UP., 1992, p. 1.

히 등장하는 '몸'이나 생명의 이미지는 단지 소재적 차원에서 이성을 보조하는 부수적 수단으로 그치는 것이 아니라, 시인이 속한 현실과의 관계성을 드러내는 매우 중요한 기제가 된다. 이는 김수영의 시에 사용된 언어나 통사적 형식, 모티프 등으로 실천화되고 있는데, 이 글에서는 그러한 다양한 양상을 탐색하여 그가 생명의 원리를 통해 구체화한 '온몸시론'의 시학적 원리를 조명해보고자 한다. 그리하여 김수영이 단지 생명의 일면을 재현하거나 구호적으로 외친 것이 아니라 질서와 혼돈의 양극에서 진동하는 생명으로서의 '온몸'의 시, 생성텍스트를 통한 유기적 생명의 신체적 형식과도 같은 시의 원리를 추구하고자 하였음을 이 글을 통해 해명하려는 것이다.

II. 도구적 이성에 대한 애도와 복원으로서의 시학

최하림은 김수영의 개인사를 검토하는 성격의 글에서 "김수영의 시에 나무나 꽃, 들짐승들이 거의 등장하지 않는다"[3]고 언급한 바 있다. 이러한 그의 언급은 김수영의 평전을 썼다는 최하림의 이력만큼이나, 일견 타당한 것으로 느껴지기도 한다. 김수영은 문명과 도회의 침입을 예민하게 인식하여, 그것을 일상적으로 시화했기 때문에 그의 생활공간을 도시로 설정하는 등식은 매우 보편화되어 있다.

"한국에서의 생태시 형성이 서구에 비해 30년 정도 뒤늦게 이루어졌

---

3) 최하림은 시골 태생 김춘수와 서울 태생 김수영을 대비하면서 "김수영은 동식물들과 거리가 멀고 김춘수는 가깝"다고 언급한다(최하림, 「김수영의 개인사의 문제들과 검토」, 김명인 편, 『살아있는 김수영』, 창비, 2005, 250쪽). 그러나 이러한 대별적 관점은 김수영의 시에 등장한 시어를 피상적인 관점에서 바라본 결과라 생각된다. 실제 김수영의 시에서 자연이나 식물, 동물, 생명에 관련된 이미지는 상당히 빈번하게 출현한다. 또한 김수영 시에서 '몸'과 관련된 시어만도 그의 전체 시 36편에서 총 59회 사용된다고 한다(여태천, 「김수영 시의 '몸'과 그 의미」, 『상허학회』 14집, 2005, 391쪽 참조).

다"[4]고 평가되는 것처럼, 김수영의 시에서 '직접적 자연시'를 본격적으로 이야기하기는 어려운 점이 있다. 그러나 당대 여타의 전통적 서정시가 자연 묘사에 있어 소재주의적인 차원을 벗어나지 못한 것과는 달리, 그의 시는 문명에 대한 비판의식과 생태적 시학관이 뚜렷이 엿보인다.[5] 문명의 도시 공간에서 생명적 가치를 지닌 대상들을 탐색하여 생명과 조화롭게 공존하는 방식이 그의 시 면면에서 발견되는 것이다. "지구 생태계가 부분과 전체, 개체와 환경이 서로 깊이 연결되어 있는 유기체적 통일이라는 사실에 깊이 뿌리를 박고 있는 것"[6]이 생태주의라고 할 때 김수영의 작품은 그러한 생태적 세계관의 정신을 받아들이고 이를 문학과 시학적 원리로 형상화하는 것에 매진하였다고 볼 수 있다. 특히 후기시로 갈수록 생태적 관계망에 대한 인식이 역사와 사회의 진화적 발전으로 이어지는 과정을 목격할 수 있다. 이는 1차 자연으로서의 낙원을 직접적으로 묘사하는 폐쇄적 성격의 자연시에 그치는 것이 아니라, 오히려 생명의 되먹이는 상호관계를 시의 구성 원리로 삼음으로써 생태적 순환의 본질을 시학적 원리를 통해 더욱 충실히 구현하고 있다고도 볼 수 있는 것이다.

---

4) 송용구는 1950년대와 1960년대 한국의 시단에서는 전통적 서정시풍이 주류를 이루는 가운데 박두진의 시집 『인간밀림』, 김광섭의 「성북동 비둘기」 등 소수의 작품만이 생태의식과 문명에 대한 비판의식이 드러날 뿐 서유럽에서 생태시가 본격적으로 전개되던 1970년대까지도 한국의 생태시는 맹아 단계를 벗어나지 못했다고 평가하며 이를 한국이 안고 있었던 정치 · 경제의 특수한 조건에서 설명하고 있다.
  송용구, 『현대시와 생태주의』, 새미, 2002, 29~31쪽.
5) 김옥성은 생태론적 연구가 산업화시대 이후 특히 1990년대 이후 시편을 주된 대상으로 삼고 있는 것의 문제점을 지적하면서, 현대시의 생태론적 면모를 산업화시대 이전부터 다져져 온 생태론적 기반에 주목해야 한다고 주장한다. 본고의 입장도 이와 같이 생태위기의식이 활성화된 이후의 담론만이 아니라 근대 이후의 모든 근대 비판과 관련된 생태학적 논의와 생태론적 사상까지를 포함하는 것이다.
  김옥성, 「서정주의 생태사상과 그 시학적 양상」, 『한국문학이론과 비평』 34집, 2007, 110~111쪽.
6) 김욱동, 『문학 생태학을 위하여』, 민음사, 1998, 33쪽.

김수영의 시가 보여주는 세계관은 생태주의의 원칙과 여러 가지 면에서 같은 길을 걷고 있다. "생태학적 세계관이 나오게 된 배경이 근대 과학문명이 가져온 생명의 불구화 현상 때문"이고 "근대문명과 기술의 발달이 생태계 파괴를 통해 인간의 정신적 고향을 잃어버리게 하였"[7]음은 주지의 사실이다. 근대 문명과 기술 발달의 극단에서 인간이 경험한 것이 바로 전쟁이었다. 인간 문명의 극단에서 가장 야만적인 지배와 살육의 세계가 출현한 것이다. 이성과 그것이 실험하는 세계가 낙관적일 것이라 믿고 진보적 역사를 희망한 시인들에게 이성이 준 유산은 너무나도 참혹했다. 전후의 시인들은 이러한 절망을 경험적으로 통각하면서 척박한 문명 공간에서 상실한 근원을 복원하려는 움직임을 보인다. 목적론적이고 선형적인 세계관 속에서 상실되고 단절되어 버린 비전을 근원적인 '시'라는 대상으로 회복하려는 움직임을 보이는 것이다.

김수영이 시작 초기 신시론 동인들과 만든 공동사화집 『새로운 도시와 시민들의 합창』에서는 당대 전후 시인들이 상실에 대한 절망을 '시'의 생명력으로 복원하고자 했던 열망을 엿볼 수 있다. "불모의 문명 자본"으로 인해 "자본의 군대가 진주한 시가지"에서 "식민지의 애가"와 전통적인 "토속의 노래"가 "지구에가란져"가는 모습을 보게 된 시인들은 이를 대체할 "시의 원시림"과 "장미의 온도"[8]를 꿈꾸었던 것이다. 이

---

7) 김경복, 『생태시와 넋의 언어』, 새미, 2003, 12~13쪽.

8) 신시론 동인의 사화집 출간을 실질적으로 주도했던 박인환의 서문에는 "불모의 문명 자본"에 대항하는 '시의 원시림'이 등장한다. '원시림'은 박인환의 기행시나 산문, 영화평 등에서 상실의 대상이나 시인이 꿈꾸는 이미지로 자주 등장하는 어휘인데, 아래의 글에서처럼 태초부터 즐기던 '원시'적 생명력으로 묘사된다.

"나는 불모의문명 자본과사상의 불균정한 싸움속에서 시민정신에이반된 언어작용만의 어리석음을 깨닫었다. // 자본의 군대가 진주한 시가지는 지금은 증오와 안개 낀 현실이 있을 뿐 …… 더욱멀리 지낸날 노래하였던 식민지의 애가이며 토속의 노래는 이러한 지구에가란 져간다. // 그러나 영원의일요일이 내가슴속에 찾아든다. 그러할 때에는 사랑하든 사람과 시의산책의 발을 옮겼든 교외의 원시림으로 간다. 풍토와 개성과 사고의자유를 즐기든 시의원시림으로간다. // 아 거기서 나를 괴롭히는 무수한 장미들의 뚜거운 온도."(박인환, 「서문」, 김

처럼 전후의 시인들은 "새로운 시"의 "전진하는 한 모맨트"9)를 고민할 뿐만 아니라 그것의 폐해를 두려워하면서 "시의 원시림"과 "시의 귀향"10)을 동시에 말해야 했다.

따라서 당대의 시인들에게 '시'는 이성의 비전을 대체하고 상처를 복원하게 하는 대상이기도 하였다. 전후의 상실감은 '시민정신'과 그것의 전일적인 '합창'을 꿈꿨던 전후의 모더니즘 시인들에게는 충격적인 외상으로 남게 되기 때문에 이들은 각자의 방식으로 상실에 반응하게 된다. '애도'라는 개념을 본격적으로 논의한 프로이트에 의하면 '애도'11)란 "사랑하는 사람의 상실, 혹은 사랑하는 사람의 자리에 대신 들어선 어떤 추상적인 것, 즉 조국, 자유, 어떤 이상 등의 상실에 대한 반응"12)이다. 이성과 기술 문명, 자본주의가 가진 이상을 상실한 전후의 시인들은 이를 애도하면서 도구적 이성의 단절을 복구할 수 있는 생명력을 갖춘 '시'를 대체 대상으로 찾아내야 했다. 대상에게 집중되었던 리비도를 서서히 감소시켜 새로운 대상에게 전위시켜야 하는 것이다. 이러한 애도작업을 제대로 수행하지 않으면 필연적으로 '자기 상실감'이 동반되기 때문이다. 대상 상실이 자아 상실로 전환되지 않도록 많은 시인들은 근대 문명에 대한 맹목적 신념을 향한 리비도를 감소시켜나가는 애도작업을 수행하였다. 그리고 도구적 이성이 모든 것을 해결해줄 수 없다는 것을 깨닫고, "충격을 받은 사람의 삶에 새로운 질서를 부여하고 원래 세계와 관계 구조를 복원하려는 노력"13)을 새로운 시학을 모색함으

경린 외, 『새로운 도시와 시민들의 합창』, 도시문화사, 1949, 53쪽)

9) 「후기」, 앞의 책, 94~95쪽.

10) 김경린, 「서문」, 김경린 외, 앞의 책, 13쪽.

11) 프로이트 전집의 영어판에서는 독일어 'Trauer'를 「Mourning and Melancholia」와 같이 'mourning'으로 번역하고 있다. 한글판에서는 이를 '슬픔'이란 어휘로 번역하였는데, 이 글에서는 슬픔의 감정을 겉으로 표시하며, 어떠한 상태보다는 기간/과정을 함축하고 있는 어휘인 '애도'로 번역하여 쓰기도 한다.

12) Sigmund Freud, 「슬픔과 우울증」, 윤희기 역, 『무의식에 관하여』, 열린책들, 1997, 248쪽.

로서 보여주고자 한다. 박인환이 근대 문명과 계몽적 이성이 주는 단절 감과 상실에 있어 적절한 애도작업을 수행하지 못하고, 실체 없는 '원시 림'으로 대체하는 작업에 실패하여 우울증에 빠졌다면,[14] 김수영은 일 찍이 일련의 '신시'라는 이름으로 추구되는 '기교' 중심의 모더니즘 운 동에 회의하고 그러한 형식적 기교주의나 내용적 계몽주의의 파시즘이 라는 대상에서 서서히 리비도를 이탈시키면서, 새로운 관계 구조의 시 학을 모색했다고 평가할 수 있다. "해체주의적이면서도 질서와 전망을 전체화하는 것을 하나의 관계 속에 가져오려는 시도"[15]가 그의 "온몸 의 시론"으로 나타나는 것이다.

Ⅲ. 생성텍스트와 카오스모스 시학으로의 '신귀거래'

김수영은 문명의 극단인 전쟁 속에서 상실된 세계를 직접적인 몸의 상흔으로 경험한 세대였다. "자유를 찾기 위해서 유자철망有刺鐵網을 탈 출하려는 어리석은 동물"이 "기막힌 쓰라림에 못이겨 못 뛰어나오"는 (「조국에 돌아오신 상병포로傷病捕虜 동지들에게」, 1953) 경험은 도구적 이성이 몸의 생명을 억압한 원초적인 체험이 되었다. 전쟁 이후의 시에서도 신 체의 구속에 대한 기민한 반응은 지속된다. 김수영의 초기시에서는 도 구적 이성과 근대문명에 폐해에 대한 문제의식이 그가 속해 있는 권력 의 '장'인 도회에서부터 발견되는데, 문명에서의 하루하루의 경험이 그

---

13) Verena Kast, 채기화 역, 『애도』, 궁리, 1999, 65쪽.
14) 박인환의 시에는 극심한 우울과 애상, 과장된 부정의 제스처가 등장한다. 이를 시적 미숙
    으로 비판하는 논자들도 많은데, 그의 시의 우울과 과장된 죽음의 제스처를 대상 상실에
    의한 애도작업의 실패(혹은 애도의 불가능성을 보여주는 윤리적 면모라고 해석할 수도 있
    을 것이다)와 같이, 병리학적 우울증이 표현된 형식으로 본다면 일부 설명될 수 있을 것이
    라 생각한다.
15) Philip Kuberski, *Chaosmos*, Albany: State University of New York Press, 1994, p. 3.

의 '몸'으로서의 전쟁 체험과 같이 '전선前線'의 육체적 '싸움'과 '투쟁'으로 해명되고 있다.

몸에 각인된 문명적 침입의 경험은 김수영이 휴전 이후에 발표한 시에도 영향을 미친다. 김수영의 시에서의 도회공간이 연속적인 전투의 공간으로 묘사되는 것이다.16) 「미숙한 도적」에서의 '의치'나 대문자로 영문 제목이 표기된 '「PLASTER」(1954)'란 시에서 '뒤퉁그러'져 '부패'된 채 "뼈와 뼈"가 '정리'되고 있는 '앙상한 생명'은 문명의 상흔을 입어 불구화된 '상병포로'의 몸이 도회의 '전선' 속에서 간신히 유지되고 있는 방식을 보여준다.17)

도회와 문명에서의 몸의 싸움은 4 · 19를 전후로 하여 김수영의 시에 극대화되어 나타난다. '민주주의식'(「하…… 그림자가 없다」, 1960)의 싸움을 목소리 높여 주장할수록, 몸을 위협하고 생명을 죽이는 일이 현실과 더욱 밀접해지면서 생명의 자유와 진화를 구속하는 반생명적인 억압도 더욱 강화된다. 식민지 체험과 해방, 연이은 민족전쟁, 4 · 19혁명과 연이은 5 · 16쿠데타의 경험은 김수영에게 선조론적이고 목적론적인 테제의 반복적 실패를 경험하게 하였다.18) 도구적 이성의 질서가 가져오

---

16) "도회에서 태어나서 도회에서 죽어가는 사람들은 / 젊은 몸으로 죽어가는 전선의 못지 않게 불상하다고 생각하며 / 그러한 생각을 함으로써 하로하로 도회의 때가 묻어가는 나의 몸을 분하다고 한탄"(「미숙한 도적」, 1953–4)하거나 "도회 안에서 쫓겨다니는 듯"(「달나라의 장난」, 1953) 살면서 "도회의 소음과 광증과 속도와 허위가 새삼스럽게 미"(「시골 선물」, 1954)운 것과 같이 김수영 시에서의 도시 문명은 싸움 속에서 개인의 육체를 지치게 하는 것으로 표현된다.

17) 전선 속에서 인간이 살아가는 방식은 "세상과 배를 대고 서"(「너는 언제부터 세상과 배를 대고 서기 시작했느냐」, 1955) 있는 모습으로 비유된다. "배를 대고 있는" 것처럼 부정적으로 묘사된 육체적 행위가 김수영 시에는 빈번히 등장하는데, 이는 극한 전선의 상황에서 힘겹게 삶을 유지하는, 도피할 수 없었던 육체적 경험으로 묘사될 때가 많다. 그리고 이것은 김수영 시의 몸에서 '치욕'과 '설움'을 유발하는 핵심적인 요인이 되기도 한다.

18) 「만시지탄(晚時之歎)은 있지만」(1960)에서는 대상에 대한 목적론적 발전관이 '민주당', '혁신당'과 같은 '집권당'에 봉사하는 것으로 귀결될 수 있으므로 목적론적 관점에서 대상 자체가 목표가 되는 것을 거부하고 비판하는 모습을 보여준다.

는 연속적인 상실과 애도, 반복적인 대체의 과정을 넘어서 이러한 상실을 넘어서고 복원할 수 있는 시학적 모색이 필요한 것이다. 그리하여 목적론적 세계관 속에서의 대상에 대한 페티시나 이성질서의 반복적인 죽음에 대항하는 방식이 생성적 시 언어의 실험으로 나타난다.

"혁명은 안 되고 나는 방만 바꾸어버렸다"(「그 방을 생각하며」, 1960)는 인식이 5 · 16 이후 더욱 강해지기 시작하면서 김수영은 교체된 '방'이라는 고정되고 폐쇄적인 공간을 넘어서는 시의 역동적 형식을 고민하기 시작한다. 김수영이 쓴 유일한 동시 「나는 아리조나 카보이야」(1960)와 이를 설명한 산문에서는 시인의 미학적 실천에 대한 고민이 잘 드러난다. 시의 제약적 형식과 현실세계의 제약적 억압이 동일한 것으로 다가오면서 김수영은 더 이상 동시를 쓰지 않겠다는 결심을 하게 된다. 신문사에서 "과격(?)하다는 이유로 퇴짜를 맞"았던 이 동시를 통해, 그는 "새 세상이 되어도 '가장평화적' 사회 아래"[19]에 있어야 하는 현실을 비판적으로 바라보게 되었던 것이다. '동심'의 재현불가능한 현실 속에서 이제 "시는 순수한 '시'일 수만은 없으며, 언어 차원에서 욕동의 소통을 보여주기 위한 항구적인 투쟁"[20]이 요구되었다. 그리하여 그는 인간중심의 선형적 발전에 대한 회의를 기존의 시의 몸을 가두고 있는 형식에 대한 실험으로 극대화하게 된다.

그리하여 자연에 대한 미메시스에 저항하고, 생성텍스트로의 귀환을 알리는 변별적 형식의 시작품들이 쏟아지기 시작한다. 그 대표적인 작품들이 자연으로 "돌아가자(歸去來兮)"라고 주장했던 도연명의 귀거래사를 패러디한 '신귀거래新歸去來' 연작이라고 할 수 있다. 김수영의 시편 중 가장 난해한 것으로 평가되는 이 시편들은 기존의 청록파가 보여주

---

19) 이 일기에서 김수영은 시의 몸적인 형식이 묶여 재현하기 불가능한 현실을 비판하면서 동시 무용론을 주장한다(「7월 29일」, 일기초(II), 『전집 2』, 335쪽).
20) 김인환, 『줄리아 크리스테바의 문학 탐색』, 이화여대출판부, 2003, 147쪽.

었던 자연에 대한 입장과는 큰 거리가 있다. 자연의 재현과 질서의 답습이라는 틀이 아니라 인간의 눈에 포착되면 죽어서 생명성을 잃어버리게 되는 포착불가능한 자연을 노래한 것이다. '신귀거래'를 외치면서도 인간의 시각으로 포착되지 않는 자연의 질서를 통해 재현의 불가능함을 역설하는 이 시는 제목 자체에서부터 하나의 단선적 질서로 통합될 수 없는 자연의 복잡성을 말하고 있다. 김수영의 '신귀거래' 연작 시리즈는 연작 제목에서부터 '新'이라는 한자어와 '歸'라는 한자어가 충돌하고, '去'와 '來'라는 한자어가 이질혼성적(heteroglot)으로 충돌하고 있어 의미가 통일적 질서로 귀착되지 못할 것을 예고하고 있다.

김수영의 전편에서 연작시는 「신귀거래」라는 명칭 아래 묶여있는 이 아홉 편이 가장 특징적이라 할 수 있는데,[21] 김수영은 연작이라는 형식을 통해 순차적 연속물(sequence)로서의 형식이 아닌 시리즈물(series)로서의 형식을 제안하여 카오스모스적 생명 질서를 시학적 형식으로 예시해준다. 쿠버스키(Kuberski)는 모더니티와 포스트모더니티 담론의 이원론을 지양하기 위한 새로운 시학 개념으로 '카오스모스(chaosmos)'를 제시한다. "카오스모스란 중앙집권적이나 전체주의적이지는 않은 상호적이고 동시적인 간섭 내지 수렴 현장으로써의 세계, 주관성과 객관성의 상호활성화로써의 세계, 그럼에도 불구하고 꾸준한 패턴과 질서의 경향을 보이는 끊임없는 우연의 영토로써의 세계에 대한 교차적 개념을 의미한다."[22] 질서나 무질서, 우연과 필연, 주관성과 객관성의 상호활성화된 관계 속에서 복잡성의 질서를 보여주는 이러한 용어는 하나의 제목하에서 전혀 다른 개체로 존재하는 '신귀거래' 연작을 설명할

---

21) 물론 동일한 제목으로 연재된 「거리」 1·2나 「적」 1·2, 「장시」 1·2, 「꽃잎」 1·2·3과 같은 연작시도 있다. 그러나 '신귀거래'라는 연작 아래 각각의 시가 다른 제목을 취하면서 시리즈 안에 속해 있는 형식은 김수영의 시에서 획기적인 기획이자 또 유일한 것이다.
22) Philip Kuberski, ibid., p. 3.

수 있을 것이다.

　김수영의 전기적 생애에 5 · 16이란 역사적 시기를 일대일 대응시켜 이 연작시들의 내용적, 연속적 의미를 해석하고자 한다면, 이 시의 충분한 장점들은 아마 해명되기 어려울 것이다. 이 연작에 해당하는 시들은 사상적 의미(meaning)를 전달하는 차원보다는 시의 형식과 각 시편 안에서의 기호작용(signification)에 의지하고 있는 시들이기 때문이다. 4 · 19와 5 · 16이라는 선형적 역사 속에서 이 '신귀거래' 시리즈를 읽는다면 이 시편들은 평자들에게 비판받을 소지가 크다. '그 방'에서 나와 '여편네의 방'에서부터 시작하는 연작의 도입은 역사적 공간이 아닌 사적 공간으로의 도피나 퇴행을 의미하는 것처럼 분석될 수 있기 때문이다.

　그러나 이 신귀거래 연작들은 하나의 순차적 연속물을 지향하지 않는다. 연작으로 묶인 각각의 시들은 자율적이며 그 시들의 배치의 순서가 바뀐다 해도 의미론적 해독의 차이는 발생하지 않을 것이다. 콩테는 "주제적인 연속성, 서사의 전개 또는 명상적인 주장들"로 이루어지는 순차적 연속물인 시퀀스(sequence)와 시리즈(series)를 구분한 바 있다. 여기서의 "시리즈란 서사시의 포함을 요구하지 않으며, 단일한 서정시의 완전함과는 분리되는" 것으로서 "합산도 배제도 요구하지 않는" "소재들의 다양한 집합을 허용하는 결합적인 형식"23)이라고 할 수 있다. 이러한 '시리즈'라는 용어는 레비-스트로스의 『날 것과 익힌 것』이란 음악 악장의 형식으로 구성된 신화학의 책에서 언급된 바 있다. 이 책은 '날 것'이라는 야생의 조건에서 '익힌 것'이라는 문명의 조건으로 이행하는 것과 같이, 통시적 시간 변화 속에서 신화를 단순화할 수 없음을 보여주고 있다. 그리하여 필자는 "연속적인 장면과 주제의 불일치가 신화적 사고의 근본속성"24)이자 문명화와 구분되는 '날 것'의 형식이라고

---

23) Joseph M. Conte, *Unending Design*. Ithaca and London: Cornell UP., 1991, p. 21.
24) Levi-Strauss, 임봉길 역, 『날 것과 익힌 것』, 한길사, 2004, 100쪽.

설명한다. 시리즈성(seriality)을 보여주는 연작시도 마찬가지이다. 시리즈 형식은 도입과 종결이 목적론적으로 연결되어 있거나 선형적 진행에 맞춘 서사적 형식을 부정하면서 탄생했다. '과정(process)'으로서의 의미작용은 있지만 시간적 '진행(progression)'은 없는 시리즈시는 '날 것'의 복잡성과 연관되어 있으며, 이러한 단순화되지 않는 복합성과 복수성이 카오스모스의 시학적 원리의 생명력을 보여준다.

　9편 연작의 각 시들은 하나의 주제로 수렴되지 않고 각자의 시적 형식에 의해 개별적으로 존재한다. 첫 번째 연작시인 「여편네의 방에 와서」(1961)에서 여편네와 함께 '기거'하는 '나'는 '어린애'로 제시되지만 이 어린애가 9번째 연작시에서 성인이 되는 서사의 발전적 종결을 보여주지는 않는다. 문명화된, 때 묻은 어른이 아니라 여러 모습으로 변할 수 있는 가능태로서의 '어린애'가 등장하는데, 시의 전개 속에서는 "점점 어린애"가 되고, 또 "점點의 어린애"가 되는 언어유희에 그친다. 결국 '귀거래'를 한 9편의 시를 탐구해도 어떤 서사적 흐름을 찾기는 어렵다. 마지막 연작시, 「이놈이 무엇이지?」(1961)에서처럼 모든 부정적인 요소들을 소거해도 결국 의문형 어조로 시가 마무리되듯이, '이놈'의 내용적 실체는 좀처럼 파악되기 어려운 것이다. 물론 시의 각 요소마다 의미심장한 메시지들이 등장하기도 한다. '방'이라는 정착적 이미지의 공간에서 김수영은 또한 "공간의 우연(「누이의 방」－신귀거래 8)"을 읽기도 하고, "도회에서 달아나온 나"가 '돌풍처럼'(「누이야 장하고나」－신귀거래 7) 외치는 모습을 보여주기도 한다. 그러나 이 연작시리즈에서 우세한 것은 구호적인 메시지보다는 그 내용적 실체를 알 수 없음에서 오는 통사적 혼란이다. 「여편네의 방에 와서」의 마지막 연에 나타나는 '어린놈'의 불분명한 위치, 「격문」(신귀거래 2)에 나타나는 물의 흐름을 형상화한 것과 같은 기표들의 움직임, 「등나무」(신귀거래 3), 「술과 어린 고양이」(신귀거래 4), 「모르지?」(신귀거래 5), 「복중」(신귀거래 6) 등에 나타나는 불연속적 대화와 말장난, 동일 구문의 반복, 의문형 · 감탄형 어조, 의성어의 빈번한 사용, 음성적 유희 등과 같이 신귀거래 연작에서는 내용적으로 해명하기 어려운 텍스트의 몸적인 요소들이 다양한 형식으로 등장한다.

이 '신귀거래' 시리즈에서는 상징적이고 의미론적인 자질은 후경화되고 언어의 신체적인 자질들이 부각된다. 김수영이 '신귀거래'를 통해 돌아간 자연은 주체의 원근법에 의해 포착된 자연이 아니다. 재현적 이상향을 온전히 내용적으로 말할 수 없는 사회에서 의식과 문명 질서가 억압해온 자연의 혼돈적 질서가 출현하는 것이다. 문명적 규제 밖에서 생명력을 가진 전의식과 충동적 세계의 관계망이 시의 신체적 언어로 복원된다. 이러한 '충동'으로서의 시의 신체적인 에너지를 크리스테바는 기호계와 생성텍스트(genotext)의 개념으로 설명한 바 있다. 크리스테바에게 "기호계란 언어에 영향을 미친, 본능적인 충동의 신체 속에서의 배치를 가리킨다." "텍스트 내에서 생성텍스트는 (음성이나 리듬의 축적과 반복과 같은) 음소적 장치와 (억양이나 리듬과 같은) 음률적인 장치를 발견할 수 있는 충동적 에너지의 전이를 나타"내는데, 그리하여 크리스테바는 "주체의 사회 형성과정에서 언어적 질서와 문명적 질서로 진입하지 못한 무의식, 즉 전언어적인(pre-linguistic) 질서를 보여줌으로서 사회적 텍스트와의 통로를 이론화하였다." 크리스테바가 말하는 기호계, 몸의 언어, 즉 생성텍스트는 "언어로 구성된 의식의 밖에 있는 전의식이나 충동, 그리고 신체를 둘러싼 생태학적이고 사회적인 배경까지를 포괄"25)하는 것이다.

---

25) 크리스테바는 현상텍스트(phenotext)를 "하나의 구조"이며, "의사소통의 규칙에 따르는, 언술행위의 주체와 수신자를 전제한 것으로 설명"하고, 생성텍스트(genotext)는 "언어의 주요한 기초로 여겨질 수 있는" "하나의 과정(process)"이라고 설명한다. 크리스테바는 부수적인 언어의 몸적 측면을 강조하면서, 리듬, 통사, 음성상징, 운과 같이 유표화되는 것들이 생태적이고 사회적인 질서 안에서 무의식과 육체의 사회화하고 물질화하는 효과를 나타낸

물론 크리스테바처럼 "혁명적이며 정치적인 생성텍스트에 특권을 실어주"는 것은 경계해야 하지만 시에 있어 "생성텍스트의 육체, 무의식, 그리고 폭넓은 사회생태학(social-ecological)적 맥락을 망각"26)해서도 안 될 것이다. 리듬, 통사, 음성상징, 운 등 텍스트의 신체적인 측면들은 언어질서로 표현되지 못하고 배제되어온 무의식의 일부를 끌어올린다. 그리하여 "언어의 줄기 속에서 무의식과 육체를 사회화하고 물질화하는 효과"로 나타난다. 김수영의 신귀거래 연작들에 나타난 불연속적 통사와 물질적인 특징은 당대 억압적 사회질서의 배면에 있는 무의식적 충동이나 욕망의 흐름과 연결되어 있다. 이 연작시리즈의 형식은 "정돈될 가치가 있는 것들"(「누이의 방」)이 요구되고 규제되는 문명사회에서 텍스트적 물질성과 신체성을 전경화시킴으로써, '혼돈'의 운동성으로 보이는 것이 '질서'로서의 언어체계와 연결되어 있는 생태적 관계를 예시해준다.

이러한 연작의 틀로서의 질서(cosmos)와 개별 텍스트로서의 혼돈(chaos)의 역설적인 정합을 보여주는 카오스모스(chaosmos)적 연작시는 김수영 시에서 이야기하는 생명체로서의 '온몸'과 시학적 관계망을 설명하는 데 유효한 형식이다. 고전적인 결정론에서 벗어나 "최근의 과학자들은 우연, 또는 생물학의 확률적인 과정과 생명 형태의 출현, 형성, 진화 사이의 관계에 대해 다시 느끼기 시작"하면서 "무질서 속의 어마어마한 질서를 지적"27)하게 되었는데, 김수영의 시학적 전환도 이처럼 질서와

다고 이야기한다. 이러한 생성텍스트는 충동의 흐름과 물질적인 불연속성, 정치적인 충돌과 언어의 분쇄를 둘러싸고 일어나는 복수적이고 이종언어적이며 모순적인 의미화실천을 현상텍스트에 새겨 넣어 왔다. 그러나 크리스테바에게 모든 의미화과정은 생성텍스트와 현상텍스트 모두를 포함하는 것이다. 모든 텍스트는 상징계와 기호계에서 함께 하면서, 관계적이고 일시적인 경계들의 영역을 통해서 움직이는 통로로 설명된다.

Vincent B. Leitch, op. cit., 1992, pp. 51~53 참조 요약.

26) Vincent B. Leitch, ibid., pp. 51~52.

27) Philip Kuberski, ibid., p. 2.

혼돈의 관계망에서 생명과 세계를 발견하는 모습으로 나타나게 된다. 현상텍스트의 통사적 질서 속에서 시를 제작하는 것뿐 아니라 기교의 총합을 넘어서는 생성텍스트의 혼돈적 신체성이 동시에 강조되는 것이다. 김수영이 「시여, 침을 뱉어라 ─ 힘으로서의 시의 존재」에서 강조하는 "혼돈에의 접근"은 대표적으로 이러한 카오스모스적인 시학을 설명하는 방식이라고 할 수 있다. 이 유명한 산문에서 그는 '현실'과 '예술', '내용'과 '형식', '의식'과 '무의식', '세계'와 '대지'의 "양극의 긴장"을 강조하고 있다. 그러한 질서와 혼돈의 긴장 속에서 공명이 일어나고, 현상텍스트와 생성텍스트의 긴장 속에서 의미작용이 생성되어 카오스모스적 창조성이 분출된다고 할 수 있다.

이러한 생성텍스트의 물질적이고 신체적인 자질들이 김수영 시의 현상텍스트의 구조적 질서와 긴장을 이루면서 이후의 김수영의 시에서는 운동성과 속도감이 더욱 전면화되어 나타난다. 그리하여 "글의 리듬을 판단하고 리듬의 호흡을 느끼는 본능적인 감각"[28]은 "속도 자체가 작품의 주요 내용이며 또한 형식을 결정하고 있는 것 같은 느낌"[29]까지 주게 된다. 김수영의 시에서는 생명의 본능적인 감각이 신체적 성장이나 대사 작용으로 속도감 있게 표현되고, 그것들이 역사적 흐름의 호흡과 일치되는 몸의 형식[30]들이 잇달아 출현하게 되는데, 이러한 시편들은 그 어떤 육체성에 대한 메시지보다 강한 생태적인 상상력을 보여주

---

28) 서우석, 「김수영: 리듬의 회열」, 황동규 편, 『김수영의 문학』, 민음사, 1983, 173쪽.
29) 정현종, 「시와 행동, 추억과 역사」, 황동규 편, 앞의 책, 221쪽.
30) 「육오(六五)년의 새해」(1965)와 같은 시처럼 통상적인 새해의 '연두시(年頭詩)'적 성격을 벗어난 시가 이를 잘 보여준다. 이 시는 새해의 희망을 찬탄하는 일련의 연두시와는 달리 한 살에서부터 스무 살로 성장하기까지의 기적의 순간들을 생명의 흐름과 변이의 리듬으로 이야기하고 있다. 전반적인 흐름은 순차적인 생명적 질서를 이야기하는 것처럼 보이지만 그 안에서의 "몸을 찢는 부자유를" 언술하면서 몸의 억압적 과정 속에서 "사랑을 익어가" 게 하는 '기적'의 순간들을 강조해 준다. 생명의 예기적 질서와 역사적 현장으로서의 우연은 이처럼 감각적 리듬 속에서 한 텍스트에 상입되어 있다.

는 '귀거래'의 형식들이라고 할 수 있다.

IV. 카오스모스의 가능태 — 비천체와 씨앗, 뿌리의 모티프

김수영이 "불가능의 언어"로 표현한 몸과 생성의 언어는 시적 형식의 파격성을 통해 드러나면서 동시에 몸의 물질성이 극대화된 '비천체(the abject)'들을 통해서도 나타난다. 「시여 침을 뱉어라」의 제목이 예시하는 것처럼, '침', '가래', '설사' 등 기존의 서정시를 정화하기 위해 추방[31]된 요소들은 김수영의 시와 그가 처해 있는 현실의 관습적 질서를 동시에 위협하는 매우 중요한 자질로 부상한다. 크리스테바에 의하면 이러한 비천체(the abject)는 "끌기도 물리치기도 하는 역겨운 어떤 것이며, 경계 상에 있는 것이다. 그것은 초자아에 의해 밀려난 것이다. 아브젝시옹을 초래하는 것은 청결이나 건강의 결핍이 아니라 정체성, 조직, 질서를 방해하는 일이기 때문이다."[32] 그리하여 "문화는 일시적으로 안전하게 남아 있는 것으로부터—정확하게 그들의 차이에 대한 흑백 안에서 비천체를 안치시킴으로써—위협을 지속적으로 회상"[33]할 수 있다. 이러한 비천체는 김수영의 시에 있어 상징 질서의 위기를 환기하고 질서와

---

31) 크리스테바는 자신이 저서 『공포의 권력』에서 '아브젝시옹(abjection)'이라는 주제에 주목한다. 아브젝시옹이란 라틴어의 'abjectio'에서 유래하며, 공간적 간격 · 분리 · 제거를 의미하는 접두사 'ab-'과 던져 버리는 행위를 나타내는 'jectio'로 이루어지는 단어이다. 이는 프랑스어로 비열 · 타락 · 포기 · 비천 등의 뜻을 갖고 있다. 크리스테바는 아브젝시옹을 죄 · 오염 · 더러움 · 근친상간 · 도착증 · 질병에 걸린 육체 등 혐오와 공포를 불러일으키기 때문에 추방되어온 모두를 포함하는 개념으로 사용한다. 크리스테바는 오래 전부터 문명과 인간의 의식(儀式)들 속에서 치러지는 정화 행위의 본질이 아브젝시옹을 통한 의식이라는 사실에 주목하여 왔다.

　　Julia Kristeva, 서민원 역, 『공포의 권력』, 동문선, 2001, 319, 43쪽 참조.
32) Kelly Oliver, 박재열 역, 『크리스테바 읽기』, 시와반시, 1997, 91~92쪽.
33) Philip Kuberski, ibid., p. 161.

혼돈이 상입되어 있는 양상을 보여주기 위한 중요한 모티프로 작용한다.

　서정시에 잘 등장하지 않는 기침, 침, 가래, 설사 등의 비천체는 「미숙한 도적」(1953-4), 「눈」(1956), 「말」(1964), 「중용에 대하여」(1960), 「엔카운터誌」(1966), 「네 얼굴은」(1966), 「설사의 알리바이」(1966) 등의 시에 과감히 도입되어 있다. 이는 때로 '더러운 것' 자체를 표상하기도 하지만, 「설사의 알리바이」(문명의 하늘은 무엇인가로 채워지기를 원한다 / 나는 지금 규제로 시를 쓰고 있다 타의의 규제 / 아슬아슬한 설사다)에서처럼 문명적 규제 속에서 "괴로움과 괴로움의 이행"을 보여주는 "우리의 증명"으로 묘사되기도 한다. 규제와 질서 속에서 나온 '시'의 '증명'적 형태가 몸의 질서 속에서 추방된 '설사'와 같은 비천체로 제시되는 것이다. 몸의 물질성이 극대화된 비천체인 '기침', '가래', '침' 등은 일찍이 「눈」에서 "젊은 시인이여 기침을 하자 / 눈을 바라보며 / 밤새도록 고인 가슴의 가래라도 마음껏 뱉자"는 유명한 언술로도 나타난 바 있다. "죽음을 잊어버린 영혼과 육체를 위하여" "새벽이 지나도록 살아있"는, 즉 깨끗하고 신성한 것의 극치로서 상징되는 하얀 '눈'도 아름답지만, 이 시에서 또한 중요한 것은 시인이 그 깨끗한 '눈'에 '침'과 '가래'를 뱉는 물질적 행위라고 할 수 있다.

　질서에서 배척된 몸의 물질을 세상에 내놓는 행위는 문명질서를 위반하는 시의 새로움과 연결된다. "혼란은 허용되어야 한다"고 주장한 「시여, 침을 뱉어라」에서 김수영은 자유의 이행을 위해 이성적이고 문명적인 질서를 완수하는 것이 아니라 문화의 본질로서의 혼란과 새로움이 추구되어야 한다고 주장한다. 이는 얼굴에 "침을 뱉"는 비상식적인 몸의 행위로부터 시작한다.

　　내가 지금-바로 지금 이 순간에-해야 할 일은 이 지루한 횡설
　　수설을 그치고, 당신의, 당신의, 당신의 얼굴에 침을 뱉는 일이다.

당신이, 당신이, 당신이 내 얼굴에 침을 뱉기 전에 ……. 자아 보아
라, 당신도, 당신도, 당신도, 나도 새로운 문학에의 용기가 없다. 이
러고서도 정치적 금기에만 다치지 않는 한, 얼마든지 '새로운' 문학
을 할 수 있다는 말을 할 수 있겠는가. 정치적 자유를 인정하지 않
는 사회에서는 개인의 자유도 인정하지 않는다. '내용'을 인정하지
않는 사회에서는 '형식'도 인정하지 않는 것이다.[34]

　　김수영은 이러한 내용과 형식의 이원론, '내용'적 목소리나 '형식'적
기교만을 강조해온 시의 계보적 질서에 대항하여 '자유의 과잉'과 '혼
돈'을 "모기소리보다도 더 작은 목소리로 시작"해야 한다고 주장한다.
"동시적으로 밀고 나가는" 것을 강조하는 이 "온몸의 시론"에서 '혼돈'
은 모기소리와도 같이 작은 것으로 제시된다. 김수영의 시에서는 이러
한 모기소리와 같이 보잘것없고 작은 것들이 시에 빈번하게 등장[35]하
는데, 이러한 모기소리처럼 '혼돈'의 작은 가능태로 강조되는 것이 바로
'씨'의 모티프이다. 이러한 씨들은 함석헌이 일찍이 '씨올사상'으로 설
명한 것과 같이 "수천 년 농경문화 속에서 살아온 아세아적 민중들에게
서는 그의 삶의 생명에 가장 가깝게 느껴지는 근원어이다."[36] 이는 "생
명의 근본성 시원성을 나타내"는 것으로 "모든 생명체 자람의 마지막
결실이다." "씨앗 속에는 수억 년 생명진화의 전체 과정의 핵심 본질이
유전인자의 신비한 암호 속에 축적되어 있"으며 이러한 "종은 쉽사리
멸종하지도 않는 것이며 그 기본 형질이 쉽게 변하는 것도 아"닌 것이
다.[37]

---

34) 김수영, 「시여, 침을 뱉어라」, 『전집 2』, 252쪽.
35) 모기, 개미, 하루살이, 파리 등과 같은 곤충 모티프가 이에 해당되는데, 매우 보잘것없는 것
　　을 표현할 때 쓰이기도 하지만, 「모기와 개미」같은 산문에서처럼 작은 것의 가능성이나
　　집단의 군집적이고 복수적인 힘을 표현할 때 쓰이기도 한다.
36) 김경재, 「함석헌의 씨알사상 연구」, 『신학연구』 30집, 1989, 83쪽.
37) 김경재, 앞의 글, 85쪽.

김수영의 시에서 이러한 자연과 생명의 근원어이자, 형질의 프로그램화된 질서와 성장 속에서의 현실적 변이를 동시에 포함하고 있는 '씨'의 모티프는 여러 곳에서 발견된다. 「가다오 나가다오」(1960)에 등장한 씨앗들이나 「여름아침」(1956)의 '무씨', 「장시(1)」(1962)의 '겨자씨' 「사랑의 변주곡」(1967)의 '복사씨' '살구씨' '곶감씨' 등이 바로 그것이다.

> 미국인과 소련인은 「나가다오」와 「가다오」의 차이가 있을 뿐
> 말갛게 개인 글 모르는 백성들의 마음에는
> 「미국인」과 「소련인」도 똑같은 놈들
> 가다오 가다오
> 「사월혁명」이 끝나고 또 시작되고
> 끝나고 또 시작되고 끝나고 또 시작되는 것은
> 잿님이할아버지가 상추씨, 아욱씨, 근대씨를 뿌린 다음에
> 호박씨, 배추씨, 무씨를 또 뿌리고
> 호박씨, 배추씨를 뿌린 다음에
> 시금치씨, 파씨를 또 뿌리는
> 석양에 비쳐 눈부신
> 일년 열두달 쉬는 법이 없는
> 걸찍한 강변밭같기도 할 것이니

> ─「가다오 나가다오」(1960) 일부

　김수영 시의 특유의 나열법에 의해 '상추씨, 아욱씨, 근대씨, 호박씨, 배추씨, 무씨, 시금치씨, 파씨' 등이 열거되고 있는 이 시는 혁명이 끝나고 "일년 열두달 쉬는 법이 없는" 땅의 법칙과 그러한 자연의 섭리를 거둬들여 '카운터'로 만드는 인간의 문명을 대비시키고 있다. "끝나고 또 시작되고 / 끝나고 또 시작되고 끝나고 또 시작되는 것"은 씨들의 생명일 뿐이지 그것을 거둬들이는 인간 지배세력이 아니다. 그리하여 시적

주체는 그러한 지배 세력으로 상징된 '소련인'과 '미국인'에게 "가다오" "나가다오"를 외치는 것이다. 그러면서 쉬지 않고 땅을 유지해가는 '씨'들의 생태적 움직임을 이야기하고 있다. 이러한 '씨'의 모티프가 장엄하고 환상적으로 표현된 시가 바로 「사랑의 변주곡」이다. 이 "복사씨와 살구씨와 곶감씨"는 가장 작고 연약하지만 무엇보다 "아름다운 단단함"을 가지고 있는 존재이다. "고요함과 사랑"이 동시에 존재하고, 또 '폭풍'과 '신념이' 동시에 들어있는 생명의 시원적 가능태인 것이다.

> 복사씨와 살구씨와 곶감씨의 아름다운 단단함이여
> 고요함과 사랑이 이루어놓은 폭풍의 간악한
> 신념이여
> 봄베이도 뉴욕도 서울도 마찬가지다
> 신념보다도 더 큰
> 내가 묻혀사는 사랑의 위대한 도시에 비하면
> 너는 개미이냐
>
> 아들아 너의 광신(狂信)을 가르치기 위한 것이아니다
> 사랑을 알 때까지 자라라
> 인류의 종언의 날에
> 너의 술을 다 마시고 난 날에
> 미대륙에서 석유가 고갈되는 날에
> 그렇게 먼 날까지 가기 전에 너의 가슴에
> 새겨둘 말을 너는 도시의 피로에서
> 배울 거다
> 이 단단한 고요함을 배울 거다
> 복사씨가 사랑으로 만들어진 것이 아닌가 하고
> 의심할 거다!
> 복사씨와 살구씨가
> 한번은 이렇게

사랑에 미쳐 날뛸 날이 올 거다!
그리고 그것은 아버지같은 잘못된 시간의
그릇된 명상이 아닐 거다

― 「사랑의 변주곡」(1967) 일부

이러한 '씨'는 "외부원인에 의해서 변화하는 수동적 존재가 아니고 활성을 가지고 자기 스스로를 조직하는 능동적 존재"이자 "물질이 아닌 생명"[38] 그 자체이다. '봄베이'나 '뉴욕', '서울'과 같은 도시를 만드는 생명이 바로 이 작은 '씨'인 것이다. 그 어떤 "도시의 피로" 속에서도 이 씨앗은 "사랑을 알 때까지 자라"나는 생명의 움직임으로 묘사된다. "사랑을 만드는 기술"이 이미 씨앗 안에 '자기조직화' 되어 있듯이, '씨'와 '사랑'은 "부분이 전체 속에 들어 있으면서 또 전체를 자신 속에 가지"고 있는 유기적인 생명으로 표현된다."[39]

리드미컬한 앙장브망으로 속도감 있게 전개되는 이 시는 "욕망이여 입을 열어라 그 속에서 / 사랑을 발견하겠다"라는 도입으로 시작해 '복사씨'와 '살구씨'의 '속'에서부터 시작하는 생명의 흐름을 이야기한다. 이 '복사씨'와 '살구씨'는 사랑을 알 때까지 자라나는 되어감의 존재, 생성중의 존재이며, 또한 "사랑에 미쳐 날뛸 날"의 폭발적인 주이상스 jouissance가 내재되어 있는 존재이다. 이는 김수영이 말한 "내면에서 우러나오는 지성의 화염"[40]과 "작열의 순간"[41]으로 설명될 수도 있을 것

---

38) 조용현, 『작은 가이아』, 서광사, 2002, 36~37쪽.
39) 조용현, 앞의 책, 26쪽.
40) "시의 모더니티란 외부로부터 부과하는 감각이 아니라 내면에서 우러나오는 지성의 화염이며, 따라서 그것은 시인이―육체로서―추구할 것이지, 시가―기술면으로―추구할 것이 아니다."
   김수영, 「모더니티의 문제」, 『전집 2』, 1981, 350쪽.
41) 김수영, 「저 하늘 열릴 때―김병욱 형에게」, 『전집 2』(개정판), 2003, 163쪽.

이다. "너의 가슴에 새겨질 말", "시의 언어"는 "소리내어 외치지 않는" '사랑'의 힘 속에서 설명되며, '씨'의 모티프는 "아버지같은 잘못된 시간"의 코스모스적 질서와는 다른 것으로 언술된다. 작은 씨앗 하나도 가이아를 그 자신 속에 내포하고 있다. '복사씨'는 언젠가 사랑에 미쳐 날뛸 카오스모스적 세계를 비유하고 있는 '작은 가이아'로서의 가능태이다.

이러한 "미쳐 날뛸 날"의 혼돈적 창조성은 무수한 "복잡성의 질서" 속에서 나오는 것이다. "자신을 포함한 전 계가 자신 속에 상입되어 있는"[42] "카오스모스는 우리를 좀 더 고양시키는 '전체성'에 관한 비전이 아니다."[43] 단순 '종합'하는 전체가 아니라 '그 연관만이 빛나는'(「엔카운터誌」) 가이아의 관계망으로서의 세계를 보여주는 것이다. 이는 김수영의 시에서 이제 '뿌리'의 모티프로 체현된다.

「장시(2)」나 「말」, 「거대한 뿌리」, 「풀」 등에서 '뿌리'의 모티프는 매우 특징적으로 사용된다. 그리고 이러한 모티프는 김수영 시에서 그 의미가 점차 긍정적으로 변모되는 양상을 보여주기도 한다. 처음에는 "나는 오늘도 누구에게든 얽매여 살아야 한다"(「꽃」, 1957)는 억압적 관계에 대한 인식으로부터 시작했지만 후에 「장시(2)」에서는 "미쳐돌아가는 역사의 반복" 속에서도 점차 확산되면서 그 깊이와 넓이를 확장해가는, 즉 "나무뿌리를 울리는 신의 발자죽소리"로 제시되는 것이다. 이와 같은 나무뿌리의 비유는 생명철학에서 매우 중요한 모티프이다. "지구 위 생명의 첫 단계가 나무"인 것 같이 "나무 유비(analogy of Tree)는 생명의 본바탕을 드러낸다."[44] 땅속에 묻혔던 것이 밖으로 나오고, 또 땅속에

---

42) 조용헌, 앞의 책, 80쪽.
43) Kuberski, ibid., p. 191.
44) 함석헌의 씨올사상은 동아시아의 농경문화를 기반으로 하여 형성된 것이므로 역사나 삶을 사색하여 글로 표현하는 은유·상징·유비를 말할 때도 언제나 뿌리·가지·열매·꽃씨 등 나무를 중요시한다. 이들은 있는 것, 되어가고 있는 것, 생성중인 것이다.

서 그 깊이를 확장해다는 의미에서, 땅에 뿌리를 둔 생명은 생태적 관계를 표현하는 중요한 모티프가 될 수 있다.

버드 비숍여사를 안 뒤부터는 썩어빠진 대한민국이
괴롭지 않다 오히려 황송하다 역사는 아무리
더러운 역사라도 좋다
진창은 아무리 더러운 진창이라도 좋다
나에게 놋주발보다도 더 쨍쨍 울리는 추억이
있는 한 인간은 영원하고 사랑도 그렇다

비숍여사와 연애를 하고 있는 동안에는 진보주의자와
사회주의자는 네에미 씹이다 통일도 중립도 개좆이다
은밀도 심오도 학구도 체면도 인습도 치안국
으로 가라 동양척식회사, 일본영사관, 대한민국관리,
아이스크림은 미국놈 좆대강이나 빨아라 그러나
요강, 망건, 장죽, 종묘상, 장전, 구리개 약방, 신전,
피혁점, 곰보, 애꾸, 애 못 낳는 여자, 무식쟁이,
이 모든 무수한 반동이 좋다
이 땅에 발을 붙이기 위해서는
— 제삼인도교의 물 속에 박은 철근기둥도 내가 내 땅에
박는 거대한 뿌리에 비하면 좀벌레의 솜털
내가 내 땅에 박는 거대한 뿌리에 비하면

괴기영화의 맘모스를 연상시키는
까치도 까마귀도 응접을 못하는 시꺼먼 가지를 가진
나도 감히 상상을 못하는 거대한 거대한 뿌리에 비하면……

—「거대한 뿌리」(1964) 일부

김경재, 「생명철학으로서 함석헌의 씨알사상」, 『기독교사상』, 2009, 191쪽.

위의 시 「거대한 뿌리」에서는 더러운 진창의 역사를 '쩽쩽' 울리는 청각적 감각을 통해서 추억하고 있다. "요강, 망건, 장죽, 종묘상, 장전, 구리개 약방, 신전, / 피혁점, 곰보, 애꾸, 애 못 낳는 여자, 무식쟁이"로 나열되는 사라져가는 언어들은 "조상들의 상상력으로 꾸며진" '이름 씨'[45]들이며, 거대한 언어질서와 사회의 관계망 속에 있다. 「가장 아름다운 우리말 열 개」라는 산문에서 '명사'를 '이름씨'라고 말하는 것은 김수영이 즐겨 쓰는 동음이의적 효과로 인해, 앞서 말한 씨앗의 모티프와 언어의 속성을 연관 짓게도 한다. 언어 질서의 상징적 관계 속에서 하나의 '상상적' 언어가 보여주는 '씨앗'은 "나도 감히 상상을 못하는 거대한 거대한 뿌리"와 연결되어 전통과 역사를 이어가는 생명의 흐름이 되는 것이다. '씹', '개좆', '좆대강'과 같이 서정시에 상상되지 않았던 비천한 단어들이 이질적으로 도입되면서 더러운 진창으로 섞여있는 모든 것이 생명의 역사적 뿌리에 또한 영향을 주고 있었음이 드러난다. 문명 질서가 심은 상징물인 "제삼인도교의 물 속에 박은 철근기둥"도 "내가 내 땅에 박는 거대한 뿌리에 비하면 좀벌레의 솜털"일 뿐이다. 작고 비천한 '반동'의 '이름씨'들은 상상조차 불가한 거대한 생명의 관계망 속에서 전통과 역사를 이어간다.

풀이 눕는다
비를 몰아오는 동풍에 나부껴
풀은 눕고
드디어 울었다
날이 흐려서 더 울다가

---

45) 이 중에서 진짜 우리 조상들의 상상력으로 꾸며진 낱말을 골라보면, '요강', '곰보', '애꾸', '못 낳는', '모든', '좋다', '이', '―이'다. 이 중에서 이름씨인 요강, 곰보, 애꾸를 생각해보면 이런 낱말들은 사회학적으로 사멸되어가는 말들이다.
김수영, 「가장 아름다운 우리말 열 개」, 『전집 2』, 280쪽.

다시 누웠다

풀이 눕는다
바람보다도 더 빨리 눕는다
발목까지
발밑까지 눕는다
바람보다 늦게 누워도
바람보다 먼저 일어나고
바람보다 늦게 울어도
바람보다 먼저 웃는다
날이 흐리고 풀뿌리가 눕는다

―「풀」(1968) 전문

　　김수영이 죽기 전에 발표한 마지막 시로 알려진 「풀」은 많은 논자들에게 가장 김수영답지 않은 의외의 작품으로 꼽히기도 한다. 「풀」은 "존재의 자유"를 보여주는 작품으로도 평가되지만, 현재 "풀밭에 서 있는 사람의 체험"[46]이 중요하다는 김현의 지적 이후에는 '발목'의 주인인 인간에게 주는 메시지에 주목해온 평자들도 많았다. 이러한 김현의 지적은 풀과 자연의 자생적 운동성보다는 '인간'의 체험과 정신에 주목한다는 면에서 여전히 인간중심주의적인 시선 속에서 '풀'을 민중과 역사의 알레고리로 환원하는 시선에 힘을 실어주는 것으로 보인다. 그러나 이는 김수영 시에 지속적으로 표출되는 운동성과 생명성을 간과한 결과이다. "스스로 변화성自化인 자신의 자유관을 완전히 체현한 상태"[47]라는 설명처럼 오히려 이 시는 김수영의 시가 구현하고 도달하려

---

46) 김현, 「웃음의 체험」, 황동규 편, 앞의 책, 212쪽.
47) 김혜순, 「문학적 '장자'와 김수영의 시 담론 비교 연구」, 김승희 편, 『김수영 다시읽기』, 프레스21, 2000, 191쪽.

는 생태적 세계관이 내용 · 형식적인 면에서 가장 자연스럽게 조화된 김수영다운 작품이라고 할 수 있을 것이다.

이 시는 '바람'과 '풀'의 '웃고 우는' '눕고 일어남'이라는 이항대립적 구조 속에서 분석될 때가 많았다. 이러한 틀에서는 자연보다 "먼저 웃는" 것이 긍정적 자질이라면 자연보다 "더 빨리 눕는" 것은 부정적 자질로 해석될 것이다. 그리하여 마지막 행의 "날이 흐리고 풀뿌리가 눕는다"는 구절은 "닥쳐올 불길한 미래의 전조"[48]로 해석되기도 한다. 그러나 이 시는 "동풍에 나부끼"며 "계속될 존재의 운동"을 풀의 생리와 자연 속에서의 연속적이면서도 불연속적인 리듬을 통해 보여주고 있는 시이다. 이 시에서 현상텍스트 뒤에 분출하는 생성텍스트의 몸적 요소들을 느낄 수 있다. 이항대립적 자질들을 분석하기 이전에, 이 시는 리듬과 속도감 속에서 매우 쉽게 읽힐 것이다. 비, 바람, 발목과 같은 'ㅂ' 음이 두운으로 반복적으로 제시되고, 유음들도 리듬감있게 반복된다. 눕고/일어나고 울고/웃는 가장 기본적인 생명의 원리만 단순화시켜 보여주는데도 동일한 어휘가 다른 동사와 교차적으로 어울리고, 변주되고 있기 때문에 이 시를 어떤 하나의 체계적 질서로 일원화하여 설명하기는 쉽지 않다. 생명적 질서와 그 움직임 자체에 숨은 무수한 변수가 시적 리듬으로 강조되는 것이다. 이러한 시의 신체적 리듬은 "자연 자체에 내재한 자기조직화(self-organization)와 자생적 질서(order for free)"의 움직임을 보여준다. 중요한 것은 바람이나 풀과 같은 요소가 아니고 "그 요소들을 연결하는 연결 방식이다. 이 연결에 의해서 요소와 요소, 요소와 전체간의 복잡한 상호되먹임 현상이 출현하고 이 과정에서 발생하는 것이 자기조직화이다."[49] 시의 몸체처럼 이러한 자기조직화를 구현하고 있는 「풀」이라는 생명체는 바람과의 상호되먹임 현상을 통해 눕

48) 남진우, 「김수영 시의 시간의식」, 김명인 편, 앞의 책, 231쪽.
49) 조용현, 앞의 책, 26쪽.

고 일어나는 움직임을 지속한다. 그리하여 이러한 운동성을 풀뿌리를 확장하며 성장해나가는 원리로 삼게 된다.

따라서 "날이 흐리고 풀뿌리가 눕는다"는 구절은 '흐린' 자연 속에서 풀과 인간이 눕는 불길하고 패배적인 상황을 연상시키는 것만이 아니다. '풀뿌리'의 눕는 행위는 자연의 생리 속에서 더욱 긍정될 수 있다. 이러한 지상에서의 생명의 움직임과 바람과의 리드미컬한 운동이 지하 땅 속에서의 풀뿌리를 더 수평적으로 눕게 하여 그 뿌리를 확장시키는 모습을 보여주고 있는 것이다. 이 시에서 '눕는' 행위를 자연과 인간의 대립 속에서 굴복하고 정복당하는 모습으로 단순 환원할 수는 없을 것이다. 풀뿌리의 눕는 행위는 질서정연한 지상의 관점에서는 자연에의 패배로 보일 수 있겠지만, 그것이 실제로 속해 있는 땅의 관점에서는 눕고 일어나는 반복적 움직임으로 성장해가면서 결국 '거대한 뿌리'를 확장시키고 그 생명의 관계망을 확충하는 '되어감'의 과정이기 때문이다. 역사와 생명의 눕고 쓰러지는 행위는 단순히 반복되는 질서처럼 보이지만 이는 "감히 상상할 수 없는 거대한 뿌리"의 뒤얽힌 성장을 동반하고 있다. 미미한 풀 한 포기에도 그것을 눕고 일어나게 하는 지상의 질서와 그것에게 새로운 영향을 미치는 땅의 숨은 움직임이 공존한다. 그러한 전체적 생명의 뒤얽힌 관계 속에서 더욱 굵게 뿌리 뻗으며 지속적으로 성장할 때 지상의 모든 복수적인 풀들은 자연과의 연대적 화음이 가능하게 된다.

김수영 시에서의 '뿌리'는 "더러운 진창"에 혼란스럽게 뒤얽혀 있으면서, 지상의 반복되는 고통의 질서와 지하에서의 성장해가는 변화를 동시에 표현하는 모티프이다. 그리하여 지상의 생명체와 상호되먹임으로 연결되어 있으면서 반복과 진화를 동시에 보여주는 '온몸'으로서의 시를 매개한다. 이와 같이 김수영이 반복적 상실을 극복하기 위해 추구해온 시학적 '생리'는 시의 생명성을 극대화할 수 있는 형식과 내용의 되먹임을 통해 '온몸'의 생태적 관계망으로 탐구되었다고 볼 수 있다.

V. 맺음말

김수영은 여타의 전후 시인들처럼 문명의 극단인 전쟁 속에서 상실된 세계를 복원하는 방법을 고민한 시인이다. 그리고 그러한 단절과 상실의 세계를 단지 애도하여 주체의 평정을 찾는 것이 아니라, 연속적 관계망으로서의 세계와 생명의 가능성을 탐색하는 움직임을 보여주었다. 자연을 재현하고 지시적인 메시지를 전달하는 시가 아니라 시의 리듬과 속도, 시의 신체적 물질성을 통해서 자기조직화하는 시를 생산하고자 했던 것이다.

이러한 질서와 혼돈의 역설적인 정합을 의미하는 카오스모스의 시는 김수영 시에서 이야기하는 유기체로서의 '온몸'과 생명력을 설명하는 데 유효한 개념이다. 복잡성을 띠는 카오스모스의 시는 단절과 상실의 세계를 복원하려는 유기체의 자기조직화를 통해 '생명'의 근원적인 관계망을 드러낸다. 본고에서는 지각된 현실과 실재적 삶 사이의 불일치가 극대화되어 시 원리의 총체적 모험을 급진적으로 재개념화해야 하는 전후시기에, 상실을 시학적 원리로 이겨내고 관계상을 복원하려는 움직임을 설명하기 위해 '카오스모스'라는 개념에 주목했다.

식민지 체험과 해방, 연이은 민족전쟁, 4 · 19혁명과 연이은 5 · 16쿠데타의 경험은 김수영에게 선조적이고 목적론적인 테제의 반복적 실패를 경험하게 하였다. 그리하여 도구적 이성의 질서가 가져오는 연속적인 상실과 애도, 반복적인 대체의 과정을 넘어서는 관계시학을 모색해야 할 필요가 생긴 것이다. 이성질서의 반복적인 죽음에 대항하는 방식은 시적 언어의 신체적 특징을 전경화하는 양상으로 나타난다. '신귀거래'의 연작에서 보여주는 자연 재현에 대한 태도와 시적 언어에 대한 형식적 실험이 이를 대표적으로 보여준다. 이성 질서에서 추방된 '침'이나 '가래' 등의 비천체는 이러한 몸의 물질성을 극대화하는 모티프이다. '씨앗'이나 '뿌리' 같은 모티프도 이성 질서가 단절시킨 세계를 생명의 흐름과 텍스트의 생성적 운동성 속에서 설명할 수 있는 주요한 모티프로 작용하였다. 이러한 모티프들은 반복적인 상실의 시기에 '온몸'을 통해 질서와 전망의 전체화된 시학적 원리를 재구성하려는 생태시학적 사고방식을 보여준다.

시론에서뿐 아니라 김수영은 여러 종류의 시에서 '시학'의 나아갈 향방을 고민하는 메타적 성격의 시를 썼다. 그는 서술된 문장 이상의 의미, 부분의 총합 이상을 보여주는 가능태로서의 시의 실체를 텍스트적 신체로서의 '몸'과 생성텍스트의 과정적 원리로 해명하고자 하였던 것이다. 그리하여 유기체적 생명의 복잡성과 복수성의 질서와도 같은 시의 원리를 그 어떤 지시적인 메시지의 전달보다도 더 강력하게 보여주고 있다.

리얼리즘 문학의 연속성과
전후문학의 재인식

― 박연희 론

장성규

I. 전후문학 연구의 '피폐함'

한국의 전후문학 연구는 그 양적, 질적 성과에도 불구하고 치명적인 한계를 지닌다. 우선 연구 대상작가와 작품이 극히 한정되어 반복되고 있다는 점이 그러하다. 즉 장용학과 손창섭을 중심으로 대부분의 연구가 국한되면서 주로 이들이 보여주는 추상적 수준의 전쟁의 피폐함과 이데올로기에 대한 탐색이 한국 전후문학의 주된 성과로 평가되어왔다.1) 이 과정에서 장용학이나 손창섭 외의 다른 작가들이 보여주는 다

---

1) 예컨대 김윤식과 정호웅은 전후문학을 '무의미에의 가치부여: 손창섭', '관념 조작의 세계: 장용학', '리리시즘, 서사 미달의 문학: 오영수', '균형과 조화의 소설 미학: 이범선'을 중심으로

양하고 풍성한 전후의 문학적 성과에 대해서는 단편적인 언급 이외에 이렇다 할 본격적인 문학사적 탐구가 거의 이루어지지 못한 것이 사실이다.

다른 한 편으로 전후문학에 접근하는 방법론의 한계를 들 수 있다. 대다수의 연구는 전후라는 시기를 전쟁의 참상으로 인한 피폐함, 혹은 추상적 이데올로기의 범람의 시기로 규정하면서 이 시기 문학에 대해 접근하고 있다. 그러나 이 과정에서 전후 남한사회가 지니는 모순에 대한 탐색이나 바로 전 시기인 일제 말기와 해방 공간에 대한 냉철한 인식을 보여주려는 일련의 문학적 시도들은 선험적인 '전후' 규정 속에서 간과되어왔다.

그러나 과연 문학사적 실상이 이와 같은 앙상한 연구대상과 방법론으로 환원 가능할 것인가? 문학사가 특정한 문학사 서술의 관점 하에서 이루어지는 내러티브의 가공형식임을 고려한다면 기존의 전후문학 연구는 장용학과 손창섭을 중심으로 전후의 피폐한 현실을 곧바로 추상적인 이데올로기의 층위로 대입시키는 문학 연구자들의 욕망을 대변한다고 할 수 있을 것이다. 문제는 과연 이러한 기존 연구의 '욕망'이 현재 시점에도 여전히 유효한가라는 문학 연구자들의 성찰이다.

적어도 지금 현재의 관점에서 이와 같은 기존의 문학사적 내러티브는 더 이상 유효한 것으로 보기 어렵다. 우선 전후라는 시기를 전쟁 이전의 시기, 즉 일제 말기부터 해방공간의 역동적인 시기와 본질적으로 단절된 시기로 상정하는 기존의 관점을 수정할 필요가 있다.[2] 이와 같

평가하고 있다. 목차에서 확인돼 듯 전후의 '무의미'한 현실을 형상화 한 손창섭과 '관념'에 대한 탐구를 보인 장용학이 그 중심에 놓인다. 김윤식 · 정호웅 공저, 『한국소설사』, 문학동네, 2000, 「7장—한국전쟁의 충격과 새로운 출발의 모색」을 참조.

[2] 이러한 관점에서 대부분의 연구는 전후문학 연구에서 이른바 '전후세대'의 허무주의를 조망하는데 집중되고 있다. 대표적으로 박동규는 전후문학 연구의 관점으로 다음과 같은 전후세대의 특징을 강조하고 있다. "전후의 젊은 세대는 전장의 참호에서 인생에 대한 직관을 얻고

은 '단절'적인 시각은 무엇보다 전후시기를 그 이전의 문학의 현실대응
적 성과를 무화시킨 채 추상적 이데올로기의 탐구의 시기로 규정한다.
그러나 전후의 강고한 분단체제의 형성과정에서 이에 대한 문학적 저
항이 전개되었음을 직시하고 나아가 이 문학적 저항이 한국 문학사에
서 차지하는 독특한 위상을 복원시킬 때, 비로소 전후문학은 피폐함, 추
상성, 난해함 등의 몇몇 용어로 환원되지 않는 다채로운 성과를 거둔 것
으로 재조명될 수 있을 것이다.

　둘째, 전후 강고한 분단체제의 형성과정에서 이에 대한 문학적 '저항'
을 곧바로 민족주의적인 것으로 환원시켜온 기존의 '편견'은 극복되어
야 한다. 예컨대 기존에 '반미문학'의 성취로서 높이 평가되어온 남정현
의 「분지」(1965)를 지금의 시각에서도 여전히 '민족주의'적 관점에서 고
평할 수 있을까? 물론 당대의 시대적 상황을 고려해야겠으나, 적어도
남정현의 「분지」가 보여주는 젠더적 폭력의 양상을 간과한 채, 단지
'반미문학'이라는 이유로 민족주의적 관점에서 이를 일면적으로 평가
하는 것은 현재의 관점에서 명백한 한계로 보인다. 무엇보다 민족을 절
대적인 가치로 상정하면서 이외의 다양한 층위의 현실 모순을 부차적
인 것으로 치부하는 경향 자체가 제국의 폭력성과 동일하기 때문이
다.3)

폐허화한 시가지의 한 모퉁이에서 실존의 문제를 깨닫지 않으면 안되었다. 뿐만 아니라 전쟁
이 가져온 가족의 이산과 해체, 죽음과 신체의 손상, 생활의 상실, 생활의 터전의 상실은 새로
운 세대에게 자아에 관한 허무주의적 태도를 형성하도록 작용했고 자아 성취 의지의 상실을
가져왔다."(박동규, 「전후문학의 연구를 위한 몇 가지 전제」, 박동규 외 편저, 『한국전후문학
의 분석적 연구』, 월인, 1999, 23쪽). 문제는 이러한 세대론적 관점이 전면화되면서 전후문학
과 그 이전 시기문학간의 일방적인 '단절'이 전제된다는 것이다.
3) 예컨대 다음과 같은 강진호의 평가는 재고되어야 한다. "박정희 정권이 근대화 정책을 본격
적으로 추진하던 당시, 탄압의 위험을 무릅쓰면서도 근대화의 허구성을 대담하게 공격한
「너는 뭐냐」라든지, 정치적 금기와도 같은 '미국'에 대한 비판적 시선을 노골적으로 드러낸,
그로 인해 작가 스스로 곤욕을 치루기도 했던 「분지」 등은 대담한 발상과 용기, 그리고 민족
사에 대한 주체적 자각 없이는 쓰여질 수 없는 작품들이었다. 이 글이 문제삼는 「분지」는 작

본고는 다음과 같은 문제의식에서 출발한다. 기존의 전후문학 연구는 대상설정과 방법론의 측면에서 극히 한정된 작가와 작품을 대상으로 전후 현실 모순을 추상적인 이데올로기의 층위로 환원시키는 내러티브를 반복 재생산해왔다. 그러나 이와 같은 내러티브는 결국 전후 문학의 현실대응적 성격을 간과하는 것으로 귀결된다. 반면 이른바 '민족문학'적 관점에서의 전후문학 연구 역시 민족주의적 관점의 배타성과 동일화의 폭력성을 극복하지 못한 것이 사실이다. 따라서 지금 다시 전후문학을 연구한다는 것은 민족주의적 방식을 넘어서면서 분단체제에 저항한 문학적 성과를 복원시키는 것으로부터 시작해야 한다. 그리고 이 과정에서 기존의 지식인 중심성을 극복하고 당대 하위주체의 구체적인 삶으로부터 현실인식의 근거를 찾으려한 작품들이 재조명되어야할 것이다.

본고는 이러한 관점에서 박연희에 주목하고자 한다. 박연희에 대한 연구는 단편적인 몇몇 작품에 국한되어 있을 뿐 이를 당대의 문학사적 시각 속에서 복원시키고자 한 연구는 거의 없다. 다만 진영복이 박연희의 「변모」(1965)를 중심으로 "박연희 작품 면면에는 북한을 스딸린주의에 물든 새로운 제국주의라고 규정 비판하고, 남한의 민주주의는 지배세력에 의해 타락한 허상의 이데올로기에 불과하다는 생각이 스며들어있다"[4]고 논한 것이나, 비교적 최근 서동수가 「증인」(1956)을 중심으로 "(……) 박연희의 「증인」은 전후현실의 추상성을 걷어버리고 그 자리에 '지금 여기'의 시공간을 세움으로써 리얼리즘의 본령을 회복했다"[5]는

가의 이러한 대담성을 바탕으로 분단 현실을 질곡하는 외세의 본질을 문제삼은 작품이다. 반외세문학의 한 전형을 제시하면서 몰외세의 미몽에서 눈뜨게 한 공적은 지금의 시점에서 보더라도 타의 추종을 불허하는 것이다."(강진호, 「외세의 질곡과 민족의 주체성—남정현의 「분지」론」, 『돈암어문학』 12집, 1999, 226쪽)

4) 진영복, 「남북한 양 체제에 대한 거리 두기—박연희의 「변모」」, 『민족문학사연구』, 1996, 321쪽.
5) 서동수, 「반공의 메커니즘 저항의 밀도—박연희의 「증인」론」, 『한국문예비평연구』, 2006,

평가가 주목된다. 이들은 공통적으로 박연희가 전후 현실 속에서 이에 대한 적극적인 문학적 대응을 시도했다는 점을 논증하고 있다. 그러나 다소 아쉬운 것은 이러한 연구가 본격적인 작가론이나 문학사적 시각으로 연결되지 못한 채 특정 작품에 국한되어 있다는 것이다.

본고는 위에서 제기한 전후문학 연구의 새로운 관점의 필요성에 입각하여 박연희의 작품세계를 고찰하고자 한다. 이를 위해 크게 세 가지 측면에서 박연희 문학의 성과를 조망하고자 한다. 첫째, 박연희의 일련의 일제 시대를 배경으로 한 연작을 고찰하고자 한다. 이에 해당하는 작품으로는 「역사」, 「사양족斜陽族」, 「방황」 등이 있다. 이들 작품에 대한 고찰을 통해 일제 시대라는 특정한 시기를 전후 박연희가 어떠한 방식으로 사유했는가를 논증하고 그 문학사적 성취를 복원하고자 한다. 둘째, 전후 분단체제의 형성 과정에서 이에 대해 경계인적 인식과 비판을 보여주는 작품들을 고찰하고자 한다. 이에 해당하는 작품으로는 「증인」, 「환멸」 등이 있다. 이들 작품에서 드러나는 박연희의 현실 인식과 문학적 형상화를 살펴봄으로써 전후문학 연구에서 단절되어 있던 리얼리즘 문학의 흐름을 복원시키고자 한다. 셋째, 기존 리얼리즘 문학의 지식인 중심성을 극복하려는 의식적인 노력을 보여주는 작품을 고찰하고자 한다. 이에 해당하는 작품으로는 「개미가 쌓은 성」 등이 있다. 이들 작품에 대한 고찰을 통해 박연희의 리얼리즘적 성취가 추상적인 지식인 중심성을 극복하고 당대 하위주체의 '낮은 목소리'의 복원에 기반한 것임을 논증하고자 한다. 이를 통해 민족주의적 관점을 극복하고 새로운 리얼리즘적 관점에서의 문학사적 연속성의 한 계기를 마련하는 것이 본고의 목적이다.

309쪽.

II. 비민족주의적 반식민주의[6] 역사 인식

전후 시기는 해방과 전쟁, 그리고 분단 이후 남한 정부의 정통성을 확립하기 위한 일련의 이데올로기를 사회 전반에 걸쳐 확립하던 시기였다. 이를 위해 무엇보다 시급하게 진행된 작업은 역사를 재구성하는 것이었다. 북한에 비해 절대적으로 역사적 정통성이 결여되어 있던 이승만 정권은 역사의 재구성을 통해 자신의 정통성을 대중적으로 승인받을 필요가 있었다. 이 과정에서 현재까지 통용되고 있는 역사적 내러티브, 즉 3·1운동과 임시정부를 계승하고 해방공간에서의 좌익측에 의한 혼란을 수습하고 북한의 전쟁도발을 미국의 도움으로 극복한 남한 체제의 우월성을 강조하는 역사적 내러티브가 광범위하게 유통된다.

흥미로운 것은 이 과정에서 북한의 '계급'담론에 대항하는 담론으로 '민족'담론이 창출된다는 것이다. 기실 민족과 계급의 이분법 자체가 허위의 이데올로기에 지나지 않지만, 그럼에도 불구하고 이와 같은 대립적 담론 구도는 구체적인 이데올로기적 국가장치의 작동 과정에서 광범위하게 유통되며 남한 체제의 우월성과 정통성을 뒷받침하는 가장 확실한 근거로 자리매김한다.[7]

이러한 시대적 상황 속에서 박연희의 일제 시대를 배경으로 한 일련의 연작은 매우 독특한 위상을 지닌다. 이는 그가 일본의 제국주의에 대한 비판의식을 뚜렷하게 보여주면서도 연작의 후반부를 차지하는 「방황」을 통해 민족주의적 담론으로 포섭되지 않는 반식민주의에 대한 지

---

6) '비민족주의적 반식민주의'라는 개념은 민족주의적 방식의 동일성의 논리에 기반한 저항과 식민현실의 문제를 제국과의 동일화의 문제로 치환시키는 일련의 탈식민주의적 연구 경향을 동시에 극복하려는 문제의식하에 김재용에 의해 고안된 것이다. 이에 대한 자세한 논의와 연구 성과는 민족문학연구소 편, 『탈식민주의를 넘어서』, 소명출판, 2005 참조.

7) 이러한 맥락에서 교과서에 이범선의 「학마을 사람들」이나 황순원의 「학」과 같은 추상적인 '민족애'를 주제로 한 작품들이 다수 반복되어 수록되는 것은 당대 계급과 민족의 이분법에 이들 작품이 일정 부분 포섭되어 있음을 반증하는 것이기도 하다.

향을 형상화하고 있기 때문이다.

> "그래도 인간은 있어. 너 같은 …… 수백만 수천만이 전쟁에 찌
> 눌려 숨 못 쉴 뿐이지."
> "그 가운데서 또, 도오죠(東條)나, 히틀러 같은 게 나오면 우린 그
> 때 어쩔까?"
> 용일은 벙긋이 웃으며, 수염이 텁술한 요네가와의 얼굴을 들여
> 다 보았다.
> "싸워야지……"
> "언젠 싸울 생각이 없었나?…… 이렇게 끌려 나오면서 …… 허허
> …… 신뢰감이 없다는 게 그거야. 저만 살면 된다는 공리성 말이야?
> 자네 말이 옳아 …… 민족단위 …… 그걸 부셔버려야지. 그렇지만
> 그게 영원히 살아 숨쉬니 탈이지."
> "우리가 싸워야 하는 목표가 그걸 거야."[8]

연작의 앞부분을 구성하는 「역사」와 「사양족」이 소년 시점에서의
감상적인 층위의 민족주의적 감성을 벗어나지 못하는데 반해, 청년으
로 성장한 용일의 시점이 중심이 되는 「방황」의 경우 용일이 양심적인
일본인 징집병인 요네가와와 함께 "민족단위"를 벗어나서 "도오죠"나
"히틀러"로 표상되는 제국주의 파시즘에 저항하려는 의지를 보여주고
있다. 이는 박연희가 당대 역사적 내러티브의 구성 과정에서 비민족주
의적 방식을 통한 반식민주의적 지향을 보이고 있음을 의미한다.
  이러한 박연희의 역사적 내러티브의 구성 전략은 전후 문학의 일반
적인 역사적 내러티브의 구성과는 상이한 특징을 지닌다. 장용학과 손
창섭으로 대표되는 일반적인 전후문학의 경우 민족과 계급을 포함한
모든 이데올로기에 대한 강한 허무주의적 인식으로 인해 결국 일종의

---

8) 박연희, 「방황」, 『방황』, 정음사, 1964, 192쪽.

인식론적 불가지론으로 귀결되며, 그 결과 해방이후부터 전후까지 해결되지 못한 반식민의 과제가 간과되는 경향을 보인다. 다른 한 편으로 이범선의 「학마을 사람들」이나 황순원의 「학」같은 작품의 경우 추상적인 민족의 층위를 이상화시킴으로써 결국 역사적 구체성에 기반한 민족모순과 분단모순에 대한 인식을 몰각하는 경향을 보인다.

반면 박연희의 경우 전후문학에서는 매우 특이하게도 일제 시대의 역사를 서술하는데 있어 강제징집된 개체들 간의 '연대'를 통한 제국주의 비판이라는 전략을 사용하고 있다. 「방황」의 주인공인 용일은 일본군에 징집되어 '야마모도'라는 이름으로 불린다. 그는 처음에는 양심적인 일본인이며 제국주의 전쟁에 반대하는 요네가와를 신뢰하지 못한다. 그런 용일이 요네가와를 신뢰하게 되는 결정적인 계기는 요네가와의 아버지가 "치안 유지법 위반으로 지금 감옥에 계"[9]시다는 사실을 알게 된 것에 기인한다. 이와 같은 구성은 결국 민족주의적 관점에서의 제국주의 비판이 아닌, 제국주의의 폭력성에 대한 민족을 뛰어넘는 '개체'들간의 연대를 통한 저항의식을 형상화한다는 점에서 그 의미가 크다.

이와 관련하여 민족주의적 관점에서의 제국주의 비판을 형상화 한 작품으로 평가되는 남정현의 「분지」에 대한 보다 냉철한 평가가 요구된다. 남정현의 「분지」는 미군에게 강간당한 주인공의 여동생을 대신하여 주인공이 미군장교의 아내를 강간하는 것을 주된 스토리로 삼고 있다. 물론 「분지」가 발표되던 시대적 맥락을 충분히 고려해야 하지만, 그럼에도 「분지」는 제국주의의 폭력성을 유사하게 '반복'함으로써 제국주의를 극복할 수 있다는 민족주의의 논리의 한계를 단적으로 보여준다. 특히 현재 반半주변부의 위치에서 주변부 인민들에 대한 일정한 착취를 중심부 제국을 대신하여 자행하는 남한의 변화된 위상을 고려

---

9) 위의 작품, 184쪽.

한다면 민족주의를 통한 제국주의의 극복이라는 「분지」의 주된 문제의 식은 더 이상 유효하지 않다. 오히려 「분지」의 민족주의는 젠더와 생태, 문화적 가치들로 다양하게 분화된 모순들을 '민족'의 이름으로 부차화시키는 부정적인 효과를 생산한다.[10)]

그렇다면 박연희의 「방황」이 보여주는 강제징집된 일본인과 조선인 간의 '연대'를 통한 제국주의 비판은 전후문학에서 두드러지는 이데올로기 일반에 대한 허무주의나, 혹은 민족주의에 대한 추상적 접근을 넘어서는 성과로 평가될 수 있을 것이다. 특히 용일과 요네가와의 연대가 결국에는 제국주의 군대로부터의 탈영과 이후 "연안延安"(189쪽)으로의 행보로 이어진다는 점이 주목된다. 왜냐하면 당시 '연안'이란 중국과 조선이 일본 제국주의에 맞서 공동의 저항을 실천하던 '기호'로서 기능했기 때문이다. 박연희가 용일과 요네가와를 '연안'으로 이끈 것은 이와 같이 민족주의를 넘어서는 반식민주의, 반제국주의의 지향을 분명히 한 것으로 평가할 수 있다.

박연희의 일련의 일제 시대를 배경으로 한 연작이 중요한 것은 이 때문이다. 일반적으로 전후문학이 모든 이데올로기에 대한 허무주의적 인식, 혹은 추상적인 민족적 감상주의로 특징지어지는 반면 박연희의 작품들은 비민족주의적인 방식으로 제국주의의 폭력에 맞서는 가능성

---

10) 일면 이상할 정도로 「분지」에 대한 비판적 평가는 부재하다. 남정현 소설을 여성과 당대 반공주의간의 상관관계를 중심으로 논하고 있는 임경순의 연구 역시 젠더의 문제를 간과하고 있다. "해방 후 아버지를 기다리다 미군에게 강간당한 어머니는 유린당한 민족 주체성을 상징하며, 전쟁통에 양공주가 된 분이 역시 어머니와 처지가 크게 다르지 않다.(……) 그러던 홍만수가 향미산에서 어머니에게 진술을 한다는 것은 비취여사의 육체를 점검하면서 어머니, 즉 민족의 주체성을 되찾았다는 것을 의미하는 것이다. 이와 동일한 맥락에서 미국 여인들의 배꼽에 태극기를 꽂겠다는 진술 역시 민족주체성 천명으로 생각할 수 있다."(임경순, 「남정현 소설의 성」, 『상허학보』 21집, 2007, 97쪽) 이러한 임경순의 평가는 반식민의 과제를 민족주의적인 방식으로 해결하고자 하는 연구자들의 욕망이 지금도 여전히 강한 영향력을 지니고 있음을 단적으로 보여준다.

을 보여준다는 점에서 주목된다. 더욱 중요한 것은 이 시기가 한국의 근현대사 서술의 내러티브를 둘러싼 경쟁이 격화된 시기였다는 점이다. 일제 시대 반제국주의 담론으로 긍정적인 효과를 창출하던 민족주의는, 이 시기 '계급'에 대당설정되는 개념으로 '호명'되며 그 긍정적 성격을 박탈당한다. 더욱이 남정현의 경우처럼 민족주의가 자신의 배타적 폭력성에 기반하여 제국주의를 비판하는 한계를 보이는 것도 사실이다.

결국 박연희의 일련의 작품은 현실로부터 도피한 추상적 이데올로기에 대한 탐구나 감상적 민족주의를 벗어나서, 비민족주의적인 개체들 간의 연대를 통한 제국주의, 식민주의 비판의 역사 서술로 나아간다는 점에서 그 문학사적 의의를 확인받을 수 있을 것이다.

III. 분단체제에 대한 경계인의 객관적 비판

전후문학이라는 용어가 함축하듯 1950년대부터 1960년대까지의 문학은 주로 한국전쟁의 참상을 형상화 한 것으로 평가되어 왔다. 물론 이와 같은 관점은 한국전쟁이 지니는 비극성과 전후 현실의 피폐함을 부각시키는데 큰 역할을 해온 것이 사실이다. 그러나 전후문학이라는 범주에서 이와 같은 전후 현실의 피폐함을 부각시키는 것은, 역으로 전후 공고화되던 분단체제에 대한 객관적인 인식과 형상화의 과제를 간과하는 것이기도 하다. 이와 같이 전후문학을 바라보는 시각은 일정한 문학사적 '단절'을 기정사실화 한다: 즉, 식민지 시대 카프로부터 활성화된 리얼리즘적 문학의 흐름이 해방공간에서 다시 복원되지만 결국 한국전쟁을 거치면서 적어도 남한에서는 리얼리즘적인 문학사적 전개가 단절된다는 것이다.

그러나 이와 같은 평가는 기존 연구자들의 다소 선험적인 전제에 의해 도출된 것이 아닌가라는 반문이 가능하다. 리얼리즘이 특정한 조직이나 인물을 중심으로 전개되는 '계보'도 아니며, 또한 고정된 개념이 아니라 변화하는 현실적 지형도 속에서 스스로를 지양시키는 미학적 개념임을 고려한다면 더욱 그러하다. 오히려 이와 같은 '단절'에 대한 강조는 일정 부분 당대의 문학을 '순수문학'으로 축소시키려는 욕망을 반영한 것은 아닌가라는 질문이 가능한 것은 이 때문이다.[11]

기존의 전후 문학에서 예외적인 '리얼리즘'적 성취로는 주로 이범선의 「오발탄」이 거론되어 왔다. 즉, 장용학, 손창섭 등 대표적인 전후문학 작가들이 생경하고 추상적인 이데올로기의 층위에 머물러 있던 반면 이범선의 「오발탄」의 경우 전후 현실과 분단모순에 대한 나름의 형상화의 성과를 거두었다는 것이다. 대표적으로 하정일은 「오발탄」에 대해 "(……) 「오발탄」은 철호 일가의 삶이 한 사회계급의 삶의 일부이며, 그 계급의 삶은 사회적 생산관계의 일부임을 강조한다. 즉 철호 일가의 극한적 궁핍이 사회적 생산관계로 말미암은 결과라는 것인데, 이

---

11) 이와 같은 욕망이 가장 단적으로 드러나는 것이 이른바 '화전민 의식'이다. 이와 같은 호명을 통해 전후 시기는 그 역사적 속성이 소거되며 이는 문학사의 '단절'을 절대화시킨다. 이러한 점에서 당대 최일수의 다음과 같은 언급은 보다 강조될 필요가 있다. "그리하여 새로 움터 나오며 내디디는 역사적 新起點을 토대로 그것을 어느 세대보다도 강인하게 실천하여 새로운 역사 창조의 기록을 새겨두는데 있는 것이다. 만일에 우리 젊은 세대가 이러한 시츄에이션을 망각하고 그저 자기가 모든 역사의 새로운 기점이며 선배들의 유업을 아무런 분석도 없이 그리고 이것을 정성하고 비판함이 없이 그대로 동댕이쳐 버린 채 자기만이 새롭다고 狂信하는 것은 자기 자신의 젊음에 대한 과신일 뿐만 아니라 온 젊은 세대에 대한 모욕이기도 한 것이다. 왜냐하면 그것은 진정 이어받아야 할 선배나 그 정선된 유산을 옳게 계승하는데 커다란 장해물이 되기 때문이다."(최일수, 「문학상의 세대의식」, 『지성』, 1958, 가을: 최예열 엮음, 『1950년대 전후문학비평 자료』, 월인, 2005, 775쪽) 특히 '단절'의식이 강조되면서 『산문시대』 동인이 유독 특화되며 이에 포함되지 않는 다른 매체를 통해 활동한 문인들의 작품은 부당하게 배제된다. 이에 대한 자세한 논의는 하상일, 『1960년대 현실주의 문학비평과 매체의 비평전략』, 소명출판, 2008 참조. 이 연구는 『산문시대』를 시작으로 『창작과 비평』, 『문학과 지성』으로 한정되어 서술되어온 한국 현대 문학사에서 배제되어온 다양한 매체와 담론을 실증적으로 복권시키고 있다.

를 통해 「오발탄」은 철호 일가의 비극적 삶의 사회적 연관을 짚어 준다. / 뿐만 아니라 이 작품은 1950년대의 경제적 궁핍상을 월남 가족의 삶을 통해 추적함으로써 분단 문제에까지 소설적 지평을 확대시키기도 한다. 장용학 같은 작가들도 분단 문제를 다루긴 했지만 그것을 비역사적 수준으로 추상화시켜 버린 데 반해, 이범선은 분단 문제를 일상의 구체적 삶 속에서 추적함으로써 추상성의 함정을 벗어난다."[12]고 평가한다. 그러나 엄밀히 평가할 때 이범선의 「오발탄」은 「분지」와 마찬가지로 현재적 관점에서 보다 냉철한 재평가가 요구되는 작품이다.

「오발탄」은 철저히 장남인 철호의 관점에서 서술된다. 문제는 이 과정에서 여동생 명숙의 젠더적 정체성에 대한 폭력적 시선이 전면화된다는 것이다. 이 작품에서 명숙은 '양공주'라는 이유로 철호의 시선에 의해 일종의 '민족'의 '치부'로 서술된다. 그러나 실제 작품에서 가족의 경제적 삶을 지탱하는 것은 바로 그 명숙에 의해서 가능하다. 즉 「오발탄」은 철호의 내적 독백과 지식인적 자의식이 전면화되는 가운데 명숙으로 표상되는 당대 여성의 삶에 대한 타자화를 보인다는 점에서 현재적 관점에서 리얼리즘적 성취로 평가되기 어렵다는 한계를 지닌다.[13] 더불어 이 작품이 지닌 지식인 중심성 역시 비판될 수 있다. 작품에서 철호는 월남지주의 아들로 설정되며, 그의 아내 역시 명문여대의 음악과를 졸업한 인물로 설정된다.[14] 이러한 사회적 지위에도 불구하고 이

---

12) 하정일, 「전후 리얼리즘의 외로운 명맥」, 『한국소설문학대계 – 서기원/이범선』 35권, 동아출판사, 1995, 619쪽.
13) 이와 관련하여 이범선의 원작을 영화화 한 유현목 감독의 『오발탄』은 매우 흥미롭다. 이 영화에서는 철호의 시점이 축소되는 대신 동생 영호와 명숙의 시점이 크게 강조된다. 특히 원작에서 철호의 시점에서 부정적으로 그려지는 여동생 명숙은 영화에서 철호 아내가 죽으면서 남긴 아이를 돌보는 역할로 그 비중과 성격이 매우 긍정적으로 확대된다. 이러한 부분에서는 원작에 비해 영화 『오발탄』의 현실 인식이 더욱 뛰어난 성과를 거둔 것으로 보인다.
14) "무슨 하늘이 알 만치 큰 부자는 아니었지만 그래도 꽤 큰 지주로서 한 마을의 주인격으로 이

들 가족이 하층민의 삶을 살고 있다는 설정 자체가 이 작품이 지식인적 관념성을 극복하지 못한 것임을 반증한다.

그렇다면 어떠한 작품들을 통해 전후 리얼리즘 문학의 새로운 흐름을 읽어낼 수 있을까? 이를 위해서는 무엇보다 분단체제에 대한 객관적인 거리감을 확보하고 있는 작품들을 문학사적으로 복원시킬 필요가 있다. 일반적인 전후 문학이 전후의 '체험'의 무게에 압도당하거나, 혹은 그로 인해 전후 현실을 추상적인 이데올로기의 층위로 환원시키는 것은 결과적으로 분단체제에 대한 객관화된 인식을 담지하지 못하는 것으로 귀결된다. 그런데 이때 분단체제에 대한 객관적인 인식은 경계인의 위치를 확보함으로써만 가능하다. 왜냐하면 분단체제에 대한 객관적인 인식이란 남과 북 양 체제에 대한 비판적 사유를 통해서만 가능하기 때문이다. 따라서 남한의 자본주의와 북의 (국가)사회주의 체제에 대한 비판적 인식을 매개하기 위한 작가의 경계인적 사유가 필수적이라고 할 수 있다.

이러한 관점에서 박연희의 「증인」, 「환멸」 등의 작품이 주목된다. 이들 작품은 공통적으로 남과 북의 체제에 대한 객관적 거리감을 확보하면서 분단체제에 대한 비판적 사유를 보여주고 있기 때문이다.

(A)
준은 신문사에서 권고사직을 당하고 말았다. 이유는 간단하였다. 헌법개정안(憲法改正案) 부결(否決)에 대한 기사(記事) 때문이었다. 여당지(與黨紙)면서, 오히려 야당(野黨)의 입장을 유리하게 썼다는 것이 문제되었던 것이었다.

제법 풍족하게 평생을 살아오던(……)"(이범선, 「오발탄」, 위의 책, 476쪽)이라는 구절에서 철호의 집안이 월남지주 출신임을, "철호의 검은 눈앞에 십여 년 전 아내가 흰 저고리 까만 치마를 입고 선히 나타났다. 무대에 나선 그네는 더욱 예뻤다. E여자대학 졸업 음악회였다."(487쪽)라는 구절에서 아내가 엘리트 계층임을 확인할 수 있다.

(중략)

"그러나, 사실 그대로 보도하지 않았어요? 선량(選良) 생활도 초
등 수학쯤은 알아야 사사오입(四捨五入)도 이해한다는 것이 어디에
모순이 있읍니까?"[15]

(B)

훈이 권을 처음 알게 된 것은 해방 전 학도병으로 끌려 나갔다
탈출하여, 연안(延安)에서 망명생활을 할 때였었다. 조국에 돌아와
서도 같은 직장인 H일보사 기자 노릇을 하였다. 一九四八년도 검거
선풍에 권도 훈과 함께 휩쓸려 들어갔었다. 똑 같이 일년 육개월 형
기를 마치고 나온 것은 一九五0년 오월이었다. 물론 B연맹에 가입
하였었다. 전향(轉向)이었다.

"스타린주의야…… 그렇게 관료적이어서야……"

六 · 二五 사변이 일어난 지 한달 만에 권은 훈에게 소곤거려 말
하였다. 훈도 권이 이탈(離脫)하려는 심경에 사로잡혀 있다는 것을
비로소 알았다.

"사람을 개보다 더 쉽게 죽이니, 철학이고, 사회고 있나? 소아병
(小兒病)이야."

"나도 그렇게 느끼네."[16]

(A)는 「증인」의 일부분으로 주인공 준이 당시 이승만 정권의 '사사오
입'에 대해 비판적인 기사를 썼다는 이유로 해직되는 장면이다. 이 작품
에서 준은 "타성惰性과, 무비판無批判이 태풍처럼 휩쓰는 가운데"(205쪽)
를 벗어나기 위해 결국 사표를 제출하게 된다. 나아가 생계의 한 방편으
로 하숙생을 두던 중, 그 하숙생이 "맑스 · 엥겔스 전집과 헤겔 책"(211
쪽)을 읽는 "빨갱이"(211쪽)임을 알게 되자 준은 이를 염려하는 아내에게
"학문學問의 체곌體系 알"(212쪽)기 위한 독서를 의심하는 것을 비판한다.

---

15) 박연희, 「증인」, 같은 책, 202~203쪽.
16) 박연희, 「환멸」, 같은 책, 326~327쪽.

이후 그 하숙생이 "국제간첩"(228쪽)의 혐의를 받아 준 역시 연행되어 거짓 증언을 요구받자 이를 거부한 후 다음과 같은 희열을 느낀다. "그 순간 또, 문득 치밀어 오르는 것은, 어찌 되었던, 준 자신이 그들에게 굴복屈服하지 않았다는 생각이었다."(229쪽)

이와 같은 준의 당시 남한 체제에 대한 비판의식은 이 작품이 발표된 1956년이라는 시기를 고려한다면 상당한 수준의 것으로 평가될 수 있다. 즉, 전후 강력한 분단체제의 형성 과정에서 이승만 정권의 '사사오입'을 정면 비판하면서 "빨갱이"라는 반공 이데올로기를 정면에서 거부하는 것은 전후 문학에서 보기 드문 분단체제에 대한 비판적 인식으로 볼 수 있다.

그러나 박연희가 반공 이데올로기로 표상되는 남한의 허구적 자유민주주의 담론의 비판에만 머문 것은 아니다. 그는 이미 2장에서 다룬 「방황」을 통해 일제 시대에 대한 역사적 내러티브를 비민족주의적 반식민주의의 관점에서 서술하고 있다. 「방황」의 귀결이 결국 용일과 요네가와의 '연안'행으로 끝나는 것은 한 편으로는 제국주의에 대한 비판의식을 표출하는 것이면서, 동시에 다른 한 편으로는 민족주의의 배타적 성격에 대한 비판의식을 표출하는 것이기도 하다.

이와 연결시켜 「환멸」을 해석해본다면 상당히 주목되는 장면이 등장한다. 인용한 (B)가 그것인데 이 장면에서는 일제 말기 '연안'을 거쳐 해방직후 좌익계열에 참여했다가 한국전쟁 직후 북한 체제를 "스타린주의"로 비판하는 주인공의 변모과정이 나타난다. 이미 「방황」에서 살펴본 것처럼 용일이 '연안'으로 탈출했음을 상기한다면 이 부분은 해방 이후 용일의 변모과정을 형상화 한 것으로 볼 수 있다. 여기서 주목되는 것은 박연희가 남한을 반공 일변도의 부정적인 사회체제로 비판하는 것과 동일하게 배타적 동일화의 논리 구조 속에서 '조국해방전쟁'을 정당화하고 있는 북한에 대해서도 "스탈린주의"와 "소아병"을 들어 비판하고 있다는 점이다. 즉, 「환멸」을 통해 박연희는 배타적 민족주의에 입각하여 성립된 북한 체제에 대한 비판을 보이고 있는 것이다.

이와 같이 박연희는 남한과 북한체제 모두를 비판적으로 인식하며 이에 기반하여 분단체제에 대한 객관적 사유를 문학적으로 형상화하고 있다. 이러한 인식과 성과가 가능했던 것은 박연희가 남북으로부터의 객관적 거리감을 확보하기 위해 '경계인'의 위치를 고수했기 때문이다. 박연희는 이들 작품에서 철저한 관찰자의 시선을 확보하고 있을 뿐, 섣부른 가치판단이나 정언테제를 선언하지 않는다.

예컨대 「증인」의 경우에도 주인공 준은 반공 이데올로기에 대한 비판의식을 표출하기는 하지만 하숙생인 현의 논지에 동의하지는 않는다. 준은 현의 남한체제 비판에 대해 공감하기는 하나, 현의 논리에 전적으로 동의하는 것은 아니다. 현은 이러한 준에 대해 "장선생님은 마치 세계연합정부론世界聯合政府論[17]과 비슷한 말씀"(216쪽)이라고 말하며, 준은 "흥분하여 연설조로 말"(216쪽)하는 현에게 "그것이 고민이 될 수도 있고, 모색摸索이라는 말도 될 수 있을"(216~217쪽)것이라고 답한

---

17) 「증인」에 등장하는 '세계연합정부론'은 이미 1950년 김기림이 국제적인 무정부주의적 상태와 민족적인 전쟁위기를 극복하기 위한 대안으로 제시한 바 있다. "다음으로 「유엔」에서 그 의도의 단초를 보였으며 「아인슈타인」 등을 비롯하여 「아메리카」 지식층이 논의하고 있으며 또한 전 세계의 문화인이 한가지로 이에 관심을 보이고 있는 세계정부 혹은 세계국가―즉 그대로 버려두어서는 전쟁의 위기로 곧장 굴러가기 쉬운 무원칙하고 무절제한 오늘의 국제정국의 무정부 상태를 조정하여 인류의 불행을 미연에 막아낼 수 있는 합리적인 국제적 기구가 이 세기의 후반에기에는 과연 실현될 것인가. 일찍이 국제연맹은 좋은 이념에서 착상하였으면서도 열강의 국제적 「마캬벨리즘」의 무대로 화한 때문으로 해서 실패하였거니와 오늘의 「유엔」은 두 번 다시 구렁에 빠져서는 아니될 것이다. 폭로와 공격과 야유와 「마캬벨리즘」의 장소가 되지 않고 참말 인류의 복리에 충실한 인류의 기관이 되어가기를 기대해야 할 것이다."(김기림, 「문화의 운명―20세기 후반의 전망」, 김학동 편, 『김기림 전집』 6권, 심설당, 1988, 60쪽) 박연희가 김기림이 보여준 남북 양체제에 대한 비판적 인식을 계승하고 있음을 고려한다면 이 대목은 보다 강조되어 독해될 필요가 있다.

다. 따라서 이 작품의 제목이 '증인'인 것은 당연하다. 남과 북에 대한 거리감을 확보한 채 이를 객관적으로 사유하고자 하는 작가의 입장에서, 중요한 것은 강고화 되던 분단체제의 인식과 문학적 형상화이지, 어느 한 체제의 '불충분한' 승인이 아니기 때문이다.

IV. 지식인 중심성의 극복과 하위주체의 복원

전후 리얼리즘 문학의 새로운 흐름을 복원시키기 위해서는 이른바 '하위주체'(subaltern)에 대한 문학적 형상화에 주목해야 한다. 많은 전후 문학 작품들이 지식인 중심성을 강하게 노정하면서 추상적인 담론의 형상화에 집중해온 반면, 당대 대다수 하위주체의 목소리를 텍스트에 투영시킨 경우는 많지 않다. 그러나 현재 요구되는 리얼리즘이 과거 리얼리즘의 지식인 중심성을 극복해야 한다는 사실을 상기한다면 이와 같은 텍스트의 '흔적'들을 문학사적으로 복원시키는 작업은 매우 중요한 의의를 지닌다고 할 수 있다.

이는 3장에서 살펴본 박연희의 분단체제에 대한 객관적인 인식과 비판이 지니는 한계를 볼 때 더욱 중요한 작업으로 여겨진다. 이러한 한계는 「환멸」의 결말에서 단적으로 드러난다. 남한과 북한 체제 모두에 대해 비판적 인식을 지닌 주인공은 결국 다음과 같이 혼돈에 빠진다. "훈은 또 발자국을 옮길 때마다 약한 진동이 불안하여 슬며시 주위를 둘러보며 수굿하여 골목길로 빠져 방향도 없이 걸어갔다."(333쪽) 기실 경계인의 위치를 통한 분단체제의 비판은 대다수 하위주체와의 구체적인 상호작용을 통해서만 그 지식인 중심성을 극복할 수 있기에 위와 같은 '방향'을 잃은 훈의 모습은 당연한 귀결로 볼 수 있다.

이러한 맥락에서 주목되는 작품이 「개미가 쌓은 성」이다. 이 작품이

다른 4월 혁명을 다룬 작품들과 결정적으로 구별되는 점은 주인공이 지식인이나 학생층이 아닌 하위주체로 설정되고 있다는 것이다. 이는 박연희 소설의 전개과정에서도 중요한 위상을 지니는데, 이전 시기 작품들이 주로 지식인의 시점에서 분단체제의 모순을 비판하고 있는데 반해, 이 작품에 이르러 비로소 하위주체의 목소리를 텍스트에 투영시키려는 작가의식이 발현되기 때문이다.

엄밀히 말해서 4월 혁명을 부르주아 민주변혁의 한 단계, 혹은 축적된 민족의식의 표출을 통한 분단체제 극복의 시도 등으로 평가하는 것은 사후적인 역사적 내러티브의 결과이다. 물론 이러한 역사적 내러티브는 한국 현대사의 전개과정을 통해 남한사회의 변혁의 가능성을 모색하려는 실천적 지식인들의 고투를 통해 형성된 것임은 분명한 사실이며 또한 그 성과 역시 높이 평가되어야 한다. 그러나 현재적 관점에서 필요한 것이 역사발전의 '필연성'의 도출과 이에 기반한 뚜렷한 '전망'이 아니라면 어떻게 4월 혁명을 다시 평가할 것인가? 오히려 지금 필요한 것은 단일한 역사적 내러티브로 포섭되지 않는 당대 하위주체의 '낮은 목소리'를 통해 새로운 저항의 가능성을 읽어내는 것이 아닐까?

기존의 4월 혁명을 다룬 작품들 중 유독 지식인층이나 혁명 주도세력인 대학생의 시점에서 서술된 작품이 고평된 것은 바로 위에서 언급한 역사발전의 '필연성'과 '전망'을 도출하고자 하는 문학 연구자의 욕망에 기인한다. 예컨대 직접적으로 4월 혁명을 배경으로 하지 않음에도 4월 혁명의 사상사적 성과로 높이 평가되는 『광장』의 경우가 대표적이다. 그러나 『광장』이 거둔 분단체제에 대한 정치한 인식에도 불구하고 『광장』이 지식인 중심성을 극복하지 못했다는 점은 새로운 리얼리즘 문학의 흐름을 모색하려는 지금, 우리에게 분명한 한계로 인식되어야만 한다.18)

박연희의 「개미가 쌓은 성」이 주목되는 것은 이 때문이다. 한국전쟁 중 월남한 주인공 '장서방'의 시선에서 4월 혁명은 부르주아 민주변혁이나 분단모순의 극복으로 의미화되는 것이 아니라 '생활'의 문제로 직결된다. 장서방은 이승만의 하야 직후 K와 대화를 나눈 후 다음과 같이 독백한다.

> (그놈이 그놈이구……)
> 술이 취하면 입술을 삐죽이 내밀어 보이는 버릇이 있었다.
> 머리를 설레설레 흔들어 K의 말을 부정해 보았다. 문득 걸음을 멈추어 섰다. 부정해 놓고도 얼른 납덕이 가지 않아, 한 손으로 머리를 싸안고 군들거려 생각하였다.
> (또 이꼴로 산다는 거지…… 그럴 수도 있지! 나라일을 빙자해서 놈들은 호사하고…… 에ー 데럽다…… 데러바…….)
> 장서방은 침을 탁 뱉었다.[19]

장서방에게 4월 혁명은 이념적인 층위가 아닌 삶의 층위로 인식된다. 이는 장서방의 4월 혁명에 대한 인식의 모순에서 단적으로 드러난다. 그는 생활고에 대한 아내의 걱정에 대해 "우린 이승만 대통령 말씀을 믿어야 함매. …… 우리가 다 합심하면 잘살고, 흩어지면 못산다고…… 또, 민족을 팔아먹는 공상당(원문-인용자)을 없애야만 잘 살 수 있다고 하지 않습데? 그 공상당 속에서 나온 일만 해도 마음이 시원하고 자유가 얼마나 좋소."(368쪽)라고 말하는 동시에, "이건 이승만과 이기붕일

---

18) 서경석은 『광장』의 지식인 중심성에 대해 다음과 같이 논한바 있다. "이명준의 정신력의 동력은 그에 있어 모든 것을 뜻하는 '철학'에 있었다. 그 철학이란 실생활이 제거되어 있는 관념에 해당하는 것임은 이명준이 '생활이 없는' 대학생이며, 그의 유일한 스승이자 친구인 정선생이 같은 처지의 고고학자이며 여행가라는 점으로 보아도 알 수 있다. (……)(이 점이-인용자) 5·16에 무기력할 수밖에 없는 정신이다."(서경석, 「60년대 소설 개관」, 문학사와 비평연구회 편, 『1960년대 문학연구』, 예하, 1993, 32쪽)
19) 박연희, 「개미가 쌓은 성」, 같은 책, 385~386쪽.

물러나라는 말이오. …… 그 놈들이 물러나면 민주주의가 잘 돼서 우리도 잘 살 수 있소."(370쪽)라고 말한다. 즉, 장서방에게 4월 혁명은 민주주의나 분단극복의 문제가 아니라 생활고의 문제로 인식되는 것이다. 이러한 하위주체의 인식은 장서방의 월남 동기가 이념적인 층위가 아니라 "국군國軍이 진주해 왔을 때 (……) 함부로 동장洞長자리에 앉"(366쪽)았던 것에 기인한다는 점에서도 확인된다.

물론 이와 같은 장서방의 4월 혁명에 대한 인식이 지니는 모순에 대해서 지적하는 것은 매우 쉬운 일이다. 그러나 이는 사후적인 평가일 따름이다. 당시 4월 혁명에 대해 일반적인 하위주체가 그 역사적 의의를 역사철학적인 지식을 통해 해석하는 것은 불가능하다. 기실 『광장』을 비롯한 지식인 중심성을 강하게 보이는 작품들은 4월 혁명에 직접 참여한 대다수 하위주체들을 당시 혁명의 주도층인 지식인, 학생층의 담론 체계로 너무나 손쉽게 환원시킨다. 이 과정에서 4월 혁명은 추상적 층위의 부르주아 민주변혁, 혹은 민족모순과 분단모순의 극복 등의 담론 체계로 환원된다. 문제는 공산당을 "공상당"으로 오인하는 하위주체들의 '낮은 목소리'가 추상적인 담론에 의해 배제된다는 것이다.

이러한 문제는 4월 혁명 직후 바로 드러난다. 4월 혁명의 주도층은 곧 주류적인 정치체제로 편입되며 일부는 5·16 군사 쿠데타의 정당성을 강변하는 근거로 4월 혁명을 변질시키기도 한다.[20] 즉, 구체적인 삶

20) 이와 관련하여 다음과 같은 연구를 참조할 수 있다. "박정희정권은 정권 찬탈의 약점을 감추기 위해 처음부터 '4·19혁명정신의 계승'을 내세웠고 그 연장선에서 160여 명의 이른바 '4·19주역'들에게 건국포상을 내렸다. 30여명이 포상을 거부한 것으로 알려져 있으니 '4·19주역'을 자처했던 거의 대부분의 사람들이 5·16군정세력이 내린 포상을 받은 셈이다. 이들은 1966년 4월 19일 수유리 4·19탑에 모여 4·19유공자회를 발족시켰는데, 이들은 4·19유공자회의 발족은 '4·19이념과 전통을 계승하고 친목을 위해'라고 설명한다. 모두 포상자들로 구성되어 있는 이 4·19유공자회는 현재 161명이 회원으로 있는데, 이들 중에는 안병규, 이기택, 유기수, 이재환, 이태우, 정동성, 이태섭 등 이른바 '4·19주역'을 자임해 온 여야 정치인들이 다수 포함되어 있다."(고성국, 「4·19, 6·3세대 변절·변신론」, 『역

의 층위에서 4월 혁명을 나름의 방식으로 인식한 하위주체의 목소리를 통해 혁명을 진전시키지 못한 것이 당시 지식인 중심의 지도층의 한계였던 것이다.

박연희의 「개미가 쌓은 성」은 일면 4월 혁명에 대한 과학적 인식에 이르지 못한 작품으로 보이기도 한다. 그러나 정작 4월 혁명의 과학적 인식이 바로 대다수 하위주체의 구체적인 삶과 유기적 지식인간의 결합을 통해서만 가능하다는 점을 고려한다면 이 작품은 새롭게 해석될 수 있다. 무엇보다 4월 혁명의 부분적인 성취에 도취된 지식인 중심적인 많은 작품들이 배제한 구체적인 하위주체들의 삶의 복원이 일정 부분 이루어지고 있기 때문이다. 더욱이 4월 혁명의 실패가 바로 하위주체와 괴리된 혁명 지도층의 지식인 중심성에 있다는 점을 고려할 때 박연희의 성과는 더욱 큰 의의를 지닌다.

V. 리얼리즘 문학의 연속성과 전후문학의 재인식

이상의 논의를 통해 박연희를 중심으로 전후문학 연구의 새로운 관점을 제기하고자 했다. 박연희는 일련의 일제 말기를 배경으로 한 연작소설을 통해 비민족주의적 반식민주의 역사서술을 보여준다. 이는 당시 민족 대 계급이라는 허구적인 대립구도 속에서 간과된 식민주의의 문제를 민족주의의 동일성의 논리를 벗어나 극복하고자 했다는 점에서 주목된다. 박연희는 또한 전후 단절된 것으로 인식되어온 리얼리즘적 흐름을 분단체제에 대한 객관적 인식과 비판을 통해 계승하고 있으며 나아가 리얼리즘 문학이 간과해 온 하위주체의 복원에 대한 문제의식을 보이기도 한다.

사비평』, 1993 가을호, 65쪽)

주지하다시피 기존의 전후문학 연구는 전후 시기를 설정하면서 전대와의 '단절'을 절대화시켰으며, 동시에 전후 현실의 문제를 추상적인 이데올로기의 층위로 환원시켜왔다. 이 과정에서 박연희가 보여준 당대 현실에 대한 리얼리즘적 성취는 간과되어왔다. 물론 박연희의 작품은 그 형식미학적 측면에서 시점의 혼돈이나 시간구조의 혼선 등의 한계를 지니는 것도 사실이다. 그러나 현재 전후문학 연구가 무엇보다 단절론적 시각을 벗어나 카프와 해방공간의 리얼리즘 문학의 연속성을 복권시키야 한다는 점을 고려한다면, 박연희에 대한 문학사적 자리매김은 유효한 과제일 것이다. 나아가 박연희의 문학은 기존 리얼리즘 문학의 지식인 중심성을 극복하기 위한 유력한 문학사적 토양으로 작용할 수 있을 것이다.

이문구 초기소설 연구

고인환

I. 들어가며

1960년대 이후, 박정희 정권의 근대화 기획에 대한 문학적 응전의 일환으로 작가들은 소외된 민중들의 삶에 관심을 보였다. 이 시기 발표된 김정한, 박태순, 서정인, 이문구, 이호철 등의 작품은 산업화 과정에서 소외된 민중들의 건강한 생명력을 환기시키고, 변두리로 밀려난 하층민들의 삶을 부각시켰다.

이문구의 문학은 이러한 시대적 상황과 긴밀한 연관을 가진다. 특히, 이문구의 소설은 1960년대 주류를 형성한 4 · 19세대의 언어 의식 및 문학관과 일정한 거리를 유지하고 있다는 점에서 문제적이다.

4 · 19를 시발점으로 형성된 1960년대 문학은 '새로운 개인의식의 발현', 즉 개인의 실존에 대한 미시적 형상화에 주력하였다.[1] 4 · 19세대

들은 서구적 의미의 근대성을 적극적으로 수용하여 1950년대 문학과의 차별성을 강조하였다.[2] 그러나 이들의 합리주의적 의식은 급속한 산업화로 야기된 농촌공동체의 붕괴, 이농으로 인한 도시빈민의 증가, 열악한 노동조건에 매인 노동자들의 삶, 냉전 이데올로기의 횡포 등 새롭게 형성된 현실을 포착하고 이를 문학적으로 형상화하는 데 분명한 한계를 노출하였다.

지금까지 이문구 소설에 대한 연구는『관촌수필』과『우리 동네』를 중심으로 전개되어 왔다. 이러한 연구 경향은 '농촌소설' 혹은 '농민소설'이라는 범주에 작품 세계를 한정함으로써 이문구 소설의 전체적인 변모와 내적 동기를 고찰하는 데 적지 않은 어려움을 노출하였다. 본고에서는 이문구 소설의 원류에 해당하는 초기 소설[3]을 농촌과 도시의 긴장 관계를 중심으로 고찰함으로써 작가의 현실 인식의 변모 과정을 추적하고자 한다.

작품 속 배경이 되는 공간을 중심으로 초기 소설을 분류해 보면 다음

---

1) 권성우, 「60년대 비평문학의 세대론적 전략과 새로운 목소리」, 『1960년대 문학연구』, 예하, 1993, 22~24쪽 참조.

2) 제3세계가 서구적 근대성을 추종하게 된 까닭은 그것만이 유일한 대안임을 강요하는 자본주의 세계체제 속에 편입된 탓이기도 하지만, 동시에 여기에는 물적 · 이념적 억압으로부터의 해방이라는 근대 서구의 전망에 자발적으로 매혹당한 점도 있는 것이다(송승철, 「탈식민주의 비평: 비판과 포섭 사이에서」, 『안과 밖』, 2002년 상반기, 103쪽 참조). 4 · 19세대들이 추구한 근대성도 위의 논리의 연장에서 이해할 수 있다. 그들은 서구적 의미의 근대성에 자발적으로 매혹되었다는 혐의에서 자유로울 수 없으며, 이러한 매혹은 산업화 중심 세력의 이데올로기에 소외된 민중들의 삶을 적극적으로 형상화하기 힘든 태생적 운명을 시사한다.

3) 이문구 문학 세계의 제1기(1965~1972)는 데뷔 이래『관촌수필』이 발표되기 직전까지에 해당한다. 이 시기의 작품은 '농촌 → 도시 → 농촌/도시'라는 공간적 이동의 변주를 통해 급속한 산업화의 논리를 상대화하는 데 주력함으로써 나름의 독특한 문학적 성취를 이룩한다. 초기 소설은 그의 문학 세계의 원류에 해당한다고 할 수 있다. 이후의 작품들은 이 시기에 보여준 다양한 탐색이 심화되고 발전되는 양상을 띤다. 따라서 초기 소설에 대한 면밀한 분석은 그의 작품 세계 전반을 이해하는 시금석이 된다.『관촌수필』,『우리 동네』연작은 이러한 초기 작품 세계의 일정한 성취를 바탕으로 우리 문학사의 한 페이지를 장식하게 된다.

과 같다.

첫째, 절대적 빈곤의 농(어)촌 현실을 다루는 작품들이다. 급속한 산업화의 와중에서 농(어)촌공동체가 해체되면서 고향을 상실하게 되는 농(어)민들의 삶을 다룬 단편들이 여기에 해당한다. 「김탁보전」(1968), 「암소」(1970), 「그때는 옛날」(1971), 「추야장」(1972), 「해벽」(1972) 등이 대표적이다.

둘째, 농(어)촌을 떠난 주인공들이 부랑노동자로 전락하여 도시빈민으로서의 비참한 삶을 살아가게 되는 현실을 다룬 작품들이다. 「백결」(1966), 「지혈」(1967), 「야훼의 무곡」(1967), 「두더지」(1968), 「몽금포타령」(1969), 『장한몽』(1970~1971), 「금모랫빛」(1972) 등을 꼽을 수 있다.

셋째, 도시에 정착한 화자의 시선으로 도시와 농(어)촌의 긴장을 다루고 있는 작품군이다. 여기에서는 사회 현실과의 일정한 거리감에 바탕한 등장인물들의 개인의식과 자의식이 표출된다. 「백의」(1969), 「이 풍진 세상을」(1970), 「다가오는 소리」(1972), 「그가 말했듯」(1972), 「만고강산」(1972), 「낙양산책」(1972) 등이 여기에 해당한다.

'가난에 의한 농(어)촌공동체의 붕괴', '농(어)촌공동체를 떠나 도시에 정착하지 못하고 부랑하는 도시 빈민들의 삶', '도시에 정착하더라도 정체성을 끊임없이 회의하는 중산층의 의식' 등으로 표출되는 이문구의 초기 소설은 서구 중심의 근대화가 가져온 부정적인 양상을 강도 높게 고발하고 있다.

이러한 초기 소설은 '떠남 → 방황 → 정착'의 구조를 보여준다. 이는 주인공(화자)들의 사회적 지위가 '농(어)민 → 도시빈민 → 중산층'으로 변모하는 과정과 일치한다. 이러한 변모는 '농(어)촌 → 도시 → 도시/농촌'이라는 공간적 변화를 통해 인물(화자)의 정체성 탐색의 과정을 보여준다. 등장인물들은 하층민에서 지식인의 위치로 점진적으로 변모하고 있는데, 이는 인물과 작가 사이의 심리적 거리가 가까워졌음을 의미한다. 특히, 화자의 정체성 탐색이 작가의 자의식을 반영하며 글쓰기에 대한 천착으로 확장된다는 점은 주목을 요한다.

이러한 과정은 두 가지 흐름으로 나타난다. 하나는 전통적 농촌공동체에 바탕한 토착적 삶의 방식을 체현하면서도 이를 넘어서려는 의지로 표출되고, 다른 하나는 우리와는 이질적인 서구적 근대화 담론을 상대화하는 방향으로 나아간다.

II. 근대화 과정의 농촌공동체 형상화

이문구 초기 작품에 등장하는 농(어)민들은 절대적 가난의 세계에서 벗어나지 못하고 있다. 이러한 가난은 '집 없음', '땅 없음'의 모티프(공간)로 반복된다. 「추야장」의 '타고나길 애초 아무것도 없게 태어난' 윤만으로선 능애가 임신을 했어도 신방을 차릴 만한 방 한 칸 마련하지 못한다. 능애 또한 방 하나 딸린 움집 신세를 면하지 못한다. 이러한 '집 없음' '땅 없음'은 일차적으로 전통적 의미의 '지주/소작 관계'에서 기인한다. 「추야장」의 '모래미 앞자락 개펄 소금 밭'은 거의가 장만덕의 소유이다. 농(어)민들은 품을 팔지 않고는 '빨랫비누' 한 장 사 쓸 수 없는 형편이다. 이러한 '가난하고 답답한' 현실적 농촌은 이들을 '타관'으로 내몬다. 이에 '집 없음', '땅 없음'의 모티프는 전통적 농촌공동체를 그 내부에서부터 붕괴시키는 요인이 무엇인지를 보여주는 지표로 기능한다.

농(어)촌공동체를 해체시키는 외부적 요인으로는 서구적 의미의 근대화 기획을 들 수 있다. 농(어)촌 근대화 정책은 농(어)민들을 소외시키며 전개되었는데, 여기에서 농(어)민과 정부 간의 대립이 발생한다. 이러한 대립은 표준어와 방언, 문어체와 구어체의 대비 등 표현 방식의 차원으로 변주되기도 한다. 이는 지배층과 피지배층의 대립을 언어들 사이의 경계를 통해 표출함으로써 둘의 관련성을 드러내려는 전략의 일환이다. 이러한 컨텍스트 속에서는 지배 이데올로기의 언어가 항시 공세적이며, 농민의 언어는 자기 방어적인 형태로 진행된다. 동시에 지배 이데올로기의 언어는 '확대/과장'의 화법이며, 농민의 언어는 '우회/인용'의 화법에 의해 운용된다.[4]

  "아이그매."
  "선상님."
  "살려줘유."
  이런 소리가 들리며 갈머리 사람들이 소금 그릇을 들고 갈팡질팡하는 게 보였던 것이다.
  "이거 놔요. 이럴 줄 몰랐어?"(「김탁보전」, 전집 1, 187쪽)

  통통 …… 역말댁은 엉겁결에 무거운 광주리를 변소 바닥에 내려 놓으며,
  "있슈 … 시방 들었시유 ……" 대답부터 하고 나서 변소 문고리를 단단히 잡아당긴다.
  "다 아니께 순순히 나오쇼. 나와요 ……" 징수원은 웃음을 참으며 계속 문을 흔든다. 역말댁은 기침을 하거나 꿍 소리를 내지 못하고, 말로 대꾸한 게 잘못이었다고 후회하면서,
  "아뉴, 나는 소금 장수가 아녀유, 시방 뒤봐유 ……" 해버린다.
  "이 아주머니가 시방 누굴 조롱허나?" 징수원이 왈칵 여는 힘에, 역말댁은 문고리를 쥔 채 밖으로 딸려나온다(「김탁보전」, 전집 1, 189~190쪽).

  위의 인용은 「김탁보전」의 갈머리 소금 장수와 장세 징수원 간의 대

4) 한수영, 「말을 찾아서」, 『문학동네』 2000년 가을, 365쪽 참조.

화이다. 소금장수들은 방언을 통해 부드러움과 애원의 정조를 전달하고 있으며, 장세 징수원은 표준어에 가까운 언어를 사용하여 위압적인 논리를 강요한다. 이러한 방언과 표준어의 대비는 농(어)촌과 도시, 전통공동체와 근대화 기획의 대립으로 확장되며, 농(어)민들의 이해와 요구를 대변하지 못하는 산업화 정책의 허구성을 일상의 차원에서 생생하게 전달하는 한 예이다.

한편, 붕괴되는 공동체 속에서 농(어)민들은 농(어)촌에 정착하려고 안간힘을 쓴다. 가족을 이루려는 안간힘은 농촌에 뿌리를 내리려는 욕망이며, 사라지는 공동체를 회복하려는 절박한 염원이라는 점에서 '현실적 농촌'과 '회복해야 할 공동체' 사이를 매개한다.

'가족 이루기'의 염원은 부정적 근대화 논리를 넘어선 건강한 성性을 대변하는 인물들을 통해 구체적으로 제시된다. 「암소」의 박선출과 신실, 방개와 점촌댁의 섹스, 「추야장」의 이별을 앞둔 능애와 윤만의 마지막 섹스는 자연과 하나된 원초적 생명력을 상징함으로써 현실적 고뇌를 넘어서는 기능을 하고 있다. 이들의 삶에서 섹스는 현실의 고단함을 잊게 해주는 유일한 '기쁨이며 즐거움'이다.

이들의 정사는 가난이라는 현실을 넘어서는 계기가 되지만, 또한 그러한 현실적 조건 때문에 지속되지 못한다. 그것은 「추야장」에서 가난의 굴레를 벗어 던지지 못하는 윤만의 무능함을 포용하는 동시에 원치 않은 임신으로 인해 능애를 떠날 수밖에 없게 만든 원인이기도 하다. 원치 않은 임신은 새로운 생명 탄생의 기쁨(생명력)이 현실적 조건 때문에 억압되는 상황을 반영된다. 이러한 성性의 양가성은 근대화로 인해 붕괴되었지만, 그럼에도 불구하고 이들의 삶을 지배하고 있는 '농(어)촌공동체'의 운명을 암시한다. 따라서 농(어)촌공동체는 현실적 삶의 조건에서 볼 때, 잠재적이면서도 중충적인 모습으로 존재할 수밖에 없다. 농

(어)촌공동체적 삶이 희망과 절망이 뒤얽힌 모습으로 표출되는 이유도 여기에 있다. 이러한 절망과 희망, 현재와 과거의 긴장은 좌절과 해학, 악담과 푸념, 비극과 포용 등의 혼종으로 표출된다.

「김탁보전」에서 장마에 집이 떠내려가는 절망적 상황에서 탁보와 역말댁이 주고받는 여유로운 대화는 서로의 마음을 따스하게 감싸준다. '헛디디면 뒷간에 빠진'다는 역말댁의 염려에 '빠지면 미역감지'라고 되받는 탁보의 능청은 절망적인 상황을 해학적으로 변형시킨다. 또한 술을 웬수라고 생각하던 역말댁이 깡통 속에 든 돈으로 주막에 가서 몸을 녹이라고 말하는 대목은 탁보에 대한 그녀의 훈훈한 애정을 보여준다.

「김탁보전」의 이러한 결말은 「암소」의 황구만과 박선출의 갈등이 해소되는 장면과 유사하다. 박선출의 꿈과 황구만의 욕심이 복합적으로 얽혀 있는 '암소'는 술을 먹고 날뛰다가 결국 죽고 만다. 이러한 해학적 결말은 이들의 대립을 적대적인 관계로 인식하지 않고 골계적으로 해소하려는 공동체적 지향의 소산이다.5)

이렇듯 농촌을 배경으로 한 이문구의 소설은 극한적 대립을 피해간다. 이는 도시와 농촌의 이분법적 분리에 바탕한 근대 동일성 담론에 미세한 균열을 내면서 중층적이고도 양가적인 의미망을 구축하고 있는데, '현실적 농촌'과 '회복해야 할 농촌공동체' 사이의 거리를 인정하고 그 접점에서 부정적 현실을 극복할 수 있는 지혜를 찾으려는 의도의 일환이다. 이러한 의도는 더불어 살아가는 삶, 자연과 하나된 삶의 소중함

---

5) 해학은 왜곡된 환경에 고통받는 인물을 동정한다. 그것은 잘못된 환경(상황)을 희화화하면서 근본적인 잘못이 없는 인물에게 공감한다. 비록 부정적 환경의 논리에 적극적으로 맞서지는 못하지만 그 스스로가 모순된 환경의 피해자이며 내면에는 타락하지 않은 순박함을 지니고 있다. 이러한 순박함에 대한 공감은 고통스러운 상황을 견뎌내며, 전복시키는 활력이 된다 (나병철, 『소설의 이해』, 문예출판사, 1998, 300~301쪽 참조). 탁보, 역말댁, 황구만, 박선출 등의 인물에 대한 독자의 공감은 이러한 해학적 요소 때문에 발생한다.

을 환기함으로써 이와 대조되는 부정적 근대화의 부도덕성을 고발하는
계기를 마련하고 있다.

III. 근대적 제도의 규율과 탈향의 서사

절대적 가난이 지배하는 농(어)촌을 떠난 이문구 소설의 주인공(화
자)들은 새롭게 도시에서의 삶을 시작한다. 이들은 도시에서도 농(어)
촌의 삶을 '타자성'으로서 각인하고 있다. 그러므로 이들의 '탈향과 방
황'은 외부의 세계를 향하는 길이면서, 동시에 자신의 내부로 침잠하는
길이기도 하다. 도시에서의 삶은 자기 안에 도사리고 있는 타자, 즉 농
촌공동체의 의미를 확인하는 과정이기도 하다.

도시에서의 삶 또한 지긋지긋한 가난의 멍에를 벗겨주지는 못한다.
도시에 정착하려는 이들의 꿈은 가족을 이루려는 의지로 표출된다. 이
러한 의지는 농촌을 다룬 작품에서 나타난 '집 없음', '땅 없음'의 모티프
와 연결된다. 그러나 이 또한 여의치 않다. 이들은 전통공동체가 붕괴되
는 과정에서 자기 본래의 세계를 박탈당하였을 뿐 아니라 새로운 환경
에도 정착하지 못하는 상황에 처한 것이다.

도시에서의 주인공들은 정처 없는 떠돌이들이다. 부랑노동자들인 이
들은 작업장의 임시 합숙소에서 먹고 잔다. 공사가 끝나면 다시 일자리
를 찾아 떠나야 할 형편이다. 이처럼 부유하는 삶은 집(정착)에 대한 강
한 집착을 유발하고, 이것이 가족 이루기에 대한 염원으로 나타난다. 그
러나 냉혹한 도시의 법칙은 이들의 꿈을 산산조각 나게 한다.

「백결」의 조춘달 영감은 혼자 산다. 그는 젊은 시절 성불구가 되어
결혼과 가정에 대한 꿈을 잊어버린 지 오래다. 그러던 중 옥화라는 여자
를 양녀로 입양한다. 옥화의 가출로 다시 혼자 살게 된 그는 우연히 종

우를 만나게 되고 우여곡절 끝에 그와 함께 살게 된다. 종우는 옥화의 딸임이 밝혀진다. 옥화는 미국으로 떠나고 종우는 결국 죽음을 맞이한 다. 이러한 과정을 통해 조춘달 영감의 소박한 꿈은 짓밟힌다.

「야훼의 무곡」은 가족 이루기의 꿈이 폭력배의 의리로 왜곡되어 나타나는 양상을 보여준다. 「생존허가원」의 김우길, 「두더지」의 명우와 영옥의 계약 관계, 「지열」의 김찬섭 등도 가족 이루기의 지난함을 보여주는 예이다. 가족 이루기에 실패함으로써 도시에 정착하지 못하고 떠도는 인물들은 부랑노동자, 범죄자, 사기꾼, 일수꾼 등의 삶을 살아간다.

한편, 가족 이루기의 염원은 고향에 대한 그리움과 연결된다. 가족에 대한 이들의 집착은 잃어버린 공동체(고향)에 대한 염원이다. 고향을 떠올려 보기도 하지만 고향 또한 이들에게 안식을 주지 못한다. 앞에서 살펴보았듯이 농촌 또한 산업화의 논리에 의해 이미 붕괴되었기 때문이다. 이들에게 고향은 안온함과 배신의 양가적 공간이다.

> 물빛도 발견할 수가 없었다. 물너울이 이는 것도 아니고 소용돌이가 보이지도 않았다. 논두렁이나 밭이랑이 흘러가는 것 같았다. 드넓은 벌판이 흘러간다 싶기도 했다. 물론 서까래가 흘러가고 초가 지붕 용마루도 떠내려가고 있긴 했다. 돼지우리가 송두리째 흘러가기도 했고, 우람한 바위가 둥실거리나 싶어 자세히 바라보면 두 아름도 넘을 나무 절구통이거나 매통이가 떠내려가고 있기도 했다. 기름챗날, 지게, 궤짝, 쟁기 …… 잠깐 동안만 건져 모아도 초가삼간을 짓고 남아 쉽잖게 살림 낼 수 있을 세간들이 줄달아 흘러가는 거였다. 허나 그런 것들은 만성의 눈에 들어오지 않았다 …… 뭣이 흘러가는 건 지 알고픈 흥미도 없었고, 아깝다거나 건져냈으면 하는 욕심도 가셔버린 거였다. 그는 언제까지나 흘러가는 대지를 무심히 전송하며 앉아 있었고, 시간이 다르게 잠겨드는 강둑의 잡초들을 구경할 따름이었다(「금모랫빛」, 전집 4, 173쪽).

홍수에 쓸려가는 물건들은 고향을 상징하는 도구들이다. 가족에 대한 염원을 표상하는 구체적 세간들에서부터 농촌공동체를 상징하는 '논두렁', '밭이랑', '드넓은 벌판', '대지'에 이르기까지 모든 것이 거대한 물결6)에 떠내려간다. 이러한 상황에서 만성은 속수무책이다. 집착하거나 욕심을 낸다고 해도 소용없다는 사실을 알기 때문이다. 고향의 아늑함이나 공동체적 유대감은 이렇게 사라져 간다. 개인의 힘으로는 어쩔 수 없는 현실 앞에서 만성은 허무할 뿐이다.

만성의 허무한 처지는 도시 내부로 편입되고자 하는 욕망과 사회의 가장자리로 떠밀릴 수밖에 없는 현실 사이의 아포리아에서 발생한다. 도시 공간으로의 편입 의지는 만성과 같은 인물에게 근대의 제도적 규율을 모방하게 한다. 그러나 모방하면 할수록 근대 제도의 규범에서 멀어질 뿐이다. 이들은 농촌의 몰락과 도시의 상승으로 대변되는 근대의 규율을 내면화하지 못하는 위치에 있기 때문이다.

이러한 처지는 농촌에서보다 더 흐릿하게 존재할 수밖에 없는 농촌공동체의 흔적을, 도시적 삶의 장 내에서 포착하려는 시도로 연결된다. 「금모랫빛」의 만성에게 '모래톱'은 일차적으로 장마가 시작되기 전 노동을 통해 밥벌이를 할 수 있었을 때의 '금빛으로 반짝이던 광채'의 이미지로 기억된다. 만성은 고달픈 노동의 일과 속에서도 '금모랫빛'을 통해 '생명의 절대감을 느끼며 내일의 일기日氣를 기대하곤' 했다. 거기에서 원초적 생명력의 이미지로 대변되는 농촌공동체(고향)의 흔적을 발견할 수 있었기 때문이다. 홍수로 인해 그 '금모랫빛'마저 볼 수 없게 된 만성은 이중의 재구성 과정을 통해서만 고향의 이미지에 도달할 수 있게 된다. 먼저 '공허의 근원처럼 적적'하게 하다가도 '갑작스레 황홀함

---

6) 「금모랫빛」의 '홍수'는 농촌공동체(고향)의 삶을 삼켜버리는 근대화의 물결을 상징한다. 홍수 때문에 부랑노동자들은 일자리를 잃고 삶의 터전을 상실한다. 이러한 설정은 하층민들의 삶과 무관하게 전개된 근대화 정책의 허구성을 폭로하려는 의도의 산물이다.

과 현기증을 이길 수 없게 하던 그 금모랫빛'이 재현되어야 하고, 이를 통해 사라져 버린 농촌공동체의 흔적이 다시 추체험되어야 하기 때문이다.

> 그러나 어쩌랴. 한참 동안이나 누운 자세로 머리 속을 캐어내도 저 흙탕물에 유실되고 있는 모래톱이 금모랫빛으로 다시 반짝일 때까지 견뎌야 할뿐이란 올가미에서 벗어날 수 없는 현실인 것을 (「금모랫빛」, 전집 4, 178쪽).

'유실되고 있는 모래톱이 금모랫빛으로 다시 반짝일 때까지'라는 구절은 노동을 할 수 있는 일상적 삶에 대한 소박한 염원이라 할 수 있다. 이러한 염원이 이루어졌을 때 만성은 또다시 사라져 버린 농촌공동체(고향)의 흔적을 '금모랫빛'에서 찾을 것이다. 그는 부정적 현실을 지양 止揚하는 새로운 희망적 공동체의 이미지를 가슴에 품고 '황홀감과 현기증'에 다시 젖어들 것이다.

도시적 삶을 영위하는 주인공들에게 농촌공동체의 모습은 이렇듯 파편적이고 양가적인 의미로 다가온다. 여러 겹의 재구성 과정을 통해 포착된 파편적이고 양가적인 공동체의 이미지는 근대 동일성 담론에 바탕한 상상적 공동체를 상대화하는 데 기여함과 동시에 '전통'이라는 또 다른 동일성 담론에 이문구의 소설을 가두려는 환원론적 의도를 끊임없이 지연시킨다.

IV. 도시와 농촌의 조합

급속한 산업화로 인해 분열된 도시의 삶은 농촌공동체에 대한 기억

을 일상의 그늘로 밀어내었다. 도시에서 농촌을 바라보는 작품 속에 등
장하는 1인칭 화자는 사회 현실과 일정한 거리감을 유지하면서 지식인
의 관점에서 작품 현실을 재구성한다. 도시적 삶을 살아가는 중산층의
시각에서 농촌의 삶이 추체험되는 것이다.

「백의」, 「낙양산책」, 「만고강산」, 「그가 말했듯」, 「이 풍진 세상을」
등은 여행의 형식을 통해 서사가 진행되는 작품들이다. 화자에게 농촌
은 더 이상 체험의 대상이 아니다. 농촌은 관찰의 대상이 될 뿐이다. 이
에 농촌 현실은 화자에게 유추의 방식을 통해 추체험된다. 유추의 기법
은 자연의 풍성함과 가난한 농민의 삶을 추상적인 이분법으로 대비시
킴으로써 생생한 삶의 현장으로서의 농촌을 지워버린다.

「낙양산책」은 '현재 → 과거 → 현재'의 안정된 플롯으로 전개된다.
작품 속의 물리적 공간은 '도시 → 농촌 → 도시'의 순환 구조를 지닌다.
공간적 여행을 시간적 여행으로 치환함으로써 화자는 농촌을 정지된
과거의 공간으로 인식한다.

이러한 과거로의 여행은 순간적이고 일시적인 해방감을 보장할 뿐이
다. 화자의 농촌에 대한 인식이 구체적인 생활의 감각을 확보하지 못하
고 추상적이고 관념적인 성향을 지니는 이유도 이와 무관하지 않다.

「그가 말했듯」은 현재와 과거가 교차하는 구조를 지니고 있다. 이는
각각 도시적 삶과 농촌공동체의 삶에 대응된다. 화자는 다른 남자와 결
혼을 약속한 '이영'이라는 여자 친구와 밀월여행을 떠난다. 현재의 여정
은 학창시절 수학여행의 기억과 교차되면서 전개된다. 화자는 우연히
신자왈 선생을 만난다. 신자왈 선생과 술을 거나하게 먹고 들어온 화자
는 '그녀와 정사보다 훨씬 더 보람 있는 훗훗한 밤이 될 것 같'다고 생각
하며 '자왈선생과 재차 대작하는 자신의 모습을 연상하'면서 혼자 잠자
리에 든다. 이는 자왈 선생과의 추억이 이영에 대한 현재적 욕망보다도

우위에 있음을 암시한다. 자활 선생을 통해 '아예 잃은 줄 안 내 분수를 새로이' 챙기게 됨으로써 현재의 삶이 성찰 · 반추되는 것이다. 이러한 현재와 과거의 교차는 화자의 정체성을 확립하는 중요한 계기가 된다.

이러한 정체성 탐색의 문제는 액자 소설의 형식을 통해 효과적으로 구조화된다. 액자 형식은 빛과 어둠, 도시와 농(어)촌, 이들의 상호 연관성을 동시적으로 표출하는데 기여하고 있다. 농(어)촌을 배경으로 한 작품들과 도시적 삶을 표출하는 작품들이 액자 형식을 통해 봉합되는 셈이다. 이러한 의지는 지식인의 입장에서 소외된 농민의 삶을 추체험하려는 의지의 표출이라 할 수 있다.

「이 풍진 세상을」은 액자 형식이 작품 속에서 어떻게 기능하고 있는지를 잘 보여주는 단편이다. 이 작품은 '프롤로그 → 본 이야기 → 에필로그'의 구성으로 되어 있다. 이문구 특유의 와자한 1인칭 사설체로 진행되는 프롤로그와 에필로그는 '본 이야기'를 보완하는 기능을 한다. 즉, '본 이야기'인 '소설'이 쓰여지게 된 배경과 그 과정에 대해 소상하게 밝히고 있다. '본 이야기'는 시골 졸부 최일주를 골탕먹이는 과정에 대한 기록이다. 가문의식과 족보에 연연하는 졸부 최일주에게 화자가 계획적으로 사기 행각[7]을 벌이는 것이 주된 이야기이다. 이러한 설정은 구체적 농촌 현실과의 일정한 거리감을 전제로 한다. 화자는 이참봉과 최일주를 비교 · 대조함으로써 현실을 비판한다. 진짜 양반 이참봉이 가문은 몰락하여 자손이 산지기를 하고 있고, 가짜 양반인 최일주의 가문은 부를 축적하여 떵떵거리며 사는 세태를 비판하는 것이다. 이처럼 액자 형식은 현실과의 일정한 거리를 유지하는 장치로 기능함으로써

---

7) 도시에 정착하지 못하고 떠도는 부랑자의 삶을 다룬 이전 작품에서의 일탈과 비교했을 때, 이 작품에서 화자의 무용담을 '풍류적 사기 행각'이라고 지칭한 점은 흥미로운 일이다. 이는 초기 작품 세계의 변모를 암시한다. 살기 위해 어쩔 수 없이 행하는 비열한 사기 행각과 세태 풍자 차원에서의 사기 행각의 차이라 할 수 있다. 이는 화자가 현실과 일정한 거리감을 획득하고 있다는 점을 암시한다.

작품에 형식적 안정감을 부여한다.

현재/과거, 도시/농촌의 조합은 이야기에 대한 자의식으로 확장된다는 점에서 주목을 요한다. 이는 작품 속의 화자와 작가 사이의 심리적 거리가 가까워졌음을 의미한다. 화자(인물)의 정체성 탐색은 필연적으로 작가의 자의식을 반영하게 된다.8) 이렇게 반영된 작가의 자의식은 글쓰기, 즉 이야기에 대한 자의식으로 표출된다. 인물들의 정체성에 대한 탐색은 작가의식의 측면에서는 글쓰기에 대한 자의식과 동궤에 놓이기 때문이다. 지식인 화자의 자의식은 언어유희, 표현기교, 플롯 등에 영향을 미침으로써 작품의 완성도를 구축하는 방향으로 나아간다.

이상의 작품들은 도시와 농촌을 분리/접합함으로써 현실과의 일정한 거리감을 확보하고 있다. 그러나 사회 현실에 대한 치열한 응전이라기보다는 소극적 응시에 가깝다. 이러한 시각은 액자구성, 에피소드의 연쇄, 구술언어의 사용 등 소설(이야기)에 대한 자의식으로 표출되었다. 이러한 서사 형식에 대한 자의식은 도시와 농촌의 긴장에 바탕한 주인공들의 정체성 확립을 위한 노력의 산물이라 할 수 있다.

V. 나오며

지금까지 살펴 본 이문구의 초기 작품은 '농촌 → 도시 → 농촌/도시'의 공간적 배경을 통해 화자(인물)의 정체성 탐색의 과정을 보여주었다. 또한 이러한 과정은 서사 양식에 대한 관심(이야기에 대한 자의식)을 촉발시켰다.

---

8) 이는 작중 화자가 3인칭에서 1인칭으로 이동하고 있음과 무관하지 않다. 일반적으로 3인칭 화자는 작중 현실을 객관적으로 제시하는 데 적합하고, 1인칭 화자는 작중 현실에 대한 자의식을 표출하는 데 효과적이다.

이후 이문구의 소설은 근대성에 대한 자의식을 구체적으로 표출하기 시작한다. '고향 상실의 이미지', '귀향 모티프'로 대변되는『관촌수필』의 세계는 근대소설의 전형적인 주제의식을 표출한다. 이는 근대성을 성취하는 동시에 이를 넘어서려는 기획의 일환이다. 근대성의 타자인 전근대적인 요소의 적극적인 활용으로 부정적 근대를 넘어서려는 의도인 것이다. 전통적 이야기 양식의 차용은 근대소설 양식을 타자화하려는 의도로서 과거와 현재, 농촌과 도시의 혼용·긴장을 매개로 하여 근대성에 대한 동시대적인 성찰로 나아간다.

　이러한 시도는『우리 동네』에서도 계속된다.『관촌수필』이 잃어버린 낙원, 서사시의 시대를 복원하려는 의도의 산물이라면,『우리 동네』는 동시대의 문제를 형상화하는 데 주력한다. 전자가 근대 이전의 유토피아에 대한 향수를 전경화하고 있다면, 후자는 동시대의 디스토피아에 대한 절망과 분노를 표출하고 있다. 다시 말해 전자가 서구 중심의 근대화 기획에 대한 문화적 저항의 거점을 고귀한 과거에서 찾는다면, 후자는 피폐한 현실에서 찾는 셈이다.

도시적 감성의 진화(進化)

— 박태순의 <무너진 극장>론

오창은

I. 결여의 파토스

양극과 음극이 자석의 한 몸을 이루듯, 책읽기도 '즐거움과 괴로움' 사이에서 긴장한다. 괴로움 속 즐거움이야말로 휘발적 쾌감을 자극한다. 쾌와 불쾌의 정서는 아름다움의 구성 요소이고, 책읽기도 괴로움과 즐거움이 한 몸으로 어우러져 '시간을 잊는 행복'으로 이어진다. 그래서 행복한 책읽기는 무수한 시행착오, 시간의 인내를 통해 체득되는 경우가 많다.

한데, 박태순의 첫 소설집인 『무너진 극장』(정음사, 1972)은 즐거움도 괴로움도 아닌 '당혹스러움'을 안겨준다. 그의 대표작이면서 문제작인 「정든 땅 언덕 위」·「삼두마차」·「무너진 극장」 등은 빛나는 수작들이다. 하지만 이 소설집에 수록된 다른 작품들은 소설의 맥락 파악이 곤란할 정도로 독자들의 즐거운 책읽기를 방해한다. 독자들은 박태순의 초기 소설들을 읽고 '무슨 이야기지?'라는 의구심과 함께 '이야기 사이의 간극이 크다'는 느낌을 갖게 될 것이다. 이러한 반응은 낯선 세계와 대면한 후 나오는 일반적 현상이다. 어떤 이는 '박태순의 초기 소설에서 충분히 이야기되지 않은 무언가가 있는 듯하다'고 말한다. 또 다른 이는 '모더니즘과 리얼리즘이 뒤섞인 듯한 기묘한 작품들이다'고 평가한다. 그의 초기 소설은 서사의 단면만을 제시하는 듯한 인상을 주기도 하고, 심지어는 충분한 정보를 제공하지 않아 독자의 기대지평을 배반하기도 한다. 그런데도 독자들은 박태순의 초기 소설에 '파토스적 강렬함'이 있다는 사실을 부인하지는 못할 것이다.

결여되어 있는 것이 발산하는 강렬한 힘, 그것이 박태순 초기 소설의 매력이다. 안정적인 것은 힘의 균형 상태를 내적으로 유지한다. 하지만 불안정하고 결여되어 있는 것은 외적으로 강렬한 힘을 발산한다. 불안정성의 매력에 자신을 내던져 볼 의향을 지닌 독자라면, 박태순 소설이 갖는 1960년대적 맥락에 관심을 가질 필요가 있다. 그 관심은 한 작가의 개성적 면모에 대한 호기심일 수도 있고, 온몸으로 시대와 대결했던 작가의 정신에 대한 경외심일 수도 있다.

박태순의 첫 소설집인 『무너진 극장』은 1960년대의 사회문화적 맥락을 파악할 수 있는 풍부한 이야기거리를 담고 있다. 그의 초기 소설의 주요 화두는 '도시적 감성'이었고, 그의 소설세계는 '개인적 세계인식에서 공동체적 윤리의식으로 변모'해나갔다. 박태순 초기 소설에서 살필 수 있는 것은 내용 면에서는 '문학과 윤리의식의 결합'이고, 형식면에서는 '모더니즘과 리얼리즘의 결합'이다.

II. 도시적 일상의 포착

박태순의 등단 과정은 화려하면서도 신산辛酸했다. 박태순은 네 번에 걸쳐 신인상을 수상한 특이한 이력의 작가다. 처음 박태순은 '권중석'이라는 필명으로 쓴 작품「공알앙당」이 1964년『사상계』신인상에서 당선작 없는 가작을 수상했다. 이후 본격적인 작품 활동을 하지 않다가 1966년에 화려하게 부활했다. 1966년에는『경향신문』과『한국일보』에서 당선작 없는 가작을 수상하더니, 다시 1966년에 최인훈의「광장」이 발표되었던 잡지인『세대』에서 공모한 '제1회 신인문학상'에 중편「형성」을 통해 당당히 당선했다. 이러한 박태순의 등단 과정은 일찍이 김동리가 문학청년이었던 시절에『조선중앙일보』에 당선되고도 청탁이 들어오지 않자 오기傲氣로 다음 해에『동아일보』로 다시 등단한 것에 비견할 만하다.

그의 첫 소설집인『무너진 극장』은 1960년대 도시공간(서울)에 대한 감각적 형상화가 돋보인다. 박태순에게 1960년대 서울은 "삼백만 이상의 사람들이 득실"거리는 "더러운 도시"고, "방이 없이 헤매는 사람"들과 "지쳐빠진 영혼들"이 허덕거리는 곳이었다. 그래서 소설 속 화자는 도시공간에 대한 거부감을 표하거나 서울의 거리를 배회(「서울의 방」, 「연애」,「생각의 시체」,「동사자」등)하고, 도시에서 발생하는 아노미적 혼란, 또는 4·19와 같은 예외적 시기에 발생하는 혁명의 열기에 휩싸이기도(「당나귀는 언제 우는가」,「무너진 극장」등) 한다. 더불어, 도시 속에서 이뤄지는 부조리한 세태에 대한 풍자적 비판(「삼두마차」,「정든 땅 언덕 위」등)은 그의 작품에서 빛나는 부분이다.

그의 초기작인「서울의 방」,「생각의 시체」,「연애」등은 개인주의적 정서에 기반해 '도시에 대한 혐오의 감정'을 표출한다.

「서울의 방」(1966)은 '근대'를 최우선의 가치로 강조하는 시대적 분위기 속에서 오히려 '근대적 도시공간에 대한 불안과 공포'를 표현한다. 소설 속 화자인 '나'는 "양옥집에서는 겨울나기가 불편"하다는 생각에 서교동의 한옥 하숙집으로 옮긴다. 이 소설은 이사를 한 하루 동안의 상황을 '나'의 내면세계와 밀착해 보여줌으로써 '정신적 깊이가 결여되어 있는 한국적 근대에 대한 환멸'을 그렸다. 속도만을 중시하는 한국의 도시화는 '정신적 가치'를 부정하고, '세련된 것'으로 포장된 세계에 의해 장악되었다. 그 세련된 외양의 이면에는 주체에 대한 공간의 폭력이 자리하고 있는데, 그 매개체는 기억이다. 이사하는 과정에서 두고 온 거울을 다시 가지러 '양옥 하숙집'에 들른 나는 그 방이 "두 달 이틀 동안 살았던 나에 대한 기억을 하나도 가지고 있지 않았다"는 사실에 놀란다. "표면의 현대식 양상"과 대비되는 내부의 "지저분함"은 표리부동의 현실에 대한 야유이기도 하다. '나'가 열망했던 '안온한 방'에 대한 기대는 무참히 부서지고, "실로 오래간만에 분노를 되찾"는 느낌에 젖어든다. 그 분노는 아찔한 속도 속에서 이뤄지는 공간 재편에 관한 것이며, 젊은 이로서 시대상황에 개입할 입구를 찾을 수 없는데 대한 환멸의식이기도 하다. 이러한 초기의 문제의식은 일종의 세대의식으로 연결되어 '저항적 감각'을 환기하고도 한다. 「생각의 시체」나 「연애」는 1960년대 젊은이들의 세대의식을 표출한 작품으로 읽을 수 있다.

　「생각의 시체」(1967)의 화자인 '나'는 어떤 일을 도모하기 위해 홍운표 씨를 만나 설득작업을 벌이지만 번번이 실패한다. 분주한 하루의 일상을 담고 있는 이 소설에는 세대 간의 갈등이 직접적으로 드러난다. 말이 통하지 않는 K씨와 홍운표 씨는 사십대의 사내들이다. '내'가 보기에 사십대는 "세력을 독점한 세대"이고, 그래서 그들의 "가치판단이나 실력행사"가 막강한 영향력을 행사한다. 한 인격체로 인정받으려고 하는 '나'의 행위는 "건방지다"거나 "젊은 사람들은 너무 성질이 급하다"는 평가를 받으며 무시당한다. 이십대의 배짱으로 '나'는 "그래도 해야지요"라고 당당히 말하지만, "살아 있는 짐승 같은 도시"는 도무지 꿈쩍할 것 같지 않다. 심지어 같은 이십대로서 관공서에 근무하는 친구인 진삼에게 도움을 청하지만, 그조차 "재빠르게 이십대의 선병질을 청산"해버린 듯한 양상이고, 오히려 "세련된 허세"로 '나'를 대할 뿐이다. '나'에게 이 사회는 "개인이 개인 자격으로 남아 있는 것을 거부하는 듯"하다. 그 기성의 체제는 사십대에 의해 폭력적으로 유지되고 있다는 것이 '나'의 판단이다. 그 와중에도 나의 턱에서는 "턱수염이 자라"고 있다. 이는 이십대의 나 또한 사십대로 나아가고 있음을 자각하는 것이다. 이러한 표현에는 '저항에 대한 감각'과 '숙명의 감각'이 교묘하게 중첩되어 있다. 1960년대의 젊은 세대는 견고한 기성질서의 상징인 사십대와 갈등하면서도, 그 해결의 돌파구는 좀처럼 찾지 못했다. 단지, 젊은 세대가 사십대가 될 때까지를 기다리는 것은 '자기 위안'으로 시대를 탕진하는 것과 같다. 그런 의미에서 이 소설은 세대와 불화하면서, 시대와도 불화하고 있는 1960년대 청년세대의 감성을 표현하고 있는 것이라고 볼 수 있다.

「연애」(1966)는 청년문화의 활력이 살아 있어 경쾌하다. 1960년대 젊은이들의 대중문화적 감성과 연애 풍속도를 스케치한 이 작품은 한편의 문화보고서로서도 손색이 없다. 이 소설의 화자인 '나'는 돈화문 앞을 지나던 중 한 여자를 보고 반해 연애를 건다. 이 아름다운 여인은 자신의 별명이 억근이라고 밝히면서 다음날 폴 앵카 뮤직홀에서 보자고 하며 '나'를 따돌린다. 다음 날 폴 앵카 뮤직홀로 가서 만난 억근이는 당황스럽게도 "키가 작고 몸매가 다부진" 남자였다. 하지만 '나'는 남자 억근 일행과 합석을 하게 되고 네 명의 젊은이들과 농담을 주고받고, 거짓말을 통해 "권태로운 일상"에서 "어떤 쾌락"을 발견하려고 한다. 그 쾌락은 연애에 대한 상상이고, 젊은 세대의 유치한 일상에 대한 실감이다.

여기서 작가는 '연애'라는 주제를 '거짓말·소설쓰기'와 버무리면서, 무료한 도시적 삶 속에서 '어떤 의미 만들 수 있는가'를 탐구한다. 뮤직홀에서 빈둥대는 젊은 세대들의 소비문화는 유치한 농담, 언어의 유희, 따분한 이야기 만들기로 점철되어 있다. 이러한 공허한 일상 속에서 '내'가 진땀을 빼면서도 포기하지 못하는 것은 '유치한 것들 속에서 자신을 발견'하는 것이다. 개성, 혹은 자기세계에 대한 관심은 1960년대 중반 한국문학계의 주요 관심사였다. 사소한 것들 속에서 의미를 찾으려는 노력은 '나'를 타인과 변별하고자 하는 자의식에서 출발한다. '개인'에 대한 가치부여를 통해 이전 세대와 자신의 세대를 구별하고자 하는 의식적 노력이 박태순 초기 소설에 담겨져 있다.

박태순의 초기 소설은 도시적 삶의 특성을 날카롭게 표현해냈다. 「서울의 방」, 「생각의 시체」, 「연애」 등의 화자가 모두 '나'로 설정되어 있고, 하루 동안의 일상을 통해 소설이 구성되고 있다는 점에 주목할 필요가 있다. 이 소설들은 '나'라는 개별적 개인을 내세워 도시적 일상의 단면을 제시하려 했다. 그것은 도시공간 속에서 힘겹게 이뤄지는 관계맺기에 대한 시도이고, 그 좌절의 경험에 대한 서사화이기도 하다. 이렇듯 1960년대 대도시의 일상에 대한 소설적 형상화는 박태순 초기 소설의 중요한 특징이었다. 이는 이 시기에 도시적 일상을 도시인의 정체성을 갖고 내면화해 표현할 수 있는 작가가 박태순뿐이었다는 사실과도 관계가 있다. 박태순 소설이 담고 있는 서울의 풍경은 풍부하면서도 다각적이다. 그것은 김승옥의 감수성과도 다르고, 이청준의 서사성과도 변별된다. 김승옥의 소설은 시골과 도시에 대한 대비를 통해 서사의 긴장을 유지했고, 이청준은 도시를 기어코 살아남아야할 현장으로 그렸다. 반면, 박태순에게 서울은 내면화된 공간이었다. 실제로 동년배 작가들과 달리 박태순은 서울에서 성장한 서울내기였다.

박태순은 고향은 황해도 신천이지만, 여섯 살 때인 1947년에 서울로 이주해 서울중학교, 서울고등학교, 서울대학교 문리대 영문과를 졸업했다. 반면, 동년배 작가들은 시골 출신으로 서울로 이주해 온 경우가 대부분이었다. 김승옥은 전남 순천, 이청준은 전남 장흥, 이문구는 충남 보령, 신상웅은 경북 의성, 박상륭은 전북 장수에서 성장했다. 따라서 서울을 의미화하는 방식도 다르다. 서울로 이주한 작가들에게 도시는 생존의 조건을 만들어야 하는 투쟁의 공간인 반면, 박태순에게 서울은 일상의 공간이면서 근대를 성찰하는 환멸의 공간이었다.

Ⅲ. 카니발적 활력

박태순은 김승옥·이청준·이문구·신상웅·박상륭 등과 함께 1960년대 문학의 기대주였다. 이들 중 일부는 4·19를 직접 경험해 세대적 정체성을 공유하기도 했다. 특히, 박태순은 세대의식에 기반해 기성체제에 대해 공격적 비판을 가하기도 하고, 혼돈 자체를 소설화해 젊은 열정을 표출하기도 했다. 이러한 경향은 「당나귀는 언제 우는가」와 1960년대의 문제작인 「무너진 극장」에 잘 나타나 있다.

「당나귀는 언제 우는가」(1969)는 영등포의 공장지대를 배경으로 1960년대 시대상황을 보여주는 풍자소설이다. 이 소설은 '보세가공이니 수출특혜니'하는 시대적 분위기 속에서 군인출신의 변 사장과 상업자본가 출신의 오 사장이 부도덕한 방식으로 자본을 축적해 가는 과정을 보여준다. 변 사장이라는 인물이 대령 출신의 '혁명주체 세력'이라는 설정은 의미심장하다. 변 사장은 5·16군사 쿠데타가 어떤 식으로 부패하고 타락했는가를 상징적으로 보여준다. 이들이 설립한 '플로라 조화회사'는 위법과 탈법을 자행한다. 변 사장과 오 사장은 수출특혜를 받아

제작한 상품의 경우 국내 시장에 내다팔 수 없음에도, 다른 상표를 붙여 슬쩍 파는 행위를 한다. 그뿐 아니라 원료 수입을 핑계로 수입금지 품목이나 제한수입 조치를 받고 있는 물품을 밀반입하기도 한다. 정상적인 방식이 아닌 비정상적인 탈법행위로 자본을 축적하는 이들에게 오륙십 명의 여공들의 처우는 안중에도 없다. 이들은 위장폐업을 통해 여공들의 임금을 갈취하고, 부동산 이익 챙기기에 급급할 뿐이다.

「당나귀는 언제 우는가」는 한국 자본주의의 초기 축적을 신랄하게 비판한다. 성장제일주의 국가 정책 아래에서 자행되는 자본가들의 불법과 탈법, 노동착취에 대한 서사는 왜곡된 한국자본주의 성장사의 일면을 보여준다. 이 소설은 여기에서만 멈추지 않고, 일군의 젊은이들이 폐허가 된 공장에서 행하는 카니발적 놀이를 형상화하는 데로 나아간다. 이 소설 속 주요인물인 이택근은 폐허가 된 공장을 도둑으로부터 지켜내기 위해 도시를 배회하던 무숙자無宿者 친구들을 불러모으기 시작한다. 그들은 대부분 "대한민국의 현실 속으로 입장해 들어가고자 애를 쓰다가" 좌절한 인물이고, "회의, 고민, 타락, 체념, 울분에 사로잡혀 지내는" 야초野草 같은 인물이다. 이들의 내면 풍경은 '19세기 말엽의 러시아 소도시의 프티 인텔리들'을 닮아 있다. 그들은 시대와 불화하며 방황하는 젊은이들인 것이다. 박태순 소설은 바로 이 부분에 주목해 1960년대 도시청년문화를 '놈팡이 놀이문화의 카니발'로 그려냈다.

이 젊은이들은 60년대식 유머를 던지며, 시대를 야유한다. 예를 들면 "짜고 달고 쓰고 한 것이 무언지 알아요?"라는 수수께끼식 질문을 던지면, "그건 문짝이에요. 문짝을 짜가지고 달아서 쓰는 거니까요. 하지만 짜고 달고 쓴 것은 역시 눈물이에요"라는 식의 대화를 나눈다. 실제로 1960년대 젊은이들에게 그 시대는 짠맛, 단맛, 쓴맛이 함께 어우러져 있었다. 부패하고 무능력한 이승만 정권 아래서 짠맛을 경험했고, 4·

19혁명의 환희 속에서 자유의 단맛을 만끽했는가 하면, 5ㆍ16군사쿠데타로 쓴맛에 몸을 담그기도 했다. 1960년대 젊은 세대들이 진정 갈구했던 것은 출구(문짝)였지만, 4ㆍ19와 5ㆍ16이 짝패처럼 어우러져 젊은이들에게 환희 후의 좌절을 안겨줬을 뿐이다. 5ㆍ16을 주도했던 군부세력은 4ㆍ19정신의 계승을 주장했고, 4ㆍ19를 주도했던 학생층은 한일협정 반대투쟁 이전까지는 '군부쿠데타'를 용인하는 듯한 태도를 취했다. 4ㆍ19혁명의 급격한 상승적 기류와 5ㆍ16군사쿠데타의 하강적 기류는 젊은 세대에게 세상에 대한 환멸의식을 키워나가게 했다.

박태순의 현실인식은 4ㆍ19혁명에 대한 직접적 형상화를 통해 예리한 칼날을 세워나갔다. 그 중심에 「무너진 극장」(1968)이 있다. 박태순은 1960년 4ㆍ19혁명 당시 시위의 현장에 있었다. 그는 데모 대열과 함께 경무대 앞까지 행진했고, 친구인 서울대 법대 일학년생인 박동훈이 경찰의 총에 맞아 숨지는 상황을 대면했다. 이 경험으로 인해 그는 사회현실에 대해 예민하게 감각하면서 자신의 소설을 성찰하게 되었다.

소설 속 화자인 '나'는 4ㆍ19혁명의 거친 폭풍후가 몰아친 지 엿새째가 되는 4월 25일에 친구인 광득이ㆍ융만이와 함께 다시 거리로 나섰다. 데모의 현장에서 죽은 평길이를 조문하기 위해 망우리 공동묘지를 방문하고, 그날 밤 다시 성난 시위대열에 합류한다. 군중들은 임화수의 평화극장을 점거하는데, '나' 또한 광란과 같은 열정 속에서 극장을 파괴하는 일에 동참한다. 마치 사회적 인습과 생활규범을 몽땅 거부하는 듯한 시위대의 행위는 공포를 자아내고, 인근 주민들은 극장에 화재가 발생해 동네를 모두 태울 것 같은 불안감에 시위대를 향해 항의하지만 파괴행위는 좀처럼 끝나지 않는다. 급기야 '계엄사 군인'들이 출동해 극장 안은 죽음의 공포로 충만한다. '나'는 그 와중에 무대에 엎드린 채, 군인들의 행태를 몰래 훔쳐보다가 새벽녘에 극적으로 탈출한다. 그리고 4

월 26일, 드디어 이승만 정권이 무너졌다.

「무너진 극장」은 시위대에 도덕적 정당성을 당위적으로 부여하지 않았다는 점에서 문제적이다. 박태순은 이 소설을 통해 혁명에 내재해 있는 "원시적이고 본능적인 무질서에로의 해방 상태"에 대해 성찰한다. 시위대가 극장 안에서 구현하는 무질서와 파괴는 무의식적 에너지의 발산이다. 이러한 도취적 무의식에는 "오류에 빠진 질서를 파괴하여, 인간을 속박시키는 것들을 풀어 버리고, 구차한 사회생활의 규범과 말 못할 슬픔과, 부정부패에 대한 울분을 훌훌 떨구"려는 태도들이 혼합되어 있다. 시위대는 폭발적인 광기를 드러내는 공포스러운 군중의 형상이기도 하고, 일상과 대비되는 예외상태에 처해 있는 '파괴적인 폭도'들이기도 하다. 이러한 장면은 「당나귀는 언제 우는가」에서 젊은이들이 광란의 카니발을 즐기는 것과 비견된다.

「무너진 극장」에 구현된 혼돈적 파괴행위는 기성체제에 대한 무의식적이고 전복적인 저항으로 이어진다. 소설 속의 '나'가 인간의 내면에 존재하는 카오스적 에너지의 발산에 불안의식을 드러내는 것은 당연한 감성의 표현이다. 기괴하고 그로테스크하고 공포스럽기까지 한 에너지의 발산이 긍정적 가치로만 보일 리는 없다. 소설의 결론 부분에서 박태순은 "우리가 힘들여 끌어올렸던 그 무질서의 위대한 형식이 역사성 속의 미아처럼 다만 한 순간의 고립에 불과하고 말았다고 주장하는 세력"이 있음을 비판한다. 그것은 말할 것도 없이 5·16군사쿠데타 이후에 성립된 박정희 지배체제에 대한 비판적 언급이다. 그러면서도 "인생과 사회와 역사에 대한 진실을 엿본" 자로서 "그 놀라운 긴장감의 파괴"를 긍정하고 "모든 변혁과 가치"를 긍정하려는 태도를 분명히 표명한다. 4·19혁명에 대한 이러한 성찰적 태도는 1960년대 문학의 중요한 한 성취이기도 하다(이 소설은 1960~1970년대에 이르는 시대상황에 대한 성찰적 면모를 보여주는 작품으로 세심히 살펴야 한다. 박태순은「무너진 극장」의 결론 부분을 몇 차례 개작했다. 김윤식이「로망에로의 길—한국 소설의 문제점」,『사상계』제200호(1969년 12월)이라는 글에서「무너진 극장」에 대해 비판한 것이 개작의 중요한 동기가 되었다. 따라서 개작된「무너진 극장」은 1970년대적 시대인식을 일부 포함하고 있다).

IV. 풍자의 칼날

1960년대 중반 한국문학계는 '개인', '개성', '자기세계'로 일컬어지는 문화적 유행이 풍미하고 있었다. 그 담론의 중심에서 김주연 · 김현과 같은 평론가가 폭풍의 눈이 되어 활동했다. 이들은 '소시민의식'을 긍정하고, '인물의 개인화와 소외의 문제'를 형상화하는 것에 가치를 부여했다. 1960년대 즈음에 정착하기 시작한 이러한 문학적 흐름은 모더니즘 문학의 중심 계보를 형성했다.

1960년대 중반, 박태순도 '모더니즘 문학'의 자장 안에서「68문학」에 적극 참여했다.「68문학」에는 김승옥 · 김주연 · 김치수 · 김현 · 박태순 · 염무웅 · 이청준이 참여하고 있었다. 이 호화로운 소설가 · 평론가 에콜ecole은 후에『문학과지성』창간의 산실이 되었다. 그런데「68문학」에서『문학과지성』으로 나아가는 여정에서 소설가 박태순과 평론가 염무웅은 다른 길을 선택했다. 이들이「문학과지성」의 진영에 합류하지 않은 것은 '세계관의 충돌'에 따른 자발적 선택이었던 것으로 보인다. 김현 · 김병익 · 김치수 · 김주연 같은 전투적인 평론가들의 후광과 결별한 후, 박태순은 삶의 현장에서 독자적 문학 경향을 생산하려 고투했다. 박태순은 사회현실에 보다 적극적으로 자신을 내던지게 되고, '자유실천문인협회'를 중심으로 문학운동에 참여했다. 물론 후에 구중서 · 김병걸 · 최원식 같은 평론가가 다른 맥락에서 박태순 소설을 의미화했지만, 1960년대의 동료는 김현과 같은 '(서울대) 문리대 동학'이었다. 그들과의 결별은 박태순의 문학적 선택이었다. 1960년대 한국문학사에서 예외적 경향성을 간직한 그의 소설은 오히려 1960년 문학을 풍부화하는 밑거름 역할을 하고 있다.

1960년대 박태순의 소설은 '문화적 전위'의 자장 내에서 도시소설의 면모를 유감없이 발휘하며 달짝지근한 유희의 풍경들을 담아냈다. 그 스스로 이야기하듯이 영문학도답게 그의 초기 소설은 포크너, T. S. 엘리엇 등의 영향 아래 창작되었다. 그럼에도 그는 모더니즘적 소설의 흐름 속에서 벗어난 '민중 속에서' 자신의 작품을 새롭게 하는 방향으로 선회했다. 젊은 프티 인텔리겐치아가 엘리엇의 '황무지'에서 한국의 황무지인 '외촌동'으로 이동하는 과정은 의미심장하다. 그것은 문학의 실천성에 대한 웅변적 증거이자, 한 작가의 의식적 결단의 산물이었다. 4 · 19혁명의 품 안에서 싹튼 현실 인식은 이 작가에게 건강한 정치성을 환기하는 촉매였다.

「삼두마차」(1968)는 낱낱의 이야기 세 개가 옴니버스 형식으로 이어지는 소설이다. 이 세 개의 에피소드는 모두 박지원의 「허생전」에 대한 현대적 패러디라는 공통점을 지니고 있다. '김씨신문'은 허술이라는 인물을 내세워 부조리한 정치현실을 질타하고 있고, '쥐꼬리 장사'도 허중령이라는 인물을 통해 자본주의 경제의 모순을 폭로하고 있으며, '팔금산으로 가자'는 예순아홉의 허 노인을 화자로 내세워 왜곡된 역사의식을 비판하고 있다. 이들 각각의 인물은 나름의 철학을 통해 각각 정치 · 경제 · 역사에 대한 자신의 견해를 적극적으로 피력한다는 점에서 의미가 있다. 특히 '팔금산으로 가자'의 허 노인은 「정든 땅 언덕 위」의 변 노인의 모습과 겹쳐진다. 「삼두마차」는 다소 느슨한 구성에도 불구하고, 1960년대의 대표적 풍자소설서 돋보이는 가치가 있다.

「정든 땅 언덕 위」(1966)는 발표 당시에는 그의 초기 작품 중에서도 전체적인 흐름과는 동떨어진 예외적 작품으로 취급되었다. 하지만 문학사적으로 볼 때, 이 작품은 박태순 초기 소설의 대표작으로 다시 자리매김하고 있다. 이른바 '외촌동 연작'이 바로 「정든 땅 언덕 위」에서 시작되었다. 박태순은 1966년 4월부터 5월까지 신림동의 난곡(낙골)에서 생활한 실제 체험을 바탕으로 이 작품을 창작했다. 당시 난곡은 도심의 무허가 판자집을 없앤 후, 그 이주민들이 모여 형성한 주거지역이었다. 따라서 이곳에는 단순 일용 노동자, 행상 노점상 등이 모여 힘겹게 생계를 유지하고 있었다.

이 작품은 1960년대 문학 중 드물게 도시 하위계층의 삶을 공간적 특성과 연관해 포착했다. 1960년대 중후반에 서울은 외곽 지역을 주변부화하고 식민지화하면서 거대 도시로 확장해나갔다. 급격히 팽창하던 1960년대 서울의 근대적 외양의 이면에는 빈민촌, 판자촌 같은 공간이 은폐되어 있었다. 박태순은 근대 도시가 은폐하려는 공간을 의미화함으로써 근대의 본질을 포착해나갔다. 「정든 땅 언덕 위」의 가치는 바로 외촌동이라는 구체적인 공간 속에서 생활하고 있는 이들의 생생한 삶을 사실적으로 그려냈다는 데 있다. 외촌동에는 다양한 인물 군상이 서로를 갈취하면서 생계를 유지하고 있다. 가난 속에서 그악스럽게 서로를 이용하려는 각각의 인물은 살아있는 듯 생동감 넘친다. 빈민지역에서 고리대금업을 하며 유지 행세를 하는 변 노인이나, 건달처럼 건들거리다 야경대를 조직해 생계를 유지하는 나종렬, 그리고 나름의 생존방식을 터득해 술집을 유지해나가는 193호 과부댁 등의 형상은 들풀의 강인함을 그대로 간직하고 있다. 이러한 환경 속에서 이뤄지는 나종렬과 미순의 계산된 연애관계도 수긍이 되고, 순정한 사랑을 지키려고 애쓰는 나종애와 정의도의 사랑도 애잔한 감상을 자아낸다.

「정든 땅 언덕 위」는 민중적 가치가 이상적으로 구현된 소설은 아니다. 이 작품은 외촌동 사람들의 근대적 질서에 길들여지지 않은 삶을 의미화해 그렸으며, 이념이 아닌 실재의 모습으로 하위계층의 형상을 서사화했다. 즉 민중을 이상적 존재로 형상화하는 대신, 이기심·비루함·그악스러움까지도 그대로 포함한 민중의 형상을 그려낸다. 이러한 박태순의 노력은 1960년대 지식인의 일반적 태도에 비춰볼 때 주목할 만한 것이었다. 박태순의 선구적 성취는 외촌동이라는 공간에 밀착한 채, 민중의 생활상을 구체적으로 파악하려 한 '현장성'에 빚지고 있다. 한국문학이 '민중의 발견'으로 나아가는 도정에서 이룰 수 있는 1960년대적 성취의 정점을 보여준다. 박태순은 '근대의 어두운 그림자를 몸으로 직접 겪고 있는 외촌동 주민'을 통해 자기 문학의 갱신 가능성을 스스로 개척한 것이다.

V. 민중 발견의 리얼리즘

박태순의 초기 소설은 '모더니즘적 리얼리즘'에서 '민중 발견의 리얼리즘'으로 나아갔다.

글의 초입에서 이미 언급했듯이 그의 초기 소설들은 기묘한 불균형 상태에서 긴장한다. 소설의 서사가 화자인 '나'의 의식에 따라 자유분방하게 펼쳐지는가 하면, 독자를 낯설게 하는 형식실험도 눈에 띤다. 박태순 초기소설은 4·19혁명에 빚진 사회의식을, 모더니즘적 형식을 통해 담아내려 한 것으로 볼 수 있다. 이 과정에 '나'를 중심으로 한 내면적 서사가, 폐쇄적 사회비판의 표출에 감힘으로써 서사의 불균형이 초래된 것으로 볼 수 있다.

박태순의 초기 소설의 도시적 감성은 놀라운 일면을 지니고 있다. 도시적 불안에 대한 방어적 태도라든지 환멸의식은 1960년대 한국사회가 급격히 도시화·근대화되는 상황과 긴밀하게 연관되어 있었다. 압도적인 도시적 자극 속에서 작가는 도시공간에 대한 강한 환멸의식을 탐구했다. 박태순은 '나'라는 화자를 내세워 세대의 폭력이나, 도시공간의 자극, 그리고 같은 세대의 유치한 일상문화를 내면적 언어로 표현하다, 점차 비판적 사회인식을 강화하는 방향으로 나아갔다. 화자인 '나'는 도시를 부정적인 것으로 인식하면서도, 그 불안의식을 떨쳐버릴 탈출구를 위해 시대와 대결하는 길을 선택한 것이다. 그의 소설은 '현대의 부정성'을 '부정적 소설언어'로 표현하려 한 것이 이들 소설의 특징이다.

　　박태순 소설이 담고 있는 도시적 감성의 진화에 중요한 영향을 미친 것은 '현장의 경험'이었다. 그는 답사와 취재를 통해 '외촌동'이라는 공간을 발견해 「정든 땅 언덕 위」를 창작했다. 이러한 문제의식이 확장되어 「삼두마차」, 「무너진 극장」 등과 같은 문제작을 생산해냈다. 이들 작품은 '나'의 바깥에서 주체를 자극하는 도시공간을 어떻게 비판적으로 서사화할 것인가에 대한 고민의 산물이다. 그러면서도 그는 다른 한편으로는 '나' 혹은 '청년세대'와는 다른 도시외곽의 소외된 공간에서 비참한 현실을 영위하고 있는 하위계층의 삶을 어떻게 해석해낼 것인가에 대해서도 고민했다. 바로 이 부분에서 박태순 소설에 나타나는 현장성과 비판정신이 돋보인다. 그것은 '청년문화' '대중문화'와 같은 도시중심부의 현장성에 국한되지 않고, 외촌동 같은 '민중의 삶'과 관련된 '근대의 식민지'로 확장해나갔다.

　　1960년대 한국문학사는 박태순을 새롭게 자리매김함으로써, 다른 이랑을 가진 텃밭을 일궈낼 수 있으리라고 확신한다. 그의 소설이 구성적 결여를 포함하고 있다면, 그것은 실험적 형식과 비판적 인식이 한데

어우러져 나타난 불협화음일 뿐이다. 그는 4·19세대의 비판적 세계인
식을 온전히 간직한 채, 그 혁명정신을 문학 속에서 구현하려 했다.
1960년대 박태순 소설의 부자연스러움은 '나'에 갇혀 있던 도시적 감수
성이 외촌동을 거쳐 외부로 열리면서 진화해나갔다. '나'에서 시작해
'우리'로 나아간 박태순의 윤리적 감각은 이후 1980년대까지 이어지면
서 '행동하는 문학지성'이 되었음을 기억해야 할 것이다.

김승옥 소설에 나타난 악의 표상 연구

정은경

Ⅰ. 서론

　김승옥 소설은 기존의 논의에서 주로 '주관성, 미적 근대성, 60년대'와 관련하여 다루어져왔다. 1990년대 이후 활발해진 김승옥 소설 연구는 '60년대'라는 시대적 맥락에서 벗어나 정신분석, 신화비평, 형식비평등 다각적 차원에서 이루어진바 있고, 개별 작품론 또한 비교적 풍부하다고 할 수 있다. 그러나 이렇듯 다양한 논의에도 불구하고 김승옥 소설에 대한 평가는 초기 논의에서 언급된 '자기 세계'(김현)와 '감수성의 혁명'(유종호)에서 크게 벗어나지는 못하고 있다. '현대인의 소외와 고독', 혹은 '소시민성'(백낙청), '개인의 발견', '무력한 주관주의', '개별 주체의 내면적 세계의 절대화'(진정석), '실체 없는 거부의 몸짓'(류보선), '60년대의 신세대 감각'(김주연), '환멸의 낭만주의'(한상규), '주관적 심미주의'(김민수), '불안한 감수성과 퇴폐적 일상'(조진기), '주체성의 복원'(하정일)[1] 등에서 알 수 있듯 김승옥 소설에 대한 긍부정적 평가가 다양한 논점을 통해 표출되었으나 그 핵심은 여전히 '개인의식'과 '감수성'에 맞닿아 있다. '개인의식과 감수성'은 범박하게 말하자면 공동체/사회/보편, 그리고 이성/합리성/계몽과 대립되는 것으로 '악'과 밀접하게 관련된다.[2] 여기에서 말하는 '악'이란 일반적으로 선악이라는 윤리적 범주에서 부정적인 것을 의미하긴 하나, 인문학의 역사와 더불어 시작된 '악'에 관한 다양한 고찰은 실제 차원에서의 '악'이 윤리적 범주를 넘어선 것임을 보여준다. 이를테면 주로 신학적 차원에서 완전한 신과 악의 현존성이라는 '에피쿠로스의 딜레마'를 해결하려는 시도에서 악을 고찰하고 있는 서구의 변신론, 주체의 자유와 관련하여 선험적 도덕법칙에서 근본악을 규정하고 있는 칸트 이후의 윤리학, 그리고 무의식적 욕망과 불안, 죽음 충동 등의 심리적 차원에 주목하고 있는 정신분석학, 니체의 선악의 계보학에 이르기까지, '악'은 단순히 비도덕적인 것에 한

---

1) 김현, 「구원의 문학과 개인주의」(1969), 『현대 한국문학의 이론/사회와 윤리』(김현 문학 전집 2), 문학과지성사, 1991.
   유종호, 「감수성의 혁명−김승옥」(1966), 『비순수의 선언』(유종호 전집 1), 민음사, 1995.
   진정석, 「글쓰기의 영도」, 『문학동네』 1996년 여름.
   김주연, 「새 시대 문학의 성립」, 『김주연 평론문학선』, 문학사상사, 1993.
   한상규, 「환멸의 낭만주의」, 『1960년대 문학 연구』, 예하, 1993.
   조진기, 「불안한 감수성과 퇴폐적 일상」, 『작가연구−김승옥』, 새미, 1998년 6호.
   김민수, 「주관적 심미주의의 서사적 행로」, 『환멸의 세계, 매혹의 서사』, 거름, 2002.
   하정일, 「주체성의 복원과 성찰의 서사」, 『1960년대 문학 연구』, 깊은샘, 1998.
2) 김승옥 소설의 낭만적 성격을 '악마주의 잔혹극'을 보고 있는 다음 글은 김승옥 소설과 '악'의 친연성을 단적으로 보여주고 있다.
   "이를테면 낭만적 글쓰기의 주체들이 극기나 위악으로 합리화하고 정당화하는 인간의 악은 정말 그처럼 미학적 가치로 변호되거나 옹호되어도 되는 것일까? 악을 새롭게 인식하는 데서 더 나아가 악 그 자체를 추천하는 낭만적 상상력의 교리는 혹시 '윤리의 위기'를 새로운 윤리의 형성 기회로 만드는 것이 아니라 그 위기의 일부이거나 오히려 그것을 가속화하고 심화하는 데 기여하는 것은 아닐까?"− 오양진, 「김승옥 소설의 낭만적 주체성과 인간상에 관한 연구」, 『현대소설연구』, 한국현대소설학회, 2004, 450쪽.

정되지 않는다. 윤리의 차원에 있어서도 선악의 가름은 공동체 규범과 관련된 것이므로 시대와 장소를 달리하여 그 목록은 달라진다고 할 수 있다. 따라서 이렇듯 다양한 의미와 유동성을 지니고 있는 악은 실체나 개념이 아니라 '부정성'으로 표출되는 일종의 의식형태라고 할 수 있다.[3]

김승옥 소설과 관련하여 '악'의 표상을 고찰하고자 하는 이 글은 앞에서 언급했듯 김승옥 소설의 '개인주의'와 '감수성'에서 출발한다. '선악'의 개념은 일차적으로 공동체적 질서 속에서 탄생하는 가치규범이기 때문에, '악'은 결국 집단과 변별되는 '개인'의 자유의 확장과 자기동일성을 기반으로 하는 근대적 주체성의 실현과 관련된다. 근대문학의 탄생이 개인주의의 출현[4]과 밀접하게 관련되어 있듯, 김승옥의 '자기세계'는 한국 근대 문학의 주체의 형성과정과 긴밀하게 연관된다. 또한 기존의 윤리를 뛰어넘는 새로운 윤리의 가능성과 세계인식이 자아의식에서 출발한다는 점에서 '개별적인 자의식'은 중요한 의미를 지닌다. 한편, '감수성'과 관련하여 '악'은 미적 근대성의 차원에서 논구될 수 있는 것으로, 이는 김승옥 소설의 미적 근대성에 관한 많은 논의에서 이룬 성과를 더욱 심화·확대하고자 하는 시도이다.[5] 낭만주의 미학에서 본격적으로 출발하고 있는 미적 근대성은 "도덕은 물론 진리의 영역으로부

---

3) '악'이 일체의 부정성을 의미한다고 했을 때, 악은 단지 파괴성과 폭력으로만 치부될 수 없다. 뤼디거 자프란스키가 악은 개념이 아니라 "자유로운 의식과 만나 그 의식에 의해 행해질 수 있는 위협적인 것의 이름", 혹은 "자유에 대한 대가"라고 했던 것도 악이 어떠한 한계를 넘어서려는 의지와 행동, 한계지점을 돌파하는 힘일 수 있음을 얘기한 것이다. ―뤼디거 자프란스키, 『악 또는 자유의 드라마』, 곽정연 역, 문예출판사, 2000, 12쪽.
4) 이언 와트, 『소설의 탄생』, 전철민 역, 열린책들, 1988, 82쪽.
5) 김승옥 소설을 '개인과 사회의 대립, 그리고 미적 근대성'과 관련하여 논의한 글은 다음과 같다.
   류보선, 「개인과 사회의 대립적 인식과 그 의미」, 『문학사상』 1990년 5월.
   김민수, 앞의 글.

터 미와 예술 영역의 독립을 의미 한다."[6] 즉 과학과 도덕의 영역에서 벗어나 '미'라는 고유한 내적 논리를 발전시켜 나간다는 것은 '진리'와 '선'의 이름으로 배척되는 '오류와 거짓, 비도덕적인 것과 바람직하지 않은 것들'을 미적 영역에서 독자적으로 수용하고 향유한다는 것을 의미하는 것이다. 김승옥 소설의 낭만적 성격은 이렇듯 계몽과 이성, 합리성의 반대편에 있는 비합리적인 감수성과 감각에서 비롯되는바, 본고는 김승옥의 '감수성'이 어떻게 '악'의 심미성을 구현하고 있는지를 고찰하고자 한다.

II. 속악성: 생활세계와 허위

김승옥 소설의 낭만적 주체들이 생활세계와 일상적 삶이 부정적인 태도를 취하고 있다는 사실은 이미 많은 논자에 의해 지적된 바 있다. 김승옥 소설에 있어서 '사회'는 일차적으로 개인 내면의 진정성을 허용하지 않은 속악한 현실이다. 김승옥 소설에서 악의 표상[7]은 따라서 일차적으로 세계의 속악성을 의미한다. 김승옥의 인물들이 서울로 표상

---

6) 김진수, 『우리는 왜 지금 낭만주의를 이야기하는가』, 책세상문고, 2002, 111쪽.
7) '의지와 표상으로서의 세계 Die Welt als Wille und Vorstellung'라는 쇼펜하우어의 명제에서 나온 표상(Vorstellung)이란 개념은 객관에 대한 인식이 절대적으로 주관에 관계하고 있음을 의미한다. "인식을 위해 존재하는 모든 것, 즉 세계 전체는 주관과의 관계 속에서 이야기되는 객관으로서, 직관자의 객관"(김문환, 『근대미학연구 I』, 서울대학교 출판부, 1986, 111쪽)을 의미하는 것이다. 이런 맥락에서 볼 때, '악'이라는 객체는 개별적인 인간의 주체의 표상(Vorstellung)으로서만 존재한다. 그런데 '표상'이 인식 주체와 대상 간의 작용에 의한 것이라고 했을 때 문제가 되는 것은, 인식 주체이다. 즉, 누구의 오성과 지각에 의해 '악'으로 표상되는가의 문제인데, '악'의 의미가 지닌 '가치'적 측면으로 인해 보다 복잡한 문제가 야기될 수 있다. 본고에서는 일차적으로 작품의 서술자에 의해 표상되는 것들, 그리고 이러한 목록 중에서 특별히 '의미화'되고 있는 것들에 주목한다. 결국 '작가'로 수렴되는 김승옥 소설의 낭만적 인물들은 새롭게 윤리를 정립하려는 주체적 태도를 보여주고 있으며, 이들에 의해 기존의 선/악은 새롭게 배치된다.

되는 도회적인 삶을 부정하는 것은 거기에 만연해 있는 허위성 때문이다. 도시적 삶의 속악성과 허위성은 김승옥 소설 전편에서 표출되는데, 이는 김승옥 인물들이 낭만적 자기세계의 탐닉과 귀향의 일차적인 원인이 되고 있다. 근대화·산업화로 인해 인간을 소외시키는 불모의 장소이자 속물성을 대표하는 장소로서의 '서울'은 「무진기행」에서 '무진'이라는 토포스와의 대조를 통해 탁월하게 형상화된바 있으며, 「무진기행」과 같이 귀로형 서사구조를 보여주고 있는 「환상수첩」에서도 위선과 가식, 위악이 들끓는 생활세계로 묘사된다. 주인공 정우에게 도회의 일상이란 "부글부글 끓어오르는 내부"를 "무관심한 표정으로 가려버리는 법"과 "거부하는 몸짓으로 쌀쌀하게 웃는 법"(2:11)[8]을 가르치는 욕된 생활의 장소이다. 정우는 그 속악한 현실에서 패배하지 않기 위해 '위악'의 제스처로 자신과 타인을 기만하고, 선애를 오영빈에게 떠넘김으로써 일체의 순수한 가치를 부정한다. 환멸적인 현실과 거기에 대응하는 정우의 위악적 태도는 결국 선애를 자살로 몰고 그를 파국으로 치닫게 하여 결국 다음과 같이 탄식과 함께 고향으로 향하게 한다.

> 서울에서의 내 행동의 일체가 악이었다면 그렇다면 고향에서는
> 그와 정반대로의 행동을 하고 살면 선이 될까? (「환상수첩」, 2:27)

서울에서의 행동이 악이라는 것은, 그것이 본래적인 자기 내면에서 나온 것이 아니라 거짓으로 꾸며낸 연기이자 허위이기 때문이다. 허위를 강요하고 도회적 삶의 양태는 「야행」에서도 잘 드러난다. 「야행」에서 주인공 현주는 남편과 같은 은행에 근무하지만 2년째 이를 속이고

---

8) 본고에서 논의의 대상으로 하고 있는 김승옥 소설의 일차적 텍스트는 다음과 같다. 1.『무진기행』, 문학동네, 2005, 2.『김승옥 소설전집 2』, 문학동네, 1998, 3.『이상문학상 수상작가 대표작품선 1』, 문학사상사, 1992, 이후 인용에서는 책 번호와 쪽수만 표기한다.

생활하고 있다. 무표정하게 서로를 '박선생', '미스 리'라고 부르는 이들 부부의 연기는 이제 습관이 되어 그들 자신조차 연극을 하고 있다는 사실을 의식하지 못하게 되는데, 현주는 그러한 허위적 삶에 대해 문득 역겨움을 느끼게 된다. 현주는 어느 날 밤거리에서 "이 새끼야, 아파, 아프다니까, 이 썹새끼야"라며 등을 두들겨대는 두 사내의 모습을 목격한다. 그리고 거기에서 말할 수 없는 역겨움과 증오심을 느끼는데 그 이유는 "깨끗한 옷차림에도 불구하고 마치 자의식 없는 깡패들처럼 욕설을 지껄이고 있는"(1:354) 그들이 "같은 직장에 자기 아내를 숨겨두고 무표정한 얼굴을 잘도 꾸밀 수 있는 남편"(1:354)을 떠올리게 하기 때문이다. 그녀는 이 가짜로 이루어진 "대낮의 생활로부터 이 도시로부터, 자기의 예정된 생활로부터, 자기의 싫증이 날 지경으로 잘 알고 있는 자기 자신으로부터 도망해보고 싶은"(1:337) 강렬한 욕구를 느끼게 된다. 그리고 이러한 일탈의 욕망은 어느 날 한 남자에게 강간을 당한 것을 계기로 분출하게 되고, 이후 그녀는 '공포와 혼란'의 체험하기 위해 치한을 찾아 밤거리를 헤매게 되는 것이다.

한 개인의 순수성과 타자와의 진정한 소통을 불가능하게 하는 도시성에 대한 반감은 「누이를 이해하기 위해서」에서 다음과 같이 좀더 명징하게 표출되고 있다.

어떠한 일들이 누이를 할퀴고 지나갔었을까, 어떠한 일들이 누이를 빨아먹고 갔었을까, 어떠한 일들이 누이를 찢고 갔었을까, 어떠한 일들이 누이에게 저런 침묵을 떠맡기고 갔었을까. 누이는 도시에서의 이야기를 나와 어머니의 간절한 요청에도 불구하고 한마디 하려 들지 않았었다. (중략) 누이가 돌아오고, 누이가 도시에서의 기억을 망각하려고 애쓰는 듯한 침묵 속에 빠져드는 것을 보고 우리는 아마 누이가 도시에서 묻혀온 고독이 병균처럼 우리 자신들조차 침식시켜 들어오는 것을 느끼게 되었다. (중략) 도시에 갔던

사람들이 이곳으로 여간해서 돌아오지 못하고 마는 이유는 어디
있는 것일까. 나는 알 수가 없었다. 다행히 누이는 돌아왔다. 그러
나 옷에 먼지를 묻혀오듯이 도시가 주었던 상처와 상처의 씨앗을
가지고 돌아왔다. 무수히 조각난 시간과 공간, 무수히 토막 난 언어
와 몸짓이 누이의 기억을 이루고 있으리라는 건 알 수 있었다(「누
이를 이해하기 위하여」, 1:128~130).

위 인용문에서 '도시'는 개인에게 고독이라는 병균을 옮기고, '무수히
토막 난 언어와 몸짓'을 강요하는 환멸의 장소로 그려지고 있다. '토막
난 언어'는 앞서 무관심한 표정과 함께 도시적 일상을 이루는 중요한 요
소이다.

김승옥 작품 곳곳에서 표출되고 있는 도회적 어법에 대한 환멸감은
「차나 한잔」에서 가장 집중적으로 형상화되고 있다. 「차나 한잔」에서
만화작가인 주인공은 신문 연재 중단을 걱정하며 그날의 연재분을 들
고 신문사에 간다. 그러한 주인공에게 신문사 문화부장은 '오늘 치 만화
좀'이라고 말을 건넨다. 주인공 '나'는 문화부장의 그 말에서 위안을 얻
지만, 이어 "차나 한잔 하러 가실까요?"라는 말과 함께 이어지는 연재중
단 통고를 듣고 혼란과 절망을 느낀다. 주인공은 '차나 한잔'이라는 말
에 '해고시키면서 차라도 한잔 나누는 인정, 동양적인 특히 한국적인 미
담'과 '회색빛 도시의 따뜻한 비극'이 담겨있다고 말하지만, 그 본의는
'인정과 미담'이 아니라 허위성에 기반한 도회적 어법에 대한 풍자이다.
주인공은 이 '차나 한잔'이라는 도회적 어법과 더불어 '좀'이라는 부사
의 미묘한 뉴앙스와 그리고 '다음에 좀 봅시다,' '요즘 재미가 좋으시다
면서요' 등등의 일상적인 도회적 어법이 갖고 있는 무의미와 허위성에
주목하면서 이를 비판하고 있다.

그는 그네들의 말투를 알고 있었다. 저 도회의 어법을 그리고 그

는 항상 그 어법에 잘 속았다. 방금 카메라맨이 말한 '다음에 좀 봅시다'는, 그 뜻을 따라서 정확히 표기하자면 '그럼 다음에 또 만납시다. 안녕히 가십시오'이다.

그런데 그들은 '좀'이라는 부사를 집어넣어서 듣는 사람을 환장하게 만들어버린다. '다음에 좀 만납시다.' 어쩌면 당신에게 일자리를 얻어줄 수도 있을지 모르니까요. 인가? 생각해보라. 그렇게밖에 들리지 않지 않는가? 그는 아침나절에 그가 관계하던 신문사에서 문화부장에게 속키우던 일이 생각났다(「차나 한잔」, 1:251).

'다음에 좀 봅시다' '재미가 좋으시다면서요' 등은 '차나 한잔'과 마찬가지로 말의 본래적 뜻과 무관하게 소통되는 허사들에 불과하다. '배가 아프다'고 하면, '크로로마이신'을 자동적으로 떠올리듯, 이러한 말들은 화폐처럼 통용되는 일종의 도회적 관용어들로서 어떠한 진정성과 참다움도 지니고 있지 않다. 이 관용어들을 매개로 이루어지는 도시적 인간관계란 진정한 '개인'과 '개인'의 만남이 아니라 익명들의 만남이며, 이들의 관계는 텅 빈 말들처럼 실체 없는 껍데기에 불과한 것이다. 이 텅 빈 말들처럼 도시에서의 한 개인이란 참된 자아의 실체와 무관하게 외면적이고 피상적인 것들로 판단된다. 주인공이 신문사 건물을 되돌아보며 "자기가 여기에 관계를 갖고 있던 그동안 타인들로 하여금 자기를 볼 때에 몇 점 더 놓고 보게 해 주던 그 회색괴물"(1:237)이라고 표현하는 데서 드러나듯, 도시에서의 한 개인의 신용과 이미지는 외면적인 것으로 판가름되는 것이다. 젊은 남녀들이 비싼 등산복을 입고 우쭐해하는 것을 희화화하는 것(「싸게 사들이기」)이나 「환상수첩」의 주인공 정우가 '논쟁에서 이기는 법'이나 가르치는 강의실에 대해 환멸감을 느끼는 것도 바로 이러한 맥락에서이다.

다방, 약방, 미장원, 여관, 다방, 약방, 다방, 다방, 다방, 미장원,

여관, 비어홀, 대중식사, 대중식사, 자동차, 부속품상, 약방, 병원, 병원, 미장원, 이발소 (중략) 그렇기 때문인지 그는, 서울의 어느 거리에서건 가장 많이 눈에 띄는 그러한 간판들이 조마조마해서 견딜 수가 없었다. 온통 먹어치우고 멋을 내고 수리하기만 하면서 살아가고들 있는 것 같은 것이다(「60년대 식」, 3: 203~204).

위 인용문에서 화자가 거리의 간판들을 통해 파악하고 있는 도시의 생활세계란 '먹고 마시고 자시기 위해' 끊임없이 무언가를 팔고 되사는 곳이다. 철저히 교환가치9)에 의해 움직이는 거대 도시에 대한 이러한 묘사는 많은 논자들이 지적하였듯 급속하게 산업화되어가는 1960년대 풍속도를 축약적으로 드러내는 것이지만, 한편 생활세계의 본질을 의미하기도 한다. 일차적으로 '생리적 욕구'를 해결하기 위해 질서지어진 생활세계는 김승옥의 인물들에게 도회적 어법과 몸짓과 마찬가지로 무의미한 것을 뜻한다. '평범'이라고 할 수 있는, 이러한 생활세계에 대한 환멸감과 두려움은 김승옥 소설의 낭만적 주체들에 의해 종종 표출되고 있는 바, 이는 일상생활이 그들에게 근본적으로 '위악과 위선'을 의미하기 때문이다.

요컨대 그날 밤의 공연은 적어도 내게는 화려한 구경거리가 아니라 가장 대표적인 생활형태였을 뿐이다. (중략) 내가 무서워하며 들어가기를 망설이고 있던 것은 실상은 아주 간단한 모습을 한 하나의 얼굴이었던가? 저 일상생활이란 대수롭지 않은 하나의 탈(假

---

9) 교환가치로 이루어진 생활세계에 대한 이러한 혐오는 보들레르의 다음과 같이 인식과 상통하며, 이런 의미에서 김승옥은 물신세계와 그 타락성을 악의 표상으로 드러낸다.
"상거래란 본질적으로 악마적이다. ─상거래, 그것은 빌리고 되갚는 것, 그것은 다음과 같은 암시를 동반한 대부: 내가 너에게 준 것 이상으로 내게 갚아라. ─모든 상인의 정신은 완전히 오염되어 있다. (중략) ─상인에게 있어서는 정직함조차도 이익을 위한 투기이다. ─상거래는 악마적이다. 왜냐하면 이것은 이기주의의 형태 중 하나로서 가장 저속하며 가장 비천한 것이기에" ─보들레르, 『벌거벗은 내 마음』, 이건수 역, 문학과 지성사, 1993, 156쪽.

面)이란 말인가? 둘러써도 별 손해없는, 과연 별 손해없는? 철봉그
네 위에서의 이씨의 표정처럼 위악(僞惡)도 없고 위선(僞善)도 없는
것이라면 한번 둘러써보고 싶었다."(「환상수첩」, 2:69)

위 인용문에서 정우는 윤수와 함께 떠난 여행지에서 서커스단을 만
나고 거기에서 속물적인 도시인들과는 다른 '생활인' 이씨를 만난다. 삼
십년간을 서커스에 몸 바친 이씨의 진지한 표정에서 정우는 세속적 일
상인이 아닌 긍정적 생활인의 가능성을 엿보지만 뒤이어지는 이씨의
자살과 윤수의 죽음으로 인해 이러한 일말의 긍정성은 철회되고 만다.
결국 정주하는 도시인이든 떠도는 곡예단원이든 어떠한 더러움과 오욕
없이는 생활세계를 영위하기 불가능하다는 이와 같은 판단은 결국 그
를 파멸로 몰게 된다. '더러움과 오욕'으로 파악되는 일상세계란 기본적
으로 그것이 앞서 거리의 즐비한 간판이 상징하듯 '욕망'에 기초해있기
때문이다. 그 욕망은 타자를 부정하는 경쟁의 논리로, 자기 보존의 윤리
로 이어지면서 김승옥의 낭만적 주체의 환멸감을 더욱 가중시킨다.

「60년대 식」에서 아내와 이혼하고 죽기를 결심한 도인이 전 직장인
사립학교에 찾아가자 교장은 그에게 십년 뒤 누가 더 큰 재벌이 되는가
를 놓고 내기를 제안한다. 평소 '사장님'이라 불리는 교장은 자신의 교
육 목표는 선량한 사회인 양성이 아니라 영웅과 위인을 키워내는 데 있
으며 '재벌이야말로 현대의 영웅이 아니겠냐'며 속물성을 적나라하게
드러내고, 도인이 남산공원에서 만난 '황손자'라는 노인 또한 "요컨대
먹겠다는 놈과 먹히지 않겠다는 놈이 있어야 발전이 있는 거요. 먹겠다
는 놈이 극악스러우면 극악스러울수록 먹히지 않으려는 놈도 극악스러
워지는 거지."라며 추악한 경쟁논리를 주장한다.

합리성과 계몽을 바탕으로 이루어진 생활세계가 주는 중압감과 공포
는 「역사」에서 재치있게 형상화되고 있다. 「역사」의 주인공은 '창신동'

의 빈민가에 살다가 그와 상반된 '양옥집'으로 하숙을 옮긴다. 그는 고매한 '가풍'과 '계획적 움직임', '문화'와 '그늘 없는 표정'으로 함축되는 양옥집의 세련되고 합리적인 생활에 이끌리면서도 한편 부자유스러움과 어떤 중압감을 느끼게 된다. 그는 좀처럼 새 생활에 익숙해지지 못하고 창신동의 빈민굴에 이끌리게 된다. 창신동의 빈민가란 '창신동에 사는 사람들은 모두 개새끼들이외다'라는 낙서가 상징하듯, 가난과, 무절제, 게으름, 자기혐오와 절망감으로 이루어진 곳이다. 또한 산업화된 도시에서 쓸모없는 힘을 지니고 있는 역사力士 서씨가 밤마다 동대문 돌을 들어올리며 저 장엄한 신화를 재생하는 곳이며, 절름발이 사내가 어린 딸을 미친 듯이 매질하는 그런 곳이다. 그럼에도 불구하고 주인공이 창신동에 이끌리는 것은 거기에는 인간의 '감정'과 '개인'이 어두운 형태로나마 살아 꿈틀거리는 곳이기 때문이다. 이와 반대로 '양옥집'은 오후 네 시에 울리는 그 집 며느리의 피아노 소리처럼, '규칙적인 생활 제일주의'와 '전진적 태도'에 의해 움직여지는 곳이다. 이는 앞서 살핀 김승옥 소설의 도회성이 보여주는 허위성과 맞닿아있는 것으로 무표정과 무감정이 지배하는 도시의 합리적 공간의 또 다른 축도를 보여주고 있는 것이다. 주인공 나는 이렇듯 비인간적인 공간을 교란시키기 위해 물주전자에 '최음제'를 탄다. 주인공은 스스로를 '부자유하게 평온한 마을을 해방시켜 주러 온 악마', '빈민가가 파견한 척후'를 자임하며 한밤중에 피아노를 두들겨대지만, 그의 예상과 달리 할아버지 단 한명만이 그를 만류하고 양옥집의 일상은 여전히 평온을 가장하며 지속되는 것이다. 합리성과 계몽적 태도에 대한 반감은 「多産性」에서 현대 과학과 도구적 이성에 대한 비판으로 이어지기도 한다. 토끼를 연기자로 출연시키면서 "인간들을 위해서 토끼들도 이제 활약할 시대가 오는 것이다"라고 외치는 한 연출가에 대한 희화화를 통해 근대적 도시의 상업화와 인간소외를 드러내고 있는 것이다.

이기적 욕망과 경쟁 논리에 의해 구축되는 도시적 일상에 대한 환멸감은 단지 그것이 내장되어 있는 허위성이나 인물들의 현실적 무능에서만 기인하지 않는다. 그것은 생활세계의 '경쟁논리와 자기보존 윤리'가 한 개인의 삶의 방식은 물론 내면세계, 나아가 감수성까지 훈육하고 변질시키기 때문이다. 「누이를 이해하기 위하여」에서 누이는 도시에서 얻은 상처로 인해 침묵과 고독으로 침잠하게 되고, 「환상수첩」의 주인공은 자기혐오와 절망감을 안은 채 고향으로 도피하게 된다. 낭만적 주체들에게 도시는 내면세계의 형질을 바꾸거나 혹은 위장하고 살아가야 하는 곳으로, 연민이나 포용, 존경, 이해, 사랑과 같은 감정 대신 성욕과 증오와 경멸, 부러움과 질투, 자기혐오, 치욕, 탐욕을 양산하는 곳으로 묘사되고 있다.

> 서울에서 나는 너무나 욕된 생활 속을 좌충우돌하고 있었다. 그리고 슬프게 미쳐버렸다고나 할까. 환상과 현실과의 거리조차 잊어버려서 아무것도 구별해낼 수 없게 되었고 사람을 미워하는 법을 배우고 말았다. 아아, 그들을 죽이든지 그렇지 않으면 내가 떠나든지 해야 했다(「환상수첩」, 2:8).

> 존경이란 말은 이미 없어진 것이었다. 있다고 하면 부러움의 대상이 있을 뿐이다. 리즈의 수입, 케네디의 인기, 이브 몽땅의 매력, 슈바이처의 명예 혹은 카뮈의 행운. 이런 것들은 부러움의 대상일 뿐이지 그것 때문에 존경을 받고 있다고는 말할 수 없었다(「환상수첩, 2:24).

이해와 사랑을 '미움'으로, 존경심을 '부러움'으로 변질시키는 것은 바로 경쟁논리와 자본논리이다. 정우로 대변되는 지방의 순박한 청년들이 서울에서 맞닥뜨리게 되는 것은 바로 저러한 감수성까지를 왜곡시키는 속악한 현실이며, 이 속에서 그들이 할 일이란 이념과 현실과의 그 엄청난 간극을 확인하는 일 뿐이다.

Ⅲ. 개별성: 감각과 몽상의 세계와 위악

'현실과 환상과의 거리'를 가장 뼈저리게 느끼고 절망하는 「환상수첩」의 정우는 김승옥 소설의 많은 낭만적 주체들의 환멸과 무력감을 대변해주고 있다. 그는 사랑을 성욕으로, 존경을 부러움으로 치환해버리는 서울의 속악함에 경악하고 현실과 환상의 간극에 절망하지만, 그렇다고 그것에 맞서 싸우지 못한다. 오영빈을 망상과 위악적 행동을 비웃으면서도 "나 역시 영빈과 오십보 백보였다. 환상, 망상, 더구나 그 망상을 현실까지 끌어내려 그것으로써 자위해가며 살아가고 있기까지 했던 것이다."(2:25)라는 고백하고 있듯, 그 또한 자기만의 망상의 세계에 유폐된 채 간신히 버티어나가는 인물로 그려지고 있다. 그는 자신의 가난과 무능을 두려워한 나머지 선애에 대한 사랑을 성욕으로 치부해버리고, 더 나아가 선애를 친구 영빈에게 넘겨버림으로써 가장 비겁하고 위악적인 방식으로 자신을 보존한다. 선애의 자살 소식에조차 진정성이 아니라 객기와 명정으로 대처함으로써 완전한 파멸로 자신을 몰아가는 것이다. 정우가 이렇듯, 위악적 태도로 일관하게 된 것은 순수와 진정성이 통용되지 않는 속악한 도시 현실에 그 일차적인 원인이 있다. 그러나 보다 더 큰 원인은 그러한 속악한 현실에 맞서가면서 지켜가야 할 진정한 가치에 대한 확고한 믿음이 없으며, 설혹 어렴풋이 그러한 목록을 지니고 있다하더라도 그것을 보존할 수 있는 '현실적인 방법'을 알지 못하기 때문이다. 즉, 정우는 「무진 기행」의 윤희중이 그러하듯 서울과 무진으로 상징되는 상반된 가치 사이에서 끊임없이 방황하고 갈등하는 인물로, 윤희중과 달리 현실에 패배하고 자살하고 만다. 요컨대 정우가 속악한 현실에 대한 대응책으로 택한 위악적 행동이란 그가 '무관심한 표정도 기술적으로 만들어내야 한다. 그저 남의 흉내나 내다가는 단단히 속으니까. 선애善愛도 그렇게 해서 잃어버렸던 것이다'라고 토로하고 있듯, 어설프게 도시인의 흉내를 낸 것에 불과한 것이다. 그것은 진정한 '자기 세계'가 아니라 왜곡된 자기 연출이라 할 수 있는데, 이것이 망상으로 귀결되고 마는 것은 그의 현실 인식이 일종의 '착오'에 바탕하고 있기 때문이다. 그는 객관적인 현실을 파악하는데 있어 이성보다는 과잉된 감정으로 앞세웠다고 할 수 있는데, 정우의 패착과 파멸은 바로 여기에서 비롯되는 것이다. 그렇다는 점에서 기존의 논의에서 김승옥 소설의 주관성과 '자기 세계'의 한계에 대한 지적은 일견 타당하다고 할 수 있다.

김승옥 소설 속 인물들의 '자기 세계'와 주관적 편향에 대해서는 이미 많은 논자들이 언급한바 있으므로 간략하게 언급하도록 한다. 김승옥의 인물들이 보여주는 내면세계는 두 가지의 의미를 띤다. 그것은 일차적으로 '감각과 몽상'의 세계라고 할 수 있는바, 구체적인 역사적 · 사회적 현실은 물론, 가치 혹은 의미로 구획되는 상징계 질서와는 무관한 세계라고 할 수 있다. 단적인 예를 들자면, 「서울 1964년 겨울」에 나열되는 '무의미의 다발' 같은 것을 의미한다.

> "평화시장 앞에 줄지어 선 가로등 들 중에서 동쪽으로부터 여덟 번째 등은 불이 켜 있지 않습니다." 나는 그가 좀 어리둥절해 하는 것을 보자 더욱 신이 나서 얘기를 계속 했다.
> "…… 그리고 화신백화점 육층의 창들 중에서는 그중 세 개에서만 불빛이 나오고 있었습니다……" (중략)

"아 참, 그렇군요. 난 미처 그걸 생각하지 못했는데. 난 그중에서 큰 미자와 하룻저녁 같이 잤는데 그 여자는 다음날 아침, 일수(日收)로 물건을 파는 여자가 왔을 때 내게 빤쯔 하나를 사주었습니다. 그런데 그 여자가 저금통으로 사용하고 있는 한 되들이 빈 술병에는 돈이 백십원 들어 있었습니다."

　　"그건 얘기가 됩니다. 그 사실은 완전히 김형의 소유입니다."
(「서울 1964년 겨울」, 1:264~265)

위 인용문에서 알 수 있듯, 이들이 흥이 나서 얘기하고 있는 것들의 목록은 '온전히' 자신에게 속하는 '고유성'[10]을 지니고 있다. 그것은 앞서 김승옥 인물들이 그토록 혐오하는 도회적 어법 혹은 교환방식에 의해 절대로 주고받을 수 없는, 오염되지 않은 것들을 의미한다. 화폐나 혹은 관습적인 어법들과 달리 절대로 남과 공유할 수 없는 자기에게만 속한 어떤 것, 김승옥의 낭만적 주체들은 이러한 이 순수한 세계에 대한 내밀한 동경을 보여준다. 그것은 「생명연습」에서 화자가 누이와 공유했던 '비밀왕국' 같은 것으로 거기에는 "한 오라기의 죄도 섞여 있지 않으며" '패륜도 없고, 그것의 온상을 만들어 주는 고독도 없으며 전쟁은 더구나 있을 필요'가 없는 그런 곳이다. "그러한 왕국에서는 누구나 정당하게 살고 누구나 정당하게 죽어간다"라는 맥락에서 알 수 있듯, 이는 완전한 단독자의 세계이자 도덕은 물론 도회적인 일상과 속물성이 틈입할 수 없는 세계이다. 「무진기행」에서 '안개'와 '광녀'로 상징되는 '무진'이나 '황혼과 해풍'의 세계(「누이를 이해하기 위하여」) 또한 이러한 순수한 심상 공간과 다르지 않다. '도덕과 일상'이 부재하는 이 세계는 일종의 상상계이자 절대적 주관성의 세계를 의미한다. 그리고 이 세계는, 「乾」에서 '빨갱이 시체'가 하나의 '신념덩어리'로 바뀌기 이전의 세계와

---

10) 김미란, 「'개인'이 정립되는 한 가지 방식」, 『현대문학의 연구』 22, 한국문학연구회, 2004, 334쪽.

동일한 것으로, 화자가 빨갱이 시체를 '강렬한 색채', '적갈색과 자주색이 엉켜서 꺼끌꺼끌한 촉감의 피부를 가진 괴물' 등으로 묘사하는 바로 '미적 세계'를 의미하기도 한다. 이 '미학적 세계인식'은 김승옥의 인물들이 도회에 입성하기 이전에 주로 그들이 세계를 바라보는 방식을 주조하는 바탕이었다고 할 수 있다. 일반적으로 '퇴폐' '무의미' 혹은 '병리적'이라고 폄하되었던 파편화된 개별자들의 내면세계는 김승옥 소설에서 이러한 미학적 세계 인식에 의해 새롭게 조명되고 생기를 얻게 된다. 이 미학적 세계 인식은 다음과 같은 작가의 말에서도 표명된 바 있다.

> 이상한 일이다. 부패와 무질서 속에서 색채들은 더 풍요하고, 색채가 펼치는 깊은 감동의 세계를 알아보는 눈을 가진 자에게는 단조로운 질서가 오히려 추악해 보인다는 것은 참으로 이상한 일이다. 나는 때때로 내가 남들의 눈에는 아무렇지 않거나 역겨워 보이는 풍경에서도 아름답게 분해되어 재구성되는 경이적인 풍경을 볼 수 있는 풍요한 삶을 얻는 대신 사회인으로서 도덕적인 분노의 능력은 마비되는 것이 아닌가 스스로 염려한다. 미의 세계를 얻는 대신 도덕의 세계를 잃어버렸다면 결코 풍요한 삶은 아닐 것이다(김승옥,『뜬 세상에 살기에』, 지식산업사, 1977, 106~107쪽).

위 인용문에서 작가가 직접 언급하고 있듯, 김승옥 소설에서 기존의 선악, 추악 등의 가치가 전도되는 것은 바로 이러한 미의 세계에 의해서이다. 이는「乾」에서 어린 화자가 크레용으로 그림을 그렸던 바로 '지하실의 백회벽'과 동일한 세계로, 이데올로기는 물론 일체의 기존의 가치가 통용되지 않는 '몽상'과 '유희'의 세계인 것이다.「건」의 어린 화자를 비롯한 김승옥의 낭만적 주체들이 추구하는 순수한 내면세계란 일종의 낭만주의에서 말하는 미적 주관성의 세계로 이는 자폐적인 주관성이 아니라 주객 분리 전의 통합적 자아의 세계를 의미한다. 일반적으로

"낭만주의의 주관성이 주관·객관의 이분화된 주관이 아니라 이분화되기 전의 세계와 일체화된 주관을 말한다고 할 때, 이들 인물의 내면세계는 일차적으로 디오니소스적 도취 상태 속에서 이루어지는 자아의 일체 상태"[11]를 의미한다. 이 미학적 인식에 의해 개개의 사물들과 파편적 의식은 가치와 무관하게 생생하게 형상화되며 유의미한 것으로 전화된다. 가치의 세계와 무관하게 펼쳐지는 개별 사물들과의 교감은 「서울 1964 겨울」에서 대학원생 안의 다음과 같은 말에 의해 표출된다.

> 이를테면 낮엔 그저 스쳐 지나가던 모든 것이 밤이 되면 내 시선 앞에서 자기들의 벌거벗은 몸을 송두리째 드러내놓고 쩔쩔맨단 말입니다. 그런데 그게 의미가 없는 일일까요? 그런, 사물을 바라보며 즐거워한다는 일이 말입니다(「서울 1964 겨울」, 1:268).

그러나 이 절대적 주관성은 성장 혹은 생활세계로의 진입과 더불어 필연적으로 파괴되거나 고립될 수밖에 없는바, 이 지점에서 김승옥 인물들의 내면세계가 지니는 또 다른 성격이 탄생한다. 「건」에서의 어린 화자의 공포와 위악적 행동에서 알 수 있듯 이 세계는 어른들에 의해 어쩔 수 없이 파괴되고 훼손된다. 크게 보자면 '성장'이라고 할 수 있는 이러한 변화를 통해 「건」의 어린 화자가 느낀 것은 일종의 공포와 중압감이다. 어린 화자가 '빨갱이 시체'를 매장할 때 '머리가 깨질 듯이 아팠다'고 하는 것이나 돌팔매질을 하는 것, 혹은 남해안 무전여행을 계획했던 형의 무리들이 윤희 누나를 강간하는 위악적 행동은 바로 이러한 현실의 중압감에서 벗어나기 위한 몸부림이자 반항이라고 할 수 있는 것이다.

앞서 살펴보았듯 어른 혹은 생활세계로 나아간 낭만적 주체들이 드러내는 일차적인 반응은 환멸감이라고 할 수 있다. 그러나 소설에서 이

---

11) 김진수, 앞의 책, 104쪽.

환멸의 주체들의 행로는 다양하게 분화된다고 할 수 있는데 크게 나누자면 다음과 같다. 첫째 현실과 환상의 간극을 이겨내지 못하고 순수한 자아세계에 몰입하다가 결국 파멸하고 마는 인물이다. 「환상수첩」의 정우이나 「생명 연습」의 '형', 「역사」의 力士, 그리고 주인공, 「무진기행」의 박선생 등은 조금씩 정도를 달리하지만 이 유형에 속한다고 할 수 있다. 둘째, 「환상수첩」의 오영빈이나 임수영이 대변하고 있는 위악적인 인물이다. 그리고 세 번째 「무진기행」의 '윤희중', 「그와 나」의 화자로 형상화되는, 자아를 버리고 현실에 투항하는 인물이다. 첫 번째 유형은 순수를 고집하다 파국을 맞는다는 점에서 앞서 살펴본 '미적 주관성'으로 표상되는 내면세계에 속하는 인물들이라고 할 수 있다. 두 번째 유형은 세속의 이치를 깨닫고 위악으로 나아간 인물들이라고 할 수 있는데, 김승옥 소설에서 '주관성'의 또 다른 의미를 담지하고 있는 인물들이라는 점에서 주목할 필요가 있다. 즉 "중요한 것은 어떻게 해서든지 살아내야 한다는 문제일 것이라고 나는 확신한다. 고뇌라는 게 그처럼 횡설수설하고 유치한 것이라면? 죄란 게 있다고 한들 또 어떠한가? 불가피하게 죄를 짓게 되면 죄를 짓는 것이다. (중략) 산다는 것, 우선 살아내야 한다는 것, 과연 그것이 미덕이라고까지는 얘기하지 않겠다. 그러나 그것은 이제야 출발하는 것이다(2:76~77)."라는 임수영의 주장에서 알 수 있듯, 이 두 번째 유형의 위악적 행동은 우선 자기 보존을 위해 순수와 진정성은 물론, 일체의 가치와 규범까지를 폐기한 인물들이다. 이들은 살아남기 위해 현실의 속악성보다 더 속악하게, 더 강력한 허위로 무장하고 자기를 보존한다. 이들에게서 '황혼과 해풍' 따위의 아름다운 낭만은 부정되지만, 이 부정을 통해 그들이 나아간 것은 온건한 생활세계가 아니다. 이들의 내면세계는 김현이 지적했듯, 내적인 조작에 의해 변형된 망상과 자기기만의 세계를 뜻한다. 자살을 도락처럼 즐기라고 권유하고 애인을 교환하는 오영빈이나, 누이동생의 집단강간 사건에 대해 냉소하는 임수영 등이 보여주는 '자기세계'란, 자기 보존 대신 얻은 "곰팡이와 거미줄이 쉴새없이 자라나고 있는" 세계로, 굴욕과 패배의 또 다른 이름인 것이다. 밝고 강인한 자기 세계를 지니고 있는 인물(「생명연습」의 만화가 오선생)도 있지만 김승옥 소설에서 도시적 일상인들이 보여주는 '자기 세계'란 이처럼 패배한 인물들의 왜곡된 내면 세계를 의미한다. 어머니의 성적 일탈을 받아들이지 못하고 자기 식대로 위조하는 '누이'나 자신의 생식기를 잘라버린 전도사, 영국 유학을 위해 애인을 범하는 한교수(「생명연습」) 등은 모두 그대로의 '현실과 생리'를 인정하고 거기에서 고투하는 인물들이 아니라, 결단을 통해 욕망을 넘어서고자 하는 일종의 위악적 혹은 강박증적 인물이라고 할 수 있는 것이다. 이들의 위악이 어느 정도 진정성을 지니고 있긴 하지만, "그러나 결국 환멸을 기다린 셈이 아닐까?"(「확인해본 열 다섯 개의 고정관념)라는 한 인물의 고백에서 짐작할 수 있듯, 이들의 위악은 구체적인 현실과의 끈질긴 투쟁에서 나온 것이 아니라 감상적으로 '현실'에 대한 인식을 앞서 선취해버린, 비겁한 자의 포즈에 해당한다. 즉, 순수한 자아가 속악한 현실과 시간을 체험하면서 얻게 되는 것이 환멸이라고 할 수 있는데, 김승옥 소설의 위악적인 인물들은 이 환멸감에 대한 두려움을 인해 앞서 절대 이념을 폐기해버리고 '오랜 웅전의 시간' 저편으로 건너간 자들인 것이다. 따라서 김승옥 소설의 '자기 세계'란 두 개의 극단적인 주관적 편향성을 드러내고 있다. 하나는 환멸 이전의 순수한 내면 세계이며, 또 하나는 환멸 이후의 위악적인 자기기만의 세계이다. 후자의 위악이 폭압적인 상황을 "수동적으로 받아들이지 않고 오히려 그것을 극복하려는"[12]능동적인 의지에서 출발하고 있으며 속악한 현실에 대한 항

---

12) 김현, 앞의 글, 앞의 책, 384쪽.

변이라는 점에서 의미가 있다고 할 수 있으나, 일종의 전도된 순응이라는 점에서 한계를 지닌다. 순수한 내면세계나 기만적인 자기세계이거나 간에 첫 번째와 두 번째 유형의 인물들의 보여주는 개별적 자의식은 객관 현실, 그리고 총체성과 보편성과 동떨어져 있다는 의미에서 일종의 '악'의 표상을 구현하고 있다고 할 수 있다. 이는 앞서 살펴본 속악성으로서의 악의 표상과는 다른 차원의 것으로, 악의 의미에 더 근접해 있다고 할 수 있다. 즉, 공동체적 질서와 규범, 조화와 균형, 총체성으로부터 동떨어진 이들의 '개별적 자의식'은 루카치가 비판했던 일종의 '퇴폐적'인 모더니티에 해당한다고 할 수 있다. 그러나 앞서 분석했듯, 이 퇴폐적인 자의식들은 김승옥 소설에서 미학적 원근법을 통해 새롭게 조명되고 배치되고 있는데, 이런 맥락에서 이 파편화된 개별자들은 그 부정적인 의미를 떠나 또 다른 차원에서 논의될 수 있을 것이다.

IV. 환멸과 우울의 미학: 악의 심미성

앞서 많은 논자들이 지적했던 김승옥 소설의 '자기 세계'의 한계에 대한 논의의 핵심은 '실체 없음'과 무력함에 닿아 있다. 그러나 이들이 보여주는 파편화된 의식 세계와 주관성의 세계는 현실 응전력을 떠나서 심미적 차원에서 달리 평가되어야 한다. 즉, 김승옥 소설의 미적 특질을 규명하기 위해서 우리가 주목해야할 것은 의미론적으로 입증되는 사회 역사적 내용이 아니라, 텍스트가 주는 새로운 미학적 경험이다. 칼 하인츠 보러는 독일 낭만주의와 프랑스 혁명과의 상관성을 검토하면서 다음과 같이 언급한 바 있다.

그것은 긍정적인 정치적 내용이나 계몽적인 내용을 지닌다기보다는 전복적인 사건성을 지니는 것, 일종의 "비유적인 언어와 수수께끼 같은 언어"(노발리스)의 의미를 통해 '지금'이라는 시간 속에서 자기를 암시하는 미래적인 것을 뜻한다.[13)

위 인용문에서 보러가 말하고자 하는 바는 낭만주의에서 혁명 정신의 추출할 수 있다면 그것은 정치적 내용이 아니라 형식적 · 심미적으로 재현되고 있는 혁명적 언어라는 것이다. '감수성의 혁명'이라고 명명되는 김승옥 소설 문체의 참신성과 독창성은 이미 다각적인 차원에서 고찰되어 온 바 있다. 그러나 '혁명'이라는 비평적 수사를 언표한 비평가가 그 감각적 문체의 한계를 지적[14)하고 있는 것처럼 기존의 많은 논의들은 대체로 김승옥 소설의 문학적 표현의 혁신성을 그들 인물이 보여주는 빈곤한 사회의식과 유리시켜 평가하고 있다. 이러한 비평적 태도는 목적론적이고 역사철학적 테제에 대한 정향을 드러내는 것으로 여전히 내용과 형식을 분리하는, 저 오래된 관습에서 벗어나지 못하고 있음을 보여준다. 문학 텍스트가 일차적으로 심미적 차원에서 파악되어야 한다는 말은, 텍스트의 감각적 표현과 형상화 방식만을 중시해야 한다는 것을 의미하지 않는다. "낭만주의적 혁명과 혁명적 낭만주의에서 중심이 되는 것은 따라서 이데올로기적 · 정치적인 내용이 아니라 바로 문학적인 의식 형식 자체인 것이다."라고 보러가 지적한 것처럼, 우리가 문학작품에서 주목해야할 것은 언어적 기교나 세련됨이나 아니라, 그것이 환기시키는 그 무엇과 관련된 심미적 체험이다.

---

13) 칼 하인츠 보러, 『절대적 현존』, 최문규 역, 문학동네, 1998, 22쪽.
14) '날카로운 감성이나 언어에 대한 감각이 보다 중요한 윤리의식이나 종합력과 제휴되지 못하고 도리어 그러한 것의 빈곤의 대상으로 획득된 듯이 보일 때 과연 그 재능을 말의 엄격한 의미에서 재능이라 부를 수 있는가하고―모국어의 한 형용사에 대해서는 섬세한 반응을 보일 수 있으면서도 가령 사회구조의 모순에는 전혀 태연할 수 있는 감성이 올바른 감성일 수 있을까 하고, 방향감각이란 중요한 것이다.' ―유종호, 앞의 글, 앞의 책, 430쪽.

김승옥 소설이 표상하는 악의 심미성 논의에 있어서 보다 중요한 것은 위에서 분류했던 세 번째 유형의 인물들이다. 윤희중(「무진기행」), 혹은 「서울 1964 겨울」의 대학원생 안으로 대변되는 인물들은 속악한 현실에 적응하여 살아가는 인물이지만 완전히 순수한 이상과 절대 자아를 폐기하지 못하고 우울과 고뇌, 환멸감으로 어두운 감성을 보여준다는 점에서 주목을 요한다.

김승옥 소설의 초기 소설이 대부분 성장소설의 모티브를 띤다는 의미에서 김승옥의 낭만적 주체들의 환멸과 절망은 일종의 성장통을 뜻하기도 하지만, 보다 근원적으로는 인간 존재의 자기 발견과 생의 부조리에 대한 근원적 체험을 의미한다. 이 의식의 분열을 일찍이 김현은 '악'이라고 명명했거니와 시인이란 바로 이 악으로서의 의식이라고 언급한 바 있다.[15] 이는 "시인이 악에 헌신한다는 의미가 아니라 상상과 현실의 간극을 깨닫고 절망하는 데서 존재에 대한 사유가 개시되는 것이며, 이 악을 통한 존재와의 응답이 바로 시"라는 것이다. 생의 불완전성을 결코 극복할 수 없다는 데에서 오는 절망과 분열 의식이 바로 시의 본질임을 지적하고 있는 이러한 전언에 기댄다면, 김승옥 소설의 어두운 인물이 느끼는 세속 도시에 대한 환멸감과 절망은 그 자체로 '악'의 존재를 현시하는 하나의 미적 체험이라고 할 수 있다. '어딘지 어긋나 있거나 선애의 말대로 구멍이 뻥 뚫어져 있거나 했다'로 토로되는 현실과 환상의 간극에 대한 인식을 우리는 김승옥 소설 곳곳에서 발견할 수 있다.

---

15) 상상의 얼굴과 현실의 얼굴이 얼마나 틀리는가를 그들은 알고 그 사이의 커다란 구멍 때문에 수치를 느낀 것이다. 그리고 그 '간극'을 알기 시작했다는 것, 의식의 분열이 시작되었다는 것─그것이 악인 셈이다. 김현, 「나르시스 시론」, 『존재와 언어/현대 프랑스 문학을 찾아서』(김현 문학전집 12), 문학과 지성사, 1993, 15쪽.

별들을 보고 있으면 나는 나와 어느 별과 그리고 그 별과 또 다른 별들 사이의 안타까운 거리가, 과학책에서 배운 바로써가 아니라, 마치 나의 눈이 점점 정확해져가고 있는 듯이 나의 시력에 뚜렷이 보여 오는 것이었다. 나는 그 도달할 길 없는 거리를 보는 데 홀려서 멍하니 서 있다가 그 순간 속에서 그대로 가슴이 터져버리는 것 같았었다. 왜 그렇게 못 견디어했을까. 별이 무수히 반짝이는 밤하늘을 보고 있던 옛날 나는 왜 그렇게 분해서 못 견디어 했을까 (「무진기행」, 1:177~178).

위 인용문에서 김승옥은 인간 존재를 떠받치고 있는 근원적인 '균열'과 분열의식을 감각적 언어를 통해 시적으로 묘파하고 있다. 김승옥의 인물들이 생을 이렇듯 이분법적으로 구분하고 그 사이에서 끊임없이 갈등한다는 것은 산문적 진실을 추구해야하는 소설이라는 장르의 본원적 성격에 부합하지 않을지도 모르나, 그대로 하나의 공감할 수 있는 심미적 체험을 가능하게 한다는 점에서 반드시 부정되어야 할 것은 아니다. 또한 김승옥 소설의 인물들이 줄곧 보여주는 저러한 딜레마를 반드시 결단력과 객관현실 인식의 부족에서 나온 부덕의 소치만으로 볼 수는 없는 것이다. 그것은 두 세계의 현존을 보여줄 뿐만 아니라, 쉽게 하나의 세계를 손들어주지 않고 그 모순을 견뎌낸다는 점에서 견인주의를 내포하고 있다.

김승옥 소설에서 상반된 두 세계의 공존이라는 세계 인식과 의식의 분열에는 인물들의 양가적 태도가 이미 예고되어 있다. 세속성을 상징하는 고깃기름에 대해 「건」의 어린 화자가 느낀 "혐오감 속에는 그것에 대한 부러움"이 함께 포함되어 있듯, 김승옥 인물들이 도시 혹은 고향으로 표상으로 되는 두 세계에 대해 갖는 태도는 대체로 이중적이다. 그것은 「역사」의 주인공이 보여주는 이중적 태도에서, 그리고 「환상수첩」의 정우나 「무진기행」의 윤희중, 그리고 어머니로 표상되는 '세속성'과 위악적인 자기세계를 의미하는 형 사이에서 갈등하는 「생명연습」의 화자, 「그와 나」의 속물적인 화자의 태도가 드러내는 양가성에 이르기까지 끊임없이 변주되는 것이다. 그들이 파악한 세계란 "위대한 사상과 위대한 파괴가 어쩔 수 없이"(1:133) 하나이며, "사랑하고 동시에 배반하고 그러면 한편에서도 사랑하고 동시에 배반하고 요컨대 심판대를 세울 수 없는"(1:131), 그리하여 "어느 쪽이 틀려 있었을까요?"(1:112)는 질문이 우문이 되어버리는 그러한 세계인 것이다. 여기서 이들 인물들이 결국 현실에 투항하는가, 혹은 망상에 기초한 위악적 태도로 현실을 부정하는가, 또는 죽음을 통해 낭만적 세계에 영원히 안착하는가 하는 문제는 중요하지 않다. 보다 중요한 것은 이러한 순수 이념과 이상을 표상하는 내면에 비춰 현실을 드러내고, 또한 일상세계에 비춰 자기 세계의 무력함과 취약함, 그 허구성을 드러내는 것이다. 부조리한 현실이든 가상에 불과한 자기 세계이든, 이 모순으로 가득 찬 세계인식이야말로 세계와 자신에게 끊임없이 질문을 던지게 하는 그 출발점이 되기 때문이다. 요컨대 김승옥 인물들의 낭만적 파멸 혹은 현실 투항은 하나의 미학적 결말일 뿐, 이들의 소설 속 행로는 "괴로워하며 '사이'에 위치하는 게 최선의 태도라는 생각"(1:12)한 자의 그것에 해당하는 것이다. '거리감각'을 통한 자유 의식이라고 이름할 수 있는 이러한 태도는 자신의 고정관념의 목록들을 열거하며 자신의 고정된 감각을 교정해보려는 한 문학청년의 에피소드를 담고 있는 「확인해본 열다섯 개의 고정관념」을 통해 비유적으로 드러나기도 한다.

김승옥 소설에서 보다 중요한 것은 결말이 아니라 이들이 인식하는 세계의 이중성과 그 사이에 머물면서 느끼는 딜레마 그 자체라고 했을 때, 우리는 이들이 그 '사이'에 머물면서 드러내는 '우울과 환멸'에 주목하지 않을 수 없다. 이는 앞에서 언급했던 '악'으로서의 세계 인식과 거기에서 비롯된 의식분열과 직접 관련되는 것으로, 김승옥 작품의 '감수성'의 특질에 대한 실제적인 고찰이기도 하다. 김승옥 소설의 감각적 문체로 빚어내는 감수성이란 대체로 밝고 조화로우며 긍정적이기보다는 우울하고 황량하며 퇴폐적이다. 이는 한 논자가 "비현실적이고 악마주의적 잔혹극", 혹은 "비정상적인" "공포와 혼란" "자기 기만적이고 사특한"[16]이라고 평하고 있는 데서 단적으로 드러나듯, 건강하지 못한 감수성에 해당한다고 할 수 있다. 이런 의미에서 '참신한' '싱싱한' '첨예한'이라고 일컬어지는 김승옥 소설의 감수성의 실체란 이들 인물이 환기시키는 감정과는 다른 것이다. '회화적인 선명성이나 심리적 기미, 기지 있는 대화, 섬세한 분위기의 포착력, 인물 조형능력'[17]이라는 수사를 통해 언표하고 있는 '감수성의 혁명'은 일차적으로 참신한 언어 감각을 지칭한다. 그러나 이러한 탁월한 언어감각이 빚어내는 "도회인의 감수성"이란 대체로 우울과 불안, 그리고 환멸감과 고통이라는 불온한 감수성이다. 이 불온함은 앞서 언급한 대로, 우선은 현실/일상세계/도시, 환상/내면세계/고향으로 대립되는 양극적 세계 인식과 의식분열에서 비롯된다.

우울이란 기본적으로 자신이 속한 세계를 완전히 수락할 수 없는 딜레마에서 비롯되는 감정이다. 보통 '사랑하는 사람의 상실, 혹은 조국, 자유, 어떤 이상 등에 대한 상실감'에서 비롯되었다는 데에서 우울은 슬픔과 동일한 심리적 메카니즘을 보여주고 있다. 그러나 프로이트가 지적하고 있는 것처럼, 슬픔에서 찾아볼 수 없는 한 가지 예외로서 우울증은 '자기애의 추락'을 동반한다.[18] "슬픔의 경우 빈곤해지고 공허해지는 것이 세상이지만, 우울증의 겨우는 바로 자아가 빈곤해지는 것이다."[19] 이러한 맥락에서 프로이트는 우울증이 리비도 대상이 아니라 자

---

16) 오양진, 앞의 글, 447~460쪽.
17) 유종호, 앞의 글, 앞의 책, 427쪽.
18) 프로이트, 「슬픔과 우울증」, 『정신분석학의 근본개념』, 윤희기 역, 열린책들, 2005, 245쪽.

아와 관련된 상실감을 의미하며 나르시시즘과 밀접한 관련이 있다고 언급한다. 나르시시즘의 구순기 퇴행성과는 별도로 여기에 우리의 주의를 끄는 것은, 우울증이 대상을 상실했음에도 불구하고 그 리비도를 완전히 폐기한 것이 아니라, 자아로 전환한다는 것이다. 따라서 '자아의 빈곤'과 '자기 비하'로 특정지어지는 우울증은, 여전히 그 대상 리비도를 처분하지 못한 자기와의 애증관계에서 비롯된다는 것이다. 김승옥 소설의 낭만적 주체, 특히 세 번째 유형에 해당하는 현실 순응자들이 보여주는 '우울과 환멸감' 또한 이러한 맥락에서 이해해 볼 수 있다. 즉, 이들의 우울증은[20] 완전히 일상세계에 속할 수 없는 순수 자아에 대한 여전한 사랑을 표출하고 있는 것이다.

「무진기행」에서의 윤희중을 통해 지속적으로 환기되는 것은 이러한 우울의 정조이다. 그의 우울은 무진에서의 과거와 현재의 자신의 모습의 거리, 그리고 세무사 조 등의 속물적 인물들로 대변되는 무진의 변모에 대한 환멸감에서 기인한다. 그러나 그는 무진에서 다시 순수 자아의 세계를 경험하게 되는데, 그것은 무엇보다 '무진'이 지닌 강력한 힘에 의해서이다. 무진에서 윤희중은 자신의 의지와는 상관없이 지난날의 어둡던 자신의 과거의 시간을 떠올리고 몽상과 불면의 시간을 보낸다. '비자발적인 기억'을 불러오는 무진이란 도시적 일상이 정지되는 공간, '절대적 현재'만이 지속되는 공간을 의미한다. '어둡던 청년' '자신을 상실하지 않을 수 없었던 과거의 경험' '실패와 도망' '골방 안에서의 공상

---

19) 위의 책, 247쪽.

20) '우울'의 감성과 관련하여 김승옥 소설을 고찰하고 있는 조현일은 김승옥 인물들의 우울이 정치적 활동을 상실한 자유주의자의 슬픔이며, 연민의 도덕성에 기초한 것으로 보고 있으나, 자기비하를 동반하지 않는다는 점에서 '병리적' 우울증은 아니라고 보고 있다(조현일, 「자유주의자와 우울」, 『민족문학사연구』, 민족문학사학회, 2006). 본고에서는 김승옥 소설의 낭만적 주체들이 자기 빈곤감을 표출하고 있다는 점에서 프로이트가 언급하고 있는 우울의 특질을 포함하고 있다고 본다.

과 불면을 쫓아보려고 행하던 수음과 곧잘 편도선을 붓게 하던 독한 담배꽁초와 우편배달부를 기다리던 초조함 따위', "안개는 마치 이승에 한이 있어서 매일 밤 찾아오는 여귀女鬼가 뿜어내놓은 입김"으로 묘사되는 무진은 이성과 의지가 어떤 현실적 힘도 발휘할 수 없는 비합리적인 공간인 것이다. '미친 여자, 자살 시체, 교미를 하고 있는 두 마리의 개' 등으로 표상되는 무진은 생활세계는 물론 선악이라는 윤리가 틈입할 수 없는 무의식과 충동의 세계이다. 요컨대 '무진'이란 '자기 보존의 논리'가 지향하는 미래가 부재하는, "절대적 현존"(보러)의 장소를 의미하는 것이다. 잠이 "자기 동일성의 회복과 주체성 실현의 선행조건"21)이라는 점에서 이곳에서의 윤희중의 불면증은 자기 동일성의 중지, 단절을 의미하는 것이기도 하다. 즉, 무진에서의 윤희중은 '자기 보존'을 해체시킬 뿐 아니라 끊임없이 자아동일성을 망각하는 상태를 경험하게 된다. 그렇기 때문에 하인숙과의 정사에 대해 윤희중이 어떠한 도덕적 죄의식과 수치심을 느끼지 않을 수 있었던 것이며, 나아가 "한번만, 마지막으로 한번만 이 무진을, 안개를, 외롭게 미쳐가는 것을, 유행가를, 술집 여자의 자살을, 배반을, 무책임을 긍정하자"는 외침이 가능했던 것이다.

윤희중은 무진이라는 '감각과 몽상'의 세계를 떠나 다시 서울로 입성하지만, 이 귀환은 그의 우울을 더욱 가중시킨다. 하인숙에게 쓴 편지를 찢고, 무진을 떠나면서 '심한 부끄러움을 느꼈다'는 마지막 문장은 더욱 빈곤해진 '자아'에 대한 자기응징적인 고백인 것이다.

한편, 윤희중의 무진에서의 낭만적 일탈이 서울로 표상되는 타락한 합리주의와 대척점에 놓인다는 점에서 이는 부르조아 속물성에 대한 비판을 뜻하기도 한다. 이런 맥락에서 「무진기행」의 낭만적 악은 '계몽

---

21) 서동욱, 「잠이란 무엇인가」, 『일상의 모험』, 민음사, 2006, 73쪽.

자체 속에 은닉되어 있는 물화된 이성에 대한 계몽'으로 읽힐 수 있는 것이다.

「야행」의 현주의 일탈 행위 또한 이러한 관점에서 해석할 수 있다. 앞서 살펴보았듯 「야행」의 현주가 치한을 찾아 밤거리를 헤매는 것은 허위와 연기로 점철된 일상에 대해 극도의 혐오감과 환멸에서 기인한 것이다. 자신의 거짓 생활에 염증을 느낀 현주는 어느 날 낯선 사내에게 강간을 당하고 난 뒤 그때 맛본 공포와 혼란을 다시 체험하고 싶은 욕구를 느낀다. 현주는 이러한 일탈에의 욕망이 반사회적이고 비상식적임을 누구보다 잘 알고 있으나, '포로수용소를 탈출하고 싶어 하는 포로'의 심정으로 속임수로 점철된 완강한 현실을 탈출하고 싶은 열망에 사로잡힌다. 그리하여 그녀는 밤거리를 헤매고 몇몇 치한의 추근거림을 접하지만 그들을 끝내 따라가지 못한다. 그것은 양심이나 두려움 때문이 아니라 그 사내들이 8월에 만난 사내가 체험케 했던 '공포와 혼란'을 일으키지 못했기 때문이다. 그녀는 공포와 혼란이 상대의 '억센 끌어당김', '감방에 가도 좋다'는 과감한 결단과 실천에 의해 가능하다는 사실을 깨닫고 8월의 사내를 그리워하기까지 한다. 현주의 이러한 비정상적인 일탈의 욕망, 그리고 공포와 혼란에의 갈급은 우선 속악한 현실에서 해방되고자 하는 욕구를 의미한다. 이 작품에서 특이한 것은 순수 자아에 대한 열망에 의한 우울증이 강한 자기징벌(Selbstbestrafung)을 동반한다는 점이다. 현주의 일탈은 "그 여자의 내부에 공포와 혼란을 일으켜 놓지 않는다면 그 여자는 어떻게 자기의 더러움을 자백할 수 있을 것인가!"(1:356)라는 대목이 암시하듯, 일종의 자기 응징을 의미하는 것이다. 즉, '더러움'으로 표현되고 있는 거짓된 삶에 대한 고해성사로서의 자기처벌. 이 성적 폭행의 희생자가 되고 싶은 욕구가 자기 응징의 성격을 띠며, 이러한 의미에서 이 위반은 구원에 대한 열망과 맞닿아 있다.

이 열망은 "그 여자가 바라는 것은 파멸이 아니라 구원이었다. 속임수로부터의 해방이었다"(1:358)라는 구절에서 명시적으로 드러난다. 「야행」은 현주의 반사회적, 비윤리적 악행을 '구원'과 '해방'의 맥락에서 다루고 있으나 이를 독자들에게 심미적 체험으로 전달하고 있지 못하다. 현주의 일탈심리에 대한 감각적 묘사보다는 설명적 진술 부분이 상대적으로 많기 때문일 것이다.

　현주를 비롯한 낭만적 주체들이 보여주는 '우울'은 '서울과 무진'으로 상징되는 환상과 현실의 간극, 의식의 분열에 대한 감정적 대응이다. 이는 '환멸감'과 더불어 도시 혹은 생활세계의 속악성과 허위성을 체험한 이후에 갖게 된 것으로, 순수 자아, 혹은 순수 이상을 폐기하지 못함에서 오는 감정이다. 지성에 바탕 한 행동이 아니라 감정적 대응이라는 맥락에서 이는 때로 '센티멘털리즘'이라는 과잉 감정으로 이어지기도 한다.[22] 앞서 강조했듯, 우울은 현실세계와 내면세계, 그 어느 쪽도 완전히 수락할 수 없음에서 오는 것이다. 따라서 이는 두 세계의 공존을 의미하기도 하는데, 이런 맥락에서 작가는 이 어두운 감수성을 부정하지 않으며 오히려 이끌리는 태도를 보여주고 있다.

> 우울해할 줄 아는 걸 심어줄 수만 있다면, 제기랄 그들의 팔이 떨어지든 다리가 떨어지든 코가 찢어지든 생식기가 뭉개지든 조금도 가슴 아플 게 없을 거다(「확인해본 열 다섯 개의 고정관념」, 1: 146).

---

22) 과잉 감정이라고 할 수 있는 센티멘털리즘은 한편, 일상과 대립되는 순수 내면에 속하는 것으로 일상을 벗어나고자 하는 열망과 동경을 의미하기도 한다. 다음 인용문은 센티멘털리즘의 '과잉'이 일종의 일탈을 의미하는 것임을 잘 보여주고 있다. "그러나 몇 십년 후, '코오트' 깃을 세우고 이 바람 찬 항구의 겨울거리를 비스듬한 자세로 걸어가는 '센티멘탈'이 없다면, 아아, 그런 일은 없으리라 단연코 없으리라. 아무런 속박도 욕망도 없이 볼을 스치고 가는 바람의 온도와 체온과의 장난기며 꾸부린 자세가 오히려 편안하다고 느끼며 그리고 내 구두가 '아스팔트'를 울리는 소리만을 들으며 어디론가 그저 걸어가는 일. 그 순간 나는 죽어도 좋았다."(「환상수첩」, 2: 58)

위 인용문은 '먹고 자고 일하고 계집애들을 소재로 한 농담밖에 할 줄 모르던 형'이 전쟁에서 팔을 잃고 난 후 '우울해 할 줄 알게 되었음'을 말하고 있는 대목이다. '우울'이 하나의 미덕이 될 수 있다는 이러한 인식은 우울이 환멸감과 더불어 일상의 속악성과 맹목적인 이기심에 대해 일종의 '거리두기' 혹은 '저항'의 의미하기 때문이다. '회의와 의혹'의 태도라고 할 수 있는 이 우울에의 경향은 다음과 같은 맥락에서 발생했음을 알 수 있다.

> 도인이 가장 경계하는 것들의 하나야말로 바로 정열이라는 것이었다. 도인의 이해(理解) 속에서 정열이란, 우리들이 살고 있는 이 세계를 지옥으로 만들고 있는 가장 나쁜 원인들 중의 하나에 불과하였다. 정열이라고 하면 도인의 머릿속에 우선 떠오르는 것은 어쩐지 수양(首陽)이었고, 연산군(燕山君)이었고, 일본군국주의자(日本軍國主義者)들이었고, 히틀러였고, 중공의 홍위병(紅衛兵)이었다. (중략)
> 그것은 판단이 결핍됐을 때 나오는 우격다짐의 행동이었고, 무기교(無技巧)를 감추려는 광란의 몸짓이었고, 지나가 버린 일, 또는 이렇게 쓸 수도 있고, 저렇게 쓸 수도 있는 시간에 대하여 인간들이 근본적으로 느끼고 있는 절망에 호소하는 과격한 프로퍼갠더였다(「60년대 식」, 3: 233).

'정열'에 대한 부정은 그것이 맹목적일 수 있다는 거부감에서 비롯된 것이다. 회의하지 않음에서 오는 열정이 때로 폭력적일 수 있다는 이러한 인식은 '우울'의 근간이 되었다고 할 수 있다. 그러나 작가는 도인을 통해 "과도한 정열이, 또는 정열로 위장한 추잡한 욕망이 빚어내는 인간에 대한 과오를 경계한 나머지 이제 그에게는 이성과 지성에서 나온 판단을 밀고 나갈 힘이 되어 줄 최소한의 정열조차 닳아 없어져 버린 것을 깨달은 것이었다."(3:234)라고 고백하고 있듯, 이 갈등의 감성의 무력함에 대해서조차 명확하게 인식하고 있다.

「그와 나」에서 화자는 데모대를 선두 지휘하는 '그'라는 인물에 대해서 갖는 양가적인 감정 또한 이 이중의 회의적 태도를 표출하고 있다. '나'는 가난한 지방도시 출신의 대학생으로 사소한 부주의가 인생을 파괴할 수 있는 무시무시한 힘이 될 수 있음을 깨달은 자로 성인세계 윤리를 수락하여 적당히 양심을 속이는 무엇에든 경계하며 살아가는 청년이다. 그의 눈에 데모란 낭비이며, 예정했던 길을 방해하는 '녹슨 쇠못'에 불과하다. 따라서 화자는 "I believe we must invent our future and we can do it"이라고 말하며 젊은이들을 선동하는 '그'에 대해 냉소적인 태도를 취하고 '그'를 적으로 규정한다. 그러나 화자의 부정적 태도는 한편 "왜 나는 이렇게 저 말장난에 불과한 현학적인 표현에 현혹당하려 하는가"(1:373)라는 대목에서 짐작할 수 있듯, 끈질긴 의혹과 유혹에 의해 위협받고 있으며 결국 이 작품에서 화자의 보수성은 풍자의 대상이 되고 있음을 알 수 있다.

V. 맺음말

이상에서 본고는 김승옥 소설에 나타난 '악'의 표상과 미학적 형상화에 대해 살펴보았다. 정리하자면, 김승옥 소설에서 '악'은 일차적으로 도회로 상징되는 일상세계의 속악성과 허위성으로 드러난다. 이때 표상하는 주체는 낭만적 주체라고 할 수 있으며, 이들이 보여주는 도회성에 대한 반발은 순수 자아에 대한 동경과 밀접하게 관련되어 있다. 도시의 속악성에 대한 환멸감은 첫째, 진정성을 상실한 '도회적 어법', 둘째 교환가치와 이기적 욕망에 기초하고 있는 도시의 일상세계, 셋째, '규칙적인 생활 제일주의'와 '전진적 태도'로 표상되는 합리성과 계몽성, 넷째, 개인의 감수성조차 변질시키고 훈육하는 경쟁과 자본의 논리에 대한 비판으로 이어진다.

김승옥 소설이 보여주는 주관적 편향성은 기존의 가치규범에서 '악'으로 표상되는 퇴폐적, 병리적, 파편적 개별적 자의식을 새롭게 의미화하고 있다는 점에서 주목을 요한다. 즉, 김승옥의 낭만적 주체들에 의해 보편성과 총체성에서 벗어난 파편적 개별 의식은 '악'이 아니라 속물적 현실에 대한 저항이자 순수 내면의 지향성으로 정립된다. 김승옥의 인물들이 보여주는 내면세계는 두 가지의 성격을 띤다. 첫째는 낭만적 상상력과 맞닿아 있는 '감각과 몽상'의 세계이다. 미학적 세계 인식이라고 할 수 있는 이 절대적 주관성에 의해 기존의 선/악, 추/악의 구도는 전복되고 개별적 사물들은 생기를 얻게 된다. 둘째, 순수와 진정성은 물론, 일체의 가치와 규범을 폐기한 기만적인 '자기세계'이다. 전자는 일종의 오염되지 않은 순수 내면이라고 할 수 있으며, 후자는 현실에 대한 환멸 이후에, 자기 보존을 위해 가장한 위악적 세계라고 할 수 있다. 환멸 이전, 이후로 구분할 수 있는 이들 '자기 세계'의 두 가지 성격은 일종의 근대 합리성과 부르조아적 속물성에 대한 비판을 의미한다.

세 번째 유형이라 할 수 있는 윤희중과 같은 인물은 속악한 현실에 투항한 인물이지만 순수 이상과 절대 자아에 대한 동경을 완전히 버리지 못한 인물들이다. 이들의 환상과 현실 사이의 간극을 깨닫고 그 '사이'에서 끊임없이 방황하는 자들로, 이들의 의식분열은 주로 '우울'과 '환멸감'의 정서로 표출된다. 우울은 자신이 속한 세계를 완전히 수락할 수 없는 딜레마에서 비롯된 감정으로, 김승옥의 낭만적 주체들은 자기 비하와 나르시시즘이라는 우울의 특질을 구현하고 있다. 이들 인물의 일탈 혹은 악행은 일종의 순수 내면 공간으로의 회귀이자 동경으로 볼 수 있다. '무진'으로 대변되는 일탈의 공간은 '자기 보존의 논리'와 '미래'가

부재하는 '절대적 현존'의 장소이다. 따라서 이들이 보여주는 낭만적 악은 '계몽 자체 속에 은닉되어 있는 물화된 이성에 대한 계몽'이자 절대적 주관성에 대한 심미적 체험을 의미한다. 낭만적 주체들의 일탈과 병리적 감수성은 절대 이상과 구원에 대한 갈망이라는 점에서 객관적인 현실 응전력과 무관하게 새롭게 의미화될 수 있다.

다시 한번 강조하면, 문학에서의 악은 사회적 맥락에서 내용적 특성을 지니는 비도덕적 행위 자체를 의미하는 것이 아니라, 심미적 차원에서의 '강렬한 전율과 무시간성'에 대한 체험을 의미한다. 「서울의 달빛 0章」에서 한영숙이 "윤리란 미래적인 것이죠"라고 언명하고 있듯, 문학에서의 악은 '미래표상의 부재'와 '절대적 현존', '자기 보존 윤리의 해체', 그리고 보편과 전체성과 무관한 개별성을 특징으로 한다. 김승옥의 몇몇 소설이 이러한 '악'의 심미성을 구현하고 있다면, 그것은 낭만적 주체들이 보여주는 '자기세계'에의 탐닉, 그리고 환상과 현실과의 간극에 대한 분열적 인식, 거기에서 비롯된 우울과 환멸감을 감각적으로 형상화하고 있기 때문이다. 개별자의 고뇌에 오래 머물 수 있게 하는 김승옥 소설은 "지고한 문학적 작업은 삶의 전율스런 측면을 서술하는 것"이라고 했던 쇼펜하우어의 성찰을 확인시켜 주는 것으로, 김승옥 문학의 현재성 또한 바로 여기에서 비롯된다고 할 수 있다.

이제하 초기소설의
현실묘사 방법과 그 의미

이경재

Ⅰ. 서론

1958년 『신태양』지의 소설공모에 「黃色의 개」가 당선되어 소설가로 첫발을 내딛은 이제하는 시인이자 소설가이며, 화가이자 영화인으로 활발한 활동을 보여주고 있다. 그에 대한 연구는 크게 세 가지 방향에서 이루어졌다.

첫째는 이제하의 소설이 지닌 형식적 특이함에 초점을 맞춘 논의들을 들 수 있다. 과감한 형식 실험과 난해한 문체를 바탕으로 전통적인 소설 기법과는 거리가 먼 그의 작품의 특징에 주목한 논의들이다. 이광훈은 「추상소설의 제문제」[1]라는 글에서 추상예술은 모든 형식과 비평

1) 이광훈, 「추상소설의 제문제」, 『문학과지성』 1972 여름, 334~341쪽.

을 거부한 주관주의로, 언제나 자기지향적이며 자기구제를 추구한다고 규정한다. 이제하의 소설이 바로 이러한 추상소설의 예로서, 자기치유의 한 수단이라고 파악하고 있다. 이선영은 「새로운 수사학과 성실성의 문제」[2]에서 표현의 새로움에 주목하며, 이제하의 상상력은 대개 가정법이나 꿈의 형태를 빌린 사실의 변형, 환상 내지 공상의 모습을 지닌다고 보고 있다. 그러나 그의 작품들은 현실이나 역사에 대해서 적극적이고 두드러진 관심을 나타내지 않는다고 지적하고 있다. 송재영은 「소설의 형이상학을 위하여」[3]라는 글에서, 이제하의 작품은 전통적 소설이 요구하는 구성을 완전히 파괴하고 있으며, 관념과 추상의 교묘한 구성물로서, 일상적 언어를 경계하고 있다고 파악하고 있다. 이를 바탕으로 그의 소설은 궁극적으로 의미전달을 목적으로 하는 산문의 기능적 측면보다는, 행간의 여백을 통하여 이미지를 구성하는 시적 기능을 중시한다고 보고 있다. 김병익은 더 나아가 「상투성의 파괴, 그 방법적 드러냄」[4]이라는 글에서 이제하 소설이 보이는 난해함의 의미를 밝히고 있는데, 그러한 모호성이 '낯설게 하기'를 통해 우리를 이 세계와 새롭게 대면케 한다고 파악하고 있다.

다음으로 그의 소설을 '예술가소설'로 파악한 논의들을 들 수 있다. 「한 藝術家의 죽음의 意味」[5]에서 김윤식은 예술가를 주인공으로 택한

---

2) 이선영, 「새로운 수사학과 성실성의 문제」, 『문학과 지성』 1973년 겨울, 860~865쪽.
3) 송재영, 「소설의 형이상학을 위하여」, 『초식』, 문학과비평사, 1988, 329~338쪽.
4) 김병익, 「상투성의 파괴, 그 방법적 드러냄」, 『밤의 수첩』, 나남, 1984, 409~423쪽.
   김화영(「고독한 정서, 흐르는 의미의 아름다움」, 『용』, 문학과지성사, 1986, 253~261쪽) 역시 김병익과 같은 맥락에서 논의를 펼치고 있다
5) 김윤식, 「한 예술가의 죽음의 의미」, 『한국근대작가론고』, 일지사, 1974, 406~417쪽.
   『한국소설사』(김윤식 정호웅, 예하, 1993, 368~370쪽)에서도 같은 논지를 펼치고 있다. 그의 소설은 현실의 반영이 무척 약한데, 그 빈자리를 예술가의 섬세한 감수성이 포착한 감각적 느낌과 예술가의 몽상이 채우고 있다는 것이다. 그의 소설에 등장하는 예술가들은 소설 주인공의 본질과 통하며, 이는 자신과 세계의 동시적 부정을 통해 현실 질서의 타락성을 드러내고 진정한 가치를 추구한다는 점에서이다.

것 자체가 하나의 위기의식을 드러낸 것이며, <劉子略傳>이 오늘날을 지배하는 교환가치의 양식 속에서 사용가치가 얼마만큼 안전할 수 있는가를 근원적으로 묻고 있다고 보고 있다. 그는 「예술에 대한 목마른 부름」6)에서 <劉子略傳>은 예술가의 존재방식에 관한 의문을 담은 작품으로서, 소설 장르상의 특징에 잘 해당되는 작품이라고 보고 있다.

마지막으로 사회적인 맥락과 연관시켜 이제하의 소설을 살핀 연구들을 들 수 있다. 김현은 「일탈과 콤플렉스에서의 해방」7)에서 이제하의 소설 주인공들은 광기에 사로잡혀 있으며, 그 광기는 가족 제도의 혼란과 밀접하게 관련되어 있다고 파악한다. 그 결과 그들은 제도 자체를 방법론적으로 부인하며, 궁극적으로 노동이 유희가 되고 유희가 노동이 되는 상태를 지향한다고 보고 있다. 권오룡은 「예술과 현실 사이의 아이러니」8)에서 이제하의 소설에 있어 역사나 시대는 없는 것이 아니라 전혀 다른 방식으로 존재한다는 것, 혹은 사실의 차원에 존재하는 것이 아니라 환상이라고 하는 특이한 의식의 차원에 존재한다고 말하고 있다. 그의 소설은 현실로 들어가려 할수록 예술은 현실로부터 벗어나야 하고, 현실로부터 벗어나려 할수록 현실로 들어가야 한다는, 예술과 현실 사이의 아이러니를 보여준다고 파악하고 있다.

위 연구사들의 공통점은 이제하 소설, 그 중에서도 특히 초기 소설9)

6) 김윤식, 「예술에 대한 목마른 부름」, 『문학사상』, 1985.12, 65~71쪽.
7) 김현, 「일탈과 콤플렉스에서의 해방」, 『사회와 윤리』, 일지사, 1974, 373~382쪽.
8) 권요룡, 「예술과 현실 사이의 아이러니」, 『작가세계』 1990년 여름, 72~86쪽.
9) 이제하는 등단 이래 꾸준한 작품 활동을 보이고 있는 작가이다. 그럼에도 특이하게 72년 단편 「草食」을 발표한 이후 4년여의 공백기가 보인다. 이 글에서는 민음사에서 첫 창작집 『草食』이 간행될 때까지 발표된 작품을 중심으로 그의 작품세계를 살펴보고자 한다. 이 글은 위의 책을 자료로 삼았다. 『草食』(「奇蹟」, 「太平洋」, 「유원지의 거울」, 「임금님의 귀」, 「朝」, 「스미스氏의 藥草」, 「劉子略傳」, 「草食」, 「幻想志」, 「비」, 「소경 눈뜨다」, 「漢陽고무工業社」, 「黃色의 개」, 「손」이 수록되어 있다)에 수록되어 있지 않은 작품들(「故人의 사진」, 「기차, 기선, 바다, 하늘」, 「물의 起源」)은 문학동네에서 1998년에 나온 『이제하 소설전집 2』에서 인용하였다. 페이지수 인용은 본문 중에 나타내기로 한다.

을 현실성 미비의 작품으로 파악하고 있다는 점이다. 그의 작품을 역사적 사회적 의미와 연관시키고 있는 논의들도 구체적인 역사적 사실과의 관련성보다는 추상적인 차원에서 분석을 행하고 있다. 그러나 이제하의 초기소설에도 분단 문제나 근대화 문제는 중요하게 다루어지고 있다. 마셜 버만은 러시아 문학을 분석하며 왜곡된 근대성이 문학에서 표현되는 가장 두드러진 방식은 환상적인 특성에 있다고 말한바 있다.10) 이제하 소설의 등장인물이나 작품 배경이 드러내는 비현실성도 우리의 근대화가 지닌 파행성과 밀접한 관련을 지니고 있다는 것이 이 글의 기본적인 관점이다. 이러한 시각을 바탕으로 이제하 초기소설의 현실묘사 방법과 그 의미에 대하여 살펴 보겠다.

II. 근대적 규율 장치를 통해서 드러난 현실의 모습

이제하 초기 소설은 가정과 학교와 군대를 배경으로 많이 다루고 있다. 가정, 학교, 군대 등은 공장이나 병원과 함께 사람들을 근대인으로 생산하는 대표적인 사회적 장이다.11) 이러한 배경이 본격적으로 문제가 되고 있는 것은, 이들 작품이 창작되던 당대 현실이 본격적인 근대화의 단계로 접어들고 있었던 것과 밀접한 관련이 있는 것으로 짐작된다.

「손」(『한국일보』, 1961), 「奇蹟」(『공군』, 1964), 「소경 눈뜨다」(『현대문학』, 1965), 「행인」(『주간기독교』, 1971) 등의 작품에서는 가정이 주요 배경으로 등장하는데, 이들 작품에서의 가정은 정상적인 모습이 아니다. 이들 작품에서 가정을 파행적인 상태로 이끄는 것은 인간의 모습이라 할 수 없

---

10) Marshall Berman, *All that is solid melts into air: The Experience of modernity*, 『현대성의 경험』, 윤호병·이만식 옮김, 현대미학사, 1994, 287쪽.
11) 미셸 푸코, 『감시와 처벌』, 오생근 옮김, 나남, 1994.

을 정도로 폭력적이며 무지한 모습으로 그려지고 있는 아버지들로, 이들은 주인공에게 남성 중심주의나 판사에의 꿈같은 것을 강요하고 있다.

「손」의 아버지는 남성중심의 가부장주의에 함몰된 폭력적인 모습으로 그려지고 있다. 아버지는 늘 누이에게만 야단을 치며, 이런 상황에서 '나'는 물에 빠져도 누이가 구해주는가 보자며, 물 속에 빠져 결국에는 누이를 죽게 한다. 누이의 시체 앞에서도 아버지는 "이 세(혀) 빠질 가시나야, 강에는 왜 데리고 갔노? 엉? 이 세 빠질 가시나야."(398)라며, 배가 커다랗게 부풀어 올라 죽은 누이의 머리를 주먹으로 쥐어 박는다. 이 사건을 '나'는 처음으로 '이 세계의 모순 속에 빨려들던 일'이라고 기억한다. 언제나 성난 얼굴을 하고 있는 아버지는 '나'로 하여금 '판사가 되겠읍니다'라는 말을 반드시 이끌어 내고는 한다. 어느 날인가는 집의 검둥이를 잡아서 억지로 먹이려 하고, '나'가 이를 끝내 거부하자 설거지 통에 집어 던진다. 이 사건 이후 주인공은 곧잘 흉한 꿈을 꾸는데, 그것은 광에 '군화들이 시뻘겋게 걸려 있는' 장면이다. 이것은 아버지의 폭력성이 군화의 폭력성으로 표현될 만큼 강렬함을 나타내는 것이다.

「奇蹟」에서도 폭력적인 아버지의 모습은 계속 이어진다. 이 작품의 아버지는 기도를 올리자는 어머니의 뺨을 때리고, 술을 먹지 않으면 집에 불을 지르겠다며 억지로 어머니에게 술을 먹이는 모습으로 그려진다. 이러한 상황에서 '나'는 "이 지긋지긋하고 진저리나는 집으로부터 언젠가는, 언젠가는 영원히 뛰쳐 나가버리고야 말겠다"는 생각을 "소리 안 나게 이를 갈면서"(32)까지 되뇌이고 있다. 「소경 눈뜨다」에서 아버지 역시 외도를 저지르고, 이로 인해 종교에 심취한 어머니를 구타하는 모습으로, 「행인」에서의 아버지는 네 남매를 연년생으로 낳고 15년 동안이나 집을 비우고 떠돌아다니는 모습으로 그려진다.

군대는 이제하의 초기소설에서 어떤 공간보다도 빈번하게 등장하는

데, 「손」, 「비」(『세대』, 1969), 「劉子略傳」(『현대문학』, 1969), 「幻想志」(『세대』, 1970) 등의 작품이 대표적이다. 이들 작품에서 집단의 규율과 논리 앞에 모든 인간적 가치는 백지화 되고, 주인공들은 새로운 개인으로 탄생하든지 무지막지한 폭력 앞에 파멸의 길을 걷든지 하는 양자택일의 상황에 놓이게 된다. 이들 소설이 창작되던 시기가 군사 정권 시절이었으며 사회 전반에 군사문화가 만연되어 있었음을 생각할 때, 이는 적지 않은 의미를 내포하고 있다.

「손」은 한 탈영병의 이야기로서 군대가 서사의 중심에 놓여 있는 작품이다. 그는 탈영의 대가로 귀머거리와 정신병자를 만든 적이 있는 기합을 받게 된다. 그가 탈영을 하게 된 동기는, 고등학교 시절의 친구인 욱이를 죽인 상사를 닮은 사람을 보았기 때문이다. 욱이 전쟁 중 군인이 되어 돌아왔을 때, 그들은 부두에서 상사 하나가 애들에게 돈을 나눠 주며 토끼뜀을 시키는 것을 본다. 그들은 상사를 혼내주고, 곧이어 상사와 그의 일당들에 의해 욱이는 변소에서 죽고 만다. 상사는 나에 의해 다음과 같이 정의된다.

> 욱이를 때려 죽인 것은 그 상사놈이었으나 사실은 상사도 그 일당들도 아니었다. 그것은 전혀 딴 것, 우리들의 힘으로서는 전혀 손 댈 수도 없는 전혀 딴 힘, 마치 죽음과도 같이 추상이면서 세상 어디에나 있고, 어떤 틈바구니에도 스며들어 제멋대로 웅크리고 어떤 대상이건 단번에 결단 내 버리는 바로 그것이었다. 그것은 전쟁 그 자체였다.(403)

이 작품은 전쟁의 공포와 부정적 힘이 미세한 일상에까지 숨어들어 와 있음을 보여주는 위의 대목이 보여주듯이, 전후의 억압적인 현실을 나타낸 것이라 할 수 있다.

'나'는 고참들에게 구타를 당하며 이 세계를 "태어날 때부터 어떤 놈에게 조롱당하고, 원대로 놀리우고, 붙잡혀 묶이고, 죽을 때까지 꼭두각시 춤을 추어야 하는" 곳이라고 규정하고 있다. 주체란 꼭두각시 춤을 추는 존재에 불과한 것이다. 나중 '나'가 총을 장전해 고참들을 겨냥하자, 내무반장은 '군법회의'라는 제도의 힘을 내세운다. 그러나 나는 "네 놈들부터 집단의 죄로, 집단을 만든 죄로 고발"(412)하겠다고 생각하며, 고참들을 모두 무릎 꿇린다. 그러면서 하는 '이것이 군대다.'라는 말 속에는, 군대가 결국에는 총으로 상징되는 폭력으로 위계를 세우고 꼭두각시 춤을 추는 주체를 양산하는 곳이라는 작가의 생각이 드러나고 있다.

「비」에서 '나'와 이형의 제대 직전 부대장은 폭력적인 모습의 정점에 서있는 인물이다. 그는 부대원들에게 유리를 구해와 들고 있게 한 후에 그것을 타겟으로 삼아 총을 쏘고는 한다. 거기에 성도착증까지 있어 그는 온갖 변태적 행동마저 서슴지 않는다. 이러한 부대장을 제대하는 날 불러내 실컷 두들겨 패지만, 그들에게 돌아온 것은 3달간의 유치장 생활뿐이다.

「劉子略傳」에서도 군대에서의 폭력이 드러나고 있는데, 그것은 유자가 유일하게 관심을 기울인 한 시인을 통해서이다. 그가 당한 폭력은 상관에게 대들었다가 배트를 50대나 맞고, 총검으로 찔리고 개머리판으로 닦달을 당한 것으로 상징적으로 그려지고 있다. 그런데 이에 대응하는 그의 태도는 시종 훨훨 날아다닌 것으로 표현된다. 이 때문에 나라에서는 그를 "유리 상자 속에 가둬버"(222)리게 된다. 날아다니다가 갇힌 그의 모습은, 권력에 의해 사회가 요구하는 데로 가공되고 생산되어야 할 개인이 그것을 거부했을 때의 결과를 상징적으로 보여준 것이라 할 수 있다.

「太平洋」(『현대문학』, 1964)이나 「故人의 사진」(『현대문학, 1970)은 학교가 작품의 배경으로 되어 있다. 「太平洋」에서는 두발단속을 통해 학교가 지닌 주체 생산의 성격을 드러내고 있다. 지병으로 한동안 학교를 나오지 못한 교장은 학교에 나오자 곧 이발사 20명을 동원해 학생들의 머리를 자른다. 밤에 트럼펫을 연주해 학비를 버는 남상기의 머리를 교장은 연필깍이용 면도날로 밀어 버린다. 불만이 있냐는 교장의 물음에 "선생님도 마찬가집니다. 모두가 고독합니다."(50)라고 말하고, 교장은 영기를 미친 듯이 때린다. 영기는 학교에서 달아나고, 곧이어 퇴학 처분을 당하고, 학교에는 스트라이크가 발생한다. 혈서까지 쓰며 자신들의 요구를 관철시키려는 학생들을 향해 교장은 먼저 과도로 자신의 팔뚝에 상처를 내어 굴복시킨다. 삭발을 하고 다시 등교한 영기를 향해 던진 "교칙이란 머리를 깎는 일 따위가 아니다! 교칙이란 눈에 보이지 않는 그 무엇이란 말이다!"(57)라는 말은, 교칙이 더 나아가 학교라는 제도가 의미하는 바를 분명히 보여준다. 그것은 머리를 자르고, 안 자르고가 중요한 것이 아니라 그러한 행위를 통해 사회가 요구하는 질서를 내면화하는 데에 있었던 것이다.12)

「故人의 사진」은 기자가 서술자로서, 처녀 총장의 죽음을 취재하는 과정이 그대로 소설의 서사가 되고 있다. 총장은 살아생전에 15미터에 이르는 거대한 자신의 동상을 학교에 세운다. 또한 교지 등에는 신랄한 정치 비평 등을 실었지만 그의 문병객 중에는 유난히 정객들이 그득하며, 고학생인 서술자의 조카는 등록이 이틀 늦었다는 이유로 학교로부터 퇴학 처분을 받는다. 더군다나 총장의 졸도가 연극이라는 소문이 돌

---

12) 근대가 성립 유지되기 위해서는 각 개인이 근대적 규율을 유지, 재생산 할 수 있는 일상적 내면화가 이루어져야 한다. 일제는 이런 규율들에 '심득'이라는 말을 붙이기도 했는데, 교장이 말하고 있는 것도 일종의 '심득'에 해당하는 것이라고 할 수 있다(김진균, 정근식, 「식민지체제와 근대적 규율」, 『근대주체와 식민지 규율권력』, 문화과학사, 1997, 24쪽).

정도로, 학교 재산을 둘러싼 내부 분쟁은 치열해 '나'는 "어쨌든 학교라는 집합체는 원래가 괴상하고 조밀한 구멍투성이의 벌집과도 같아서 꿀이 사라지면, 저절로 사라진다."(110)는 말을 되뇌이기도 하고, "상아탑이 이런 식으로 모욕당하고, 엉덩이를 까고, 재를 뒤집어써도 괜찮은 것인가."(119)라고 분개한다. "모든 교육은 지옥"(124)이라는 유언은 작가가 교육과 학교를 바라보는 시각을 극단적으로 압축해서 보여준다고 할 수 있다.

이제하 소설의 가정, 군대, 학교 등은 모두 폭력적이거나 교활한 모습으로 그려지고 있다. 그리고 그러한 제도는 개인을 어떤 식으로든 길들이려고 한다. 가정에서는 남성중심주의와 판사에의 꿈과 개고기를, 군대에서는 집단에의 헌신과 상관에의 맹종을, 학교에서는 꽉 막힌 규율의 준수를 강요하고 있다. 그러한 강요와 규율은 나름의 논리를 가지고 이루어지는데, 가정에서는 집안의 계승이라는 논리가 학교에서는 교육의 논리가 군대에서는 집단의 논리가 그것이다. 가정, 학교, 군대 등과 같은 제도 속에 작용하는 권력의 기제를 주시하는 그의 소설은 당시의 일상이 전면적인 감시와 관리 체제하에 놓여 있다는 것을 보여준다. 이제하의 초기소설은 직접적으로 역사상의 구체적 사건을 다루거나 하지는 않고 있지만, 그러한 역사적 사건으로 인해 발생한 혹은 그러한 사건을 가능하게 한 다양한 제도들의 메커니즘과 실체를 드러내고 있다.

III. 환상적 이미지를 통해 드러난 현실의 모습

이제하의 소설에는 서사의 진행과는 무관한 이미지의 제시가 빈번하다. 그의 작품에 강렬한 회화적 요소가 존재한다는 사실은 이미 여러 평자들에 의해 지적된 사실이다.[13] 그의 소설은 수많은 환상적 이미지로 채워져 있으며, 그 기능은 각기 다양하다. 단순히 여타의 소설에서처럼 단순한 배경묘사에 그치는 경우도 있고, 소설의 의미화 과정을 규정하는 핵심적인 요소로 등장하기도 한다. 이 글에서는 현실의 모습을 우의적으로 드러내는 알레고리적 환상을 주로 살펴보고자 한다.

이제하는 경제적 성장을 따라가지 못 하는 당대의 현실[14]을 분명하게 인식하고 있다. 「스미스氏의 藥草」(『월간문학』, 1969)와 「소경 눈뜨다」(『현대문학』, 1965)는 경제적으로는 급속한 발전을 누리지만, 정치·사회적으로는 억압적인 상황에 놓여 있는 당시 현실을 잘 나타내고 있는 작품이다. 이 작품에서 이십년 동안 고아원 사업을 벌였던 미국인 스미스 씨는 마을 사람들과의 공청회에서 이 나라의 현실이 자신을 울린다고 말한다. 이유는 "자유를 택해야 할 가장 중대한 때"(177)에 "이 나라 사람들은 어찌하여 느을 빵을 택하게 됩네까"(177)라는 말 속에 잘 드러나 있다. 이것은 무엇보다 먼저 물질적인 것에 관심을 기울일 수밖에 없는 후진적인 근대화의 과정을 응축적으로 드러낸 것이라고 할 수 있다. 「소경 눈뜨다」 역시 왜곡되고 비틀린 근대화의 맥락과 관련된 작품이다. 이 소설의 무대가 된 교회건물은 해방 후에 지은 신관은 물론이고 오스트레일리아의 선교사들에 의해 지어진 본관도 훌륭하기 이를 데 없다. 그러나 그 건물 안에서는 신구파 분쟁으로 인한 유치한 싸움이 연일 벌어지고, 결국에는 소송에까지 이른다. 즉 물질적인 발전의 상태에 맞먹는 정신적이거나 도덕적인 성숙은 제대로 이루어지지 않은 것이다.

---

13) 이광훈, 「추상소설의 제문제」, 『문학과지성』 1972 여름.
　　이선영, 「새로운 수사학과 성실성의 문제」, 『문학과지성』 1973년 겨울.
　　송재영, 「소설의 형이상학을 위하여」, 『초식』, 문학과비평사, 1988.
14) 1960년대를 거치면서 우리는 본격적인 산업화에 접어들고, 사회는 전반적인 경제적 성장과 풍요를 경험하게 된다. 그러나 이러한 물질적 성장이 곧바로 인간 삶의 향상으로 이어지는 것은 아니었다. 우리는 이 과정에서 경제적으로도 극심한 빈부 격차를 경험하게 될 뿐만 정치적, 사회적으로는 군사독재라는 억압에 시달리게 된다(『한국사 19』, 한길사, 1994, 91~96쪽).

이처럼 경제적 성장을 따라가지 못 하는 당대의 억압적인 현실을 드러내는데 있어, 이제하는 환상을 효과적으로 사용하고 있다. 이와 관련하여 뇌병원에 기거하는 '나'라는 서술자의 환상[15]으로 이루어진 「幻想志」[16]는 주목해 볼 작품이다. 이 소설에서 서울은 지극히 비현실적인 도시로서, "웬 괴상한 옷을 입은 놈이 걸타고 앉아 목을 조르고 있는"(256) 기이한 모습 등이 나온다. 그들은 시내에 장군들의 동상이 많은 것을 보며 나라에 갑작스러운 일이 일어난 경우 "우후죽순처럼 이런 가짜 동상들이 솟아나게 되는데, 생각해 볼 문제야."(257)라고 말한다. 이러한 비현실적인 장면과 진술들은 "옛날에는 거리 한복판에서 순사가 사람을 때려 잡고 있었는데, 지금은 정체를 알 수 없는 옷을 입은 놈들이 사람을 때려 잡고 있다고 해도 아무 문제거리가 되지 못하는 거야."(255)라는 말에서 알 수 있듯이, 당시의 비민주적인 공포정치와 관련된다고 할 수 있다. 그들은 가짜 동상을 하루 빨리 헐어 버리는 대신 배고픈 사람들이 먹을 수 있게 "그 돈으로 그만한 크기의 빵을 여러 개 만들어서"(204) 세울 것을 주장한다. 이러한 비판적 인식은 "칼을 쥐고 일어선 놈은 칼로 망한다"(205)는 다소 급진적인 정치적 언설로까지 이어지기도 한다. 이외에도 하늘 만한 태극기를 몸에 지닌 양색시의 모습이 등장하는데, 이는 외화벌이를 위해 매춘에까지 내몰린 당대 여성의 모습을 드러낸 것이다.

이러한 상황은 버만이 말한 저개발의 모더니즘, 즉 19세기 러시아의 수도 페떼스부르그에서 벌어진 근대화의 과정을 연상시킨다. 페떼스부

---

15) 작품의 전반에 나타난 초자연적 현상이 결국에는 뇌병원에 입원한 한 정신병자의 망상이었다는 것이 드러난다는 점에서 이 작품은 괴기적 환상(the uncanny)에 속한다고 할 수 있다.
16) 이 작품은 본래 『세대』에 1970년 7월에 「思慕」라는 작품으로 발표되었다가, 창작집 『草食』에는 '思慕'라는 부제가 붙은 채 「幻想志」라는 제목으로 실린다. 이후 작가의 자선대표작품집인 『어느 낯선 별에서』(청아출판사, 1993)에 이르러서는 「幻想志」라는 제목으로 '思慕' 앞에 '곰의 나라', '마술사', '새'라는 소제목이 붙은 세 개의 이야기가 덧보태 진다.

르그는 분명 위대한 근대도시로서의 위용을 갖추고 있었지만, 그것은 러시아인들이 열망하는 자유와 연대를 바탕으로 한 진정한 근대화의 모습과는 거리가 먼 것이었다. 그 도시는 러시아의 절대군주 표트르 대제가 제국의 부흥을 목적으로 개발했던 것이기 때문이다. 버만은 이러한 왜곡된 러시아의 근대성이 문학에서 표현되는 가장 두드러진 방식을 뻬떼스부르그가 비현실적 도시로 그려진다는 것에서 찾고 있다. 고골리의 작품들에서 특히 인상적으로 묘사되고 있는 그 도시의 환상적이고 마술적인 풍경은 그곳이 러시아인들에게 자유와 충족의 삶을 약속하지만 그러한 약속을 믿을 만하게 하는 현실적 조건이 결여되어 있다는 사실에서 비롯된다.[17]

「비」에서도 환상적인 장면은 곧바로 불구적인 당대 현실을 부각시켜 보여주고 있다. 결말부에서 '나'는 콤플렉스도 극복하고 몸도 부해져서 부친의 회사를 물려받고 있는 이형을 다시 만났을 때, 그에게서 "무슨 절름발이의 불구자"(292)라는 환상을 본다. 그리고는 곧 그 환상의 의미를 "이형의 그 눈에 보이지 않는 목발과 그 새에서 덜렁거리는 절름발이 다리 한 짝이 어쩐지 나의 조국 같다."(292)라며 스스로 밝히고 있는데, 이는 근대화의 약속을 믿을 만하게 하는 현실적 조건이 결여되어 있는 당대 현실의 미숙함과 열악함을 잘 요약하고 있는 것이다.

일반적으로 소설에 등장하는 환상은 현실과는 무관하게 가공된 이차

---

17) Marshall Berman, 앞의 책, 232~252쪽. 19세기 뻬떼스 모더니즘은 버먼이 보기에 단지 러시아만이 아니라 제3세계 전체의 근대화의 현실에 대해서도 적실성을 갖는다. 그는 19세기 러시아가 20세기 제3세계의 원형이라고 간주하는 관점에서 그것을 '저발전의 모더니즘'의 선례로 이해한다. 그의 설명에 따르면 발전의 모더니즘과 저발전의 모더니즘은 모더니즘의 세계사 속에서 중요한 대립적 유형을 이룬다. 전자는 경제적 정치적 근대화라는 재료에 곧바로 의존하여 성립하며, 급진적인 방식으로 근대화된 현실에 도전할 때조차 바로 그 현실(맑스의 공장과 철도, 보들레르의 대로)로부터 비전과 에너지를 끌어낸다. 반면에 후자는 어쩔 수 없이 근대성에 대한 환상과 몽상에 의존하여 성립하며, 환영과 유령에 친해지고 갈등하는 덕분으로 성장한다(앞의 책, 282~283쪽).

세계가 아니라 눈에 보이는 현실의 틈새로 비어져 나온, 감추어진 또 다른 현실의 재현으로 해석될 가능성이 높다.18) 이 때, 환상의 영역은 현실 질서 속에서 억압된 정치적 무의식이 표출될 수 있는 장소가 될 수 있다. 이제하 소설의 환상도 단순한 현실의 위무나 도피를 위한 것이라기보다는 현실의 참모습을 보여주기 위하여 작품의 전면에 수시로 나타난다고 새겨볼 수 있다.

그러나 이제하의 소설에 현실의 모습을 우의적으로 드러내는 알레고리적 환상만 존재하는 것은 아니다. 그 밖에도 지시적인 의미 이외에는 다른 의미를 찾아낼 수 없는 순수한 환상적 이미지가 존재한다. 「기차, 기선, 바다, 하늘」(『현대문학』, 67.1)의 화자는 모든 여자들이 귀로 아이를 낳는 상상을 한다. 같은 소설에는 기차가 거꾸로 달리는 것과 기차가 모두 직립해서 공중으로 달리는 모습이 제시되기도 한다. 「환상지」에서는 시계를 모두 분해하여 땅에 묻는 장면과 폭격을 맞은 집 위로 크고 검은 새가 날아가는 장면 등이 나온다. 이러한 환상적 이미지는 지시적인 의미 이외에는 다른 의미를 보여주지 않는다.

이처럼 새로운 풍경을 창조할 뿐 지시적 의미 이외에 다른 의미를 보여주지 않는 이미지는 다른 작품에서도 나타난다. 「기적」(『공군』, 1964)에서는 "만약 시간이란 것이 지금 이 순간부터 없어져버린다면? …… 이 시계의 초침과 분침과 시침은 반대 방향으로 눈이 튀어나오도록 돌기 시작할 것이다. 그와 함께 나는 무서운 속도로 점점 작아져서 갓난애기가 되며, 다음 순간 어디론가 흔적도 없이 사라져버릴 것이다."(18)라는 이미지가, 「유자약전」에는 "4명의 유자가 깜짝 놀란 듯이 똑같이 걸음을 멈춘다. 첫 번째 유자가 갑자기 공중으로 떠오른다. 그녀는 등에 맨 정체불명의 상자를 흔들며 달이 스러진 곳까지 곡선을 그으며 날아

---

18) Herbert Marcuse, *Eros and Civilisation: a philosophical inquiry into Freud*, 김인환 옮김, 나남, 1989, 152쪽.

가서, 거기서 정지한다. 그리고는 태아처럼 허리를 꼬부린다."(199~200)
와 같은 환상적인 이미지가 등장하고 있다. 특히 이러한 환상적 이미지
는 시각적 이미지로 나타나는데, 시각적 이미지를 작품의 전반에 드러
내는 서술 방식은 후기 소설19)에서도 빈번하게 사용된다.

IV. 병적인 열정의 인물들을 통해 드러난 현실의 모습

가정, 학교, 근대로 이어지는 사회적 제도와 질서는 한 개인을 폭력적
이고 교활한 방법으로 규율하려 들 때, 그리고 현실적인 조건들이 분명
한 미래의 비전을 제시할 수 없을 때, 이제하 소설들의 인물들은 불안을
느끼며 병적인 열정의 소유자로 나타난다. 그것은 타락한 현실과 타협
하지 않으면서 더 나은 미래에의 꿈을 가질 때, 필연적으로 따라올 수밖
에 없는 현상이다.20)

이제하 소설의 등장인물은 강한 불안에 휩싸인 모습으로 나타나는
데, 그것은 탈신체화 현상을 통해 드러나기도 한다. <손>의 '나'는 군
대에서의 자신을 "나는 말하자면 옷과도 같았다. 어떤 오랜 습관으로
입고 있는 것을 거의 느끼지도 못하던 옷과도 같았다."(397)고 느낀다.
또한 「劉子略傳」에서 유자는 구두가 걸어다닌다거나, 모자가 흔들흔들

---

19) 「소렌토에서」(『현실과언어』, 1985)는 작품의 진행이 플롯과 작중인물의 유기적 상관 관
   계에 의하지 않은 채, 이미지의 연결을 통해 소설의 의미화 과정이 이루어지고 있는 희귀
   한 사례라고 할 수 있다. '군청색'이라는 색채 이미지와 그에 연관된 사람들을 떠올리는 것
   으로 소설은 이루어져 있다. 이 작품은 '낡은 군청색'의 이미지가 계모의 기억, 영순이의 기
   억, 우연히 잠자리를 한 창부의 기억을 떠올리고, 이역땅의 해변에서까지 그것이 다시 환
   기된다는 내용으로 이루어져 있다.
20) 버만은 뻬떼스부르그 모더니즘은 비참한 현실 속에서 활동하고 생존하면서 받는 견디기
   힘든 압력으로 인해, 등장 인물들에게 서구 모더니즘이 좀처럼 따라가지 못할 지독한 열광
   을 인물들에게 불어넣는다고 파악하고 있다(Marshall Berman, 앞의 책, 238~279쪽). 이러한
   버만의 지적은 이제하의 초기소설에 등장하는 인물들을 이해하는 데도 많은 도움이 된다.

가고 있다든가, 소매가 올라갔다 내려왔다든가 하는 식의 신체의 일부분이 독립적으로 움직이는 꿈을 꾼다. 이런 꿈은 그녀의 눈에 실제로 보이기도 하는 것인데, "그녀의 눈에는, 혹은 의식의 눈에는, 인간의 근육이거나 사지거나 얼굴과 육체가 떨어져 나가고 없"(217)는 것이다. 이것은 신체가 완전한 통합성을 가지고 인식되는 것이 아니라, 부분 부분이 떨어져 나간 탈신화 상태에 있음을 나타내는 것이다. 신체로부터의 분리가 바람직하지 않은 모습으로 일어날 때, 그것은 자아정체성을 직접적으로 침해받는 실존적 불안을 표현한다.[21]

이러한 불안과 열정은 병적인 예술가의 모습으로 나타나기도 하는데, 그것은 「물의 起源」(『현대문학』, 1968)과 「劉子略傳」[22]을 통해서 확인할 수 있다. 「물의 기원」은 공대에서 미대로 편입해 와, 미술가로 활동하다가 사라져 버린 한 예술가의 삶을 그린 작품이다. 그는 중학교 미술 선생의 "이노마, 색맹이군…… 꺼져."(79)라는 말에 미술을 포기하고 공대생의 길을 걷는다. 그러나 그는 "자신의 색각을 빼앗아간 정상의 전능에 대한 집요하고 끈덕진, 은밀하고 계획적인 한 보복의 일환"(82)으로 미대에 편입한다.

그가 미대에 편입한 것은 지배적인 제도에 대한 보복 때문만은 아니다. 그에게는 하나의 '악몽'이 있는데, 그 악몽이란 바리케이드를 뛰어

---

21) 탈신체화는 현실 전도와 관련이 있다. 전쟁 시기에 나치 강제수용소에서 끔찍한 물리적 심리적 압박을 받은 수용자들은 신체와 자아의 분리상태를 경험했다. 그들에게 신체에서 '벗어나 있다'는 느낌 - 꿈 같다, 비현실적이다, 또는 연극의 등장인물 같다고 묘사된 상태 - 은 신체가 겪은 물리적 박탈로부터 거리를 둘 수 있게 한 기능적 현상이었던 것이다. 탈신체화는 위험을 넘어 안전해지려는 시도이다(Anthony Giddens, Modernity and Self-Identity, 『현대성과 자아정체성』, 권기돈 옮김, 새물결, 1997, 119~120쪽).

22) 이후의 작품 「謹弔」(『문학과지성』, 1977), 「굴절」(『현대문학』, 1982)에서도 병적인 예술가의 모습을 확인할 수 있다. 「謹弔」에서는 화가 대신 시인이, 「굴절」에서는 범인들이 이해할 수 없는 전위예술가가 등장한다. 두 작품 모두 당대의 이데올로기적 공세가 한 개인의 일탈을 강요하지 않을 정도로 집요하고도 가혹한 것이었음을 입증한다고 볼 수 있다.

넘었던 친구를 집에 데리고 와서 재워준 날, 그가 자신의 애인을 덮친 것을 말한다. 그는 기존의 권력에 대항하는 또 하나의 정치적 권력으로부터도 상처받고, 이성이라는 것에 대한 전반적인 회의를 느껴 미술이라는 감성적인 세계로 다가온 것으로 볼 수 있다. 그러나 미술계 역시 나름의 제도와 질서는 공고하게 자리잡고 있었으며, 그것은 파벌을 지어 서로를 헐뜯고 실력과는 상관없이 정권과의 관계에 따라 부침이 좌우되는 모습을 통해 드러난다. 결국 그가 '수철, 용순을 때리다'라는 작품을 마지막으로 남기고 사라진 것은, 자신의 장모이자 미술계의 원로인 용순으로 상징되는 미술계의 제도로부터도 떠나간 것을 의미한다.

「劉子略傳」은 「물의 起源」의 '그'가 심화된 인물인 유자를 주인공으로 한 소설로서, 사회로부터의 압박에 신음하는 인간들의 대표적 형상으로 예술가를 다루고 있는 소설이다. 유자는 소학교에도 보내지 않고, 집에서 생선 굽는 법만 가르친 화백 방신주의 딸이다. 그런 그는 쿠데타가 일어났다는 소식에 달리는 차에서 뛰어내릴 수만 있다면 뛰어내리는 게 낫다고 생각하며, 모차르트를 두고 "그 사람이야! 세상을 구원할 사람은 그 사람밖에 없어요!"(146)라고 말한다. 그녀는 건설회사가 주관한 어용전람회장을 둘러보고, "개자식들"(155)을 연발한다. 그녀는 산업화가 급속하게 이루어지고 있던 당대로부터 거리를 두고, 예술이라는 자신의 공간 속에서 신음하는 인물인 것이다.

서술자인 '나' 역시도 이러한 유자의 성격에서 크게 벗어나지 않는 예술가인데, 그 역시 친구도 없고 연애도 할 줄 모르는 고립된 상황에 머물러 있다. 심지어는 자신을 증명해 줄 일체의 신분증명도 가지고 있지 못한 상태이다. 자신을 속물로 취급하며 한 유자의 발언에, 그녀를 폭행하며 하는 "언제까지 내가 이런 쓰레기 같은 도시에서 도망치지 못할 줄 아느냐, 이런 변소 같은 도시에서…… 이런 똥개 같은 도시에서……

텔레비 앞에서, 극장 속에서, 싸구려 주간지 틈에서, 멍청해서 도매금에 넘어가기 전에…… 개가 되어 팔려가기 전에…… 제주도든 울릉도든 탐라국이든, 숨쉴 땅을…… 뚫을 구멍을…… 발 붙일 장소를…… 그런 나라를 찾아내지 못할 줄 아느냐."(160)라는 말은 '나' 역시 개인주의가 팽배하고 물질적 가치가 모든 것에 우선하는 현실로부터 일정한 거리를 둔 예술가 유형에 속함을 보여준다. 이 작품에는 풍당 선생이라는 돈과 대작이라는 양적 과시만을 아는 타락한 예술가가 존재하는데, 풍당 선생의 존재는 유자와 '나'의 성격을 부각시키는 역할을 한다. 이제 하에게 있어 예술가는 타락한 현실 사회와는 대비되는 최종적 존재로, 저개발의 불구적 상황에서 자신의 올바른 삶의 가치를 지키기 위해 신음하고 고뇌하는 인간 유형으로 설정되고 있음을 알 수 있다. 그리고 그러한 예술가들의 진정성은 같은 예술계 내에 존재하는 타락한 존재들로 인하여 한층 강화된다.

「草食」의 주인공 서광삼 역시 문제적 인물이라 할 수 있다. 이 작품은 초식성과 육식성이라는 두 개의 의미소를 바탕으로 이원화되어 있다. 국회의원 선거에 매번 출마하며, 그때마다 채식을 하는 서광삼은 초식성을 대표하는 인물이다. 얼음도매운반인인 그는 선거마다 당선은커녕 무표 내지는 3표를 얻는 것이 고작이다. 그가 현재 속해 있는 세계는 육식성이 지배하는 세계이다. 그가 국회의원 선거의 막바지에 도살장에 간 것이 이를 증명하는데, 그는 그곳의 주인을 구워삶아 정육점의 고기를 거덜 내는 그 모든 시민들의 지지를 얻고자 한다. 또한 서광삼을 더욱더 비정상적인 인물로 돋보이게 하는 그의 선거참모들, 즉 친척들은 누구보다도 채식을 꺼리며 육식에 집착하는 모습으로 그려지고 있다. 4·19가 일어났을 때 서광삼은 다시 한번 도살장에 찾아가 그 주인에게 초肉라는 혈서를 쓰고, 곧이어 5·16이 일어났을 때는 도살장의 주인이 서광삼을 찾아와서는 큰 황소를 잡는다. 초식성과 같은 축에 놓인 4·19와 육식성과 같은 축에 놓은 5·16으로 의미가 대별되고 있는 것인데, 작품의 마지막은 "그대가 매일같이 신물나게 듣는 그 우국지정의 똑같은 연설"(247)을 늘어놓는 인물로 도수장 노인이 시의 명물로서 현존하고 있는 것으로 그려지고 있다.

초식성은 역사의 이변처럼 잠시 스쳐갈 뿐, 육식성이 역사의 전면을 장악하고 있는 상황에서 서광삼은 역사의 부담 전체를 스스로 짊어지려는 터무니없는 시도에 자신을 투신하는 것이다. 끝없는 자기 조롱이 따르는 것인 줄 알면서도 그는 태연히 국회의원 선거에 늘 출마를 하며, "나를 사자 아가리에 쳐넣어 보시오! 펄펄 끓는 불 속에 나를 콱 던져 보시오! 내한테 어디 평생 풀만 먹여 보시오! 끄떡도 안 할 것이오."(232)라는 예언자의 목소리에 맞먹는 지독한 열정을 보인다.[23]

이러한 곤경에 위축되어 신음하는 인간의 모습은 「임금님의 귀」에 이르러서는 동물, 즉 원숭이의 형상으로까지 나타난다. 그는 신문사에 사표를 내고 원숭이를 기르던 중, "짐승 대신 살구나무에 미끄러 매어"(107)진다. 이후에는 원숭이가 화자로 등장하는데, 김일국과 원숭이는 아무런 구별이 없는 상태에 빠지고 만다. 김일국을 원숭이와 같은 상태로 만든 원인으로 제시되고 있는 것은 '임금님의 귀'라는 타이틀을 건

---

23) 「草食」의 주인공 서광삼은 전후시인 중의 한 명인 김관식의 모습과 여러 면에서 흡사하다. 김관식은 1960년 7·29 총선을 며칠 앞두고 정치인 장면하고 붙겠다며, 『세계일보』에 사표를 내고, 서울 용산 갑구에 출마한다. 결과는 6명이 출마한 그곳에서 기백표를 얻는 데 그쳐 가까스로 꼴찌를 면한 5위로서 만족하게 된다. 그는 선거연설을 문학에 관한 이야기로 일관했고, 그를 위해 찬조연설에 동원된 문인 친구들도 어쩔 수 없이 문학강연을 해야 했다. 김관식은 결국 국회의원 출마로 가산을 탕진하고 정신병원에 입원하는 등 건강은 계속 악화돼 그로부터 꼭 10년 후인 1970년 8월 30일 36세의 나이로 삶을 마감한다(정규웅, 『글 동네에서 생긴 일』, 문학세계사, 1999, 60~63쪽).
당선확률이 전혀 없는 선거에 출마했다는 점, 문학강연이라는 어이없는 유세방법을 동원했다는 점, 형편없는 성적으로 낙선했다는 점 등은 서광삼의 모습과 통하는 면이 많다. 「草食」은 성격이 미약하기는 하지만 일종의 모델소설이라고도 할 수 있다.

시사만화이다. 이 만화는 군납부정사건으로 대령 셋과 장군의 이름이 오르내리던 당시 상황을 풍자한 만화였는데, 보도관제로 인하여 제때에 신문에 실리지 않게 된다. 그리고 그가 "꼬리에 꼬리를 물고 등과 등에 갈쿠리를 쿡 찔러 박은 채, 그것을 서로 필사적으로 당기는 것만으로 간신히 생존이 유지되는 바깥세상에의 오래된 염오의 누적"(104)에서 신문사를 그만둔 것에서 알 수 있듯이, 현실 속에서 인간적 가치란 찾아볼 수 없다. 이런 상황에서 그는 원숭이가 된 것이다. 더군다나 그의 이름이 나라를 의미하는 金一國이라는 점에 주의를 기울인다며, 우민화되어 가던 우리나라를 풍자한 것으로 독해할 수 있다.

이제하의 초기소설에 등장하는 인물들 역시 거의가 정신병자, 성불구자, 주정뱅이, 도벽이 있는 인물, 소아마비, 탈영병, 상습적인 자살 시도자들과 같은 병적인 성격의 소유자들이다. 이러한 인물들의 특성은 앞에서도 말한 바와 같이 저개발 국가의 왜곡된 근대화를 반영한 소설들에서 흔히 나타나는 특성이다. 이들의 모습은 50년대 소설에 등장하는 손창섭 소설의 등장인물들을 연상시키기도 한다. 손창섭 소설의 주인공들은 육신이나 혹은 정신의 병을 앓거나 무기력과 무위만을 연출할 뿐이다. 손창섭의 소설은 모든 도덕적, 미적, 정치적 가치가 해체된 차원에 놓여 있다고 할 수 있다. 이것은 기본적으로 어떠한 의미나 가치 지향도 발견할 수 없었던 시대적 맥락에서 기인한 것으로 보인다.24) 그러나 이제하의 소설에 오면 현실에 대한 구체적이며 실천적인 대응양상은 없지만, 가치의 문제에 대한 고민이 항상 이루어지고 있는 것으로 판단된다.25) 앞에서 살펴본 바와 같이 「물의 기원」, 「유자약전」, 「근조」

---

24) 조남현, 「손창섭의 소설세계」, 『한국현대소설의 해부』, 문예출판사, 1993, 106~135쪽.
25) 페터 지마(『소설과 이데올로기』, 문예출판사, 1996, 21~45쪽)는 로브-그리예의 누보로망은 가치와 가치 설정이 무차별적인 것으로 드러나는데 반해, 모라비아나 카뮈의 소설은 가치의 문제가 여전히 테마화되는 양가성을 보인다고 말한다. 이런 기준에 비추어 볼 때, 손창섭의 소설은 무차별성의 단계에, 이제하의 소설은 양가성의 단계에 이른 소설이라고 판

등에 등장하는 예술가들은 타락한 현실과는 구별되는 진정한 가치를 구하고자 하며, 「초식」에서의 서광삼도 육식성과는 구별되는 초식성의 세계를 열망하며, 「임금님의 귀」의 김일국 역시 군사독재에 대한 강렬한 부정의 정신을 보여주고 있는 것이다.

V. 결론

그동안 이제하의 소설, 특히 초기소설은 현실과는 무관한 채 형식적인 난해성과 독특함을 가진 소설로 인정되어 왔다. 작품의 현실성을 살피는 경우에도, 심리학의 일반 이론을 바탕으로 추상적이며 원론적인 설명에 멈추어 왔다. 따라서 그동안의 연구는 6·25라든가 4·19, 5·16, 더 포괄적으로 말하자면 산업화와 같은 현실의 구체적인 변화 양상에 이제하의 소설이 어떻게 반응하고 있는지에 대한 논의가 미진할 수밖에 없었다.

본고는 정통적인 리얼리즘 계통의 소설만이 현실을 드러내는 것이 아니라, 오히려 제3세계와 같은 저개발의 국가에서는 왜곡된 근대화로 인해 현실이 환상적으로 드러나기도 한다는 것을 확인할 수 있었다. 그리하여 이제하 소설이 보이는 특이성으로부터 적극적으로 현실적 의미를 잡아내고자 했다. 그의 소설의 환상은 이미지를 통해 드러나는데 그것은 순수한 환상적 이미지와 알레고리적 이미지로 나누어진다. 이 중 현실의 모습을 좀 더 분명하게 보여주는 것은 후자의 경우이다. 이제하의 소설은 왜곡된 근대화의 모습을 환상을 통해 드러내기도 하지만, 이를 넘어서서 왜곡된 근대화의 뿌리라고 할 수 있는 가정이나 군대 학교와 같은 근대적 규율 장치의 작동 방식 등에도 관심을 놓치지 않고 있

단된다.

다. 그의 소설에 등장하는 병적인 인물들도 현실이 지닌 모순과 문제점에서 배태된 것으로 적극적으로 의미부여할 수도 있다. 그들은 타락한 현실에 절망하여 나름의 이상적인 세계를 꿈꾼다는 점에서 무기력과 무위만을 연출하는 손창섭의 병적인 인물들과는 구별된다.

◆고영직

1968년 전북 군산에서 나고, 1992년『한길문학』을 통해 평론 활동을 시작했다. 계간『내일을 여는 작가』편집위원 역임. 주요 평론으로「'자발적 가난'의 한 경로」와「한국문학과 베트남전쟁」등이 있다. 현재 민족문학연구소 소장.

◆고명철

1970년 제주에서 나고, 현재 광운대 국어국문학과 교수로 재직 중. 1998년『월간문학』신인상에 '변방에서 타오르는 민족문학의 불꽃-현기영론'이 당선되면서 문학평론가로 등단. 저서로는『문학, 전위적 저항의 정치성』,『잠 못 이루는 리얼리스트』,『뼈꽃이 피다』등 다수. 반년간『비평과전망』및 계간『실천문학』편집위원 역임. 현재 계간『리토피아』및 반년간『리얼리스트』편집위원. 현재 '한민족문화학회' 회장. 젊은평론가상, 고석규비평문학상, 성균문학상 수상.

◆고인환

1969년 문경에서 나고, 현재 경희대학교 후마니타스 칼리지 교수로 재직 중. 2001년『중앙일보』신인문학상으로 등단했으며, 저서로는『결핍, 글쓰기의 기원』,『말의 매혹: 일상의 빛을 찾다』,『공감과 곤혹 사이』등 다수. 계간『문학과 경계』편집위원 역임. 현재 계간『리토피아』편집위원. 젊은평론가상 수상.

◆ 김재용

1960년 통영에서 나고, 현재 원광대학교 한국어문학부 교수로 재직 중. 남북한문학 및 친일문학에 대한 꾸준한 탐구와 해법을 제시하면서, 구미중심주의적 세계문학을 극복하는 연구와 실천적 과제를 진행해 나가고 있다. 주요 저서로 『민족문학의 역사와 이론 1, 2』, 『북한문학의 역사적 이해』, 『분단 구조와 북한문학』 등 다수. 계간 『실천문학』 및 『역사비평』, 『아시아』 편집위원 역임.

◆ 노지영

1979년 서울에서 나고, 2010년에 『시인』, 『내일을 여는 작가』 등에 글을 발표하며 평론 활동을 시작. 현재 청주교대, 방송대, 동양미래대에서 강의하고 있으며, 반년간 『리얼리스트』 편집위원으로 활동하고 있다.

◆ 박수연

1962년 충남 논산에서 나고, 현재 충남대 국어교육학과 교수로 재직 중. 1998년 서울신문 신춘문예를 통해 평론가로 등단하였다. 저서로 『문학들』, 『말할 수 없는 것과 말해야만 하는 것』 등 다수. 계간 『내일을 여는 작가』 및 『실천문학』 편집위원 역임.

◆ 서영인

1971년 울산에서 나고, 2000년 제 7회 '창비 신인평론상'을 받으며 등단. 저서로는 『충돌하는 차이들의 심층』, 『타인을 읽는 슬픔』 등 다수. 계간 『문학수첩』 편집위원 역임. 현재 경북대와 경희대에서 문학과 글쓰기 과목을 강의하고 있으며 『실천문학』 편집위원으로 활동하고 있다.

◆ 오창은

1970년 해남에서 나고, 현재 중앙대학교 교양학부대학에 재직 중. 2002년

『경향신문』신춘문예로 등단. 1960~1970년대 문학의 주요 작가들에 연정을 품고 있으며, 북한 문학 연구에도 탐침을 세우고 있다. 저서로는『비평의 모험』과『모욕당한 자들을 위한 사유』등 다수. 계간『실천문학』편집위원 역임.

◆ 이경재

1976년 인천에서 나고, 현재 숭실대학교 국어국문학과 교수로 재직 중. 2006년『문화일보』신춘문예로 등단. 저서로는『단독성의 박물관』,『한설야와 이데올로기의 서사학』,『끝에서 바라본 문학의 미래』등 다수. 현재『아시아』편집위원으로 활동하고 있다.

◆ 이명원

1970년 서울에서 나고, 현재 경희대학교 후마니타스 칼리지 객원 교수로 재직 중. 1993년『문화일보』신춘문예로 등단. 서울디지털대 문예창작학부 교수를 역임. 반년간『비평과전망』및 계간『내일을 여는 작가』편집위원 역임. 저서로는『파문』,『타는 혀』,『종언 이후』등 다수. 1997년 제2회 상상비평상, 2008년 제21회 성균문학상을 수상했다.

◆ 장성규

1978년 서울에서 나고, 2007년『경향신문』신춘문예로 등단했다. 현재 서울대, 성공회대, 경희대 등에서 글쓰기와 문학을 가르치고 있으며, 계간『실천문학』편집위원으로 활동하고 있다. 저서로는『사막에서 리얼리즘』,『그래서 우리는 소설을 읽는다』(공저)가 있다.

◆ 정은경

1969년 서울에서 나고, 현재 원광대 문예창작학과 교수로 재직 중. 2003년『세계일보』신춘문예로 등단. 저서로는『한국 근대소설에 나타난 악의 표상』, 『디아스포라 문학』, 『지도의 암실』 등 다수. 계간 『내일을 여는 작가』 편집위원 역임. 현재 계간 『아시아』의 편집위원으로 활동하고 있다.

◆ 하상일

1970년 부산에서 나고, 현재 동의대학교 문예창작학과 교수로 재직 중.. 1997년 『오늘의문예비평』을 통해 비평 활동을 시작했으며, 『오늘의문예비평』 편집주간 및 반년간 『비평과전망』 편집위원을 역임. 저서로는 『타락한 중심을 향한 반역』, 『1960년대 현실주의 문학비평과 매체의 비평전략』, 『한국문학과 역사의 그늘』 등 다수. 고석규비평문학상 및 애지문학상 수상.

◆ 홍기돈

1970년 제주에서 나고, 현재 가톨릭대학교 국어국문학과 교수로 재직 중. 1999년 『작가세계』 신인상에 '그림자로 놓인 오십 개의 징검다리 건너기-한강론'이 당선되면서 문학평론가 등단. 반년간 『비평과전망』 편집위원 역임. 저서로는 『페르세우스의 방패』, 『인공낙원의 뒷골목』, 『근대를 넘어서려는 모험들』 등 다수. 현재 『작가세계』 편집위원으로 활동하고 있다. 젊은평론가상 수상.

민족문학연구소 총서 1

영구혁명의 문학'들'
－1960년대 문학을 다시 생각하다

초판 1쇄 인쇄일 　　| 2012년 4월 18일
초판 1쇄 발행일 　　| 2012년 4월 19일

지은이　　　　| 민족문학연구소
펴낸이　　　　| 정구형
출판이사　　　| 김성달
편집이사　　　| 박지연
본문편집　　　| 이하나 정유진 이원숙
디자인　　　　| 김현경 장정옥
마케팅　　　　| 정찬용
영업관리　　　| 김정훈 권준기 정용현 천수정
인쇄처　　　　| 미래프린팅
펴낸곳　　　　| **국학자료원**
　　　　　　　등록일 2006 11 02 제2007－12호
　　　　　　　서울시 강동구 성내동 447－11 현영빌딩 2층
　　　　　　　Tel 442－4623 Fax 442－4625
　　　　　　　www.kookhak.co.kr
　　　　　　　kookhak2001@hanmail.net

ISBN　　　　| 978－89－279－0174－7 *94800
가격　　　　　| 32,000원